Schöne Lesestunden
wünscht herzlichst

Petra Durst-Benning

Petra Durst-Benning

Die Fotografin

Die Zeit der Entscheidung

Band 2

Roman

blanvalet

Sollte diese Publikation Links auf Webseiten Dritter enthalten, so übernehmen wir für deren Inhalte keine Haftung, da wir uns diese nicht zu eigen machen, sondern lediglich auf deren Stand zum Zeitpunkt der Erstveröffentlichung verweisen.

Der Abdruck des Zitats von Henri Cartier-Bresson mit freundlicher Genehmigung der Fondation Henri Cartier-Bresson, Paris.

MIX
Papier aus verantwortungsvollen Quellen
FSC® C014496
FSC www.fsc.org

Penguin Random House Verlagsgruppe FSC® N001967

6. Auflage

Redaktion: Gisela Klemt
Umschlaggestaltung: © Johannes Wiebel | punchdesign,
unter Verwendung von Motiven von Shutterstock.com
(MarkauMark; Vasya Kobelev; struvictory) und
Richard Jenkins Photography
Die Bilder im Anhang stammen aus dem Privatarchiv von
Petra Durst-Benning
JF · Herstellung: wag
Satz: Uhl+Massopust, Aalen
Druck und Bindung: GGP Media GmbH, Pößneck
Printed in Germany
ISBN 978-3-7341-0658-3

www.blanvalet.de

»In der Fotografie können die kleinsten Dinge das größte Thema sein.«

Henri Cartier-Bresson (1908–2004)

1. Kapitel

Laichingen auf der Schwäbischen Alb,
Pfingstmontag 1911

Wie auf Wolken schwebte Mimi ins Haus ihres Onkels. Doch es waren nicht ihre guten Umsätze auf dem gerade zu Ende gegangenen Pfingstmarkt, die sie strahlen ließen, sondern der Gedanke an Hannes. Der Mann, der ihr seit ihrer ersten Begegnung vor einigen Wochen in Ulm nicht mehr aus dem Kopf gegangen war. Der Mann, der sich nicht nur einmal in ihre Träume geschlichen hatte.

Mimi konnte immer noch nicht glauben, dass er ihr nachgereist war. Als er vorhin wie aus dem Nichts auf dem Markt auftauchte, war sie fast in Ohnmacht gefallen vor unbändiger Freude. Angesichts aller widrigen Umstände hatte sie nämlich die Hoffnung schon fast aufgegeben, ihn jemals wiederzusehen.

Doch nun war er hier, in Laichingen. Wegen ihr. Dabei hatte er in Ulm mit voller Überzeugung verkündet: »Mein Heimatdorf kann mir gestohlen bleiben! Nie mehr werde ich einen Fuß dorthin setzen.« Dass Hannes aus Laichingen stammte, hatte sie damals nicht gewusst. Ihr zuliebe hatte er offenbar seine Vorsätze über den Haufen geworfen, dachte sie jetzt glücklich. Noch nie war sie einem Mann so wichtig gewesen...

Lächelnd versorgte Mimi ihren Onkel, der, müde vom Markttag, gleich ins Bett wollte, dann machte auch sie sich fertig für die Nacht. Hannes wolle sobald wie möglich zu ihr kommen, hatte er gesagt. Wann war »bald«, fragte sich Mimi, als sie im Bett lag. Nun, da sie ihn in ihrer Nähe wusste, hielt sie es vor Sehnsucht kaum mehr aus. Sie seufzte und kuschelte sich tiefer unter ihre Bettdecke.

Schon ihre Begegnung in Ulm war ihr schicksalhaft vorgekommen. Der Abend und die halbe Nacht, die sie miteinander verbracht hatten, waren geprägt gewesen von einer Intensität und Vertrautheit, die Mimi in dieser Form nicht kannte. Zweisamkeit oder Freiheit? Für Mimi war immer die Freiheit wichtiger gewesen als alles andere.

Doch nun, mit Hannes, konnte sie sich alles vorstellen.

Es war acht Uhr am Morgen – Onkel Josef schlief noch –, als es leise an der Tür klopfte. Mimi, seit zwei Stunden rastlos auf den Beinen, wusste sofort, dass er es war.

»Hannes...« Ihre Stimme war nur ein Flüstern. »Du bist gekommen.« Ihre Augen tasteten ihn ab, vorsichtig, als könnten sie immer noch nicht glauben, dass er wirklich hier war. Die braunen Augen, warm wie verglühendes Holz. Der Mund, eine Spur zu groß, aber für einen Mann, der so viel zu sagen hatte, genau richtig. Die dunkelbraunen widerspenstigen Locken... Die große, kräftige Statur, die breiten Schultern zum Anlehnen. Mimi vermochte sich nicht zu erinnern, wann ihr ein Mann jemals so gut gefallen hatte.

Im hellen Licht des Junimorgens erwiderte Hannes ihren Blick, prüfend fast, als wollte er sichergehen, dass seine Entscheidung, hierher zurückzukommen, auch wirklich richtig war. »Leicht ist es mir nicht gefallen, aber du bist mir einfach nicht mehr aus dem Kopf gegangen. Ich konnte einfach nicht akzeptieren, dass etwas, was noch nicht einmal angefangen hatte, schon wieder zu Ende sein sollte.«

Was für eine Liebeserklärung! Mimi hatte noch nie schönere Worte gehört. »Du bist mir auch nicht mehr aus dem Kopf gegangen«, gab sie flüsternd zu. Sie wollte sich an ihn schmiegen, doch Hannes nahm ihre Hand und zog sie nach hinten in den Garten, wo niemand sie von der Straße oder den umliegenden Häusern aus sehen konnte. Im Schatten des Fotoateliers schloss er sie endlich in die Arme.

Für einen langen Moment verweilten sie eng umschlungen, die Wärme und Nähe des anderen genießend.

»Wie hast du mich eigentlich gefunden?«, flüsterte sie.

Er grinste. »Ich wusste ja, in welcher Pension du übernachtet hast. Auf gut Glück bin ich also zu dem Wirt und hab ihn gefragt, ob er zufällig wisse, wo du als Nächstes hinwolltest. Erst hat er gezögert, aber als ich ihm klarmachte, wie wichtig mir die Angelegenheit ist, ist er mit deiner Adresse doch herausgerückt. Du kannst dir vorstellen, dass mich fast der Schlag getroffen hat, als ich hörte, dass du ausgerechnet in mein Heimatdorf gereist bist!«

»Und trotzdem bist du mir nachgekommen. Ach Hannes ...«

Er löste sich von ihr, schaute ihr fragend in die Augen. »Darf ich dich um etwas bitten?«

Mimi nickte. Um alles durfte er sie bitten!

»Kannst du mich zukünftig Johann nennen? Hannes habe ich mich auf der Reise genannt. Wann immer jemand in Amerika meinen Namen ausgesprochen hatte, klang er wie der eines Mädchens – ›Joanne‹. ›Hannes‹ fiel den Amerikanern wesentlich leichter. Aber die Leute hier im Dorf würden sich nur wundern, wenn du diesen Namen verwendest.«

»Kein Problem«, sagte Mimi lächelnd. Namen waren Schall und Rauch. »Solange du mich nicht Minna nennst! So rief mich meine Mutter immer dann, wenn ich als Kind etwas ausgefressen hatte.«

»Und – warst du denn brav in den letzten Wochen? Oder hast du schon einem Weberburschen den Kopf verdreht?«

»Das würdest du gern wissen, was?« Als ob einer von den blassen, übermüdeten Webern, die von früh bis spät in den Fabriken schufteten, auch nur annähernd so attraktiv war wie Johann, dachte sie bei sich.

Er ergriff eine braune Haarsträhne, die sich aus ihrer eleganten Hochsteckfrisur gelöst hatte, und wickelte sie um den Zeigefinger seiner rechten Hand. »So, wie dein Stand auf dem Pfingstmarkt belagert war, scheinst du bei den Leuten jedenfalls sehr gut anzukommen.«

Mimi grinste. »Gott sei Dank, sonst könnte ich einpacken! Ich muss jetzt schließlich für zwei Geld verdienen, für mich und meinen pflegebedürftigen Onkel.« Sie zeigte auf das Haus hinter sich.

Hannes schaute sie bewundernd an. »Du bist so stark und schön«, flüsterte er. »Ich kann es kaum erwarten, dich endlich näher kennenzulernen. Du und ich...« Er zog sie erneut an sich.

Mimi schloss die Augen in süßer Erwartung seines Kusses. Einen Wimpernschlag lang schien die Welt stillzustehen, dann endlich fanden seine Lippen die ihren. Mimis Knie wurden weich, ein wohlig warmes Beben erfasste sie, und mit einer für sie ungewohnten Hingabe öffnete sie ihre Lippen.

*

Am Morgen nach dem Pfingstmarkt war Anton ein anderer Mann. Frohgemut stand er in der Küche der elterlichen Gaststätte am Waschbecken und spülte die unzähligen benutzten Bierkrüge, als würde er stattdessen Goldmünzen zählen.

Wie gut, dass Alexander und er sich gestern Abend noch getroffen hatten, dachte er, während er die Krüge mit einem sauberen Tuch nachpolierte.

Noch immer war er erstaunt über die Intensität, mit der sein bester Freund geschworen hatte, *alles* dafür zu tun, um an der Aufnahmeprüfung der Stuttgarter Kunstschule, die die Fotografin Mimi Reventlow für ihn organisiert hatte, teilnehmen zu können. Solch ein inneres Feuer hätte er in dem blassen Webersohn nicht vermutet. Ihm, Anton, war während Alexanders glühender Rede eines klar geworden: Es reichte nicht aus, dass er selbst sich ständig über die Arbeit im Gasthaus beklagte. Über die Küchengerüche, die er so hasste. Über die Monotonie und die immer gleichen Gesichter, die er sah! Jammern war im Grunde genommen nichts anderes, als es sich in einem Schaukelstuhl bequem zu machen: Man bewegte sich zwar, aber von der Stelle kam man dabei nicht! In seinem Fall bedeutete diese Erkenntnis: Wenn er wie Alexander Laichingen den Rücken kehren wollte, dann musste er etwas tun. Und genau das hatte er von heute an vor. Mehr noch, er hatte schon eine ziemlich gute Idee, wie ihm das gelingen konnte! Er musste so schnell wie möglich mit seinem Schatz darüber sprechen, dachte er im selben Moment. Christel tat sich nach wie vor schwer mit dem Gedanken, ihren Heimatort zu verlassen, dabei erging es ihr im Haus ihrer Eltern noch schlechter als ihm hier in der Wirtschaft! Während er immerhin Lohn für seine Arbeit bekam, war Christel nur die kostenlose Magd für Paul und Sonja Merkle. Christel hatte genau wie er mehr verdient, dachte er mit grimmiger Bestimmung.

»Ich bin mal kurz weg!«, rief er seiner Mutter zu, die an einem der Tische in der Wirtsstube saß und das Münzgeld der vergangenen zwei Tage in kleine Stapel sortierte.

Was für ein herrlicher Morgen, dachte Anton, als er vor den Ochsen getreten war. Der Himmel war wie blank geputzt, das Kopfsteinpflaster des Marktplatzes leuchtete im Sonnenlicht wie Anthrazit, in den Bäumen vor der Kirche zwitscherten die Vögel, als würden sie an einem Gesangswettbewerb teilnehmen. Wie gut würde es sich anfühlen, sein Bündel zu packen und an einem Tag wie diesem auf die Reise zu gehen! Bald, mahnte er sich, bald.

Ob die Fotografin schon wach war? Ganz bestimmt, dachte Anton, während er mit forschem Schritt auf das

Haus auf der gegenüberliegenden Seite des Marktplatzes zuging. Mimi Reventlow war geschäftstüchtig, klug und fleißig. Zeit war Geld – sagte man nicht so? Anton lachte.

Mimi Reventlow wusste es noch nicht, aber wenn sie Laichingen verließ, würde er an ihrer Seite sein. Für eine Weile musste er sich weiterhin gedulden – solange ihr Onkel am Leben war, würde sie hierbleiben und ihn pflegen, das war Anton klar. Aber träumen konnte er schon jetzt, oder etwa nicht? Dass die Fotografin und er gut miteinander auskamen, hatte er vor Kurzem schon bei ihrem Ausflug nach Ulm festgestellt. Sie und ihre fotografischen Künste, er und sein Geschick in allen möglichen Belangen – gemeinsam würden sie die Welt erobern! Sehr lange würde es sicher nicht mehr dauern, dachte er, als sein Blick auf die geschlossenen Fensterläden des oberen Stockwerks fiel, wo Josef Stöckle allem Anschein nach noch schlief. Der alte Fotograf war schwer krank, gewiss holte ihn der liebe Gott bald zu sich. Nicht, dass er, Anton, Mimis Onkel den Tod wünschte, im Gegenteil! Er würde die Wochen oder Monate, die Mimi Reventlow wegen ihres Onkels in Laichingen blieb, zu seinem Vorteil nutzen. Eine kleine Hilfestellung da, ein Gefallen hier – im Laufe der Zeit würde er sich immer unentbehrlicher machen. Und war der Tag der Abreise dann gekommen, würde Mimi Reventlow gar nicht anders können, als ihn als Begleiter mitzunehmen! *Das* war sein Plan.

Schwungvoll öffnete Anton das Gartentor. Er war schon an der Haustür angelangt, als er hinten am Fotoatelier einen Schatten sah, der sich bewegte. Ein Einbrecher? Die Fotografin hatte auf dem Markt gute Umsätze gemacht, das hatten viele mitbekommen. Wollte jemand an ihr Geld? Mit geballten Fäusten und klopfendem Herzen schlich Anton sich an, bereit, sich gleich hier und jetzt hilfreich für Mimi Reventlow einzusetzen. Doch als er um die Ecke des Holzschuppens lugte, sah er keinen Einbrecher, sondern Mimi Reventlow – in einer heftigen Umarmung mit Johann Merkle.

Anton blieb wie vom Donner gerührt stehen.

»Da ist noch etwas«, hörte er Johann sagen, als die beiden sich wieder voneinander lösten. »Es ist besser, wenn wir vorerst ... nun ja, wenn wir vorerst nicht zusammen gesehen werden. Und dass wir uns schon aus Ulm kennen, braucht auch niemand zu wissen.«

Die beiden kannten sich? Anton glaubte seinen Ohren nicht zu trauen.

»Warum diese Heimlichtuerei?« Die Fotografin klang verständnislos.

Anton wagte es, erneut um die Ecke des Holzschuppens herumzuspähen. Johann Merkle wirkte leicht ungeduldig, als er sagte: »Hast du in den Wochen, in denen du nun schon hier bist, etwa noch nicht bemerkt, dass die Uhren in Laichingen ein wenig anders ticken? Jeder bekommt alles von jedem mit! Ich will nicht, dass die Leute über dich tratschen. Als Geschäftsfrau muss dein Ruf untadelig sein, da kann es nicht angehen, dass dir eine Affäre mit einem wie mir angehängt wird.«

»Mit einem wie dir!« Lächelnd fuhr Mimi durch Johanns lockiges Haar. »Was soll denn das heißen?«

Eine Affäre? Die beiden hatten eine Affäre? Was hatte das alles zu bedeuten? In Antons Kopf schwirrte es so sehr, dass er keinen klaren Gedanken fassen konnte.

»Einem Auswanderer. Einem Herumtreiber. Einem,

dem man nicht über den Weg trauen kann«, sagte Johann Merkle.

»Einem … Gewerkschafter?«, erwiderte die Fotografin neckisch.

»Dass ich für die Gewerkschaften arbeite, braucht erst mal niemand zu erfahren, sonst bekomme ich keinen Fuß mehr in irgendeine Tür.«

Johann Merkle war Gewerkschafter? Erst kürzlich hatte Anton in der Zeitung einen Bericht über einen Arbeiteraufstand in Berlin gelesen, anscheinend hatten Gewerkschafter die Männer derart aufgestachelt, dass sogar die Gendarmerie die aufgebrachte Menge nicht zur Raison hatte bringen können. Das wurde ja immer spannender … Anton wagte kaum mehr zu atmen, um nur ja kein Wort zu überhören.

»Aber daran ist doch nichts Unehrenhaftes«, sagte Mimi, noch immer eng an Johann geschmiegt. »Ich kann mir sogar vorstellen, dass die Weber für ein bisschen Unterstützung dankbar wären. Dieses ungeschriebene Gesetz, dass der Sohn eines Webers auch Weber werden muss, finde ich unmöglich. Und dann die vielen Arbeitsstunden! Viel zu verdienen scheinen die Leute auch nicht, mein Onkel erzählt mir ständig, wie arm hier alle sind. Es ist höchste Zeit, dass jemand den Webereibesitzern klarmacht, dass sie die Leute nicht ewig so ausbeuten können!«

»Mimi, Mimi«, sagte Johann schmunzelnd. »Genau das liebe ich an dir! Das Feuer in deinen Augen, wenn du eine deiner Überzeugungen vorträgst. So etwas kenne ich sonst nur von Männern, nicht aber von einer Frau.«

»Und was ist daran verkehrt?«, erwiderte Josef Stöckles Nichte. »Du stehst doch auch für deine Überzeugungen ein, oder nicht?«

Johann nickte. »Aber so einfach mit der Tür ins Haus zu fallen, wäre hier in Laichingen das Verkehrteste, was ich machen könnte. Ich war viele Jahre fort, warum sollten die Leute mir vertrauen?«

Ganz genau!, dachte Anton heftig. All die Jahre hatte es Johann Merkle doch auch nicht geschert, was hier los war.

Doch Mimi Reventlow nickte verständnisvoll.

»Ich muss erst wieder heimisch werden und den Leuten zeigen, dass ich einer von ihnen bin. Mein erster Eindruck sagt mir jedoch schon jetzt, dass sich die Bedingungen, unter denen die Weber arbeiten, in den Jahren meiner Abwesenheit nicht gerade zum Besseren gewandt haben.«

War es nicht unglaublich? Da kam dieser Johann Merkle nach Jahren daherspaziert und bildete sich ein, über alles und jeden Bescheid zu wissen!, dachte Anton wütend. Was für ein arroganter Angeber!

»Mein Vertrauen hast du längst. Und wenn die Leute dich nur einmal so reden hören, wie ich es in Ulm auf dem Marktplatz getan habe, dann werden sie dir wie Lämmchen folgen«, sagte Mimi Reventlow und klang so voller Bewunderung, dass Anton sich auf die Lippe beißen musste, um nicht vor Entsetzen laut aufzuschreien. Die Fotografin war verliebt! Und wie!

»Dein Wort in Gottes Ohr.« Johann grinste. »Aber hier in Laichingen kann ich mich nicht so einfach auf den Marktplatz stellen und von Arbeiterschutzgesetzen und besseren Löhnen erzählen. Vielmehr werde ich als Weber anfangen, wahrscheinlich bei Herrmann Gehringer. Nur in der Höhle des Löwen erfahre ich aus erster Hand, wie die Dinge stehen.«

»Ausgerechnet bei dem Ekel willst du arbeiten?« Mimi Reventlow klang mehr als erstaunt.

»Was hast du denn mit Gehringer zu schaffen? Sag bloß, du hast dich mit dem schon angelegt?«

»Wie man es nimmt...« In kurzen Worten schilderte die Fotografin dem Heimkehrer ihre bisherigen Erfahrungen mit dem Webereibaron. In Antons Augen hatte sie sich dabei gut geschlagen! Besser als die meisten Männer, die vor Gehringer nur katzbuckelten, dachte er.

Auch Johann Merkle schien von Mimis Verhalten angetan, jedenfalls klang sein Lachen anerkennend.

»Du und ich – immerhin sind wir schon zwei, die es wagen, Gehringer mutig entgegenzutreten! Aber dass ich bei Gehringer anfange, hat übrigens noch einen anderen Effekt...« Er hielt kurz inne, ehe er fortfuhr: »Mein Bruder wird deswegen Gift und Galle spucken. Als ich damals ging, war er unendlich froh. Dass ich mich ständig mit Gehringer anlegte, schadete in seinen Augen wohl seiner Karriere.«

Vertrautes Lachen ertönte, gerade so, als kannten die beiden sich schon ewig.

»So, und jetzt muss ich gehen, ich habe heute viel vor. Ich wohne übrigens bei meiner Mutter Edelgard, du kennst sie vielleicht, sie ist Näherin.«

»Wann sehen wir uns wieder?«, fragte die Fotografin und klang ein wenig traurig.

»Sobald wie möglich, versprochen! Aber wie sich die nächsten Tage gestalten, weiß ich einfach noch nicht.« Er hob ihr Kinn an, schaute sie aufmunternd an. »Ab jetzt haben wir doch alle Zeit der Welt, oder?«

Verwirrt und zornig zugleich schlich Anton davon. Dass Johann Merkle ausgerechnet jetzt, zur Unzeit, hier aufgetaucht war, war mehr als ärgerlich. Wie es aussah, hatte der Amerika-Heimkehrer die Fotografin schon ganz schön um den Finger gewickelt, dachte er und kickte wütend ein kleines Steinchen über den Marktplatz. Mimi Reventlow hatte sich angehört, als würde sie schon vom Traualtar träumen! Verflixt, sie sollte hier im Ort keine Wurzeln schlagen, sondern sich spätestens nach dem Tod ihres Onkels mit ihm an ihrer Seite wieder auf den Weg machen!

Einen Moment lang überlegte er, ob er Alexander aufsuchen und ihm von Johann und Mimi erzählen sollte. Doch dann entschied er sich dagegen – sein Freund war in Frauendingen sowieso nicht bewandert. Und vielleicht war es von Vorteil, wenn erst einmal nur er Bescheid wusste über diese seltsame Liaison.

Anton blieb stehen, atmete tief durch. Er musste jetzt einen kühlen Kopf bewahren, in Ruhe über die veränderte Situation nachdenken und nichts Unkluges tun. Die Zeit würde ihm schon zeigen, wie er mit der neuen Situation umzugehen hatte. Eins stand fest: An seinem Plan gab es nichts zu rütteln!

*

Eveline, die am Brunnen stand und Wasser schöpfte, hielt genießerisch ihr Gesicht in die Sonne. Genau so hatte auch gestern die Sonne geschienen, als sie Johann auf dem Pfingstmarkt gegenübergestanden hatte! Wie er sie angeschaut hatte, so intensiv und gefühlvoll …

Sie konnte es kaum erwarten, ihn wiederzusehen.

Bestimmt nahm Edelgard ihren Sohn voll in Beschlag, und nicht nur sie!, dachte Eve zornig. Gestern auf dem Markt hatte sich das halbe Dorf um Johann geschart, sogar die Fotografin, dabei kannte sie ihn nicht einmal. Gönnten die Leute ihm nicht das kleinste bisschen Ruhe? Am liebsten hätte sie sich beschützend vor ihn gestellt, doch mehr als ein paar hastig dahingeflüsterte Worte waren ihnen nicht vergönnt gewesen. Doch sie hatten gereicht, um ihr neuen Lebensmut zu schenken.

Eveline lächelte. Noch konnte sie nur von Johann träumen, aber spätestens auf dem Heumondfest würden sie sich wiedersehen. Ganz bestimmt würde Johann sie zum Tanz auffordern, so wie einst… Sie würde in seinen Armen liegen und die Welt um sich herum vergessen, und wenn es nur für einen Moment war. Er würde ihr zuflüstern, wie schön sie sei und wie sehr sie ihn faszinierte, genau wie damals, vor seiner Abreise, als sie sich mehrmals heimlich getroffen hatten.

Eine Zeitlang hatte sie wirklich geglaubt, Johann würde sie aus ihrem Elend herausholen. Was, wenn sie noch einmal mit einem Mann durchbrannte? Dieses Mal mit Johann?

Als er dann von einem Tag auf den anderen verschwunden war, um in der Fremde sein Glück zu finden, war sie wie vor den Kopf geschlagen gewesen. Es hatte sie viel Kraft gekostet, sich immer wieder klarzumachen, dass sie verheiratet war und dankbar sein sollte, dass das Schicksal sie nicht zum Ehebruch oder Schlimmerem verführt hatte.

Aber nun war er zurückgekommen. Also hatte der liebe Gott doch noch etwas mit ihnen beiden vor. Eins stand für sie fest: Wenn Johann erfuhr, wie schrecklich es ihr ergangen war in den letzten Jahren, würde er bestimmt entsetzt sein und alles daran setzen, ihr zu helfen!

Leises Weinen riss Eveline aus ihren Gedanken. Sie wandte sich Marianne und Erika zu, die wie zwei kleine Häufchen Elend auf dem nackten Boden saßen.

Erika lief eine dicke Träne über die Wange. »Mein Bauch tut so weh, Mama«, schluchzte sie.

»Ach, Kinder«, sagte Eveline sanft. Auch ihr Magen knurrte, sehr sogar, aber Eveline tat so, als hörte sie es nicht. »Bis zum Abendessen sind es doch nur noch wenige Stunden, dann gibt's eine gute Brotsuppe.« Einen halben Brotlaib hatten sie noch, der Rest war aus unerfindlichen Gründen über Nacht verschimmelt. Ihre Vorratskammer war leergefegt, auf dem Acker wuchs noch lange nichts Essbares, und in ihrem Geldbeutel herrschte Ebbe, seit Klaus am vergangenen Samstag seinen Lohn im Ochsen angelegt hatte.

Sie hievte den schweren Wassereimer auf den Leiterwagen. Die kleinen Pflanzen auf dem Acker brauchten dringend Feuchtigkeit, damit sie gut anwuchsen und im Herbst eine reiche Ernte bescherten.

»Wenn wir vom Acker heimgehen, sammeln wir nebenher leckeren Löwenzahn. Aus dem mache ich einen Salat, in Ordnung?«, sagte Eveline so aufmunternd wie möglich.

Marianne hielt sich den Bauch und sagte: »Kann ich meine Scheibe Brot nicht jetzt essen? Heute Abend mag ich vielleicht gar nichts.«

Eveline kämpfte gegen die Tränen an, die plötzlich in ihr aufsteigen wollten. Johann würde sicher wollen, dass sie stark war – gerade *weil* ihr Mann Klaus es nicht war!

»Wisst ihr was? Jetzt gehen wir erst mal in den Hühnerstall, und dann braten wir jedem von uns ein Ei!«

Sogleich hellten sich die blassen Kindergesichter ein wenig auf.

Die Hühner waren alt. Mit gerade einmal zwei kläglichen Eiern in der Hand ging Eve kurz darauf ins Haus, die Kinder folgten wie Lämmer.

Im Ofen glühte noch ein kleines Feuer, es würde reichen, um zwei Eier zu braten. Eveline stellte die schwere, gusseiserne Pfanne auf den Herd, dann nahm sie sich den Brotlaib vor. In weiser Voraussicht – oder Verzweiflung – hatte sie das verschimmelte Ende noch nicht weggeworfen. Resolut begann sie, den Schimmel so gut es ging von der Kruste abzukratzen. Den Hühnern wagte sie das verschimmelte Brot nicht mehr zu geben, nachdem ihr vor Jahren dabei alle Tiere gestorben waren.

»Schimmel macht schön, sagen die alten Leute hier im Ort«, behauptete sie und gab jedem Kind ein Stück Brot.

»Willst du nichts?«, fragte Marianne, als Eveline ihren Töchtern je einen Teller mit Ei vorsetzte.

»Ich bin noch satt vom Morgenbrei«, log Eveline. Allein beim Anblick der knusprig gebratenen Eier lief ihr das Wasser im Mund zusammen. Um sich abzulenken, schaute sie sich die Zeichnungen an, die ihr Sohn Alexander auf altem Karton oder Einwickelpapier aus Helenes Laden angefertigt hatte. Eine Eule. Ein Schwalbennest, in dem eine Mutter ihre Jungen fütterte – jedes Grashälmchen hatte er gezeichnet, so fein, so genau …

War es nicht typisch, dass Alexander dieses Motiv

gewählt hatte? Er hätte auch den Hahn vorn in der Straße malen können oder irgendetwas anderes. Aber nein, Alexander hatte eine fürsorgliche Schwalbenmutter gemalt. Der Gedanke verlieh Eveline neue Kraft. Und wenn es sie alles kostete – sie würde nichts unversucht lassen, Klaus doch noch die Erlaubnis abzuringen, dass Alexander an der Aufnahmeprüfung der Kunstschule teilnehmen durfte. Und wenn ihr das gelang, hatte Johann bestimmt ein paar hilfreiche Ratschläge für ihren Sohn parat.

Ein Sonnenstrahl drängte sich durch die enge Öffnung zwischen dem Nachbarhaus und ihrem und tauchte den dunklen Hof in goldenes Licht.

Eveline lächelte.

2. Kapitel

Am liebsten hätte sich Mimi auf die Bank vor Onkel Josefs Haus gesetzt und den ganzen Tag von Johann geträumt. Doch sie riss sich zusammen. Nun, da dank der guten Umsätze auf dem Pfingstmarkt endlich wieder Geld in ihrem Portemonnaie war, wollte sie einen Großeinkauf machen. Onkel Josef brauchte gute Speisen, wenn er seiner Lungenkrankheit etwas entgegensetzen wollte!

Sie trat gerade mit ihrem Einkaufskorb über dem Arm aus dem Haus, als sie am hinteren Gartentor Josefs Nachbarin Luise winken sah.

Notgedrungen ging Mimi auf sie zu. »Guten Morgen, auch schon so früh auf den Beinen?«

»Genau wie Sie«, sagte die alte Frau und lächelte anerkennend. »Und, sind Sie zufrieden mit dem Pfingstmarkt?«

»Sehr zufrieden«, erwiderte Mimi stolz. »Zur Belohnung werden wir uns heute ein paar Salzheringe gönnen – Onkel Josef meinte, dass Helene anlässlich des Pfingstmarktes immer ein Fass aufmacht. Bevor alle weg sind, gehe ich rasch in den Laden.« Vielleicht würde ihr dabei rein zufällig Johann über den Weg laufen?, dachte sie hoffnungsvoll.

»Und was ist damit?« Luise zeigte über den Gartenzaun streng auf ein brach liegendes Beet in Onkel Josefs Garten. »Wollen Sie hier eigentlich nichts anpflanzen? Wenn man seine eigenen Rüben, Kohlrabi und Zwiebeln hat, braucht man nicht drei Mal die Woche einkaufen gehen. Die Eisheiligen sind schon lange vorbei, es ist also höchste Zeit!«

Einen Moment lang war Mimi so konsterniert, dass ihr die Sprache wegblieb. Was ging es die Nachbarin an, wie oft sie einkaufte?

»Ich wüsste gar nicht, wo ich Setzlinge herbekommen sollte«, verteidigte Mimi sich schließlich. »Wahrscheinlich hätte ich die schon vor Wochen aus irgendwelchen Sämereien heranziehen müssen, aber damals…« Sie zuckte mit den Schultern. Damals hatte sie noch geglaubt, ihr Besuch hier sei eine kurze Angelegenheit. Dass ihr Onkel fast schon im Sterben lag, hatte jedoch alles verändert. Nachdenklich schaute sie auf das Gemüsebeet, in dem Löwenzahn und anderes Unkraut wucherten. »Wahrscheinlich würde es mir sogar Spaß machen, solch ein Gärtchen zu pflegen…«

»Das ist kein Hexenwerk, ich zeige Ihnen gern, wie's geht«, sagte Luise sanfter als zuvor. »Die Hausarbeit meistern Sie doch auch schon ganz gut, da werden Sie den Garten gewiss ebenfalls bestellen können. Ich habe bei mir noch etliche Töpfe mit Setzlingen stehen, die auf meinem Acker keinen Platz mehr hatten. Wenn sie mögen, schenke ich sie Ihnen. Ein paar Rüben, Kraut und Kohlrabi – wenn der Herbst kommt, soll Josefs Speisekammer schließlich voll sein, oder?«

Wenn er den Herbst überhaupt noch erlebt, dachte Mimi sorgenvoll. Daran, dass er von der Schwindsucht nochmals genesen würde, glaubte sie inzwischen nicht mehr. Aber der Gedanke, dass in dem Beet junge Pflänzchen wuchsen, hatte etwas Tröstliches. Gemüse aus dem eigenen Garten, mit Liebe geerntet und gekocht – das würde Josef bestimmt guttun!

Mimi schaute die Nachbarin energisch an.

»Was muss ich tun?«

»Keine Heringe?«, sagte der Onkel enttäuscht, als Mimi Brot und Butter auf den Mittagstisch stellte.

»Das hast du deiner Nachbarin zu verdanken«, antwortete Mimi und schnitt jedem eine Scheibe Brot ab. »Luise hat mir heute früh eine ganze Menge Gemüsesetzlinge geschenkt. Danach habe ich den Vormittag damit verbracht, das Gemüsebeet in Schuss zu bringen, und schließlich blieb keine Zeit mehr, zu Helene zu gehen. Immerhin – die Pflänzchen stehen nun wie Soldaten in Reih und Glied«, sagte sie mit einer Spur Stolz in der Stimme. »Ich habe zwar keine Ahnung, was aus denen mal wird, aber wir lassen uns einfach überraschen, nicht wahr?« Mimi lachte. Wie ihre Hände aussahen!, dachte sie gleichzeitig entsetzt. Die Erde hatte sich so hartnäckig in jede Hautfalte gegraben, dass weder Kernseife noch Bürste dagegen helfen würden. Und so sollte sie später hinter der Kamera stehen?

»Das Gemüsegärtchen war immer Traudels ganzer Stolz. Sie würde sich freuen, wenn sie wüsste, dass du nun diese Aufgabe übernommen hast! Ach Mimi, es ist so schön, dich hierzuhaben …« Der Onkel lächelte wehmütig. »Trotzdem – wenn ich daran denke, dass du wegen mir deine Karriere aufgegeben hast, habe ich ein ganz schlechtes Gewissen. Du bist eine gefragte Wanderfotografin! Statt in feinen Kurbädern und Touristenorten gutes Geld zu verdienen, schaust du mir beim Sterben zu! Kind, das ist mir gar nicht recht…«

Entsetzt sah Mimi, wie sich seine Augen mit Tränen füllten. »Ich bin gern hier«, sagte sie sanft. Zurück auf die Straße, einem Auftrag nach dem andern hinterherhetzen? Nie und nimmer, dachte sie.

Was sie in all ihren Jahren als Wanderfotografin niemals für möglich gehalten hatte, war eingetroffen: Sie fühlte sich als »ansässige Fotografin« sehr wohl. Wie oft hatte sie es in früheren Zeiten bedauert, Menschen immer nur flüchtig kennenzulernen! Ein paar freundliche Sätze, ein Klick ihres Auslösers und dann »Adieu«. Hier im Ort jedoch begann sie zum ersten Mal zaghafte Freundschaften zu knüpfen, sei es mit ihrer etwas naseweisen Nachbarin Luise oder auch mit dem patenten Wirtshaussohn Anton. Und dann war da noch ihr geliebter Onkel Josef – sie würde für ihn da sein bis an sein Lebensende. Das hatte sie sich geschworen und daran gab es nichts zu rütteln. Und jetzt, wo Johann gekommen war, gab es sowieso keinen Grund mehr für sie wegzugehen.

Einer Laune folgend schnitt sie das Butterbrot, das sie für Josef geschmiert hatte, in der Form eines Fisches zurecht. »Da, dein Hering!«, sagte sie grinsend und stellte dem Onkel den Teller hin. Zu ihrer Freude erschien ein kleines Lächeln auf seinem Gesicht.

»Im Ernst – ich genieße es gerade sehr, nicht ständig im Aufbruch begriffen zu sein. In deinem Atelier kann ich schalten und walten, wie ich möchte. Endlich muss ich keine Kompromisse mehr eingehen, das ist ein ganz neues Gefühl für mich!«

Der alte Fotograf nickte zufrieden. »Es geht doch nichts über ein eigenes Atelier – sage ich dir das nicht seit Ewigkeiten?«

Mimi lachte. »Aber weißt du, was mich dennoch ein wenig stört? Ich fühle mich so beobachtet! Die Leute achten darauf, wie oft ich einkaufen gehe, wie sauber die Wäsche ist, die ich draußen aufhänge. Es wird geschaut, ob ich vor der Tür ordentlich gefegt habe, ob ich schon Unkraut im Gärtchen gejätet habe… Und wehe, ich wage es, mich einmal ein halbes Stündchen auf die Bank zu setzen und das Gesicht in die Sonne zu halten! Dann bekomme ich über den Gartenzaun vorwurfsvolle Blicke zugeworfen, als wäre ich das faulste Luder überhaupt. Hier bekommt wirklich jeder alles mit.« Und wegen dieser allgemeinen Neugierde mussten Hannes und sie nun auch noch ihre Beziehung geheim halten, dachte sie.

»Das sagt ja gerade die Richtige! Deinem scharfen Fotografenblick entgeht doch auch nichts«, sagte der Onkel lachend. »So wie gestern, als dieser junge Bursche eine Postkarte einstecken wollte, ohne sie zu bezahlen. Oder als du mitten im Marktgetümmel gleich den Heimkehrer, Johann Merkle, entdeckt hast. Richtige Stielaugen hast du da gemacht!«

Mimi schaute peinlich berührt zur Seite. »Das kam nur davon, weil die Leute so einen Trubel um ihn veranstaltet haben. Fast hätte man meinen können, der Messias sei erschienen. Was hat es mit diesem Johann Merkle eigentlich auf sich?« So beiläufig sie tat, so sehr zitterte ihre Stimme plötzlich.

»Der Johann Merkle…« Der Onkel lehnte sich in seinem Stuhl zurück. »Viel weiß ich nicht von ihm. Ein

Jahr nach meiner Ankunft hier ist er nach Amerika ausgewandert, seitdem hat man von ihm nichts mehr gehört oder gesehen. Kurz zuvor war sein Vater gestorben. Man soll ja nicht schlecht über Tote reden, aber allem Anschein nach war Robert Merkle ein ziemlich gewalttätiger Mann. Traudel hat mir mal erzählt, dass man ziemlich oft Edelgards Jammern gehört hat, da gab es wohl oft Schläge.«

»Wie bitte? Und keiner hat der Frau beigestanden?« So was hätte ihre Mutter mitbekommen sollen! Pfarrersgattin Amelie Reventlow hätte dem Mann den Marsch geblasen, aber wie, dachte Mimi erzürnt.

»Was hinter verschlossenen Türen vor sich geht, ist Privatsache. Und in Ehestreitigkeiten mischt sich sowieso niemand gern ein. Traudel meinte, der Johann habe wohl von klein auf versucht, die Mutter zu schützen, indem er den Groll des Vaters auf sich zog und dann die Prügel kassierte.«

Mimi schaute ihren Onkel fassungslos an.

»Nun, als Johann erwachsen und dem Vater körperlich ebenbürtig war, wird er sich schon zu wehren gewusst haben.« Josef Stöckle zuckte mit den Schultern. »Kaum war der Vater tot, ging der Johann fort. Dabei hatte jeder geglaubt, er würde der Mutter weiterhin beistehen. Aber allem Anschein nach sah er seine Pflicht mit dem Tod des brutalen Vaters als erledigt an. Und irgendwie hatte Johann recht! Schon in ihrem Trauerjahr wurde Edelgard zu einer völlig anderen Frau. Fröhlich, dem Leben zugewandt, immer ums Wohl anderer bemüht… Natürlich beklagte sie öfter den Weggang von Johann, aber vor allem schien sie erleichtert, ihren Peiniger los zu sein.« Der Onkel schaute nachdenklich drein. »Ich frage mich, was es zu bedeuten hat, dass Edelgards Sohn ausgerechnet jetzt zurückgekommen ist...«

Das ist Schicksal, dachte Mimi verträumt.

»Ich wette mit dir, dass Johann beim Gehringer anfangen wird!«

Mimi hob erstaunt die Brauen – ihr Onkel hatte ein ziemlich gutes Gespür für das, was im Dorf vor sich ging, stellte sie nicht zum ersten Mal fest. »Nach dem unverschämt niedrigen Angebot, das Gehringer dir für deinen Laden gemacht hat, schätze ich, dass er auch nur äußerst mickrige Löhne zahlt. Ein kluger Mann wie dieser Johann wird doch wohl auch noch eine andere Stelle finden«, sagte sie, während sie Johanns Aussage vom Morgen verdrängte.

»Du und deine Abneigung gegen den Gehringer! Mimi, ich will dir nicht dreinreden, aber wenn du noch eine Zeitlang hier in Laichingen bleiben willst, dann bist du gut beraten, dir nicht ausgerechnet den Gehringer zum Feind zu machen. Du bist ihm gegenüber eh schon sehr forsch aufgetreten. Wenn Herrmann Gehringer jemanden nicht leiden kann, hat derjenige kein leichtes Leben, das sag ich dir.«

»Vor dem habe ich keine Angst«, wehrte Mimi schnippisch ab. »Wir sind schließlich nicht mehr im Mittelalter, wo der Fronherr mit seinen Untertanen machen kann, was er will. Ich bin ein freier Mensch!«

»Und davon abgesehen – Gehringer hatte es auch nicht leicht im Leben«, sagte Josef, als habe er ihren Einwurf nicht gehört. »Seine Frau ist vor ein paar Jahren gestorben, woran, weiß eigentlich keiner so genau. Und sein einziger Sohn gilt nach einer Italienreise seit über zehn Jahren als verschollen. Die Leute sagen, der junge Mann sei immer ein wenig seltsam gewesen…«

Das ist ja kein Wunder bei dem Vater!, dachte Mimi.

»Jedenfalls – Gehringer wird Johann mit Handkuss nehmen. Es gibt nicht genügend Fachleute, da kommt es auf jeden Einzelnen an. Das Weben muss einem im Blut liegen, da kannst du nicht irgendjemanden von weiter her holen. Johann Merkle stammt aus einer alten Weberfamilie, *ihm* liegt das Weben im Blut!« Der Onkel hustete.

Unauffällig warf Mimi einen Blick auf das Taschentuch, das er sich vor den Mund hielt. Kein Blut, dachte sie erleichtert. »Und mir liegt das Fotografieren im Blut, weshalb ich auch gleich in den Laden muss. Gestern nach dem Markt habe ich meine ganzen Waren einfach nur noch abgestellt, dementsprechend sieht es drüben aus wie Kraut und Rüben. Wenn Leute durchs Schaufenster blicken, heißt es gleich wieder, ich sei zu schlampig zum Aufräumen«, sagte Mimi mit einem schrägen Grinsen. Spontan schlang sie ihre Arme um den Onkel. Wie mager er war, dachte sie erschrocken. Und gegessen hatte er auch wieder einmal nichts, das von ihr so liebevoll geschnittene Butterbrot lag unberührt auf seinem Teller. Kein Wunder, dass er jede Woche weniger wurde…

»Leg dich doch einfach ein bisschen hin und ruhe dich aus«, sagte sie sanft. »Und gegen Abend geh ich doch noch zu Helene und hole einen echten fetten Hering für dich, einverstanden?«

Der Onkel schaute sie mit seinen durchsichtigen Augen dankbar an.

3. Kapitel

Mimi wollte gerade die Tür zum Laden aufschließen, als sie sah, wie zwei junge Männer über den Marktplatz auf sie zukamen. Es waren Anton Schaufler, der Gastwirtsohn, und Fritz Braun, einer der Konfirmanden, die sie fotografiert hatte. Unter dem Arm trug Anton einen hölzernen Ständer. Alle paar Schritte warf er einen Blick über seine Schulter, als befürchtete er, von seiner Mutter, der Wirtin des Ochsen, auf der gegenüberliegenden Seite des Marktplatzes zurückgerufen zu werden.

»Hier ist Ihr Fotografienständer! Tut mir leid, dass er nicht rechtzeitig für den Pfingstmarkt fertig geworden ist, aber bestimmt kommt er Ihnen in der nächsten Zeit auch noch zupass.« Stolz stellte er den Ständer vor Mimi ab.

Mimi schaute den Gastwirtsohn ungläubig an. »Du hast dein Versprechen tatsächlich wahr gemacht?« Eigentlich hätte der Wagner – einen Schreiner gab es derzeit nicht im Ort – ihr einen solchen Ständer bauen sollen. Sogar eine Zeichnung hatte sie für ihn angefertigt! Doch der Mann hatte keine Zeit gehabt. Anton, der diesen Wortwechsel seinerzeit zufällig mitbekommen hatte, hatte ihr spontan versprochen, einen solchen Ständer für sie anzufertigen. Ehrlich gesagt hatte Mimi keinen Pfifferling darauf gegeben. Anton war zwar schon mehrmals ihr »Helfer in der Not« gewesen, gleichzeitig aber war der attraktive Junge auch jemand, bei dem man besser nicht alles für bare Münze nahm, hatte sie inzwischen gelernt.

Anton grinste. »Sagen wir mal so – es war eine Gemeinschaftsarbeit! Der Fritz hat den Ständer gebaut, ich habe das Material dafür organisiert. Wie finden Sie ihn? Sowohl Postkarten als auch Fotografien passen von der Höhe her genau auf die Leisten, das haben wir extra ausprobiert.«

Mimi ging in die Hocke, um den Holzständer genauer zu begutachten. Die linke Seitenwange des Regals war anders geformt als die rechte. Durch die ebenmäßigen Leisten, welche die beiden unterschiedlichen Teile verbanden, wirkte der Ständer dennoch gefällig. In der Mitte der obersten Leiste war ein geschnitztes hölzernes Element angebracht, das aussah wie eine große Blüte. Die einzelnen Blütenblätter waren so fein, dass man jede Ader sehen konnte.

»Was für eine kunstvolle Schnitzerei!«, sagte Mimi. »Und der Ständer wird mir eine große Hilfe sein. Ich weiß gar nicht, was ich sagen soll… Den hast wirklich du gebaut?« Sie schaute Fritz Braun an.

Der Webersohn nickte stolz. »Das Holz hat der Anton besorgt, gebaut habe ich ihn. Schnitzen ist meine große Leidenschaft, das könnte ich von früh bis spät tun!«

Mimi lächelte. »Du kannst dich wirklich glücklich schätzen, solch ein Talent ist ein Gottesgeschenk.«

Statt sich über ihr Lob zu freuen, verfinsterte sich Fritz' Miene.

Was habe ich nun schon wieder Falsches gesagt?, fragte sich Mimi.

»Sollen wir den Ständer in den Laden tragen?«, wollte Anton eifrig wissen.

Mimi schaute gen Himmel. Keine Wolken, Regen war nicht zu befürchten, und wenn, dann würde sie den Ständer auch rasch selbst hereinholen können.

»Lass ihn ruhig hier stehen. Ein bisschen Werbung kann nicht schaden. Jeder, der über den Marktplatz in Richtung Kirche will, kommt zwangsläufig hier vorbei.« Noch während sie sprach, sprang sie die drei Stufen nach oben, schloss den Laden auf und holte ein paar der Laichinger Ansichtskarten, die sie auch am Tag zuvor auf dem Markt angeboten hatte. Die Laichinger Ansichten standen bald darauf akkurat auf den Leisten des Ständers.

Mimi strahlte die beiden jungen Handwerker an. »Dieser Ständer ist perfekt! Was bin ich euch schuldig?«

Anton und Fritz tauschten einen Blick. Fritz nickte dem Gastwirtsohn dabei unmerklich zu.

»Wir wollen kein Geld«, sagte Anton gedehnt.

Mimi runzelte die Stirn. »Aha.«

»Der Fritz hat ein Anliegen. Wir wollten fragen, ob Sie ... Also ... was ich meine ... Sie haben ja inzwischen mitbekommen, wie die Dinge bei uns in Laichingen liegen. Der Fritz soll Weber beim Gehringer werden, nur weil sein Vater dort auch schafft. Aber der Fritz würde viel lieber Schreiner werden! Und da dachten wir ... Wo Sie sich doch so für den Alexander eingesetzt haben und er allein wegen Ihnen zu dieser Aufnahmeprüfung der Stuttgarter Kunstschule darf ... Könnten Sie sich nicht auch was für den Fritz überlegen?«

Mimi lachte leise auf. »*Überlegen* kann ich mir einiges! Aber ob ich damit auch etwas erreiche, steht auf einem anderen Blatt, das bekommt ihr bei eurem Freund Alexander ja haargenau mit. Wenn Klaus Schubert seinem Sohn weiterhin verbietet, nach Stuttgart zu fahren, waren meine Bemühungen umsonst. Davon abgesehen – ich kenne gar keinen Schreiner«, sagte sie. Trotzdem konnte sie nicht verhindern, dass es in ihrem Kopf ratterte. Der Laichinger Schreiner war im letzten Jahr verstorben, seitdem gingen die Leute mit ihren Holzarbeiten alle zu Herrn Meindl, dem Wagner, der sich seitdem vor Arbeit nicht mehr retten konnte.

Sie schaute in die beiden jungen Gesichter, die sie so hoffnungsvoll anschauten, als könne sie zaubern. *»Misch dich nicht ein, Kind!«*, hörte sie im Geiste die Stimme ihres Onkels. *»Der Herr Gehringer braucht jeden Weber, den er kriegen kann.«*

Einen Moment noch zögerte sie, dann sagte sie: »Vielleicht könnte Herr Meindl einen Lehrjungen gut gebrauchen? Warum sprichst du nicht mal mit ihm?«

»Daran habe ich auch schon gedacht. Aber wenn das mein Vater erfahren würde, dann wäre die Hölle los«, sagte Fritz, und Röte stieg in seine Wangen. »Außerdem … das wird bestimmt eh nichts.«

»Und du, Anton? Du bist doch nicht gerade schüchtern – warum redest du nicht mit eurem Wagner?«

Anton winkte ab. »Was ich zu sagen hab, interessiert doch eh niemanden.«

»Warum diese Schwarzmalerei? Wenn ihr nicht mal versucht, euer Glück zu erlangen, dann werdet ihr nie herausfinden, ob es nicht doch möglich gewesen wäre.«

»Sie haben gut reden!«, sagte Anton. »Sie kennen

sich aus in der Welt, Sie sind unabhängig, verdienen Ihr eigenes Geld... Da wagt man es vielleicht, nach den Sternen zu greifen. Unsereinem hingegen wird von klein auf klargemacht, dass es sich nicht schickt, jemals den von Gott angewiesenen Platz zu verlassen. Wir sind ärmer dran als Sklaven auf einer Galeere!«

»Na, so dramatisch ist es ja wohl nicht«, sagte Mimi belustigt, doch ihr Herz wurde angesichts der jugendlichen Verzweiflung unwillkürlich weich. »Also gut, ich rede mit dem Mann.«

Fritz' Adamsapfel hüpfte aufgeregt auf und ab. »Das würden Sie für mich tun?«

Anton gab ihm einen Schubs in die Seite. »Hab ich's dir nicht gesagt?«, sagte er triumphierend.

Mimi lachte. »Immer langsam mit den Pferden! Ich kann zwar mit Herrn Meindl sprechen, aber selbst wenn er die Idee gut findet, sind es immer noch deine Eltern, die Ja sagen müssen.« Streng schaute sie den Jugendlichen an.

Doch Fritz schien sie gar nicht zu hören. »Ich und eine Lehre beim Wagner... damit würden all meine Träume in Erfüllung gehen.« Im nächsten Moment verabschiedete er sich eilig – die Eltern warteten.

»Kann ich Ihnen noch bei irgendetwas helfen?«, sagte Anton.

»Hast du nichts zu tun?«, sagte Mimi erstaunt.

»Doch, ich muss gleich rüber in den Ochsen,« sagte der Gastwirtsohn. »Da wäre nur noch was...«

»Ja?«, Mimi verdrehte innerlich ein wenig die Augen.

»Es geht um Alexander! Falls er doch noch zu dieser Aufnahmeprüfung dürfte – wie würden Sie seine Chancen einschätzen?«

Mimi zuckte mit den Schultern. »Mein Gefühl sagt mir, dass er sehr gute Chancen auf ein Stipendium hätte.«

Nachdem ihre Mutter sich schon so wenig um ihren Bruder Josef kümmerte, konnte sie wenigstens etwas für Alexander tun, hatte Mimi vor ein paar Wochen in einem Anfall von Wut und Entrüstung gedacht. In einem Brief, dem sie ein paar Zeichnungen von Alexander beigelegt hatte, hatte sie ihre Mutter gefragt, ob sie – die Pfarrersgattin mit ihren vielen guten Beziehungen – sich nicht für den begabten Webersohn einsetzen könnte? Tatsächlich war Amelie Reventlow mit Alexanders Zeichnungen nach Stuttgart gefahren, um in der Stuttgarter Kunstschule vorzusprechen. In ihrem letzten Brief hatte die Mutter nun geschrieben, dass es in diesem Jahr anscheinend nicht sehr rosig aussähe mit heranwachsenden künstlerischen Talenten, dementsprechend größer waren Alexanders Chancen. Aber das behielt Mimi lieber für sich.

»Sind Sie sich da ganz sicher?«, hakte Anton stirnrunzelnd nach.

»Warum willst du das so genau wissen?«, fragte Mimi, während sie die verschiedenen Postkartenansichten sortierte. Der Schwanenteich. Die Laichinger Ansicht eins, die Laichinger Ansicht zwei …

»Nur so.«

»Du hast doch hoffentlich nicht irgendetwas Unrechtes vor, oder?« Sie schaute Anton scharf an.

»Was sollte ich denn vorhaben?«, fragte er gleichmütig zurück. »Alexanders Vater lässt seinen Sohn niemals auf eine Kunstschule – so viel steht fest!«

»Und wenn ich mal mit dem Mann reden würde?«

»Das können Sie sich sparen«, sagte Anton verächtlich. »Klaus Schubert ist ein Weber wie aus dem Bilderbuch. Der würde am liebsten noch auf seinem Webstuhl schlafen. Dass man sein Leben auch noch mit etwas anderem verbringen kann als nur mit Schuss und Faden, wird nie in seinen Kopf gehen. Die einzige Möglichkeit wäre …« Er brach abrupt ab.

»Ja?«

»Nichts. Ich geh dann mal besser!«

Mimi war gerade dabei, ihren neuen Ständer vor dem Ladengeschäft mit allen möglichen Fotografien und Bilderrahmen zu bestücken, als eine Frau stehen blieb. Allem Anschein nach war sie auf dem Weg zu ihren Äckern, denn sie trug Hacke und Forke über der Schulter.

»Das sind doch Evelines Kinder!«, rief sie und zeigte auf die Fotografien, die Mimi zuletzt aufgestellt hatte.

»Genau. Frau Schubert hat nicht nur ein Konfirmandenbild von Alexander, sondern auch noch Erinnerungsfotos von ihren Mädchen machen lassen. Für Buben habe ich übrigens auch sehr hübsche Requisiten! Matrosenanzüge, ein kleines hölzernes Segelboot, einen Kreisel. Und wer mag, darf auch auf dem Schaukelpferd sitzen.«

»Ich habe auch zwei Buben daheim – aber ob ich mir so was leisten könnte? Dafür müsste ich bestimmt lange sparen«, sagte die Frau.

Mimi nannte den Preis für eine Fotografie, und die Frau versprach, darüber nachzudenken. Mimi frohlockte. Durch den Holzständer kam sie immerhin mit den Leuten ins Gespräch!

»Stimmt es, dass Sie jetzt auch sonntags geöffnet haben?«, ertönte plötzlich Luises Stimme. Mimi zuckte zusammen. Wieder einmal hatte sie die Nachbarin auf ihren leisen Sohlen nicht kommen gehört.

»Ja, gleich am elften Juni fange ich damit an. Das war die Idee meines Onkels. Sonntags haben die Leute Zeit, sich fotografieren zu lassen, unter der Woche arbeiten alle so viel«, sagte Mimi lächelnd. Sie brauchte dringend neue Kundschaft. Dass es für einen sesshaften Fotografen so schwer war, ein Auskommen zu haben, hatte sie in all den Jahren ihrer Wanderschaft noch nie erlebt. Im Gegenteil – die Ateliers, in denen sie als Gastfotografin tätig gewesen war, waren alle sehr erfolgreich gewesen, und über einen Mangel an Kundschaft hatte sich keiner beschwert. Aber hier auf der kargen Schwäbischen Alb waren andere Dinge wichtiger als ein Besuch beim Fotografen.

»Der Georg und ich haben bald unseren vierzigsten Hochzeitstag. Da gehört es sich, ein Erinnerungsfoto zu machen. Und Sie sagten doch, Sie würden uns einmal umsonst fotografieren. Weil ich Ihnen das Kochen beigebracht habe … Und wenn meine Berta demnächst heiratet, möchte sie bestimmt auch ein Hochzeitsfoto gemacht bekommen. Gegen Bezahlung natürlich.«

Allem Anschein nach war der Holzständer ihr Glücksbringer, dachte Mimi froh. »Kommen Sie einfach vorbei und …« Sie brach ab, da Eveline Schubert just in diesem Moment über den Marktplatz hinweg auf sie zuhastete.

Entsetzt starrte die Weberfrau auf den Ständer. »Wie kommen Sie dazu, diese Fotografien öffentlich auszustellen? Was, wenn mein Mann die hier entdeckt hätte?« Eilig nahm sie die Fotografien ab. »Ich habe wegen Ihnen schon genug Ärger daheim.«

Luise, die daneben stand, machte riesengroße Ohren.

»Verzeihung«, sagte Mimi zähneknirschend. »Aber die Laichinger Frauen verdienen doch alle ihr eigenes Geld – können Sie da nicht selbst entscheiden, wofür sie es ausgeben?«, fügte sie herausfordernd hinzu.

Luise lachte. »Junge Frau, Sie haben noch viel zu lernen«, sagte sie, dann verabschiedete sie sich.

»Gefallen Ihnen die Fotografien denn wenigstens?«, fragte Mimi zerknirscht, als sie allein waren.

Andächtig strich Eveline über die Bilder. Marianne hielt eine Porzellanpuppe im Arm und lächelte selig. Erika saß auf dem Schaukelpferd und strahlte übers ganze Gesicht.

Mimi, erleichtert darüber, dass Evelines Ärger allem Anschein nach schon wieder verflogen war, sagte: »In vielen Ateliers werden Kinder immer noch wie kleine, gestrenge Erwachsene fotografiert. Kein Lächeln, keinerlei Mienenspiel ist auf diesen altmodischen Fotografien zu sehen. Dabei ist ein Kinderlächeln doch wirklich ein Gottesgeschenk!«

»Sie haben völlig recht«, sagte Eveline. Bevor Mimi wusste, wie ihr geschah, ergriff Eveline Mimis Hände und sagte mit bewegter Stimme: »Die Fotografien sind wunderschön. Danke! Sobald ich mal wieder Geld habe, kaufe ich passende Bilderrahmen dazu.« Geschäftig zückte sie dann ihre Geldbörse. »Was bin ich Ihnen für die Fotografien schuldig?«

Mimi nannte den Betrag. Der Anblick, wie Eveline mühevoll Pfennig für Pfennig abzählte, brach Mimi fast das Herz. Alexanders Mutter schien sich das Geld wirklich vom Munde abgespart zu haben, mehr noch – wahrscheinlich hatte sie einige Entbehrungen auf sich genommen, um diese Fotografien machen lassen zu können.

»Sie sind eine wunderbare Frau!« In einer spontanen Geste strich Mimi Eveline über den Arm.

Die Weberfrau schnaubte ironisch. »So wundervoll, dass mein Mann und ich uns nur noch streiten. Wenn er hören würde, dass sie ein Kinderlächeln als Gottesgeschenk bezeichnen, würde er sagen, dass bei Ihnen im Haus wohl auch der Teufel tanzt! Lachen ist nämlich verboten, müssen Sie wissen.« Ihre Stimme triefte vor bitterer Ironie. »Klaus wird immer freudloser und erwartet dasselbe von uns. Und dass Alexanders Talent ebenfalls eine Gottesgabe ist, will er auch nicht einsehen«, sagte sie bitter. »Die verdammte Laichinger Krankheit!«

Mimi lachte irritiert auf. Diesen Ausdruck hatte sie noch nie gehört. »Was soll das sein? Die Schwindsucht?«

Eveline schüttelte den Kopf. »Schwermut. Klaus ist schwermütig. Es fing vor ein paar Jahren an und wurde immer schlimmer. Ich erkenne den Mann nicht mehr, den ich einst geheiratet habe…« Die Weberfrau holte tief Luft. »Aber ich lasse mich nicht unterkriegen! Irgendwie geht es immer weiter. Und gleich heute Abend spreche ich nochmal mit ihm, ich will unbedingt, dass Alexander die Chance mit der Kunstschule bekommt.«

Mimi schwieg betroffen. Damit hatte sie nicht gerechnet. War die Schwermut womöglich auch der Grund, warum Alexanders Vater sich so querstellte, wenn es um Stuttgart ging? Mit schwermütigen Menschen hatte sie keinerlei Erfahrung, umso mehr bewunderte sie Eveline um ihre Art, mit der Krankheit ihres Mannes umzugehen.

»Weiß denn Ihr Arzt keinen Rat…« Sie brach ab, da Karolina Schaufler gerade den Marktplatz überquerte.

Sie hatte Mimis Ladengeschäft noch nicht ganz erreicht, als ihr Blick auf den Holzständer fiel.

»Das ist doch… Das…« Die Wirtsfrau trat näher an den Ständer heran, inspizierte ihn genau, dann fuhr sie mit dem Zeigefinger über die ungleichen Seitenwangen. Die Falte auf ihrer Stirn wurde tiefer, ihre Miene immer grimmiger.

»Ja?«, sagte Mimi gedehnt. »Den Ständer hat Fritz Braun gebaut, Ihr Sohn hat ihm das Material dafür besorgt. Ich bin den Jungen sehr dankbar dafür.«

Antons Mutter zeigte anklagend auf den Ständer und sagte: »Das war mal meine alte Sitzbank! Ich hatte sie in der Scheune gelagert und wollte sie herrichten lassen, sobald der Wagner Zeit hat. Und nun hat der Kerl sie zersägt!«

Dieser kleine Gauner! Einen Moment lang wusste Mimi nicht, ob sie lachen oder weinen sollte. »Das wusste ich nicht… Ich nahm natürlich an, das Holz sei übrig gewesen. Wie kann ich das nur wiedergutmachen?«

Neben ihr stieß Eveline einen unterdrückten Laut aus. Mimi wagte es nicht, zu der Weberfrau hinüberzuschauen, aus Angst laut loszuprusten.

»Der Anton bekommt eine Tracht Prügel, die sich gewaschen hat und wenn er zehn Mal einen Kopf größer ist als ich!« Grimmig schaute Karolina Schaufler über den Marktplatz in Richtung Ochsen, als könne sie es kaum erwarten, ihren Sohn in die Hände zu bekommen.

»Ich hätte eine andere Idee«, sagte Mimi eilig. »Wie wäre es mit einer schönen Fotografie von Ihrem Gasthof? Wenn der Tag klar ist und ich mich links von Ihrem Haus platziere, bekomme ich vielleicht sogar eine Spiegelung in der Hüle hin. Sie und Ihr Mann könnten sich davor aufstellen. Einen Rahmen spendiere ich auch. Als Gegenleistung für das Holz. Aber nur, wenn Sie die Tracht Prügel bitte vergessen, Ihr Sohn hat es wirklich nur gut gemeint.«

Kaum war die besänftigte Wirtin gegangen, stieß Mimi die angehaltene Luft raus. »Da bin ich ja gerade nochmal mit einem blauen Auge davongekommen«, sagte sie lachend.

Eveline lächelte ebenfalls. »Der Anton ist ein Lausbub, wie er im Buche steht. Da lobe ich mir meinen Alexander, er ist so ein braver Kerl.«

»Dass ausgerechnet die beiden so gute Freunde sind …« Mimi schüttelte lachend den Kopf.

»Und das seit frühester Kindheit«, sagte Eveline. »Der Alexander würde für Anton durchs Feuer gehen. Und umgekehrt.«

Mimi lächelte, doch ganz wohl war ihr nicht. Wie beharrlich Anton nach Alexanders Chancen bei der Aufnahmeprüfung der Kunstschule gefragt hatte … Der Gastwirtsohn würde doch nicht wieder irgendeinen Unsinn im Kopf haben, um seinem Freund zu helfen?

4. Kapitel

Wie vom Schlag getroffen blieb Herrmann Gehringer am Webstuhl von Benno Klein stehen. »Du putzt den Webstuhl mit der bloßen Hand?« Er zeigte auf die Wollflusen, die bei jedem Kett- oder Artikelwechsel entfernt werden mussten. »Da hängt noch eine Unmenge Staub drin, dafür brauchst du einen Handfeger!«

Der Weber kratzte sich verlegen am Kopf. »Mein Handfeger ist leider spurlos verschwunden.«

Gehringer glaubte nicht richtig zu hören. Waren heute alle von den guten Geistern verlassen? Wohin er bei seinem morgendlichen Rundgang auch kam – überall war der Schlendrian schon vor ihm dagewesen!

»Arbeitsmaterial hast du also auch noch verschlampt? Ich hoffe sehr für dich, dass du den Handfeger wiederfindest, sonst zieh ich dir den von deinem Lohn ab!«, schrie er über den Lärm der Webstühle hinweg, dann ging er kopfschüttelnd weiter.

Der nächste Webstuhl war der von Klaus Schubert. Von ihm war bestimmt auch nichts Gutes zu erwarten, dachte Herrmann Gehringer verdrießlich, während er in die Liste schaute, die sein Assistent Paul Merkle ihm zu Beginn des Kontrollgangs überreicht hatte. Darin wurden die täglichen Schusszahlen jedes Webers und jedes Webstuhls festgehalten. Bei fast allen Webern lagen die gestrigen Schusszahlen unter den von ihm als Durchschnitt festgelegten 60 000 Schuss am Tag. Doch bei keinem war das Ergebnis so schlecht wie bei Klaus Schubert.

»Nur 53 000 Schuss? Hast du dir einen halben Tag Urlaub genommen, oder was?«, fuhr Herrmann Gehringer den Weber an. »Sechstausend Schuss pro Stunde müssen bei unseren guten Webstühlen doch wirklich drin sein!«

Klaus Schubert trat schutzsuchend einen Schritt hinter seinen riesigen Webstuhl. »Mein Magen – mir war nicht wohl, ich musste mehrmals auf den Abort.« Seine Augen flackerten unruhig.

Herrmann Gehringer seufzte. Der Schubert war einer, dem alles auf den Magen schlug. Er bezweifelte, dass er den Mann heute noch einmal einstellen würde. »Entweder du reißt dich zusammen, oder du kannst dir bald eine neue Arbeit suchen! Jemand mit schwachen Nerven ist hier fehl am Platz.«

Ohne ein weiteres Wort ging Gehringer davon. »Kannst du mir mal sagen, was hier los ist?«, fuhr er seinen Assistenten an. »Kettenbrüche, Schützenlöcher, niedrige Schusszahlen – beim Weben muss man sein Tagwerk mit höchster Konzentration verrichten! Allem Anschein nach haben die Leute alles Mögliche im Sinn, nur nicht die Arbeit.«

»Wenn Sie das sagen«, erwiderte Paul Merkle säuerlich und in einem Ton, als ginge ihn das alles nichts an.

Herrmann Gehringer warf ihm einen unauffälligen Blick zu. Konnte es sein, dass seine rechte Hand schmollte?, dachte er. Dabei hatte er Paul offiziell doch noch gar nicht gesagt, dass sein Bruder bei ihnen anfangen würde.

Im Büro angekommen nahm der Webereibesitzer hinter seinem wuchtigen Schreibtisch Platz. Wie jeden Tag hatte Merkle die Eingangspost schon fein säuberlich in Aufträge, Rechnungen und anderen Schriftverkehr getrennt gestapelt. Gleich drei neue Aufträge, sehr gut! Gehringers Freude hielt jedoch nicht lange an, als er sah, welche Notiz sein langjähriger – und guter – Berliner Kunde Alfred Stoll seinem Auftrag angefügt hatte. *Achtung! Wichtig!*, hatte er mit roter Tinte geschrieben. *Die Order über je hundert Unterröcke, Nachthemden und Unterkleider wird nur dann gültig, wenn Sie zu einem Preisnachlass von zehn Prozent bereit sind. Ansonsten muss sich das Modehaus Stoll nach einem Weißzeug-Lieferanten umsehen, der Baumwolle verarbeitet. Ich erwarte Ihre umgehende Rückantwort, ob Sie dazu bereit sind. Ansonsten …*

Ansonsten? War es schon so weit, dass seine Kunden ihm drohten? Gehringer ließ den Brief sinken. Auf einmal kam ihm die Luft im Raum stickig und abgestanden vor. Abrupt stand er vom Schreibtisch auf, ging zum Fenster und öffnete es. Tief ein- und ausatmend ließ er den Blick über sein weitläufiges Firmengelände schweifen. Normalerweise erfreute ihn die Aussicht über die geziegelten Gebäude. Und das gleichmäßige Klopfen der Webstühle war wie Musik in seinen Ohren. Doch heute waren seine Gedanken düster, und sein Kopf dröhnte noch immer vom Lärm in der Weberei. Und dazu die frechen Forderungen seiner Kunden! Der eine beschwerte sich über altmodische Modelle, der nächste verlangte horrende Preisnachlässe, der übernächste wollte die Ware am liebsten schon vorgestern haben – wie lange würde es ihm noch gelingen, unter diesen Umständen sein Lebenswerk zu erhalten?

Die verdammte Baumwolle, dachte er nicht zum ersten Mal. Nie hätte er angenommen, dass sich das Garn aus den britischen Kolonien einmal derart auf dem europäischen Markt durchsetzen würde. Jahrhundertelang waren Tischdecken und Bettwäsche aus Laichinger Leinen mindestens solch ein Qualitätsbegriff gewesen wie Kuckucksuhren aus dem Schwarzwald oder Messer aus Solingen. Die Leute waren bereit, einen entsprechenden Preis zu zahlen. Und dass das Weben feiner Leinenstoffe eben dauerte, war auch selbstverständlich gewesen. Doch seit einigen Jahren lief ihnen das Baumwollgewebe immer mehr den Rang ab. Es war günstiger, weicher als Leinen und allem Anschein nach auch einfacher herzustellen.

Noch waren seine Auftragsbücher voll, übervoll sogar. Doch das Gros der Bestellungen bestand aus einfachen Modellen, bei denen die Gewinnmarge noch nie hoch gewesen war. Würde er jetzt noch weitere Preisnachlässe gewähren müssen, ginge sein Gewinn bald gegen null.

Gehringer kniff die Augen zusammen, während er hinüber zur Fabrik schaute. Täuschte er sich oder stand da einer und rauchte eine Zigarette, was auf dem gesamten Gelände strengstens verboten war? Unglaublich! Als wäre der Druck, den die Kundschaft auf ihn ausübte, noch nicht genug, waren seine Weber faul und nachlässig geworden! Am liebsten wäre er hinübergerannt und hätte den Burschen zur Rechenschaft gezogen. Aber dafür war keine Zeit. Er schloss das Fenster wieder und ging zurück an seinen Arbeitsplatz. »Paul!«

Als habe er nur auf das Kommando seines Chefs gewartet, stand sein Assistent in der Tür. Gehringer winkte ihn zu sich her. »Nimm Block und Stift! Es gibt viel Arbeit. Wenn wir nächstes Jahr unser Jubiläum noch erleben wollen, müssen wir jetzt aktiv werden. Der Konkurrenzdruck durch die Baumwollproduzenten wird immer heftiger, sie machen uns mit ihrer Billigware systematisch die Preise kaputt. Inzwischen scheint es bei unseren Kunden zur Mode zu werden, nach immer neuen Preisnachlässen zu fragen. Bei meinen Kollegen hier im Ort sieht es auch nicht anders aus, zumindest ist das der Tenor am Unternehmerstammtisch. Manch einer mag nun resignieren, aber ich nehme den Kampf auf!« Herausfordernd schaute er seinen Assistenten an.

»Welchen Kampf genau?«, fragte Paul Merkle mit hochgezogenen Brauen, und sein Ton klang schon wieder äußerst hochnäsig.

Gehringer schaute seinen Assistenten an. Wollte der Mann ihn veräppeln? »Ich lasse mir von niemandem in die Suppe spucken, weder von unserer verehrten Kundschaft noch von meinen Leuten! Es brechen neue Zeiten an, und die Maßnahmen, die ich fortan ergreifen werde, werden nicht jedem schmecken... Also schreib: Punkt eins – die Arbeitszeit wird ab nächsten Monat um zwei Stunden täglich heraufgesetzt, ohne Lohnausgleich. Allein dadurch kann ich schon gewisse Preisnachlässe, zu denen ich genötigt werde, hereinholen.«

»Soll ich eine Mitarbeiterversammlung einberufen?«

»Das reicht noch nächste Woche. Je kurzfristiger wir das bekanntgeben, desto besser. Es tut nicht not, dass die Leute zu viel Zeit haben, im Vorfeld schon über die Mehrarbeit nachzudenken«, winkte Gehringer ab. »Punkt zwei – bei der Auswahl der Lehrlinge werde ich zukünftig die Spreu vom Weizen trennen. Nicht nur die körperliche, sondern auch die geistige Verfassung ist wichtig. Wenn ich den Trauerkloß Schubert sehe, vergeht mir jeden Tag die gute Laune!«

»Bei der Frau wäre wohl jeder schwermütig«, sagte Merkle spöttisch. »Solche Moden wie Eveline Schubert legt keine andere Frau an den Tag, da gäbe es einiges zu erzählen. Meine Sonja ist ja immer bestens informiert über alles, was im Dorf vor sich geht.«

Gehringer musste grinsen. Merkles Frau war eine der größten Schwatzbasen überhaupt. Was nicht zu seinem Schaden war, durch Sonja Merkle erfuhr er so einiges. Und eine Meisterin der Sticknadel war sie auch. Doch im Moment hatte er keine Zeit, sich Tratsch über die neuesten »Moden« von Eveline Schubert anzuhören. »Ehefrau hin oder her«, sagte er deshalb streng, »wenn der Schubert sich nicht zusammenreißt, werfe ich ihn raus! Nun zu Punkt drei ...«

Ohne einmal zu stocken, ratterte er einen Punkt nach dem andern herunter. Es war ja nicht so, als würde er zum ersten Mal über die Probleme nachdenken, vielmehr hatte er so manche schlaflose Nacht hinter sich. Doch er war mehr als bereit, sich der Zukunft zu stellen. Und jeden, der sich ihm in den Weg stellte, würde er gnadenlos zur Seite schieben.

»Punkt fünf – die Neueinstellungen guter Weber werde ich zukünftig stärker forcieren, zu diesem Zweck gebe ich eine Werbeanzeige im *Ulmer Tagblatt* auf. Wir müssen wachsen, wenn wir nicht untergehen wollen!

Punkt sechs – hier bin ich mir noch nicht ganz sicher, aber vielleicht sollte ich zukünftig die Löhne mit einer Qualitätsprüfung koppeln. Die Schusszahl ist nur ein Kriterium dafür, wie gut oder schlecht jemand arbeitet. Je mehr Fehler, desto weniger Geld! Es steht auch noch die Überlegung an, ob ich dafür einen Kontrolleur einstelle oder ob ich die Kontrollen weiterhin selbst durchführe.«

»Wenn Sie mögen, kann ich die Kontrollen durchführen«, meldete sich Paul Merkle zu Wort.

Gehringer überlegte kurz. Warum nicht? Er hatte sowieso den Verdacht, dass sein Assistent sich in seinem Büro oft genug einen lauen Lenz machte. Außerdem begleitete Merkle ihn seit Jahren oft bei seinen täglichen Rundgängen durch die Fabrik, er wusste also genau, worauf es ankam. Und die nötige Härte gegenüber den Männern hatte Merkle auch.

»Einverstanden! Nun zu Punkt sieben – und dieser Punkt ist mir besonders wichtig: Von den neu einzustellenden Lehrlingen wird der eine oder andere zukünftig noch Zusatzarbeiten verrichten müssen. Sozusagen als Ausgleich für seine fauleren und ungeschickten Kollegen – oder für seinen schludrigen Vater! Ohne diese Solidarität geht es zukünftig nicht mehr. Ist einer künstlerisch begabt wie der Schubert-Sohn, dann kann er nach der Arbeit ruhig noch ein paar neue Stickmuster zeichnen. Und stellt sich einer als technisch sehr talentiert heraus, schicke ich ihn sogar einmal zu einem Lehrgang für Mechaniker. Dann kann er kleinere Reparaturen übernehmen, und ich erspare mir zukünftig die teure Anreise von Fachleuten. Apropos – hast du die Liste mit den diesjährigen Schulabgängern schon fertig?«

Merkle stand auf und ging in sein Büro. Kurz darauf kam er mit einem Blatt Papier zurück. »Ich habe hinter jedem Namen vermerkt, welche besonderen Talente die Jungen haben, zumindest bei denen, von denen ich etwas weiß.«

Gehringer überflog die Liste. »Dass der Vincent Klein keine besonderen Fähigkeiten hat, hättest du nicht extra dazuschreiben müssen«, sagte er lachend. »Wie der Vater, so der Sohn, würde ich sagen. Aber hier, der Fritz Braun – ein geschickter Arbeiter mit Holz, das ist interessant! Wie kommst du darauf?«

»Der Fritz hat meiner Tochter Christel vor Jahren mal ein kleines Holzpferd geschenkt, das war so detailgetreu geschnitzt, dass man hätte meinen können, es wäre ein Herrgottsschnitzer von Oberammergau am Werk gewesen.«

Gehringer war beeindruckt. »Sehr gut, einen wie den Fritz Braun brauchen wir unbedingt! Vielleicht wird das unser neuer Haustechniker? Wenn an einem Webstuhl etwas bricht, hätten wir gleich einen geschickten Handwerker im Haus.« Er las weiter. »Dein Sohn Justus – robust und zuverlässig, in Ordnung. Der Martin Steudle, der Josef Krautwickel, beide keine besonderen Fähigkeiten ...« Er schaute stirnrunzelnd auf. »Fehlt da nicht Alexander Schubert?«

Paul Merkle nickte. »Ich war mir nicht sicher, ob ich ihn überhaupt noch auf die Liste schreiben soll.«

»Wieso denn nicht?« Alexander Schubert war ein großes Zeichentalent, und er hatte mit dem Jungen einiges vor. Die Muster, mit denen seine Stickerinnen Paradekissen und Nachthemden verzierten, stammten allesamt noch aus dem vorigen Jahrhundert – es war dringend nötig, dass jemand hier frischen Wind hereinbrachte. Die wenigen Zeichnungen, die Paul Merkle ihm von dem jungen Schubert hatte zeigen können, hatten ihn zur Überzeugung gebracht, dass der junge Mann genau der Richtige für ihn war.

»Na, weil er doch wahrscheinlich nach Stuttgart geht.«

»Stuttgart? Was soll der Junge in Stuttgart? Er gehört hierher!« Gehringer fiel aus allen Wolken. »Davon hab ich bisher noch nichts gehört!«

Merkle schaute seinen Chef ungläubig an. »Verzeihen Sie, aber haben Sie das wirklich noch nicht mitbekommen? Die Fotografin hat Beziehungen zu einer Kunstschule in Stuttgart. Sie hat sich für Alexander eingesetzt. Er soll Ende Juni zu einer Aufnahmeprüfung dorthin fahren, es winkt ihm sogar ein Stipendium.« Paul Merkle zuckte mit den Schultern. »Klaus Schubert ist zwar dagegen, heißt es im Dorf. Aber seine Frau, die Zugereiste, ist natürlich Feuer und Flamme für diese Idee. Wenn Sie mich fragen – diese Mimi Reventlow und Eveline Schubert sind aus demselben Holz geschnitzt. Beide setzen den Leuten hier nur Flausen in den Kopf, so langsam bilden sich alle ein, etwas Besseres zu sein!«

Grimmig schaute Herrmann Gehringer seinen Assistenten an. »Bei der Fotografin gebe ich dir absolut recht. Schon die verrückten Konfirmandenfotografien waren in meinen Augen ein Affront. Anstatt die Jungen und Mädchen mit der Bibel zu fotografieren, musste es ein Atlas sein oder die Weltkugel. So was brauchen wir hier gerade noch!« Er schüttelte missfällig den Kopf. »Hätte ich diese widerspenstige Fotografin nur gleich zum Teufel gejagt, als sie hier angekommen ist!«

Merkle grinste. »Darf ich Sie daran erinnern, dass Sie dies sehr wohl versucht haben? Allerdings ohne Erfolg. Ich befürchte, Mimi Reventlow wird sich nicht so einfach davonjagen lassen, vor allem jetzt nicht, wo sie ihren todkranken Onkel pflegt. Und ihren Lebensunterhalt verdient sie sich hier anscheinend auch – jedenfalls war ihr Stand auf dem Pfingstmarkt ständig von Kundschaft umringt.« Er klang geradezu süffisant.

»Der alte Fotograf wird ja nicht mehr ewig leben«, sagte Gehringer pampig. Merkle hatte leider recht. Schon mehr als einmal war ihm diese Fotografin in die Quere gekommen, und bisher hatte er noch kein Mittel gefunden, um ihr Einhalt zu gebieten. Aber dass sie nun auch noch die Jugend im Dorf gegen ihn aufbrachte, ging wirklich zu weit!

»Schreib den Alexander Schubert auf die Liste. Der fängt bei mir an, dafür werde ich sorgen. Und dieser Fotografin werde ich auch noch das Handwerk legen. Punkt acht – Maßnahmen gegen Mimi Reventlow überlegen!«

Ein gehässiges Lächeln umspielte Merkles Lippen, als er tat, wie ihm geheißen. Sein Assistent schien die selbstbewusste Fotografin fast noch mehr zu hassen als er selbst, dachte Gehringer amüsiert. »Das war's für heute«, sagte er und bedeutete Merkle, den Raum zu verlassen. Er musste dringend darüber nachdenken, wie er den jungen Schubert daran hindern konnte, nach Stuttgart zu gehen. Als Erstes würde er zu Klaus Schubert gehen und fragen, was das Affentheater eigentlich sollte, und ob er nicht Manns genug war, sich seiner Frau gegenüber zu behaupten.

Das kam davon, wenn man über seinem Stand heiratete, dachte er höhnisch. Auch nach all den Jahren hatte Eveline Schubert ihre hochfliegende Art noch immer nicht abgelegt, dabei hatte ihr Leben als reiche Tochter eines Chemnitzer Großindustriellen schon vor siebzehn Jahren ein jähes Ende genommen!

Bisher hatte er sich stets darüber amüsiert, dass die Tochter seines Webstuhllieferanten Karl-Otto Hoffmeister ausgerechnet mit einem *seiner* Weber durchgebrannt war und sich hier in Laichingen niedergelassen hatte. Doch das Amüsement hörte in dem Moment auf, wenn Eveline Schubert verhindern wollte, dass ihr Sohn bei ihm in die Lehre ging.

Gehringer war so in seine Gedanken verstrickt, dass es einen Moment dauerte, bis er realisierte, dass Paul Merkle noch immer in der Tür stand.

»Gibt es noch etwas?«

»Ich habe von meiner Mutter erfahren, dass Sie meinen Bruder als Weber eingestellt haben.«

Also doch! Hatte er sich nicht getäuscht in seiner Annahme, dass Merkle ihm gegenüber heute ein wenig aufsässig war. Was er an seinem Assistenten schätzte, war dessen Art, nicht zu katzbuckeln, so wie genügend andere es taten. Und er hatte ihm, Gehringer, schon des Öfteren gute Denkanstöße geliefert. Dennoch war es von Zeit zu Zeit angebracht, ihn in seine Schranken zu weisen.

»Johann fängt morgen bei uns an. Du siehst, ich habe schon damit begonnen, neue gute Weber zu rekrutieren«, sagte Herrmann Gehringer vergnügt. Er wusste natürlich, dass die beiden Brüder wie Katz und Hund miteinander waren, aber darauf konnte er nun wirklich keine Rücksicht nehmen. Johann Merkle war ein guter Weber, genau wie sein Vater einer gewesen war.

»Neu? Ja. Aber gut?« Paul Merkle schnaubte leise auf. »Mein Bruder war und ist ein Quertreiber, hoffentlich setzen Sie sich da nicht die Laus in den Pelz!«

Gehringer lachte laut heraus. »Da brauchst du dir wirklich keine Sorgen zu machen. So, wie Johann daherkam mit seinen abgewetzten Klamotten – die Fremde ist ihm nicht sonderlich gut bekommen. Glaube mir, dein Bruder ist froh, dass er bei eurer Mutter unterschlüpfen konnte und Arbeit hat. Ans Ärger-Machen denkt der bestimmt nicht.«

5. Kapitel

Es war der zweite Junisonntag. Die Temperaturen waren angenehm, der Tag war klar und rein, die dröhnenden Maschinen in den Fabriken, die sonst die Luft verqualmten, standen still. Mimi hatte alle Fenster des Ateliers geöffnet, und die Luft war erfüllt vom Duft der ersten erblühten Rosen, die sich an Josefs Hauswand hinaufrankten.

»Und nun legen Sie bitte einen Arm um Ihre Frau«, wies Mimi ihren Nachbarn an. Er stand hinter Luise, die mit einem Fächer in der Hand auf einem Sessel saß.

Ungelenk legte Georg Neumann eine Hand auf die Schulter seiner Frau.

»Etwas liebevoller bitte, Sie feiern doch Ihr vierzigjähriges Eheglück«, sagte Mimi lächelnd, während sie ihre Linhof-Kamera scharf stellte.

Georg Neumann versetzte seine Hand um zwei Zentimeter.

»Vierzig Ehejahre, das ist ganz schön lange. Verraten Sie mir Ihr Geheimnis?«, fragte Mimi im Plauderton. Vielleicht wurde Georg Neumann beim Reden ein wenig lockerer.

»Ein Geheimnis gibt es da nicht«, antwortete Luise

an seiner statt. »Wir hatten einfach das Glück, dass wir früh heiraten konnten. Georg hatte ein wenig Geld von einem ledigen Onkel geerbt, so konnten wir unser Haus bauen. Und meiner Sonja erging es mit ihrem Paul ähnlich. Aber üblich ist das frühe Heiraten nicht!«, fügte sie rasch hinzu.

»Aha. Und was ist üblich hier in Laichingen?«, nuschelte Mimi, während sie unter ihrem schwarzen Fotografentuch einen weiteren Blick durch die Linse wagte.

»Bei uns dürfen die Leute normalerweise erst dann heiraten, wenn sie sich ein eigenes Heim leisten können. Angesichts der Enge und der kleinen Häuser ist das natürlich nicht einfach …« Luise räusperte sich. »Muss der Fächer sein? Ich komme mir albern damit vor.«

Mimi kam unter dem schwarzen Tuch hervor und sagte: »Wir können auch gern etwas anderes versuchen.« Der Fächer war aus Ulm, sie hatte ihn erst kürzlich zusammen mit anderen neuen Requisiten gekauft. Und sie fand ihn äußerst hübsch.

»Wie wäre es, wenn Sie, Herr Neumann, sich auf den Sessel setzen, und Ihre Frau setzt sich dann auf Ihren Schoß?«

Die alten Leute schauten sie entsetzt an. Beide schüttelten den Kopf.

»Wo ist eigentlich die Kopfstütze, die ihr Onkel immer verwendet hat? Bekommen wir die nicht?«, fragte Luise vorwurfsvoll.

»Durch eine Kopf- oder Leibstütze wirken Fotografien in meinen Augen oft etwas leblos. Wir probieren es mal ohne, in Ordnung? Außerdem – so eine Leibstütze kann ganz schön gefährlich sein. Als ich im letzten Herbst bei der Gräfin von Hohenfels war, bestand auch sie auf Leibstützen und zwar für alle Beteiligten. Bei einem Gruppenbild der Hofdamen stürzte dann eine der Stützen um und fiel in ein Fenster, das in tausend Scherben zerbrach. Das wollen wir hier doch nicht riskieren, oder?«

Luise und ihr Mann lachten, im selben Moment drückte Mimi auf den Auslöser. Jetzt würde das Bild eine natürliche, herzliche Ausstrahlung bekommen!

Bei Luise wollte sie später die Taille schmaler retuschieren. Und dem Bräutigam würde sie ein bisschen mehr Bart gönnen, dachte Mimi, während sie unter dem Schutz ihres Dunkeltuchs die nächste Glasplatte einlegte. So sehr sie ihre Arbeit liebte, so schwer fiel es ihr heute, sich darauf zu konzentrieren. Denn Hannes – an seinen richtigen Namen Johann hatte sie sich noch immer nicht gewöhnt – hatte ihr einen kleinen Zettel in den Briefkasten geworfen. Er wollte später versuchen vorbeizukommen …

Georg Neumann räusperte sich. »Verzeihen Sie, wenn ich frage, aber … dauert das noch lange? Ich will noch auf den Acker, die Frühkartoffeln einmal durchharken.«

»Ich würde gern noch eine weitere Pose versuchen, so dass Sie später zwischen zwei Bildern wählen können«, erwiderte Mimi, während sie eine Leinwand aufhängte, auf der ein rosenberankter Torbogen zu sehen war. Sie winkte das Brautpaar heran. »Und nun bitte Hand in Hand vor dem Rosenbogen. Die Rose als Sinnbild für die vielen Ehejahre. Wer den Duft genießen will, muss auch die dornigen Stacheln in Kauf nehmen.«

Luise und Georg schauten erst Mimi, dann den Rosenbogen skeptisch an. »Wäre ein Herrgottskreuz nicht besser? Immerhin ist es Gottes Gnade, die uns die vielen Ehejahre beschert hat«, sagte Luise.

Mimi drückte Luise ein kleines messingfarbiges Kreuz in die freie Hand. »Vielleicht so? Herr Neumann, bitte still stehen!«

»Das Unkraut auf meinem Acker steht aber auch nicht still.«

»Man muss nicht immer schaffen, man sollte auch einmal ruhen. Oder sich fotografieren lassen«, sagte Mimi geduldig. »›Also ward vollendet Himmel und Erde mit ihrem ganzen Heer. Und also vollendete Gott am siebenten Tage seine Werke, die er machte, und ruhte am siebenten Tage. Und Gott segnete den siebenten Tag und heiligte ihn.‹ Das steht im ersten Buch Mose, Vers zwei.« Manchmal staunte sie selbst, an wie viele Bibelpassagen sie sich aus den Predigten ihres Vaters noch erinnerte.

»Sie arbeiten doch auch am heiligen Sonntag«, sagte Georg Neumann. Es fehlte nicht viel, und er hätte wie ein unruhiger Ackergaul mit den Hufen gescharrt.

Mimi lachte. »*Touché!* Und das als brave Pfarrerstochter.« Sie ging zum Schrank und holte die Leibstütze hervor, die sie gleich bei ihrer Ankunft verbannt hatte. Aber Luises Mann zappelte einfach zu viel.

»Eine Pfarrerstochter sind Sie?« Luise schien beeindruckt. »Davon hat Ihr Onkel nie was erzählt.«

Luise und ihr Mann waren gerade gegangen, als eine Familie ins Atelier kam. Sowohl die Eltern als auch die Kinder waren hager, ihre blassen Gesichter wirkten verhärmt.

Der Mann stellte sich als Kurt Kleinmann vor und fragte mit Grabesstimme, ob Mimi ihn und seine Familie fotografieren könnte. Seine Frau wünsche sich das, weil im Haus der Nachbarin auch so eine Fotografie an der Wand hänge. Mit jedem Wort schien der Mann blasser zu werden.

Oje, dachte Mimi mitfühlend. Für schüchterne, zurückhaltende Menschen war die Vorstellung, beim Fotografiertwerden im Mittelpunkt zu stehen, eine Qual.

Sie lächelte den Mann freundlich an. »Wollen Sie sich einmal meine Requisiten anschauen? Danach überlegen wir, wie Ihre Fotografie aussehen könnte. Gerade bei Familienportraits gibt es zahllose schöne Möglichkeiten«, sagte sie mit leichtem Ton.

Der Mann nickte unsicher. Doch statt zu dem Ständer mit den Herrenrequisiten zu gehen, blieb er einfach stehen.

Seine Frau jedoch ließ sich nicht zweimal bitten. Andächtig strich sie über einen mit weißen Seidenrosen geschmückten Sommerhut. »Einmal eine feine Dame sein, das wäre schön ...« Skeptisch schaute sie Mimi an, während ihre Kinder mindestens so andächtig das Schaukelpferd beäugten.

Mimi lächelte. »Zu dem Hut habe ich noch eine mit Seidenblumen bestickte Handtasche und einen Sonnenschirm, schauen Sie, hier! Probieren Sie ruhig alles an, im Eingangsbereich hängt ein Spiegel.«

Die Frau hatte eine melodische Stimme, mit der sie voller Sehnsucht hinzufügte: »So tun, als führte man ein ganz anderes Leben. Einen Moment lang träumen zu dürfen ...« So vorsichtig, als bestünde der Hut aus einem zerbrechlichen Gewebe, setzte sie ihn auf.

Mimi lächelte. Den Menschen Schönheit zu schenken – das war schon immer ihr großer Traum gewesen. Im selben Moment kam ihr eine Idee.

Eilig tauschte sie die Leinwand mit dem Rosenbogen gegen eine von Josef gemalte Waldlichtung aus. Als Nächstes breitete sie eine blaugrün karierte Wolldecke auf der Bühne aus. Während die Frau vor dem Spiegel noch den Hut zurechtrückte, dekorierte Mimi Seidenrosen, Porzellantassen und Teller auf der Decke. Eine Weinflasche und Weingläser gesellten sich dazu. Als die romantisch anmutende Szene fertig war, sagte sie mit einer einladenden Geste: »Wie wäre es mit einem Picknick, wie die feinen Herren und Damen es gern genießen?«

Die Augen von Frau Kleinmann leuchteten, ihre Wangen glühten vor Aufregung.

»Wenn Sie meinen«, sagte ihr Mann schicksalsergeben.

Bedächtig, um nur ja nichts von Mimis Arrangement zu zerstören, ließ sich das Ehepaar auf der Decke nieder. Die Kinder platzierte Mimi samt Schaukelpferd vorn im Bild.

Just in dem Moment, in dem Mimi auf den Auslöser drückte, kam die Sonne hervor und ergoss sich in einem goldenen Strahl quer über die Picknickszene. Eilig, um keinen kostbaren Moment zu verlieren, spannte Mimi ein feines Seidennetz vor die Kameralinse und schoss damit ein weiteres Bild.

»Die Fotografie wird aussehen wie eine Illustration aus der *Gartenlaube*«, sagte Mimi fröhlich und wartete auf eine Reaktion. Doch weder Herr noch Frau Kleinmann schienen die Zeitschrift zu kennen.

Wie die Frau gestrahlt hatte!, dachte Mimi, als sie die in kleinen Tütchen lichtdicht verpackten Glasplatten nummerierte. Wehe, es kam auch nur ein winziger Lichtstrahl an die Glasplatten! Dann wurden sie sofort zerstört, und ihre ganze Arbeit wäre umsonst gewesen.

Sie war gerade beim letzten Tütchen angekommen, als sie sah, wie Hannes das vordere Gartentor öffnete. Er hatte seine Ankündigung wahr gemacht! Sogleich schlug Mimis Herz bis zum Hals hinauf. Sie sprang vor den Spiegel, fuhr sich hektisch übers Haar. Jede Nadel in ihrer Hochsteckfrisur saß da, wo sie hingehörte, die Haare waren glatt aus der Stirn gestrichen, alles war perfekt. Nur die Flecken auf ihren Wangen waren vorhin noch nicht dagewesen.

Sie war gerade wieder vorn an der Bühne angelangt, wo sie tat, als sei sie beschäftigt, als die Tür aufging. Doch im nächsten Moment stand nicht Johann, sondern seine Mutter Edelgard vor ihr. Mimis Mund öffnete und schloss sich wieder wie der eines Fisches, ohne dass sie ein Wort herausbrachte.

»Guten Tag, Frau Reventlow, jetzt sind Sie sprachlos, nicht wahr? Wer hätte gedacht, dass ich alte Frau nochmal einen Grund haben würde, Sie hier im Fotoatelier zu besuchen.« Den Glanz einer liebenden Mutter in den Augen wandte Edelgard Merkle sich um und zog Johann durch die Tür ins Atelier. »Meinen Sohn haben Sie ja schon auf dem Pfingstmarkt kennengelernt, er hatte die gute Idee, zur Erinnerung an seine Heimkehr eine Fotografie machen zu lassen«, sagte sie und strahlte Johann dabei an.

Johann, der bisher noch kein Wort gesagt hatte, grinste nur.

Mimi unterdrückte nur mit Mühe ein Schnauben. Was für eine Scharade! Warum um alles in der Welt sollten sie ihre Beziehung geheim halten? Sie war eine erwachsene Frau und konnte tun und lassen, was sie wollte! Und wenn deswegen in Laichingen ihr Ruf litt, dann war es eben so.

Aber wenn Johann nicht anders wollte… Sie reichte Johann förmlich die Hand und sagte: »Gratulation, da hatten Sie eine sehr gute Idee!« Anschließend wandte sie sich an seine Mutter: »Vielleicht wollen Sie sich schon einmal die Requisiten anschauen? Sie könnten für Johann auch gleich etwas Hübsches heraussuchen. Einen Zylinder vielleicht? Oder einen Anzug wie für einen feinen Herrn?«

Edelgard Merkle nickte begeistert, dann ging sie in die Richtung, wo sich die Ständer mit den Requisiten und der Schrank mit Kleidungsstücken befanden.

»Feiner Herr – du glaubst doch nicht im Ernst, dass ich mich für ein Foto verkleide, oder?«, raunte Johann Mimi zu.

Sie lächelte betont liebenswert. »*Du* wolltest fotografiert werden«, sagte sie und tat so, als sei sie intensiv mit ihrer Kamera beschäftigt. Doch dann konnte sie sich nicht länger beherrschen. »Ich dachte, du kommst allein!«, brach es aus ihr heraus.

»Tut mir leid, aber Mutter ließ sich nicht abwimmeln. Erst wollte sie mit mir im Ochsen essen gehen, dann einen Spaziergang machen, und später soll ich mit ihr noch Pauls Familie besuchen gehen.« Er schnaubte.

Mimi warf einen Blick über ihre Schulter. Johanns Mutter hatte sich gerade ein Seidentuch mit langen Fransen über die Schulter gelegt und bewunderte sich damit im Spiegel.

»Ich habe dich vermisst…« Zärtlich strich Mimi Johann über den Arm.

»Ich dich auch«, flüsterte er zurück. »Aber ich arbeite seit Mittwoch. Und wenn ich abends endlich aus der Weberei komme, gibt es zig Dinge, die ich erledigen muss.«

»Frau Reventlow?«

»Ich komme!«, rief Mimi.

»Sehen wir uns heute Abend?«, flüsterte sie Johann zu. »Wir könnten einen Spaziergang machen. Oder bei mir im Garten sitzen.«

Er schüttelte den Kopf. »Ein paar Kollegen und ich sind im Ochsen verabredet. Ich möchte versuchen, sie ein wenig auszuhorchen über das, was in der Weberei Gehringer in den letzten Jahren so alles vor sich ging.«

Mimi runzelte enttäuscht die Stirn.

»Ich lass mir was einfallen!« Er drückte ihr einen schnellen Kuss auf die Wange, dann war er bei seiner Mutter. »Und – hast du dir was Hübsches ausgesucht?«

»Schau, das Seidentuch – ist dieser edle Glanz nicht wunderschön?« Wie ein junges Mädchen drehte sich Edelgard vor Johann einmal um ihre Achse, die Fransen des Seidentuchs umwehten sie dabei, als würde ein lauer Sommerwind sie bewegen.

»Der edle Glanz von Seide! Und das aus dem Mund einer Leinenweberfrau – ist das nicht frevelhaft?« Er lachte.

Seine Mutter ließ sich jedoch nicht irritieren. »Für dich habe ich diesen Zylinder und Spazierstock herausgelegt, dann siehst du aus wie ein feiner Herr.«

Mimi lachte leise auf, zu irrwitzig war die Situation.

»Ich habe im Baumwollhandel gearbeitet, Mutter, nicht an der New Yorker Börse«, sagte Johann mit leisem Tadel. »Und ›fein‹ geht es in diesem Gewerbe wirklich nicht zu. Am besten lassen wir die Fotografin einfach machen, ich glaube, sie weiß schon, was sie tut.« Er zwinkerte Mimi verschwörerisch zu.

Sie spürte plötzlich ein sehnsuchtsvolles Ziehen in ihrem Unterleib. O Gott, jetzt bloß nicht ablenken lassen. Mimi warf einen prüfenden Blick gen Himmel. Die Sonne hatte sich wieder hinter einigen Wolken verzogen, dennoch war es ein heller Tag. »Das Licht wäre für eine Außenaufnahme perfekt!«

Johann Merkle wollte nicht vor dem alten Apfelbaum in Josefs Garten fotografiert werden. Er wollte sich auch nicht auf die Bank vor dem Haus setzen und eine Denkerpose mit auf dem Knie aufgestelltem Arm einnehmen. Stattdessen stellte er sich vor der grau verwitterten Holzfront des Ateliers auf. Seine Mutter stand eher lustlos neben ihm – sie hätte eine Aufnahme im Atelier vorgezogen, beugte sich aber den Wünschen ihres Sohnes, genau wie Mimi es tat.

Als Mimi durch den Sucher ihrer Kamera sah, stellte sie zu ihrem eigenen Erstaunen fest, dass der schlichte Hintergrund für Johanns ausdrucksvolles Gesicht perfekt war. Jetzt mussten nur noch ihre Hände aufhören zu zittern, dachte sie bang.

Wie alt war Johann eigentlich?, fragte sie sich, während sie die Linse scharf stellte. In der Nacht in Ulm hatten sie über alles Mögliche gesprochen, nur nicht über ihre Geburtstage. Auf seiner Stirn hatte sich eine leichte Falte eingegraben, auch um seine Augen herum waren ein paar Fältchen zu sehen, aber es waren Lachfältchen und keine Alterserscheinungen. Er wirkte jung und kraftvoll zugleich. Was für ein schöner Mann…, dachte sie verträumt. Und dass ihn hier in seinem Heimatort alle so in Beschlag nahmen, dafür konnte er nun wirklich nichts.

»Und jetzt bitte lächeln!«, rief Mimi.

Nach dem Wiedersehen mit Johann schwebte Mimi wie auf Wolken durch den Tag. Sie war gerade dabei, ihren Bestand an Glasplatten durchzuzählen, als die Tür erneut ging.

Mimi stutzte. »Sie… Sie sind doch…« Vor ihr stand ein Mann im besten Sonntagsgewand. Die Frau neben ihm trug eine aufwändige Flechtfrisur, auf die sie eine kleine Trachtenkrone gesteckt hatte.

»Der Wagner, der keine Zeit hatte, Ihren Postkartenständer zu bauen. Balthasar Meindl ist mein Name«, sagte der Mann lächelnd. »Und das ist meine Frau Emilie. Als wir geheiratet haben, waren wir so arm, dass wir uns nicht mal eine Hochzeitsfotografie leisten konnten. Da Sie jetzt geöffnet haben, dachten wir, wir holen das nach!«

Mimi begrüßte das Ehepaar herzlich. »Wie schön, dass Sie mich besuchen. Ich freue mich sehr!« Schon seit Tagen hatte sie den Wagner von Laichingen besuchen wollen, um ein gutes Wort für Fritz Braun einzulegen, und nun stand der Mann vor ihr. Wenn das keine glückliche Fügung war…

Balthasar Meindl nickte in Richtung Straße, wo Mimi den Holzständer erneut vor dem Eingang ihres Geschäftes aufgebaut hatte. »Allem Anschein nach hat Ihnen jemand anderes einen Ständer gebaut. Das Holz ist nicht gerade ideal dafür, aber die geschnitzte Rose obendrauf lenkt davon ab.«

Besser konnte es nicht laufen, dachte Mimi. »Den

Ständer hat ein Junge hier aus Laichingen für mich angefertigt. Er liebt es, mit Holz zu arbeiten, und wenn Sie mich fragen, hat er auch einiges Talent dafür.«

»Ein Junge aus Laichingen?« Ungläubig runzelte der Wagner die Stirn.

»Misch dich nicht ein, Kind …« Mimi hatte nicht zum ersten Mal die Stimme ihres Onkels im Ohr, dennoch fasste sie sich ein Herz. »Einer von den diesjährigen Schulabgängern. Herr Meindl, könnten Sie es sich eigentlich vorstellen, einen Lehrjungen einzustellen?« Unwillkürlich hielt sie die Luft an.

Der Wagner lachte bitter. »Vorstellen kann ich mir vieles! Und wenn ich mir das Tohuwabohu in meiner Werkstatt anschaue, dann hätte ich Hilfe auch dringend nötig. Wenn ich einen Sohn hätte, der in meine Fußstapfen treten wollte, sähe die Sache anders aus. Aber woher einen fremden Lehrjungen nehmen? Ich kann mich nicht daran erinnern, dass je einer mal bei mir angeklopft hätte. Die jungen Burschen bei uns im Ort wollen doch alle in die Webereien. Wie der Vater, so der Sohn – haben Sie das noch nicht gehört, junge Frau?«

»Seit Balthasar auch noch die Kunden vom verstorbenen Laichinger Schreiner übernommen hat, arbeitet er Tag und Nacht. So kann es wirklich nicht bleiben«, sagte Emilie Meindl so vorwurfsvoll zu Mimi, als sei diese verantwortlich für die Umstände.

Mimi nickte verständnisvoll. »Ein fleißiger Lehrjunge wäre da wirklich eine große Entlastung. Der Junge, der meinen Holzständer gebaut hat, heißt übrigens Fritz Braun …«

»Fritz, der Sohn vom Josef, kann so schön schnitzen? Und mit Holz arbeitet er ebenfalls gern?«

Mimi nickte erneut. »Der Fritz würde nichts lieber tun, als ein Holzhandwerk zu erlernen! Er bat mich sogar, mit Ihnen zu sprechen, weil er sich selbst nicht traut.«

Einen Moment lang herrschte Schweigen. Das Ehepaar tauschte einen Blick. »Es würde Herrn Gehringer gewiss nicht gefallen, wenn du ihm einen Webersohn abtrünnig machst«, sagte Emilie schließlich.

Balthasar Meindl schnaubte. »Weißt du was? Das ist mir egal!« Er schaute von seiner Frau zu Mimi. »Wenn es in der Weberei Gehringer etwas zu reparieren gibt, lässt der Gehringer immer einen Handwerker von auswärts kommen. Schon vor Jahren habe ich mal zu ihm gesagt, dass ich die meisten kleineren Reparaturen auch durchführen könnte, aber nein – für seine ach so heiligen Webstühle bevorzugt er einen ›Experten‹ aus der Stadt!« Meindl lachte abfällig. »Dem geschähe es ganz recht, wenn der Fritz zu mir kommt.«

»Heißt das ...« Mimi schluckte aufgeregt. »Er darf einmal bei Ihnen vorsprechen?«

»Vorsprechen?« Einen Wimpernschlag lang zögerte Balthasar Meindl noch, dann sagte er forsch: »Er soll gleich morgen zu mir kommen, und wenn der Junge mir gefällt, dann setzen wir sofort einen Lehrvertrag auf!«

6. Kapitel

Als Anton mit einem Tablett frisch gezapfter Biergläser aus dem Ochsen kam, wehte von den Wiesen und Feldern süße Frühsommerluft ins Dorf. Er wollte gerade tief einatmen, als ihn von hinten eine Woge Küchengerüche erfasste – gebratene Kartoffeln, Fleischbrühe und zu oft erhitztes Fett. Wenn man die Nase nur wie die Augen schließen könnte, dachte Anton.

Wie jeden Sonntag waren die Bierbänke vor dem Ochsen seit dem frühen Mittag gut gefüllt. Die ersten Männer waren gleich nach dem Gottesdienst zum Frühschoppen gekommen. Während ihre Frauen nach Hause eilten, um das Mittagessen zu kochen, tranken sie am Stammtisch Most. Meist gingen die Stammtischbrüder gegen eins nach Hause. Zu dieser Zeit kamen dann die Essensgäste: die Kontoristen der Webereien, der Hufschmied und seine Frau, Helene aus dem Laden nebenan, auch das eine oder andere fremde Gesicht befand sich unter der Gästeschar.

Nun, mitten am Nachmittag, saßen an einem Tisch etwas abseits Herrmann Gehringer, der Pfarrer und ein Mann vom Bürgermeisteramt – Anton kannte ihn vom Sehen, wusste aber seinen Namen nicht. Was hatte dieses ungleiche Trio miteinander zu tuscheln?, dachte er, und trat an den Tisch, um die leeren Essensteller abzuräumen. Sogleich unterbrachen die Männer ihr Gespräch. Im Gehen glaubte er, Mimi Reventlows Namen zu hören, aber sicher war er sich nicht.

Einen Tisch daneben saßen Gottfried Hirrler und Egon Morlock – Unternehmer wie Herrmann Gehringer. Sie hatten Warenkataloge vor sich liegen und schienen Zahlen zu vergleichen. Manchmal strichen sie mit großer Geste in einem der Kataloge etwas durch. Wollten sie ihre Geschäfte bündeln? Bettwäsche und Tischwaren – das würde einen Sinn ergeben. Sehnsüchtig seufzte Anton auf. Wie gern wäre er ebenfalls ein großer Geschäftsmann! Verhandlungen führen, Pläne schmieden, aufregende Abschlüsse tätigen – das alles würde ihm auch liegen, dessen war er sich sicher. Stattdessen versauerte er hier im Gasthaus! Mürrisch wischte er einen Tisch sauber, auf dem jemand Most verschüttet hatte.

Abseits von allen saß, mit abwesender Miene, Johann Merkle. Wahrscheinlich dachte er an die Fotografin, ging es Anton durch den Sinn. Oder hatte er sich längst eine andere ausgeguckt? Seit dem Zusammentreffen von Mimi und Johann in Mimis Garten hatte er die beiden nicht mehr gemeinsam gesehen, aber das hieß nicht, dass dieses Tête-à-Tête beendet war, oder?

Einer plötzlichen Eingebung folgend zapfte Anton ein Bier und brachte es Johann an den Tisch. »Geht aufs Haus!« Er beugte sich näher zu ihm und sagte, leiser als zuvor: »Und – wie ist es wieder daheim? Bestimmt furchtbar langweilig nach all den Abenteuern, die du erlebt hast. Sag mal, hättest du nicht ein paar Tipps für mich, wie man in der Fremde zurechtkommt?«

Der Heimkehrer schüttelte unwirsch den Kopf. »Lass mich, ich muss nachdenken.«

Verdammt, warum hatte er überhaupt gefragt? Anton ärgerte sich. Sicher, er musste jede Chance nutzen, Informationen über die große weite Welt zu erlangen, aber das gerade hätte er sich wirklich sparen können, er wusste doch, wie arrogant Merkle war! Wahrscheinlich sah Johann in ihm immer noch den dummen, elfjährigen Jungen, der er, Anton, gewesen war, als Merkle Laichingen den Rücken zugekehrt hatte. Nun diese Zeiten waren längst vorbei. Er sah und wusste mit seinen achtzehn Jahren mehr als die meisten andern hier im Ort, schließlich las er jedes Fitzelchen Zeitung, jedes Buch, einfach alles, was er in die Hände bekommen konnte!

Seine Laune war gerade im Begriff, in den Keller zu sinken, als aus der Seitenstraße rechts vom Ochsen ein leises Schnalzen ertönte. Schlagartig hellte sich seine Miene auf. Christel! Das Schnalzen hatten sie sich vor langer Zeit ausgedacht, es war das Erkennungszeichen für ihre heimlichen Treffen. Eilig stellte Anton das Tablett mit den leeren Gläsern, das er gerade ins Haus hatte tragen wollen, auf der Treppe ab.

»Lässt du dich auch endlich blicken?«, fuhr sie ihn an, kaum dass er um die Ecke gebogen war. »Ich stehe schon seit fünf Minuten hier! Mein Bruder treibt sich irgendwo herum, was, wenn er uns zusammen sieht?« Ihre tiefblauen Augen funkelten gereizt. »Außerdem geht es Mutter nicht gut, sie hat Angst, dass sie das Kind verliert, ich muss gleich wieder heim.«

»Entschuldige, aber ich habe dich nicht gehört«, sagte Anton.

Bevor er wusste, wie ihm geschah, warf sie sich in

seine Arme. »Ach Anton, alles ist so schrecklich! Ich halte es bald nicht mehr aus«, schluchzte sie.

Vermisste sie ihn so sehr? Geschmeichelt und berührt zugleich streichelte Anton über Christels seidenes Haar. »Ich sehne mich auch immer nach dir. Spätestens um acht bin ich hier fertig, wollen wir dann einen schönen Spaziergang machen?«, sagte er tröstend. Wie gern hätte er Christel in ein Café eingeladen! Oder zu einem Tanz oder einer sonntäglichen Musikmatinee. Aber all das gab es in diesem Kaff ja nicht. Wie gern würde er mit ihr irgendwo hingehen, wo statt Bratfettgeruch der Duft von Luxus wehte ...

»Was redest du denn da!« Sie riss sich von ihm los. »Um dich geht es heute ausnahmsweise einmal nicht.«

Verwirrt schaute Anton sie an.

»Es geht um Vater. Ich hasse ihn!«

»Aha. Und warum das?«, fragte Anton pflichtgemäß. Dass Christel sich über ihren zu strengen Vater ausließ, war nichts Neues. Auch er hasste Paul Merkle! Aber hatten sie beide hier denn nichts Besseres zu tun, als sich über Merkle auszulassen? Bestimmt würde seine Mutter gleich auftauchen und fragen, wo er so lange steckte.

Christel schaute Anton vorwurfsvoll an. »Als ich gestern bei Helene im Laden war, kam der Herrmann Gehringer vorbei. Er nahm mich zur Seite, und dann hat er mir erzählt, dass er auf seinem Fabrikgelände einen Glaspavillon bauen will. In dem will er zukünftig seine Kundschaft empfangen.«

»Und warum um alles in der Welt erzählt er das ausgerechnet dir?«, sagte Anton verständnislos.

Christels Augen glitzerten erregt. »Stell dir vor – er

hat mich gefragt, ob ich Modell bei ihm werden will! Wenn Kunden kommen, soll ich in dem Glaspavillon die besonders feinen bestickten Blusen und Schürzen vorführen. Gegen Bezahlung natürlich, hat er gesagt, und dass er dafür nur ein hübsches Mädchen nehmen könnte.« Der Stolz in ihrer Stimme war nicht zu überhören. Doch gleich darauf wechselte ihre Stimmlage in tiefste Verzweiflung. »Das wäre mein absoluter Traum, verstehst du das?«, sagte sie händeringend.

Anton glaubte nicht richtig zu hören. Jetzt wollte sich Gehringer auch noch das schönste Mädchen – *sein* Mädchen – am Ort einverleiben? Der Gedanke, dass der Unternehmer mithilfe von Christels Schönheit seine Schürzen an den Mann bringen wollte, machte ihn rasend. »Und wo liegt jetzt das Problem?«, sagte er so neutral wie möglich.

»Vater verbietet es mir!«, spie sie aus. »›Solange du deine Füße unter meinen Tisch streckst, bestimme immer noch ich, was du tust und was nicht‹«, äffte sie Paul Merkle nach. »Ich hasse ihn! Ich hasse alles hier!«

»Christel!« Bevor sie sich noch mehr in ihr Elend steigern konnte, ergriff Anton ihre Hände. Eindringlich schaute er ihr in die Augen. »Der Gehringer kann dir gestohlen bleiben! So schön wie du bist, könntest du in Berlin oder München die Kleider der feinsten Modeateliers vorführen. Worauf warten wir noch – lass uns endlich gemeinsam von hier weggehen! Ich habe schon eine Idee, wie uns das gelingen könnte, nicht sofort, aber bald.« Er konnte nichts gegen den verzweifelten Ton tun, der sich in seine Stimme geschlichen hatte – zu oft schon hatten sie Gespräche dieser Art geführt. Aber inzwischen hatte er eine ziemlich gute Vorstellung davon, wie ihm die Flucht – als nichts anderes sah er einen Weggang an – von hier gelingen könnte. Nur Christel wusste noch nichts davon.

Sie schüttelte seine Hände ab, als wolle sie ein Insekt vertreiben. »Du bist doch genauso an Laichingen gefesselt wie ich. Schau dich doch nur an!« Verächtlich zeigte sie auf den feuchten Spüllappen, der noch immer über seiner linken Schulter lag. »Träum weiter, Anton! Aber eins sag ich dir schon heute – du wirst in diesem Dorf genauso versauern wie wir andern alle auch!« Ohne ein weiteres Wort drehte sie sich auf dem Absatz um und rannte davon.

Fassungslos und zutiefst getroffen schaute Anton ihr hinterher.

»Sag mal, hast du ein Mittagschläfchen gehalten?«, herrschte sein Vater ihn an, kaum dass er wieder den Ochsen betrat. »Auf der Theke steht der Nachtisch für Gehringer und seine Gäste, beeil dich!«

Gehringer, immer nur Gehringer! Er konnte den Namen nicht mehr hören, dachte Anton und ging ins Haus. Als er sah, dass seine Mutter jedem der drei Männer ein zweites Stück Kuchen auf den Teller gelegt hatte, wurde er noch wütender. Einem Weber würde sie niemals auch nur eine Kartoffel extra geben.

»Dann ist es abgemachte Sache – der Sonntagsarbeit wird ein Riegel vorgeschoben«, hörte er Gehringer sagen, als er an den Tisch trat. »Es ist ja nur zum Besten aller Beteiligten. Die Fotografin mag die Leute verführen wollen, aber wir sorgen dafür, dass sie sich dennoch nicht versündigen, der Sonntag gehört schließlich dem lieben Gott.«

Der Pfarrer nickte.

Gehringer schien sich ganz schön auf die Fotografin eingeschossen zu haben, dachte Anton nachdenklich. Sollte er Mimi Reventlow warnen?

»Dreimal Apfelkuchen für die Herren! Kaffee und Schnaps kommen gleich«, sagte er und stellte die Teller so schwungvoll auf den Tisch, dass sich ein paar Kuchenbrösel selbstständig machten und auf die Hose von Herrmann Gehringer fielen.

»Pass doch auf, du Schussel!«, rügte dieser ihn sogleich.

Anton grinste in sich hinein. Er wollte sich gerade eine halbherzige Entschuldigung abquälen, als er sah, dass Alexander am Rand des Marktplatzes entlangschlich. Oje, noch einer, der keinen guten Tag hatte. Anton ließ erneut alles stehen und sprang davon. Sein Vater, der Ochsen und vor allem Herrmann Gehringer konnten ihm gestohlen bleiben!

»Und – wie schaut's aus?«, sagte er, als er bei Alexander angekommen war.

»Frag lieber nicht! Bei uns ist die Hölle los«, sagte Alexander. »Seit Tagen gibt es nichts als Streit. Mutter hat nach Stuttgart geschrieben, ich würde die Einladung zur Aufnahmeprüfung dankend annehmen. Du hättest meinen Vater erleben müssen! Er hat sie an die Wand gedrückt und gewürgt – einen Moment lang hatte ich Angst, er würde sie umbringen.« Der Webersohn sah aus, als wäre er den Tränen nah. »Anscheinend hat der Gehringer von der Sache Wind bekommen und meinen Vater deswegen zur Schnecke gemacht.«

Gehringer. Mal wieder. Wer sonst. Anton platzte fast vor Zorn und Frustration.

»Und nun?«, fragte er seinen Freund.

Alexander zuckte verloren mit den Schultern. »Keine Ahnung. Das war's dann wohl mit meinem Traum. Ich werde nie erfahren, ob ich das Zeug habe, ein guter Maler zu werden.«

Anton runzelte die Stirn. »Hast du nicht vor Kurzem noch gesagt, dass du alles tun würdest, um zu dieser Aufnahmeprüfung zu kommen?«

Alexander nickte. »Ja. Aber das war, bevor Vater Mutter halb umgebracht hat. Marianne und Erika haben schon richtig Angst vor ihm – kein Wunder, so wie er sich aufführt! Um des lieben Friedens willen zeichne ich lieber weiterhin mit kleinen Bleistiftstummeln auf altes Einwickelpapier. Und vielleicht darf ich ja beim Gehringer zwischendurch mal ein Stickmuster entwerfen?« Bittere Ironie triefte aus jedem seiner Worte.

»Wie bitte?«, sagte Anton. Nicht, weil er Alexander nicht verstanden hätte. Sondern weil er nicht glauben konnte – nicht glauben wollte! –, was er hörte. Christel versauerte als Kindsmagd. Er im Ochsen. Und Alexander sollte sein Leben als Gehringers Sklave verbringen? Das durfte nicht sein – wenigstens einer von ihnen musste es schaffen!

Anton packte seinen Freund an den schmalen Schultern und schüttelte ihn. »Mensch, Alex, wenn ich mir überlege, wie eindringlich du vor Kurzem noch von deinem großen Traum gesprochen hast – und jetzt willst du ihn so mir nichts, dir nichts beerdigen?«

»Glaubst du, mir fällt das leicht? Aber welche Chance habe ich denn?«, erwiderte der Freund rau.

»Du hast noch immer jede Chance der Welt, es ist lediglich an der Zeit, dass du die Dinge selbst in die

Hand nimmst. Stell dir mal vor, du wärst für die Arbeit am Webstuhl nicht geeignet – dann wärst du für Gehringer völlig uninteressant!«

»Was soll das?« Alexander runzelte die Stirn. »Gehringer stellt doch jeden ein, solange er nicht gerade wie ein Blinder oder am Krückstock daherkommt.«

»Da hast du deine Lösung …«, sagte Anton leise.

Alexander lachte irritiert auf. »Meinst du, ich soll zukünftig wie ein Lahmer gehen? Meine Eltern und Gehringer wissen doch, dass ich gesund bin.«

Anton schwieg bedeutungsvoll.

Alexander schaute ihn scharf an. »Willst du damit sagen, ich soll …«

»Ein Opfer wirst du schon bringen müssen.« Anton zuckte mit den Schultern. »Dein Augenlicht brauchst du als Maler, somit fällt diese Möglichkeit, Gehringer zu entgehen, aus. Was jedoch den Krückstock angeht …« Noch während er sprach, wurde ihm der Irrwitz ihres Gesprächs bewusst. Einen Moment lang wusste er nicht, ob er gerade einen großen Fehler machte. Doch er winkte Alexander näher zu sich heran, flüsterte ihm seine Idee ins Ohr. Seinen ganzen Mut zusammennehmend endete er: »Ich helfe dir! Aber wir müssten uns beeilen, deine Prüfung findet in weniger als drei Wochen statt …«

Alexander schaute ihn an, leichenblass wie der Tod.

7. Kapitel

Es war Mittwochabend. Mit vor Ermüdung zitternden Händen kämmte Eveline sich vor dem kleinen Spiegelscherben an der Wand die Haare, bevor sie einen Zopf für die Nacht flocht. Die Mädchen und Alexander waren schon im Bett. Auch sie würde gleich zu Bett gehen, doch schlafen durfte sie noch lange nicht. Stattdessen würde sie darauf warten, dass Klaus aus dem Ochsen nach Hause kam. Dass er inzwischen auch schon unter der Woche abends ins Wirtshaus ging, fand Eveline schrecklich. Machen konnte sie nichts dagegen.

Wäre Johann der Vater ihrer Kinder, würde er bestimmt immer zuerst danach schauen, dass es ihnen gut ging!, dachte sie. Johann … Als sie gestern Klaus seine Brotzeit in die Weberei gebracht hatte, weil er sie wieder einmal vergessen hatte, hatten sich über den Webstuhl hinweg ihre Blicke getroffen, und sie hatte geglaubt, dieselbe Sehnsucht in Johanns Augen zu sehen, die auch sie verspürte. Weg von hier! Weg vom Lärm, den andern Webern. Sie hätten sich so viel zu sagen …

Eveline hatte ihm fast schüchtern zugelächelt, doch schon im nächsten Moment war Klaus den Gang der Weberei entlanggerannt und hatte ihr ohne ein Wort des Dankes das Brot aus der Hand gerissen. Johann hatte den Vorgang mit hochgezogenen Brauen quittiert. Eveline hatte ihm angesehen, dass es ihm nicht gefiel, wie Klaus mit ihr umsprang. Wenn Johann wüsste, dass Klaus seinen halben Lohn vertrank!, dachte sie grimmig. Dann würde er seinem Arbeitskollegen bestimmt die Meinung sagen. In betrunkenem Zustand hatte Klaus schon mehr als einmal die Hand gegen sie erhoben, sie dann allerdings im letzten Moment zurückgezogen, als sei er über sich selbst erschrocken. Was, wenn der Tag kam, an dem er sich nicht mehr beherrschen konnte?, dachte Eveline bang.

Du alte Unke! Denk lieber an das, was vor dir liegt, mahnte sie sich und schüttelte ihren Strohsack auf. Bei ihrer heutigen Aufgabe konnte ihr niemand helfen, nicht einmal Johann.

Ihr Herz klopfte, als sie gegen neun Klaus' schwere Schritte auf der Treppe hörte. In ihrer kleinen Kammer angekommen zog er wortlos Schuhe, Hemd und Hose aus, dann ließ er sich in der Unterwäsche neben ihr ins Bett plumpsen. Er roch nach Schweiß und Schnaps.

Mit einem erzwungenen Lächeln wandte sich Eveline ihm zu. Scheu, als würde sie einen Fremden berühren, streichelte sie seinen Arm. »Klaus… mein Lieber, wie war dein Tag?« Statt ihn zu fragen, wo er gewesen war, drückte sie ihm einen Kuss auf die Wange. »Stell dir vor, was die Mädchen heute gemacht haben!« Lächelnd erzählt sie ihm, wie Erika und Marianne aus den Steinen, die sie aus dem Ackerboden geklaubt hatten, die Umrisse von Tieren auf dem Boden ausgelegt hatten. »Ich glaube, die beiden sind künstlerisch fast so begabt wie

Alexander.« Ob das ein guter Einstieg in ihr Gespräch war?, fragte sie sich sogleich. Aber womit hätte sie ihn sonst milde stimmen können?

»Und auf solche Kindereien bist du auch noch stolz?«, sagte er, als sie zu Ende gekommen war. »Hätten die beiden in der Zeit nichts Sinnvolles machen können?«

Eveline schaute unter seinem tadelnden Blick betroffen zur Seite. Hätte sie ihm nur nichts erzählt!

»Und wenn die Mädchen ach so begabt sind, wie du behauptest, dann sollen sie endlich das Sticken erlernen«, fuhr Klaus fort. »Marianne ist immerhin schon acht. In diesem Alter hat meine verstorbene Schwester meiner Mutter schon längst bei der Stickarbeit geholfen.«

»In Ordnung«, sagte Eveline, dabei dachte sie sofort: Einen Teufel würde sie tun! Bevor die Mädchen nicht zehn Jahre alt waren, brauchten sie keine Sticknadel in die Hand zu nehmen, hatte sie sich geschworen, ganz gleich, wie andere Familien es hielten. Aber das behielt sie für sich.

Wie jede Nacht vor dem Schlafengehen faltete Klaus seine Hände zum Gebet. Leise begann er zu sprechen:

»Mein Gott, wie herrlich wird es sein,
wenn ich, Herr, einst bei dir sein werde,
von Sünden ganz befreit und rein,
ganz losgelöst von dieser Erde.«

Eveline lief ein Schauer den Rücken hinab. Andere Männer beteten für das Wohl ihrer Familie, ihr Mann hingegen bat darum, seinem Herrgott zu begegnen.

»Klaus, Liebster, wegen Alexander…«, hob sie an.

»Magst du es dir nicht noch einmal überlegen? Bestimmt würde es dem lieben Gott gefallen, wenn unser Sohn diese Chance wahrnimmt.«

»Wage es nicht, Gottes Namen für deine Zwecke zu verwenden.« Die Stimme ihres Mannes war gefährlich leise. »Ich will nichts mehr von dem Thema hören. Kannst du einem braven Mann nicht einmal mehr seinen wohlverdienten Schlaf lassen? Da schufte ich von früh bis spät, und das Einzige, was mich zu Hause erwartet, ist eine Frau, die mich plagt.«

Verflixt! Eveline biss sich auf die Unterlippe. Was sollte sie noch sagen, was sie nicht schon längst zig Mal gesagt hatte? »Klaus, bitte … Ich will dich nicht plagen, im Gegenteil. Ich flehe dich an!«

»Du flehst mich an? Um was? Dass ich dir zeige, wer der Herr im Haus ist?« Er hielt beide Hände an den Kopf, sein Blick war fast irr.

»Was ist? Hast du Kopfschmerzen?«, fragte sie erschrocken. Ihr kam plötzlich ein schrecklicher Gedanke: Hatte Klaus womöglich eine Geschwulst im Kopf? War das die Erklärung für sein depressives und gleichsam aggressives Verhalten in letzter Zeit?

Bevor sie den Gedanken auch nur weiterspinnen konnte, warf er sich auf sie. »Wenn mir hier jemand den Verstand raubt, dann bist du es! Du mit deiner Aufsässigkeit! Du mit deinen hochfahrenden Reden! Du mit deinem ewigen Flehen!« Sein Leib drängte sie schmerzvoll auf das Lager, als wollte er verhindern, dass sie unter ihm wegschlüpfte. Mit der einen Hand riss er sich die Unterhosen vom Leib, mit der andern zerrte er ihr Nachthemd nach oben. »Ist es das, worum du mich anflehst?« Mit seinem rechten Knie öffnete er gewaltvoll ihre Beine, im nächsten Moment spürte sie sein Glied. Hart stieß er in sie hinein.

Nur mit Mühe unterdrückte Eveline einen Schmerzensschrei. »Still!« Er schlug ihr ins Gesicht, ohne von ihr abzulassen. »›Die Frau hat den Mann als Haupt erkannt. Gott hat als Priester ihn ernannt. Die Frau ist daher stets bereit, den Mann zu ehren alle Zeit‹ – so steht es in der Bibel, und so werde ich es dich lehren, bis du es endlich kapierst!«

Das kann nicht sein, dachte Eve wie in Trance. Noch nie hatte er sich an ihr vergangen. Ein Albtraum – gleich würde sie aufwachen. Stattdessen schmeckte sie den metallischen Geschmack von Blut im Mund. Und die Stöße wurden noch härter, brutaler.

*

Eine Kammer weiter lag Alexander im Bett und hörte hilflos zu. Die Schläge gegen die Wand. Die dumpfen Laute seiner Mutter. Das hasserfüllte Grunzen seines Vaters. Verzweifelt ballte er die Hände zu Fäusten. Wie gern würde er ins andere Zimmer gehen und …

Die Vorstellungskraft verließ ihn an dieser Stelle. Sollte er seinen Vater vom Bett ziehen? Ihm mit einem Prügel auf den Kopf hauen? »Genug ist's!« schreien? Alles würde ihn nur noch aufgebrachter machen, und die Mädchen nebenan noch weiter verschüchtern. Und wie würde sich seine Mutter fühlen, wenn er ihrer Schmach auch noch beiwohnte? So konnte sie sich einbilden, niemand habe etwas mitbekommen. Sie war so eine stolze Frau …

Alexander schluckte hart und stellte sich der bitteren

Wahrheit: Hier und jetzt konnte er seiner Mutter nicht helfen. Aber zukünftig würde er die Dinge selbst in die Hand nehmen, Anton hatte völlig recht! Und wenn der Preis auch noch so hoch war – er musste ihn bezahlen.

Er zog sich eine Hose über, schlich so leise es ging die Treppe hinab. Die Haustür einen Spaltbreit offen lassend, rannte er hinüber zum Ochsen. In Antons Zimmer brannte noch Licht. Alexander warf ein Steinchen ans Fenster. Ein Schatten erschien, verstrubbelt und müde schaute Anton zu Alexander auf die Straße.

»Dein Plan!«, rief Alexander leise. »Ich mach's!«

*

Josef Stöckles Dunkelkammer war in einem kleinen Raum im Keller des Hauses untergebracht. Es gab keine Fenster, dafür aber vor der Tür einen schwarzen Vorhang, der jeden noch so winzigen Lichteinfall verhinderte. Viel Licht wäre nun, so spät am Mittwochabend, eh nicht mehr eingetreten. Aber ganz gleich, ob Mimi die Dunkelkammer tagsüber oder abends betrat – sie verließ dabei stets Zeit und Raum.

Heute freute sie sich besonders auf die Arbeit – nachdem ihr Sonntag im Atelier ein voller Erfolg gewesen war, hatte sie einige Fotografien zu entwickeln.

Wie immer mussten sich ihre Augen erst an die Dunkelheit gewöhnen, die einzig durch das diffuse braunrote Licht der Dunkelkammerleuchte ein wenig erhellt wurde. Sobald sie mit der Entwicklung der Fotografien begann, würde sie die Lampe ausschalten und in völliger Dunkelheit arbeiten, sich ganz auf ihre Hände verlassen, auf ihren Tastsinn und auch auf ihr Gespür für die Zeit.

Wie jedes Mal, wenn sie hier zugange war, wurde sie auch diesmal von einer leisen inneren Erregung überfallen, für die sie keine Worte fand. War es eine Art Lampenfieber? Vorfreude? Womöglich sogar ein wenig Furcht vor dem eigenen Versagen? Mimi wusste es nicht, und sie hatte auch noch nie mit jemandem darüber gesprochen. Beklemmung oder gar Angst verspürte sie in der Dunkelkammer nicht.

Vorbereitung war alles, das hatte Mimi vor vielen Jahren gelernt. Und so standen auf dem langen schmalen Tisch vor ihr fein säuberlich und in der richtigen Reihenfolge aufgereiht vier längliche Schalen. Jede war mit etwas anderem gefüllt.

In der ersten Schale befand sich die Entwicklungsflüssigkeit, die es fertig zu kaufen gab und die Mimi nur mithilfe eines Maßbechers in die Wanne abfüllen musste. Durch diese chemische Flüssigkeit wurde auf der farblosen stumpfen Glasplatte das eigentliche Bild erst sichtbar gemacht. Natürlich gab es Richtwerte der Hersteller dafür, wann eine Glasplatte aus der ersten Schale zu heben und in die zweite zu legen war. Aber die Entscheidung traf Mimi meist aus dem Gefühl heraus, ihr Instinkt sagte ihr sehr genau, wie viel Licht und Schatten einem Bild guttaten. Es war dieser erste Vorgang, der für Mimi jedes Mal an Magie grenzte.

Sobald sie eine Glasplatte aus der ersten Schale nahm und in diese zweite tauchte, stoppte das darin befindliche Essiggemisch den Entwicklungsvorgang abrupt ab.

In der dritten Schale befand sich die Flüssigkeit, welche die Fotografie für die Ewigkeit fixierte. Erst wenn Mimi diesen Vorgang beendet hatte und das restliche lichtempfindliche Bromsilber aus der Glasplattenbeschichtung ausgeschwemmt worden war, durfte sie wieder Licht in der Dunkelkammer machen.

Am Ende der Reihe stand eine Schale mit klarem Wasser, in dem Mimi zum Schluss die entwickelten Fotografien abwusch.

Ein paar einfache Schritte. Etwas Chemie und die Frage nach dem richtigen Zeitpunkt. Oder war doch Zauber im Spiel?, fragte sich Mimi jedes Mal, wenn sie in der Dunkelkammer beschäftigt war. Wahrscheinlich hätten ihre männlichen Kollegen sie ob ihrer Ehrfurcht ausgelacht, dachte sie leicht spöttisch.

Fast andächtig nahm sie ein paar Zangen und tauchte eine Silberplatte in die Schale mit der Entwicklerflüssigkeit. Mithilfe der Zangen bewegte sie die Glasplatte mit sanften Bewegungen hin und her. Nach einer gewissen Zeit transportierte sie die Glasplatte mit einem zweiten Paar Zangen in die zweite Schale. Obwohl es stockdunkel war, waren ihre Bewegungen sicher, Mimi wusste genau, was sie tat und wann sie es tun musste. Sie lächelte.

Sie hatte für jede Schale ein Paar eigene Zangen. Mancher Fotograf nahm dazu einfach seine Hände, doch die Chemikalien waren scharf, und mit der Zeit litt die Haut an den Händen sehr darunter – ein Umstand, den Mimi nicht bereit war in Kauf zu nehmen. Was sie jedoch noch viel mehr störte als etwaige Schrunden an den Händen, war die Tatsache, dass es zu Verunreinigungen kommen konnte, wenn man nur ein Paar Zangen oder die Hände für alle vier Wannen benutzte. Gelbe oder braune Flecken am Rand der Fotografie waren dann die Folge.

Während die erste Glasplatte noch in der Fixierflüssigkeit schwamm, tauchte Mimi beherzt die nächste in Wanne eins, bevor die erste Platte ins Wasserbad wanderte.

Nachdem sie ein gutes Dutzend Glasplatten in dieser Art entwickelt hatte, durfte sie endlich wieder die kleine Rotlichtlampe anschalten. Sie hob die Glasplatten aus dem Wasserbad, ließ sie abtropfen, dann tupfte sie sie mit einem weichen Lappen vollkommen trocken.

Luise und ihr Mann vor dem Rosenbogen! Und hier – die Familie auf der Picknickdecke. Der Lichtstrahl der Sonne war rabenschwarz, dafür waren die fünf Körper auf der Decke fast weiß. Was so seltsam aussah, beunruhigte Mimi keineswegs. Es war völlig normal, dass die Schatten hell und die Lichter dunkel waren, denn was Mimi bisher auf der Glasplatte entwickelt hatte, war lediglich das so genannte Negativbild. Zu einer »richtigen« Fotografie wurde eine solche Glasplatte erst, indem sie das Negativ auf spezielle Fotopapiere projizierte. Diese festen, fast kartonartigen Papiere waren ein wenig größer als die Glasplatten. Auf dem matt dunkelgrauen Rahmen stand in geschwungenen Lettern Mimis Name und das Wort »Wanderfotografin«. So wusste jeder sofort, wer die Fotografie gemacht hatte.

Die eigentliche Besonderheit der Fotopapiere war jedoch das Viereck innerhalb des Rahmens. Diese Fläche war mit einer lichtempfindlichen Emulsion beschichtet worden und hatte dieselben Maße wie die Glasplatten. Auf dieser Fläche würde später die fertige Fotografie zu sehen sein. Doch bis dahin war noch ein weiter Weg zurückzulegen, denn wie bei der Entwicklung der Glasplatte selbst waren auch bei der Entwicklung der

Papierfotografie mehrere und ziemlich zeitaufwändige Schritte nötig. Und davor kam immerhin noch die Retusche.

Die erste Platte, die Mimi in den Retuschierrahmen einspannte, war die vom Jubiläums-Hochzeitspaar. Wie würdevoll Luise und ihr Mann Georg vor dem Rosenbogen aussahen! Und wie vertraut sie miteinander wirkten, dachte Mimi gerührt. Da war Luises stolzes Lächeln, Georgs leicht ungeduldige Miene... Dem Herrn Nachbar würde sie die Mundwinkel etwas nach oben ziehen. Mit fein gespitztem Bleistift begann sie gefühlvoll und akkurat zugleich winzigste Striche auf die Platte zu setzen, immer darauf bedacht, dabei nicht die oberste Schicht zu zerstören.

Die nächste Fotografie – die Familie in der Picknickszene – benötigte so gut wie keine Retusche. Mimi nahm sich vor, von diesem Bild einen Abzug mehr zu machen und der Familie zu schenken. So konnten die Eltern ein Bild im Kinderzimmer aufhängen.

Eine leise Nervosität befiel sie, als sie zur nächsten Glasplatte griff. Es war das Portrait von Johann Merkle und seiner Mutter. Mit zitternden Händen spannte sie es in den Rahmen ein, dann tat sie, was sich im wahren Leben nicht schickte: Sie schaute sich den Mann lange und eingehend an. Es war nicht nur sein herausfordernder, klarer Blick, der ihn so besonders machte, erkannte sie nun. Es waren auch seine ebenmäßigen Gesichtszüge und die Tatsache, dass sein markantes Kinn in einem ungewöhnlichen Kontrast zu seinem weichen, vollen Mund stand. Ein Mund, der gut küssen konnte...

Unwillkürlich strich sie mit dem Zeigefinger ihrer rechten Hand über ihre Lippen, als könne sie so die Erinnerung an seine Küsse wieder wachrufen. Johann… Seitdem er hier war, dachte sie ständig an ihn.

Nachdem sie die beiden Abzüge für Edelgard und Johann entwickelt hatte, machte sie von der einen Hälfte der Glasplatte einen dritten Abzug, auf dem nur Johann zu sehen war. Das Foto würde sie sich in die Nachttischschublade legen, so konnte sie ihm immer nahe sein.

8. Kapitel

Schon am nächsten Tag in der Mittagspause der Webereien wurden zu Mimis Freude die ersten Fotografien abgeholt.

»Ist das schön! Wie in einem Märchenwald…« Fast ungläubig schaute die Frau auf die Picknick-Szenerie. »Das sind wirklich wir?«

Der Moment, indem ein Kunde seine Fotografie zum ersten Mal sah, war immer ein ganz besonderer. »Einmal jemand anderes sein – das wollten Sie doch. Sie sehen wirklich aus, als gingen sie regelmäßig zum Picknick«, sagte Mimi lächelnd zu ihrer Kundin.

Der Ehemann schaute von der Fotografie zu seiner Frau und wieder zurück. »In der Nähe der Hungereiche gibt es ein schönes Plätzchen, von dort hat man einen wunderbaren Blick ins Tal. Wenn du magst, könnten wir am Wochenende so ein Picknick ja mal versuchen. Es würde den Kindern sicher auch gut gefallen.«

Die Magie der Fotografie – sie hatte wieder einmal gewirkt, dachte Mimi zufrieden, während die Frau ihren Mann liebevoll anschaute.

»Die Hände meiner Frau sehen so anders aus…« Stirnrunzelnd hielt Mimis Kunde die Fotografie noch näher vor seine Augen. Er hieß Bernhard Scholz und war Weber in der Weberei Hirrler. Auch er nutzte seine kurze Mittagspause, um die Fotografie von ihm und seiner Frau anlässlich ihres vierzigsten Geburtstags abzuholen. Auf dem Bild saß Frau Scholz an einem kleinen Sekretär und tat so, als würde sie einen Brief schreiben, er selbst schaute ihr wohlwollend dabei zu. »Da stimmt doch was nicht…«

»Ja, es ist schon erstaunlich, was Retusche alles kann«, sagte Mimi zufrieden. An den Händen der Frau, voller Schwielen von der harten Arbeit, hatte sie über eine halbe Stunde gesessen, um sie feingliedrig zu bekommen.

»Arbeitsspuren sind der schönste Schmuck an den Händen einer Frau«, erwiderte der Mann vorwurfsvoll. »Soll sich meine Emma jetzt etwa deswegen schämen?«

»Um Gottes willen, nein!«, erwiderte Mimi entsetzt. »Ich wollte Sie nur schön machen…«

»Und was schön ist, das bestimmen Sie?« Der Mann warf sein Geld auf Mimis Schreibtisch, dann stampfte er ohne ein Wort davon.

»Ich habe es doch nur gut gemeint«, murmelte Mimi vor sich hin.

Josef, der ihr seit langer Zeit wieder einmal Gesellschaft im Atelier leistete, lachte. »Du meinst es *zu* gut, meine Liebe. Vielleicht solltest du aufhören, dich in das Leben anderer einzumischen.«

»Wie bitte? Das tue ich doch gar nicht«, antwortete Mimi entsetzt.

»Ach so? Und was ist mit Alexander Schubert?«

Schuldbewusst schaute Mimi ihn an. »Eine Einladung

zur Aufnahmeprüfung an der Kunstschule – was ist daran falsch? Der Junge soll seine Chance bekommen«, erwiderte sie grantiger, als es nötig gewesen wäre. Erst der Undank des Kunden, nun kritisierte auch noch Josef sie! »Woher weißt du eigentlich davon?«

Josef bekam fast täglich Besuch von seinen alten Bekannten. Viel geredet wurde dabei nicht, hatte Mimi festgestellt, meist tranken die älteren Herrschaften einfach nur zufrieden ein Schnäpschen zusammen. Auch Nachbarin Luise schaute öfter vorbei – dass bei solchen Treffen Alexander Schubert ein Thema war, hätte Mimi jedoch nie gedacht.

»Das halbe Dorf weiß Bescheid«, antwortete ihr Onkel.

»Wie bitte?«

»Hast du allen Ernstes geglaubt, so etwas könnte man im Stillen regeln? Die Leute schließen schon Wetten darauf ab, wer von beiden die Oberhand behält – Klaus oder Eveline.« Die letzten Worte wurden von einem Hustenanfall fast verschluckt.

Mimi runzelte die Stirn. »Und – wie steht es?«, sagte sie, als er sich wieder gefangen hatte.

»Ich kenne keinen, der auf Eveline setzt«, antwortete Josef trocken. »Mimi, es ist zwar ehrenwert, dass du dich so für den Jungen einsetzt, aber einen Gefallen tust du ihm damit nicht. Irgendwann ziehst du wieder von dannen. Die Leute aber müssen weiter hier leben. Mach es ihnen nicht unnötig schwer. Ein gedehnter Geist lässt sich nicht in seine alte Form zurückpressen.«

»Genau darum geht es ja«, antwortete Mimi trotzig.

Sie hatte Josef, der sich ein wenig hinlegen wollte, gerade zurück ins Haus geführt, als es an der Atelierstür klopfte. »Es ist offen!«, rief sie.

Gleich darauf stand ein Bote aus dem Rathaus vor ihr, der ihr ein Schreiben aushändigte. »Vom Ordnungsamt?« Mimi runzelte die Stirn.

... werden Sie auf der Basis der von Kaiser Wilhelm II. erlassenen Gewerbeordnungsnovelle vom 1. Juni 1891, in der ein grundsätzliches Verbot der Sonntagsarbeit festgelegt wurde, der Störung der Sonntagsruhe am Sonntag, den 11. Juni beschuldigt. Wir ersuchen Sie hiermit, das sonntägliche Fotografieren umgehend zu unterlassen. Sollten Sie sich nicht an diese Maßgabe halten, ergeht ein Strafbefehl über die Zahlung von hundert deutschen Mark an die Gemeindekasse.

»Das gibt's doch nicht!« Fassungslos lachte Mimi auf, nachdem sie das Schreiben gelesen hatte. Einen Moment lang saß sie wie vor den Kopf geschlagen da. Am Sonntag hatte sie mehr Umsatz gemacht als in der ganzen Woche, wo sich kaum mal jemand zu ihr verirrte. Die Leute waren jetzt in der warmen Jahreszeit Tag und Nacht bei der Arbeit.

Josef hatte früher sonntags ebenfalls offen gehabt, warum also sollte es ihr nicht erlaubt sein?

Mimi biss sich nachdenklich auf die Unterlippe. Irgendjemand musste etwas gegen sie haben. Nur zum Spaß schwärzte man schließlich niemanden an. Nur wer? Ob Johann ihr einen Rat geben konnte, wie sie mit dieser Situation umgehen sollte? Sie hätte damit zumindest einen Grund, ihn aufzusuchen… Seit er bei Gehringer angefangen hatte, hatten sie sich nicht mehr gesehen. Andererseits – was sollte Johann ihr raten können? Gegen einen Behördenerlass kam auch er nicht an.

Gedankenverloren starrte Mimi auf das amtliche Schreiben. Stand am Ende gar keine Behörde dahinter, sondern jemand ganz anderes? Je länger sie über alles nachdachte, desto mehr konnte sie sich denken, wem sie diese Überraschung höchstwahrscheinlich zu verdanken hatte…

Resolut schnappte sie sich das Schreiben, schloss das Atelier ab und ging ins Rathaus.

Das Ordnungsamt war in Zimmer drei im Erdgeschoss untergebracht. Ohne anzuklopfen, trat Mimi ein. Der Beamte, der gerade dabei war, einen Apfel in Schnitze zu schneiden, schreckte zusammen.

»Können Sie mir das hier bitte erklären?« Ohne sich vorzustellen oder ein Wort des Grußes, knallte Mimi dem Mann das Schreiben auf den Schreibtisch. »Ich weiß von meinen Reisen ganz genau, dass diese besagte Gewerbeordnungsnovelle zahlreiche Ausnahmen zulässt, beispielsweise beim Handel mit frischen Lebensmitteln. Und Geschäfte in touristischen Gebieten sind auch davon ausgenommen.«

»Und? Trifft davon etwas auf Sie zu?«, fragte der Ordnungsbeamte, während er seine Hände an einem Taschentuch abwischte.

»Nein, aber mein Onkel hat früher auch…«, hob Mimi an, wurde jedoch von ihm unterbrochen.

»Fotografieren können Sie die ganze Woche. Die Leute sollen sich am heiligen Sonntag ausruhen, damit sie montags erholt und ordentlich ihrer Arbeit nachgehen können.«

»Als ob die Leute sich verausgaben, wenn sie vor meiner Kamera stehen!«, sagte Mimi spöttisch. Sie schaute den Mann mit zusammengekniffenen Augen an. »Aber langsam ahne ich, woher der Wind weht... Steckt etwa der gnädige Herr Gehringer hinter dieser Sache? Will er den Leuten jetzt auch noch vorschreiben, wie sie ihre Sonntage zu verbringen haben?«

»Ich muss doch sehr bitten! Die Sonntagsruhe ist gesetzlich geschützt, damit hat Herr Gehringer nichts zu tun«, sagte der Beamte, der puterrot im Gesicht anlief.

»Dann kommt dieses Gesetz eurem Webereibaron allerdings sehr entgegen«, erwiderte Mimi barsch und machte auf dem Absatz kehrt.

*

Es war kurz nach eins, als Anton laut gegen die Haustür von Josef Stöckle pochte. Als sich drinnen nichts rührte, klopfte er erneut an. Laut rufen wollte er nicht, das hätte dann doch zu viel Aufmerksamkeit hervorgerufen.

»Ja bitte?« Verschlafen blinzelnd stand der alte Fotograf schließlich in der Tür. Allem Anschein nach hatte er sich zuvor zu einem Mittagsschlaf hingelegt.

»Guten Tag, Herr Stöckle, meine Mutter lässt Sie schön grüßen! Vom Mittagstisch ist Kartoffelsuppe übrig, ich habe Ihnen eine Portion mitgebracht.« Auffordernd hielt Anton dem Fotografen einen kleinen Topf hin. »Die haben Sie doch immer so gern gegessen, als sie noch zu uns kamen.« Hoffentlich würde seine Mutter das Fehlen des Topfes nicht bemerken, bevor er ihn zurückgebracht hatte, dachte Anton.

Josef Stöckle schaute ihn ungläubig an. »Extra meinetwegen machst du dir solche Mühe?« Als er nach dem Topf greifen wollte, zitterten seine Hände so sehr, dass Anton das Schlimmste befürchtete.

»Lassen Sie nur, ich trage Ihnen den Topf gern in die Küche. Die Suppe reicht auch für Ihre Nichte!«

»Mimi ist gar nicht da. Sie ist vorhin weggerannt, aber frag mich nicht, warum und wieso.«

Umso besser, dachte Anton, dann hatten sie ihre Ruhe. Wo blieb nur Alexander? Sein Freund wollte längst hier sein. Er würde doch nicht Angst vor der eigenen Courage bekommen haben? »Gleich kommt übrigens auch noch Alexander Schubert, wir haben uns extra hier verabredet, um Ihnen zu helfen. Wir könnten für Sie Holz hacken, die Scheite auch gleich stapeln und Ihnen einen Schwung ins Haus bringen. Dann hätte Ihre Nichte keine Arbeit damit.«

»Da sage ich nicht Nein, Mimi macht eh schon so viel für mich«, sagte der alte Mann erfreut. »Viel Holz ist allerdings sowieso nicht da …«

Erleichtert sah Anton durchs Küchenfenster Alexander über den Marktplatz kommen. »Das ist gar kein Problem«, erwiderte er. »Am besten legen Sie sich nach dem Essen wieder hin, und ich gehe hinaus zu Alexander. Er kennt sich hier ja bestens aus, schließlich hat er Ihnen früher schon öfter geholfen.«

»Da bist du ja endlich«, sagte Anton. Als er die leichenblasse Miene des Freundes sah, fuhr er fort: »Noch kannst du es dir anders überlegen.«

»Der Holzschuppen ist am Ende des Gartens, hinter dem Atelier.« Alexanders Stimme klang wie gesprungenes Porzellan. Ohne ein weiteres Wort ging er los.

Die Tür quietschte ein wenig, drinnen war es dunkel. Es roch nach Mäusekot und Staub.

Anton schaute sich um. Die Holzvorräte im Hause Stöckle waren wirklich nicht nennenswert, gerade einmal ein Ster lag hier herum, schätzte er. Das meiste davon war schon auf Ofengröße klein gehackt, lediglich ein paar große Holzstücke gab es noch. Dann würden sie sich eben diesen kläglichen Rest vornehmen. Hauptsache, ihr »Unfall« wirkte authentisch. Anton nahm die Axt von der Wand und schaute sie kritisch an. Am Stielknauf war das Holz aufgerissen, als habe jemand versehentlich mit einer Säge hineingeschnitten, doch der Schaft lag weich und schmiegsam in seiner Hand. Prüfend fuhr er mit Daumen und Zeigefinger über die Schneide. Sie war stumpf.

»Und jetzt?«, sagte Alexander mit zitternder Stimme.

»Jetzt machen wir alles genau so wie besprochen«, sagte Anton so gelassen wie möglich. Er hob den Spaltklotz, der an einer Wand stand, in die Mitte des Schuppens. Du meine Güte, was taten sie hier? Was sie vorhatten, war Wahnsinn!, dachte er, und verflogen war seine vermeintliche Gelassenheit. Er ließ die Axt sinken.

»Bist du dir ganz sicher? Wirklich absolut sicher?«, fragte er den Freund mit zusammengekniffenen Augen.

Alexander nickte unmerklich. »Ja. Ich glaube schon.«

Anton schüttelte den Kopf. »Wenn wir das hier durchziehen, gibt es kein Zurück mehr, das ist dir klar, oder?«

Wie es zu Alexanders plötzlichem Sinneswandel gekommen war, wusste er nicht. Irgendetwas musste vorgefallen sein, aber als er Alexander danach gefragt hatte, hatte dieser nur abgewinkt.

Jetzt schaute der Freund ihn trotzig an.

»Gut.« Anton holte tief Luft, dann zog er einen Flachmann mit Schnaps aus seiner Hosentasche. »Hier! Nimm einen großen Schluck, dann fällt es dir vielleicht leichter.« Er hielt dem Freund den Flachmann hin. »Und denk daran, was wir besprochen haben. Treib das Beil in den Unterschenkel! Nicht ins Knie! Und nicht zu heftig, du willst das Bein ja behalten.«

Alexander trank so gierig aus dem Flachmann, dass sein Adamsapfel auf und ab hüpfte.

»Das reicht«, sagte Anton und nahm ihm den Schnaps wieder ab.

Kam es ihm nur so vor, oder taumelte sein Freund ein bisschen? Doch nicht von den paar Schlucken Schnaps? Er hielt ihm das Beil hin.

»Ich bin da. Sobald der Unfall geschehen ist, trage ich dich zum Arzt.« Er machte eine Handbewegung, als würde er einen Sack Mehl über die Schulter hieven.

Alexander nahm das Beil, hob es an, schwenkte es hin und her, als wollte er sich an das Gewicht gewöhnen. Sein Blick war verzweifelt, als er sagte: »Und wenn ich mir das Bein ganz abhacke?«

»So viel Kraft hast du nicht«, sagte Anton stirnrunzelnd. »Beim Holzhacken passieren ständig Unfälle, aber eher kleinere. Denk doch nur an den Schorsch im letzten Jahr. Bei dem war die Sehne durch! Und Karl Müller hat sich in den Knochen gehackt, aber nach ein paar Wochen kam der auch schon wieder leidlich gut daher. Nur an den Webstuhl kann er mit seiner Verletzung nicht zurück.«

Alexander nickte, sah aber nicht gerade überzeugt aus.

Anton lehnte sich an die Wand und wünschte, eine Zigarette dabeizuhaben.

Zig Mal hatten sie ihre Idee im Geist durchgespielt. Ein Unfall beim Holzhacken. Keine tödliche Verletzung, sondern eine, die mit der Zeit leidlich gut heilen würde. Ein verletztes Bein, eine Lahmheit oder Steifheit, so würde die Diagnose vom Doktor lauten. Und aus und vorbei war's mit zehn Stunden täglich am Webstuhl! In der Theorie hatte sich alles ganz einfach angehört.

Das würde Alexander nie packen, schoss es Anton durch den Kopf. Nach einem langen Moment des Schweigens sagte er: »Soll ich's machen?«

Alexander schaute ihn an, seine Augen leuchteten hoffnungsvoll auf. »Das würdest du für mich tun?«

Anton zuckte mit den Schultern. »Wenn's sein muss.«

»Und was, wenn ich nie mehr laufen kann?«

»Ich passe schon auf«, sagte Anton und hätte am liebsten losgeheult.

*

Da hatte sie ja sehr viel ausrichten können! Wütend und frustriert zugleich stürmte Mimi aus dem Rathaus. Auf dem Marktplatz blieb sie stehen. Am liebsten hätte sie diesen Herrn Gehringer gleich aufgesucht und mit ihrer Vermutung konfrontiert, dass er gegen sie intrigierte, dachte Mimi, als sie Eveline Schubert auf der Bank unter den Kastanienbäumen sitzen sah. Ihre beiden Töchter warteten geduldig in ihrer Nähe. Alexander war nirgends zu sehen. Neben der Weberfrau stand ein Leiterwagen, hoch beladen mit Wassereimern. Wann hatte sie ihr Gemüsebeet eigentlich das letzte Mal gegossen?, fragte sich Mimi, doch dann wurde ihre Aufmerksamkeit erneut von der Weberfrau in Beschlag genommen. Wie Eveline Schubert schwankte – als ob sie gleich ohnmächtig werden würde.

Besorgt ging Mimi auf sie zu. »Frau Schubert, ist alles in Ordnung?«

Eveline wischte sich verstohlen eine Träne aus dem Gesicht. »Mir war nur gerade etwas schwindlig. Der plötzliche Wetterumschwung, die Hitze … Außerdem bin ich seit vier auf den Beinen.«

»Konnten Sie nicht schlafen?« Wie ausgelaugt die Weberfrau aussah!

»Im Sommer beginnt mein Arbeitstag immer so früh«, sagte Eve und rappelte sich mit einem Stöhnen auf. »Allein der Fußweg hinaus zu unserem Acker dauert eine Stunde.«

»Haben Sie Schmerzen? Kann ich helfen?«, sagte Mimi. Als sie sah, dass die Arme der Frau voller blauer Flecke waren, kam ihr ein schrecklicher Gedanke. »Hat ihr Mann sie etwa geschlagen?« Erschrocken schlug sie eine Hand vor den Mund. Verflixt, hatte ihr Onkel nicht oft genug gesagt, sie solle sich nicht einmischen? »Verzeihen Sie, ich wollte das nicht sagen. Das geht mich wahrlich nichts an.« Hatte das Ehepaar sich womöglich wegen Alexander und ihrem Engagement für den Sohn gestritten?, dachte sie dumpf.

»Alles ist in Ordnung«, sagte Eveline kurzangebunden.

Mimi nickte, nicht ganz überzeugt. »Falls Sie trotzdem einmal Hilfe brauchen, oder jemanden zum Reden … Ich habe echten Bohnenkaffee zu Hause, eine gute Tasse Kaffee ist manchmal die beste Medizin.« Sie versuchte sich an einem Lächeln.

»Vielleicht komme ich wirklich einmal darauf zurück«, sagte Eveline leise. In einer spontanen Geste drückte sie Mimis rechten Arm. »Danke, dass Sie sich Sorgen um mich machen. Das Leben ist nicht immer leicht, aber ich schaffe es schon!«

Die beiden Frauen tauschten gerade einen freundschaftlichen Blick, als Luise Neumann und Edelgard Merkle mit wehenden Röcken über den Markplatz auf sie zugerannt kamen.

»Eve, schnell, komm! Es ist ein Unglück geschehen!«, rief Luise.

»Klaus?«, fragte Eveline mit angstgeweiteten Augen.

»Nein, dein Bub. Der Alexander.«

9. Kapitel

»Warum habe ich die beiden nicht weggeschickt, als sie mir ihre Hilfe anboten? Das bisschen Arbeit, das hätte ich doch selbst erledigen können ... Aber nein! Und dann bekomme ich noch nicht mal mit, welches Unglück hier bei uns geschieht. Über der Zeitung bin ich eingeschlafen, während Alexander draußen im Schuppen halb verblutet ist!« Josef Stöckles Schultern sanken noch mehr als sonst in sich zusammen. »Was bin ich nur für ein nutzloser alter Mann!«

»Was redest du denn da? Natürlich ist es schrecklich, dass dieses Unglück ausgerechnet hier passiert ist. Aber schuld bist du deshalb trotzdem nicht daran«, sagte Mimi nicht zum ersten Mal.

Seit über einer Stunde saßen sie zusammen am Esstisch. Josef raufte sich die Haare, hustete und zerfleischte sich selbst. Er wollte nichts vom Hefezopf und Tee wollte er auch keinen. Hätte sie bloß ihren Mund gehalten, als sie eben nach Hause kam, ärgerte Mimi sich, es hätte völlig gereicht, wenn Josef morgen früh von dem Unfall erfahren hätte. Dann hätte er wenigstens einen ruhigen Abend gehabt und vielleicht auch etwas gegessen.

Alle gemeinsam waren sie zum Arzt gerannt – Luise, Eveline und ihre Kinder und sie, Mimi. Sie könnten jetzt nicht zu Alexander, der Doktor sei dabei, ihn zu verarzten, hatte Schwester Elke gesagt. Es bestünde keine Lebensgefahr, aber die Verletzung, die er sich beim Holzhacken zugezogen hatte, sei schwer, hatte sie hinzugefügt. Und dass man sich nicht ausdenken wollte, was ohne Antons geistesgegenwärtige Hilfe geschehen wäre.

Eveline war so abrupt die Farbe aus dem Gesicht gewichen, dass Mimi Angst hatte, die Weberfrau würde auf der Stelle ohnmächtig werden. Mimi hatte ihre Hand ergriffen und festgehalten. Gemeinsam hatten sie auf den harten Stühlen des Wartezimmers Platz genommen. Nach einer Weile hatte Luise angeboten, Erika und Marianne, die völlig aufgelöst waren, mit zu sich nach Hause zu nehmen. Eveline, deren Blick stur auf die Tür zum Behandlungsraum gerichtet war, schüttelte stumm den Kopf. Schweren Herzens war Mimi gegangen – Josef wusste nicht, wo sie war, seit ihrem überstürzten Aufbruch zum Rathaus waren Stunden vergangen. Als sie zu Hause ankam, war sie so aufgelöst, dass sie mit der schrecklichen Nachricht einfach herausplatzte.

»Alexander hat mir doch schon so oft geholfen! Nie ist was passiert!«, rief Josef jetzt völlig aufgewühlt.

»Onkel Josef, bitte gräm dich nicht so. Unglücke geschehen nun mal«, sagte Mimi. Die arme Eveline … Als ob die Frau nicht schon genug Sorgen hätte.

»Da, trink! Dein Husten hört sich heute gar nicht gut an.« Sie stellte ihm eine frische Tasse Tee hin.

»Tee! Einen Schnaps bräuchte ich auf den Schreck.

Aber es ist ja keiner mehr da! Du behandelst mich wie ein kleines Kind, oder schlimmer noch, als ob ich schon tot wäre…« Ohne ein weiteres Wort stand er auf und verließ die Küche. Mimi hörte seine trippelnden Schritte im Gang, kurz darauf fiel die Haustür ins Schloss.

Betroffen und verletzt zugleich, blieb Mimi zurück. Dass die Schnapsflasche leer war, hatte sie nicht mitbekommen, und ihr Onkel hatte bisher auch nichts davon gesagt. Er würde doch nicht etwa allein in den Ochsen gehen? Was, wenn er mitten auf dem Marktplatz einen Schwächeanfall bekam? Doch dann sah sie zu ihrer Erleichterung durchs Küchenfenster, dass Josef das Atelier ansteuerte. Wahrscheinlich brauchte er einfach ein wenig Ruhe.

Mimi war gerade dabei, vor dem Hauseingang zu kehren, als aus dem hinteren Gartenteil ein dumpfes Rumpeln ertönte. Was um alles in der Welt stellte Josef im Atelier an?

Voll düsterer Vorahnung warf Mimi den Besen beiseite und rannte los.

*

Abends um sechs war es Anton immer noch schlecht. Den Moment, als das Beil ins Bein seines Freundes gefahren war, würde er nie vergessen. Ein seltsam dumpfes Geräusch war dabei entstanden, es hatte sich eher wie ein Fausthieb angehört. Alexander hatte ihn mit riesengroßen Augen angeschaut. Seine Lider hatten geflackert wie Libellenflügel, dann war er ohnmächtig zusammengesackt. Wie tot hatte er dagelegen, während der Boden sich von seinem Blut rot färbte.

O Gott … Anton gab einen gequälten Laut von sich. Im nächsten Moment spürte er eine Hand auf seiner Schulter.

»Kannst du überhaupt arbeiten, Junge?«, fragte seine Mutter sorgenvoll. »Heute ist nicht viel los hier, das schaffe ich auch allein.«

Anton überlegte kurz. In seinem Zimmer würden ihn die Schreckensbilder nur noch mehr quälen. »Vielleicht … Wenn ich mich kurz hinsetze?« Er nickte in Richtung der Tische und Stühle, von denen wirklich nur die wenigsten besetzt waren.

»Solange du magst«, sagte Karolina Schaufler warmherzig. »Ich bringe dir gleich ein Glas Most, einverstanden?«

Anton, mindestens ebenso benommen von der Liebenswürdigkeit seiner Mutter wie von dem Erlebten, setzte sich an einen Tisch und starrte dumpf vor sich hin. So fühlte es sich also an, ein »Held« zu sein.

Am Ende hatte Alexander sich den Hieb doch selbst zugefügt. »Ich werde weg sein, du aber bist dann noch hier. Ich will nicht, dass die Leute dir die Schuld an meinem Unfall geben«, hatte er gesagt, und Anton hatte über so viel Klarheit und Mut nur staunen können. Dass Alexander ihm mit seiner Aussage ebenfalls eine Art Axthieb versetzt hatte, hatte der Freund gar nicht gemerkt.

Von wegen, er würde im Dorf bleiben!, dachte Anton dumpf. Er war ebenfalls bereit für jedes Opfer – Hauptsache, er kam weg von hier! Weg vom Geruch nach Spülwasser. Von seiner kleinen Bude, in der es im Winter so kalt war, dass der Frost sich einen Zentimeter dick innen ans Fenster legte. Weg von den ewig gleichen Gesichtern. Aber sollte er einfach sein Bündel packen und auf und davon gehen? Viel besser wäre eine Art Sprungbrett! So wie Alexander mit der Einladung der Kunstschule eins hatte.

Aus den Augenwinkeln heraus sah Anton, dass Johann Merkle den Gasthof betrat und direkt auf seinen Tisch zukam.

»Bist du heute dein eigener Gast?« Grinsend setzte sich Johann zu ihm. »Habe schon gehört, was heute los war. Was für ein Glück, dass du zur Stelle warst, um deinen Freund gleich zum Arzt zu bringen. Gut hast du das gemacht, Junge!«

Anton runzelte die Stirn. Vor Kurzem noch hatte Johann ihm kaum guten Tag gesagt, nun auf einmal dieses Lob … Am liebsten hätte er den Mann einfach nicht beachtet, doch dann entschloss er sich, die Gelegenheit zu nutzen, um herausfinden, wie es um die Fotografin und Johann stand.

Er ging zum Tresen, wo der Krug mit dem Most stand, und hob ihn einladend in die Höhe. »Durst?«, fragte er so freundlich wie möglich.

Johann nickte. »Und wie! Ich hatte völlig vergessen, wie anstrengend und stupide es ist, den ganzen Tag lang am Webstuhl zu stehen. Und wie die Staubflusen einem die Kehle austrocknen. Ich habe das Gefühl, meine Zunge ist aufs Doppelte angeschwollen!«

Anton schenkte dem Heimkehrer großzügig ein. »Mir ist eh nicht klar, warum du wieder zurückgekommen bist. Wenn ich einmal von hier weg wäre, würden mich keine zehn Pferde mehr zurückbringen.«

»Das habe ich auch mal gedacht«, sagte Johann leichtherzig. »Aber manchmal muss ein Mann tun, was er tun muss.«

Nun war er auch nicht viel schlauer, dachte Anton und beschloss, das Thema Mimi erst einmal auszuklammern. Vielleicht war es das Gescheiteste, die Fotografin auszuhorchen, nicht Johann. Frauen waren in dieser Hinsicht ein wenig gesprächiger, oder? Er prostete dem Mann zu. »Jetzt erzähl doch mal, wie ist es da draußen in der großen weiten Welt?« Da saß er hier und trank Most, während Alexander schwer verletzt beim Doktor im Krankenzimmer lag, dachte er schuldbewusst, wischte den Gedanken aber genauso schnell wieder beiseite. Er musste sich jetzt auf Johanns Worte konzentrieren.

Johann überlegte kurz. »Wenn du Geld und Macht hast, ist es ein gutes Leben. Aber wehe, du bist ein armer Tropf!«

Anton runzelte die Stirn. Er hatte auf aufregende Geschichten gehofft. Über schöne Frauen. Abenteuer und Freiheit.

»Aber … Amerika ist doch das Land der unbegrenzten Möglichkeiten«, sagte er. »Das hab ich erst kürzlich in einem Buch gelesen.«

»Möglichkeiten hast du hier auch genug, dafür musst du nicht weggehen«, sagte Johann. »Es braucht jetzt lediglich Männer, die diese Möglichkeiten nutzen! Aber die gibt es anscheinend nicht. Ich kann immer noch nicht fassen, wie sich die Dinge in den Jahren meiner Abwesenheit hier entwickelt haben. Die Männer arbeiten mehr Stunden als je zuvor, die Frauen sticken sich die Finger blutig, dazu kommt die harte Arbeit auf den kargen Böden. Da braucht man sich nicht zu wundern, dass dieses Leben den Menschen alle Kräfte raubt.«

Anton nickte düster. Seit Tagen hatte er Christel nicht gesehen, nun, da ihre hochschwangere Mutter bei den schweren Arbeiten ausfiel, wurde Christel mehr eingespannt als ein Ackergaul. Wenn Johann etwas ändern wollte, konnte er gleich in seiner Familie damit anfangen und das Leben seiner Nichte verbessern, dachte Anton bitter.

»Das sind Zustände wie in den schlimmsten Arbeitervierteln der Welt. *Hier* müssen wir ansetzen, Anton, nicht in Amerika! Noch habe ich keinen Überblick, wie es in den anderen Webereien hier am Ort so läuft, aber was Gehringer angeht, weiß ich schon jetzt, dass es so nicht weitergehen kann. Was er mit seinen Männern betreibt, ist pure Ausbeuterei!«

»Du hörst dich ja schon an wie einer dieser Gewerkschafter, über die in den Zeitungen so viel geschrieben wird«, sagte Anton spöttisch. Täuschte er sich, oder verlor Johanns Miene kurz die Farbe?

Nach einem kurzen Moment des Schweigens sagte Johann Merkle leise: »Einfach mal angenommen… Was, wenn wirklich einer daherkäme und die Dinge in die Hand nähme? Meinst du nicht, es ist an der Zeit, dass sich die Zustände hier zum Besseren wandeln?«

»Doch, schon«, erwiderte Anton, der sich unter Johanns prüfendem, eindringlichem Blick immer unwohler fühlte. »Aber ich glaube einfach nicht daran, dass sich etwas ändert. Die Leute tanzen gern nach Gehringers Pfeife!« Sogar seine Christel, fügte er stumm hinzu.

»Weil sie es nicht anders kennen! Und weil bisher niemand auf die Idee kam, es überhaupt zu wagen. Deshalb braucht es ja so dringend jemanden, der voranschreitet und ihnen Mut macht. Überleg doch mal – ohne seine

Weber ist jeder Fabrikant aufgeschmissen. Ich bin mir sicher, dass ein guter Verhandlungsführer einiges erreichen könnte – bessere Arbeitsbedingungen, längere Pausen und natürlich höhere Löhne. Anderswo klappt das doch auch. Die Zeiten ändern sich!«

Unwillkürlich war Anton von der flammenden Rede beeindruckt. Gehringer in einen Arbeitskampf mit seinen Webern verwickelt? Die Vorstellung hatte etwas für sich, dachte er amüsiert.

Johann beugte sich über den Tisch zu ihm. »Einen schlauen Burschen wie dich an der Seite zu wissen, wäre von Vorteil. Ich bin mir ziemlich sicher, dass wir die Fotografin auch ins Boot holen könnten. Die Frau hat schon viel von der Welt gesehen, und sie hat ebenfalls Mumm! Die Leute vertrauen ihr. Gemeinsam könnten wir uns einen Schlachtplan ausdenken, wie wir Gehringer und Konsorten zum Umdenken bringen. Du siehst, die Chancen auf Wandel waren noch nie so gut wie jetzt.« Sein Blick war in die Ferne gerichtet, als sehe er schon Scharen von Webern in den Arbeitskampf ziehen.

»Die Fotografin lass besser aus dem Spiel! Sie hat genug mit der Pflege ihres Onkels und ihrem Geschäft zu tun. Und ich habe auch keine Zeit«, sagte Anton schmallippig. Von wegen – er an Johanns Seite! Und der Gedanke, dass Johann Merkle Mimi Reventlow vor seinen Karren spannen wollte, gefiel ihm erst recht nicht, was bildete der Mann sich eigentlich ein? Die Fotografin war *sein* Sprungbrett in die weite Welt! Er setzte nach wie vor darauf, dass sie nach dem Tod des Onkels abreiste und er sich ihr anschließen konnte. Sollte sie wegen irgendeines Engagements hierbleiben wollen, würde das seinen Plänen gewaltig in die Quere kommen.

Doch Johann war so in Fahrt, dass er Antons Einwurf schlicht überging. »Euer Ochsen würde sich außerdem gut für unsere Versammlungen eignen.«

Jetzt war's aber genug! Anton befreite seine Hand aus Johanns Klammergriff. »Den Ochsen als Treffpunkt für irgendwelche aufrührerischen Umtriebe kannst du gleich wieder vergessen. Meine Mutter würde euch davonjagen! Sie hält nämlich große Stücke auf Gehringer und die anderen Webereibesitzer«, sagte er ironisch. »Und mich kannst du auch vergessen. Ich werde gewiss nicht für irgendjemand anderen in die Bresche springen.« Verärgert stand er auf und trug sein leeres Glas zum Spülbecken hinter der Theke. Das Gespräch mit Johann hatte ihn nicht einen Deut schlauer gemacht!

10. Kapitel

Evelines Blick wanderte zu den Gemälden an der Wand im Wartezimmer des Arztes. Es waren fröhliche, ausdruckstarke Bilder, auf Leinwand gemalt mit kräftigen Ölfarben. Eine Stierkampfszene, ein Sonnenuntergang über dem Meer, Männer und Frauen bei der Traubenernte. Bestimmt hatte der Arzt sie von seiner langen Reise nach Spanien mitgebracht, dachte Eve. Die Bilder passten so wenig hierher wie… Krampfhaft suchte sie nach einem Vergleich. Doch ihr Herz war so schwer, dass ihr Kopf vor lauter Kummer nicht mehr arbeiten konnte. Genauso wenig hatte sie Lust, Klaus auf die Bilder aufmerksam zu machen. Er hätte sowieso nicht reagiert oder, schlimmer noch, etwas Abfälliges gesagt. Nachdem er ihr vor ein paar Tagen Gewalt angetan hatte, sprachen sie sowieso nur noch das Nötigste.

Alexander würden die Bilder bestimmt gefallen, dachte Eve traurig, als die Tür zum Behandlungszimmer aufging und Schwester Elke erschien. »Der Doktor hat jetzt Zeit für Sie.«

Eveline schoss von ihrem Stuhl hoch. Endlich! Am späten Nachmittag hatte der Arzt sie nach Hause geschickt. Er brauchte mehr Zeit, Alexander genauer zu untersuchen und die Wunde zu behandeln. Es tat nicht not, dass Eveline und die Kinder stundenlang im Wartezimmer herumsaßen.

Auf Evelines Bitte hin war vorher schon ein Nachbarsjunge zu Gehringer in die Fabrik gerannt und hatte Klaus über den Unfall informiert. Statt jedoch vorzeitig von der Arbeit heimzukommen, wie Eveline es erwartet hatte, hatte er brav seine Schicht zu Ende gebracht. Sollte sich Alexanders Zustand verschlechtern, solle sie es ihn wissen lassen, hatte er ihr durch den Nachbarsjungen ausrichten lassen. Wie vor den Kopf geschlagen, war sie allein zurück zum Arzt gegangen und hatte dort ausgeharrt, bis dieser sie nach Hause schickte. Also war sie gegangen, hatte den Kindern etwas zu essen gegeben und sie dann, einer Eingebung folgend, zu Edelgard gebracht. Die Näherin hatte sich sogleich bereit erklärt, zu helfen. Tief in ihrem Innern hatte Eveline darauf gehofft, Johann in seinem Elternhaus anzutreffen – vergeblich.

Erst jetzt am Abend, bei ihrem zweiten Besuch beim Arzt, war Klaus an ihrer Seite. Seine Miene war verschlossen, so als interessierte ihn Alexanders Unfall gar nicht. Eveline hätte ihn vor Wut und Enttäuschung am liebsten geschlagen. Wie konnte man nur so gefühllos sein?

»Wie geht es meinem Sohn?«, fragte Eve, kaum dass sie das Zimmer des Arztes betreten hatten.

Statt zu antworten, wies der Arzt auf die beiden Stühle vor seinem Schreibtisch.

»Alexander hat eine Riss-Quetschwunde erlitten, als die Axt ins Bein abgeglitten ist. Gott sei Dank ist das Knie unversehrt geblieben, die Schneide traf den Unterschenkel ungefähr eine Handbreit unter dem Knie.«

Eveline schluckte. Dort war die Haut am dünnsten! Und direkt darunter lag der Knochen …

»Und was hat das zu bedeuten?«, wollte Klaus wissen.

Der Arzt seufzte. »Alexander hat sehr viel Blut verloren, das heißt, es wurden neben dem Schienbein große Blutgefäße verletzt. Die Blutung konnte ich stillen, die Wunde ist gereinigt. Das Bein habe ich mittels einer Schiene hoch und still gelegt, eine Operation ist nicht nötig.« Er zuckte mit den Schultern. »Mehr kann ich im Augenblick nicht tun. Solche Verletzungen brauchen ihre Zeit, um auszuheilen.«

»Wie lange fällt der Junge aus?«, sagte Klaus.

Eve schoss ihm einen feindseligen Blick zu.

»Acht bis zehn Wochen mindestens.«

»O Gott …« Eveline zog erschrocken Luft ein. Acht bis zehn Wochen! Da war die Abschlussfeier in der Schule. Die Heuernte. Die Kartoffelernte. Alles würde Alexander verpassen, und außerdem noch …

Mit Mühe unterdrückte sie einen Schluchzer. »Aber danach ist alles wieder gut?«, fragte sie mit blechern klingender Stimme.

»Das Wichtigste ist jetzt, die Wunde sauber zu halten, damit sich keine Infektionen einstellen. Eine Osteomyelitis könnte im schlimmsten Fall bedeuten, dass das Bein …« Der Arzt hielt inne. »Nun, ich will Sie nicht mit irgendwelchen Schreckensszenarien belasten, hoffen wir lieber das Beste!« Er lächelte das Elternpaar aufmunternd an.

Eve starrte ihn entsetzt an. »Das heißt, Sie wissen noch nicht, ob Alexander je wieder richtig gehen kann?«

»In ein paar Wochen wissen wir mehr«, sagte der Arzt. »Wenn es Ihnen recht ist, würde ich Alexander gern ein paar Tage in meiner Krankenstation behalten und ein Auge auf ihn haben, vor allem wegen der Infektionsgefahr…« Bevor er mehr sagen konnte, wurde die Tür aufgerissen. »Herr Doktor, kommen Sie schnell! Herr Stöckle ist von einer Leiter gefallen!«, rief Schwester Erika.

Eveline blinzelte verwirrt. Der alte Fotograf hatte ebenfalls einen Unfall? Aus dem Nebenzimmer hörte sie Mimi Reventlows Stimme, die beruhigend auf jemanden einzureden schien.

Der Arzt stand eilig auf. »Machen Sie sich nicht allzu viele Sorgen«, sagte er im Hinausgehen zu Eveline. »Ich habe Ihrem Sohn ein starkes Schmerzmittel gegeben, damit er die Nacht gut übersteht. Er schläft nun, und darüber bin ich sehr froh. Schwester Elke und ich passen bestens auf ihn auf, das verspreche ich Ihnen.«

»Was für ein Dummkopf!«, sagte Klaus, kaum dass sie auf der Straße standen.

Eve seufzte. »Ich hätte Alexander auch gern gesehen, aber Doktor Ludwig wird schon wissen, was er tut.«

»Ich rede nicht vom Arzt. Hätte Alexander mal besser zu Hause geholfen, anstatt sich bei fremden Leuten wichtigzutun!«

Eve zuckte zusammen, als hätte sie einen schmerzhaften Stich bekommen. »Du tust ja gerade so, als sei der Junge selbst schuld an seinem Leid!«

»Und? Ist er's etwa nicht?«, spie ihr Klaus entgegen. »Das war's dann wohl mit einer Lehrstelle bei Gehringer. Der nimmt den Jungen nie, wenn er ein Krüppel ist.«

»Wie sprichst du von unserem Sohn? Er hatte einen

Unfall, aber deswegen ist er doch noch lange kein Krüppel!«, fuhr Eveline auf.

»Hast du nicht gemerkt, wie ausweichend der Arzt geantwortet hat? Bei solchen Beinverletzungen bleibt immer was zurück, schau dir doch an, wie schlecht der Karl daherkommt. Dem ist letztes Jahr auch die Axt ins Bein gefahren. Wer weiß, am Ende muss Alexanders Bein noch ganz ab.«

Eveline wurde schlagartig so schlecht, dass sie Angst hatte, sich übergeben zu müssen. Ihr Sohn ein Invalide?

»Alexander wird wieder gesund«, sagte sie heftig. »Außerdem – Gehringer tönt doch immer so laut, dass er für alle ach so gut sorgt. In einem Büro könnte Alexander auf alle Fälle arbeiten.« Muster zeichnen, vielleicht anderweitig kreativ sein – das würde ihm sowieso besser gefallen, als den ganzen Tag am Webstuhl zu stehen, dachte sie.

»Unser Sohn im Büro, am besten noch im feinen Anzug? Und Paul Merkle stellt sich derweilen an den Webstuhl? Eveline, du bist und bleibst eine Träumerin.« Klaus musterte sie mit einem abfälligen Blick. »Alexander werden wir für alle Zeiten durchfüttern müssen, so schaut es aus! Eine Tracht Prügel hätte er verdient, und dieser nichtsnutzige Anton gleich mit dazu.«

Erschüttert blieb Eveline stehen. »Wie kannst du so daherreden? Alexander ist unser Sohn. Und ich werde für ihn sorgen, solange es nötig ist. Und wenn es ein Leben lang ist!« Noch während sie sprach, kam ihr ein Gedanke. Falls Alexander tatsächlich nicht mehr für Gehringer taugte, was hielt Klaus dann noch davon ab, ihm die Erlaubnis zu geben, nach Stuttgart zu gehen? Im nächsten Moment sackten ihre Schultern nach unten. Die Aufnahmeprüfung der Kunstschule war Ende des Monats – bis dahin würde Alexander nie und nimmer wieder auf den Beinen sein.

*

»Wie geht es dir?« Unbeholfen reichte Anton seinem Freund ein mitgebrachtes Schinkenbrot. Hoffentlich würde Alexander es essen, bevor der alte Fotograf im Bett nebenan erwachte, sonst fühlte er sich womöglich noch bemüßigt, teilen zu müssen.

Dass Josef Stöckle kurz nach Alexander ebenfalls einen Unfall gehabt hatte, wollte Anton immer noch nicht in den Kopf. Manchmal war das Leben verrückter, als man es sich je vorstellen konnte.

»Das Bein pocht wie verrückt. Und heiß ist es auch«, sagte Alexander.

»Und – wie lautet die Prognose?«, flüsterte Anton, dabei war niemand außer ihm und dem schlafenden Josef in der kleinen Krankenstation, die der Arzt neben seiner Praxis eingerichtet hatte. Der Doktor hatte Sprechstunde, Schwester Elke war nirgends zu sehen.

Alexander starrte dumpf vor sich hin. »Die Axt ist einen Zentimeter tief ins Schienbein eingedrungen. Und irgendwelche großen Blutgefäße habe ich wohl verletzt. Der Arzt sagt, der Heilungsprozess würde acht bis zehn Wochen dauern. Und heute früh hat er gemeint, es könne gut sein, dass ich nie mehr richtig laufen kann.«

»Aber so tief hast du doch gar nicht geschlagen! Wir haben doch so aufgepasst«, entfuhr es Anton.

»Geht's noch lauter?«, zischte Alexander ihm zu. Für einen langen Moment herrschte Schweigen. Das, was ihnen durch den Kopf ging, wagte keiner auszusprechen.

Als Anton die Idee mit dem »Unfall« gehabt hatte, war er sich vorgekommen wie Michelangelo mit seinem Einfall, Zimmerdecken statt schnöder Wände zu bemalen! Doch sein vermeintlicher Geistesblitz stellte sich nun als ziemlicher Reinfall heraus, dachte er beschämt. Zugegeben – an den Webstuhl musste Alexander nun wahrscheinlich nicht. Aber dass der Freund durch seine Verletzung eventuell auch nicht in der Lage sein würde, zur Aufnahmeprüfung nach Stuttgart zu fahren – dies hatten sie nicht bedacht.

*

An Schlaf war in dieser Nacht nicht zu denken. Die Sorge um den Onkel, der Gedanke an den verletzten Alexander, die Frage, ob sie Josefs Unfall irgendwie hätte verhindern können … in Mimis Kopf fuhren die Gedanken Karussell, ohne einmal zum Stillstand zu kommen. Johann, wo bist du?, dachte sie, während Einsamkeit sie umhüllte wie ein zu schwerer Mantel. Bestimmt hatte er doch mitbekommen, was heute im Dorf los war, warum kam er also nicht wenigstens kurz zu ihr? Ein wenig Trost, eine starke Schulter zum Anlehnen – sie hätte beides so nötig gehabt.

Doktor Ludwig hatte darum gebeten, dass Mimi ihn nach der Morgensprechstunde besuchte. Müde und erschöpft saß sie kurz vor zwölf vor seinem Schreibtisch, um zu erfahren, wie es mit Josef weitergehen sollte. Während sie sich nach der schlaflosen Nacht wie eine alte Frau fühlte, sah der Doktor wieder einmal aus wie das blühende Leben, und das, obwohl gleich zwei Notfälle bei ihm eingeliefert worden waren.

»Ihrem Onkel geht es den Umständen entsprechend gut. Er hat bei seinem Sturz eine stabile Schenkelhalsfraktur erlitten. Wie durch ein Wunder haben sich dabei aber keine Knochen verschoben, somit ist eine Operation nicht nötig. Diese hätte ich hier auch gar nicht durchführen können«, sagte der Arzt. »Ich habe sein rechtes Bein geschient. Dank eines Schmerzmittels verlief die Nacht ruhig für ihn, heute früh hat er schon ein wenig gegessen. Und allein ist er auch nicht, im Nebenbett liegt ja Alexander, der sich auch tapfer schlägt.«

Mimi schlug beide Hände vor die Augen, als könne sie so die Tränen der Erleichterung zurückhalten. »Gott sei Dank!« Nicht auszudenken, wenn außer dem Bein auch noch die Hüfte, die Schulter oder etwas anderes gebrochen wäre!

Der Doktor gab ihr einen kurzen Moment, um sich zu sammeln. »Und nun erzählen Sie – wie kam es überhaupt dazu, dass Josef Stöckle auf einer Leiter herumkletterte?«, sagte er dann eine Spur vorwurfsvoll.

»Mein Onkel war nach Alexanders Unfall völlig aufgelöst. Er gibt sich die Schuld, was natürlich völliger Blödsinn ist! Das wollte ich ihm klarmachen, aber er ist mitten im Gespräch davongerannt. Als ich durchs Fenster sah, dass er in Richtung Atelier ging, dachte ich, er will einfach nur ein bisschen allein sein. Nie im Leben hätte ich geglaubt, dass er plötzlich beschließt, eine der Leinwände auszubessern, und das auch noch auf der hohen Leiter!« Mimi schüttelte den Kopf.

»Alte Herrschaften können manchmal ein wenig unberechenbar sein. Zukünftig sollten Sie Ihren Onkel noch besser im Auge haben.«

»Und wie geht es nun mit ihm weiter?«, sagte Mimi kleinlaut. »Kann ich zu ihm?«

»Kommen Sie besser heute Abend noch einmal her. Ich werde ihn mindestens eine Woche hierbehalten. Falls sich in den nächsten ein, zwei Tagen unter den Prellungen noch Nachblutungen einstellen, weil doch Gefäße verletzt worden sind, habe ich gleich alles unter Kontrolle. Hier kann ich auch besser überwachen, wie er auf das Opiat reagiert. Sobald er keine Schmerzmittel mehr benötigt, bringen wir ihn auf einer Bahre nach Hause. Treppensteigen kann er dann jedoch noch lange nicht! Sie sollten sich also besser schon jetzt überlegen, wo ihr Onkel schlafen wird.«

Mimis Erleichterung über Josefs glatten Bruch verflog mit jedem Wort des Arztes mehr. »Bedeutet das auch, dass er nicht allein auf die Toilette kann?«

Der Arzt nickte. »Schwester Elke kann Ihnen sagen, was Sie außer einem Nachttopf noch für Josefs Pflege benötigen. Früher oder später brauchen Sie die Sachen ja sowieso.«

Sie musste dringend ihrer Mutter schreiben!, dachte Mimi aufgelöst, nachdem sie die Arztpraxis verlassen hatte. Nicht, dass sie sich von ihr irgendeine Hilfe erhoffte, Amelie Reventlow war mit Sicherheit wie immer zu Höherem berufen, als ihrem Bruder zur Seite zu stehen. Aber Bescheid musste ihre Mutter wenigstens wissen.

Nun wurde es also ernst, dachte sie noch, während sie über den Marktplatz ging. Aus den Augenwinkeln heraus sah sie Anton, der die Fenster des Ochsen putzte. Sie winkten sich kurz zu, doch gleich darauf war Mimi wieder tief in ihre Gedanken versunken.

Dass sie Josef eines Tages, wenn es mit ihm zu Ende ging, würde pflegen müssen, war ihr bewusst gewesen. Aber dass der Tag so bald kommen würde, hätte sie nicht gedacht. Sie musste ihm dann bei den persönlichsten Verrichtungen helfen. Ein Glas Wasser? Die Zeitung? Das Fenster auf- oder zugemacht? In seinem hilflosen Zustand würde er bei Tag und Nacht auf sie angewiesen sein. Davon abgesehen würde er nicht einmal die Treppe hinauf zu seinem Schlafzimmer kommen. Sie musste ihm also unten in der Wohnstube ein Lager herrichten. Lieber Gott im Himmel, ob sie das alles hinbekam?

Zu Hause hatte sie gerade Papier und Federhalter bereitgelegt, als es an der Tür klopfte. War etwas mit Onkel Josef? Sogleich schlug ihr Herz bis in den Hals hinauf. Sie riss die Tür auf, und Erleichterung überfiel sie, als sie Johann erblickte.

»Du bist es, Gott sei Dank!« Mimi zog ihn ins Haus, und kaum im Flur angelangt, warf sie sich in seine Arme. Die bisher mühsam zurückgehaltenen Tränen schossen ihr nun ungehindert in die Augen.

»Ich habe vom Unfall deines Onkels gehört. Wie heißt es so schön? Ein Unglück kommt selten allein«, murmelte Johann, während sie sich an ihn presste.

»Erst Alexander, dann Josef… Es ist so schrecklich«, schluchzte sie.

»Alexander ist jung, der wird sich schon wieder erholen. Und dein Onkel hat sich nur das Bein gebrochen, nicht den Hals. Unser Doktor bekommt auch ihn sicher wieder hin.«

»Ja, sicher. Aber er tut mir so leid! Ein solcher Unfall in seinem Alter…«, sagte sie. Ob sich die Schwindsucht durch den Unfall weiter verschlimmern würde? Sie würde den Arzt danach fragen müssen.

Mit einem Seufzer löste sie sich von Johann. »In der Küche gibt's Tee«, sagte sie.

Er folgte ihr. »Viel Zeit habe ich nicht, ich bin nur kurz in der Mittagspause weggelaufen, um dich zu sehen. Musste dich doch ein wenig trösten.«

Mimi lächelte dankbar. »Ehrlich gesagt, ist mir ein wenig bange, ob ich das alles schaffe«, sagte sie, während sie händchenhaltend am Tisch saßen. »Josefs Pflege und das Atelier. Ich muss schließlich Geld verdienen, auch wenn mir gewisse Leute dabei Knüppel zwischen die Beine werfen.« Sie wollte ihm gerade von dem gegen sie erwirkten Verbot der Sonntagsarbeit erzählen, als er sie unterbrach.

»Hier im Dorf ist man füreinander da, wenn es drauf ankommt. Bestimmt findest du jemanden, der dir ein wenig zur Hand geht. Aber stell dir vor, was heute früh in der Fabrik los war: Der Gehringer hat auf seinem morgendlichen Kontrollgang Klaus Schubert derart angeraunzt, dass ich Angst hatte, der Mann würde in Tränen ausbrechen. Und das nur, weil dem Schubert der Webschütze aus dem Fach geflogen ist! Gestern früh hatte Gehringer den Schubert wegen irgendeiner anderen Lappalie auch schon so abgekanzelt, ich weiß nicht, warum er den Mann so auf dem Kieker hat.«

»Herrmann Gehringer sollte sich schämen«, sagte Mimi wütend. »Mitgefühl und Anstand sind ihm wohl völlig fremd.« Angesichts von Klaus Schuberts Pein wagte sie es nicht mehr, von ihrem Ärger mit dem Sonntagsverbot zu erzählen, bestimmt wäre es Johann klein und nichtig vorgekommen.

Johann Merkle nickte grimmig. »Es wird höchste Zeit, dass ihm jemand Anstand beibringt. Wenn die Männer erst einmal in den Streik getreten sind, wird Gehringer schon merken, wohin ihn seine Menschenschinderei gebracht hat!« Johanns Augen blitzten abenteuerlustig.

Mimi runzelte die Stirn. »Streik? Ist es denn schon so weit?«

»Schön wär's!« Johann schnaubte. »Bis ich die Männer so weit habe, wird sicher noch ein halbes Jahr vergehen. Sie müssen erst Vertrauen in mich fassen. So, und jetzt muss ich wieder fort. Ich will Gehringer keinen Grund geben, mich rauszuwerfen. Als braver Weber bei ihm in der Firma habe ich die beste Möglichkeit, an die Männer heranzukommen und ihr Vertrauen zu erlangen.« Mit dem Versprechen, sobald wie möglich wiederzukommen, verabschiedete er sich und gab Mimi noch eilig einen Kuss.

Sie schaute ihm sinnend hinterher. Er hatte ihr nicht einmal seine Hilfe angeboten.

Sie überlegte gerade noch, wie sie Josefs Unfall im Brief an ihre Mutter schildern sollte, als es erneut an der Tür klopfte. Mimis Miene hellte sich auf. Hatte Johann sich etwa besonnen? Weil er doch gespürt hatte, wie sehr sie ihn brauchte?

Doch es war Anton, der mit Grabesmiene vor ihr stand. »Ich war heute genau wie Sie in der Krankenstation, und habe Alexander besucht. Der Arzt sagt…« Antons Stimme zitterte.

Unwillkürlich fuhr Mimis Hand an ihr Herz. »Ja?«

»Der Arzt sagt, er kann vielleicht nie mehr richtig laufen.«

»Das ist ja furchtbar!« Mimi schluckte. Wie blass Anton war! Richtig mitgenommen sah der Wirtssohn aus. Kein Wunder, wo er den Unfall seines Freundes hautnah hatte miterleben müssen.

»Furchtbar wäre vor allem, wenn Alexander wegen der langen Heilung die Aufnahmeprüfung verpasst«, sagte Anton. »Die ist ja schon Ende des Monats!« Er ergriff ihre Hände, drückte sie fest. »Frau Reventlow, ich flehe Sie an – können Sie sich nicht dafür einsetzen, dass Alexander diese Prüfung nachholen kann?«

»Ich dachte, sein Vater will eh nicht, dass er hinfährt«, sagte Mimi stirnrunzelnd.

Der Wirtssohn schnaubte. »Jetzt, wo Alexanders Chancen, Weber zu werden, derart geschrumpft sind, wird der gute Herr Schubert seinen Sohn sicher gern ziehen lassen, oder?«

Mimi zuckte zusammen. »Wie du das sagst! Richtig kaltblütig hört sich das an.«

»Wie man's nimmt«, gab Anton mit einer gewissen Kühle zurück. »Aber Sie stimmen mir doch zu, dass es nun umso wichtiger ist, dass Alexander auf der Stuttgarter Kunstschule angenommen wird?«

Einen Moment lang dachte Mimi nach. So brutal es klang – Anton hatte recht. Kunst konnte man auch im Sitzen studieren. Sie schaute ihn an.

»Ich schreibe sowieso gerade einen Brief an meine Mutter. Wenn sie bei ihrem Bekannten in der Kunstschule ein gutes Wort einlegt, darf Alexander die Prüfung vielleicht nachholen.«

Anton wirkte augenblicklich erleichtert. »Dann würde ich sagen, fangen wir jetzt an!«, sagte er und krempelte die Ärmel seines Hemdes nach oben.

Mimi runzelte die Stirn. »Den Brief schreibe ich schon selbst, keine Sorge.«

»Und was ist mit Ihrem Onkel? Wenn der Doktor ihn nach Hause bringen lässt, wird Herr Stöckle ja kaum in der Lage sein, die Treppe in sein Schlafzimmer hochzugehen. Wenn Sie mögen, baue ich sein Bett oben ab und unten in der guten Stube wieder auf. Und falls es sonst noch was zu tun gibt – sagen Sie es ruhig!«

Für einen Moment fehlten Mimi die Worte. »Danke«, sagte sie schließlich mit belegter Stimme. »Du bist mal wieder mein Retter in der Not.«

»Eine Hand wäscht die andere, nicht der Rede wert!«

Antons Grinsen ließ auch Mimi lächeln. Irgendwie war es schon kurios, wie oft sie auf den jungen Burschen angewiesen war.

11. Kapitel

Einige Tage später machte sich Mimi am späten Vormittag auf den Weg zu Eveline. Josef lag noch wohlversorgt bei Doktor Ludwig im Krankenzimmer, im Fotoatelier war nichts los – bevor sie vor lauter Langeweile verrückt wurde, wollte sie der Weberfrau lieber ihre Hilfe anbieten. Vielleicht konnte sie Eve jetzt, wo Alexander ausfiel, bei der Feldarbeit oder im Haus ein wenig unter die Arme greifen?

Am Morgen hatte sie ihren Onkel besucht und ihm ein hart gekochtes Ei vorbeigebracht, welches er mit Appetit gegessen hatte. Ein gutes Zeichen, befand Mimi. Auch mit Alexander hatte sie ein paar Worte gewechselt. Dass sie versuchte, ihm die Aufnahmeprüfung in Stuttgart nachträglich zu ermöglichen, schien dem Jungen etwas Auftrieb zu verschaffen. Mimi hoffte nun täglich auf eine positive Nachricht von ihrer Mutter, oder – besser noch – von der Schule direkt.

Die Weberfrau war gerade dabei, die Haustür abzuschließen, ihre beiden Töchter waren nirgends zu sehen. Als sie Mimi sah, fing sie unwillkürlich an zu weinen.

Unbeholfen nahm Mimi die Frau in den Arm und

wiegte sie hin und her. »Es tut mir so leid«, murmelte sie.

Eveline erstarrte, dann löste sie sich aus der Umarmung. Entsetzt schaute sie Mimi an. »Verzeihung, ich weiß nicht, was in mich gefahren ist.«

Mimi winkte ab. »Es ist doch nur verständlich, dass Sie sich um Alexander sorgen.«

»Es ist nicht nur das«, sagte die Weberfrau verzweifelt. »Es ist auch mein Mann. Seit Alexanders Unfall ist es fast nicht mehr auszuhalten. Im tiefsten Innern hatte ich gehofft, dass Alexanders Unfall uns wieder zueinanderbringt, aber eher ist das Gegenteil eingetreten. Er spricht nicht mehr mit mir, und wenn er denkt, es bekommt niemand mit, dann schaut er mich und die Kinder seltsam an. So, als wären wir alle nur eine Last für ihn. Wenn ich ihn frage, was los ist, murmelt er vor sich hin, dass in unserem Haus der Teufel tanzen würde – was für ein Blödsinn!«

Mimi hob erschrocken die Brauen. Das hörte sich tatsächlich furchtbar an.

Verzweifelt ließ Eveline die Arme sinken. »Manchmal weiß ich nicht, was ich schlimmer finde – sein Schweigen oder seine Reden. Die Kleinen haben auch schon richtig Angst vor ihrem Papa. Gott sei Dank kümmert sich Edelgard gerade um sie, bei ihr fühlen sie sich wohler als bei uns zu Hause…« Sie seufzte tief auf. »Tut mir leid, dass ich Sie mit meinen Sorgen belästige. Aber manchmal…« Ein hilfloses Schulterzucken folgte.

Mimi nickte. »Manchmal tut es einfach gut, mit jemandem zu reden. Ich kenne das, wirklich.«

»Vielleicht sollte ich einfach nicht so viel über alles nachdenken«, sagte Eveline mit bewundernswerter Resolutheit, dann wischte sie sich die verweinten Augen trocken. »Ich muss in die Fabrik, Klaus die Brotzeit bringen, die hat er heute früh auch wieder vergessen. Manchmal habe ich das Gefühl, er ist mit seinen Gedanken gar nicht mehr hier …«

»Darf ich Sie begleiten? Ein kleiner Spaziergang täte mir gut«, sagte Mimi spontan. Es war kurz vor zwölf, mit ein bisschen Glück hatte die Mittagspause in der Fabrik begonnen, wenn sie dort ankamen. Vielleicht konnte sie sich von der Straße aus irgendwie bei Johann bemerkbar machen. Er würde staunen, wenn sie so einfach auftauchte!

Die Weberfrau zuckte mit den Schultern. »Kommen Sie ruhig mit, ich habe nichts dagegen.«

Zu Mimis Enttäuschung konnte man Gehringers Fabrik von der Straße aus gar nicht sehen, ein großes, schmiedeeisernes Tor versperrte die Zufahrt. Nun würde sie Johann doch nicht entdecken, dachte Mimi betrübt, während Eveline dem Pförtner den Grund ihres Besuchs erklärte. Der Mann, der Eveline zu kennen schien, ließ sie eintreten.

Eveline drehte sich zu Mimi um, um sich zu verabschieden. Einer Eingebung folgend sagte Mimi: »Ich habe noch nie eine solche Fabrik von innen gesehen oder gar einen dieser berühmten Webstühle. Ob ich Sie wohl begleiten darf?« Hoffentlich würde ihr nicht ausgerechnet jetzt Gehringer über den Weg laufen, das wäre ihr doch arg unangenehm, dachte sie im selben Moment.

Die Weberfrau schaute den Pförtner fragend an. »Ihr werdet schon nichts anstellen«, brummte er und winkte sie durch.

»Das sieht eher aus wie der Park einer Villa und nicht wie ein Fabrikgelände!« Widerwillig beeindruckt schaute Mimi sich um. Vor ihnen lag ein gerader Weg, der von großen, in Form geschnittenen Büschen gesäumt wurde. Hinter den Büschen erstreckten sich weite Rasenflächen, auf denen riesige, alte Bäume standen. Auf dem gepflegten Rasen standen kleine Tische und Stühle. Ein Wegweiser führte zu einer »Bibliothek«.

»Eine Bibliothek für die Arbeiter?«, fragte Mimi stirnrunzelnd.

»Ein Relikt aus früheren Zeiten. Damals hat Klaus tatsächlich öfter mal ein Buch mit nach Hause gebracht – erbauliche Bibellektüre! Aber als ob heutzutage noch jemand Muße zum Lesen hätte«, sagte Eveline harsch. »Jetzt, in der warmen Jahreszeit, essen die Männer an den Tischen ihre mitgebrachte Brotzeit«, fuhr sie fort. »Im Winter können sie nirgendwohin zum Essen gehen, die meisten vespern direkt am Webstuhl. Das da ist die Weberei!« Sie zeigte auf einen langgestreckten Bau hinter dem rechten Rasenstück. »Und das große Haus da hinten links – dort sitzen die Näherinnen. In dem Gebäude hat Gehringer auch sein Büro.«

Mimi runzelte die Stirn. Irgendwie hatte sie sich eine Weberei ein wenig anders vorgestellt, nicht so gediegen und gepflegt, sondern stickig, schrecklich laut und staubig.

»Seltsam, alles ist so still. Kein Klackern der Webstühle ist zu hören…«, murmelte auch Eveline in diesem Moment und öffnete fast zaghaft die große, hölzerne Tür des Fabrikgebäudes.

Mimis Herz begann heftig zu klopfen, und sie wusste nicht, welcher Grund dafür überwog: die Angst, Gehringer über den Weg zu laufen, oder die Vorfreude, vielleicht gleich Johann zu sehen. Kein Kuss, keine überschwängliche Begrüßung!, ermahnte sie sich. Mehr als ein verstohlener Blick war nicht möglich.

Die Webstühle standen tatsächlich still. Der Geruch von Maschinenöl lag in der Luft, genau wie eine seltsame Anspannung. Es schien eine Art Versammlung stattzufinden, vorn auf einer Art Podest stand Herrmann Gehringer und hielt eine Rede. Neben ihm hatte sich sehr gewichtig Johanns Bruder Paul postiert.

Eve und Mimi tauschten einen Blick. Und nun?

Gehringer! Genau dem hatte sie nicht in die Arme laufen wollen! Verflogen waren Mimis Gedanken an einen Kuss von Johann, stattdessen wandte sie sich hastig dem Ausgang zu. »Könnten Sie bei mir bleiben?«, flüsterte Eveline Schubert ihr zu.

Mimi nickte unsicher.

Die Männer standen dicht gedrängt, alle trugen verblichene Hosen und Arbeitskittel. Mit ihren schmalen Schultern und ihrer gebückten Haltung sahen alle gleich aus, dachte Mimi und linste unauffällig nach dem einen, der alle überragte. Sie glaubte Johann auf der linken Seite, ziemlich weit vorn zu entdecken.

»Wie ihr alle wisst, haben wir gemeinsam schon manche schwere Zeit durchgestanden und das werden wir auch jetzt tun«, ertönte vom Rednerpult Herrmann Gehringers Stimme. »Die Weberei Gehringer ist ein Traditionsunternehmen mit gutem Namen, und auch das soll so bleiben. Doch die Zeiten ändern sich! So schlimm wie heutzutage waren Kostensteigerung und Konkurrenzdruck noch nie. Für mich als Unternehmer wird das Überleben immer schwerer. Wenn ich sicherstellen will, dass eure Söhne sich keine Sorgen darüber machen müssen, dass sie wie ihre Väter eine gute Anstellung bekommen – dann muss ich hier und jetzt aktiv werden!«, rief Gehringer in die Menge.

Mimi spürte, wie Eve neben ihr erstarrte. Sie schaute die Weberfrau fragend an.

»Worum ich euch jetzt bitte, fällt mir nicht leicht zu sagen. Und ihr könnt mir glauben, dass ich es nicht täte, wenn es nicht absolut nötig wäre!«

Mimis Miene verfinsterte sich. Oje, da würde bestimmt nichts Gutes auf die Arbeiter zukommen! Sie schaute unauffällig zu Johann hinüber und sah, wie auch dessen Miene düster wurde.

»Männer, es geht nicht anders, von jetzt an müssen die Webstühle täglich nochmals zwei Stunden länger laufen. Wir haben einige Großaufträge, die abgearbeitet werden müssen, komme, was wolle! Wann wir zur alten Arbeitszeit zurückkehren, weiß ich noch nicht, ich hoffe, dass dies spätestens Anfang September der Fall sein wird. Aber ich weiß, dass ihr mich jetzt nicht im Stich lassen werdet, so wie ich euch auch noch nie im Stich gelassen habe. Nächstes Jahr feiert die Weberei Gehringer ihr großes Jubiläumsjahr, das wollen wir doch noch alle gemeinsam erleben, nicht wahr?«

Mimi hob die Brauen. Die unverhohlene Drohung war aus diesen Worten sehr wohl herauszuhören.

Unruhe kam auf, verärgertes Gemurmel. Gehringer nickte, als habe er für den Unmut der Leute vollstes Verständnis. »Diese neue Regel schmeckt mir so wenig wie euch! Aber sie ist nötig, um wettbewerbsfähig zu bleiben. Und glaubt nicht, dass es anderswo besser wäre! Ich habe erst vor ein paar Tagen mit Egon Morlock und Gottfried Hirrler gesprochen, bei denen sieht es keinen Deut anders aus.«

Die Männer verstummten.

Was wohl in diesem Moment in Johann vorging?, dachte Mimi.

»Ich wusste, dass ich mich auf euch verlassen kann!«, endete Gehringer zufrieden. »Dieser Sommer wird für uns alle kein Zuckerschlecken, machen wir uns nichts vor. Aber wie heißt es so schön? Was uns nicht umbringt, macht uns nur noch härter!« Mit einem letzten Winken gingen er und Paul Merkle auf und davon.

Im nächsten Moment brach Tumult aus, alle redeten durcheinander, Köpfe wurden geschüttelt, manch einem war vor Schreck die Farbe aus dem Gesicht gewichen.

»Das ist der Tropfen, der das Fass zum Überlaufen bringt«, flüsterte Eveline. Wie in Trance ließ sie Klaus' Pausenbrot fallen, ohne ein Wort rannte sie davon, als könne sie die Situation keinen Moment länger ertragen.

Mimi hob das Brot auf. Sollte sie Eve nachgehen? Oder Evelines Mann suchen? Während sie sich noch hilflos umschaute, sah sie, dass Johann grimmig dreinschauend auf sie zukam.

»Was machst du denn hier?«, fuhr er sie an, als hätte sie Gehringer seine Rede ins Ohr geflüstert. »Habe ich dir nicht gesagt, niemand soll etwas von uns erfahren?«

»Ich habe lediglich Eveline begleitet«, sagte Mimi spröde. Sie drückte ihm das Pausenbrot in die Hand. »Das gehört Klaus Schubert, kannst du es ihm geben?«

Er nahm das in Zeitungspapier gewickelte Päckchen, und seine Miene wurde weicher. »Tut mir leid. Aber was Gehringer da gerade von sich gegeben hat, ist echt starker Tobak! Zwölf Stunden am Webstuhl – das haut auf

Dauer doch das stärkste Pferd um!« Seine Augen funkelten, sein Körper bebte vor Wut. »Es ist wirklich höchste Zeit, dass jemand dem Mann Einhalt gebietet.«

Mimi nickte grimmig. »Nicht ein Einziger hat gewagt, Gehringer zu widersprechen – wie kann das sein? Hast du denn wenigstens schon ein paar Leute für deine Sache gewinnen können?«

Johann schüttelte den Kopf. »Viele nehmen mir noch immer übel, dass ich damals wegging. Aber wer weiß? Vielleicht spielt Gehringer mir mit seinen unverschämten Forderungen sogar in die Hände. Am besten nutze ich gleich den heutigen Abend, um im Ochsen bei einem Glas Most mit dem einen oder anderen zu reden!«

»Ich dachte, wir sehen uns heute endlich mal wieder«, entfuhr es Mimi. »Solange mein Onkel bei Doktor Ludwig ist, habe ich Zeit. Wollen wir nicht mal spazieren gehen? Wir könnten uns auch bei mir zu Hause treffen …«

»Das hört sich sehr verführerisch an.« Johann grinste charmant. »Aber du siehst ja selbst, wie nötig es ist, dass ich die Dinge hier vorantreibe.« Er nickte in Richtung der Weber.

»Ja, schon. Aber seit du hier bist, hatten wir noch keine Stunde für uns allein«, sagte Mimi und konnte nichts gegen den sehnsüchtigen Ton in ihrer Stimme tun.

Er drückte ihr einen verstohlenen Kuss auf den Kopf. »Den Abendspaziergang holen wir so schnell wie möglich nach. Dann zeige ich dir all meine Lieblingsorte rund ums Dorf – versprochen!«

12. Kapitel

Drei Mal musste Eveline den Brief aus Stuttgart, den der Postbote vor einer Stunde gebracht hatte, lesen, bis sie ihr Glück endlich fassen konnte. Man wolle Alexander in Anbetracht seines schweren Unfalls eine weitere Chance geben, schrieb die Kunstschule. Wenn seine Gesundheit es zuließe, sollte er Ende Juli zur Aufnahmeprüfung kommen. Da das Studium erst Anfang September begänne, wäre im Fall einer Aufnahme an der Kunstschule noch genügend Zeit, um im Vorfeld alles Nötige zu regeln.

Was für ein Auf und Ab der Gefühle, dachte Eveline bewegt. Nach Alexanders schwerem Unfall hatte alles schwärzer als schwarz ausgesehen. Nun sah sie wieder einen Hoffnungsschimmer am Horizont. Und erneut war es Mimi Reventlow, die sich für Alexander eingesetzt hatte. Die Fotografin war wirklich eine Frau, die Positives in die Familie brachte.

Eilig rannte Eveline zu Doktor Ludwig, um Alexander die frohe Botschaft zu verkünden. Erst fassungslos, dann übers ganze Gesicht strahlend, schaute ihr Sohn sie an.

»Bestimmt lässt mich Vater jetzt gehen«, sagte er.

Sie nickte. »Ganz bestimmt! Alles wird gut werden.«

Die Hausarbeit, die Arbeit auf dem Feld – an diesem Tag ging Eveline alles leichter als sonst von der Hand. Auch Erika und Marianne hatte sie mit ihrer frohen Laune angesteckt. Als sie ihnen verkündete, dass sie die Nacht bei Edelgard würden schlafen dürfen, wurden sie vor Aufregung ganz übermütig. Sie liebten die Näherin, bei der es immer ein Karamellbonbon oder einen Keks für sie gab. Gott sei Dank war Johanns Mutter immer zur Stelle, wenn sie Hilfe benötigte, dachte Eveline dankbar, während sie sich fröhlich winkend von den Mädchen verabschiedete.

Zu Hause angekommen, ging ihre Betriebsamkeit weiter. Sie schälte und schnippelte Kartoffeln, gab sogar etwas Speck dazu und würzte alles mit frischen Kräutern, die sie gesammelt hatte. Wie würzig es roch, dachte Eveline, während sie ihre Suppe rührte. Vielleicht konnte sie Klaus' Appetit damit anregen? Seit Gehringers Ansage, dass die Männer noch mehr arbeiten mussten, aß er nur noch wie ein Spatz.

Gegen acht, kurz vor Ende von Klaus' Schicht, war Eveline mit allem so weit fertig, dass sie sich um sich selbst kümmern konnte. Sie löste alle Nadeln aus ihrem Haar, um es dann vor dem Spiegelscherben neben dem Spülbecken gründlich zu kämmen. Anschließend warf sie ihrem Spiegelbild einen zufriedenen Blick zu. Wenigstens sah man ihr die Sorgen der letzten Wochen nicht an, Klaus konnte noch immer stolz auf seine schöne Frau sein.

Seit er sie so brutal genommen hatte, hatte sie sich jeder Berührung durch ihn entzogen. Aber so konnte es nicht weitergehen, noch waren sie Mann und Frau.

Der Abend sollte nur Klaus und ihr gehören, hatte sie beschlossen. So frohgemut wie heute früh hatte sie ihn immerhin schon lange nicht mehr erlebt. Er hatte den Kindern über den Kopf gestrichen und sie brave Mädchen genannt. Dann hatte er eine Hand auf ihren Arm gelegt und gesagt, sie sei eine gute Frau. Eveline hatte geglaubt, nicht richtig zu hören. Da sprach er wochenlang kaum mit ihnen, und auf einmal solche Nettigkeiten? Ihr Blick fiel auf die Wand, wo ein helles Viereck den Platz andeutete, an dem all die Jahre das Bild »Der breite und der schmale Weg« gehangen hatte. »Ich weiß, dass du dieses Bild hasst«, hatte Klaus gesagt und es von der Wand genommen und hinzugefügt, dass es das Bild ab jetzt nicht mehr brauche. Und dass Alexander stattdessen ein schönes Bild für die Wand malen solle. Eveline war sprachlos gewesen. Mehr als ein »Danke« war ihr nicht über die Lippen gekommen. Den ganzen Tag hatte sie darüber nachgedacht, was er ihr mit dieser Geste sagen wollte. Und dann seine Bemerkung, dass Alexander ein neues Bild malen sollte – signalisierte er damit etwa sein Einverständnis in Bezug auf die Aufnahmeprüfung? Sie wagte es kaum zu glauben, aber vielleicht standen die Zeichen doch auf Neuanfang? Dazu passten die guten Nachrichten aus Stuttgart bestens! Und wenn er für einen Neuanfang bereit war, musste sie es auch sein.

Evelines Blick fiel auf die Uhr. Schon halb neun. Wenn Klaus nur endlich käme …

Als ihr Mann um Viertel vor neun noch immer nicht da war, begann es in Evelines Magen unangenehm zu rumoren. Klaus hatte nichts davon gesagt, dass er heute noch auf den Acker gehen wollte. Besuchte er vielleicht Alexander? Das hatte er bisher nie getan, außerdem war Doktor Ludwig strikt – um sieben am Abend mussten alle Besucher das Krankenzimmer verlassen. Wo steckte Klaus dann?, dachte Eveline eine Spur gereizt, während sie auf den Topf mit der unberührten Suppe starrte. Etwa im Ochsen? Betrank er sich wieder? Womöglich hatte sie seine frohe Stimmung doch falsch gedeutet.

Im Ochsen war er nicht. Und gesehen hatte ihn auch niemand. Ratlos stand Eveline auf dem Marktplatz. Und nun? Wohin? Gab es eine Erklärung für sein Verschwinden, die ihr lediglich nicht einfallen wollte?

Ihr Blick wanderte zum Himmel, wo ein Rabe in der untergehenden Sonne seine Kreise zog. Fast kam es ihr vor, als würde er sie begleiten. Oder ihr den Weg weisen wollen. Hoffentlich war es kein Unglücksrabe, dachte sie schaudernd, als ihr aus einer der Nebenstraßen Johann Merkle entgegenkam.

Sein Anblick versetzte Eveline in Freude und Panik zugleich. Hektisch wischte sie sich den Schweiß von der Stirn und versuchte, die Verzweiflung und Anspannung aus ihrem Gesicht zu bekommen.

»Eveline! Laufen wir uns auch endlich über den Weg…«

Mit welcher Intensität er sie aus seinen tiefbraunen Augen anschaute! Als würde es nur sie beide auf dieser Welt geben. Eveline spürte, wie die alte Sehnsucht nach ihm in ihr aufwallte. Warum hatte sie nicht einen wie Johann heiraten können? Sie biss sich so fest auf die Unterlippe, dass es wehtat.

Sein Lächeln war warm wie die untergehende Sonne. »Du glaubst nicht, wie oft ich in all den Jahren an dich gedacht habe.«

Davon konnte sie sich nichts kaufen, dachte sie bitter und erschrak im selben Moment über sich selbst.

»Erzähl, wie geht es dir?« Er wollte ihr über die Wange streichen, doch sie wich zurück. Sollte sie sieben Jahre in ein, zwei Sätze packen? Was erwartete er von ihr?

»Ich suche Klaus. Er… ist verschwunden«, sagte sie knapp. Ihr Blick fiel erneut auf den Raben hoch oben in der Luft, und ihre düstere Stimmung nahm weiter zu. Es kostete sie alle Kraft, sich nicht in Johanns Arme zu werfen und loszuheulen. »Ich habe das Gefühl, unser ganzes Leben löst sich in seine Bestandteile auf und ich kann nichts dagegen tun. Zusehen zu müssen, wie wir immer mehr zu Schatten unserer selbst werden…«, sagte sie mit belegter Stimme.

Während sie sprach, verfinsterte sich Johanns Miene immer mehr. »Es ist überall dasselbe Trauerspiel! Die Last, die jeder Einzelne tragen muss, ist einfach zu schwer. Wie gern würde ich dir etwas von deiner abnehmen…« Die Art, wie er sie anschaute, hatte etwas Prüfendes an sich, als wollte er für sich herausfinden, wo sie beide standen.

Unruhig trat Eveline von einem Bein aufs andere und spürte auf einmal dieselbe Verwirrung, die er augenscheinlich auch empfand. Konnte sie ihm verzeihen, dass er so einfach auf und davon gegangen war? Wollte sie die kleine Tändelei von damals überhaupt wieder aufnehmen? Ein paar Schmeicheleien, ein gestohlener Kuss – würde ihr das heute noch reichen? Sie war nicht mehr die Frau voller naiver Illusionen wie vor sieben

Jahren, die schweren Zeiten hatten ihr so manche Hoffnung geraubt.

»Was schaust du mich so an?«, fragte sie unangenehm berührt, als sein Blick weiter zärtlich und verwundert zugleich auf ihr ruhte.

»Vielleicht, weil ich noch immer nicht glauben kann, dass du noch hier bist«, erwiderte er nach kurzem Zögern. »Ich war mir so sicher, dass du Laichingen auch längst verlassen hast und zu deinen Eltern nach Chemnitz zurückgekehrt bist. Ich hätte es dir nicht verdenken können ...«

»Nicht jeder hat die Möglichkeit, dem Dorf so einfach den Rücken zu kehren, wie du es getan hast«, sagte sie spitz. »Für meine Eltern bin ich an dem Tag gestorben, an dem ich mit Klaus durchgebrannt bin.« Sie lachte bitter auf. Doch dann besann sie sich und fügte milder hinzu: »Aber erzähl – wie geht es dir?«

Er lachte auf. »Kannst du mich etwas Leichteres fragen? Seit ich zurück bin, schwanke ich zwischen himmelhochjauchzend und zu Tode betrübt. Es gibt Momente, da bereue ich meine Heimkehr, nenne mich einen Verrückten. Und dann wieder gibt es Momente, so wie jetzt, da frage ich mich, wie ich überhaupt jemals habe gehen können ...« In einer zärtlichen Geste strich er ihr über die Wange und schaute sich anschließend um. Als er sah, dass niemand in der Nähe war, nahm er Eveline in den Arm und drückte sie kurz an sich. »All die Jahre habe ich dich nicht vergessen können, Eve. Weißt du eigentlich, dass du der Grund für meinen Weggang warst? Du warst die Frau eines andern, ich sah keine Chance für uns ...«

»Und deshalb hast du beschlossen, dein Bündel zu packen und zu gehen?« Ein unterdrücktes Schluchzen ertönte, es kam aus Evelines tiefstem Inneren. »Warum hast du mich nicht gefragt, ob ich mitkommen will? Ich wäre mit dir gegangen, sofort.« Sie konnte nichts gegen den anklagenden Unterton in ihrer Stimme tun.

Er zuckte mit den Schultern, in seinen Augen las sie Betroffenheit. »Vielleicht hatte ich Angst. Eine Ehe zerstören – wer will das schon?«

»Etwas, was kaputt ist, kann man nicht mehr zerstören«, sagte sie hohl. »Ich muss jetzt gehen. Klaus …«

Johann nickte zögerlich. »Ich würde dir gern helfen bei deiner Suche. Aber ich habe eine Verabredung. Es geht um die Zukunft Laichingens, vielleicht auch um unsere Zukunft. Eins steht fest – dieses Mal werde ich nicht mehr tatenlos zusehen, wie hier alles vor die Hunde geht! Alles wird gut, das verspreche ich dir.« Auf einmal hatte er es eilig, mit großen Schritten ging er davon.

Sinnend schaute sie ihm hinterher. Alles wird gut – wie gern hätte sie ihm geglaubt. Doch sie hatte längst aufgegeben, sich auf andere Leute zu verlassen. Wenn das Leben sie *eines* gelehrt hatte, dann die Tatsache, dass sie die Dinge selbst in die Hand nehmen musste. Und deshalb musste sie dringend mit Klaus reden, ob sie wollte oder nicht. Und wehe, er hatte es sich irgendwo mit einer Flasche Schnaps gemütlich gemacht! Dann würde sie ihm die Flötentöne blasen wie noch nie.

*

Auf dem Zettel, den Johann in ihren Briefkasten geworfen hatte, hatte gestanden, sie könnten sich um neun

Uhr am Bahnhof treffen. Seit zehn Minuten stand Mimi nun schon vor dem Bahnhofsgebäude und kam sich wie bestellt und nicht abgeholt vor. Ob sie sich im Tag getäuscht hatte?, dachte sie, als die Kirchturmuhr leise halb zehn schlug.

Endlich kam Johann angerannt. »Verzeih die Verspätung, ich bin aufgehalten worden, du weißt ja selbst, wie es ist…«, sagte er und nahm sie an die Hand.

Statt ihm böse zu sein, lächelte Mimi nur.

Den Weg, den Johann einschlug, führte sie weg vom Dorf und weg auch von den Äckern, auf denen die Leute noch spät am Abend mit Harken und Schaufeln zugange waren. Nach nur wenigen Minuten waren sie die einzigen Menschen weit und breit.

Es war ein wunderschöner, warmer Abend. Die Sonne senkte sich in einem intensiven Orange, alle Hügel und Wälder der Schwäbischen Alb schienen wie in Bronze getaucht zu sein.

Immer wieder blieb Johann stehen, schaute sich um, als sehe er alles zum ersten Mal. »Meine Heimat…«, sagte er mit bewegter Stimme. »Es ist verrückt, aber seit ich wieder zu Hause bin, spüre ich meine Wurzeln stärker als je zuvor. Die Natur, die Menschen…«

Mimi lächelte. »Das ist sicher ein schönes Gefühl. Ich dagegen habe gar keine Wurzeln. Ich bin frei wie ein Vogel, und das ist genauso schön!« Sie drehte sich um ihre Achse, ihr Rock flog in die Höhe, sie genoss den sanften Luftzug, der dabei an ihre Beine kam. Insgeheim wartete sie darauf, dass Johann etwas sagte, zum Beispiel: »Warte nur ab – gemeinsam mit mir werden dir hier in Laichingen Wurzeln wachsen.« Stattdessen ging er in die Hocke und pflückte ein unscheinbares grünes Kraut ab. »Riechst du das? Das ist Waldmeister. Hier am Waldrand wächst er auch im Juni noch. Nach einem langen heißen Tag verströmt er seinen Duft besonders intensiv. Was habe ich diesen Geruch vermisst…« Er rieb die feinen Blättchen zwischen seinen Fingern und atmete die ausströmenden Aromen tief ein.

Mimi wurde von dem schwülen Duft ganz schwindlig.

Dicht nebeneinander spazierten sie weiter. Mimi spürte Johanns Nähe und die Wärme, die sein Leib ausstrahlte. Wie eine weitere Sonne neben ihr, dachte sie glücklich.

»Was für eine schöne Arbeit«, sagte er plötzlich und strich sanft über ihren rechten Arm. »Feinstes Leinen…«

Mimi lächelte. Über eine Stunde lang hatte sie überlegt, was sie für dieses Treffen anziehen sollte, nichts war ihr gut genug gewesen. Am Ende war sie an Traudels Leinenschrank gegangen und hatte sich eine Bluse mit Lochstickerei ausgeliehen.

»Was hättest du denn gesagt, wenn ich eine Bluse aus Baumwolle gewählt hätte?«, sagte sie neckend.

»Das hättest du nie getan. Du weißt es vielleicht noch nicht, aber du bist dem Leinen längst genauso verfallen wie wir andern auch.« Er hörte sich fast feierlich an.

Das wagte sie zu bezweifeln, dachte Mimi, während die Finger seiner rechten Hand in einer aufwühlenden Art über ihre Bluse glitten.

»Leinen ist ein Stoff wie kein anderer! Er begleitet die Menschen vom Tauf- bis zum Leichentuch. Leinen ist weich und geschmeidig, aber auch fest und widerstandsfähig. Es ist seidig und robust. Es ist so besonders wie die Menschen hier…«

Mimi musste sich zusammenreißen, um nicht nervös loszukichern. Da gelang es ihnen endlich, ungestört zusammen zu sein, und dann fiel Johann nichts anderes ein, als dem Leinen eine Liebeserklärung zu machen! Nicht ihr. So etwas konnte einem auch nur in Laichingen passieren, oder? Unwillkürlich musste sie doch lachen.

»Ich bin so froh, dass wir uns wieder getroffen haben«, sagte sie mit bewegter Stimme. »Unsere Begegnung damals in Ulm – irgendwie war sie schicksalhaft, findest du nicht?«

»Das kann schon sein …«, erwiderte er vage und sah dabei aus, als sei er mit den Gedanken weit weg.

Mimi runzelte die Stirn. Wollte er sich seine Gefühle für sie nicht eingestehen? Johann war schließlich ein Freigeist, genau wie sie. Die große Liebe hatte er sicher genauso wenig auf dem Plan gehabt.

Ein unmerklicher Ruck schien durch ihn zu gehen. Er nahm ihre Hand, und sie spazierten weiter, während die Sonne sich in einen glutroten Ball verwandelte. Am liebsten hätte Mimi sich in den Arm gekniffen. Sie und Johann Hand in Hand – das konnte doch nur ein Traum sein.

Auf der Anhöhe angekommen, zeigte er auf einen großen, flachen Stein. »Einer meiner Lieblingsplätze. Wollen wir uns setzen?«

Mimi nickte erfreut. Was für eine schöne Aussicht man von hier hatte! Auf das Dorf und einige weitere umliegende Dörfer. In der sich nun rasch herabsenkenden Dämmerung nahmen Häuser, Bäume und Büsche seltsame Umrisse an. Wie schade, dass man bei diesem Licht nicht fotografieren konnte, ging es Mimi durch den Sinn.

»Es ist unglaublich«, sagte sie. »Aber in all den Wochen, in denen ich nun schon hier bin, habe ich noch so gut wie nichts von der Gegend gesehen. Und dich habe ich auch so gut wie nie gesehen.« Sie gab Johann einen spielerischen Schubs. »Luise hat mir erzählt, dass im Juli ein großes Fest hier in Laichingen stattfindet. Können wir das gemeinsam besuchen? Und zusammen tanzen – oder schadet das etwa auch meinem guten Ruf?«

»Aufs Heumondfest geht *jeder*«, sagte er grinsend. »Und was das Tanzen angeht – ich werde dich über die Tanzfläche wirbeln, bis dir schwindlig ist!« Schon im nächsten Moment wurde er wieder ernst. Er zeigte mit der freien Hand nach unten aufs Dorf. »Wenn man von hier oben auf Laichingen schaut, fällt es einem schwer zu glauben, was für ein hartes Los die Menschen haben, nicht wahr?«

Mimi nickte verträumt. Mussten sie jetzt über Laichingen reden? Unauffällig rutschte sie näher an ihn heran.

»Wenn es wirklich dazu kommt, dass ich die Leute in einen Arbeitskampf gegen die Webereibesitzer führe, dann ist es erst einmal aus und vorbei mit der vermeintlichen Idylle. Es werden sich Lager bilden, jeder wird für sich entscheiden müssen, wo er steht, auch du, Mimi. Wirst du an meiner Seite stehen?«

»Natürlich stehe ich an deiner Seite! Aber was euren Arbeitskampf angeht – ich bin Fotografin, mit Gewerkschaften habe ich nichts zu tun«, sagte sie. »Außerdem bin ich, ehrlich gesagt, ein wenig skeptisch, was deine Ambitionen betrifft. Ich habe das Gefühl, die meisten Leute sind stolz darauf, Weber zu sein, sie wollen gar nichts an ihrem Leben ändern.«

»Gegen die alten Webertraditionen ist ja auch nichts einzuwenden. Gewebt wird hier oben auf der Alb seit fünfhundert Jahren. Dieses Handwerk liegt uns allen im Blut. Aber das gibt den Herren Webereibesitzern noch lange nicht das Recht, die Menschen bis auf den letzten Blutstropfen auszusaugen!« Er wandte sich ihr zu, nahm ihre Hände in die seinen und sagte: »Du bist eine der wenigen, die nicht vor Gehringer kuscht. Ich könnte mir zum Beispiel gut vorstellen, dass du den Leuten, die sich bei dir fotografieren lassen, unauffällig ein wenig Mut zusprichst. Du könntest ihnen davon berichten, dass Arbeitskämpfe und Streiks anderswo gang und gäbe sind und dass davon die Welt nicht untergeht. Bestimmt fällt dir noch mehr Aufmunterndes ein, die Laichinger haben Zuspruch dringend nötig!«

»Ich weiß nicht…« Mimi lachte auf. »Erstens muss ich mich beim Fotografieren auf meine Arbeit konzentrieren. Und zweitens glaube ich, dass du meinen Einfluss auf die Leute falsch einschätzt. Dass ich mich schon ein oder zwei Mal mit Gehringer angelegt habe, stößt den Leuten eher sauer auf. Und mein Onkel predigt mir obendrein auch ständig, ich solle mich nicht überall einmischen. Schuster, bleib bei deinen Leisten, heißt es nicht umsonst.«

»Und was ist mit Alexander Schubert?«, sagte Johann. »Und mit Fritz Braun? Mir ist da im Ochsen so einiges zu Ohren gekommen, die Leute schwärmen regelrecht von dir. Glaube mir, du bist für die Laichinger viel wichtiger, als du glaubst!«

Ob sie es wollte oder nicht – Mimi fühlte sich geschmeichelt.

Johann schaute ihr tief in die Augen. »Du hast schon

recht – du und ich hier in Laichingen, das hat das Schicksal so gewollt! Wir zwei können gemeinsam viel erreichen.« Er lachte, fuhr sich durch die Haare, als wären ihm seine Worte peinlich. »Oje, es kommt selten vor, dass ich mein Herz so auf der Zunge trage! Hoffentlich habe ich dich mit meinem Streben nicht verprellt.«

»Vielleicht ist es wirklich Gottes Wille«, sagte Mimi leise, während ihr Herz klopfte wie verrückt.

Einen Moment lang schwiegen sie. Es war ein wohltuendes, intimes Schweigen, während über ihnen drei Milane weite Kreise im immer dunkler werdenden Abendhimmel zogen.

»Schau, wie schön!«, sagte Mimi und spürte, wie sich in ihrem Hals ein dicker Kloß bildete. In diesem Moment wurde ihr klar, was ihr in den letzten Monaten immer mehr gefehlt hatte: Mit jemandem einen besonders schönen Moment teilen zu können. »Ohne Gefährten ist kein Glück erfreulich«, hatte schon Seneca gesagt. Blödsinn, wer sich selbst genügt, ist nie einsam!, hatte Mimi gedacht, als sie einst über diesen Spruch gestolpert war. Wann es angefangen hatte, dass sie sich sehr wohl einsam fühlte, wusste sie gar nicht so genau.

Auf ihren Reisen hätte sie einige Männer haben können. Nach Friedrichs Heiratsantrag damals vor sechs Jahren in Esslingen hatte sie vor zwei Jahren nochmals einen bekommen, von einem Fotografen in der Pfalz. Er besaß ein schönes Atelier und ein großes Haus noch dazu. Mimi hatte den Mann sympathisch gefunden, sie hatten viel zusammen gelacht. Und in der Pfalz, wo der Wein wuchs und die Menschen so fröhlich waren, hatte sie sich auch sehr wohl gefühlt. Doch Liebe hatte sie nicht verspürt, nicht mal eine Verliebtheit. Und so hatte sie zum zweiten Mal einen Heiratsantrag abgelehnt. Irgendeinen wollte sie nicht. Wenn schon, dann sollte es »der Richtige« sein.

Sie schaute zu Johann hinüber. Konnte es sein, dass sie ihn gefunden hatte?

*

Die Begegnung mit Johann hatte Eveline noch stärker aufgewühlt, als sie es eh schon war. Beruhige dich, mahnte sie sich. Jetzt galt es, Klaus zu finden. Später, im Bett, würde sie in Ruhe über ihr Gespräch mit Johann nachdenken können.

Ein Schritt nach dem andern. So und nicht anders ging es durchs Leben. Die Natur machte es doch vor! Evelines Blick wanderte zu einem knorrigen Apfelbaum, auf dem schon kleine Fruchtansätze zu sehen waren. Vor ein paar Wochen, als sie hier entlanggegangen war, hatte sie sich noch an der Apfelblüte erfreut. Jetzt wuchsen Äpfel heran bis zur Ernte im Spätsommer. Noch waren die Blätter saftig grün, aber im Herbst würden sie welk werden und fallen.

Ankunft und Abschied. Leben und Vergehen. Liebe erblühte. Liebe starb. Eine neue Liebe erwachte. Es war überall dasselbe.

Nun werde mal nicht sentimental, dachte Eveline. Sie schirmte mit der rechten Hand ihre Augen ab, um in der untergehenden Sonne besser sehen zu können. Auch auf der Wiese, auf der sie in den nächsten Tagen den zweiten Heuschnitt machen mussten, war Klaus nicht. Öhmd sagten die Albbewohner zu diesem zweiten Schnitt, hatte Klaus ihr vor vielen Jahren erklärt. Inzwischen hatte sie sich das Wort zu eigen gemacht, wie so vieles anderes auch.

Dann war er doch auf dem Kartoffelacker! Sie schnaubte unmutig. Hätte er ihr nicht Bescheid sagen können? Dann hätte sie sich keine Sorgen gemacht und sich den weiten Weg sparen können! Was wollte er mit dieser Aktion bezwecken? Ihr ein schlechtes Gewissen einreden, weil sie in den letzten Tagen lieber bei Alexander am Krankenbett gesessen hatte, als Unkraut zu jäten? Fang keinen Streit an, wenn du ihn triffst, mahnte sie sich. Er hatte noch immer nicht seine Einwilligung für Alexanders Fahrt nach Stuttgart gegeben, auch wenn das ihrer Ansicht nach bald der Fall sein würde. Jetzt, wo niemand wusste, wie es mit seinem Bein weiterging, war die zweite Chance aus Stuttgart ein Geschenk des Himmels!

Nach weiteren fünf Minuten kam endlich der Kartoffelacker in Sicht. Eveline kniff die Augen zusammen, um besser sehen zu können. Weit und breit kein Mensch! Und eine Hacke oder anderes Werkzeug lagen auch nirgendwo herum. Aber da… weiter links. Eveline blinzelte. Unter dem alten Birnbaum, der schon seit Jahren keine Früchte mehr trug – war da nicht ein Schatten?

»Klaus?«, rief sie.

Und dann rannte sie los.

Leblos hing Klaus' Körper von einem der starken alten Äste herab. Sein Kopf war abgeknickt wie bei einer Puppe, mit der ein Kind zu grob gespielt hatte.

Stumm, jedoch mit einem erstickten Schrei in ihrer Kehle, trat Eveline an den Baum heran.

Er hatte sich ein Seil um den Hals geschlungen. Eveline erkannte es. In ihren ersten Jahren hier oben, als sie am Haus noch kein fließendes Wasser gehabt hatten, hatten sie einen Eimer an das Seil gehängt und damit Wasser aus der alten Hüle geschöpft. Es war alt und brüchig. Aber gerissen war es nicht.

»O Klaus…« Evelines Seufzer war abgrundtief. Sie spürte keine Panik. Sie spürte in diesem Moment nicht einmal Trauer. Es war eingetreten, was sie im tiefsten Inneren schon lange befürchtet hatte.

Zu seinen Füßen lag das Bild »Der breite und der schmale Weg«. Das in tausend Teile zerschlagene Glas des Bilderrahmens spiegelte den Sonnenuntergang blutrot. Neben dem Bild lag ein Brief, an dessen ungelenker Schrift zu sehen war, dass ein ungeübter Schreiber ihn verfasst hatte. Eveline konnte sich nicht daran erinnern, wann ihr Mann das letzte Mal etwas geschrieben hatte. Zitternd hob sie den Brief auf, im Stehen begann sie zu lesen.

Liebe Eveline,

du hast mir einst alles geschenkt, was du besaßest. Deine Jugend, deine Schönheit, dein Leben. Statt deinem Stand gemäß im Reichtum zu leben und einen luxuriösen Haushalt zu führen, bist du mir in die bittere Armut gefolgt. Ich wollte dich glücklich machen, glaube mir! Aber es ist mir nicht gelungen. Der Weg war zu schmal, er war zu steinig und zu schwer. Ich weiß, dass ich eine große Enttäuschung für dich bin.

Deshalb ist mein Weg hier zu Ende. Ich bin froh darüber. Denn das Leben kann man schon lange vor dem Tod verlieren. In einem Haus, in dem der Teufel tanzt, kann es kein Glück geben.

Pass auf die Kinder auf und auf dich. Ich wünsche mir, dass euer Weg ohne mich nun endlich breiter wird.

In Liebe, dein Mann

Tränenüberströmt ließ Eveline den Brief sinken. Liebe? Was um alles in der Welt hatte ein Strick um den Hals mit Liebe zu tun?

*

»Ist alles in Ordnung?« Wie jeden Abend schaute Otmar Ludwig spät nochmals in dem Krankenzimmer vorbei, das er vor vielen Jahren neben seiner Praxis eingerichtet hatte. Der Arzt konnte sich nicht erinnern, wann er das letzte Mal gleich zwei Patienten zur Beobachtung bei sich gehabt hatte. Er hoffte, beide in ein paar Tagen entlassen zu können.

Josef Stöckle schlief längst, sein Mund stand dabei offen, Alexander Schubert jedoch war noch wach.

»Was machen die Schmerzen? Benötigst du noch einen Tropfen Morphium?«, fragte der Arzt seinen jungen Patienten.

»Nein danke, heute geht es ganz gut«, erwiderte Alexander.

Der Arzt nickte zufrieden, dann zog er leise die Tür hinter sich zu.

Alexander legte sich auf das Kissen zurück. Er lächelte.

Die ganze Aufregung, die Angst und die Schmerzen – am Ende hatte sich alles doch gelohnt. Die Stuttgarter Kunstschule gab ihm eine zweite Chance! Im Geist sah er schon die weißen Leinwände vor sich. In seiner Nase hatte er den Geruch von Ölfarbe, und in seinem Ohr erklang die Stimme eines Kunstprofessors, der ihm und seinen Mitschülern erklärte, wie man das menschliche Gesicht so entschlüsselte, dass man es auf eine Leinwand bannen konnte.

Alexander schloss die Augen. Sein Bein war ein kleines Opfer gegen das, was er nun gewinnen würde.

13. Kapitel

Nur eine kleine Trauergemeinde hatte sich am Abend des vierundzwanzigsten Juni versammelt, um Klaus Schubert zu Grabe zu tragen. Von ihrem Platz ein wenig abseits aus kam es Mimi vor, als würde sie die Szenerie scharf gestellt durch die Linse ihrer Kamera sehen.

Ganz vorn am Grab stand mit versteinerter Miene Eveline zusammen mit ihren Töchtern. Die Witwe wirkte so zierlich, so schmal! Und sie sah aus, als würde sie sich vor lauter Erschöpfung am liebsten auch ins Grab sinken lassen wollen. Ach Eve, dachte Mimi traurig. Ihr Herz wurde noch schwerer, als ihr Blick auf Evelines Töchter fiel. Die achtjährige Marianne und die ein Jahr jüngere Erika wirkten heute noch zarter und verlorener als sonst. Wenigstens standen Edelgard Merkle und Johann bei Eve und den Kindern, dachte Mimi, eine Spur getröstet.

Alexander fehlte. Er lag noch immer im Krankenzimmer des Arztes.

»So viel Unglück in einer Familie…«, flüsterte Luise, die sich mit ihrem Mann zu Mimi gesellt hatte.

Mimi nickte. *Ich habe Angst um Klaus, seine Schwermut wird immer schlimmer,* hatte Eveline ihr mehr als einmal anvertraut.

Nur ein paar Schritte von Eveline entfernt stand Herrmann Gehringer. Mit seinem schwarzen Zylinder und tiefschwarzem Frack hätte man ihn fast für einen der Sargträger halten können. So wenig sie den Mann mochte, so rechnete Mimi es ihm dennoch hoch an, dass er zur Beerdigung erschienen war – und mehr noch, dass er all seinen Männern frei gegeben hatte. Trotzdem war nur eine Handvoll Weber erschienen. Auch von Evelines Nachbarn waren nicht alle gekommen. Einem Selbstmörder erwies man – wenn überhaupt – nur ungern die letzte Ehre.

Wenigstens Eveline zuliebe hätten die Leute erscheinen können, dachte Mimi traurig und nickte über das Grab hinweg Anton und seinen Eltern zu.

Es war ein heißer Abend, der warme Wind trug den Staub von den umliegenden Äckern herbei, auf denen noch bis spät in die Nacht gehackt und gejätet wurde. Von weit her hörte man leises Donnergrollen, doch keine Wolke war zu sehen, noch war der Himmel abendblau.

Mit gesenkten Häuptern standen die Menschen rund um das ausgehobene Grab. Es lag am äußersten Rand des Friedhofs, dort, wo der Fuchs manchmal durch die Weißdornhecke schlüpfte in der Hoffnung, auf dem Komposthaufen etwas Verzehrbares zu finden.

Am liebsten wäre dem Pfarrer wohl gewesen, er hätte den Toten außerhalb der Friedhofsmauern begraben können! Mimi gab ein unwirsches Geräusch von sich, was ihr sogleich einen Seitenblick von Edelgard eintrug.

Keine Glocken läuteten. Kein Gesang war zu hören, während der Laichinger Pfarrer mit unbeweglicher Miene predigte.

»Aus tiefer Verzweiflung schreie ich zu dir. Herr, höre

mich doch! Sei nicht taub für meine Hilferufe! Wenn du, Herr, Vergehen anrechnen wolltest, wer könnte vor dir bestehen? Aber du kannst Schuld vergeben, auf dass wir in Ehrfurcht vor dir leben. Ich setze alle meine Hoffnung auf dich, Herr, und warte auf dein helfendes Wort. Ich sehne mich nach dem Herrn mehr, als sich ein Wächter nach dem Morgengrauen sehnt. Hoffe, Israel, auf den Herrn; denn bei ihm ist Gnade und Erlösung. Ja, er wird Israel befreien von aller Schuld. Herr, erbarme dich.«

Der Sarg wurde von den vier Trägern ruckartig ins Grab hinabgelassen.

Hoffentlich ging es Onkel Josef allein daheim gut, sorgte sich Mimi, während das Donnergrollen näher kam. Er war erst gestern nach Hause gebracht worden, und dass sein Bett nun in der guten Stube stand, gefiel ihm nicht. Dass er gar nicht in der Lage war, in den oberen Stock zu kommen, wollte er nicht einsehen, und so hatten sie sich, kaum dass er zurück war, gestritten. Warum hatte sie nicht einfach gutmütig zu allem Ja und Amen sagen können?, fragte sich Mimi nun und kämpfte plötzlich mit den Tränen. Sie bekam doch tagtäglich mit, wie Josefs Kraft abnahm! Laut Doktor Ludwig würde es nicht mehr lange dauern, und sie würden wieder an einem Grab stehen. An Josefs Grab. Allein der Gedanke war schon mehr, als Mimi ertragen konnte. Ab jetzt würde sie sich mit ihrem vorlauten Mundwerk zurückhalten, dachte sie. Es war ihre Aufgabe – nein, es war ihre Pflicht! –, dem geliebten Onkel die verbleibende Zeit so schön wie möglich zu machen.

Auf einmal fühlte sie sich sehr allein. Sehnsüchtig schaute sie unter niedergeschlagenen Lidern zu Johann hinüber, doch sein Blick war stur auf das Grab gerichtet. Seit ihrem Spaziergang vor zwei Tagen, während dem sich ganz in ihrer Nähe Klaus das Leben genommen hatte, hatten sie sich nicht mehr gesehen. Was für eine schöne »Affäre«, ging es ihr ironisch durch den Sinn. Hast du sonst nichts im Kopf?, rügte sie sich sogleich.

»Staub bist du, und zum Staub kehrst du zurück.« Mit einer fast aggressiven Geste warf der Pfarrer eine Schippe Erde ins Grab. Dann drehte er sich auf dem Absatz um und stapfte davon. Kein Wort des Trostes an die Witwe und ihre beiden kleinen Töchter. Kein Abschiedswort an die Trauergemeinde.

Mimi runzelte die Stirn. Noch unwirscher ging es wohl nicht? Mit schwerem Herzen ging sie nach vorn, um der Witwe zu kondolieren, als vor ihr Herrmann Gehringer an die Witwe herantrat. »Mein Beileid. Was für ein schrecklicher Unfall! In dieser Höhe von der Leiter abzurutschen…«

Mimis Falten auf der Stirn wurden noch tiefer. Welchen schönen Schein wollte der Unternehmer wahren? Und vor wem? Es wusste doch eh jeder im Dorf Bescheid! Klaus Schubert war nicht von der Leiter abgerutscht, es hatte keinen Unfall gegeben. Klaus Schubert hatte sich aus lauter Verzweiflung an einem alten Birnbaum aufgehängt!

Mit großer Geste überreichte der Webereichef Eveline einen Umschlag. »Ein kleiner Beitrag aus unserer Witwen- und Waisenkasse. Eigentlich wird das Geld nur ausgezahlt, wenn einer unserer Männer bei uns in der Weberei verunglückt. Aber da dies nie vorkommt, erlaube ich mir hier und heute eine kleine Zweckentfremdung des Geldes.«

Zögerlich, fast misstrauisch, nahm die Witwe den Umschlag entgegen. Im selben Moment ergriff Gehringer Evelines Hand. So laut, dass jeder es hören konnte, sagte er: »Und noch etwas ist mir wichtig: Euer Alexander bekommt bei mir eine Anstellung auch dann, wenn sein Bein nicht mehr vollständig gesund wird. Seinen Lohn werdet ihr ja jetzt bitter nötig haben.« Mit seiner freien Hand zog er einen weiteren Umschlag aus der Hosentasche. »Hier ist ein blanko unterschriebener Ausbildungsvertrag. Blanko deswegen, weil wir noch nicht wissen, für welche Arbeit Alexander zu gebrauchen sein wird.«

Mimi sog hörbar den Atem ein. Was für eine unglaubliche Frechheit! Der Mann tat ja so, als wäre Alexander für immer ein Krüppel! Dabei wusste selbst Doktor Ludwig noch nicht, ob der Unfall bleibende Schäden hinterlassen würde. Alle hofften, dass Alexander bald wieder normal laufen konnte.

Mit leerem Gesichtsausdruck, als verstünde sie gar nicht, worum es eigentlich ging, nahm die Witwe auch den zweiten Umschlag an. Gehringer lüpfte seinen Hut, murmelte etwas von wichtigen Geschäften, dann ging er davon. Sein Gehilfe, Paul Merkle, folgte ihm auf dem Fuß.

»Was für eine noble Geste, finden Sie nicht?«, murmelte Luise. »Auf den Gehringer ist halt Verlass.«

»Was ist denn daran nobel? Alexander will doch gar nicht in die Fabrik!«, antwortete Mimi kratzbürstig, dann rannte sie Pfarrer Hildebrand hinterher. So einfach konnte der Kirchenmann sich nicht aus der Verantwortung schleichen! Wenn Mimi daran dachte, wie engagiert sich ihre Eltern solcher Härtefälle in ihrer Esslinger Gemeinde stets annahmen …

Der Pfarrer war fast schon an der Kirche angekommen, als sie ihn erreichte. Er schien nicht gerade erfreut, sie zu sehen. »Ja bitte?«

»Verzeihen Sie… Aber ich…« Auf einmal war Mimi unsicher. Eigentlich stand es ihr nicht zu, den Pfarrer anzusprechen. Aber wenn sie es nicht tat, dann tat es wahrscheinlich niemand, dachte sie und fasste sich ein Herz. »Eveline Schubert ist ja nun fast völlig mittellos, sie wird Unterstützung benötigen. Da wollte ich fragen, ob die Kirche der Familie des Verstorbenen wohltätig helfen kann.«

»Aber natürlich. Der Herr ist nahe bei denen, die zerbrochenen Herzens sind, und hilft denen, die ein zerschlagen Gemüt haben.« Mit einem betont gütigen Nicken drehte er sich auf dem Absatz um und ging.

Davon würden die Witwe und ihre Kinder sicher satt werden, dachte Mimi sarkastisch.

Am Grab standen nur noch wenige Trauergäste, als Mimi zurückkam. Ihr Herz machte einen Hüpfer, als sie Johann sah. Auch Johanns Mutter Edelgard war noch da, sie hielt Erika und Marianne an den Händen.

»Ich habe Eveline noch nicht mal kondoliert! Weißt du, wo der Leichenschmaus stattfindet?«, sagte Mimi betroffen, als sie die schmale Gestalt der Witwe durch das Friedhofstor verschwinden sah.

»Welcher Leichenschmaus?«, fragte Johann bitter. »Wer sollte den bezahlen?«

Der Tag wurde immer schlimmer, dachte Mimi. »Aber ist es nicht ungemein tröstlich, nach einer Beerdigung noch ein wenig zusammenzusitzen? Das Glas auf den Verstorbenen zu erheben. *Gemeinsam* ein paar Tränen vergießen und nicht allein – das würde Eveline bestimmt auch guttun.«

»Ach Mimi...« Johann schaute sie nachsichtig an. »Das Leben hier ist viel härter, als du es dir vorstellen kannst.«

»Und deshalb sollen wir alle so sang- und klanglos auseinandergehen? Dann gehen wenigstens wir zwei in den Ochsen und trinken einen Schnaps auf den Toten«, sagte sie eine Spur trotzig. »Oder komm zu mir, in meinem Atelier wären wir allein...«, fügte sie flüsternd hinzu.

»Johann? Kommst du?«, ertönte fordernd im selben Moment Edelgards Stimme. »Marianne und Erika wollen mit dir die Hasen füttern gehen.«

*

»Und – wie war's?« Mit Mühe rappelte Alexander Schubert sich in seinem Krankenbett auf.

»Deine Mutter und deine Schwestern waren sehr tapfer«, sagte Anton, dann ging er zum Fenster und riss es auf. In Doktor Ludwigs Krankenzimmer neben der Arztpraxis roch es nach Desinfektionsmittel und altem Schweiß. Wie Alexander es hier nur aushielt! Am liebsten hätte er gleich wieder Reißaus genommen.

Was für gerötete Augen der Freund hatte, dachte er entsetzt, während er sich den einzigen Stuhl heranzog. Weinte er sich noch immer die Augen aus um seinen Vater? Unauffällig wanderte sein Blick nach unten zu Alexanders linkem Bein, das geschient und durch einen dünnen Leinenverband geschützt auf der Bettdecke lag. Auch nach neun Tagen schritt die Wundheilung nur langsam voran.

»Und Pfarrer Hildebrand?«

Kam es ihm nur so vor oder hielt Alexander den Atem an? Jetzt bloß nichts Falsches sagen, dachte Anton.

»Er hat eine schöne Predigt gehalten, ich glaube, die Leute fanden seine Worte sehr tröstlich.« Der Pfarrer! Am liebsten hätte er dem alten Pfaffen den Hals umgedreht, dachte er bei sich.

»Was für eine Predigt hat er denn gehalten?«, sagte Alexander argwöhnisch.

Anton hob unmerklich die Brauen. Verflixt! Es war gar nicht so leicht, dem Freund ein X für ein U vorzumachen! Sie seien wie Feuer und Wasser, sagten die Leute. Ihnen war das egal, denn sie vertrauten einander, mehr noch, sie erkannten jede Stimmung im andern. Sich gegenseitig etwas vorzumachen, galt ebenfalls nicht. Anton tat es dennoch. Manchmal musste man aus Zuneigung lügen.

»Als ob ich mir jedes Wort gemerkt hätte! Nichts Ungewöhnliches jedenfalls«, sagte er abwehrend. Als Alexander schwieg, atmete Anton auf. Hätte er dem Freund von Pfarrer Hildebrands abfälligen Blick erzählen sollen? Davon, wie widerwillig er den Gottesdienst abgehalten hatte? Ganze fünf Minuten hatte er gepredigt, belanglose, unpersönliche Worte, als würde er über einen Straßenhund reden, der unter die Räder eines zufällig vorbeifahrenden Automobils gekommen war. Dann hatte er die Friedhofsdiener angewiesen, den Sarg zum Grab zu bringen. Als ob er den Gedanken nicht ertragen hätte, seine heilige Kirche auch nur einen Moment länger mit einem Selbstmörder teilen zu müssen.

»Und waren viele Leute da?«

Anton zuckte mit den Schultern. Sollte er sagen, dass

gerade mal zwei Dutzend Leute es für nötig befunden hatten zu kommen? Dass von Alexanders Klassenkameraden kein einziger erschienen war?

»Dein Vater hatte ein würdiges Geleit zum Grab. Seine Kollegen, eure Nachbarn, meine Eltern – sogar der Gehringer selbst hat ihm die letzte Ehre erwiesen. Johann Merkle war auch da und die Fotografin ebenfalls!«

Alexanders gerötete Augen bekamen einen fast zärtlichen Gesichtsausdruck. »Mimi Reventlow …«

Wie ehrfurchtsvoll der Freund von der Fotografin sprach, gerade so, als stünde sie auf einem Sockel, beleuchtet von einem Heiligenschein. Nur zu gern hätte er diese Sichtweise geteilt, doch es gelang ihm nicht. »Stell dir vor, was ich mitbekommen habe – die Fotografin und Johann kennen sich von früher. Und irgendetwas läuft zwischen denen«, sagte Anton düster.

»Und woher weißt du das?«, fragte Alexander verständnislos.

Anton zuckte mit den Schultern. »Es ist so ein Gefühl. Und vor ein paar Tagen habe ich sie zusammen spazieren gehen sehen.« War das nicht sogar am Todestag von Alexanders Vater gewesen?, fragte er sich. Wahrscheinlich hatten sie herumgeknutscht … Schön für die beiden, dachte er bitter. Er konnte sich nicht daran erinnern, wann er und Christel das letzte Mal die Möglichkeit zu einem Spaziergang gehabt hatten! Doch dann hellte sich seine Miene wieder auf. »Übrigens, der Gehringer hat zu deiner Mutter gesagt, dass du jederzeit eine Ausbildung bei ihm beginnen kannst. Was der sich einbildet – jetzt, wo dein Vater dir nichts mehr verbieten kann, steht deinem Werdegang als berühmter Künstler wirklich nichts mehr im Weg!«

»Was redest du für einen Unsinn? Mit Vaters Tod ist dieser Traum endgültig ausgeträumt, und das weißt du ganz genau«, fuhr Alexander ihn hasserfüllt an.

Anton glaubte nicht richtig zu hören. »Wie bitte?«

»Soll ich etwa meine Mutter und die Schwestern ihrem Elend überlassen? Ich bin jetzt der Mann im Haus, falls man das überhaupt noch behaupten kann …« Alexander schaute sein Bein an, seine Wut erlosch so rasch, wie sie aufgeflackert war. Er gab einen Wehlaut von sich. »Ich bin ein Krüppel, Anton, zu nichts mehr nutze! Die eine Stunde Marsch hinaus auf unseren Acker schaffe ich derzeit nicht. Das heißt, meine Mutter steht allein mit der ganzen Arbeit da. Wahrscheinlich wird es so weit kommen, dass ich zu Hause Mutters Stickarbeit erledige, während sie draußen auf dem Feld die Rüben hackt. Falls Gehringer mich überhaupt nimmt, muss ich froh und dankbar sein. Denn ohne dieses Einkommen verhungern wir alle zusammen!«

»Aber …« Anton schluckte. Daran, dass Alexander nun für das Einkommen der Familie zu sorgen hatte, hatte er noch gar nicht gedacht.

Aus großen Augen schaute Alexander den Freund verzweifelt an. »Verstehst du nicht – es war alles umsonst, Anton! Die Angst, der Schmerz, die Qualen. Vater hat mir mal wieder einen Strich durch die Rechnung gemacht.«

14. Kapitel

Eveline saß am Esstisch und weinte. Sie wusste nicht, wie lange sie schon so dahockte. Dankbar hatte sie Edelgards Angebot angenommen, auf die Kinder aufzupassen. Wann war das gewesen? Vorgestern? Vor einer Woche? Vor zwei Wochen? Die Zeit stand still, wenn man weinte. Tränen flossen auch ohne den Blick auf den Kalender. Der Korb mit der Schmutzwäsche quoll über, Geschirr stand in der Spüle, aber Eve hatte keine Kraft für nichts. Wenn es gar nicht mehr anders ging, dann stakste sie mit strähnigen, ungewaschenen Haaren durchs Haus auf die Toilette. Sie spürte den kalten Steinboden unter ihren nackten Füßen nicht. Sie ignorierte das beißende Hungergefühl in ihrer Magengegend. Ihre Augen brannten von zu wenig Schlaf, gelbe Krusten hatten sich an den Lidrändern gebildet, es war ihr egal. Hatte sich Klaus so gefühlt? Lebendig und doch tot zugleich? Wie ein Gespenst.

Hin und wieder klopfte es an der Tür. Dann kamen Luise oder Edelgard und brachten ihr mit sorgenvollem Blick Essen vorbei. Mit einem Nicken nahm Eveline die Suppenteller und Schmalzbrote an und stellte sie weg. Sie wollte nichts essen. Sie bat niemanden herein und folgte auch keiner Einladung in eins der Nachbarhäuser. Sie wusste, sie hätte längst ihren Sohn besuchen müssen, aber nicht einmal das konnte sie. Stattdessen wurde sie von ihrer Trauer in Stücke gerissen, so, wie ein Wolf seine Beute reißt.

Doch sie weinte nicht um den Verstorbenen, so, wie es jeder annahm. Um Klaus hatte sie lange genug geweint. In all den Nächten, in denen er sich von ihr abgewendet hatte, hatte sie sich, durchgefroren und so elend allein, in den Schlaf geweint.

Eveline weinte vielmehr um das junge hoffnungsvolle Mädchen, das sie einmal gewesen war. Das von der großen Liebe geträumt hatte und nun mit fünfunddreißig Jahren Witwe war. Sie weinte um die Träume, die Klaus und sie sich nie erlaubt hatten. Zeit haben! Einmal das tun, wonach einem der Sinn stand, und nicht nur Aufgaben erfüllen! Ein Mal, ein Mal im Leben nur, den breiten Weg gehen, nicht den schmalen. Die Last sei ihm zu groß geworden, hatte Klaus in seinem Abschiedsbrief geschrieben. Und was war mit ihrer Last?

Sie weinte um Klaus' Lachen, an das sie sich nicht einmal mehr erinnern konnte. Dabei war er einmal ein fröhlicher Bursche gewesen, neben seiner Ernsthaftigkeit war es sein Sinn für Situationskomik, der sie so angezogen hatte. Ihr gemeinsames Leben war von Anfang an nicht leicht gewesen, aber in den ersten Jahren hatten sie so manche Mühsal weggelacht.

Doch das Lachen war in ihrem kleinen, düsteren Haus längst verstummt. Auch sie selbst hatte es sich abgewöhnt, denn sonst hätte Klaus nur wieder davon gesprochen, dass der Teufel in ihrem Haus tanzte.

Eveline weinte um ihre Kinder, die nun Halbwaisen

waren. Wie würden Alexander, Marianne und Erika den Vater in Erinnerung behalten? Als einen Mann, der nur selten da war? Der Trostlosigkeit ausströmte wie Schweißgeruch, der wie ein Geist mit abwesendem Blick und dunklen Schatten unter den Augen umhergegangen war.

Was für ein Leben. Was für ein Tod. Ein wenig konnte sie Klaus sogar verstehen. Der Gedanke, dass von jetzt auf gleich alles vorbei sein könnte, hatte etwas Tröstliches. Vielleicht würde sie selbst keinen Strick nehmen, sondern von einem Felsen am Rande der Alb hinab ins Tal springen. Sich einmal frei wie ein Vogel fühlen, einen letzten Moment lang…

Doch der Gedanke verflog so schnell, wie er gekommen war. Sie war nicht Klaus. Und sie wollte nie so werden wie er!

Irgendwann waren alle Tränen geweint, der Schmerz weggespült, an seine Stelle Leere getreten. Eve spürte, dass die Tür zu ihrem alten Leben unwiderruflich zu war. Sie selbst hatte sie zugeschlagen. Was hinter ihr lag, war nicht gut für sie gewesen. Hieß es nicht, wo eine Tür zufalle, öffnete sich eine andere?

Noch immer reglos am Tisch sitzend schaute Eveline sich in ihrem Haus um, als hätte sie es noch nie gesehen. Und genauso fühlte sie sich auch. Wie eine Fremde in ihrem eigenen Heim. Wer war sie? Wo gehörte sie hin? Eine Tochter war sie schon lange nicht mehr. Seit dem Tag, an dem ihr Vater sie für tot erklärt hatte, nur weil sie dem Ruf der Liebe gefolgt war. Eine Ehefrau war sie ebenfalls nicht mehr. Mit dem Wort Witwe konnte sie sich nicht anfreunden, es fühlte sich steif an, unbequem. Eine Mutter war sie noch immer, und sie war es gern! Sie hatte nicht immer so viel Zeit für ihre Kinder, wie sie sich wünschte. Und ja, manchmal war sie vielleicht in der Hektik des Alltags ein wenig barsch. Aber sie liebte Erika, Marianne und Alexander mehr als ihr eigenes Leben.

Auf einmal konnte sie es kaum erwarten, ihre beiden Mädchen wieder in die Arme zu schließen. Und Alexander wollte sie besuchen, gleich nachher!

Eveline schaute aus dem Fenster, wo der Sommerabend in die Nacht überging. Die Vergangenheit war vergangen. Sollte sie nicht besser überlegen, welches neue Leben möglich war? Konnte sie aus den zerrissenen Stücken etwas Neues, Gutes zusammensetzen? Dass dies möglich war, daran zweifelte sie seltsamerweise nicht. Sie wusste, dass sie die entstandene Leere zu füllen hatte, das war ihre Aufgabe, ihre Pflicht. Nur womit sie die Leere füllen sollte, das war ihr noch unklar. Mit noch mehr Arbeit? Noch mehr Sorgen? Mehr Hunger, mehr Angst vor dem Morgen und einer Verzweiflung, die einen manchmal leise in sich hineinschreien ließ?

Oder besser mit einer neuen Liebe? Irgendwann, gewiss … Der Weg war ja nun frei.

Der »Weg«. Wie so oft in diesen Tagen fiel ihr Blick auf das helle Quadrat an der Wand, wo das einzige Bild gehangen hatte, das sie je besessen hatten. Keine Originalzeichnung, kein Kupferstich, sondern ein billiger Druck. »Der breite und der schmale Weg«, eine Abbildung, die bestimmt in vielen Häusern auf der Schwäbischen Alb hing. Auf dem breiten Weg flatterten einem die gebratenen Täubchen ins Maul, und ein Füllhorn mit Wein ergoss sich über denen, die ihn gingen. Doch er führte direkt in die Hölle, wohingegen der schmale Weg, gezeichnet von Mühsal und Pein, am Ende in den Himmel wies.

Mit bleiernen Gliedern stand Eveline auf. Die Bewegung kam abrupt und versetzte ihr ein Gefühl von Schwindel, sie musste sich am Tisch festhalten. Als sie sich wieder gefangen hatte, ging sie zum Herd und machte ein Feuer. Das Brennholz war knapp. Wie immer.

Mit einer Tasse Tee setzte sie sich schließlich wieder hin.

Sie hatte keine Ahnung, wie es nun weitergehen sollte. Aber eins wusste sie: Etwas musste sich ändern. Klaus' Tod durfte nicht umsonst gewesen sein, sondern vielmehr eine Warnung für sie alle. Sie würde dafür sorgen, dass der Weg fortan breit und schön war. Vielleicht würde ihr das nicht sofort gelingen, aber wie hieß es doch? Ein Schritt nach dem andern.

Das Leben ging weiter. Davon zeugten auch die drei Briefumschläge, die seit der Beerdigung von ihr unbeachtet auf dem Tisch lagen. Als ginge es darum, bei einem Kartenspiel die richtige Karte zu ziehen, wanderte Evelines Blick jetzt über die Umschläge, ehe sie den ersten ergriff.

Sie brauchte den Papierbogen nicht einmal ganz herauszuholen, um zu erkennen, dass es sich um den Lehrstellenvertrag für Alexander handelte. Eilig stopfte sie das Papier wieder in den Umschlag. Auch wenn sie jeden Groschen nötig hatten – ihr Sohn würde die Arbeit bei Gehringer hassen, das wusste Eve.

Den zweiten Umschlag hatte sie schon vor Klaus' Tod

geöffnet, er enthielt Alexanders Einladung nach Stuttgart. Die Kunstschule hatte tatsächlich vorgeschlagen, ihm eine zweite Chance zu geben. Vom medizinischen Standpunkt aus würde ihr Sohn die Fahrt nach Stuttgart Ende Juli höchstwahrscheinlich antreten können, hatte Doktor Ludwig gesagt.

Eveline griff nach dem dritten Umschlag, es war der mit dem Geld aus Gehringers Witwen- und Waisenkasse. Sie konnte etwas flaches Rundes erspüren. Münzen? Vielleicht wertvolle Goldmünzen? So laut, wie Gehringer auf der Beerdigung getönt hatte, ging es sicher um eine beträchtliche Summe Geld. Wenn es reichte, um die Familie die nächsten Monate über die Runden zu bringen, dann würde sie Alexander nach Stuttgart schicken!, dachte Eve mit klopfendem Herzen.

Vorsichtig versuchte sie, mit einem Fingernagel den grauen Umschlag zu öffnen, das dünne Papier riss sogleich.

Fünf Reichsmark-Münzen kullerten ihr entgegen. Fünf Mark. Davon konnte sie zwei Zentner Kartoffeln kaufen. Oder zwei Kilo Kaffee. Sie konnte auch einmal mit den Kindern im Ochsen essen gehen.

Eveline starrte die Münzen entgeistert an. So viel war also ein Menschenleben wert.

15. Kapitel

»Mimi! Mimi!«

Hektisch trocknete sich Mimi die Hände ab. Es war halb acht, sie war mit ihrer Morgentoilette fast fertig. Lediglich ihre dunkelbraunen Haare musste sie noch aufstecken, doch wie fast jeden Morgen wurde sie von Josefs ungeduldigem Rufen unterbrochen.

»Ich komme!«, rief sie zurück, dann ging sie mit klopfendem Herzen die Treppe hinab.

Am liebsten wäre sie auf und davon gerannt. Sie wusste genau, was nun kommen würde. Josef wollte aufs Klo. Und da er immer noch nicht gehen konnte, musste sie ihm dabei helfen. Dass es ihr so sehr vor diesen Verrichtungen grausen würde, hätte sie nie geglaubt.

»Wo bleibst du denn? Ich muss mal…«, knurrte Josef sie an, kaum dass sie die gute Stube betrat.

Wie jeden Morgen holte sie die Bettschüssel von der Anrichte. Als sie Josefs Bettdecke wegziehen wollte, um ihm die Schüssel unter sein Hinterteil zu schieben, hielt er sie krampfhaft fest. »Lass das!«

»Aber…«, hob sie an.

»Kein Aber! Ich mache das selbst. Behandle mich nicht immer wie ein Kind«, unterbrach er sie.

Wortlos reichte sie ihm die Schüssel. Josefs Hand zitterte, einen Moment lang hatte sie Angst, er würde die schwere Pfanne fallen lassen. Hoffentlich bekam er das wirklich allein hin, dachte sie bang.

»Ruf mich, wenn du fertig bist, ja?«, sagte sie, als sie schon im Türrahmen stand.

Der alte Mann grummelte etwas.

Mimi hatte die letzte Haarnadel gerade ins Haar gesteckt, als sein Rufen erneut ertönte. Sie holte tief Luft, dann ging sie nach unten.

Sein Gesicht war tränenüberströmt.

»Josef! Was ist?« Erschrocken trat sie ans Bett. Hatte er wieder Blut gespuckt? Manchmal, während des Toilettengangs, musste er husten und dann...

»Warum hat der liebe Gott nicht mich geholt? Warum den Klaus? Ich bin alt und unnütz...«

»Ach Josef, jetzt rede doch nicht so dumm daher.«

Als Mimi die Bettdecke wegnahm, sah sie die Bescherung. Da Josef die Schüssel nicht richtig unter sich geschoben hatte, war die Hälfte danebengegangen. Im hilflosen Versuch, sein Malheur selbst zu beseitigen, hatte Josef alles erst recht verschmutzt. Mimi hatte Mühe, nicht vor Wut laut aufzuschreien. Genau das hatte sie kommen sehen. Aber sollte sie ihn zu etwas zwingen, was ihm offensichtlich so sehr gegen den Strich ging?

Wortlos half sie dem alten Mann auf. »Jetzt setz dich erst mal hin, das haben wir gleich.«

Eine halbe Stunde später hatte sie den Onkel gewaschen, das Bett frisch bezogen und die verschmutzten Laken zum Einweichen in den Waschzuber gelegt. Als sie wieder zu Josef ins Zimmer schaute, lag er mit verschlossener Miene da, die Decke bis unters Kinn gezogen.

»Was möchtest du frühstücken? Honig- oder Marmeladenbrot? Vom Schwarzen Brei ist leider nichts mehr da.«

»Mir ist der Appetit vergangen«, kam es so leise, dass sie Mühe hatte, ihn zu verstehen.

»Es wäre aber gut, wenn du was isst. Du bist…« – eh nur noch Haut und Knochen, wollte sie sagen, doch da hatte der Onkel schon die Decke über den Kopf gezogen.

Wie ein trotziges Kind, dachte sie traurig. Was sollte sie nur tun, damit er sich wohler fühlte?

Als es an der Tür klopfte, war sie fast erleichtert, ihn allein lassen zu können. Im nächsten Moment hellte sich ihre Miene auf.

»Johann!« Sie warf sich in seine Arme.

Seit ihr Onkel wieder da war, wagte sie es kaum noch, das Haus zu verlassen. Viel zu selten für Mimis Geschmack schaute Johann spätabends bei ihr vorbei. Wie Diebe, damit nur ja Luise oder sonst jemand sie nicht sah, schlichen sie sich dann ins Atelier, unterhielten sich und hielten sich an den Händen. Zu mehr Intimitäten kam es nicht, denn mit einem Ohr lauschte Mimi immer in Richtung Haus. Was, wenn Josef etwas brauchte, sie nicht da war, und er beim Versuch, sich allein zu helfen, erneut stürzte?

»Ich wollte dich nur nochmal rasch ans Heumondfest am übernächsten Sonntag erinnern. Hast du schon jemanden gefunden, der an diesem Abend deinem Onkel Gesellschaft leistet?«

Mimi schüttelte den Kopf. »Leider noch nicht. Luise will ebenfalls auf das Fest, und so viele andere Leute, die ich um einen Gefallen bitten könnte, kenne ich ja nicht. Höchstens…« Sie biss sich auf die Lippe. »Was meinst du, soll ich Eveline fragen? Als Witwe wird sie ja gewiss keiner Tanzveranstaltung beiwohnen.«

»Das lass mal besser sein«, erwiderte Johann. »Meine Mutter sagt, Eve sei noch ziemlich mitgenommen von allem.« Er holte tief Luft und atmete wieder aus. »Ich kann dir gar nicht sagen, wie sehr ich mich auf das Heumondfest freue. Endlich einmal was anderes als der Alltag! Manchmal habe ich das Gefühl, ich ersticke an der Eintönigkeit des Webens.«

Von früh bis spät dasselbe zu tun wäre für sie auch nichts, dachte Mimi betroffen. »Kannst du dir nicht doch eine andere Arbeit suchen?«

»Was denn? Hier gibt's doch sonst nichts«, sagte er und lachte rau. »Außerdem ist es höchste Zeit, dass sich die Dinge im Leinenwebergewerbe zum Besseren wandeln, dafür nehme ich die Mühsal gern auf mich.« Er trat vertraulich nah an Mimi heran. »Vielleicht haben wir auf dem Fest mal wieder ein paar Minuten für uns? Mich würde interessieren, wie du mit dem Blick von außen die Lage in Laichingen betrachtest. Du kennst ja jetzt schon ziemlich viele Leute ...«

»Das hoffe ich doch sehr, dass wir ein paar Minuten für uns haben«, flüsterte Mimi. Im selben Moment tauchte ein Schatten hinter Johann auf. Als wären sie bei einem Diebstahl ertappt worden, stoben sie auseinander.

»Anton! Wie schön, dass du vorbeischaust«, sagte Mimi übertrieben freundlich.

»Ich habe kurz Zeit und wollte fragen, ob ich Ihnen mit Josef helfen kann. Aber falls es gerade nicht passt ...« Der Wirtssohn schaute vieldeutig von einem zum andern.

»Doch, natürlich!«, rief Mimi, während Johann sich mit einem Nicken verabschiedete und davonging.

*

»Josef hat heute keinen guten Tag. Und gegessen hat er auch noch nichts. Vielleicht isst er ja ein paar Happen in deiner Gesellschaft«, sagte Mimi im Hineingehen.

Wie sie lächelte. Bestimmt dachte sie dabei an Johann, ärgerte sich Anton. »Und was wollte Johann Merkle von Ihnen?«, fragte er so arglos wie möglich.

»Er... er hat mich zum Heumondfest eingeladen«, sagte sie verträumt.

Wie ihr die Röte ins Gesicht schoss. Wie einem verliebten jungen Ding! Anton stellte sich Mimi im engen Hausflur so jäh in den Weg, dass sie fast auf ihn aufprallte.

»Wie schön für Sie. Und was ist nun mit Alexander?«

Sie schaute ihn entgeistert an. »Wie bitte?«

»Die Prüfung in der Kunstschule ist Ende des Monats, aber das scheint ja niemanden mehr zu kümmern. Jeder geht wie selbstverständlich davon aus, dass Alex beim Gehringer anfängt, Sie wohl auch!«, fuhr er sie an. »Es kann doch nicht sein, dass Alex ausbaden muss, was sein Vater angerichtet hat. Von den paar Mark, die der Halsabschneider einem Lehrling bezahlt, kann eine Familie sowieso nicht leben! Da ist es doch besser, alles auf eine Karte zu setzen.«

»Was raunzt du mich so an?«, sagte Mimi barsch. »Wenn Eveline Schubert so entschieden hat, dann ist es so. Ich finde es auch traurig, dass Alexander seinen Traum aufgeben muss. Aber jeder muss schauen, wo er bleibt, ich übrigens auch. Allein von den paar Kontoristen und Handwerkern, die zu mir kommen, kann ich nicht leben. Wenn das so weitergeht, nagen Josef und ich auch bald am Hungertuch. Weißt du zufällig, ob in einem der Nachbarsdörfer demnächst ein Markt stattfindet? Dann könnte ich dort meine Dienste anbieten …«

Sollte Johann ihr doch unter die Arme greifen!, dachte Anton. »Sie werden schon nicht verhungern, in der Woche vor dem Heumondfest kommt ja noch die Abschlussklasse zu einer Sitzung zu Ihnen. Wenn jeder Schulabgänger einen Abzug der Erinnerungsfotografie kauft, ist das sicher ein stattliches Sümmchen«, sagte er ironisch.

»Welche Erinnerungsfotografie? Die Konfirmationsbilder sind doch längst gemacht.«

Antons Tonfall wurde noch sarkastischer. »Der Herr Schuldirektor ist der Ansicht, dass das Ende der Schulzeit mindestens so wichtig ist wie die Konfirmation, deshalb ist es bei uns Tradition, dass zu diesem Anlass ebenfalls ein Fotograf gerufen wird. Bevor Ihr Onkel hierherzog, kam sogar extra ein Wanderfotograf.«

»Das wusste ich nicht. Und Josef hat auch nichts gesagt«, sagte Mimi Reventlow betreten. »Das erleichtert mich natürlich sehr …« Sie blinzelte, holte tief Luft und fügte hinzu: »Vielleicht fällt mir ja doch noch ein Weg ein, wie man der Familie Schubert, oder besser gesagt deinem Freund Alexander helfen könnte. Womöglich hat auch Johann Merkle als weit gereister Mann eine Idee?« Schon bekamen ihre Augen wieder den träumerischen Ausdruck.

Anton hatte die Klinke der Tür zur guten Stube schon in der Hand, als er nochmals innehielt. »Wegen Johann

Merkle sollten Sie ein wenig aufpassen. Bei dem ist nicht alles vorne und hinten gleich.«

»Was soll denn das nun wieder heißen? Solche Reden kannst du dir wirklich sparen«, sagte Mimi irritiert. »Und überhaupt – willst du jetzt meinen Onkel besuchen oder nicht?«

»Schon gut, schon gut.« Anton hob abwehrend die Hände. Der Heimkehrer hatte Mimi Reventlow ganz schön den Kopf verdreht!, dachte er bitter. Wahrscheinlich träumte sie nur noch von ihm.

Wie es aussah, gab es nur noch einen, der Alexander helfen konnte. Und das war er, Anton, selbst! Und wo er schon einmal dabei war, konnte er seine Flucht gleich mit planen.

16. Kapitel

Später, als Anton wieder fort war, klopfte es erneut an der Tür, dieses Mal war es der Briefträger. Er überreichte Mimi ein großes, seltsam länglich geformtes Paket. Es war aus Esslingen und in dickes Packpapier gewickelt. Als Mimi es in der Küche auspackte, wusste sie nicht, ob sie lachen oder weinen sollte.

Mit einem resignierten Seufzen las sie den beiliegenden Brief ihrer Mutter.

Esslingen, Ende Juni 1911

Liebe Mimi,
bitte entschuldige, dass ich mich jetzt erst melde. Dieser Sommer ist wie verhext! Wir haben viel Kummer in der Gemeinde, meine Hilfe ist an allen Ecken und Enden gefragt. Umso froher bin ich, dass du bei Josef bist und ich mich nicht auch noch um ihn sorgen muss.

Mimi runzelte die Stirn. Ein wenig könnte die Mutter sich ruhig sorgen – um sie, Mimi, ebenso wie um ihren Bruder! Sie sorgte sich ja sonst auch um jeden Hinz und Kunz.

Geht es Josef gut? Ich bin ja so stolz auf dich, mein Kind, wie gut du die Betreuung meisterst!

Das konnte die Mutter doch gar nicht wissen! Aber anzunehmen, dass sie alles gut hinbekam, war natürlich viel angenehmer, als sich Sorgen zu machen. Aufgebracht las Mimi weiter.

Du weißt sicher, dass Bewegung bei alten Menschen auch nach einem solchen Unfall sehr wichtig ist, sonst rosten die Knochen ein. Nicht zu viel und nicht zu wenig, vielleicht kannst du Josef zu ein paar gymnastischen Übungen anhalten? Auch Wassertreten, wie Pfarrer Kneipp es empfiehlt, täte ihm gut. In der Hoffnung, dass die beiliegenden Krücken hilfreich beim Gehen sind, verabschiede ich mich mit einem herzlichen Gruß aus Esslingen.

Deine Mutter

Krücken. Gymnastische Übungen. Wassertreten. Mimi schnaubte. Sie war schon froh, wenn sie Josef dazu bewegen konnte, sich im Bett aufzusetzen, um ein paar Bissen zu essen oder eine Tasse Tee zu trinken! Kopfschüttelnd stellte sie die Gehhilfen weg. Im nächsten Moment sah sie durch das Küchenfenster, wie Luise mit einem Topf in der Hand aufs Haus zusteuerte.

»Ich habe Schwarzen Brei mitgebracht, heiß und mit einem guten Stück Butter, das mag Ihr Onkel doch so gern«, sagte sie, als Mimi ihr die Tür öffnete.

»Das ist sehr nett, danke«, sagte Mimi ohne echte Begeisterung.

»Ach Kindchen, Sie wirken so niedergeschlagen – ist

alles in Ordnung?« Besorgt strich die Nachbarin ihr über den Arm.

Mimi hatte auf einmal einen Kloß im Hals. Luise Neumann machte sich mehr Gedanken um sie, als ihre eigene Mutter es tat.

»Alles in Ordnung«, sagte sie tapfer.

Die Nachbarin strahlte sie an. »Wissen sie was? Sie müssen einmal raus! Machen Sie einen langen, schönen Spaziergang, das Wetter ist so herrlich. Lassen Sie sich ruhig Zeit, ich bleibe derweil bei Josef, einverstanden?«

Ein wenig ratlos stand Mimi kurze Zeit später vor dem Haus. Mehrere Stunden für sich? So viel Freiheit war sie schon gar nicht mehr gewohnt. Wie schön wäre es, wenn sie den Tag mit Johann verbringen könnte, dachte sie sehnsüchtig. Doch das stete Klopfen der Webstühle, das wie ein nicht enden wollender Refrain über dem Dorf hing, erinnerte sie daran, dass Johann wie alle anderen Männer von früh bis spät am Webstuhl stand. Und nun? Ihr Blick wanderte über den Marktplatz hinüber zum Ochsen. Anton war heute früh ganz schön aufgebracht gewesen. Es war fast schon frech, wie er sie angefahren hatte! Auf der anderen Seite, wenn sie darüber nachdachte… Ganz Unrecht hatte er ja nicht. Vielleicht sollte sie wirklich mal schauen, ob sie Eveline irgendwie unter die Arme greifen konnte. Voll guter Absichten marschierte sie los.

Sie traf die Witwe und ihre beiden Töchter vor ihrem Haus an, zwei voluminöse Körbe neben ihr. »Wir wollen auf den Acker. Beim Leiterwagen ist die Achse gebrochen, deshalb muss ich alles tragen.« Eveline hob einen der Körbe hoch, Marianne versuchte, es der Mutter gleichzutun.

Mimi nahm dem Kind den Korb ab. »Wenn Sie mögen, begleite ich Sie.« Die Witwe wirkte recht gefasst, dachte sie erleichtert.

Eve zögerte kurz, dann nickte sie.

»Tut mir leid, dass ich mich nicht schon früher mal habe blicken lassen, aber mein Onkel…«, sagte Mimi, als sie losgegangen waren. »Wie geht es Ihnen?«

Eveline blieb stehen. »Von mir aus können wir uns gern duzen. Ich bin Eveline, aber du kannst mich auch Eve nennen.« Sie lächelte.

»Was für ein schöner Name. Ich heiße Minna, aber alle rufen mich nur Mimi.« Erfreut drückte Mimi die schwielige Hand der anderen.

»Mimi… Das passt irgendwie zu dir«, sagte Eve, während sie die letzten Häuser von Laichingen passierten. »Um auf deine Frage zurückzukommen: Das Leben geht weiter. Natürlich fehlt mir Klaus, jeden Tag fehlt er mir. Mir fehlt sogar sein unruhiges Strampeln in der Nacht. Und sein Schnarchen!« Sie lachte traurig. »Aber wenn ich ehrlich bin, hat er sich schon lange vor seinem Tod von mir und den Kindern getrennt. Ich war all die Jahre mit allem allein, und ich bin es jetzt auch, verstehst du?« Sie warf einen Blick auf ihre Töchter, die Blumen pflückend vorangingen.

Mimi nickte. Wahrscheinlich fühlte sich mancher in einer Ehe einsamer als sie in all den Jahren allein auf der Reise, dachte sie.

Kaum lag der Ort hinter ihnen, verklang das Klopfen der Webstühle. Weggeflogen waren auch die Gerüche nach frisch gewaschener Wäsche, nach gekochtem

Kohl und den salzigen Heringen, die es bei Helene diese Woche zu kaufen gab. Hier war die Luft erfüllt von einer so klaren Frische, dass Mimi gar nicht genug davon bekommen konnte. Tief atmete sie ein und aus und genoss das Gefühl ihrer sich weitenden Lunge. Mit jedem Atemzug wurde sie sich der Weite der Landschaft bewusster. Keine hohen Berge hinderten den in die Ferne gerichteten Blick. Keine dunklen Wälder warfen düstere Schatten, die Sonne erreichte auch noch den letzten Winkel.

Wie schön es hier ist, dachte Mimi. Kein Wunder, dass Johann seiner Heimat so verbunden war.

Sie hievte den sperrigen Korb von einem Arm auf den andern. Was wollte Eveline eigentlich damit? Gab es etwa auf dem Acker schon etwas zu ernten? In ihrem Beet in Josefs Garten standen zwar die Pflanzen stramm, aber als sie einmal an einer gezogen hatte, kam außer ein paar Wurzelfäden nichts zum Vorschein. Bis sie gelbe Rüben würde ernten können, dauerte es wohl noch.

»Und wie geht es nun weiter? Hast du schon irgendwelche Zukunftspläne?«

»Wenn damit gemeint ist, dass ich Tag und Nacht grüble – dann mache ich Zukunftspläne«, sagte Eveline spröde. »Derzeit leben wir nur von dem, was durch meine Stickereien hereinkommt, und das reicht einfach nicht aus. Paul Merkle stellt mir seit Klaus' Tod zum Anfang der Woche stets zwei Körbe Stickwaren extra hin und benimmt sich dabei so, als würde er mir einen Gefallen tun! Dass ich nur noch fünf Stunden schlafe, um alles zu schaffen – danach fragt keiner. Eine Putzfrau stellt hier im Ort niemand ein, Bauernhöfe, die eine Magd suchen, kenne ich nicht. Helene braucht in ihrem Laden auch keine Hilfe. Ich weiß wirklich nicht, was ich noch tun könnte…« Eveline stellte ihren Korb ab und schaute Mimi mit hängenden Schultern an. »Das Schlimmste aber ist, dass Alexander wegen der ganzen Misere um seinen Traum gebracht wird! Allein deswegen könnte ich mir Tag und Nacht die Haare raufen. Er selbst sagt, er würde das Beste aus der Lehre bei Gehringer machen, aber hinter seiner tapferen Miene verbergen sich viele Tränen. Glaub mir, ich würde alles tun, um ihn gehen zu lassen!«

Das hörte sich alles nicht gut an, dachte Mimi. Wenn nur das Fotoatelier besser laufen würde! Dann könnte sie Eveline als Haushälterin für Josef einstellen, und allen wäre geholfen!

Sie machte eine ausholende Handbewegung, mit der sie die vielen kleinen Äcker, die links und rechts des Weges lagen, einschloss. »So ein eigener Acker ist doch auch etwas wert! Könnt ihr nicht von dem leben, was ihr anpflanzt? Ehrlich gesagt, bin ich selbst schon gespannt, was ich aus meinem kleinen Gemüsebeet herausholen werde!« Sie wagte ein freundliches Grinsen.

Auch Eve lachte. Sie hob ihren Korb wieder auf, dann gingen sie gemeinsam weiter. »Sei nicht zu enttäuscht, wenn deine Ernte ein wenig kleiner ausfällt, als du es dir vorstellst. Als ich Klaus nach Württemberg gefolgt bin, dachte ich auch, ich käme in eine reiche Gegend. Im ganzen Kaiserreich wird doch immer von der ›württembergischen Oase‹ gesprochen, wo man ohne viel Arbeit wohlhabend werden kann. Das mag in manchen Gegenden auch der Fall sein, aber hier oben auf der Alb gewiss nicht! Der Boden ist mager und voller Steine.« Eveline ging in die Hocke, nahm eine Handvoll Erde und hielt sie Mimi hin. Es befanden sich tatsächlich gleich drei unförmige Steinbrocken darin. »Wenn der Weizen zum Mahlen in die Mühle kommt, dann sind fast genauso viele Steine wie Getreidekörner dabei. Von der Gegend hier heißt es nicht umsonst, wir hätten Steine im Brot.« Sie warf die Erde im hohen Bogen weg.

»Über so etwas habe ich mir bisher noch gar keine Gedanken gemacht«, sagte Mimi.

Eveline nickte. »Dazu kommt, dass die einzelnen Äcker heutzutage viel zu klein sind, als dass sie eine Familie ernähren könnten. Und schuld daran ist die so genannte hiesige Freiteilbarkeit!« Auf Mimis fragenden Blick hin holte sie weiter aus: »Das heißt, dass jeder, der ein Stück Land besitzt, es unter seinen Nachfahren aufteilen kann, wie er mag. Deshalb bekommt hier jedes Kind ein Stück vom Kuchen, keiner geht leer aus, es sei denn, er ist ein Mörder und deshalb vom Erbe ausgeschlossen. Diese Vererbungssitte ist zwar an und für sich gut gemeint, aber sie führt dazu, dass die einzelnen Äcker mit jeder Generation kleiner werden. Schau dir das ganze Flickwerk doch an!«

Mimis Blick folgte Evelines ausgestrecktem Arm. Die vielen kleinen Äcker wirkten tatsächlich fast ein wenig wie der Flickenteppich, mit dem Onkel Josef sich beim Mittagschlaf immer zudeckte.

»Und oft genug liegen die einzelnen Grundstücke, die man besitzt, auch noch weit voneinander entfernt, so dass man von einem Acker zum nächsten ewig laufen muss. Schrecklich ist das!«

»Aber wenn durch diese alte Sitte alles immer schlimmer wird, warum hält man daran fest?«, sagte Mimi verständnislos.

»Das darfst du mich nicht fragen, ich bin nur die ›Hineingeschmeckte‹«, erwiderte Eve ironisch. »Und als wären diese Widrigkeiten nicht genug, kommt noch das kalte Klima hinzu. Hier droben auf der Alb wachsen nur die robustesten Pflanzen und selbst diese spärlich. Jetzt weißt du, warum wir von der Hand in den Mund leben.«

»Aber Württemberg besteht ja nicht nur aus der Schwäbischen Alb. Wenn ich zum Beispiel an das fruchtbare Neckartal denke … Dort wächst und gedeiht Obst, Wein, Getreide und Gemüse in einer Hülle und Fülle, als wäre man im Paradies. Warum ziehen die Laichinger nicht fort und versuchen woanders ihr Glück?«

Eveline lachte auf. »Von hier weggehen? Wo denkst du hin! Die Leute hier pflügen lieber ein Leben lang auf des Teufels Hirnschale.«

Nach einer guten Stunde waren sie endlich an Evelines Acker angekommen. Mimi war fassungslos. »Und diese Strecke läufst du täglich?«

»An manchen Tagen sogar mehrmals, manchmal bin ich schon morgens um halb vier unterwegs, an anderen Tagen kommen wir nach zehn nach Hause«, sagte Eve. Sie zeigte auf die umliegenden Äcker. »Schau dich um, das Feld hier gehört Edelgard Merkle und das daneben den Kleins, deren Sohn Vincent du schon fotografiert hast. Denen geht es keinen Deut besser als uns. Unser zweiter Acker liegt übrigens noch weiter vom Ort entfernt. Ich darf gar nicht daran denken, was ich in der Zeit, in der ich hier unterwegs bin, alles Sinnvolles machen könnte! Es gibt natürlich auch ein paar Glückliche, deren Grundstücke sich nah am Dorf befinden, Sonja Merkle hat so einen, und ihre Mutter Luise auch.

Und nun ist genug geschwätzt, wir müssen arbeiten.« Sie wandte sich ihren beiden Töchtern zu. »Los geht's, Steine klauben! Ich lockere so lange den Boden auf, damit er den Regen, wenn er endlich mal fällt, besser aufnehmen kann.«

Sofort gingen die beiden Mädchen in die Hocke und begannen, mit bloßen Händen einen Stein nach dem anderen aus dem Boden zu sammeln. Sobald sie ein paar zusammenhatten, trugen sie sie in den Körben an den Rand des Ackers und häufelten sie dort auf. Währenddessen ging Eveline den Kindern hinterher und harkte den Boden zwischen den Gemüsepflanzen mit einer kleinen Hacke durch.

Schweigend ging auch Mimi in die Hocke und tat es den Mädchen gleich. Die Arbeit war beschwerlicher, als sie gedacht hatte, die Steine saßen wie eingebacken im Erdreich. Mit schmerzenden Fingern schaute Mimi sich nach einem Stöckchen oder einem anderen Hilfsgerät um, mit dem sie die Steine besser würde herausbekommen können. Doch außer Evelines Hacke war an Werkzeug nichts vorhanden.

Verflixt nochmal, diese Schinderei war doch wirklich viel zu anstrengend für Frauen und Kinder!

»Mama, ich habe Durst«, ertönte Erikas Stimme.

Ohne ihre Hacke fallen zu lassen, ergriff Eveline mit der freien Hand ein kleines Steinchen und steckte es sich in den Mund. Nachdem sie es sauber geleckt hatte, gab sie es ihrer Tochter. »Da, nimm das in den Mund und lutsch es, das wird dir den Durst vertreiben.«

Mimi traute ihren Augen nicht. »Hast du denn kein Wasser dabei?« Wie konnte eine Mutter vergessen, für ihre Kinder etwas zu trinken mitzunehmen?

»Ich hatte die Körbe zu tragen, da kann ich nicht auch noch eine Kanne Wasser mitschleppen. Außerdem – die paar Stunden, ohne etwas zu trinken, werden sie wohl aushalten.« Mit zusammengepressten Lippen arbeitete Eveline weiter.

Auch Mimi schwieg.

Nach zwei Stunden hatten sie einen ordentlichen Berg Steine aus dem nun aufgelockerten Boden geklaubt und traten müde den Heimweg an. Was für eine Qual!, dachte Mimi. Ihre Knie brannten wie Feuer. Sie hatte die hockende Haltung nicht lange durchgestanden und die meiste Zeit auf den Knien rutschend verbracht. Ihr Rücken schmerzte, und ihre Hände waren so lahm, dass sie Angst hatte, ob sie morgen überhaupt ihre Kamera würde halten können. Jetzt nichts wie heim, bestimmt warteten der Onkel und Luise schon auf sie, dachte sie, doch statt zügig auszuschreiten, bückten sich Eve und die Kinder bei jedem zweiten Schritt, um Reisig zu sammeln und dieses in die Körbe zu legen.

Mimi hielt ihren Korb widerwillig den Reisigsammlerinnen hin. Trotz schlechtem Gewissen konnte sie sich selbst nicht mehr aufraffen mitzumachen, ihr Rücken tat einfach viel zu weh. »Wofür braucht ihr das ganze Gestrüpp eigentlich?«, sagte sie gereizt, während die zwei großen Körbe sich langsam füllten.

»Das brauche ich, wenn ich ins Backhaus gehe. Und daheim beim Anzünden des Feuers kommt es mir auch gelegen.« Eveline wischte sich den Schweiß von der Stirn. Sie nickte in Richtung eines kleinen Wäldchens zu ihrer linken Hand. »Andere gehen gegen Ende des Winters in den Wald zum Reisigholen, dafür muss man aber vorher ein Reisiglager ersteigern. Dafür haben wir kein Geld, also muss ich das ganze Jahr über schauen, wie ich an Brennmittel komme.«

»Wie du das aushältst…«, rutschte es Mimi heraus, bevor sie sich zurückhalten konnte.

»Wer sagt denn, dass ich es aushalte?«, entgegnete Eve. »Was mich aufrecht hält, ist einzig die Hoffnung auf bessere Zeiten«, fügte sie hinzu und verzog das Gesicht.

Als Mimi an diesem Tag endlich im Bett lag, hatte sie das Gefühl, ihre Wirbelsäule sei brüchig wie Glas. Eine kleine Bewegung, und sie würde zerbrechen! Statt in einen erholsamen Schlaf zu fallen, quälte sie sich mit aufwühlenden Gedanken.

Die Hausarbeit. Die Kindererziehung. Der Acker und dazu noch Feinstickereien für Gehringer – wie schaffte Eveline das bloß alles Tag für Tag? Und wie die andern Frauen?

Vor ihrem inneren Auge tauchte plötzlich ein Bild nach dem anderen auf von den Laichinger Bürgern, die sie schon vor der Kamera hatte. Ihre vom Leben gezeichneten Gesichter, ihre schwieligen Hände, die hängenden Schultern der Männer, die Buckel der Frauen. Mit Scham dachte sie daran, mit wie viel Elan sie all diese »Schönheitsfehler« wegretuschiert hatte. Einen Lorbeerkranz hätte sie stattdessen in jedes Bild hineinzeichnen sollen als Symbol für die Stärke und den Überlebenswillen, den die Menschen an den Tag legten!

Zerschlagen und deprimiert schlief Mimi endlich ein. Doch eine Frage blieb offen: Gab es irgendeine Möglichkeit, wie man Eveline und ihrer Familie helfen konnte?

17. Kapitel

»Die Krücken sind gar nicht schlecht«, sagte Anton bei seinem nächsten Besuch.

Mimi, die inzwischen wusste, dass »gar nicht schlecht« die schwäbische Bezeichnung für »sehr gut« war, schaute den Gastwirtsohn verdutzt an.

Anton grinste. »Die kann Alexander gut gebrauchen, wenn ich mit ihm nach Stuttgart fahre. Ihr Onkel bekommt dafür ein anderes Hilfsmittel, wenn das für Sie in Ordnung ist.«

»Wie – du fährst mit Alexander nach Stuttgart?« Nun war Mimi noch verblüffter.

»Einer muss es ja tun.« Anton zuckte mit den Schultern. »Wenn ich meine Ersparnisse zusammenkratze, reicht es für die Zugfahrkarten. Alexander weiß übrigens noch nichts davon. Ich sage es ihm erst, wenn ich ihn nach Hause bringe, sonst grübelt er nur unnötig herum.« Er grinste. »Wegen der Gehhilfe für Ihren Onkel wird sich der Fritz bei Ihnen melden.«

Am Samstag darauf kam Fritz Braun mit einer Art Gestell aus zwei zusammengezimmerten Holzkisten daher, an denen unten vier kleine Räder angebracht waren. Die

Räder habe sein zukünftiger Lehrherr, Herrn Meindl, spendiert, sagte Fritz freudestrahlend. Dann demonstrierte er, wie Josef die Gehhilfe vor sich herschieben, sich darauf lehnen und Halt finden konnte.

»Ich bin sprachlos!«, sagte Mimi. »Sobald Josef ein wenig kräftiger ist, wird damit täglich geübt. Ihr seid wirklich prima!« Damit würde Josef bald wieder allein auf die Toilette gehen können, dachte sie erleichtert.

Sie umarmte den verdutzten Fritz, dann drückte sie ihm trotz seines Protestes zwei Mark in die Hand.

Mimi war gerade dabei, die Requisiten abzustauben, die sie vielleicht für die Fotografien der Schulabgänger verwenden konnte, als Sonja Merkle, schwer auf den Arm einer anderen Frau gestützt, durch die Tür trat. »Darf ich vorstellen – meine Schwester Berta. Sie heiratet bald und möchte...« Mitten im Satz krümmte sie sich und hielt mit schmerzverzerrtem Gesicht ihren dicken Bauch.

Erschrocken zog Mimi einen Stuhl heran. »Setzen Sie sich, bitte! Möchten Sie ein Glas Wasser?«

»Danke, gern. So geht das schon seit Tagen«, stöhnte die schwangere Frau. »Es fühlt sich an, als würde das Kind gleich kommen, stattdessen lässt es sich alle Zeit der Welt. Die letzten zwei Geburten haben auch so ewig auf sich warten lassen. Sie gingen immer ausgerechnet dann los, wenn ich mit Berta unterwegs war. Deshalb dachte ich, ich begleite sie heute zu Ihnen.« Sie grinste verschmitzt.

»Bist du verrückt?«, fragte Berta lachend. »Soll ich etwa noch einmal bei dir Hebamme spielen?«

»Malen Sie den Teufel nicht an die Wand«, sagte Mimi

erschrocken. »Am Ende kommt das Kind noch hier im Atelier zur Welt…« Wie auf Kommando wurde Sonja von einer weiteren Wehe erfasst.

Mimi runzelte die Stirn. »Ich will Sie wirklich nicht wegschicken, aber wäre es nicht besser, wenn Sie sich daheim ausruhen?«

»Besser wär's schon. Aber unter der Woche muss Berta schließlich arbeiten, außerdem…« Sonja Merkle starrte auf das Glas Wasser in ihrer Hand, als läge darin der Stein der Weisen begraben. »Daheim fällt mir langsam die Decke auf den Kopf. Ich kann die dicke Luft nicht mehr ertragen.«

»Dicke Luft?«, fragte Mimi pflichtschuldig nach, während sie aus den Augenwinkeln Berta unauffällig musterte. Wie Sonja und Christel war auch Berta ungewöhnlich attraktiv, allerdings zeigten sich auf ihren Wangen und rund um ihre Augen schon die ersten Falten. In ihr braunes Haar mischten sich etliche silberne Strähnen. Mimi schätzte die angehende Braut auf Mitte dreißig.

»Der Herr Gehringer will, dass unsere Christel für ihn als Modell die feinen Blusen und Röcke vorführt, wenn die Einkäufer der Warenhäuser kommen. Das ist eine große Ehre, habe ich zu meinem Mann gesagt, aber er ist dagegen! Seitdem läuft Christel nur noch mit einer Miene wie sieben Tage Regenwetter herum.«

»Diese Aufgabe würde Christel sicher viel Spaß machen, kein Wunder, dass sie enttäuscht ist«, sagte Mimi mitfühlend. »Gehringers Kunden würden bestimmt doppelt so viel kaufen, wenn eine so hübsche junge Frau die Ware vorführt.« Sie schenkte Sonja Wasser nach.

Sonja Merkle runzelte die Stirn. »Du lieber Himmel! Was ist denn mit Ihren Händen passiert?«

Peinlich berührt zog Mimi ihre Hände zurück. »Ich war diese Woche einmal mit Eveline Schubert auf dem Acker und habe ein wenig geholfen. Anscheinend sind meine zarten Hände so harte Arbeit nicht gewohnt«, sagte sie ironisch.

Eine Hand auf dem Bauch, die andere im Rücken, beugte sich Sonja Merkle Mimi stöhnend entgegen. »Was ich jetzt sage, dürfte unsere Mutter nicht hören. Aber ich hasse die Feldarbeit! Gott sei Dank verdient mein Paul genug, dass wir nicht auf unseren Acker angewiesen sind. Wenn ich die Schinderei auch noch hätte … Vielen Dank!«, sagte sie.

Es gibt ein paar Glückliche, deren Acker nah am Dorf liegen, Sonja Merkle hat so einen, und ihre Mutter Luise auch, hatte Mimi auf einmal Evelines Stimme im Ohr.

»Und was machen Sie dann mit dem Acker?«, fragte Mimi stirnrunzelnd.

Sonja zuckte mit den Schultern. »Letztes Jahr hatte ich noch Kartoffeln drauf, dieses Jahr liegt er brach. Meine Mutter ist deswegen ziemlich verärgert, aber sie hat ja auch keine Horde Kinder zu versorgen so wie ich.«

Mimi räusperte sich. »Wir sind gestern über eine Stunde bis zu Evelines Acker gegangen, ich war entsetzt, wie viel Zeit allein für die Wege draufgeht«, sagte sie. »Und Ihr Acker liegt wirklich so viel näher am Dorf?«

Sonja nickte stolz. »Es sind ein paar Minuten zu gehen, mehr nicht.«

Mimi biss sich auf die Unterlippe. Verflixt, gleich würde sie es wieder tun …

»Frau Merkle, es geht mich ja eigentlich nichts an …«, sagte sie gedehnt. »Aber mir kommt gerade ein Gedanke. Könnten Sie, also … Könnten Sie es sich eventuell vorstellen, mit Frau Schubert den Acker zu tauschen? Oder ihr das Feld für ein paar Jahre zur Verfügung zu stellen? Damit würden Sie Eveline sehr helfen, wieder auf die Beine zu kommen.«

»Ich soll mein schönes Äckerle hergeben? Das kommt nicht in Frage!«, sagte Sonja Merkle heftig. Etwas weniger feindselig fügte sie hinzu: »Ich helfe immer gern. Aber es kann ja sein, dass ich in den nächsten Jahren doch noch Lust bekomme, etwas anzubauen.«

So viel dazu … »Zugegeben, das war eine verrückte Idee, da merkt man einfach, dass ich nicht von hier bin, nicht wahr?«, lenkte Mimi mit einem Lächeln ein. »Kommen wir besser zu Dingen, von denen ich was verstehe. Sie heiraten also. Wie kann ich Ihnen helfen?«, wandte sie sich an Sonjas Schwester, die bisher kaum ein Wort gesagt hatte.

»Ich heirate Ende August, den Richard Hausmann«, erwiderte Berta Neumann und ihre Wangen röteten sich vor Freude. »Und da brauchen wir natürlich einen Fotografen. Wir haben an Sie gedacht …«

»Danke, das freut mich. Ich werde die schönste Hochzeitsfotografie machen, die Sie sich vorstellen können. Sie werden eine unvergessliche Erinnerung an diesen Tag bekommen«, sagte Mimi warmherzig. »Wollen Sie vor der Trauung zu mir ins Atelier kommen oder erst danach?«

Berta hatte den Mund schon zu einer Erwiderung geöffnet, als Sonja laut aufschrie. Sie beugte den Oberkörper weit vor, und entsetzt sah Mimi, wie unter dem Rock der Schwangeren ein Schwall Wasser hervorschoss und über den Boden lief.

»Um Gottes willen, was ist das?« Ihr Herz klopfte so heftig, dass sie kaum sprechen konnte.

»Die Fruchtblase ist geplatzt«, murmelte Berta, dann sagte sie leicht hysterisch zu ihrer Schwester: »Das Kind kommt! Sonja, wie kannst du mir das antun?«

Mimi schlug vor Schreck eine Hand vor den Mund. »Wir brauchen den Arzt!«

Die beiden Schwestern tauschten einen Blick. »Bis der kommt, ist das Kind längst da«, presste Sonja schmerzverzerrt hervor.

Hektisch schaute Mimi aus den Ateliersfenstern in Richtung des hinteren Gartentors. »Soll ich dann Ihre Mutter holen?«

Sonja, die in der Zwischenzeit vom Stuhl geglitten war und vor der Bühne auf dem Boden lag, stöhnte so laut, dass es Mimi durch Mark und Bein fuhr. »Nicht Mutter«, flüsterte sie, als sie wieder zu Atem gekommen war. »Sie macht mich immer so nervös.«

Berta schaute Mimi mit gerunzelter Stirn an. »Haben Sie eine Glut im Ofen?«

Mimi nickte verwirrt.

»Dann schaffen wir das auch allein«, sagte Sonjas Schwester mit einer Resolutheit, die Mimi ihr nicht zugetraut hatte. »Gehen Sie ins Haus und feuern Sie den Ofen wieder richtig an. Wir brauchen einen Kessel heißes Wasser, außerdem eine Schere, eine Kerze und Streichhölzer. Und bringen sie ein paar Decken und saubere Kissen, rasch!« Noch während sie sprach, zog sie die Vorhänge zu. »Zuschauer brauchen wir nicht«, sagte sie, und an Mimi gewandt: »Nun gehen Sie schon!«

Mimi, noch immer vor Schreck halb gelähmt, tat, wie ihr geheißen.

Eine Stunde später erblickte ein kleines Mädchen mit rosiger Haut, hellblondem Haarflaum und einem kleinen Kussmund das Licht der Welt. Als Mimi die perfekt geformten winzigen Finger- und Fußnägel sah, brach sie in Tränen aus.

Sonja und Berta stimmten in ihr Weinen ein. Für einen langen Moment heulten die drei verschwitzten Frauen wie die Schlosshunde. Erleichterung, Freude und Freundschaft lagen in jeder einzelnen Träne.

Mimi fühlte sich so zerschlagen und gleichzeitig so euphorisch, als hätte sie selbst das Kind geboren. Noch nie – niemals – in ihrem Leben hatte sie etwas so Ergreifendes erlebt, dachte sie.

Während Berta den Säugling in der von Mimi herbeigeschleppten Wanne wusch und in eins der blütenweißen Leinenhandtücher, die stapelweise in der Kommode von Josefs verstorbener Frau lagen, wickelte, blieb Sonja erschöpft auf der Decke liegen, die Mimi ebenfalls aus dem Haus geholt hatte. Sie ergriff Mimis Hand. »Nicht auszudenken, wenn mir das bei Helene im Laden oder sonst wo passiert wäre! Tausend Dank für Ihre Hilfe«, sagte sie. »Jetzt müssen Sie unbedingt zur Taufe kommen!«

»Danken Sie Ihrer Schwester«, presste Mimi gerührt hervor, während sie Sonjas Hand hielt. Sie war noch nie zu einer Kindstaufe eingeladen gewesen.

»Und zu meiner Hochzeit müssen Sie auch kommen!«, fügte Berta hinzu, dann legte sie Sonja den Säugling in den Arm.

»Und du wirst die Patentante, das ist ja wohl klar«, sagte diese.

Die Schwestern lachten vertraut miteinander.

»Das Heumondfest, die Hochzeit und eine Taufe – da komme ich ja aus dem Feiern nicht mehr heraus«, sagte auch Mimi lachend und fühlte sich angenommen wie lange nicht.

18. Kapitel

»Die Schnittwunde ist gut verheilt, die Gefahr einer Sepsis ist gebannt – dies war meine größte Sorge. Nun bleibt abzuwarten, wie belastbar und beweglich dein Bein wieder werden wird.« Doktor Ludwig schaute Alexander ernst an. »Da durch den Axthieb auch der Knochen etwas abbekommen hat, rate ich dir dringend dazu, in nächster Zeit die Krücken zu nehmen und das Bein noch nicht ganz zu belasten. Die Übungen, die ich dir gezeigt habe, solltest du hingegen täglich mehrmals machen, sie dienen der Beweglichkeit.«

Alexander nickte.

Anton, der bisher wortlos daneben gestanden hatte, reichte dem Freund Josef Stöckles Gehhilfen. Dann schulterte er Alexanders Rucksack, und sie verabschiedeten sich von dem Arzt.

»Und – wie fühlt sich die Freiheit nach den langen Tagen im Krankenbett an?«, fragte er, als sie die Arztpraxis verlassen hatten.

Alexander blieb stehen, atmete tief die vom Duft des frischen Heus getränkte Luft ein. »Gut und seltsam zugleich«, sagte er. »Ich habe das Gefühl, von einer langen Reise zurückzukommen, dabei war ich gar nicht fort.«

Aus den Augenwinkeln warf Anton ihm einen prüfenden Blick zu. Wie es schien, kam Alexander gut mit den Krücken zurecht. Um dem Freund dennoch eine kurze Pause zu gönnen, blieb er stehen. »Die Zeit rast dahin – gerade noch war Pfingstmarkt, und jetzt ist schon wieder Heumondfest! Ich sehe schon im Geiste die vielen kleinen Lagerfeuer vor mir, und in der Nase habe ich den Geruch von Selbstgebranntem. Nach all den Dramen kann ich's kaum erwarten, mal wieder so richtig zu feiern!« Anton stieß tief Luft aus.

Das Heumondfest war einer der wenigen Tage, an denen der Ochsen geschlossen hatte. Man traf sich außerhalb des Dorfes auf einer großen Wiese, die der Gemeinde gehörte. Jede Familie brachte ihr eigenes Essen und Getränke mit – unter anderem viel hochprozentigen Schnaps –, bei Musik und Tanz wurde dann das Ende der Heuernte gemeinsam gefeiert. So manches kleine Feuer brannte bis zum Morgengrauen. Vielleicht würde es ihm gelingen, sich mit Christel wegzuschleichen?, dachte Anton. Wenn die Nacht warm war und der Boden auch – vielleicht würde sie ihm dann endlich gewähren, wonach er sich schon so lange sehnte?

»Ich habe Christel ewig nicht mehr gesehen. Auf dem Heumondfest werde ich die Nacht mit ihr durchtanzen«, sagte Anton. Im nächsten Moment biss er sich auf die Zunge. Verflixt! Hätte er sich diese Bemerkung nicht verkneifen können? Niemand wusste, ob Alexander jemals wieder tanzen konnte.

Doch Alexander schien ihm die Bemerkung nicht krummzunehmen, leichthin sagte er: »Für uns fällt das Fest dieses Jahr ins Wasser. Wir sind schließlich im Trauerjahr.«

Anton blieb abrupt stehen. Jetzt war der richtige Moment!

»Dafür fällt etwas anderes für dich nicht ins Wasser. Hier!« Er kramte in seiner Hosentasche und hielt dem Freund dann stolz eine Handvoll Münzen hin. »Das Geld für deine Zugfahrt nach Stuttgart! In jeder freien Stunde habe ich Vater im Wald geholfen, einen neuen Jägerstand zu bauen. Ich habe darauf bestanden, dass er mich dafür bezahlt.«

»Du hast deine freie Zeit für mich geopfert?« Auf Alexanders blassem Gesicht zeigten sich hektische rote Flecken. »Das... Ich weiß gar nicht, was ich sagen soll. Nein, das kann ich nicht annehmen!«

»O doch, das kannst du. Du fährst nach Stuttgart zur Aufnahmeprüfung, und wenn ich dich huckepack dorthin tragen muss! Und dann malst und zeichnest du, als wärst du Michelangelo selbst.«

»Warum tust du das alles für mich?«, flüsterte Alexander.

Anton schluckte. Dieselbe Frage hatte er sich auch schon gestellt. Genauso gut hätte er das Geld sparen können, um mit Christel endlich einen Ausflug in die Stadt zu unternehmen. War es Freundschaft? Mitleid? Oder gar ein schlechtes Gewissen?

»Wahrscheinlich will ich einfach nicht den Glauben daran verlieren, dass es möglich ist, sich seinen Traum zu verwirklichen«, sagte er nachdenklich. In leichterem Ton fügte er hinzu: »Außerdem begleite ich dich! Während du in der Schule bist, werde ich die Stadt unsicher machen. Ich werde mir eine Krawatte kaufen und dann noch ein Bier trinken gehen wie ein feiner Herr – das wird ein Fest!«

Lachend humpelte Alexander weiter. »Und wozu brauchst du bitte eine Krawatte?«

»Na, willst du etwa, dass ich auf deiner ersten Kunstausstellung wie der arme Verwandte von der Alb auftauche?«, sagte Anton im Weitergehen.

»Deinen Optimismus möchte ich nur mal für *einen* Tag besitzen«, sagte Alexander kopfschüttelnd, doch Anton sah, dass der Freund sich sehr freute. »Ich denke darüber nach, in Ordnung?«

Anton grinste. Bei Alex bedeutete dies ein Ja. Eins nach dem andern, dachte er. Hatte der Freund die Aufnahmeprüfung erst einmal erfolgreich hinter sich gebracht, mussten sie einen Weg finden, um ihm den Schulbesuch zu ermöglichen. Auf Gehringer und sein jämmerliches Lehrlingsgehalt war doch gepfiffen!

Sich über dieses und jenes unterhaltend gingen sie weiter. Noch nie war der Weg durchs Dorf Anton so lang vorgekommen wie heute an der Seite von Alexander mit seinen Krücken. Er selbst hatte stets einen forschen Schritt. Als sie endlich am Haus der Schuberts ankamen, war er erleichtert.

Statt anzuklopfen oder einfach einzutreten, hielt Alexander inne. »Es wird komisch sein, jetzt das Haus zu betreten und zu wissen, dass Vater nie mehr heimkommt.«

»Dafür freuen sich deine Mutter und deine Schwestern umso mehr auf dich«, sagte Anton. »Ach, und noch was! Heute Nachmittag macht die Fotografin die Fotos von euch Schulabgängern. Du sollst unbedingt auch kommen, meinte sie, es kostet auch nichts, vielmehr sei es ein Freundschaftsdienst.«

»Das kann ich nicht annehmen«, sagte Alexander erneut.

»Doch, kannst du!«, erwiderte Anton in einem Ton, der keinen Widerspruch zuließ.

*

Mit den fünfzehn Schulabgängern und Christel, die ihren Bruder Justus begleitet hatte, war das Atelier so voll, dass kein Mäuschen mehr Platz gehabt hätte. Die Anspannung der jungen Leute war regelrecht mit den Händen zu greifen. Der eine scharrte unruhig mit den Füßen wie ein Pferd mit den Hufen, der nächste redete ohne Unterlass auf seinen Kumpel ein, die übernächste kicherte nervös. Manch einer hatte vor Aufregung einen roten Kopf, der andere Schweißflecken unter den Achseln, zwei Mädchen waren so blass, als würden sie im nächsten Moment ohnmächtig werden.

Auch Mimi selbst war aufgeregt. Mit so großen Gruppen hatte sie wenig Erfahrung, dennoch hoffte sie auf eine perfekte Aufnahme. Wie bedauerlich, dass Onkel Josef ihr nicht zur Seite stehen konnte, er wäre ihr sicher eine Hilfe gewesen, dachte Mimi, während sie sich mühte, die Jugendlichen in einer lockeren Anordnung auf der Bühne aufzustellen – die größten nach hinten, die kleinen nach vorn. Ein paar Mädchen bat sie, sich ganz vorn hinzuknien. Alexander, der auf seine Krücken gestützt ein wenig abseitsstand, bot sie an, auf einem Stuhl Platz zu nehmen, doch er wollte wie seine Klassenkameraden stehen. Mimi verstand das.

»So, und jetzt bitte nicht mehr bewegen«, sagte sie, während sie hinter ihre Kamera trat.

Es war ein leicht bewölkter Tag, dennoch fiel genügend Licht durch die geöffneten Fensterscheiben, stellte sie bei einem Blick durch ihren Sucher fest. Kein Schatten oder greller Lichtstrahl störten – wenn jetzt nichts mehr schiefging, würden die Jugendlichen eine schöne Erinnerung für die Ewigkeit bekommen.

»Bitte lächeln!«, sagte sie und drückte auf den Auslöser. »Und danke!«

Erleichtert löste sich die Gruppe auf, und die Jugendlichen begannen wieder zu schwatzen – geschafft!

Mimi lächelte. »Bevor ihr geht, hätte ich noch einen Vorschlag …« Sie schaute erwartungsvoll in die Runde. »Ich würde gern eine zweite Fotografie wagen, etwas Neues, Außergewöhnliches. Der Gedanke ist mir heute Nacht gekommen, fragt mich nicht, warum.« Mimi lächelte ein wenig verlegen. »Jedenfalls, diese zweite Fotografie würde ich gern einfach so machen. Ihr schaut sie euch dann in Ruhe an, und wenn sie euch gefällt, könnt ihr eure Eltern ja fragen, ob ihr einen Abzug kaufen dürft, in Ordnung?«

Die jungen Leute nickten unsicher.

»Wer von euch war schon mal in einem Lichtspielhaus?«

Niemand hob die Hand.

»Aber gehört habt ihr schon davon?«, sagte Mimi.

Der ein oder andere zuckte mit den Schultern.

»Also, ich war schon ein paar Mal im Lichtspielhaus und fand es jedes Mal sehr spannend«, sagte Mimi. »In den Filmen, die gezeigt werden, ist alles möglich! Da gibt es Indianer aus dem wilden Westen. Und Schurken mit Augenklappe. Es gibt Filme mit Matrosen, die in See stechen, und Prinzessinnen mit einem Dutzend Perlenketten um den Hals gibt es auch. Die Geschichten, die in den bewegten Bildern erzählt werden, sind nicht sehr wahrheitsgetreu, dafür aber umso aufregender. Alles ist möglich, jeder Traum kann in Erfüllung gehen, jedes Abenteuer ...« Mimi sah, wie die Fantasie der Jugendlichen bei ihren Worten angeregt wurde. Sie packte die Gelegenheit beim Schopf. »Wie würde es euch gefallen, wenn wir so tun, als würden wir einen Film drehen? Ein Film, der viele Geschichten auf einmal erzählt! Ich weiß, es klingt verrückt, aber es ergibt bestimmt eine sehr aufregende Fotografie.«

Die Jungen und Mädchen, die Mimi teils unsicher, teils gebannt zugehört hatten, wichen erschrocken zurück. Am Ende war es Fritz Braun, der tapfer fragte, wie das aussehen sollte.

Mimi schaute ihn herausfordernd an. »Wenn eine Fee daherkäme und dich für einen Tag in jemand ganz anderen verzaubern würde – wer würdest du gern sein wollen?«

»Ein Pirat!«, kam es wie aus der Pistole geschossen. »Mit einem großen Säbel. Und dann würde ich eine Galeere entern, einen Schatz aus Goldmünzen bergen und für den Rest meines Lebens ein reicher Mann sein.«

Fritz' Schulkameraden lachten.

»Und ich wäre gern ein Siedler, der mit seiner Familie im Planwagen durch den Wilden Westen fährt und ein neues Zuhause sucht«, sagte Vincent Klein, und seine roten Wangen waren noch eine Spur röter als sonst. »Über so einen wurde erst kürzlich in der Samstagsausgabe des *Ulmer Tagblatts* auf einer ganze Seite berichtet! Der Mann lebte vorher auch auf der Alb.«

»Das wird ein ziemlich verrückter Film, denn ich will darin Eisenbahnschaffner sein«, sagte ein anderer Schulabgänger.

Christel, die bisher schweigend von ihrem Stuhl aus alles beobachtet hatte, sprang so plötzlich auf, dass die anderen erschraken. »Und *ich* möchte eine berühmte Schauspielerin sein, die von allen bewundert wird!«

»Du gehörst doch nicht mal zu uns«, erwiderte ihr Bruder Justus abfällig.

»Gott sei Dank«, giftete Christel zurück.

Mimi, die das Leuchten in Christels Augen gesehen hatte, sagte: »Für diese besondere Fotografie könnte Christel sehr wohl mit von der Partie sein, findet ihr nicht auch?« Herausfordernd schaute sie in die Runde.

Keiner wagte einen Widerspruch.

Mimi nickte zufrieden. »Fritz und Vincent – ihr könnt die Kleider und Requisiten durchschauen, es gibt sogar einen Säbel. Christel, vielleicht magst du die Kleider ansehen? Perlenketten habe ich auch, allerdings unechte. In der Zwischenzeit können die andern noch überlegen, wer sie sein wollen. Und ich schaue schon mal, welche Leinwände sich eignen …«

*

Mit wie viel Eifer sie sich verkleideten! Fritz, der Pirat, und Vincent mit dem Cowboyhut auf dem Kopf. Die stille Gisela wollte eine Friseurin darstellen und feinen Damen die Haare in Locken legen. Antons Freundin Christel träumte davon, eine Schauspielerin zu sein. Und ihr Bruder Justus versuchte sich als Ringkämpfer. Das passte, ein Raufbold war er ja schon immer gewesen, dachte Alexander.

Auch Mimi Reventlow war in ihrem Element – ständig sprang sie zwischen ihren Requisiten, der Kamera und der Bühne hin und her. Gerade versorgte sie Fritz mit einer Augenklappe, was den Piratenlook wohl komplettieren sollte. Nachdem er, Alexander, vor einiger Zeit mal hatte miterleben dürfen, wie künstlerisch sie Fotografien mithilfe der Retusche bearbeitete, stand für ihn ohne Zweifel fest, dass auch diese Fotografie etwas ganz Besonderes werden würde, obwohl – oder gerade weil – sie so ausgefallen war!

Er selbst hatte bisher keinen Verkleidungswunsch geäußert. Stattdessen hatte Alexander auf einmal das Gefühl, meilenweit von dem Geschehen um sich herum entfernt zu sein.

Ein neues, ein anderes Leben führen – für seine Schulkameraden war das alles nur ein Spiel, eine Illusion. Für ihn hingegen war ein neues Leben zum Greifen nah, mehr noch, er hatte sich längst dafür entschieden!

Schon bevor Anton ihm das Geld für die Fahrt angeboten hatte, hatte er beschlossen, die Prüfung abzulegen. Im Krankenbett bei Doktor Ludwig waren Bilder vor seinem inneren Auge aufgestiegen, wie er nach Stuttgart fahren würde, ganz gleich wie. Zu Fuß auf Krücken, ein Stück mit dem Postkarren oder Milchwagen. Vielleicht würde ihn auch ein Automobil mitnehmen, wenn er höflich fragte? Er konnte auch als blinder Passagier im Zug fahren und hoffen, dass der Schaffner ihn nicht fand. Falls doch, würde er so tun, als habe er sein Billet verloren. Und wenn er eine Strafe bekam – egal! Viel wichtiger war: Er musste herausfinden, was sein Zeichentalent wert war. Wenn die Stuttgarter ihm bescheinigten, dass er zwar ganz manierlich malen konnte, aber niemals mehr daraus werden würde, dann konnte er damit seinen Frieden schließen. Und sollte sich herausstellen, dass er wirklich mehr konnte als andere, dann würde man weitersehen. Ihm war klar, dass ein Kunststudium derzeit absolut ausgeschlossen war – er musste schließlich für seine Familie Geld verdienen. Aber irgendwann, in ein oder zwei Jahren, würde seine Mutter vielleicht wieder heiraten, dann wäre sie nicht mehr auf ihn angewiesen. Spätestens dann würde er seine eigenen Wege gehen können. Keinen Tag länger als nötig würde er bleiben! Hier, im verhassten Ort, der…

»Alexander – wen willst du eigentlich darstellen in unserer zweiten Fotografie?«, unterbrach die Fotografin lächelnd seine Gedanken.

Er überlegte kurz. »Einen Weber.«

Ein paar Köpfe fuhren herum. »Wir sollen uns doch etwas ausdenken, was reine Fantasie ist«, sagte Vincent stirnrunzelnd.

»Eben«, antwortete Alexander. »Ein Weber werde ich ganz gewiss niemals werden!«

19. Kapitel

»Die Blumen sind für dich!« Freudig hielt Johann ihr ein kleines Sträußchen hin.

»Vergissmeinnicht?« Verwirrt und berührt zugleich nahm Mimi die Blumen entgegen. »Danke, aber ich habe eigentlich nicht vor, Laichingen so bald wieder zu verlassen.«

Johann grinste. »Bei uns ist es Tradition, dass ein Mann der Dame, die ihn zum Fest begleitet, am Morgen des Heumondfestes ein paar Vergissmeinnicht überreicht. Damit sie ihn im Trubel des Festes auch ja nicht vergisst.«

Er wollte, dass sie an ihn dachte... Spontan umarmte sie ihn. »Ich werde sie mir ans Kleid stecken, dann sind sie mir immer nah! Jetzt freue ich mich noch mehr auf heute Abend.«

»Und was ist nun mit deinem Onkel?« Er nickte durch die offene Tür ins Hausinnere.

»Josef meint, ich soll mir um ihn keine Sorgen machen, er würde den Abend bestens ohne mich überstehen.« Mimi lachte. »Ich werde aber dennoch ein oder zwei Mal bei ihm vorbeischauen. Apropos vorbeischauen...« Spielerisch nahm sie Johanns Hände in die ihren. »Du hast doch erst kürzlich selbst zu mir gesagt, dass die Leute hier im Dorf zusammenhalten. Und dass sich immer jemand finden würde, wenn man Hilfe braucht. Ich komme gut zurecht, aber könntest du nicht mal bei Eveline Schubert vorbeigehen? Alexander war gestern hier, und ich bin erschrocken, wie schlecht er läuft. Ich befürchte, er ist seiner Mutter keine große Hilfe. Vielleicht könntest du ihr mal Holz hacken oder was sonst so an schweren Arbeiten in einem Haushalt anfällt?«

Johann schüttelte den Kopf. »Du hörst dich an wie meine Mutter! Sie drängt mich auch seit Tagen, dass ich Eveline helfe. Ich würde ja gern, aber wann soll ich das bitte schön alles machen? Ich arbeite zehn Stunden, dann nimmt Mutter mich in Beschlag, und wir zwei kommen auch zu nichts! Schon seit Tagen will ich dir mal den Entwurf einer Rede vortragen, die ich vor den Webern halten will, sobald sie mehr Vertrauen zu mir gefasst haben.«

»Ich weiß genau, was du meinst…« Mimi nickte mutlos. »Zwischen der Pflege meines Onkels, dem Atelier und dem Haushalt bleibt so gut wie keine Zeit fürs Vergnügen übrig.«

Als Johann Mimis geknickte Miene sah, sagte er: »Ich gehe bei Eveline vorbei und biete meine Hilfe an, versprochen! Nur zu deiner Beruhigung – meine Mutter nimmt Eveline öfter die Kinder ab, und manchmal kocht sie für sie mit, das ist auch schon hilfreich.«

Mimi nickte erleichtert. »Soll ich dir mal was Schönes zeigen?« Sie lächelte ihn forsch an.

»Aber nur, wenn's schnell geht. Ich habe heute noch einiges zu tun, bevor das Fest gegen fünf losgeht. Unter anderem muss ich Holz für unser kleines Lagerfeuer sammeln.«

Eilig schloss sie die Tür zum Ladengeschäft auf, wo die Fotografien der Schulabgänger auf Fritz' Holzständer ausgestellt waren. Stolz hielt sie ihm die zweite Fotografie hin. »Na, was sagst du dazu?«

Johann betrachtete schweigend das Bild.

Ungeduldig wartete Mimi auf sein Urteil, auch wenn sie wusste, dass es auf der Fotografie so viel zu sehen gab, dass man einfach länger hinschauen musste.

Ins Zentrum des Bildaufbaus hatte Mimi Christel Merkle direkt vor der großen alten Balgenkamera von Josef platziert, gerade so, als stünde Christel vor einer Filmkamera. Johanns Nichte hatte eine dramatische Pose eingenommen und tat so, als würde sie sich mit einem Fächer Luft zu wedeln. Derweil legte Gisela mit Kamm und Bürste an Christels aufwändiger Hochsteckfrisur letzte Hand an. Rechts hinter den jungen Frauen stand Fritz Braun, der mit grimmiger Miene so tat, als würde er im nächsten Moment die Perlenketten von Christels Hals rauben wollen. Die anderen rund um Christel ergänzten das Spektakel auf kuriose, aberwitzige und unterhaltende Weise. Wenn das nicht künstlerisch wertvoll war! Mimi platzte fast vor lauter Stolz.

»Meine Nichte überstrahlt alles«, murmelte Johann vor sich hin.

Mimi grinste. Obwohl sie keine besondere Beleuchtung gewählt hatte, schien es tatsächlich, als würde rund um Christels blonden Kopf alles ein wenig heller sein. Christel Merkle hatte wirklich eine starke Ausstrahlung.

Abrupt gab Johann ihr die Fotografie zurück. »Schön. Aber was willst du damit bezwecken?«

»Was ich damit bezwecken will? Was ist denn das für eine Frage!« Mimi lachte auf. »Siehst du nicht, mit wie viel Spaß die Jugendlichen bei der Sache waren? Die Menschen brauchen etwas zum Träumen, und wenn es nur für kurze Zeit ist! Den Ernst des Lebens haben sie schließlich jeden Tag.«

»Der Ernst des Lebens wäre besser zu ertragen, wenn die Arbeits-, aber auch die Lebensbedingungen der Leute erträglicher wären«, erwiderte Johann. »Hier in Laichingen muss sich vieles ändern – *das* muss man den Jugendlichen klarmachen! Mit deinen Fotografien gaukelst du ihnen vor, sie wären ach so frei in ihren Entscheidungen, dabei sind sie lediglich die Arbeitssklaven von Gehringer und Konsorten.«

»Zumindest auf Fritz Klein trifft das schon mal nicht zu. Und wenn sein Vater nicht ausgerechnet jetzt gestorben wäre, dann hätte auch Alexander Schubert eine andere Zukunft vor sich«, sagte Mimi heftig. »Aber was nicht ist, kann ja noch werden. Und ich hoffe, dass im Laufe der Zeit noch mehr junge Leute ihres eigenen Glückes Schmied werden können.«

»Tut mir leid, aber diese Einstellung finde ich völlig fehl am Platz. Weggehen ist keine Lösung!«, sagte Johann.

»Wie bitte?«, sagte Mimi, die nicht glauben konnte, dass solche Worte aus seinem Mund kamen.

Johanns Augen funkelten kämpferisch, als er sagte: »Ich weiß, was du denkst, und ja, du hast recht – auch ich bin einst weggegangen von hier. Aber wie soll sich an den Arbeitsbedingungen der Weber etwas zum Besseren ändern, wenn das alle klugen Burschen tun? Falls es wirklich zum Arbeitsaufstand kommt, dann brauchen wir jeden Mann auf unserer Seite!«

»Ach, und deshalb soll jeder Weber werden?«, echauffierte sich Mimi. Wenn ihre Mutter wüsste, wie die Jugendlichen hier um ihre Zukunft gebracht wurden! Die würde sich vielleicht aufregen, ging es Mimi urplötzlich durch den Sinn. Und gleich darauf dachte sie: Du hörst dich schon selbst an wie Mutter …

»Mimi«, sagte Johann beschwichtigend. »Sei doch ein wenig realistisch.« Er griff erneut nach der Fotografie. »Das alles hier ist nichts als pure Fantasie! Findest du es nicht ein wenig gemein, in den jungen Leuten solche Träume zu wecken, obwohl du weißt, dass sie niemals wahr werden? Ich rede nicht von den Piraten und Siedlern, sie wissen ganz genau, dass alles nur ein Spiel ist«, fuhr er eilig fort, als sie den Mund zu einer Erwiderung öffnete. »Aber schau dir das Glitzern in Christels Augen an – darin liegt pure Sehnsucht!«

»Na und? Christel ist eine schöne junge Frau, keiner weiß, was das Leben für sie noch bringen wird«, sagte Mimi bockig und verletzt zugleich. Wenn Johann gesehen hätte, mit welchem Feuereifer Christel bei der Sache gewesen war, hätte er anders dahergeredet.

Doch Johann lachte nur. »Oh, das weiß ich ganz genau«, sagte er eine Spur arrogant. »Im besten Fall erlaubt mein Bruder seiner Tochter doch noch, für Gehringer Modell zu spielen. Aber du wirst zugeben müssen, dass es einen Unterschied zwischen einer berühmten Schauspielerin und einer lebenden Schneiderpuppe gibt, oder etwa nicht? Vielleicht solltest du endlich beginnen, die Realität zu fotografieren und nicht immer nur irgendwelche schönen Illusionen.« Er küsste sie auf die Nase. »So, und jetzt muss ich gehen. Bis heute Abend!«

Verwirrt und verletzt zugleich schaute Mimi ihm hinterher. Was war das für ein seltsames Gespräch gewesen? Oder sollte sie es besser Streit nennen?

*

»Hier – für dich! Vergissmeinnicht, sie sind ein Zeichen tiefer Liebe, wusstest du das?« Die Stimme voller Zuneigung überreichte Anton den Strauß tiefblauer Blümchen. Er war extra früh aufgestanden, um einer der Ersten zu sein, die die Blumen am Waldesrand pflückten. Schließlich wollte er für Christel die allerschönsten Exemplare haben!

Christel nahm den Strauß und legte ihn achtlos weg. »Danke, aber ich weiß gar nicht, ob ich überhaupt kommen kann. Mutter weint seit Tagen, und sie weigert sich, das Bett zu verlassen. Solche Anwandlungen hat sie immer, wenn sie ein Kind bekommen hat.«

»Ach, und deshalb kannst du nicht fort? Bist du etwa eine Krankenschwester oder was?«, fuhr Anton auf.

»Psst! Leise!«, zischte Christel.

Wie immer, wenn er sie zu Hause aufsuchte, hatte er ein kleines Steinchen an eins der Fenster geworfen. Einen Moment später war Christel gehetzt herausgekommen. Hinter dem Haus, verborgen vom Ziegenstall, standen sie nun eng beieinander.

»Soll sich doch dein Vater um deine Mutter kümmern, er hat ihr das Kind schließlich auch gemacht«, flüsterte Anton.

Christel kicherte. Immerhin, dachte Anton.

»Glaubst du etwa, Vater würde im Haushalt auch nur einen Finger krumm machen? Dafür haben sie doch mich, ihre Magd!« Aus jedem ihrer Worte triefte bittere Ironie. Anton tat schon allein das Zuhören weh.

Christel schaute sich furchtsam um. »Am besten gehst du gleich wieder. Vater will noch zu Gehringer, hat er vorhin gesagt. Wenn er uns zusammen sieht, ist die Hölle los. Er ist eh schon fuchsteufelswild wegen der Fotografie.«

»Welche Fotografie?«

Sie schaute sich abermals um, dann zog sie eine Fotografie aus ihrer Schürzentasche. »Ich war doch mit Justus bei der Fotografin. Nachdem sie das Foto der Abschlussklasse fertig hatte, wollte sie noch was Ausgefallenes mit uns machen. Erkennst du, was ich bin?«

Anton hatte Mühe, ein schallendes Lachen zu unterdrücken. »So eine Fotografie gibt's sicher nur einmal im ganzen Kaiserreich«, sagte er grinsend. Das sah Mimi Reventlow ähnlich! »Klar erkenne ich, dass du eine Schauspielerin bist. Wahrscheinlich bist du schöner als jede echte Leinwandheldin.«

Christel merkte auf. »Meinst du?« Verliebt strich sie über die Fotografie. Dann schaute sie Anton an. »Ich würde zu gern mal in ein Lichtspielhaus gehen und mir einen dieser Filme ansehen, von denen die Fotografin so geschwärmt hat.«

»Kein Problem!« Beschwingt ergriff Anton ihre Hände. »Ich fahre nächste Woche mit Alexander nach Stuttgart zu dieser Aufnahmeprüfung, komm doch einfach mit! Das Geld für die Zugfahrt spendiere natürlich ich.« Woher nehmen, wenn nicht stehlen, dachte er im selben Moment bang. Er würde wohl ein wenig Geld aus der Wirtshauskasse abzweigen müssen …

Christel schaute ihn misstrauisch an. »Du fährst mit Alexander nach Stuttgart? Ich dachte, er fängt jetzt beim Gehringer an.«

»Noch steht gar nichts fest«, wehrte er ab. »Also, was ist nun – wollen wir uns einen schönen Tag machen?«

»Das erlaubt Vater nie!«, spie Christel aus.

»Was erlaube ich nicht?«, ertönte prompt Paul Merkles herrische Stimme. »Und wer fährt hier mit wem nach Stuttgart?«

»Der Anton und der Alexander«, plapperte Christel heraus. »Und ich soll mitkommen. Bitte, Vater, ich würde so gern mal die Stadt sehen, wo der König lebt!«, flehte sie drängend.

»Der König, sonst fällt dir nichts ein? Geh ins Haus und kümmere dich um Dinge, die dich was angehen«, sagte Paul Merkle gefährlich leise.

Ohne ihm, Anton, einen weiteren Blick zu schenken, rannte Christel mit gesenktem Haupt davon.

»Und nun zu dir – wie oft habe ich dir schon gesagt, dass du dich zum Teufel scheren sollst?«, sagte Merkle, kaum dass sie allein waren.

»Etwas anderes als diese alte Leier fällt Ihnen wohl nicht ein, was? Falls Sie es noch nicht mitbekommen haben – Ihre Tochter ist volljährig! Sie haben kein Recht, ihr irgendetwas vorzuschreiben. Und ob es Ihnen passt oder nicht – ich mache Christel den Hof, und irgendwann werden wir auch heiraten«, erwiderte Anton mit geballten Fäusten.

»Du und meine Christel heiraten!« Paul Merkle schnaubte, als hätte Anton etwas völlig Aberwitziges von sich gegeben. »Glaubst du etwa im Ernst, ich würde meine schöne Tochter einem Taugenichts wie dir anvertrauen? Wenn ich dich noch einmal hier sehe … Hau ab!«

Bebend vor Wut und Enttäuschung stapfte Anton davon. Er würde es den Merkles dieser Welt schon noch zeigen, dachte er, den Tränen nahe. Es würde der Tag kommen, da ihn keiner mehr vom Hof jagte!

*

Hätte man Herrmann Gehringer gefragt, welcher Wochentag ihm der liebste Arbeitstag war, dann hätte er leise, damit der Herr Pfarrer es nicht hörte, geantwortet: der Sonntag! Denn an diesem Tag standen die Webstühle still. Und still war es dann auch auf dem ganzen Fabrikgelände.

Herrmann Gehringer öffnete beide Fenster seines Büros sperrangelweit, um die Sommerwärme hereinzulassen. Dann atmete er tief ein, denn heute war auch die Luft klar. Keine Staubflusen kitzelten in der Nase, keine stinkenden Abgase der Dampfmaschinen brachten ihn zum Husten.

Zufrieden mit sich und der Welt setzte sich Gehringer an seinen Schreibtisch und begann, Schriftliches, das im Wochentrubel liegen geblieben war, zu erledigen. Andere mochten am Sonntagnachmittag Kaffee und Kuchen genießen – er genoss seine Arbeit!

Falls es ihm, Gehringer, recht wäre, könne nächste Woche der gläserne Pavillon auf seinem Gelände aufgebaut werden, las er auf einer Postkarte des Architekten aus Ulm. Und ob ihm das recht war! In den kommenden Wochen hatten sich einige wichtige Kunden angesagt, die sich die neue Winterkollektion anschauen wollten. Nun würde er die Herren Einkäufer schon im »gläsernen Palast« begrüßen können! Das Einzige, was ihm zum Glück noch fehlte, war ein Modell. Er musste dringend nochmal mit Merkle sprechen. Es war ein Unding, dass sein Assistent sich wegen seiner Tochter so zierte! Die schöne Christel sollte sich schließlich nicht ausziehen vor der Kundschaft, sondern anziehen.

Gehringer war gerade dabei, dem Architekten den Termin mit zwei Sätzen zu bestätigen, als er hörte, wie jemand den Schlüssel der Eingangstür umdrehte. Im nächsten Moment stand sein Assistent im Türrahmen. Einen Moment lang war Herrmann Gehringer verunsichert – hatte er ihn für heute einbestellt?

»Ich will nicht lange stören, außerdem gehe ich mit meiner Familie nachher aufs Heumondfest«, sagte Paul Merkle anstelle einer Begrüßung. »Aber das hier müssen Sie sich unbedingt ansehen!« Er knallte eine großformatige Fotografie vor Gehringer auf den Schreibtisch. »Ein ganz normales Erinnerungsfoto an den Abschluss der Schulzeit sollte sie machen! Und was tut die Frau? Sie macht unsere ganze Jugend verrückt! Schauen Sie sich mal meine Christel an, eine Schauspielerin will sie sein!«

Herrmann Gehringer studierte die Fotografie, dann lachte er laut auf. »Diese Mimi Reventlow ist wirklich eine Nummer für sich.«

»Mehr fällt Ihnen dazu nicht ein?« Gekränkt nahm Merkle die Fotografie wieder an sich. »Ich sage Ihnen, diese Frau wird uns noch mehr Unannehmlichkeiten bereiten. Hatten Sie nicht vor, etwas gegen sie zu unternehmen?«

Gehringer hob die Brauen. Seit wann musste er gegenüber seinem Assistenten Rechenschaft ablegen? Dennoch antwortete er: »Allem Anschein nach ist es gar nicht so einfach, der Fotografin das Handwerk zu legen. Das Sonntagsverbot scheint sie nicht großartig einzuschränken, irgendwie schafft sie es, die Leute auch unter der Woche zu sich ins Atelier zu locken …« Er zuckte mit den Schultern. »Vielleicht ist es das Beste, sie einfach zu ignorieren? Was stört es die deutsche Eiche, wenn ein Hund an sie pinkelt?«, sagte er lässig, spürte aber, wie die Wut in ihm brodelte. Dieses dahergelaufene Weibsstück wagte es tatsächlich, den Leuten weiterhin Flöhe ins Ohr zu setzen …

»Sie haben gut reden«, raunzte Paul Merkle. »Sie haben schließlich keine Tochter, die nur noch bockig reagiert, weil Mimi Reventlow ihr Flöhe ins Ohr setzt.«

Was war denn das für ein Ton?, dachte Gehringer. »Was deine Christel angeht, sag ich dir mal was!«, fuhr er auf. »Daran, dass deine Tochter bockig ist, wie du es nennst, bist du selbst schuld! Du musst einfach die Zügel ein wenig lockerer lassen. Ein junges schönes Mädchen will nicht nur die Magd sein, es braucht auch ein wenig Freude im Leben.« Er zeigte auf die Postkarte des Ulmer Architekten. »Erlaube deiner Christel, dass sie hier bei uns in der Weberei als Modell anfängt, und ich sage dir, du hast wieder Ruhe im Haus. Wer kleine Freiheiten genießt, lechzt nicht nach der großen!«

»Vielleicht haben Sie recht. Ich denke darüber nach«, knurrte Paul Merkle. »Aber was, wenn es mir eines Tages so ergeht wie Josef Braun mit seinem Sohn Fritz?«

»Wieso? Was ist denn bei denen los?« Gehringer runzelte die Stirn. So langsam raubte ihm Merkle wirklich die Zeit.

»Den Fritz können Sie abschreiben – das ist los! Der Junge hat beim Wagner Meindl einen Lehrvertrag unterschrieben, und das anscheinend mit der Erlaubnis seiner Eltern.«

»Wie bitte?« Gehringer glaubte nicht richtig zu hören. »Den Fritz hatten wir doch fest in unsere Mannschaft eingeplant!«

»Und noch etwas habe ich erfahren – Alexander Schubert fährt nächste Woche nun doch nach Stuttgart. Ich würde sagen: Musterzeichner adieu! Und das haben Sie alles Mimi Reventlow zu verdanken.« Fast gehässig schaute Paul Merkle ihn an.

Doch Gehringer lachte auf. »Alexander auf die Kunstschule? Das kann sich die Familie gar nicht leisten. Ich sage dir, das sind alles Hirngespinste«, antwortete er nicht ganz so überzeugt, wie er sich anhörte.

»Da wäre ich mir nicht so sicher«, sagte Paul Merkle. »Diese Mimi Reventlow ist einfallsreich …«

Einen Moment lang schaute Herrmann Gehringer an Merkle vorbei aus dem Fenster. Wäre Mimi Reventlow nicht gewesen, besäße er längst ein repräsentatives Ladengeschäft am Marktplatz. Alexander Schubert würde mit Freude als Musterzeichner bei ihm beginnen, und Fritz Braun wäre wahrscheinlich nie auf die Idee gekommen, etwas anderes zu werden als Weber! Wenn er noch weiter darüber nachdachte, dann reichte eine Hand längst nicht mehr aus, um die Fälle, in denen die Fotografin ihm ins Handwerk pfuschte, aufzuzählen. Es war also tatsächlich höchste Zeit, dass ihr jemand einen Riegel vorschob. Aber solange die Fotografin ihren alten Onkel pflegte, würde sie Laichingen garantiert nicht verlassen. Das hieß, ihm musste eine Möglichkeit einfallen, sie… irgendwie aus dem Verkehr zu ziehen. Wenn sie ihm nicht mehr in die Quere kam und keine Möglichkeit mehr hatte, die Leute gegen ihn aufzubringen, dann konnte sie von ihm aus im Ort bleiben, solange sie wollte!

Gehringer lachte auf, amüsiert von seinen Gedankengängen. »Wenn du deinen Feind nicht besiegen kannst, dann umarme ihn«, murmelte er grinsend vor sich hin.

»Bitte?« Merkle schaute ihn stirnrunzelnd an. »Verzeihung, aber ich verstehe nicht…«

Gehringer winkte ab. »Um Mimi Reventlow kümmere ich mich persönlich. Kümmere du dich lieber um Alexander Schubert – es ist höchste Zeit, dass ihm jemand die Stuttgarter Flausen austreibt! Ich brauche den Jungen für meine Fabrik.«

20. Kapitel

Verdrießlich stocherte Eveline mit dem Eisenhaken in der Lade ihres Herds herum. Sie hätte sich gern eine Tasse Tee gekocht, doch das Feuer war erloschen – kein bisschen Glut war mehr zu sehen. Es war ausgebrannt. Wie sie. Und sie hatte keine Lust, ein neues Feuer anzumachen. So wie sie auf gar nichts Lust hatte. Was für ein schrecklicher Tag! Was für ein schreckliches Jahr. Was für ein Leben …

Frustriert setzte sie sich wieder an den Tisch, wo auch Alexander mit seinem Zeichenblock saß, und nahm ihre Stickarbeit auf.

Normalerweise hätte sie sich jetzt die Haare gewaschen, sich eine schöne Frisur gezaubert und das beste Kleid herausgeholt. Vielleicht hätte sie sich das blaue Seidenband, das sie einst aus Chemnitz mitgebracht hatte und seitdem hütete wie einen Schatz, um ihre schmale Taille gebunden. Es gefiel ihr, wenn die Enden beim Tanzen im Wind flatterten.

Normalerweise hätte sie heute Vormittag schon Eierpfannkuchen gebacken, sie dünn mit Marmelade beschmiert, eingerollt und für das Fest am Abend in eine Schüssel gelegt. Schmalzbrote, falls jemand etwas Deftiges mochte, würden auch schon gestrichen sein – aufs Heumondfest nahm jeder reichlich Essen mit, und wenn es auch bedeutete, dass man sich in der Woche davor einschränken musste.

Normalerweise würde ihr Herz schon seit Stunden klopfen voller Vorfreude auf die vielen kleinen Lagerfeuer, die Musik. Und dann der Tanz mit Johann...

Stattdessen saß sie hier in ihrem schwärzesten Kittel und stickte sich die Finger wund, während andere sich auf das schönste Fest des Jahres freuten.

Was hatte sie bloß getan, um so vom Leben gestraft zu werden?, fragte sie sich bitter, und weggeflogen war ihr erst kürzlich neu gewonnener Optimismus.

Wenigstens waren die Mädchen versorgt, dachte sie, als aus dem Hühnerstall Kinderlachen ertönte. Ein paar Küken waren zur Welt gekommen, und selig streichelten Erika und Marianne stundenlang die flaumigen Tiere.

Ein lautes Poltern gegen die Tür riss Eveline aus ihren Gedanken. »Erwartest du noch Besuch?«, sagte sie zu Alexander. Anton konnte sie heute gerade gebrauchen!

Doch Alexander schüttelte den Kopf.

Unwillig ging Eveline zur Tür.

»Arbeit am Abend – erquickend und labend!« Mit diesen Worten hievte Paul Merkle einen Korb Wäsche ins Haus. »Ich war gerade in der Nähe, da dachte ich mir, ich bringe dir gleich neue Arbeit mit. Dreißig Paradekissen, oben rechts soll die Rose mit den sieben Blütenblättern hin.«

»Ich bin doch noch nicht mal mit dem letzten Korb fertig, die Stickereien auf den Nachthemden sind so aufwendig«, protestierte Eve. Sollte sie zaubern? Was fiel dem Mann ein, hier am Sonntag aufzutauchen? Normalerweise kam er immer montags.

»Und ich dachte, du freust dich! Oder braucht ihr das Geld nicht mehr?«, erwiderte Paul Merkle gespielt erstaunt. Er wandte sich an Alexander. »Wo ich schon mal da bin, könnte ich gleich deinen Lehrvertrag mitnehmen. Herr Gehringer benötigt ihn für die Buchhaltung.« Er machte eine fordernde Handbewegung in Richtung Tisch.

Eveline spürte die in ihrem Sohn aufkommende Panik, als wäre sie ihr eigenes Gefühl.

»Wir sind in Trauer! Da hat man andere Dinge im Kopf als irgendwelche Verträge«, entgegnete sie heftig.

»Gerade in eurer schwierigen Situation ist es wichtig, dass Alexander den Vertrag unterschreibt. Oder hat euch Klaus ein so reiches Erbe hinterlassen, dass ihr davon leben könnt?« Er schaute sich betont langsam in der ärmlichen Stube um. »Ich komme nächste Woche wieder. Wenn du meinen Rat hören willst, Junge – spann Herrn Gehringers Geduld nicht zu lange auf die Folter, sonst musst du dir am Ende noch sonst wo eine Arbeit suchen. Was sicher nicht ganz einfach wird…« Er schaute demonstrativ auf Alexanders Bein, das dieser auf einem Stuhl hochgelegt hatte.

Nachdem Merkle gegangen war, herrschte für einen langen Moment Schweigen zwischen Mutter und Sohn.

Eveline hatte Mühe, heiße Tränen der Wut vor Alexander zu verbergen. Hasserfüllt stach sie mit ihrer Nadel durch das feste Leinengewebe und wünschte sich dabei, es wäre Paul Merkle.

»Wo kommst du eigentlich her? Wer bist du wirklich?«

Überrascht schaute sie auf. Ihre Kinder wussten, dass sie nicht über ihr früheres Leben sprach. »Warum fragst du? Und warum jetzt?«, sagte sie mit blecherner Stimme.

»Herrmann Gehringer und dieser Kerl gerade eben … Du bist tausendmal besser und stärker als sie, und das wissen die beiden auch! Sie haben kein Recht, dich so zu behandeln!« Alexanders Stimme überschlug sich fast vor jugendlicher Entrüstung.

Einen Augenblick lang schaute Eveline ihren Sohn nur an. »Vielleicht hast du recht. Vielleicht ist es wirklich an der Zeit, dass du erfährst, woher ich komme, wer ich bin. Denn schließlich erfährst du damit auch ein wenig mehr über dich selbst.« Sie legte ihre Stickerei beiseite. Den Blick aus dem Fenster gerichtet, hob sie an: »Ich bin wirklich anders aufgewachsen als die Leute hier im Ort. Zumindest kenne ich keinen Laichinger, der seinen Schwarzen Brei mit dem goldenen Löffel gefüttert bekam.« Sie lachte ironisch. Erst stockend, mit sorgfältig gewählten Worten, dann immer flüssiger erzählte sie ihrem Sohn von ihrem reichen Elternhaus und von ihrer unbeschwerten Jugend, die in dem Moment geendet hatte, als sie seinen Vater kennengelernt hatte.

Alexander hörte gebannt zu. »Aber wenn du einst so ein schönes Leben hattest, dann frage ich mich erst recht, wie du all das hier aushältst.« Er machte eine ausholende Handbewegung, mit der er das ganze Haus umfasste.

Eveline, die seiner Geste mit den Augen folgte, hatte plötzlich das Gefühl, alles wie durch ein Vergrößerungsglas zu sehen: die kratzigen, verwaschenen Handtücher.

Das winzige Stück Seife auf dem steinernen Waschbecken. Der brüchige Fensterkitt, durch den Spinnen und anderes Getier ins Haus kamen. Die ganze Armut, das ganze Elend.

»Warum bist du nicht einfach weggegangen? Du hättest dieses Gefängnis hier doch längst verlassen können!«, setzte Alexander verständnislos hinzu.

»Gefängnis? Das mag für dich so aussehen, aber ganz gleich, wie sehr Merkle und Gehringer uns auch piesacken – meine innere Freiheit habe ich mir bis zum heutigen Tag bewahrt«, erwiderte Eveline heftig. »Und mein Reichtum – das ward ihr! All die Jahre«, ergänzte sie mit weicherer Stimme.

Alexander biss sich schuldbewusst auf die Unterlippe.

Ganz unrecht hatte er ja nicht mit seiner Frage, dachte Eveline. Oft genug hatte sie dieses Haus selbst als Gefängnis empfunden.

»Davon abgesehen – welche Möglichkeiten hatte ich denn? Wohin hätte ich gehen sollen? Für meine Eltern bin ich gestorben. Außerdem bin ich viel zu stolz, um sie um Hilfe zu bitten«, sagte sie eher zu sich als zu ihrem Sohn. »Und hätte ich allein gehen sollen oder mit euch Kindern im Schlepptau? Wovon hätten wir leben sollen? Nie und nimmer hätte ich euch in eine ungewisse Zukunft gestürzt, bei der wir womöglich alle auf der Straße gelandet wären! Und dann war da noch euer Vater. Er war nicht immer so… schwierig wie in den letzten Jahren. Ich habe ihn geliebt, einst. Hätte ich ihn allein zurücklassen sollen?«

Alexander schwieg.

Eveline war dankbar dafür. Leichtfertige Anschuldigungen, im jugendlichen Eifer vorgetragen, hätte sie nur schwer ertragen. Sie holte tief Luft und fuhr fort: »Im Laufe der Zeit habe ich eins gelernt: Es ist nicht wichtig, wo man herkommt. Es ist wichtig, dass man aus seinem Leben hier und jetzt das Beste macht! Und das versuche ich, Tag für Tag. Für uns alle.«

Alexander nahm ihre Hand. »Danke, dass du mir das alles erzählt hast. Was diese innere Freiheit angeht – ich werde versuchen, es dir gleichzutun. Und nicht nur das, ich werde immer versuchen, aus allem das Beste zu machen!«, sagte er mit so viel Ernst in der Stimme, dass Eveline das Gefühl hatte, ihr Herz würde im nächsten Moment überlaufen vor Liebe zu ihrem wunderbaren, tapferen Sohn.

»Das kannst du gleich nächste Woche beweisen«, sagte sie lächelnd. Unter Alexanders konsterniertem Blick begann sie mit der kleinen Schere, die sie für ihre Stickarbeiten benötigte, ihren Rocksaum aufzutrennen. Vorsichtig, um den Stoff nicht mehr als nötig zu zerstören, nestelte sie die Geldmünzen heraus, die sie vor Jahren darin eingenäht hatte. Ihr absolut letzter Notgroschen.

»Da, für dich! Für die Fahrt nach Stuttgart.«

Ihr Sohn schaute sie ungläubig an. »Du meinst … ich soll wirklich …?«

Eve nickte. »Ich habe es mir gut überlegt. Die Gehringers und Merkles dieser Welt sollen uns den Buckel runterrutschen. Du nimmst an dieser Prüfung teil, und wenn es das Letzte ist, was ich für dich tun kann.«

Nachdem Eveline bald darauf die Mädchen ins Bett gebracht hatte, war aus ihrer Kammer ein leises Weinen zu hören. Marianne hatte seit dem Tod ihres Vaters immer wieder Albträume. Noch bevor Eveline die Stickerei von ihrem Schoß nehmen konnte, humpelte Alexander eilfertig die Treppe hinauf, um seine Schwester zu trösten.

Sinnend schaute Eveline ihrem Sohn nach. Nun war sie völlig mittellos. Hoffentlich würde sie ihre große Geste nicht schon bald bereuen, dachte sie, während durch das geöffnete Fenster der Duft der ersten entzündeten Lagerfeuer zu ihr herüberdrang.

Als es erneut an der Tür klopfte, schrak sie regelrecht zusammen. Wenn es nochmals Merkle war, dann…

Sie riss die Tür auf.

»Johann?« Ihr Kopf fühlte sich auf einmal an wie ein Wasserglas, in dem jemand hektisch mit einem Löffel rührte. Hilfesuchend hielt sie sich am Türrahmen fest. Er war hier. Ausgerechnet in diesem Moment, wo sie der Verzweiflung so nahe war… Das war Bestimmung, dachte sie, genau wie seine Heimkehr nach Laichingen.

»Mutter hat Kuchen gebacken. Da ihr dieses Jahr nicht aufs Heumondfest könnt, sollt ihr es euch zu Hause nett machen.« Lächelnd überreichte er ihr einen mit Wachspapier abgedeckten Teller.

»Danke. Komm doch rein«, sagte sie mit zitternder Stimme.

»Wie geht es dir?«, fragte er, als sie im Zimmer standen. »Kommst du einigermaßen zurecht? Kann ich dir mit irgendwas helfen? Ich wollte schon früher vorbeikommen, aber ich…« Er zuckte mit den Schultern. »Ich habe mich nicht getraut.«

»Wie bitte?« Eve war fassungslos. »Gerade jetzt…«

»Ja, gerade jetzt«, unterbrach er sie. »Du bist Klaus'

Witwe, dein Trauerjahr hat erst begonnen. Ich will deine Trauer respektieren, alles andere wäre pietätlos.«

Was redete er für Unsinn? Eveline stellte den Kuchenteller ab und warf sich in seine Arme. »Halt mich einfach nur fest«, flüsterte sie und atmete tief den Geruch von Lagerfeuer, Seife und Leder ein, der von ihm ausging.

Für einen langen Moment hielten sie sich umschlungen.

»Ich würde dir so gern mehr beistehen«, flüsterte er in ihr Haar.

Sie konnte seine Erregung spüren, und ein wohliger Schauer durchfuhr auch sie. O Gott, sie lebte noch! Eveline presste die Augen zusammen, um gegen die aufsteigenden Tränen der Erleichterung anzukämpfen.

»Willst du, dass ich bleibe? Das Fest ist mir egal.«

Ja!, schrie alles in ihr. Allein von der Vorstellung, den Abend mit Johann zu verbringen, wurde ihr schwindlig vor Glück. Doch Eveline riss sich zusammen. So wie immer, dachte sie bitter. Mit einem gezwungenen Lächeln löste sie sich aus seinen Armen.

»Das kommt gar nicht in Frage! Es gibt so wenig zu feiern hier im Ort, das Fest wird sicher sehr schön. Und außerdem, wenn jemand mitbekäme, dass du den Abend hier verbringst… Die Leute würden sich das Maul zerreißen!« Unmerklich hielt sie den Atem an. Wenn er jetzt sagte, dass ihm das Gerede der Leute egal sei, dann konnte auch ihr das Trauerjahr gestohlen bleiben! Sie hatte genug Tränen geweint, sie war mehr als bereit für ein neues Leben!

Doch Johann nickte. »Wahrscheinlich ist es wirklich besser so. Mutter wartet bestimmt schon darauf, dass ich unser Lagerfeuer entzünde«, sagte er und schien fast ein wenig erleichtert. »Außerdem habe ich die Fotografin zum Fest eingeladen, fast hätte ich vergessen, sie abzuholen.« Er lachte peinlich berührt.

Eveline zuckte zusammen, als habe sie einen Stromschlag abbekommen. »Mimi Reventlow?«, fragte sie schrill.

Er zuckte mit den Schultern. »Die Idee kam mir ganz spontan, als ich mit Mutter bei Frau Reventlow im Atelier war. Sie ist ja ebenfalls allein ...«

Ach, und da fand der Herr, dass er sich der Dame annehmen müsse, dachte Eve wütend.

»Jetzt schau mich nicht so an! Ich kann doch an der augenblicklichen Situation auch nichts ändern. Nächstes Jahr tanzen wir zwei ums Lagerfeuer, versprochen!« Er streichelte zart ihre Wange, im nächsten Moment war er weg.

Langsam senkte sich die Nacht. Ein rosenholzfarben leuchtender Vollmond schaute durchs Fenster, als Eveline einen Blick in die Zimmer der Kinder warf. Alle schliefen, auch Alexander. Sie selbst war viel zu aufgewühlt, um sich ins Bett zu legen. Leise Geigenklänge drangen durch das Fenster. Bestimmt spielte wieder die Zigeunerkapelle auf, die jedes Jahr zum Heumondfest kam. Die Streichinstrumente klangen wehmütig und verlockend zugleich, wie der Gesang von Sirenen.

Was, wenn sie kurz auf dem Fest vorbeischaute? Vermummt mit einem dunklen Kopftuch, damit niemand sie erkannte? Ein bisschen frische Luft, ein kurzer Spaziergang würden ihr guttun. Wenn sie schon in ihrem Trauerjahr als Witwe zurückgezogen leben musste, so konnte sie wenigstens als Zaungast ein wenig an der Freude der andern teilhaben. Und vielleicht erhaschte sie sogar einen Blick auf das Lagerfeuer von Johann?

21. Kapitel

Als die letzten Sonnenstrahlen verglommen waren, wurden überall auf der Wiese kleine Lagerfeuer entzündet. Der Duft von frisch gemachtem Heu erfüllte die Luft wie ein schweres Parfüm. In ihn mischten sich viele weitere Gerüche. Unauffällig an Johann gelehnt atmete Mimi die bunte Mischung ein. Da war der Duft von frisch gebackenem Stockbrot. Der Geruch von gegrillten Heringen und der leicht modrigen Säure von Most. Vor allem aber roch es nach den Kartoffeln, die überall ins Feuer geworfen und gegart wurden. Man würde sie später, wenn sie gar waren, mit Quark und Kräutern oder einem Stipp Butter essen, erklärte Johanns Mutter Edelgard.

Um jedes kleine Feuer hatten sich befreundete Familien gruppiert, Nachbarn oder Menschen, die sich auf andere Art miteinander verbunden fühlten. Essen wurde geteilt, Most, Wein und Bier an alle ausgeschenkt – das friedliche Beieinander war geprägt von einer wohligen Wärme.

Mimi winkte ihrer Nachbarin Luise zu, die ein paar Meter weiter zusammen mit ihrem Mann Georg und Schwiegersohn Paul ein Feuer hütete, während die ungestümen Merkle-Buben sich sonst wo herumtrieben. Sonja war mit dem Neugeborenen zu Hause geblieben, hatte Mimi bei einem kurzen Gespräch mit Luise erfahren.

Anton, Christel, Vincent und etliche andere junge Leute hatten am Rand der Wiese ihr eigenes Lagerfeuer entzündet. Mit leuchtenden Augen saßen die jungen Leute zusammen und fühlten sich sehr erwachsen. Sie erzählten, lachten, und so manch verliebter Blick wanderte über die Glut.

Dass Johann sie, Mimi, an sein Feuer gebeten hatte, schien seine Mutter völlig normal zu finden. »An diesem Abend soll keiner allein sein, rund um unser Feuer ist genug Platz für alle. Schade, dass Ihr Onkel nicht mitmachen kann«, sagte Edelgard, dann machte sie Mimi mit den anderen Gästen rund ums Feuer bekannt: eine alte, verwitwete Nachbarin, der Hufschmied von Laichingen und ein alleinstehender Arbeitskollege von Johann. Mimi schüttelte jedem die Hand.

»Und – gefällt dir unser Fest?«, fragte Johann, während seine Mutter Mimi zum wiederholten Male eine Platte mit Schmalzgebackenem hinhielt.

Mimi nahm dankend ein Stück Gebäck. Ihre Augen wanderten derweil über die Wiese. »Ich dachte eigentlich, es würde ein großes Lagerfeuer entzündet. Aber die vielen kleinen Feuer sind noch viel schöner.«

Edelgard Merkle lachte. »Aber fragen Sie mich bloß nicht, woher diese Tradition kommt! Seit ich mich erinnern kann, wird bei uns die gelungene Heuernte auf diese Art gefeiert.«

»Das rührt wahrscheinlich daher, dass jeder Mann beweisen möchte, dass sein Feuer am schönsten und längsten brennt«, sagte Johann lachend.

Mimi stimmte in sein Lachen ein. Das seltsame Streitgespräch mit ihm vom Vormittag hatte sie längst vergessen. Dafür hatte sie sein Vergissmeinnicht-Sträußchen kunstvoll in eine Hochsteckfrisur eingebunden. Sie fühlte sich schön, unbeschwert und fröhlich wie schon lange nicht mehr. Und so verliebt... Unauffällig rückte sie noch näher an Johann heran, dessen rechte Hand wie zufällig auf ihrem rechten Schenkel lag. Ein leiser Schauer durchfuhr Mimi.

»Oh, schaut nur, die Musiker sind angekommen!« Edelgard Merkle zeigte auf einen Karren mit zwei aufgeregt wiehernden Pferden, der am Rand der Wiese anhielt. Eine Gruppe Männer sprang von der Ladefläche. Sie hatten tiefschwarze Haare, funkelnde Augen und eine leicht gebräunte Haut. Ihre roten Samtwesten glühten mit den Lagerfeuern um die Wette, und sie luden lautstark diverse Musikinstrumente aus – Mimi erkannte eine Geige, einen Kontrabass, eine Bratsche und eine Klarinette.

»Die Musiker sind im ganzen Kaiserreich unterwegs, um mit ihrer Musik Geld zu verdienen«, sagte Johann neben ihr. »Nach Laichingen kommen sie jedes Jahr zum Heumondfest. Ihr Anführer heißt Zoltan, er sagt, dass sie ihre Csárdás-Klänge sogar schon am ungarischen Hof vorspielen durften.« Noch während er sprach, ließ er Mimi zu ihrer Enttäuschung los, sprang auf und schnappte sich zwei Flaschen Most. »Ich geh die Männer mal kurz begrüßen!«

»Dann schaue ich nach Onkel Josef«, beschloss Mimi und machte sich auf den Weg in Richtung Dorf.

»Beeil dich!«, rief Johann ihr hinterher. »Der erste Tanz des Festes gehört Dir und mir!«

Onkel Josef war noch wach. Er saß mit einer seiner fotografischen Fachzeitschriften auf dem Sofa, Fritz' Gehgestell neben sich. Inzwischen konnte er sich damit im Haus bewegen, was auch bedeutete, dass er wieder selbstständig zur Toilette ging – ein Segen sowohl für Josef als auch für Mimi.

»Und – feiert ihr schön?«, fragte er mit brüchiger Stimme.

Mimi nickte. »Der Einzige, der fehlt, bist du!« Sie trat an die Anrichte und holte eine Flasche Zwetschgenwasser und zwei kleine Gläser hervor. »Lass uns wenigstens einmal zusammen anstoßen, in Ordnung?«

Ein müdes Lächeln huschte über Josefs Gesicht.

Der Obstbrand rann warm und wohlig ihre Kehle hinab, dennoch hinterließ er bei Mimi ein schales Gefühl. Josefs Augen waren so matt, fast durchsichtig! Seine einstmals so kraftvolle Ausstrahlung war aufgezehrt worden vom ewigen Husten. Allein zu sehen, wie sein magerer Leib in einem Hustenanfall geschüttelt wurde, wie sich sein Taschentuch rot färbte, brach Mimi das Herz. Luise brachte alle paar Wochen eine neue Kräutertinktur an, die sie von einer befreundeten Kräuterfrau mischen ließ, doch keine half, Josefs Husten einzudämmen.

Als könne er ihre Gedanken lesen, legte er eine Hand auf ihren Arm. »Geh, Kind, geh zurück zum Fest. Hier kannst du nichts tun.«

Mimi, den Tränen nahe, schlang sich ihren Schal um die Schultern. Sollte sie nicht besser bei ihm bleiben? Einen Moment zögerte sie noch, doch dann überwog die Sehnsucht nach Johann. Sie würde ihrem Onkel morgen früh das beste Frühstück zubereiten!

Als sie kurze Zeit später zum Festplatz zurückkam, traute sie ihren Augen kaum. Die meisten Lagerfeuer waren verwaist, lediglich ein Wächter pro Feuerstelle war abgestellt worden. Dafür war auf der improvisierten Tanzfläche in der Mitte der abgemähten Wiese umso mehr los! Mimi sah Luise und ihren Mann an sich vorbeitanzen, Antons Eltern, das Ehepaar Meindl … Alt und Jung, Erwachsene und Kinder – alle drehten sich im fahlen Licht des Vollmondes zu den wilden Czárdás-Klängen.

Mimi spürte, wie sich in ihrem Hals ein Kloß bildete. So viel Leben, so viel pulsierende Energie! Wenn sie nur Josef ein wenig davon abgeben könnte …

Im nächsten Moment spürte sie ein Paar Arme um sich.

»Da bist du ja endlich, los, komm!«

»Aber ich kenne eure Tänze doch gar nicht«, protestierte sie, als Johann sie zur Tanzfläche zog.

Er lachte nur. Sein rechter Arm lag um ihren Rücken, während er mit seiner linken Hand ihre rechte fest umschloss. Zunächst zögerlich, dann immer sicherer gab Mimi sich der Musik hin. Der Klang der Geigen, Johanns starke Arme, der Rauch der Lagerfeuer, der in den Augen brannte – alles zusammen riss Mimi aus ihrer düsteren Stimmung. Das Leben war zum Leben da, hier und jetzt. Ihre Füße flogen über den kurz geschorenen Wiesenboden, als wäre er das glatteste Edelholzparkett.

Wiener Walzer, ungarische Volkslieder, spanisch klingende Tanzmusik – das Repertoire der Musiker schien unerschöpflich und ihre Musik erregend. Mimi konnte sich nicht daran erinnern, jemals in ihrem Leben so viel getanzt zu haben! Ihre Füße brannten, Schweiß lief ihr den Nacken hinab – es war ihr gleichgültig. Sie konnte sich auch nicht daran erinnern, wann sie sich je so weiblich gefühlt hatte. Ihr Busen wogte bei jedem Schritt, ihre Schenkel waren warm und weich, ihre Hüften geschmeidig. Und Johann so nah …

»Ich brauche eine Pause«, sagte sie dennoch atemlos, als die Kapelle ein ruhigeres Stück anstimmte.

Lachend wischte sich Johann die verschwitzten Locken aus der Stirn. »Einverstanden!« Ihre rechte Hand nicht loslassend, zog er sie von der Tanzfläche. »Warte hier«, sagte er am Rande der Wiese, dann sprang er in Richtung ihres Lagerfeuers davon. Als er zurückkam, hatte er eine der Flaschen Wein dabei, die Mimi zum Fest beigesteuert hatte. Unter den linken Arm geklemmt, trug er eine zusammengerollte Decke. »Den ganzen Abend sind wir noch nicht dazu gekommen, uns zu unterhalten. Lass uns ein Stück gehen, irgendwohin, wo es ruhiger ist.«

Weder Johann noch Mimi bemerkten, wie ihnen so manches Augenpaar neugierig folgte. Und sie sahen auch nicht die mit einem Kopftuch vermummte Frau, die ihnen mit hasserfüllten Augen nachschaute.

Als Mimi aufwachte, wusste sie einen Moment lang nicht, wo sie war. Schon lange hatte sich ihre Hochsteckfrisur aufgelöst, eine Nadel pikte in ihren Kopf, der bei der kleinsten Bewegung schmerzte. Ihre wallenden Haare umhüllten ihre Schultern und ihren Busen wie ein Schleier. Ihre ganze Kleidung roch so verraucht, dass sie unwillkürlich die Nase krauszog. Um sie herum war alles still, noch nicht einmal Vogelgezwitscher war zu hören. Keine Rufe aus dem Nachbarshaus, keine Milchkannen, die geräuschvoll vor der Haustür abgestellt wurden, kein Husten von Josef, nichts rührte sich. Wo war sie?

Sie schlug die Augen auf und spürte unvermittelt, wie ein heißer Schwall Liebe sie durchflutete. Johann lag selig schlafend neben ihr.

Hand in Hand waren sie davongegangen. Johann kannte eine Höhle – eigentlich war es nur eine kleine Mulde am Rand einer Anhöhe –, dorthin hatte er sie im sanften Schimmer der Vollmondnacht geführt. Der Geruch der Lagerfeuer hatte sie begleitet, genau wie die Geigenklänge. Doch irgendwann war nur noch der süße Duft des Waldgeißblatts zu riechen gewesen, und in ihren Ohren erklang statt Musik das Zirpen der Feldgrillen, die wie sie die Nacht zum Tage machten.

Der Boden in der Mulde war warm, staubig und trocken. Johann hatte seine Decke darauf ausgebreitet. Wortlos hatte er die Flasche Wein geöffnet und sie Mimi gereicht. Einen Moment lang hatte Mimi gezögert – sie hatte noch nie aus einer Flasche getrunken. Doch dann nahm sie einen großen Schluck. Der rote Wein schmeckte süß und verführerisch. Und ja, sie war bereit gewesen, sich verführen zu lassen... Aber dazu war es nicht gekommen.

Auf einen Ellenbogen gestützt, schaute Mimi hinab ins Tal, während gerade die Sonne aufging. War es vier oder halb fünf? Was für ein Licht zum Fotografieren!, dachte Mimi, als etwas auf ihrer Wange kitzelte. Es war ein kleiner erdfarbener Käfer.

Das Pochen in ihrem Kopf wurde heftiger, es fiel ihr

schwer, sich an den gestrigen Abend zu erinnern. Sie hatten sich unterhalten, über Gott und die Welt und über Laichingen noch dazu. Die Weinflasche war zwischen ihnen hin- und hergewandert, der Alkohol hatte sie beide immer verwegenere Gedanken spinnen lassen. Von Revolution und davon, dass es eines Tages Gerechtigkeit für alle geben würde. Sie hatten sich einander so nah gefühlt! Wie Verbündete – wir zwei gegen den Rest der Welt! Doch irgendwann hatten sie sich im Kreis gedreht mit ihren Gedanken. Und als Mimi die Weinflasche erneut an die Lippen gesetzt hatte, war sie leer gewesen. Müde hatte sie sich an Johann gelehnt, hatte sich gewünscht, er würde sie küssen und in den Arm nehmen. Doch sein leises Schnarchen hatte ihren Wünschen den Garaus gemacht. Dann war sie selbst wohl auch eingeschlafen.

Ihr schöner Weber ... Zärtlichkeit durchströmte sie, am liebsten hätte sie sogleich alle versäumten Küsse der Nacht nachgeholt! Sie erschrak über ihre verwegenen Gedanken. Dass ihr solche Zärtlichkeiten so fehlten, war ihr gar nicht bewusst gewesen.

Eigentlich hatte sie sich nicht verlieben wollen. Frei zu sein, niemandem Rechenschaft ablegen zu müssen – das war ihr bisher wichtiger als alles andere gewesen. Aber wie heißt es so schön? Der Planer plant, und das Schicksal lacht dazu! War Hannes der Mann fürs Leben? Sie beide in Laichingen – das war mehr als Zufall. Und es gab wahrlich Schlechteres, als hier heimisch zu werden, vor allem jetzt, wo ...

Eine Bewegung neben ihr riss sie aus ihren Gedanken.

»Mimi ...« Er blinzelte. »Was ...?« Sein Blick wanderte

durch die Mulde, heftete sich auf die leere Weinflasche, die Erinnerung kehrte offenbar zurück. »O Gott, sag nicht, dass ich gestern Abend eingeschlafen bin!«

»Doch, genau das. Und ich bin es allem Anschein nach auch…« Lächelnd beugte sie sich zu ihm hinab. Ihre Lippen waren nur noch eine Handbreit von ihm entfernt, gleich, gleich würde er sie küssen – was der Abend nicht vermocht hatte, würde ihnen nun gewiss der Morgen schenken.

Doch Johann gab einen zischenden Schmerzenslaut von sich und setzte sich auf.

»Was ist?«, fragte sie erschrocken.

»Ich habe das Gefühl, gerade harpuniert worden zu sein.« Er tastete den Boden hinter sich ab und hielt einen spitzen Stein in die Höhe.

»Oje, komm, ich massiere dich ein bisschen.« Sie wollte ihre Arme um ihn schlingen, doch er rappelte sich mit verzerrtem Gesicht auf. »Danke für das Angebot, aber ich muss dringend gehen, heute ist ein ganz normaler Arbeitstag«, sagte er. »Am besten bleibst du noch eine Weile hier. Ich möchte mir nicht vorstellen, was sich die Leute zusammenreimen würden, wenn sie uns so zusammen sehen!«

»Dabei waren wir so brav«, sagte sie lachend. Viel zu brav, dachte sie bei sich.

Er küsste sie flüchtig zum Abschied, dann ging er mit großen Schritten davon.

Wahrscheinlich hatte er ja recht, dachte Mimi, als sie sich eine Viertelstunde später wie eine Diebin nach Hause schlich. Im Gehen versuchte sie, ihre wirren Haare zu einem Zopf zusammenzufassen. So derangiert, wie sie aussah, brauchte sie wirklich niemand zu Gesicht zu bekommen, erst recht nicht Arm in Arm mit Johann. Kein Mensch wäre auf die Idee gekommen, dass sie lediglich selig geschlafen hatten …

Onkel Josef schlief noch, stellte Mimi erleichtert fest. Nachdem sie sich gewaschen und ihre Haare frisiert hatte, ging sie in die Küche, um Feuer zu machen. Dann setzte sie sich mit der Kaffeemühle an den Tisch und begann eine großzügige Portion Bohnen zu mahlen. Heute würde sie ihnen beiden eine Kanne echten Bohnenkaffee gönnen! Und dessen nicht genug – sie würde rasch zu Helene laufen und Heringe besorgen. Am Tag nach dem Heumondfest machte Helene nämlich traditionell ein Fass auf, hatte sie von Luise erfahren. Ein fetter Fisch würde gegen den Kater helfen, den so mancher mit nach Hause brachte, hatte die Nachbarin schmunzelnd gesagt. Hoffentlich half der Hering auch gegen ihren Brummschädel, dachte Mimi. Und wenn nicht, dann würde sich wenigstens Onkel Josef über den Fisch freuen! Sie schnappte ihren Geldbeutel und verließ das Haus.

22. Kapitel

»Habt ihr gesehen, wie die Fotografin mit Johann Merkle geturtelt hat? Und getanzt haben die – so eng, da mochte man nicht hinsehen!« Die Weberfrau schüttelte den Kopf.

»Sie hat ihm völlig den Kopf verdreht, die Fremde! Und am Ende hat sie ihn auch noch vom Fest entführt. Ich möchte nicht wissen, was die zwei getrieben haben«, sagte eine andere Weberfrau entrüstet.

»Im Heu haben sie sich gewälzt, was denn sonst?«, kam es von einer dritten Kundin.

Eveline, die am Ende der Schlange in Helenes Laden stand, erstarrte. Am Abend zuvor hatte sie sich noch einreden wollen, dass Johanns und Mimis Tanz harmlos war. Dennoch war sie fast geplatzt vor Eifersucht.

»Was regt ihr euch so auf? Das Heumondfest ist zum Feiern da. Sowohl der Johann als auch die Fotografin sind erwachsene Menschen. Und mit wem jemand die Nacht verbringt, hat keinen etwas anzugehen«, sagte Helene, die hinter der Ladentheke Sauerkraut aus einem Fass schöpfte.

Es hatte keinen etwas anzugehen? O doch, das hatte es! Am liebsten wäre Eveline Helene über den Mund gefahren. Johann und sie waren füreinander bestimmt, sie waren es schon immer gewesen! Das wusste er und das wusste sie, die Leute hier hingegen wussten rein gar nichts!

»Was ihr euch schon wieder zusammenreimt! Ich muss euch enttäuschen – mein Johann hat in seinem Bett geschlafen«, sagte Edelgard Merkle, die in der Zwischenzeit den Laden betreten und die letzten Sätze mitgehört hatte. Herausfordernd schaute sie in die Runde. »Und dass er die Fotografin nach Hause begleitet hat, zeigt doch nur auf, dass er ein ehrenhafter Mann ist, oder etwa nicht? Eure Gedanken hingegen sind alles andere als ehrenhaft.«

Ganz genau!, dachte Eveline. Die Vorstellung, dass Mimi und Johann sich geliebt haben könnten, raubte ihr fast den Verstand.

»Wenn das so ist…«, sagte die Weberfrau, die das Gerede begonnen hatte, kleinlaut.

»Nur nach Hause gebracht – Edelgard, das glaubst du doch selbst nicht«, sagte eine andere spöttisch.

»Seid ihr alle nur zum Tratschen gekommen? Die Nächste bitte!«, kam es streng von Helene.

»Wahrscheinlich liegt die Fotografin bei Johann im Bett, und Edelgard hat's noch gar nicht bemerkt«, flüsterte Franka Klein, die vor Eveline stand, Eve kichernd ins Ohr.

Diese brachte außer einem verkniffenen Nicken nichts zustande. Unwillkürlich ballte sie ihre Hände zu Fäusten. Hatte Mimi Reventlow sich womöglich an Johann herangemacht? Das hätte sie der liebenswerten Frau nicht zugetraut! Der Stich ins Herz war die Rechnung, die sie für ihre Vertrauensseligkeit kassierte.

»Guten Morgen«, ertönte es im selben Moment gut gelaunt hinter ihr. »Ich habe gehört, hier wird ein Fass aufgemacht?« Mit rosigem Teint und wie immer aus dem Ei gepellt reihte sich Mimi Reventlow hinter Eveline in die Schlange ein.

Die Frauen, die gerade noch heftig über die Fotografin getratscht hatten, erwiderten teils mit falscher Freundlichkeit, teils sehr kühl Mimis Begrüßung. Wie unschuldig sie tat, die Fotografin, dachte Eveline.

»Eve, du bist ja auch hier, wie schön«, sagte Mimi zu ihr. »Nächste Woche findet doch die Prüfung in Stuttgart statt, wie sieht es denn nun aus – wird Alexander teilnehmen können?«

Und wie warmherzig sie klang. Gerade so, als sei nichts gewesen. »Woran Alexander teilnimmt und woran nicht, geht dich nichts an«, erwiderte Eveline barsch und so laut, dass jeder in Helenes Laden es hören konnte. »Ich wäre dir sehr verbunden, wenn du dich nicht mehr ständig in unser Leben einmischst. Ich bin Alexanders Mutter, und ich allein entscheide, wie es mit meinem Sohn weitergeht. Dafür brauchen wir weiß Gott keine dahergelaufene Fremde.« Mit Genugtuung sah sie, wie Mimi Reventlow zurückwich, als habe sie einen Schlag bekommen. Gut so, dachte Eveline bitter.

»Aber … ich dachte …«, stammelte Mimi.

Eveline lachte schrill auf. »Du dachtest! Du, du und wieder nur du! Du glaubst, durch deine Linse siehst du besonders scharf, aber in Wahrheit siehst du nur das, was du sehen willst. Um uns geht es dir dabei gar nicht«, spie sie Mimi entgegen, während die andern Frauen dem Schlagabtausch gebannt und ein wenig ratlos folgten. Was war nur in Eveline gefahren?, schienen sie sich zu fragen.

Das würdet ihr gern wissen wollen!, dachte Eve grimmig. Da von Mimi nichts kam, hob sie erneut an, in Fahrt war sie ohnehin schon. »Du kommst daher mit all deinen Ideen, machst die Leute verrückt und setzt ihnen Flöhe ins Ohr. Aber nur weil du *glaubst*, wir hätten ein elendiges Leben, muss das noch lange nicht so sein. Natürlich gibt es schwere Zeiten, aber auch gute. Und für die guten Zeiten leben wir, nicht wahr?« Herausfordernd schaute Eve in die Runde. Die Frauen murmelten beifällig.

Mimi schaute sie an, als sehe sie Eveline zum ersten Mal. »Warum greifst du mich so an?«, fragte sie fassungslos. »Ich habe doch nie behauptet, dass hier alles schlecht ist. Wenn ich diesen Eindruck vermittelt haben sollte, dann tut mir das leid! Ich ...« Die Fotografin, auf einmal den Tränen nahe, brach ab.

Den Tränen nahe war sie, Eve, gestern Abend auch gewesen, als sie Mimi und Johann beim Tanzen hatte zuschauen müssen!

»Und noch etwas will ich dir sagen«, hob sie deshalb erneut an. »Früher hat dein Onkel unseren Männern beim Fotografieren einen Zylinder aufgesetzt. Und wir Frauen durften uns aus seinem Fundus ein verstaubtes Kleid mit Krinoline aussuchen. Du glaubst, wenn du unsere Jugendlichen in einer abstrusen Lichtspielhausszene zeigst, dann tust du damit etwas ach so Modernes! Das ›Wesen‹ der Menschen willst du zeigen, ihr tiefstes Inneres«, spottete sie. Ihr Blick war verächtlich, als sie fortfuhr: »Dabei bist du keinen Deut besser als dein Onkel. Du stellst uns wie dressierte Äffchen vor die Kamera – wie es uns wirklich geht, interessiert dich doch gar nicht!«

Mimi, wie vom Donner gerührt, drehte auf dem Absatz um und verließ den Laden.

*

Raus! Nichts wie raus! Anton stellte das Tablett mit Biergläsern, das er gerade an den Unternehmerstammtisch tragen wollte, auf dem nächstbesten Tisch ab. Wenn er nicht sofort frische Luft schnappen konnte, würde er sich übergeben müssen, ganz gewiss! Und schuld daran war nicht etwa der viele Most, den er zusammen mit seinen Freunden beim gestrigen Fest getrunken hatte.

Traditionell trafen sich am Tag nach dem Heumondfest die Webereibesitzer im Ochsen zu einem Kuttelessen. Während die Herren die Innereien mit Appetit löffelten, wurden Geschäfte getätigt, Absprachen vereinbart, Informationen ausgetauscht. Anton hasste den Geruch – und den Geschmack – der gekochten Eingeweide so sehr, dass er sich an diesem Tag lediglich von Butterbroten ernährte.

Während er seine Lunge mit der frischen Luft füllte, wurde die Tür von Helenes Laden aufgerissen. Im nächsten Moment rannte Mimi Reventlow an ihm vorbei, als sei der Teufel hinter ihr her.

Anton zögerte kurz, dann folgte er ihr über den Marktplatz. »Du lieber Himmel, was ist denn mit Ihnen los?«, rief er, doch Mimi stürmte einfach weiter.

Erst am Haus ihres Onkels blieb sie endlich stehen. Sie hatte geweint. Der Blick, mit dem sie ihn bedachte, war merkwürdig misstrauisch, gerade so, als fragte sie sich, ob sie ihm vertrauen konnte.

Anton blinzelte verwirrt. »Ist alles in Ordnung, Frau Reventlow?«, begann er erneut. »Ich bin's, der Anton«, fügte er hinzu und kam sich etwas dämlich dabei vor.

Sie zuckte mit den Schultern. Dann erzählte sie ihm, was in Helenes Laden vorgefallen war. »Ich weiß wirklich nicht, was in Alexanders Mutter gefahren ist. Ich habe doch alles nur gut gemeint«, endete sie.

Anton glaubte nicht richtig zu hören. »Frau Schubert soll es wagen, Alexander die Fahrt zu verbieten! Er wird gehen, und wenn ich ihn huckepack tragen muss. Das Geld für die Fahrt habe ich längst zusammen«, sagte er grimmig und presste die Lippen aufeinander, um nicht ausfallend zu werden. Mimi zuliebe, die schon wieder den Tränen nahe zu sein schien, riss er sich zusammen.

»Wissen Sie was? Kommen Sie doch einfach mit nach Stuttgart«, sagte er so leichtherzig wie möglich. »Sie müssen hier mal raus! Wozu es führt, wenn die Leute immer nur im Dorf hocken, sieht man ja«, fügte er hinzu und versuchte sich dabei an einem scherzhaften Ton. »Christel kommt übrigens auch mit. Ich weiß zwar nicht, welchem Wunder wir das zu verdanken haben, aber ihr Vater hat ihr diesen Ausflug mit Alexander und mir tatsächlich erlaubt.«

»Das freut mich!« Mimis Miene hellte sich kurz auf. Sie überlegte kurz. »Vielleicht hast du recht, und ein Tapetenwechsel täte mir wirklich gut. Ich kann ja mal Luise fragen, ob sie bereit wäre, ein Auge auf Josef zu haben.«

»Machen Sie das!« In einer aufmunternden Geste drückte Anton Mimis rechten Arm. Seine Idee war gar nicht schlecht, befand er. Wenn die Fotografin Alexander in der Kunstschule die Daumen drückte, konnten Christel und er ohne schlechtes Gewissen den Stuttgarter Kinopalast besuchen.

*

Die Heringe seien schon aus gewesen, erklärte Mimi schmallippig, nachdem sie sich im Bad die Tränen von den Wangen gewischt hatte. Josef nickte nur stumm. Er spürte wohl, dass etwas nicht in Ordnung war, fragte aber nicht weiter nach. Wenn er es nur tun würde!, schoss es Mimi durch den Sinn, während sie schweigend kalten Schwarzen Brei aßen. Früher hatte sie alle Sorgen mit Josef teilen können, er war ihr Vertrauter und Berater in so vielen Belangen gewesen. Vom Verstand her war er dafür immer noch klar genug, doch sein Blick sagte ihr, dass er zu müde war, um die Sorgen anderer zu tragen. Und welchen Rat hätte er ihr auch geben sollen?, dachte Mimi traurig, während sie ihm Tee nachschenkte. »Kind, misch dich nicht ein!« – sie hatte seine Worte noch sehr gut im Ohr.

Der Tag ging dahin, ohne dass sich Mimis trübe Stimmung lichtete. Und wenn sie noch so lang grübelte – sie verstand einfach nicht, warum Eveline so auf sie losgegangen war. Am liebsten wäre sie zu Johann gegangen, um sich bei ihm auszuweinen. Aber er stand am Webstuhl, wie jeden Tag.

Es war schon nach acht Uhr, Mimi war gerade dabei, das Gemüsebeet zu wässern, als Johann vorbeikam. Wie immer schaute er sich um, als wollte er sich vergewissern, dass nur ja keiner der Nachbarn etwas von seinem Besuch mitbekam.

»Was soll das ganze Theater?«, hätte Mimi am liebsten gefragt, doch ihr Unmut ging in ihrer weinerlichen Stimmung unter. Stattdessen schmiegte sie sich einfach in seine Arme.

»Mimi … Es tut mir leid«, sagte er. »Meine Mutter hat mir erzählt, was bei Helene los war.«

Einen Moment lang wurde ihr heiß und kalt zugleich. Dass Johann auch von der Sache erfuhr, hätte wirklich nicht sein müssen! »Alles halb so schlimm. Wahrscheinlich ist Eveline nur mit dem falschen Fuß aufgestanden«, versuchte sie abzuwiegeln.

»Alles nur halb so schlimm? Meine Mutter erzählte mir, dass der ganze Laden über uns getratscht hat. Wäre sie nicht dazugekommen und hätte behauptet, ich hätte allein zu Hause geschlafen, wäre dein Ruf wahrscheinlich für immer ruiniert.«

»Und wenn schon! So langsam pfeife ich auf das, was die Leute sagen«, erwiderte sie barsch. Immer dieselbe Leier, dachte sie.

Johann tätschelte beruhigend ihren Arm. »Jetzt reg dich nicht auf, das ist die Sache nicht wert. Du und ich wissen schließlich, dass nichts vorgefallen ist.«

Leider, dachte Mimi verzagt. Dann hätte sich der Tratsch wenigstens gelohnt.

»Trotzdem – ich hätte nie einfach so einschlafen dürfen, meine Mutter hat mir ganz schön den Kopf gewaschen! Natürlich hat sie mitbekommen, dass ich erst in den Morgenstunden nach Hause gekommen bin. Wer keinen Wein verträgt, sollte auch nicht trinken, sagte sie, und sie hat recht!«

Unwillkürlich musste Mimi lachen. »Irgendwie ist die ganze Situation doch auch komisch, findest du nicht? Da reimen sich die Leute wer weiß was zusammen, dabei waren wir so brav. Zumindest bisher...« In einer Geste, von der sie hoffte, dass sie verführerisch wirkte, strich sie über seine Wange.

Doch statt auf ihren spielerischen Ton einzugehen, schaute Johann sie durchdringend an. »Mimi – nur damit wir uns richtig verstehen: Ich hab dich sehr gern. Eine Frau wie dich habe ich noch nie kennengelernt, die selbstbestimmte Art, wie du dein Leben führst, bewundere ich sehr. Ich fühle mich verdammt wohl in deiner Gesellschaft, und das weißt du! Mehr noch, ich habe das Gefühl, wir zwei könnten gemeinsam Großes erreichen. Aber darüber hinaus kann und will ich dir keine falschen Versprechungen machen. Ich weiß doch noch nicht einmal, wie lange ich in Laichingen bleiben werde. Ich bin Gewerkschafter! Normalerweise schickt mich unsere Dachorganisation nach einem überstandenen Arbeitskampf weiter zum nächsten Brennpunkt...« Er zuckte mit den Schultern, als sei er sich nicht sicher, ob er das wollte.

Er ist wirklich ein Ehrenmann, dachte Mimi gerührt. Sie winkte ab. »Keiner von uns kann in die Zukunft schauen«, sagte sie leichten Herzens. »Mir ist klar, dass du dich in nächster Zeit vor allem auf die Zustände hier in Laichingen konzentrieren musst. Aber ein bisschen Zeit werden wir doch füreinander finden, oder?«

Manchmal, wenn sie nachts im Bett lag und die Gedanken schweifen ließ, sah sie Johann und sich an Josefs Esstisch sitzen, als Ehepaar vereint... Damals, vor gut sechs Jahren, als Heinrich ihr so unerwartet einen

Antrag gemacht hatte, war ihr der Gedanke an eine Heirat völlig abwegig vorgekommen. Als vor zwei Jahren dann der Pfälzer Fotograf sie gefragt hatte, ob sie seine Frau werden wollte, war es ähnlich gewesen. Sie konnte doch nicht heiraten, wenn die Liebe fehlte! Doch jetzt sah sie sich im Geist manchmal im Brautkleid am Altar stehen …

»Fang du nicht auch noch an, mich festzunageln, hier üben schon genügend Leute Druck auf mich aus!«, sagte Johann ruppig. Sanfter fuhr er fort: »Aber vielleicht fällt mir ja ein Weg ein, wie und wo wir uns treffen können, ohne dass das halbe Dorf es mitbekommt. In der Zwischenzeit lass es uns einfach langsam angehen, in Ordnung?«

Langsam angehen – was bedeutete das?, fragte sich Mimi, als er weg war.

Sollten sie langsamer spazieren gehen? Sich langsamer küssen? Sollten sie ihre Worte langsamer formulieren, wenn sie sich unterhielten? Das hätte sie ihn fragen sollen!, dachte sie zynisch. Was Johann wirklich mit seiner Bemerkung gemeint haben könnte – daran wagte sie keinen Gedanken zu verschwenden.

23. Kapitel

Am letzten Mittwoch des Monats Juli machten sich vier Menschen klopfenden Herzens auf den Weg von Laichingen nach Stuttgart.

Alexander konnte vor Aufregung kaum sprechen. Heute war der Tag der Tage. Heute würde er erfahren, ob er wirklich Talent hatte oder nicht. Wie die Prüfung wohl aussehen würde? Würde man ihm einen Gegenstand vor die Nase stellen und verlangen, dass er ihn exakt wiedergab? Eine Vase – das bekam er hin, vielleicht auch etwas Figürliches. Aber was, wenn sie verlangten, dass er einen Menschen zeichnete? Das hatte er zwar auch schon versucht, war aber nie mit dem Ergebnis zufrieden gewesen. All diese Fragen beschäftigten ihn so sehr, dass er jedes Mal, wenn ihn einer seiner Mitreisenden ansprach, lediglich mit einem Nicken oder Kopfschütteln antwortete. Die andern versuchten vergeblich, ihn so gut es ging, zu beruhigen, aufzuheitern und ihm Mut zuzusprechen. Am Ende gaben sie auf und nahmen es hin, dass er mit abwesendem Blick nach innen schaute.

Antons und Christels klopfende Herzen hingegen waren ihrer Verliebtheit und der Vorfreude auf einen schönen Tag geschuldet. Verstohlen hielten sie sich an den Händen, und Mimi und Alexander taten so, als bekämen sie es nicht mit.

Mimi konnte es ebenfalls kaum erwarten, wenigstens für einen Tag aus Laichingen wegzukommen. Nach dem seltsamen Streit mit Eveline hatte der Ort seine Süße für sie verloren. Dazu kam, dass Johann es mit dem langsam Angehen offensichtlich ernst meinte – seit dem Fest hatten sie sich zu Mimis Enttäuschung nur zwei Mal gesehen. Erwartete sie einfach zu viel? Oder war das ganz normal?, fragte sie sich.

Doch es ging ihr nicht nur um einen Tapetenwechsel, vielmehr hatte sie eine in ihren Augen vielversprechende Idee im Gepäck, mit der sie bei ein paar Fotoateliers vorsprechen wollte. Luise hatte versprochen, den Tag weitgehend bei Josef zu verbringen, so dass sie sich um ihn keine Sorgen zu machen brauchte.

»Wie geht es deiner Mutter und deiner kleinen Schwester?«, traute sich Mimi zu fragen, als Anton einmal Christels Hand losließ, um sich die Nase zu putzen. »Hat die Kleine nun schon einen Namen?«

Christel schüttelte den Kopf. »Es ist wie nach jeder Geburt – Mutter liegt völlig teilnahmslos im Bett und heult sich die Augen aus. Sie interessiert sich weder für das Kleine noch für sonst was. Fragen Sie lieber nicht, an wem die ganze Hausarbeit derzeit hängen bleibt!«, fügte sie verbittert an.

Die fröhliche Sonja weinte? Warum? Mimi runzelte die Stirn. »Ich komme deine Mutter ganz bald besuchen«, versprach sie. »Vielleicht kann ich sie ein wenig aufheitern.« Sie würde in Stuttgart eine nette Kleinigkeit für Mutter und Kind kaufen, beschloss sie.

Christel zuckte mit den Schultern, als ginge sie das alles nichts an.

Danach verstummte das Gespräch wieder.

Am Stuttgarter Bahnhof besprachen sie, wann sie sich hier wieder treffen wollten, danach trennten sie sich. Während Anton und Christel zu einem Lichtspielhaus in der Calwer Straße aufbrachen – dass es dort eines gab, hatte Anton vor Kurzem durch einen Gast erfahren –, begleitete Mimi Alexander in die Kunstschule, die in einem klassizistischen Sandsteingebäude in der Nähe des Neuen Schlosses untergebracht war. Sie hielt Alexander, dem durch das ungewohnt lange Laufen an seinen Gehhilfen der Schweiß auf der Stirn stand, die mit einer bunten Butzenglasscheibe verzierte Eingangstür auf.

Der Geruch nach Ölfarbe und Terpentin schlug ihnen entgegen. Mimi sah, wie Alexander aufmerkte. Im nächsten Moment trat eine geschäftig wirkende Dame in einem dunkelblauen Kostüm auf sie zu. Sie stellte sich als die Sekretärin des Schulleiters vor.

Die Prüfung würde im ersten Stockwerk stattfinden, erklärte sie. Außer Alexander habe sich noch ein weiterer Nachzögling eingefunden: ein junger Mann, der zur Zeit der eigentlichen Aufnahmeprüfung mit seinen Eltern, dem Grafen und der Gräfin von Auerwald, in Monaco weilte. Da gerade Sommerferien waren, sei außer ihnen sonst niemand anwesend.

Eine Grafenfamilie, Aufenthalte in Monaco. Das Eingangsportal mit dem imposanten Oberlicht. Unwillkürlich wanderte Mimis Blick über Alexanders Hochwasserhosen hinab zu seinen Strohschuhen. Hätte seine

Mutter auch nur einen Ton gesagt, dann hätte sie Alexander ein Paar Schuhe von Onkel Josef ausgeliehen, dachte sie verärgert und traurig zugleich. Noch immer sprachen Eveline und sie nicht miteinander. Und noch immer wusste Mimi nicht, was Eveline so gegen sie aufgebracht hatte. Auf einmal verkrampfte sich ihr Magen, als müsse sie selbst die Prüfung durchstehen.

»Schaffst du es ab hier allein?«, fragte sie Alexander leise.

Der Junge, dessen Nasenflügel wie die eines durchgehenden Pferdes bebten, nickte. Er war so blass, dass Mimi befürchtete, er würde ohnmächtig werden.

Unschlüssig biss sie sich auf die Unterlippe. Eigentlich sollte sie ihren Geschäften nachgehen, aber konnte sie Alexander wirklich allein lassen?

Als könne sie Gedanken lesen, sagte die Sekretärin: »Die Prüfung ist auf drei Stunden angesetzt, danach werden sich die Herren Professoren noch eine Stunde lang besprechen. Sie haben also reichlich Zeit, etwas zu erledigen. Ansonsten gibt es gleich um die Ecke ein reizendes Café…« Freundlich, aber bestimmt wies sie in Richtung Ausgang.

Mimi hatte sich schon zum Gehen abgewandt, als sie sich nochmals umdrehte. In einer spontanen Geste schlang sie ihre Arme um Alexander. »Viel Glück!«, flüsterte sie ihm ins Ohr. »Wir sind alle sehr stolz auf dich, ganz gleich, wie das hier ausgeht.«

*

»Ich verstehe wirklich nicht, warum Maximilian überhaupt an dieser Prüfung teilnehmen muss. Dottore

Viante in Genua hat in seinem Schreiben an Sie doch wohl ausreichend Zeugnis abgelegt über das herausragende Talent unseres Sohnes!«, hörte Alexander dumpf eine Frauenstimme sagen, während er sich die letzten Stufen der Treppe in den ersten Stock hinaufquälte. »Sie scheinen zu vergessen, wen Sie vor sich haben – die von Auerwalds sind es nicht gewohnt, sich von irgendjemandem prüfen zu lassen.«

»Das mag sein«, ertönte ebenso dumpf eine sonore Männerstimme. »Für uns ist es dennoch wichtig zu wissen, auf welchem Niveau sich unsere Schüler befinden, wenn Sie bei uns beginnen. Gnädige Frau, wenn ich Sie jetzt hinausbitten darf? Wir fangen gleich an.«

Alexander blieb unschlüssig auf der letzten Treppenstufe stehen. Noch konnte er umdrehen und gehen …

»So, da wären wir!« Die Sekretärin des Schulleiters lächelte ihm aufmunternd zu, dann klopfte sie an die angelehnte Tür zu Alexanders Rechten. Ohne auf eine Antwort zu warten, öffnete sie sie schwungvoll. »Hereinspaziert, du wirst schon erwartet!«

Im nächsten Moment traf Alexander der Rand eines wagenradgroßen Sonnenhutes am Kinn, fast verlor er auf seinen Gehhilfen die Balance. Eine Frau in einem voluminös aufgebauschten cremefarbenen Spitzenkleid stand so nah vor Alexander, dass er ihren dick aufgetragenen Gesichtspuder nicht nur sehen, sondern auch riechen konnte. Statt sich zu entschuldigen, streifte die Frau ihn nur mit einem abfälligen Blick, dann wandte sie sich wieder zu dem Raum um.

»Und wie lange soll dieser Zirkus dauern? Wir sind heute noch zu einem Diner eingeladen«, sagte sie enerviert, ohne Alexander ins Zimmer treten zu lassen. Aus der Nähe klang ihre Stimme weitaus weniger gedämpft, dafür umso schriller.

»Je früher wir beginnen, desto früher sind wir fertig. Wie ich sehe, ist unser zweiter Prüfling auch schon da«, erwiderte einer von drei Herren, die hinter einem langen Tisch saßen. Die drei und ein blass aussehender junger Mann mit Seitenscheitel musterten den Neuankömmling teils neugierig-interessiert, teils mit leicht abfälligem Blick.

Alexander wollte auf der Stelle sterben.

*

Die schönen Geschäfte, die prachtvoll geschmiedeten Straßenlaternen, an denen Körbe voller blühender Pflanzen hingen, die Litfaßsäulen mit ihren verführerischen Werbebotschaften – für all das hatte Anton keinen Blick. Hand in Hand lief er mit Christel ungewohnt schweigsam die Straßen entlang.

Wie sie schauten, dachte er verwirrt. Wie sie ihre Köpfe drehten, als wollten sie sich die ebenmäßigen Gesichtszüge, die goldblonden Haare, die hohe Stirn einprägen. Manch einer blieb sogar stehen und gaffte Christel mit offenem Mund nach.

Natürlich hatte er gewusst, dass Christel schön war – sie war immerhin das schönste Mädchen von ganz Laichingen! Dass sie auch die Schönste in Stuttgart sein würde, mehr noch, dass ihre Schönheit eine derartige Reaktion bei den Passanten hervorrufen würde, daran hatte er nicht gedacht. Die Menschen reagierten auf Christel wie ... Anton wollte kein Vergleich einfallen.

Auch Christel schien die Aufmerksamkeit, die sie erregte, bemerkt zu haben. »Warum schauen die mich alle so an?«, fragte sie halb verunsichert, halb amüsiert.

»Weil du so schön bist«, antwortete er, und seine Stimme klang seltsam.

»Meinst du wirklich?« Sie straffte ihre Schultern und lachte ein perlendes Lachen, was ihr sogleich die Aufmerksamkeit zweier Herren eintrug, die aus einem Tabakwarenladen traten. Beide zückten grüßend ihren Zylinder, als hielten sie Christel für eine Berühmtheit aus dem Stuttgarter Theater- und Opernhaus.

Anton blieb wie vom Blitz getroffen stehen. Er blinzelte, als könne er selbst nicht glauben, wie blind und dumm er gewesen war.

Die ganze Zeit über hatte er geglaubt, Mimi Reventlow sei sein und Christels Freifahrtschein in die Zukunft. Ihr hatte er sich anschließen wollen, sobald sie wieder von dannen zog. Alles war nur eine Frage der Zeit, hatte er sich immer wieder gesagt, ihr Onkel würde schließlich nicht mehr ewig leben. Die Verbindung zwischen Mimi und Johann Merkle passte Anton deshalb ganz und gar nicht in den Kram – was, wenn die Fotografin wegen Merkle nicht mehr weggehen wollte? Krampfhaft und bisher erfolglos hatte er überlegt, wie er sie auf unauffällige Weise davon überzeugen konnte, dass der Mann ein Aufschneider und Blender war.

Doch das alles war auf einmal nicht mehr wichtig. Denn hier, auf den Straßen von Stuttgart, fiel es ihm wie Schuppen von den Augen: Seine Zukunft lag nicht bei Mimi Reventlow, sondern in Christels Schönheit! Wenn sich diese nicht irgendwie vergolden ließ, dann würde er einen Besen fressen! Vielleicht konnte die Fotografin ihnen dennoch hilfreich sein. Aber auf sie angewiesen, war er nun nicht mehr.

»Was ist?« Christel schaute ihn erstaunt an. »Sind wir hier nicht richtig?«

»Doch«, murmelte er, als das Lichtspielhaus in Sichtweite kam, und legte dann stolz und besitzergreifend einen Arm um Christel.

»Hier sind wir genau richtig!«

*

»Tut uns leid, aber Postkarten mit Motiven von der Schwäbischen Alb sind bei uns in Stuttgart nicht gefragt.« Bedauernd gab der Fotograf, ein elegant gekleideter Herr, Mimi die Laichinger Ansichten wieder zurück. Sein Atelier lag ganz in der Nähe der Kunstschule – Mimi hatte dies für ein gutes Omen gehalten.

»Aber Laichingen ist berühmt für seine Weißwäsche! Laichinger Leinenwaren gehören in die Aussteuer jeder Braut«, sagte Mimi.

»Das mag schon sein.« Der Fotograf lächelte. »Vielleicht sollten Sie es mal in einem Geschäft für Aussteuerwaren versuchen?«

Mimi runzelte die Stirn. Dort suchte doch niemand Postkarten!

Sie musste keine zehn Minuten gehen, ehe sie das zweite Fotoatelier entdeckte. Doch auch hier hatte sie kein Glück.

»Derzeit sind Postkarten mit einer Fotografie unserer geliebten Herzogin Wera von Württemberg sehr gefragt«, erklärte ihr der Fotograf. »Postkarten mit König

Wilhelm und seinen Spitzhunden werden ebenfalls gern genommen. Falls Sie damit aufwarten können?«

Mimi konnte nicht. »Die Schwäbische Alb ist wunderschön. Vielleicht würde so mancher Kunde durch diese Postkarten zu einem Ausflug inspiriert werden?«, versuchte sie ihr Glück erneut.

Der Mann lachte auf. »Ein Ausflug auf die karge Alb? Wie heißt es so schön? Auf der Alb herrscht ein halbes Jahr lang Winter, die restliche Zeit ist es kalt! Glauben Sie mir, jeder ist froh, wenn er nicht dorthin muss.«

»Haben wir uns nicht Anfang des Jahres beim Kamerahersteller Linhof in München gesehen? Sie sind doch Mimi Reventlow, nicht wahr?« Stirnrunzelnd schaute der Mann sie an.

Erfreut lächelte Mimi dem Kollegen über dessen Ladentheke hinweg an. »Ja, die bin ich. Jetzt erinnere ich mich auch an Sie! Sie haben wie ich eine Linhof gekauft, nicht wahr?«

Der Mann nickte. Nachdem sie sich kurz über die Vorzüge der Linhof-Kameras ausgetauscht hatten, kamen sie auf Mimis Anliegen zurück.

»Ihre Postkarten kann ich leider nicht gebrauchen, aber falls Sie ein oder zwei Wochen als Gastfotografin bei mir arbeiten wollen – darüber könnten wir gern reden«, sagte der Fotograf.

»Das ist sehr nett«, antwortete Mimi, während sie enttäuscht die Laichinger Ansichten wieder in ihre Handtasche steckte. »Aber ein solches Engagement kann ich derzeit aus familiären Gründen leider nicht annehmen.«

Hoffentlich hatte Alexander mehr Glück bei seiner Prüfung als sie mit ihren Postkarten, dachte Mimi, als sie in einem Café in der Sonne saß und den Blick auf das Neue Schloss genoss. Diese Postkartenansicht war bei den Stuttgartern bestimmt ebenfalls sehr begehrt. Genau wie eine Fotografie von dem schmiedeeisernen Pavillon vor dem Schloss. Oder eine Abbildung des prunkvollen Königsbaus. Ganz Stuttgart war eine Ansammlung von fotografischen Motiven! Und sie dumme Kuh hatte geglaubt, mit der malerischen Laichinger Hüle samt retuschierten Schwänen punkten zu können. Sie lachte leise auf ob ihrer Naivität.

So, wie es aussah, würden Onkel Josef und sie weiter von der Hand in den Mund leben müssen, dachte Mimi, während sie einen Schluck Kaffee trank. Er schmeckte dünn. Außer dem Hochzeitsbild von Luises Tochter Berta und vielleicht noch einer Täuflingsfotografie für die Familie Merkle wusste Mimi nicht, was in naher Zukunft an weiteren Aufträgen zu erwarten sein sollte. Für die Laichinger stand nach der Heuernte nun demnächst die Getreideernte an, danach die Kartoffel-, Rüben- und Kohlernte – wer sollte da für eine Atelierfotografie zu ihr kommen? Wenn sie nicht an ihre Ersparnisse gehen wollte, würde sie jeden Pfennig zwei Mal umdrehen müssen, dachte Mimi. Und um ihr Gemüsebeet würde sie sich auch noch mehr kümmern müssen, damit sie ihre Speisekammer füllen konnte. Letzte Woche hatte ein vorbeifahrendes Pferdefuhrwerk direkt vor Josef Haus einen Haufen Pferdeäpfel hinterlassen. Sie hatte noch überlegt, ob sie eine Schaufel holen und den begehrten Dünger auf ihr Gemüsebeet geben sollte, doch dann hatte Josef nach ihr gerufen. Als sie sich wieder an den kostenlosen Dünger vor ihrer Haustür erinnerte, hatte ihn sich längst jemand anderes geschnappt. Sie würde wohl nie eine gute Hausfrau werden, ärgerte sie sich.

Auf einmal fühlte sich Mimi allein und verloren. Wie schön wäre es, mit jemandem die Sorgen teilen zu können! An Johann »Lass-es-uns-langsam-angehen«-Merkle dachte sie in diesem Moment nicht, dafür an ihre Mutter. Seit dem letzten Weihnachtsfest hatten sie sich nicht mehr gesehen! Warum nur hatte sie Amelie Reventlow nicht Bescheid gegeben, dass sie nach Stuttgart fuhr? Von Esslingen hierher war es nicht sehr weit. Ein Plauderstündchen bei Kaffee und Kuchen, und vielleicht hätte sie, Mimi, der Mutter dabei sogar ein wenig ihr Herz ausgeschüttet?

Sehnsüchtig schaute sie zu, wie der Kellner zwei Stück Kuchen an den Nachbarstisch brachte.

»Darf es für Sie auch noch etwas sein?«, fragte der Mann, der Mimis Blick bemerkt zu haben schien.

Mimi, die daran dachte, dass sie noch ein Mitbringsel für Sonja Merkle kaufen wollte, verneinte. Zwei solche Extravaganzen wollte sie ihrem Geldbeutel nicht zumuten.

Dabei knurrte ihr Magen.

24. Kapitel

Die dreiköpfige Prüfungskommission bestand aus dem Direktor der Schule, Wilhelm Hahnenkamm, dem künstlerischen Hauptlehrer Gottlob Steinbeiß sowie einem Lehrer, der von Steinbeiß, der das Wort führte, als »Mylo« vorgestellt wurde.

Nachdem Alexander und Maximilian von Auerwald an zwei großen Arbeitstischen Platz genommen hatten, richtete Gottlob Steinbeiß das Wort an sie.

»Willkommen in der Kunstschule Stuttgart! Bevor wir mit der Prüfung beginnen, lassen Sie mich ein paar Worte vorausschicken. Während sich die staatliche Kunstakademie verschiedenen Gattungen der bildenden Kunst widmet – der Bildhauerei, der Architektur, der Kupferstecherei und etlichen weiteren Künsten –, haben wir, die Kunstschule Stuttgart, uns einzig aufs Malen und Zeichnen spezialisiert. Natürlich lernen unsere Schüler bei uns sämtliche klassischen Techniken, ein solides Handwerk ist auch in der Kunst die Grundlage allen Schaffens. Aber darüber hinaus verstehen wir uns als eine Art ›Schmiede der Moderne‹ – der künstlerische Ausdruck, der verschiedene Interpretationen zulässt, ist uns ein großes Anliegen.«

Steinbeiß' Miene nahm einen schwärmerischen Ausdruck an. Alexander sah, dass der Mann gern weiter über diesen Punkt gesprochen hätte. Doch der künstlerische Hauptlehrer riss sich zusammen und fuhr wenig schwärmerisch fort: »Die Prüfung, an der Sie teilnehmen, ist von daher aufgegliedert in folgende drei Schwerpunkte …«

Alexander schluckte. Noch niemals in seinem Leben war er gesiezt worden. Statt sich dadurch erwachsener zu fühlen, fühlte er sich noch unsicherer als zuvor.

»In der ersten Aufgabe werden Sie Ihr zeichnerisches Können unter Beweis stellen. Perspektive, Licht und Schattenfall, räumliche Aufteilung sind einige der Aspekte, auf die wir unser Augenmerk legen.«

Alexander, der kaum zu atmen wagte aus lauter Angst, ein Wort zu überhören, nickte unmerklich. Das waren Dinge, von denen Josef Stöckle auch immer gesprochen hatte, damals, bevor der Fotograf so schwer erkrankte.

»Durch die zweite Aufgabe möchten wir Ihr Farbgefühl genauer kennenlernen. Ich nehme an, Sie haben beide schon mit Aquarell und Öl gearbeitet?«

Maximilian von Auerwald nickte gelangweilt.

»Und Sie?«, wandte sich der künstlerische Hauptlehrer an Alexander, als von ihm nichts kam.

»Nein«, flüsterte er. »Noch nie.«

»Also nur Aquarell«, sagte Steinbeiß und machte sich eine entsprechende Notiz.

Alexander wagte nicht zu widersprechen. Farben gab es bei ihnen keine. Natürlich hatte er schon von Öl- und Aquarellfarben gehört, aber außer den Bleistiftstummeln, die bei ihnen zu Hause herumlagen, und der

Tusche und Feder, die Josef Stöckle ihm manchmal zum Zeichnen gegeben hatte, hatte er noch nichts anderes zum Malen besessen. Umso ehrfürchtiger betrachtete er unter niedergeschlagenen Lidern das Material, das jemand in Reih und Glied auf dem Arbeitstisch vor ihm aufgebaut hatte. Ein Tontopf mit Pinseln verschiedener Größe und Dicke. Etliche Lumpen. Ein Glas mit Wasser. Eine kleine Flasche mit einer klaren Flüssigkeit, sie war mit einem Schraubverschluss geschlossen. »Terpentinöl« stand darauf. Eine Holzschatulle mit einem Dutzend Tuben. »Feinste Ölfarben« stand auf dem Innendeckel, und die Namen der einzelnen Tuben – Karminrot, Kobaldblau, Indischgelb, Siena – ließen Alexander ein leichtes Schauern spüren. Neben den Ölfarben befand sich ein kleinerer Kasten aus Metall mit winzigen Töpfchen Aquarellfarbe. Ein Tuschekasten und verschiedene Tuschefedern lagen ebenfalls parat. Alexander musste dem Reflex widerstehen, sich in den Arm zu kneifen. Träumte er, oder gab es wirklich so viele Farben an einem Platz? Was für ein Schatz! Und alle sahen so schön aus … Würde er es wagen, auch nur eine Farbe anzurühren?

Der künstlerische Hauptlehrer, Herr Steinbeiß, riss Alexander aus seinen Gedanken.

»Bei der letzten Aufgabe ist wie bei der ersten Aufgabe nochmals räumliches Denken gefragt. Wir werden uns dabei außerdem davon überzeugen können, wie flexibel Sie sich auf eine neue, unerwartete Situation einstellen können, so wie sie dem Künstler im Alltag oft begegnet.« Die drei Männer tauschten ein wissendes Lächeln.

Neue, unerwartete Situationen? Alexander hob leicht

die Brauen. Manchmal hatte er das Gefühl, sein Leben bestünde aus nichts anderem. Was sich wohl in der mit einem nassen Tuch abgedeckten Schüssel, die neben den Farben auf seinem Tisch stand, befand?, rätselte er.

»Sie, Alexander, haben sich für ein Stipendium beworben«, fuhr Steinbeiß fort.

Alexander spürte den abfälligen Seitenblick von Maximilian Auerwald mehr, als dass er ihn sah.

»Das Geld für dieses Stipendium kommt aus einem Fond des Königshauses, pro Jahrgang wird nur ein einziges Stipendium verliehen. Das heißt, nur den wenigsten jungen Menschen wird eine solche Ehre zuteil – strengen Sie sich also an!« Steinbeiß nickte ihm zu.

Alexander wurde heiß und kalt zugleich. Ein einziges Stipendium? Irgendwie hatte er geglaubt, es gebe mehrere. Und das Königshaus würde dafür zahlen. Warum sollte es ausgerechnet ihm diese Ehre zuteilwerden lassen? Welcher Teufel hatte ihn nur geritten hierherzukommen?

»Ich darf nun das Wort an Mylo weitergeben. Er wird Sie durch die Prüfung leiten.«

Seltsam, warum sagte der Hauptlehrer nicht »Herr Mylo« oder »Lehrer Herr Mylo«, so wie er »Herr Schuldirektor Hahnenkamm« sagte?, rätselte Alexander. Er wusste zwar nicht, wie ein richtiger Künstler aussah, aber dieser Mylo kam seiner Vorstellung ziemlich nahe. Er trug weite schwarze Hosen und schwarze Lackschuhe. Sein weißes Hemd flatterte um seinen mageren Leib, statt einer Krawatte hatte er sich ein rotes Halstuch umgebunden. Im Gegensatz zu den beiden anderen Herren, die einen Kaiser-Wilhelm-Bart trugen, war Mylos Gesicht glatt rasiert. Seine grauen Augen funkelten wach, als registrierten sie jedes noch so kleine Detail.

Mit einer geschmeidigen Bewegung stand Mylo auf, nahm von einem Nebentisch je zwei Leinwände und Aquarellblöcke und gab je ein Set den Prüflingen.

»Bei der ersten Prüfungsaufgabe möchte ich Sie bitten, einen Blick aus dem Fenster zu werfen, ob im wortwörtlichen Sinne…« – Mylo zeigte mit einer fließenden Geste in Richtung der Fensterfront – »oder im übertragenen. Ob Öl oder Aquarell, ob Leinwand oder Zeichenblock – auch diese Entscheidung liegt bei Ihnen, bedenken Sie dabei jedoch, welche Art von Farben den Blick durch eine Glasscheibe eventuell besser wiedergeben kann. Sie haben eine Stunde Zeit, danach sollte Ihr Blick aus dem Fenster so weit gediehen sein, dass wir ihn mit Ihnen teilen können.«

Was für nette Worte dieser Mylo fand, um die Aufgabe zu beschreiben, dachte Alexander.

Das Ganze erschien ihm machbar. Zu Hause schaute er so oft aus dem Fenster, dass er jedes sichtbare Detail des Anblicks vor seinem inneren Auge abrufen konnte. Die enge Gasse mit den strohgedeckten Häusern. Die winzigen Gärten mit den alten Birn- und Zwetschgenbäumen, die kaum Obst trugen, auf die ihre Besitzer dennoch stolz waren. Die meisten Nachbarn hatten wie sie ein paar Hühner, eine Ziege besaß nur die Else vorn in der Gasse. Manchmal befreite sich die Ziege aus ihrem Verschlag und ging grasen – sehr zum Unmut der andern Nachbarn, die das karge Grün für ihre Hühner benötigten.

Instinktiv griff Alexander nach Tusche und Feder, dann begann er mit leichter Hand, die Umrisse der

Häuser anzulegen. Ein Blick aus dem Fenster zur Sommerzeit sollte es werden! Dann, wenn es der Sonne gegen Mittag gelang, ihre Strahlen in die Gasse zu werfen und…

»Was machen Sie denn da?«, hörte er Mylo neben sich sagen.

»Ich…« Unsicher schaute Alexander auf.

Mylo zeigte auf die Feder in Alexanders Hand. »Die Tusche ist eigentlich nur für die Signatur gedacht. Wollen Sie nicht in Öl- oder Aquarellfarbe malen?«

»Verzeihung.« Als habe er sich verbrannt, legte er die Tuschefeder fort. Wie dumm von ihm! Er hatte noch keinen Strich gezeichnet und sich schon blamiert.

»Du hast noch nie mit solchen Farben gemalt, nicht wahr?«, fragte Mylo leise, vermutlich, weil es niemand hören sollte. Dennoch ertönte ein spöttisches Schnauben vom Nachbarstisch, wo Maximilian von Auerwald schon dabei war, dicke Schichten Ölfarbe auf die Leinwand aufzutragen.

Alexander, ein wenig getröstet vom vertraulichen Du, nickte beschämt.

»Aquarellfarben sind wasserlöslich, du brauchst nur den Pinsel ein wenig ins Wasserglas zu tauchen und damit dann in die Farbe gehen, schau, wie ich das mache. Je nachdem, wie viel oder wenig Wasser du nimmst…« Unter den konsternierten Blicken der beiden anderen Kommissionsmitgliedern führte Mylo Alexander die Handhabung der Farben vor.

Was für eine schöne Stimme dieser Mylo hatte, dachte er fasziniert. Melodisch und tief – fast wie Anton. Und gut erklären konnte er auch, zumindest kam es ihm, Alexander, so vor.

»Und nun male einfach das, was du vorhattest«, beendete Mylo seine Ausführungen.

Alexander murmelte einen Dank, dann tauchte er mit zittriger Hand einen Pinsel erst ins Wasserglas, dann in ein Ockergelb. Die Farben waren wirklich einfach zu handhaben, stellte er nach wenigen Pinselstrichen erfreut fest. Je kräftiger er sie mit Wasser verdünnte, desto mehr schimmerte das Papier hindurch, und desto luftiger und leichter wirkte das Bild. Wie die leinene Bettwäsche, die Mutter zum Trocknen in der Sonne aufhängte, dachte Alexander und spürte, wie mit jedem Pinselstrich, den er tat, seine innere Anspannung weiter von ihm abfiel.

Während Mylo und die beiden andern Herren an einem geöffneten Fenster standen und sich leise unterhielten, begannen Alexanders Ideen auf seinem Block Gestalt anzunehmen.

Nach einer knappen Stunde waren Alexanders Haare verstrubbelt, so oft war er sich vor Aufregung übers Haupt gefahren. Seine Augen taten weh, weil er das Blinzeln vergessen hatte, seine Hand zitterte vom festen Umklammern des Pinsels. Aber seine Aquarellzeichnung war fertig.

Die zweite Aufgabe bestand darin, mit den Aquarellfarben einen Regenbogen zu malen und dabei besonders auf sanfte Übergänge zwischen den einzelnen Farben, aber auch auf den Verlauf der Farben von hell nach dunkel zu achten. Das würde er hinbekommen, dachte Alexander erleichtert.

»Und nun, meine Herren, kommen wir zur dritten Aufgabe«, sagte Mylo, nachdem er die beiden Regenbogen eingesammelt hatte. »In der vor Ihnen stehenden Schüssel befindet sich Tonmasse. Wir wünschen uns …«

»Wir sollen töpfern?«, wurde Mylo von Maximilian von Auerwald unterbrochen. »Sie erwarten doch nicht etwa, dass ich wie ein Kind kleine Püppchen modelliere?«

»Warum nicht?«, erwiderte Mylo lächelnd. »Die dritte Dimension ist beim Malen von größter Wichtigkeit – da kann es nicht schaden, sie ab und an ganz praktisch zu üben beziehungsweise sogar zu spüren. Nehmen Sie also den Klumpen Ton in die Hand und lassen Sie sich davon zu einer Plastik inspirieren. Welche Figur Sie formen, bleibt Ihnen überlassen. Achten Sie bei Ihrer Arbeit auf gute Proportionen, eine naturnahe und saubere Ausarbeitung Ihrer Plastik. Wir sind schon sehr gespannt, welche Form das Material in Ihren Händen annehmen wird.«

Alexander hatte noch nie erlebt, dass jemand so schöne Worte verwendete, höchstens vielleicht manchmal die Fotografin. Wenn Mylo sprach, verwandelte sich eine angsteinflößende Aufgabe zu einer Handlung, die man kaum erwarten konnte. Begierig griff Alexander nach dem Ton. Er war so groß wie ein Laib Brot und fühlte sich feucht, kalt und schwer an. Um ein Gefühl für das unbekannte Material zu bekommen, begann Alexander, den Ton ein wenig zu kneten. Das Material wurde dabei nicht nur wärmer, sondern auch geschmeidiger! Und glatter wurde der Ton auch, so glatt und weich wie ein Kinderpopo.

Er wusste nicht, warum, aber plötzlich war sie da – die Eingebung. Voller Hingabe begann Alexander, aus dem Ton einen Säugling zu formen, mit winzigen Händen, kleinen Füßen, einem Gesicht wie ein Engel …

Er war so in seine Arbeit vertieft, dass es einen Moment dauerte, bis er den Schatten, der über ihn fiel, wahrnahm.

»Du modellierst ein Neugeborenes?«, fragte Mylo.

Alexander, der gerade dabei war, die Augenhöhlen auszuarbeiten, nickte. »Meine Schwester. Sie ist im April wenige Tage nach ihrer Geburt gestorben.« Er hatte noch nicht zu Ende gesprochen, als er seine Worte bereute. Wie kam er dazu, so etwas zu erzählen? Das ging nun wirklich niemanden an.

Doch Mylo nickte, als sei es das Normalste auf der Welt, einen toten Säugling zu modellieren. »Mach die Stirn ein wenig flacher, bei Säuglingen sind die Fontanellen noch nicht geschlossen, der Kopf wird erst später rundlich. Und schließ die Augen, wenn das Kind für immer schläft.«

Irgendwann war die Prüfung zu Ende. Alexander und Maximilian wurden in ein anderes Zimmer geführt, wo die Sekretärin sie mit heißer Schokolade und Brezeln versorgte. Alexander aß und trank, als hätte er eine Woche lang nichts bekommen. Die Süße der dunklen Schokolade. Die salzige Kruste der Brezeln … Er konnte sich nicht daran erinnern, je etwas so Köstliches gegessen zu haben. Wenn er durch die Prüfung fiel, dann hatte sich sein Ausflug nach Stuttgart allein für dieses Festmahl gelohnt, dachte er mit einem Anflug von Galgenhumor.

»Hast du keinen Hunger?«, fragte er, als er sah, dass Maximilian mit verschränkten Armen dasaß und in die Ferne starrte.

»Wir sind später zu einem Diner eingeladen, da werde

ich mir hier gewiss nicht den Magen verderben«, kam es arrogant zurück.

Den Magen verderben mit einer frischen Brezel? Alexander dachte an den schimmligen Kanten Brot, der am Vorabend zu Hause auf den Tisch gekommen war. »Schimmel macht schön«, hatte seine Mutter wie immer gesagt und die bläuliche Verfärbung, so gut es ging, abgekratzt. Er überlegte kurz, dann wagte er es und fragte: »Kann ich deine zwei Brezeln haben?«

Maximilian schob ihm wortlos den Teller zu.

25. Kapitel

Die Regenbögen waren den beiden Prüflingen gleichermaßen gut gelungen, darin waren sich Hahnenkamm, Steinbeiß und Mylo, einer der berühmtesten Architekten des Kaiserreichs und Dozent der Kunstschule zugleich, schnell einig. Schwieriger wurde es hingegen beim sogenannten »Blick aus dem Fenster« – eine Prüfungsaufgabe, die sich Mylo erdacht hatte und die sie erst seit diesem Jahr anwendeten. Zuvor hatten die Prüflinge stattdessen eine ausgestopfte Eule nachzeichnen müssen.

Maximilian von Auerwald hatte den Blick aus dem Stuttgarter Schloss gewählt, zu sehen war der Musikpavillon. »Ein hübsches kleines Gemälde, wie es in jedem Salon hängen könnte«, sagte Gottlob Steinbeiß.

Wilhelm Hahnenkamm nickte. »Wie es scheint, sind die von Auerwalds wohl öfter zu Gast im Schloss.« Ein Hauch von Bewunderung, vielleicht auch Neid, lag in der Stimme des Schulleiters.

»Die Malerei wurde ordentlich ausgeführt, aber mir fehlt die Originalität«, sagte Mylo schulterzuckend. Er hielt Alexanders Aquarellzeichnung in die Höhe. »Hier, die lange Häuserfront, der kaum wahrnehmbare Lichteinfall zwischen den einzelnen Gebäuden, die dunklen Fenster, hinter denen man sogleich manche Schandtat vermutet – *das* ist originell!«

»Düster ist das, verehrter Kollege, düster.« Gottlob Steinbeiß gab ein kleines Geräusch von sich, das zwischen Amüsement und Verachtung lag. »Haben Sie gesehen, wie der Junge den Pinsel hielt? Als sei es eine Heugabel!«

»Die passenden Schuhe dazu trägt er ja«, sagte der Schuldirektor schmunzelnd. »Ich wusste gar nicht, dass es solche Schuhe aus Stroh überhaupt noch gibt. Stammen die nicht aus dem Mittelalter?«

Steinbeiß reagierte nicht auf die rhetorische Frage, sondern nahm die handtellergroße tönerne Katze, die auf einem Kissen lag, in beide Hände. »Dafür, dass er keine Lust auf die Aufgabe hatte, ist Maximilian die Figur gut gelungen. Bis zu den Schnurrhaaren hin hat er alles ausgearbeitet«, sagte er, während er die Figur von allen Seiten betrachtete. Er reichte sie an den Direktor weiter.

Wilhelm Hahnenkamm zeigte auf die Troddeln, mit denen das Liegekissen an allen vier Ecken ausgestattet worden war. »Einen Blick fürs Detail hat Maximilian auch. Meine Herren, ich denke, der Aufnahme des jungen Auerwalds in unsere neue Klasse steht nichts mehr im Weg?«

Sowohl Steinbeiß als auch Mylo stimmten dem Direktor zu. Die Begabung war da, und das Schulgeld war für die Familie Auerwald mit Sicherheit leicht aufzubringen – solche Schüler brauchte ihre Schule.

Hahnenkamm setzte einen schwungvollen Haken auf ein Formular. »Kommen wir nun zu unserem möglichen

Stipendiaten…« Fragend schaute er die beiden andern Männer an.

»Ein totes Kind, Himmel hilf! Wie kommt er nur auf so eine Idee?« Wilhelm Steinbeiß schüttelte den Kopf. »Allein beim Ansehen dieser Plastik wird mir ein wenig unheimlich zumute.«

»Unheimlich ist viel eher, dass dort, wo Alexander Schubert herkommt, auch heutzutage noch viele Säuglinge kurz nach der Geburt sterben«, erwiderte Mylo heftig. Seine Augen funkelten wie kalte Kristalle, als er von einem Mann zum andern schaute. »Ich finde es äußerst mutig von dem Jungen, diese Missstände künstlerisch zu thematisieren!«

»Ob er daran gedacht hat? Oder hat er nicht einfach einen etwas… morbiden Charakter?« Wilhelm Hahnenkamm schüttelte missfällig den Kopf. »Die Ausführung ist gut, keine Frage. Aber wer sollte sich ein totes Kind in die Vitrine stellen? Verkäuflich ist so eine Plastik weiß Gott nicht. Und sollten wir nicht bei allem, was wir lehren, den Gedanken im Hinterkopf behalten, dass unsere Schüler durch ihre Kunst irgendwann ein Auskommen haben? Daran muss ich Sie als einen der erfolgreichsten Architekten unserer Zeit nicht erinnern, oder? *Tout le monde* reißt sich darum, dass Sie ihre nächste Villa konzipieren!«

Mylo zuckte mit den Schultern. »Das mag sein, aber um Ruhm ist es mir mit meiner Arbeit nie gegangen – um Inhalte dagegen umso mehr. Doch zurück zu Alexander Schubert – mein Gefühl sagt mir, dass er ein ungeschliffener Diamant ist. Mich würde sehr interessieren, welche Ecken und Facetten bei ihm durch die entsprechende Förderung zum Vorschein kommen.«

»Potenzial mag er haben, das ist unbestritten«, entgegnete Steinbeiß. »Aber gilt es nicht noch ein paar andere Aspekte zu betrachten? Passt Alexander Schubert hierher, in unser Institut?« Er schaute fragend von einem zum andern. »Natürlich ist mir bewusst, dass ein Stipendium dafür gedacht ist, armen Kindern eine Chance zu geben – aber ob die Kluft zwischen Arm und Reich in diesem Fall nicht zu groß ist?« Er nickte in Richtung des Nebenzimmers, wo die beiden Prüflinge auf die erlösende Nachricht warteten. »Allein die heutige Konstellation ist fast schon absurd – der Sohn eines Grafen und der Sohn eines …« Er runzelte die Stirn. »Ich erinnere mich gerade nicht, was auf dem Anmeldeformular stand – wo genau kommt dieser Alexander eigentlich her?«

»Aus Laichingen«, sagte Mylo, und seine Stimme klang seltsam rau. »Er ist höchstwahrscheinlich der Sohn eines Webers.«

Die beiden andern schauten erstaunt auf, doch keiner wagte zu fragen, woher Mylo dies wusste. Der Architekt war bekannt für seine teilweise kapriziöse Art und seine manchmal etwas aus dem Rahmen fallenden Äußerungen. Die feine Gesellschaft liebte ihn deswegen umso mehr.

Schuldirektor Hahnenkamm nickte. »Das erklärt einiges. Die Armut der Weber hat schon Gerhart Hauptmann in seinem bedeutenden Stück einst beschrieben.«

»Ganz genau«, fügte Steinbeiß hinzu. »Ich sehe schon jetzt vor mir, wie Alexanders Mitschüler beim Anblick der Strohschuhe eimerweise Spott und Hohn über ihm ausschütten. Wollen wir ihm das wirklich zumuten? Oder wäre es nicht besser, dieses Jahr auf die Vergabe eines Stipendiums zu verzichten? Die bisherigen Kandidaten bei der Hauptprüfung hatten uns ja auch nicht überzeugt.«

Einen Moment lang herrschte Schweigen, während die drei Männer über diese Frage nachdachten.

Der Schuldirektor runzelte die Stirn. »Es ist ja nicht so, als würde uns Alexander Schuberts Talent nicht überzeugen …«, sagte er gedehnt. »Und wir dürfen noch einen Aspekt bei allem nicht vergessen: Wenn wir dieses Jahr nicht auf die Fördergelder zurückgreifen – wer weiß, ob man sie uns im nächsten Jahr noch einmal zur Verfügung stellt?«

Mylo nickte. »Ich denke, wir sollten dem jungen Schubert eine Chance geben! Die Laichinger Weber mögen bettelarm sein, aber sie sind zäh wie der Flachs, aus dem sie ihre Tücher spinnen. Alexander Schubert wird hier kein leichtes Spiel haben, aber das hatte er mit Sicherheit noch nie in seinem Leben. Wir würden ihm also nichts zumuten, was er nicht schon lange kennt …«

*

»Hast du gesehen, wie der Schornsteinfeger auf dem Dach herumgeturnt ist? Und wie er dann die Nase der Frau geschwärzt hat, darauf war sie nicht gefasst!« Christel gluckste vor Lachen.

Anton blinzelte, dann hielt er sich eine Hand schützend über die Augen. Nach dem dunklen Lichtspielhaus musste er sich erst wieder ans grelle Tageslicht gewöhnen. Christel hingegen schien sich an dem Kontrast nicht zu stören. »Und dann, als die Katze über die

Straße lief und der Schornsteinfeger mit seiner Leiter hinpurzelte und …«

Anton grinste. So übersprudelnd hatte er Christel noch nie erlebt. Gutmütig hörte er zu, wie sie Szene für Szene nacherzählte, interpretierte und im Geist noch einmal erlebte.

Er selbst hatte von dem Film so gut wie nichts mitbekommen, dazu war ihm viel zu viel durch den Kopf gegangen. Doch nun waren seine Gedanken sortiert, und er war bereit, sie Christel mitzuteilen.

»Ich lade dich zu einer Limonade ein, komm, lass uns einkehren!« Er zeigte auf ein kleines Lokal.

Christel, in Gedanken noch im Lichtspielhaus, folgte ihm wie in Trance.

Sie saßen noch nicht ganz, als schon ein Kellner an ihren Tisch eilte und Christel nach ihren Wünschen fragte.

Es war wirklich unfassbar, ging es Anton durch den Sinn. Christel erhielt allein durch ihre Anwesenheit die Aufmerksamkeit der Menschen! Er selbst war ja ebenfalls ein gut aussehender Bursche – zumindest schätzte er sich so ein –, aber bis die Leute ihn wahrnahmen, musste er doch den einen oder anderen charmanten, klugen oder frechen Spruch äußern oder ein Kompliment machen. Bei Christel hingegen reichte der Anflug eines Lächelns auf ihren Lippen, und schon schmolzen die Leute dahin.

Sein Schatz. Und das ab heute im wortwörtlichen Sinne. Er hatte schon immer gewusst, dass sie etwas ganz Besonderes war, dachte er, während Christel so lässig zwei Limonaden bestellte, als würde sie so etwas täglich machen.

»Wie gefällt dir eigentlich unser Ausflug?« fragte er, als der Kellner sich entfernt hatte.

»Wie er mir gefällt?« Christel lachte laut heraus. »Es ist fantastisch hier!« Sie breitete die Arme aus, als wolle sie die ganze Stadt umfangen. »Die eleganten Menschen auf der Straße, das Lichtspielhaus, alles ist so anders als das, was wir gewohnt sind. Es ist wirklich gemein, dass andere Leute so viel mehr haben!« Ihre Augenbrauen zogen sich bei den letzten Worten düster zusammen. Doch schon im nächsten Moment hellte sich ihre Miene wieder auf. »Ich glaube, an all das hier könnte ich mich schnell gewöhnen.« Mit einem koketten Augenaufschlag trank sie gierig einen Schluck der gezuckerten Limo, die der Kellner gerade gebracht hatte.

Anton fasste sie beschwörend an beiden Händen. »Endlich siehst du es auch ein! Christel, du und ich in Laichingen, das ist wie Perlen vor die Säue geworfen. Es ist höchste Zeit, dass wir wegkommen und reich und berühmt werden!«

»Und wie soll das gehen?« Sie stellte ihr Glas ab.

Hatte sie das wirklich gefragt?, dachte Anton ungläubig. Kein Widerspruch? Kein »Aber der liebe Gott hat nun mal dieses Leben für mich bestimmt«? Kein »Ich kann doch meine Familie nicht im Stich lassen«?

»Ich habe den Plan schon genau im Kopf«, sagte er bestimmt. »Mimi Reventlow kennt eine Unternehmerin am Bodensee, die Schönheitsprodukte für Frauen herstellt. Ich glaube, ich habe dir schon einmal von ihr erzählt. Zu den Kunden dieser Dame zählen bestimmt viele wichtige Leute – Adlige, vermögende Persönlichkeiten, und ganz bestimmt auch welche aus der Theater- und Filmwelt. Dort braucht man schließlich tagtäglich Puder und Schminke!«

Christel klebte förmlich an seinen Lippen. »Du meinst, wir sollten an den Bodensee fahren?«

Er nickte. Er und Christel am Ufer des Sees. Sie mit einem spitzenbesetzten Sonnenschirm und er mit einem Spazierstock, wie ein feiner Herr. Alle würden ihnen mindestens so bewundernd nachschauen wie hier in Stuttgart – er hatte das Bild schon genau vor Augen. »Das Wichtigste ist, dass wir erste Kontakte knüpfen können. Mimi Reventlows Bekannte könnte das Sprungbrett sein, das wir benötigen, um dich berühmt zu machen. Mindestens so berühmt wie die Schauspielerin in dem Film vorhin!«

Christel nickte, als würden sie Selbstverständlichkeiten besprechen. »Und von welchem Geld fahren wir dorthin?«

»Mach Dir darüber keine Sorgen, darum kümmere ich mich«, sagte er und straffte seine Schultern. Und wenn er dafür zehn Jägerstände für seinen Vater würde bauen müssen!

Christel rutschte aufgeregt auf ihrem Stuhl hin und her. »Am besten redest du gleich nachher mit Frau Reventlow!«

Anton überlegte kurz. Die Zugfahrt war lang. Zeit, um mit der Fotografin zu sprechen, hätte er da genug. Aber was, wenn Mimi Reventlow Zweifel an seinen Plänen äußerte? Christel war leicht zu beeinflussen, und nun, da sie endlich aufgewacht war, wollte er nicht riskieren, dass jemand sie wieder ins Wanken brachte. Er durfte jetzt kein Risiko eingehen.

»Alexander muss nicht alles mitbekommen, es ist besser, wenn ich in aller Ruhe mit Mimi Reventlow spreche«, sagte er entschieden. »Außerdem wird sich heute das Gespräch sowieso einzig um ihn drehen. Da würden unsere Belange untergehen. Vertrau mir einfach!«

Christel schaute ihn skeptisch an.

26. Kapitel

Wie am Morgen vereinbart, fand die kleine Gruppe am Bahnhof wieder zusammen. Ihr Zug stand schon bereit, in wenigen Minuten würde er losfahren.

Doch statt einzusteigen, waren alle Augen auf Alexander gerichtet. »Und?«

Der Webersohn rieb sich das Kinn. »Ich habe bestanden«, sagte er so ungläubig, als könne er es selbst noch nicht fassen.

Danach gab es kein Halten. Anton umarmte den Freund und verdrückte heimlich eine Träne. Mimi umarmte und beglückwünschte Alexander ebenfalls. Und auch Christel reichte Alexander die Hand und gratulierte ihm.

»Bitte einsteigen, die Türen schließen bald!«, rief ein Schaffner und unterbrach damit das aufgeregte Geplapper. Mimi nahm Alexanders Gehhilfen, und Anton hob den Freund, der sichtlich erschöpft war, trotz seines lautstarken Protests die zwei Stufen in den Zug hinauf.

Kaum hatten sie sich im Abteil eingerichtet, ging das Gespräch weiter – alle wollten schließlich wissen, wie die Prüfung verlaufen war.

»Unglaublich war es. Mir kommt alles immer noch vor

wie ein Traum«, sagte Alexander mit belegter Stimme und einem seltsamen Glanz in den Augen. »Die Farben! Dass aus einem so winzigen Kästchen mit Aquarellfarbe solche brillanten Töne entstehen können – das war wie Zauberei. Und dann das schwere Papier des Zeichenblocks! Anfangs habe ich mich kaum getraut, den ersten Pinselstrich zu setzen. Gleichzeitig habe ich noch nie in meinem Leben etwas so Schönes erlebt…«

»Und wie waren die andern Schüler so?«, wollte Anton wissen.

»Die eigentliche Aufnahmeprüfung fand ja schon vor Wochen statt. Heute war außer mir nur noch ein Nachzügler anwesend, Maximilian heißt er. Er hat ebenfalls bestanden. Seine Eltern sind reich, er braucht kein Stipendium.«

»Ist das alles aufregend!« Mimi hielt es kaum auf der harten Sitzbank aus, am liebsten hätte sie Alexander nochmals umarmt. Sie war so stolz auf den Jungen, als wäre es ihr eigener Sohn!

Alexander hielt ihr seine Hand hin. »Ich möchte mich bei Ihnen bedanken, Frau Reventlow. Ohne Ihre Hilfe hätte ich diese Chance nie bekommen.«

»Das habe ich doch gern gemacht«, erwiderte Mimi warmherzig.

»Jetzt weiß ich wenigstens, dass ich etwas kann. Auch wenn ich das Stipendium ablehnen muss.« Alexander zuckte mit den Schultern. »Ich habe nicht gewagt, dies den Herren gleich heute mitzuteilen. Sie wären bestimmt sehr verärgert gewesen. Aber in den nächsten Tagen muss ich einen entsprechenden Brief schreiben.« Er lachte bitter auf. »Schließlich wartet meine Lehrstelle bei Gehringer auf mich!«

Einen Moment lang herrschte betretene Stille.

»Jetzt mal langsam mit den jungen Pferden. Hier und jetzt freuen wir uns erst einmal über deinen Erfolg, in Ordnung?«, sagte Mimi und schaute mahnend in die Runde.

»Genau«, pflichtete Anton ihr bei. »Wer weiß – vielleicht tut sich ja doch noch eine Möglichkeit auf.«

Das Gespräch versickerte, Alexander verfiel in düstere Grübelei. Anton und Christel tuschelten geheimnisvoll miteinander.

Mimi war plötzlich müde, mehr als einmal fielen ihr fast die Augen zu. Doch jedes Mal, wenn sie sie wieder öffnete, fiel ihr Blick auf eine Frau, die zwei Reihen vor ihnen Platz genommen hatte. Irgendwie kam sie ihr bekannt vor…

Sie hatten sich beim Einsteigen kurz gegrüßt, seitdem schaute die Frau mit verschlossenem Blick aus dem Zugfenster. Mimi konnte von ihrem Platz aus nur das Profil sehen. Sie schätzte die Alleinreisende auf ihr Alter ein, also Anfang dreißig. Sie hatte dichtes, aschblondes Haar, das von ersten grauen Strähnen durchzogen war und das sie zu einem Zopf geflochten trug, den sie wie eine Krone rund um ihren Kopf gelegt hatte. Wo hatte sie solch eine Frisur schon einmal gesehen?, rätselte Mimi. Die Haut der Fremden war vom Wetter gegerbt, genau wie ihre Hände, die sie wie zu einem Gebet im Schoß gefaltet hatte. Ihren Mund presste die Frau so fest zusammen, als wolle sie einen stummen Schrei unterdrücken. So eindringlich das Profil der Fremden war, so gelang es Mimi doch nicht, es zu entschlüsseln.

Mimi überlegte kurz, dann siegte ihre Neugier. Sie stand auf, trat zwei Schritte an die Frau heran und tippte ihr vorsichtig, um sie nicht zu erschrecken, auf die Schulter. »Verzeihung, wenn ich Sie so einfach anspreche – aber kennen wir uns von irgendwoher?«

Die Fremde schaute auf. Mimi spürte, dass sie sich gestört fühlte und schon eine unfreundliche Erwiderung auf den Lippen hatte, doch im nächsten Moment verwandelte sich ihre Miene in ein großes Fragezeichen. Sie wich ein wenig zurück, um Mimi besser mustern zu können. »Das gibt's doch nicht«, murmelte sie. »Damals, in Esslingen. Sie sind … Bist du … die Fotografin Mimi Reventlow?«

»Ja, die bin ich. Und du bist die Braut, die auf der Suche nach dem schönsten Brautkleid war!«, rief Mimi erfreut und fassungslos zugleich. Konnte das wirklich sein? Nach all den Jahren?

Unter den neugierigen Blicken der anderen Reisenden fielen sich die beiden Frauen in die Arme.

»Jetzt erinnere ich mich auch an deinen Namen – Bernadette, nicht wahr? Die Schäferin aus Münsingen!« Aufgeregt ließ sich Mimi auf dem freien Platz neben der anderen nieder. »Ausgerechnet hier und jetzt treffen wir uns wieder!« Sie nahm Bernadettes Hände in die ihren und sagte: »Ich hoffe, du steigst nicht an der nächsten Station aus? Ich möchte so gern erfahren, wie es dir ergangen ist! Vor allem, wie die Hochzeit war – du warst bestimmt die schönste Braut von allen.« Sie zwinkerte Bernadette vertraulich zu.

Nie würde sie vergessen, wie verliebt die Fremde gewesen war, damals, bei ihrem fast schicksalhaften Zusammentreffen in Esslingen. Ständig hatte sie von ihrem zukünftigen Ehemann geschwärmt und davon, dass sie es kaum erwarten konnte, seine Frau zu werden. Ihre blauen Augen hatten gestrahlt wie der Himmel an einem besonders schönen Sommertag. Und Mimi hatte damals erkannt, dass sie Heinrich zwar sehr gern hatte, ihn aber nicht von ganzem Herzen liebte. Ihre Entscheidung, Heinrichs Heiratsantrag abzulehnen und ihr Glück als Wanderfotografin zu versuchen, war somit eng mit dieser Fremden verbunden. Und nun sahen sie sich nach all den Jahren wieder … Mimi kam noch immer nicht aus dem Staunen heraus. Und so bemerkte sie erst einen Augenblick später, dass sich Bernadettes Miene verfinstert hatte wie eine Landschaft bei einem aufziehenden Gewitter.

»Aus der Hochzeit wurde nichts.«

»Aber … das gibt's doch nicht. Du warst doch so glücklich!«, sagte Mimi fassungslos.

Bernadette schnaubte. »Glück ist eine Illusion, mehr nicht. Und die Liebe ist ein verschlagenes Tier. Ich bin froh, dass ich diese ganze Gefühlsduselei hinter mir habe. Eine gewisse Härte, das ist, was man braucht, um unbeschadet durchs Leben zu kommen.« Die strahlend blauen Augen waren jetzt kalt wie ein eisiger See.

Mimi war so schockiert, dass ihr keine Erwiderung einfallen wollte.

»Jetzt schau nicht so bedröppelt! Im Leben kommt es oft anders, als man denkt, das hast du bestimmt auch schon mitbekommen, oder etwa nicht?«, sagte Bernadette, als wolle sie Mimi trösten. »Erzähl du mir lieber, wie es dir ergangen ist.«

Bereitwillig ging Mimi auf das Angebot ein, erzählte von ihren Jahren als Wanderfotografin und davon, dass sie seit diesem Frühjahr in Laichingen bei ihrem Onkel wohnte und diesen versorgte.

»Ausgerechnet in Laichingen bist du gelandet?« Bernadette lachte. »Dann geht es dir sicher ähnlich wie mir. Ich schätze, bei den Webern musst du auch hart wie ein Mann auftreten, damit sie dich als Frau ernst nehmen.«

Mimi zuckte mit den Schultern. »Es sind wohl eher die gefühlvollen Eingebungen einer Frau, die meine persönliche Handschrift beim Fotografieren ausmachen und die von meinen Kunden geschätzt werden.«

Ein spöttischer Zug umspielte den Mund der Schäferin. »Oje – man merkt, dass du noch nicht lange in Laichingen bist. Mit gefühlvollen Eingebungen kommst du bei uns auf der Alb nicht weit. Warte nur ab! Wenn du Erfolg hast, lauern die Leute nur darauf, dir eins auszuwischen. Neid und Missgunst regieren die Welt. Deshalb musst du das Messer, das sie dir in den Rücken rammen wollen, spüren, noch bevor sie es gezückt haben.« Sie nickte, als wolle sie sich selbst recht geben.

Mimi schüttelte nervös den Kopf. »Du machst mir fast ein bisschen Angst mit deinen Reden, Bernadette. Und ein bisschen Gottvertrauen sollte der Mensch doch haben, oder?«

»Gottvertrauen! Ach Mimi, wenn es damit nur getan wäre...« Bernadette lachte traurig auf. Sie zog ein kleines Notizbuch aus der groben Leinentasche, die neben ihr auf der Bank stand, riss ein Blatt heraus und kritzelte etwas darauf. »Hier, meine Adresse in Münsingen. Komm mich doch einfach mal besuchen, dann erzähle ich dir, wie das Leben auf der Alb wirklich ist.« Sie reichte Mimi den Zettel.

Gespräch beendet, dachte Mimi. Sie verabschiedeten sich mit dem vagen Versprechen auf ein Wiedersehen, dann ging Mimi zu ihrem Sitzplatz bei den jungen Leuten zurück.

»Wer ist das?«, fragte Anton sogleich naseweis.

»Eine alte Bekannte. Sie wohnt in Münsingen. Ihre Familie hat einen Schäfereibetrieb.«

Augenblicklich erlosch sein Interesse. Mimi war das nur recht, ihr ging viel zu viel durch den Kopf, als dass sie sich mit ihm hätte unterhalten wollen.

Was war mit dem unbeschwerten glücklichen Mädchen von einst geschehen? Warum wirkte die stolze Bernadette so verbittert? Wann und wo hatte sie ihr Gottvertrauen verloren?

Bedrückt steckte Mimi den Zettel mit der Adresse in ihren Geldbeutel. Ein Leben ohne Liebe und ohne Gottvertrauen – war das überhaupt möglich?

*

Evelines Gedanken wanderten den ganzen Tag über immer wieder nach Stuttgart, dementsprechend fahrig und nervös war sie. Beim Sticken vergaß sie das fünfte Blatt einer Blüte, der Schwarze Brei brannte ihr an, und als sie die Eier aus dem Stall holte, wäre sie mitsamt der kostbaren Last fast gestolpert.

Hoffentlich würde sie sich bei der Feldarbeit nicht verletzen, so schusselig wie sie war, dachte sie, als sie sich mit den Mädchen für einen langen Nachmittag auf dem Acker fertig machte.

Wie es Alexander wohl erging?, fragte sie sich eine Stunde später zum zigsten Mal, während sie vorsichtig den Boden rund um ihre Kartoffelpflanzen auflockerte. Schlug er sich tapfer oder war er ganz verzweifelt? Er war noch nie von Laichingen fort gewesen, wahrscheinlich schüchterte die große Stadt ihn schrecklich ein! Warum nur war sie nicht mitgefahren? Das Geld hätte gereicht, nun, da auch noch Anton so großzügig gewesen war.

Inzwischen musste ihr Sohn die Prüfung hinter sich haben und das Ergebnis kennen. Eve wusste nicht, was sie sich wünschen sollte – dass er bestanden oder versagt hatte.

Sie richtete sich auf und streckte sich. Heute fühlte sie sich gar nicht wohl in ihrer Haut. Und das lag nicht allein am Schweiß, der ihr in Strömen den Rücken hinablief, sondern auch an dem Streit mit Mimi Reventlow.

Seit letzter Woche grübelte sie darüber nach, was bei Helene im Laden in sie gefahren war, dass sie derart die Fassung verloren hatte. Johann hatte ihr doch ganz offen erzählt, dass er die Fotografin zu dem Fest eingeladen hatte! Am Ende hätte er sogar fast vergessen, Mimi abzuholen, erinnerte sie sich. Und als die Frauen dann mit ihrem Tratsch begannen, war Edelgard auch noch für Johann in die Bresche gesprungen und hatte bezeugt, dass er zu Hause geschlafen hatte. Trotzdem war sie, Eve, derart auf Mimi losgegangen.

Und als hätte dieser peinliche Vorfall nicht gereicht, hatte Johann sie zwei Tage später auch noch darauf angesprochen und lachend gefragt, welchen Grund sie gehabt hätte, sich als eine solche Furie aufzuspielen. So beiläufig es ging, hatte sie alles als kleines Wortgefecht abgetan. Johann hatte die Sache zum Glück auf sich beruhen lassen, dennoch hatte sie gespürt, dass er solch ein eifersüchtiges Gehabe nicht leiden konnte.

Je länger sie über alles nachdachte, desto mehr tat ihr die ganze Sache leid. Das war wirklich nicht ihr Stil! Sobald wie möglich wollte sie sich bei Mimi entschuldigen und die Angelegenheit damit aus der Welt schaffen, nahm sie sich vor.

Die Sonne ging langsam unter, als Eveline und die Mädchen wieder in Richtung Dorf aufbrachen. Bald würden auch Alexander und die andern zurückkehren. Züge fuhren so spät keine mehr, für das letzte Wegstück hatte Anton einen Mann engagiert, der sonst für eine Brauerei fuhr. Er wollte die kleine Gruppe mit einem Pritschenwagen in Amstetten abholen und nach Laichingen bringen. Anton hatte sich in dieser Angelegenheit mehr eingesetzt als sie, dachte Eveline schuldbewusst.

Als sie auf dem Marktplatz ankamen, waren sie alle drei müde und hungrig. Und eigentlich gehörten die Mädchen ins Bett. Trotzdem sagte Eve: »Bald kommt Alexander zurück. Lasst uns hier auf ihn warten!« Sie zeigte auf die Bank unter der großen Kastanie, während ihr Blick über den Marktplatz wanderte. Ein wenig hatte sie darauf gehofft, Johann über den Weg zu laufen, es war schließlich Schichtende. Doch vergeblich. Und auch von Alexander und den andern fehlte noch jede Spur.

Eine halbe Stunde später hielt vor dem Ochsen der Pferdewagen mit den Reisenden. Marianne und Erika sprangen auf, bevor Eveline etwas sagen konnte.

»Alexander!«

Eveline raffte ihr Ackerwerkzeug zusammen, dann

ging sie der Gruppe ebenfalls entgegen. Schon von der Mitte des Marktplatzes aus sah sie das Strahlen auf Alexanders Gesicht. Er hatte also bestanden! Ihr Herz lief über vor Stolz und Liebe, als sie sah, dass er Marianne und Erika je eine Brezel schenkte. Sogar an seinem großen Tag dachte Alexander an die Familie …

Im nächsten Moment entdeckte sie, dass Mimi Reventlow ebenfalls vom Wagen stieg. Als sie Eveline erblickte, schaute sie eilig fort.

Eveline runzelte die Stirn. Hatte sie der Fotografin nicht klipp und klar gesagt, dass sie sich aus ihrem Leben heraushalten sollte? Mit zusammengepressten Lippen ging sie auf Alexander zu.

»Und – wie war's?«, fragte sie hölzern.

»Ich hab's geschafft. Sie würden mich nehmen«, krächzte er mit ausgetrockneter Kehle. »Aber hätten die andern mir nicht so viel Mut zugesprochen, wäre ich vor Nervosität wahrscheinlich vorher umgekommen.«

Eveline zwang sich zu einem Lächeln.

»Das müssen wir feiern! Alle in den Ochsen, ich lad euch zum Abschluss dieses aufregenden Tages zu einem Glas Most ein!«, rief Anton. Schon scheuchte er Christel, Anton und die Mädchen die Stufen zur Wirtschaft hinauf.

Aus den Augenwinkeln sah Eveline Mimis Zögern und gab sich einen Ruck.

»Ich möchte mich bei dir entschuldigen«, sagte Eveline leise. »Ich weiß auch nicht, was neulich in mich gefahren ist. Wahrscheinlich habe ich meinen ganzen Zorn über die verfahrene Lage an dir ausgelassen! Ich würde Alex so gern ermöglichen, dass er diese Schule besucht, aber wenn nicht noch ein Wunder geschieht … Jedenfalls – es tut mir leid.« Sie schüttelte traurig den Kopf, dann streckte sie Mimi förmlich die Hand hin. »Sind wir wieder gut miteinander?«, fragte sie zaghaft.

Mimi zögerte nur einen Wimpernschlag lang. »Einverstanden«, sagte sie dann.

Mimis Händedruck war nicht außergewöhnlich fest, dennoch schrie Eve vor Schmerz auf. Augenblicklich ließ Mimi sie los. »Du lieber Himmel, du blutest ja!« Entsetzt zeigte die Fotografin auf Evelines Hände, die mit Schrunden und offenen Wunden übersät waren.

»Die Feldarbeit, das viele Sticken … Und gestern war auch noch Waschtag. Das hinterlässt Spuren«, sagte Eveline und versteckte ihre Hände verschämt hinter dem Rücken.

»Ich habe zu Hause eine gute Creme, wenn du magst, füll ich dir ein wenig davon ab«, sagte Mimi, sichtlich erschüttert.

Eveline nickte, dann folgten sie den andern ins Gasthaus.

Natürlich bekam jeder im Ochsen mit, dass Alexander in Stuttgart einen so großen Erfolg hatte feiern dürfen. Die Weber, die zuvor kritisch und spöttisch lachend auf Alexanders »Furzidee« herabgeschaut hatten, klopften ihm nun auf die Schulter und murmelten: »Gut gemacht!« Manch einer wollte mit Alexander anstoßen, wollte wissen, wie es in Stuttgart so war, oder hatte sonst eine Bemerkung parat. Eveline schien es fast, als wären die Leute plötzlich stolz auf Alexander – schließlich war er ja »einer von ihnen«. Sie war außerdem erstaunt, wie gut ihr sonst so schüchterner Sohn mit der ganzen Aufmerksamkeit zurechtkam.

Nachdem Anton jedem ein Glas Most hingestellt hatte, kam seine Mutter, Karolina Schaufler, mit einem Teller Schmalzbroten und einer Schüssel saurer Gurken an den Tisch. »Greift alle zu! Most ist noch genügend da, ihr seid alle eingeladen«, sagte sie, dann setzten sie und ihr Mann sich zum Erstaunen ihres Sohnes ebenfalls dazu.

Auf einmal hatte Eveline einen Kloß im Hals. Solange sie in Laichingen lebte, konnte sie sich nicht daran erinnern, dass die Dorfbewohner jemals solch ein Interesse an ihrer Familie gezeigt hatten. Sicher, Edelgard und die eine oder andere Nachbarin halfen ihr öfter aus, genau wie sie es umgekehrt auch tat. Aber die Solidarität und das warme Gefühl, das sie hier und jetzt verspürte, waren neu für sie.

Was für eine ungleiche Gruppe, dachte sie und ließ ihren Blick unauffällig rund um den Tisch wandern. Neben Alexander saß Anton mit seinen breiten Schultern, kein Junge mehr, längst ein Mann. Er hatte sich als wahrer Freund für Alexander erwiesen, hatte mehr für ihn getan als sie selbst, dachte Eveline wieder schuldbewusst. Neben Anton die schöne Christel – warum war sie heute eigentlich mit von der Partie gewesen? Neben Christel saß Mimi, die weit gereiste Fotografin. Auf der anderen Tischseite dann Antons Eltern, die sich so wenig zu sagen hatten wie einst Klaus und sie. Was Klaus wohl denken würde, wenn er sie hier und jetzt sehen könnte? Wahrscheinlich: Der Teufel tanzt im Haus!, dachte Eve bitter, doch sie verscheuchte den Gedanken so schnell, wie er gekommen war. Würde Klaus noch leben, hätte Alexander diesen schönen Moment gar nicht erfahren können. Eine Tür ging zu, die nächste auf, so war das nun mal. Sie spürte plötzlich über den Tisch hinweg Mimis Blick auf sich. Mit einem tapferen Lächeln hob sie ihr Mostglas und prostete der Fotografin zu.

27. Kapitel

Am nächsten Morgen war das Wetter so schön wie während der vergangenen Tage. Von wegen, auf der Alb war es ein halbes Jahr Winter und ein halbes Jahr kalt!, dachte Mimi, während sie Teller, Tassen und Besteck nach draußen in den Garten trug. Die Kaffeekanne, der Brotkorb, Butter und Marmelade folgten. Zu guter Letzt half sie Onkel Josef mit seiner Gehhilfe hinaus in den Garten – ein Frühstück an der frischen Luft würde ihm gewiss guttun!

Von jetzt an würde sie jeden Tag so nehmen, wie er kam. Liebevoll schob Mimi ihrem Onkel ein Kissen in den Rücken. Sie würde sich keinen Trübsinn mehr erlauben und auch keine negativen Gedanken. Es tat nicht not, dass sie ewig über Bernadettes seltsame Verwandlung nachdachte oder darüber, warum Eveline jetzt auf einmal wieder gut mit ihr war. Es war auch nicht nötig, dass sie jeden Satz von Johann auseinanderpflückte, um nur ja keine tiefer liegende Bedeutung zu überhören! Sie war, was Liebesdinge anging, ein unbeschriebenes Blatt – worauf gründete also ihre Annahme, dass es zwischen Johann und ihr eigentlich anders laufen müsste?

Es machte auch keinen Sinn, dass sie ständig darüber

nachdachte, wie sich das Geschäft ankurbeln ließe, wenn es kein Geschäft gab. Das, was sie tun konnte, das tat sie sowieso. Alles darüber hinaus musste sie dem lieben Gott überlassen. So wie die Vögel es taten, die so fröhlich auf dem Atelierdach saßen und zwitscherten.

Wie gut ihr der Tag in Stuttgart getan hatte!, dachte Mimi später, als sie frohgemut die Reste vom Frühstück wegräumte. Sobald sie fertig war, warf sie sich ein dünnes Cape über und marschierte los. Schon längst hatte sie Sonja Merkle und ihrem Neugeborenen einen Besuch abstatten wollen, heute endlich machte sie ihren Vorsatz wahr.

Sie hatte den Marktplatz noch nicht zur Hälfte überquert, als sie abrupt stehen blieb. Keine zehn Meter von ihr entfernt stand ein Mann mit Wanderstiefeln, Rucksack und einer kleinen Handkamera. Völlig in sein Tun vertieft fotografierte er die Hüle.

Ein Knipser!

»Was machen Sie hier?«, entfuhr es Mimi, und sie konnte nichts gegen den besitzergreifenden Ton in ihrer Stimme tun. Laichingen war ihr Gebiet!

Der Mann schrak zusammen, fing sich jedoch gleich wieder. »Ich fotografiere«, antwortete er stolz. Genauso stolz hielt er seine kleine Handkamera in die Höhe. »Interessieren Sie sich für Technik, junge Frau? Ich sage Ihnen, das Fotografieren ist ein herrlicher Zeitvertreib! Bald werden noch viel mehr Menschen in diesen Genuss kommen, das ist ein wunderbares Steckenpferd! Bestimmt wird es bald keine Fotoateliers mehr geben, dann macht jeder seine Fotografien selbst.« Er schaute sie beifallsheischend an.

»Da wäre ich mir nicht so sicher. Sie können eine Amateurfotografie nun wirklich nicht mit der Kunst eines Fachmanns vergleichen«, antwortete Mimi schmallippig und spürte, wie ihre gute Laune schlagartig schwand. Wenn diese Knipserei tatsächlich Mode wurde, konnte ihre Zunft bald einpacken!

»Ja bitte?«

»Luise, Sie sind auch da, wie schön«, sagte Mimi. »Ich würde gern Sonja und das Kindchen besuchen.«

»Meine Tochter ruht.« Statt die Tür zu öffnen, schaute Luise Neumann sie misstrauisch an.

Auf einmal kam es Mimi seltsam vor, so einfach bei fremden Leuten hereinzuschneien. »Ich habe für das Kleine etwas aus Stuttgart mitgebracht!« Verunsichert hielt sie die silberne Rassel in die Höhe, die sie gestern auf dem Weg zum Bahnhof gekauft hatte. »Aber wenn ich unpassend komme, kein Problem…« Trotz all der guten Vorsätze schien heute nicht ihr Tag zu sein.

Endlich öffnete Luise die Tür, doch herein ließ sie Mimi immer noch nicht. Stattdessen winkte sie Mimi näher zu sich und flüsterte: »Erschrecken Sie nicht, Sonja hat eine Wochenbettmelancholie. Sie liegt nur da, grübelt und weint. Für das Kind interessiert sie sich kaum, essen will sie auch nichts. So geht das bei ihr nach jeder Geburt…« Luise schüttelte besorgt den Kopf. »Der Doktor meint, das Stimmungstief würde wieder verfliegen. Aber so lange wie dieses Mal hat es noch nie angehalten, langsam wissen wir uns nicht mehr zu helfen.«

Oje, dann hatte Christel gestern nicht übertrieben. Mimi hob besorgt die Brauen. »Soll ich lieber wieder gehen?«

Luise zuckte ratlos mit den Schultern, ehe sie sagte: »Vielleicht gelingt es Ihnen ja, sie ein wenig aufzuheitern.«

Als Sonja die silberne Kinderrassel sah, weinte sie gleich noch mehr. »So was Schönes... Das ist doch viel zu fein für uns.«

»Überhaupt nicht!«, rief Mimi erschrocken. »Schauen Sie sich doch nur Ihre zauberhafte Tochter an. Sie sieht aus wie eine kleine Prinzessin.«

Ihr Blick fiel auf das kleine Mädchen, das in einer Wiege neben dem Bett lag. Es hatte dieselben blonden Haare wie ihre Mutter und Christel. »Wie es mit dem Mündchen schmatzt!« Sie lächelte. »Stimmt es eigentlich, dass Kinder dann Hunger haben?«

Statt zu antworten, heulte Sonja erst recht los. »Demnächst muss ich noch ein Maul mehr stopfen, nun sind es schon fünf! Und wenn der Herrgott nicht hin und wieder ein Einsehen hätte, würde es jedes Jahr eins mehr werden. Wann hört das endlich auf? So langsam geht das Leben über meine Kräfte«, schluchzte sie.

»Tochter, versündige dich nicht. Kinder sind Gottesgeschenke«, sagte Luise mahnend.

Sonja warf ihrer Mutter einen giftigen Blick zu. Lieblos schnappte sie sich dann das Kind und legte es an ihre Brust.

Eine Zeitlang lang war nur das gierige Saugen der Kleinen zu hören.

Mimi ließ unauffällig ihren Blick schweifen. Wie winzig das Elternschlafzimmer war! Kleiner als ihre Schlafkammer bei Onkel Josef und so vollgestellt, dass man sich kaum bewegen konnte. Außer dem Ehebett gab es noch ein weiteres Bett, auf dem Jungenschlafanzüge lagen. Hieß das, die Buben schliefen mit den Eltern in einem Raum? Das ganze Haus war sehr klein, es gab keine Küche, sondern nur wie bei Luise einen Herd im Flur, das hatte sie schon beim Eintreten erstaunt festgestellt. Wahrscheinlich schlief lediglich Christel in einem eigenen Zimmer.

Außer Spitzenvorhängen sah Mimi keinerlei Schmuck in dem Raum. Kein Bild an der Wand, kein Teppich auf dem Boden, kein silbernes Frisierset – dagegen wirkte Josefs Haus wie ein Palast, dachte sie beklommen. Und das, obwohl Paul Merkle doch sicher einigermaßen gut bei Gehringer verdiente.

Zu ihrer Erleichterung sah Mimi, dass sich Sonjas Gesicht während des Stillens immer weiter aufhellte. Doch als sie das Kind über die Schulter legte, damit es ein Bäuerchen machen konnte, schluchzte sie schon wieder los.

»Nicht mal die gute Muttermilch kann ich meinem Kind lange bieten! Wenn ich in ein paar Tagen wieder mit der Heimarbeit beginne, habe ich keine Zeit mehr fürs Stillen. Herr Gehringer würde sich bedanken, wenn seine schönen Kissen versabbert würden!«

»Dann lassen Sie die Arbeit doch einfach Arbeit sein«, sagte Mimi sanft. »Ihr Mann verdient als Gehringers Assistent gewiss so viel, dass Sie eine Weile auf Ihr Einkommen verzichten können, oder?«

Sonja schaute sie aus verheulten Augen an. »Ja, schon! Aber ich sehe meinen Mann ja kaum noch. Gehringer spannt Paul für sein Firmenjubiläum im nächsten Jahr mit zig Vorbereitungen ein, die er alle nach der eigentlichen Arbeitszeit erledigen muss. Und die Christel fängt ja bald auch in der Fabrik an. Da kann ich doch nicht als Einzige daheim sitzen und Däumchen drehen! Außerdem – was würden die Leute sagen, wenn ich plötzlich die feine Dame spiele?«

»Es hat halt jeder sein Los zu tragen«, sagte ihre Mutter zustimmend nickend.

Mimis Blick wanderte erneut durch das düstere Zimmer. Wie würde es ihr ergehen, wenn sie tagein, tagaus immer nur dieselben vier Wände um sich hätte? »Vielleicht müssten Sie einfach mal für einen Tag aus allem hier rauskommen«, sagte sie stirnrunzelnd. »Mal etwas anderes sehen, andere Leute um sich haben. Wenn ich mir überlege, wie gut mir der Ausflug nach Stuttgart getan hat – heute Morgen fühlte ich mich wie ausgewechselt!«

Mutter und Tochter hoben die Brauen, als wollten sie sagen: Schön für den, der's sich erlauben konnte …

»Es war übrigens sehr liebenswert von Ihrem Mann, Christel die Fahrt nach Stuttgart zu erlauben«, sagte Mimi, der der skeptische Blick nicht entgangen war. Sie beschloss spontan, für sich zu behalten, dass Anton sie bei ihrem Abschied gestern Nacht noch kurz zur Seite genommen und sie gebeten hatte, an Clara Berg in Meersburg zu schreiben. Sie solle Clara fragen, ob Christel Merkle sich eventuell einmal bei ihr vorstellen dürfte. Sonja wäre bestimmt nicht begeistert, wenn sie wüsste, dass ihre Tochter es wagte, an ihrem »Los« etwas verändern zu wollen! Vielleicht wird ja nichts daraus, dachte sie schuldbewusst.

Sonja seufzte. »Seit Christel zurück ist, redet sie nur noch vom Lichtspielhaus! Ganz verrückt macht sie uns alle mit ihren Erzählungen. Jetzt träumt sie davon, eine

Schauspielerin zu werden, stellen Sie sich das mal vor! Dabei haben wir hier doch wahrlich genug Theater.« Schon weinte Sonja wieder los.

Mimi und Luise schauten sich hilflos an.

»Haben Sie schon gehört, dass Alexander Schubert die Aufnahmeprüfung bestanden hat?«, fragte Mimi betont fröhlich. Zu ihrer Erleichterung ging ihr Ablenkungsmanöver auf.

Sonja nahm das Kind von ihrer Schulter. »Die Christel hat's erzählt. Dass wir einen begabten Künstler hier in Laichingen haben, hätte ich nicht gedacht! Und dann ausgerechnet der junge Schubert ...«

»Früher, da hat's mal einen gegeben, der bei den Ulmer Spatzen hat vorsingen dürfen. Aber dann haben sie ihn doch nicht genommen«, sagte Luise.

»Und mit Alexander wird es wohl auch nichts«, sagte Mimi seufzend.

»Aber warum? Eveline war das mit dieser Kunstschule doch so wichtig! Deswegen haben sie und ihr Mann ständig gestritten, heißt es«, sagte Sonja sogleich.

Mimi schmunzelte. Neugierig konnte man wohl auch mit Wochenbettmelancholie sein. Aber vielleicht tat es Sonja ja gut, sich ein wenig mit den Problemen anderer zu beschäftigen. Vielleicht würde sie das sogar aus ihrem Trübsinn reißen? Einen Versuch war es wert, beschloss Mimi. Vertraulich lehnte sie sich an das Bett.

»Eveline kann es sich einfach nicht leisten, den Jungen gehen zu lassen. Die Schule selbst wäre nicht das Problem, er bekäme ja ein Stipendium. Und ich könnte mir auch vorstellen, dass meine Mutter mit ihren vielen Kontakten eine wohltätige Familie findet, bei der Alexander gegen Mithilfe im Haus Kost und Logis bekommt. Aber es bleibt immer noch die Tatsache bestehen, dass er als Kunstschüler kein Geld verdienen würde! Und von dem, was Eve als Stickerin verdient, kann sie die Familie nicht durchbringen. Ich zerbreche mir schon ewig den Kopf, wie man ihr helfen könnte, aber mir fällt einfach nichts ein.« Ratlos warf Mimi die Hände in die Luft. »Haben Sie vielleicht eine Idee?«

Die beiden Frauen schauten sich an.

»Und was, wenn ich meinen Acker doch hergebe?«, sagte Sonja so leise, dass Mimi einen Moment glaubte, sich verhört zu haben.

Luise sog erschrocken Luft ein.

»Haben Sie nicht erst kürzlich gesagt, Sie wüssten nicht, ob Sie nächstes Jahr nicht doch etwas darauf anpflanzen wollen?«, fragte Mimi stirnrunzelnd.

Sonja winkte ab. »Mir ist schon die Vorstellung, dass ich das Kleine mit auf den Acker schleppen muss, zu viel! Paul wird zwar nicht begeistert sein, wenn er es mitbekommt, aber das ist mir ausnahmsweise einmal egal. Wenn Eve nicht mehr ewig zu ihrem Acker laufen muss, spart sie pro Tag sicher zwei bis drei Stunden. Und wenn sie in dieser Zeit stickt, bringt ihr das auch Geld ein.«

»Ich … Nun weiß ich nicht, was ich sagen soll. Du, äh, ich meine Sie sind wirklich ein Schatz!«, sagte Mimi und umarmte Sonja spontan.

»Wir können gern Du sagen«, bemerkte Sonja lächelnd.

Mimi hielt ihr ihre rechte Hand hin. »Ich bin die Mimi!«

»Sonja«, sagte die frisch gebackene Mutter, und ihre blassen Wangen röteten sich ein wenig. »Aber dass wir uns richtig verstehen – Eveline bekommt meinen Acker nur für die nächsten drei Jahre«, fügte sie sogleich hinzu, und ihre Mutter nickte heftig. »Bis dahin wird sie ja wohl wieder einen Mann gefunden haben und versorgt sein.«

Mimi lachte auf. Die Idee, dass man als Frau auch allein für seinen Lebensunterhalt sorgen konnte, schien Sonja nicht in Betracht zu ziehen.

»Dass er den Alexander nicht für die Weberei bekommt, wird dem Herrn Gehringer aber nicht gefallen«, sagte Luise gedankenverloren.

»Jeder von uns muss schauen, wo er bleibt, die Familie Schubert genauso wie wir oder Herr Gehringer. Nicht allein seine Wünsche zählen«, sagte Sonja mit einer Härte, die Mimi erstaunte. So leichthin sich Sonja Merkle sonst gab – von der augenblicklichen Depression einmal abgesehen –, so wusste sie anscheinend doch ganz genau, was sie wollte. Und Durchsetzungswillen hatte sie offenbar auch.

»Da hast du auch wieder recht, Mädle!«, kam es von Luise.

Einen Moment lang schwiegen die drei Frauen, dann hob Luise erneut an: »Dass du Eveline deinen Acker borgst, ist ein Anfang. Aber wenn wir wirklich wollen, dass Alexander Schubert auf diese Kunstschule gehen kann, müssen noch viel mehr Leute einen Beitrag leisten. Ich könnte die Schuberts unterstützen, indem ich ihnen pro Woche fünf von unseren Eiern abgebe. Unsere Hennen sind jünger und legefreudiger als die von Eveline. Und Sie, junge Frau« – sie zeigte auf Mimi – »könnten einmal in der Woche für die Familie mitkochen. Wie man einen großen Topf Suppe hinbekommt, habe ich Ihnen ja beigebracht.«

»Das mache ich gern«, sagte Mimi, die aus dem Staunen nicht mehr herauskam. »Aber ich befürchte, dass es mit ein paar Eiern und einem Topf Suppe nicht getan ist.«

Luise und Sonja schauten sich an.

»Die Edelgard hilft Eveline schon jetzt mit den Kindern«, murmelte Luise. »Wenn wir Helene fragen, hilft sie bestimmt auch. Und wenn Helene mitmacht, dann zieht auch Karolina mit.« Sie hielt inne und holte dann tief Luft. »Frau Reventlow, ich glaube, es ist Zeit, dass wir zwei ein paar Leute besuchen.«

»...und weil wir Laichinger doch alle so stolz darauf sind, dass einer von uns diese berühmte Kunstschule besuchen darf, wollen wir der Familie natürlich helfen. Denn ohne unsere Hilfe geht es nicht! Geld, Naturalien, praktische Hilfe – alles wird genommen. Ich zum Beispiel helfe, indem ich...«

Mit stiller Bewunderung hörte Mimi zu, wie Luise die Nachbarn freundlich, aber bestimmt zum Helfen verpflichtete. An keiner noch so ärmlich wirkenden Tür, an der sie anklopften, wurden sie abgewiesen. Ein Paar alte Lederschuhe, die niemandem in der Familie passten. Ein Liter Ziegenmilch pro Woche. Ein Korb Anzündholz pro Monat. Drei Gläser Holunderbeerenmarmelade im Herbst. Jeder betrachtete es als Ehrensache, sein Scherflein beizutragen. Mimi war tief bewegt.

Als Letztes gingen sie zu Edelgard, die in derselben Straße wie Eveline wohnte. Mimis Herz klopfte auf einmal, als hätte sie ein Wettrennen hinter sich. Vielleicht war Johann ja rein zufällig da? Wovon träumst du?, schalt sie sich sogleich, es war schließlich mitten am Tag, und Johann arbeitete. Das entfernte Klopfen der Webstühle war bis hierher zu hören.

»Selbstredend helfen wir Eveline noch mehr!«, sagte Edelgard, nachdem Luise mit ihrem Spruch zum Ende gekommen war. »Der Johann will demnächst an den Wochenenden beginnen, Holz für den Winter zu schlagen, da könnte er die Ration für Eveline gleich mitmachen.«

Das hieß, er würde wieder keine Zeit für sie haben, dachte Mimi enttäuscht. Doch laut sagte sie: »Eine sehr gute Idee!«

Die Münder schier ausgetrocknet vom vielen Reden kamen sie schließlich wieder bei Sonja an, die inzwischen aufgestanden war und eine Kanne Tee gekocht hatte. Staunend und stolz zugleich betrachteten sie zu dritt die stattliche Liste mit Hilfsangeboten.

»Wir Laichinger sind schon ein besonderes Völkchen, was?«, sagte Sonja zufrieden.

»Und du hast den Anfang gemacht«, erwiderte Mimi und drückte Sonjas rechte Hand.

»Alles schön und gut«, kam es von Luise. »Aber die Frage ist – wer spricht nun mit Eveline über all das hier?« Sie zeigte auf die Liste. »Eve ist eine stolze Frau, was, wenn sie aus Scham die Hilfe nicht annehmen will?«

Mimi runzelte die Stirn. »Meinen Sie, das könnte passieren?«

»Meine Mutter hat recht. Almosen anzunehmen würde mir auch schwerfallen«, sagte Sonja.

»Du selbst hast gesagt, es gehe dabei auch darum, dass alle zusammenhalten! Sollten wir Eveline nicht diesen Aspekt besonders aufzeigen? Das Wort Almosen muss ja überhaupt nicht fallen.«

Mimi dachte an Evelines kaputte Hände. An Sonjas Depression. An die vielen andern Frauen, die so viel leisteten und so wenig Schönes für sich hatten. Und plötzlich kam ihr eine Idee.

Resolut schaute sie Sonja an. »Glaubst du, du schaffst es, am Samstagnachmittag zu mir in den Garten zu kommen? Und Sie, Luise, könnten Sie sich auch zwei, drei Stündchen Zeit nehmen? Bringen Sie bitte auch Ihre Tochter Berta mit. Ich hole Eve dazu, Karolina und Edelgard ebenfalls.«

»Ausgerechnet am Samstag …« Luise verzog das Gesicht.

Mimi lachte. »Ich weiß, da ist normalerweise Badetag, und es gibt tausend andere Dinge zu tun. Aber ausnahmsweise?«

»Dann käme ich ja wirklich mal raus hier. Aber was um alles in der Welt hast du vor?«, fragte Sonja nach.

Mimi sah sie verschmitzt an. »Das werdet ihr schon sehen.«

28. Kapitel

Amüsiert verfolgte Josef Stöckle am Samstagmorgen von seiner Gartenbank aus Mimis Aktivitäten. Mimi hätte die Welt umarmen können, so glücklich war sie darüber, dass er endlich mal wieder einen guten Tag hatte!

Zusammen mit Anton hatte sie ihren Küchentisch nach draußen getragen. Die Küchenstühle waren gefolgt. Nachdem Anton wieder gegangen war, hatte Mimi den Tisch mit Traudels bestem Kaffeegeschirr gedeckt, natürlich nicht, ohne Josef vorher zu fragen.

Nun, kurz vor eins, betrachtete Mimi kritisch ihr Werk. Ein Strauß wilder Rosen stand auf dem gedeckten Tisch und verströmte seinen süßen Duft. Stolz platzierte sie in der Mitte den selbstgebackenen Kuchen, an dem sie den ganzen Freitagabend gewerkelt hatte. Er war der Länge nach in der Mitte gerissen, und Mimi hatte viel Zucker daraufgestreut, um den Riss zu verbergen. Die Kaffeemühle, randvoll gefüllt mit Kaffeebohnen, stand ebenfalls parat. In der Küche siedete ein Topf Wasser – sobald die Frauen da waren, wollte Mimi den Kaffee zubereiten. Einen Früchtetee hatte Mimi schon am Vorabend gekocht und über Nacht abkühlen lassen. In Traudels besten Tonkrug gefüllt, stand er als kühle Erfrischung auf dem Tisch.

»Und, was meinst du?«, fragte sie Josef.

»Kind, ein schöneres Kaffeekränzchen können die feinen Damen in den teuren Kurbädern auch nicht genießen«, sagte der alte Mann. Mit einem Ächzen stand er auf. »Dann verziehe ich mich mal, ihr wollt sicher unter euch bleiben.«

Mimi lachte. »Da hast du ausnahmsweise recht. Ich bringe dir später ein Stück Kuchen, versprochen«, sagte sie, als sie aus den Augenwinkeln am hinteren Gartentor die ersten Gäste sah – Luise, Sonja, die ihr Baby in einem Korb mit sich trug, und ihre Schwester Berta.

Im selben Moment trafen am vorderen Gartentor Karolina, Eveline, Edelgard ein.

»Hereinspaziert!«, rief Mimi freudig.

Etwas zögerlich kamen die Frauen näher. Karolina Schaufler überreichte Mimi eine Schale Brombeeren und eine Flasche Wein.

»Eine Kaffeetafel?« Luises Augen wurden immer größer. »Und Blumenschmuck auf dem Tisch... Wie bei einer Hochzeit«, sagte Berta andächtig.

»Hast du den etwa extra für uns gebacken?« Ungläubig schaute Sonja auf den Marmorkuchen. »Ich dachte, du hättest es nicht so mit dem Haushalt! Zumindest hat Mutter...« Sogleich versetzte Luise ihr einen Rippenstoß. Die andern Frauen kicherten.

Mimi grinste. »Herzlich willkommen zu unserem Damenkränzchen!«

Luise schlug die Hände zusammen. »Dass ich das hier in diesem Garten nochmal erleben darf! Hier auf der Gartenbank haben Traudel und ich uns früher auch öfter eine gute Tasse Kaffee gegönnt. Ich musste dann immer die Bohnen mahlen, bei mir würden sie feiner als bei ihr, hat sie immer behauptet.« Sie lächelte wehmütig, dann zeigte sie auf die Kaffeemühle. »Darf ich? Wie in den guten alten Zeiten?«

»Sehr gern, das Wasser siedet schon«, sagte Mimi.

Während Luise mit der Kaffeemühle ins Haus ging, folgten die andern Mimis Beispiel und setzten sich.

»Eine Kaffeetafel… Ich kann mich nicht erinnern, wann ich das letzte Mal an einer gesessen habe«, sagte Eveline mit brüchiger Stimme.

»Und ich kann mich nicht erinnern, wann ich das letzte Stück Kuchen gegessen habe, ich glaube, das war im Frühjahr an Justus' Konfirmation«, kam es von Sonja. »Gut sieht dein Kuchen aus! Wenn die Kleine hier getauft wird, backe ich auch einen, vielleicht kannst du mir das Rezept geben.«

Mimi strahlte.

»Der Kaffee ist fertig!«, rief da schon Luise. »Schmeckt wie früher«, sagte sie genießerisch, nachdem sie jedem eingeschenkt und einen Schluck probiert hatte. »Ach, als die Traudel lebte – das waren noch Zeiten! Damals haben wir uns im Winter wöchentlich zum gemeinsamen Sticken und Handarbeiten getroffen, so wie unsere Vorfahren es schon in den Spinnstuben getan haben. Schön gesellig war das! Heute jedoch hockt jede allein in ihrem Kämmerchen.«

»Aber was hält euch davon ab, gemeinsam zu handarbeiten?«, fragte Mimi stirnrunzelnd.

»Nun ja, es hat halt jede ihren Rhythmus«, sagte Edelgard vage.

»Ich kann aus dem Wirtshaus eh nicht fort«, fügte

Karolina hinzu und schnitt sich noch ein Stück Kuchen ab.

»Und die Familie ist ja auch noch da«, sagte Sonja.

Luise schaute über den Rand ihrer Kaffeetasse von einer zur andern. »Wenn das alles ist, was gegen einen Handarbeitsabend spricht... Vielleicht sollten wir die alte Spinnstubentradition im nächsten Winter wirklich wieder aufnehmen?«

Die andern murmelten zustimmende Worte.

Der Kuchen schmeckte, der Kaffee auch, die Frauen lachten und unterhielten sich bestens. Irgendwann gab Mimi Luise einen Schubs in die Rippen.

Die Nachbarin, die den Wink mit dem Zaunpfahl verstand, räusperte sich. »Äh, ja, Eveline... Da gibt es noch etwas, was wir dir sagen wollen.«

»Ich komme zurecht, vielen Dank«, erwiderte Eveline sofort schmallippig.

Mimi verdrehte die Augen – zu viel Stolz war wirklich nicht gut. »Eveline! Nun hör dir doch erst mal an, was wir dir zu sagen haben!«

»Genau«, sagte Luise streng. »Es ist nämlich so: Ganz Laichingen ist stolz auf deinen Alexander. Da ist es für die Leute eine Selbstverständlichkeit, dass sie euch helfen wollen. Hier auf der Liste steht alles ganz genau.« Feierlich übergab sie das Papier.

»Du bekommst meinen Acker, den gleich hinterm Dorf«, platzte Sonja stolz heraus. »Du bist in fünf Minuten dort, das heißt, du sparst täglich mindestens zwei Stunden. Du könntest also mehr sticken und hättest somit einen doppelten Nutzen!«

»Und mein Johann wird dir Holz machen für den Winter, ist schon besprochene Sache«, sagte Edelgard.

»Und ich koche einmal in der Woche für euch mit«, sagte Mimi und hörte sich mindestens so stolz an wie Sonja.

Eveline starrte von der Liste zu den Frauen. »Ihr seid verrückt!« Sie schüttelte den Kopf. »Ihr veräppelt mich doch, oder?«

Die Frauen schüttelten den Kopf.

Da brach Eveline in Tränen aus. »Ich weiß gar nicht, was ich sagen soll«, schluchzte sie. »Das ... das ist das Schönste, was mir jemals widerfahren ist. Wenn ich das Alexander erzähle ...«

Mimi, die ebenfalls einen Kloß im Hals spürte, sah, wie Sonja sich eine verstohlene Träne aus den Augen wischte und Luise sich betont den Kuchenbröseln auf ihrem Teller widmete. »Jetzt reicht's aber«, protestierte sie halb lachend, halb weinend. »Ich wollte euch mit diesem Nachmittag doch glücklich machen, nicht traurig.«

Karolina Schaufler war die Erste, die sich wieder fing. »Ich glaube, jetzt brauchen wir alle etwas Stärkeres als Kaffee und Kekse!« Sie zog einen Flaschenöffner aus ihrer Rocktasche und begann den Wein zu öffnen.

Die Stimmung war gerade auf dem Höhepunkt, als vor dem vorderen Gartentor eine Pferdekutsche hielt.

»Erwartest du noch Besuch?«, sagte Eveline stirnrunzelnd.

»Das ist doch Herrn Gehringers Kutsche«, raunte Sonja, und Entsetzen lag in ihrer Stimme.

»Was will denn der hier?«, sagte Mimi verdattert. Bevor sie etwas tun konnte, stand der Webereifabrikant schon in ihrem Garten.

Er lüpfte grüßend seinen Zylinder. »So, lassen die Damen es sich gut gehen? Kuchen und dazu ein Glas Wein – das könnte mir auch gefallen«, sagte er jovial.

Peinlich berührt schauten die Frauen sich an.

»Wie kann ich Ihnen helfen?«, fragte Mimi mit spröder Stimme.

»Verzeihen Sie, dass ich unangemeldet in Ihr kleines Fest platze, aber es geht um etwas Geschäftliches«, sagte Gehringer.

Mit unterdrücktem Zorn führte Mimi ihn eilig in ihr Atelier. Wie ärgerlich! Was wollte der Mann ausgerechnet jetzt?

*

Sein Assistent Paul Merkle hatte recht – Mimi Reventlow verführte das ganze Dorf zu liederlichen Sitten! Es war wirklich allerhöchste Zeit, dass er sie aus dem Verkehr zog, schoss es Herrmann Gehringer durch den Sinn, während er hinter der Fotografin herlief. Aus dem Garten hörte man unterdrücktes Kichern. Machten die Frauen sich auch noch über ihn lustig? Hatten die am helllichten Samstagnachmittag alle nichts zu arbeiten? Wenn er auf die Schnelle richtig gesehen hatte, war sogar Pauls Frau Sonja dabei. Die Lage war also noch schlimmer als gedacht!

Mimi Reventlow lehnte sich mit verschränkten Armen an ihre Bühne und sagte kühl: »Was gibt es so Wichtiges, das nicht warten kann?«

Bot sie ihm keinen Stuhl an? Gehringer räusperte sich. »Ich möchte Ihnen ein Angebot machen«, sagte er. »Wie Sie wissen, feiert meine Weberei im nächsten Jahr ihr dreißigjähriges Bestehen. Ich erwarte wichtige Kunden und hohe Gäste aus verschiedenen Ämtern.«

»Und ich soll Ihre Gäste fotografieren?«

Gehringer stutzte. Daran hatte er noch gar nicht gedacht. »Wie wäre es, wenn Sie mich erst einmal ausreden ließen?«, sagte er schulmeisterhaft. »Ich möchte anlässlich des Jubiläums eine Festschrift herausbringen, in der ich das Werden und Wachsen unserer Weberei von den bescheidenen Anfängen bis zum heutigen Tag mit Text und Bildern dokumentiere. Diese Festschrift möchte ich an all unsere Kunden schicken und natürlich auch meinen Gästen bei der Feier überreichen. Ihre Aufgabe wäre es, Gruppenfotos von meinen Webern, den Näherinnen und den Stickerinnen zu machen, repräsentative Fotos von der Fabrik, und natürlich ein Portrait von mir! Ich hätte den Auftrag gern Ihrem Onkel gegeben, aber ich befürchte, seine Gesundheit lässt dies nicht mehr zu. Somit ist es mir eine Freude, mit Ihnen ins Geschäft zu kommen«, sagte er, und sein Lächeln war dabei so gequält, dass ihm die Wangenmuskeln schmerzten.

»Das wäre ein ziemlich großer Auftrag... Und den wollen Sie wirklich mir geben?« Mimi Reventlows feindselige Stimmung war wie weggeblasen, aber noch immer lag ein Hauch Misstrauen in ihrer Stimme.

Dich hab ich gleich, dachte Gehringer grimmig.

»Die Jubiläums-Festschrift ist nur der kleinste Teil des Auftrags«, sagte er wie beiläufig. »Ich möchte, dass Sie außerdem sämtliche Musterstücke fotografieren, die wir produzieren. Bisher ist unser Musterkatalog lediglich mit Zeichnungen ausgestattet, aber Sie stimmen mir sicher zu, wenn ich sage, dass Fotografien viel aussagekräftiger sind?«

Die Fotografin, nun völlig sprachlos, nickte.

»Vielleicht werde ich in absehbarer Zeit auch einen Versandkatalog herausgeben. Als Unternehmer muss ich schließlich mit der Zeit gehen! Des Weiteren hätte ich gern eine Fotografie von jedem Kleidungsstück im Archiv, als Dokumentation unserer bisherigen Entwicklung, sozusagen.«

»Aber so ein Großauftrag ist unglaublich arbeitsintensiv, was Sie sich wünschen, würde Monate in Anspruch nehmen!«, sagte Mimi. »Für mein Fotoatelier hätte ich dann keine Zeit mehr.«

Das ist der Sinn der Sache, lag es Gehringer auf der Zunge zu sagen.

»Wie Sie Ihre anderen Angelegenheiten regeln, auch Ihre privaten, ist Ihre Sache. Wenn Sie den Auftrag annehmen, will ich hundert Prozent Einsatz sehen und kein Prozent weniger«, sagte er kühl. »Bestimmt finden Sie jemanden, der Ihnen bei der Pflege Ihres Onkels hilft. Ich erwarte Sie jedenfalls in den nächsten Tagen bei mir im Büro. Wir haben keine Zeit zu verlieren, bis Ende Oktober müssen die Fotografien fertig sein«, ergänzte er und lüpfte zum Abschied seinen Hut. »Aber ich gebe Ihnen recht – viel Zeit für Kaffeekränzchen hätten Sie dann tatsächlich nicht mehr«, rutschte es ihm dann doch noch heraus.

Er war schon an der Tür des Ateliers, als Mimi Reventlow ihm nachrief: »Und wie stellen Sie sich die Bezahlung vor?«

Herrmann Gehringer zuckte zusammen. Dass eine Frau so schnell aufs Geld zu sprechen kam, hatte er noch nicht erlebt.

»Entschuldigung«, sagte die Fotografin und hörte sich

an, als täte es ihr nicht im Geringsten leid. »Aber von der Entlohnung hängt meine Entscheidung ja schließlich ebenfalls ab.«

Als ob sie einen solchen Auftrag überhaupt ablehnen konnte, dachte Gehringer spöttisch. Es wusste doch jeder im Dorf, dass sie und ihr Onkel schon lange von der Hand in den Mund lebten. Aber die Frau war widerspenstig, da zeigte es sich wieder einmal!

»Die Preise für Gruppen- und Portraitfotografien sowie für die Fabrikansichten kennen Sie sicher besser als ich«, sagte er. »Was die Fotos fürs Archiv und für meinen Musterkatalog angeht – ich würde die Kosten für Ihr Arbeitsmaterial übernehmen und Ihnen pro Weißzeug-Fotografie Folgendes zahlen …« Er nannte einen Betrag pro Bild.

Mimi Reventlow runzelte die Stirn. »Verzeihen Sie, aber das ist sehr niedrig angesetzt. Ob ich eine Leinenbluse fotografiere oder eine Gebäudeansicht – der Aufwand ist in Bezug auf Beleuchtung, Retusche und Entwicklung schließlich immer derselbe.«

Gehringer lächelte nachsichtig, als habe er es mit einem begriffsstutzigen Kind zu tun. »Junge Frau, manchmal muss man einfach nach dem Motto ›Die Menge macht's‹ handeln. Meiner Schätzung nach reden wir hier insgesamt über siebenhundert Fotografien.«

»Sieben …«

Zufrieden sah Gehringer, wie der Fotografin die Worte im Hals stecken blieben. Wie wunderbar, sein Plan schien schon jetzt aufzugehen!

29. Kapitel

Als Mimi aus dem Atelier kam, waren Eveline, Sonja, Luise im Aufbruch begriffen. Gehringers Auftritt hatte die frohe Stimmung mit einem Schlag gekippt, schweigend stellten die Frauen das Kaffeegeschirr zusammen und brachten die Stühle ins Haus. Als Sonja fragte, was Gehringer gewollt hatte, erzählte Mimi von dem Auftrag. Die Frauen nickten – Gehringers Jubiläum, mal wieder. Nach ehrlichem Beteuern, wie schön der Nachmittag gewesen war, verabschiedete sich eine nach der andern.

Enttäuscht schaute Mimi auf die angebrochene Flasche Wein – nicht mal die hatten sie in Ruhe austrinken können!

»Kind, das ist einfach nur famos«, sagte Josef, als sie ihm später von Gehringers Angebot erzählte. »Von so einem Auftrag habe ich immer geträumt. Darauf müssen wir anstoßen!«

Auf sein Geheiß hin holte Mimi die Schnapsflasche aus dem Büfett und schenkte zwei kleine Gläser ein. Doch dann sagte sie nachdenklich: »Ich weiß noch nicht genau, was ich von diesem Angebot halten soll. So ein

Großprojekt ist sicher eine Herausforderung, und du weißt ja, dass mich alles Neue reizt. Und was das Geld angeht – das käme uns in der Tat gelegen. Andererseits mag ich den Mann nicht, und ich bin mir ziemlich sicher, dass diese Ablehnung auf Gegenseitigkeit beruht! Warum also gibt er ausgerechnet mir diesen großen Auftrag?«

»Warum dir nicht?«, sagte Josef leichthin. »Du bist eine gute Fotografin, das hat sich inzwischen im ganzen Ort herumgesprochen. Auf deinen großen Erfolg!«

Mimi prostete ihrem Onkel mit einem angestrengten Lächeln zu. Irgendwie wurde sie das Gefühl nicht los, dass die ganze Sache einen Haken hatte.

Josef, der ihre Unsicherheit spürte, stellte sein Glas fort und schaute sie lächelnd an. »Daran, dass sich die Zeiten ändern, werden wir Menschen uns wohl nie gewöhnen, was?«

»Wie meinst du das?«, fragte sie spröde.

Josef zuckte mit den Schultern. »Hast du mir nicht gerade noch entrüstet erzählt, dass du hier bei uns im Ort einen dieser Knipser getroffen hast?«

Sie nickte unwillig.

»Ich will ja nicht unken, aber wahrscheinlich hat der Mann recht mit seiner Aussage. In den nächsten Jahren wird es wirklich immer mehr Amateurfotografen geben. Wenn ich meine Fachzeitschriften durchblättere, kann ich nur staunen, zu welch moderaten Preisen gute, kompakte Kameras heutzutage schon angeboten werden! Wenn die Leute eines Tages ihre Tauf-, Konfirmations- und Hochzeitsfotografien selbst machen, werden wir ansässigen Fotografen um jeden einzelnen Kunden noch viel stärker kämpfen müssen. Wie es dann mit Wanderfotografen weitergeht – und ob überhaupt –, das steht auf einem ganz anderen Blatt.«

»Du machst mir ja richtig Mut, vielen Dank«, sagte Mimi ironisch. Es war nicht so, dass ihr diese Gedanken nicht auch schon durch den Kopf gegangen wären. Aber bisher war es ihr gelungen, sie so weit von sich wegzuschieben, dass sie ihr keine Angst einflößten.

Der alte Fotograf tätschelte ihre Hand. »Ich will dich nicht verunsichern, Kind. Ich will dir lediglich klarmachen, dass du zukünftig öfter einmal einen Auftrag wirst annehmen müssen, für den dein Herz nicht ganz so heftig schlägt. Wenn du in den kommenden Jahren weiterhin gut von deinem Beruf leben willst, musst du flexibel sein, Mimi!«

»Und du meinst, ich soll am besten durch Gehringers Auftrag damit anfangen, ja?« Sie seufzte übertrieben auf. Ihr würde wahrscheinlich gar nichts anderes übrigbleiben, dachte sie nüchtern.

Josef Stöckle lächelte.

Es war schon nach acht Uhr, als Johann und sie sich trafen. Der Samstagabend gehörte zu den wenigen Zeiten, in denen er weder arbeiten musste noch von seiner Mutter Edelgard eingespannt wurde. Manchmal gönnte sich Johann einen Abend mit ein paar Kollegen im Ochsen, aber jetzt gingen Mimi und er außerhalb des Orts spazieren.

»Immer, wenn ich hier entlanggehe, werde ich zukünftig an das Heumondfest denken. War das schön …«, sagte sie und zeigte seufzend auf die große Wiese. Die Funken des Feuers wie Glühwürmchen in der Dunkelheit, die aufwühlende Musik, Johanns Nähe, die gemeinsame Nacht ... In wohliger Erinnerung aufseufzend schmiegte sich Mimi dicht an ihn.

Sogleich rückte er von ihr ab. »Nicht so eng, mir ist schon heiß genug.«

Mimi verdrehte im Geist die Augen. Sehr romantisch war Johann wirklich nicht! Sollte sie ihm von ihrem Stuttgarter Ausflug erzählen?, fragte sie sich und beschloss im selben Moment, es nicht zu tun. Alexander und seine Kunstschule schienen Johann nicht sonderlich zu interessieren, das hatte sie schon bei mehr als einer Gelegenheit festgestellt. Außerdem hatte ihm seine Mutter sicher schon von Alexanders Erfolg berichtet. Stattdessen erzählte sie ihm, tugendhaft Abstand haltend, davon, wie Gehringer in ihren Frauennachmittag geplatzt war.

»Kein Respekt vor der Freizeit anderer Leute, das sieht ihm ähnlich!« Johann schüttelte den Kopf. »Bestimmt hat ihn der Schlag getroffen, als er euch beim Kaffeetrinken sah, oder?«, fügte er grinsend hinzu.

Mimi nickte lachend.

»Er plant eine Festschrift? Wahrscheinlich handelt sie allein von seinen Geschicken! Hast du dir schon überlegt, in welcher Art du Gehringers Sklaven, sprich uns, in Szene setzt? Bestimmt hast du schon einige Ideen dafür.« So ironisch er klang, hörte Mimi doch eine gewisse Angriffslust aus seinen Worten heraus.

»Dass die Weber Sklaven sind, hast du gesagt, nicht ich! Keine Sorge, wenn ich den Auftrag annehme, würde ich schon dafür sorgen, dass ihr einen würdigen Auftritt bekommt«, sagte sie spitz.

»Falls du überhaupt etwas zu sagen hast. Gehringer ist dann auch dein Chef!«

Mimi verzog den Mund. Genau das wollte sie jetzt hören. »Das ist mir auch klar, aber ich würde diesen Auftrag schließlich nicht zum Spaß annehmen, sondern um Geld zu verdienen. Heutzutage muss man als Fotograf flexibel sein«, wiederholte sie unbeabsichtigt die Worte ihres Onkels. »Ich bin froh über jede Mark, die hereinkommt. Wenn Josef im Laufe der Zeit mehr Pflege benötigt, weiß ich doch gar nicht, ob ich überhaupt noch arbeiten kann, da wäre es gut, etwas beiseitegelegt zu haben. Außerdem – wer hat sich denn von Gehringer einstellen lassen, kaum dass er zurück war?« Nun war sie diejenige mit Angriffslust in der Stimme.

»Schon gut, das war ein blöder Scherz.« Er hob entschuldigend die Hände. »Davon abgesehen, weißt du genau, warum ich mich von Gehringer habe einstellen lassen.«

Mimi spürte, dass ihr Unmut noch nicht ganz verraucht war. Johanns Ziele waren ach so edel, aber ihr unterstellte er sogleich niedere Absichten!

»Er will, dass ich so schnell wie möglich bei ihm vorbeikomme, um alles Weitere zu besprechen«, sagte sie, um innere Ruhe bemüht.

»Ja denkt der Mann etwa, du hättest nichts anderes zu tun?«, fuhr Johann sogleich wieder auf.

Unwillkürlich musste sie lächeln. Sein Beschützerinstinkt ihr gegenüber tat ihr gut.

»Leider liegt Gehringer da richtig«, sagte sie und verzog das Gesicht. »Es ist schließlich nicht so, dass die Laichinger in Scharen ins Fotoatelier strömen. Von daher werde ich den Auftrag wohl annehmen. Trotzdem – ganz wohl ist mir dabei nicht, ich mag den Mann einfach nicht.«

Johann schaute sie nachdenklich an. »Vom Geld einmal abgesehen, sprechen vielleicht noch andere Aspekte für den Auftrag. Bei Gehringer im Büro bekämst du sicher einiges mit, was er und mein lieber Bruder so planen. Du könntest mich mit Informationen versorgen, ich wüsste Bescheid, noch bevor andere …«

»Ich soll für dich spionieren?« Mimi runzelte die Stirn.

»Wer redet denn davon? Die Augen und Ohren offen halten sollst du, mehr nicht.«

»Mal sehen«, sagte Mimi, und sie liefen Hand in Hand weiter. »Bist du eigentlich nächste Woche auch bei der Hochzeit von Berta und Richard eingeladen?« Berta war Sonjas Schwester, und die war immerhin mit Johanns Bruder Paul verheiratet, da lag die Frage nahe. Sie schmunzelte.

Doch schon im nächsten Moment verlor sich ihr Lächeln, denn Johann sagte: »Eingeladen bin ich, aber zum einen habe ich keine Lust, mehr Zeit als nötig mit meinem lieben Bruder zu verbringen, und zum andern habe ich meiner Mutter versprochen, das Holz für diesen Winter zu schlagen. Die Winter kommen auf der Alb oft ganz unvermittelt, im November kann schon alles zugeschneit sein. Das heißt, ich muss dringend mit dem Holz beginnen! Und Evelines Holz will ich auch gleich mitmachen.«

»Muss das ausgerechnet am nächsten Samstag sein? Willst du nicht lieber mit mir einen schönen Tag bei dem Hochzeitsfest verbringen?« Mimi spürte, wie Enttäuschung sie durchflutete.

Johann grinste. »Beschwer dich nicht – du warst es doch, die gesagt hat, Evelines Familie brauche dringend Hilfe!«

Ernst und aufgeregt zugleich stand das Brautpaar an seinem großen Tag auf der Bühne des Fotoateliers und wartete auf Mimis Anweisungen. Wie Mimi ihnen empfohlen hatte, waren Berta und ihr Zukünftiger noch vor der Trauung gekommen. War die Fotografie erst einmal im Kasten, konnten sie unbesorgt ihre Hochzeitsfeier genießen!

Während Mimi einen Stapel Glasplatten zurechtlegte, überlegte sie, wie sie das Brautpaar am besten in Szene setzen sollte. Richard Hausmann war nicht nur wesentlich älter und sehr viel schweigsamer als Berta, sondern auch einen guten Kopf kleiner als sie. Gab es eine unauffällige Möglichkeit, ihn auf einen Schemel zu stellen? In dem Fall würde sie die Füße der Brautleute mit einem fließenden Stoff bedecken oder das Bild später entsprechend bearbeiten müssen, um den Schemel verschwinden zu lassen. Keine gute Idee!, befand Mimi. Vielleicht sollte sie sich am ungewöhnlichen Größenunterschied erst gar nicht stören – Berta tat es schließlich auch nicht, dachte sie. Trotzdem … So ganz gefiel ihr die Optik noch nicht.

»Dein weißes Brautkleid ist wunderschön«, sagte sie zu Berta. »Dass eine Braut Weiß trägt, ist eine Seltenheit. Die meisten Bräute, die ich bisher fotografieren durfte, trugen ihr schwarzes Sonntagsgewand und lediglich einen kleinen weißen Schleier dazu.«

»Tja, wir mögen zwar arm an Geld sein, dafür aber reich an Weißzeug!«, erwiderte Berta stolz. »Das Hochzeitskleid ist ein Erbstück, auch meine Mutter und Sonja haben darin geheiratet.«

»Was für eine schöne Tradition«, sagte Mimi bewundernd. Unauffällig fächerte sie sich Luft zu. Die ganze Woche schon war es unerträglich heiß, alle sehnten sich etwas Kühle und Regen herbei. Hoffentlich würde nicht ausgerechnet heute bei der Hochzeit ein Gewitter niedergehen, dachte sie.

»Dann wollen wir mal! Berta, wenn du dich bitte rechts von deinem Gatten postierst? Und Herr Hausmann, wollen Sie bitte Ihren linken Fuß ein wenig nach vorn stellen? Den linken Arm noch ein wenig mehr anwinkeln, den Ellenbogen hinter den Ihrer zukünftigen Gattin, ja, so ist es gut...« Konzentriert schaute Mimi durch den Sucher ihrer Kamera, während der Bräutigam versuchte, Mimis Anweisungen zu folgen.

Hochzeitsfotos erlaubten nicht viel künstlerischen Spielraum. Es war üblich, das Brautpaar stehend neben ein kleines Möbelstück zu stellen, der Mann stand eine Nuance hinter der Frau, eine beschützende Pose einnehmend. Die Frau hielt die Hände meistens leicht gefaltet vor dem Leib, den kleinen Brautstrauß umklammernd. Mehr an Inszenierung war nicht nötig, denn dass es sich um eine Hochzeitsfotografie handelte, war allein an den Accessoires wie Brautkrone, Brautstrauß sowie dem Zylinder des Herrn, gut sichtbar auf einem Tischchen abgelegt, ersichtlich. Dass ein Bräutigam den Zylinder auf dem Kopf trug, kam in der Regel nicht vor.

Aber waren Regeln nicht dazu da, ab und zu gebrochen zu werden?, fragte sich Mimi.

»Herr Hausmann, wollen Sie bitte den Zylinder einmal aufsetzen? Und Berta, nimm den Brautstrauß doch mal ausschließlich in die rechte Hand«, fügte sie hinzu, damit nicht allein der Bräutigam einer Anweisung zu folgen hatte.

Dem Zylinder sei Dank waren Braut und Bräutigam nun gleich groß.

»Sehr gut, vielen Dank! Sie sind ein wunderschönes Hochzeitspaar«, sagte Mimi zufrieden. »Bitte lächeln!«

Eine Stunde später stand Mimi vor ihrem Kleiderschrank und hatte nichts zum Anziehen. Für ihr Reisekostüm war es viel zu heiß. Das lilafarbene Seidenkleid erschien ihr zu elegant, die geblümten Blusen und Röcke, die sie im Alltag trug, waren ihr wiederum nicht festlich genug für eine Hochzeit.

»Darf ich nochmal an Traudels Kleiderschrank gehen?«, rief sie ihrem Onkel die Treppe hinab zu. Als Johann und sie das allererste Mal gemeinsam spazieren gewesen waren, hatte sie sich auch eine Bluse aus Traudels Schrank geborgt. Er hatte sie sehr bewundert.

»Nimm dir, was du brauchst. Traudel würde sich freuen, wenn sie wüsste, dass eine schöne junge Frau wie du ihre Kleider trägt«, antwortete ihr Onkel.

Falls sie denn etwas Passendes fand, dachte Mimi skeptisch. Doch schon wenige Minuten später war sie wieder einmal fasziniert von den schönen handgearbeiteten Stücken, die Josefs verstorbene Frau besessen hatte. Da gab es fein bestickte Blusen. Röcke mit einer Lochstickerei im Saum. Unzählige Kragen in allen möglichen Formen, zu schließen mit feinsten Perlmuttknöpfen – Traudel hatte wirklich einen guten Geschmack in Bezug auf Kleidung gehabt, dachte Mimi, die nun erst recht nicht wusste, was sie anziehen sollte.

»Richard Hausmann hat mir erzählt, es sei die erste Ehe für ihn. Das erstaunt mich ein bisschen, er ist ja schließlich nicht mehr der Jüngste«, sagte Mimi, als sie in einem teefarbenen Leinenkleid mit Josef am Mittagstisch saß. Sie hatte für jeden nur eine Scheibe Honigbrot hergerichtet. Die Hochzeit sollte im Ochsen stattfinden, sie hatte vor, Karolina zu bitten, einen Teller Essen für Josef zuzubereiten. Diesen wollte sie dem Onkel später bringen.

Der alte Fotograf lachte, was sogleich wieder einen schrecklichen Hustenanfall auslöste. »Tja, nicht jeden zieht es in jungen Jahren vor den Traualtar, und Eigenbrötler wie den Richard schon gar nicht«, sagte er, nachdem er sich wieder ein wenig erholt hatte. »Als ich geheiratet habe, war ich auch schon sechzig! Aber Spaß beiseite – in Laichingen heiraten die Leute alle eher spät. Denn fürs Heiraten ist es nötig, dass sie einen eigenen Hausstand gründen können. Und das ist angesichts des knappen Wohnraums fast unmöglich. Es muss also immer erst eine Großmutter sterben oder auf andere Art eine Kammer frei werden, bevor sich zwei Liebende das Jawort geben können.«

»Und warum bauen die Leute sich nicht gleich ein neues Haus?« Die Vorstellung, als verheiratete Frau weiterhin im Haus ihrer Eltern zu leben und dort lediglich ein oder zwei Zimmer zur Verfügung zu haben, fand Mimi befremdlich.

»Kind, verstehst du denn nicht? Die Leute sind arm…« Der Onkel schaute sie an, als sei sie ein wenig begriffsstutzig. »Und noch was: Wenn ihr nach der Kirche rüber in den Ochsen geht – sei darauf gefasst, dass das Hochzeitsessen ein wenig magerer ausfällt, als du es sonst gewohnt bist!«

Mimi lachte. »Hast du Angst, dass ich mich mit extravaganten Wünschen in die Nesseln setze? Keine Sorge, ich werde schon nicht auffallen! Nicht mal tanzen werde ich.« Ohne Johann hatte sie dazu sowieso keine Lust, dachte sie betrübt.

»Tanzen? Ich würde mich sehr täuschen, wenn bei Berta Neumanns Hochzeit eine Kapelle aufspielt.«

Wollte ihr Onkel sie auf den Arm nehmen? »Ich denke, eine Hochzeit ist zum Feiern da?«

Als Wanderfotografin war Mimi es gewohnt, zu vielen Festen und Anlässen eingeladen zu werden, und so hatte sie auch schon an der einen oder anderen Hochzeit im Schwarzwald, im Hegau oder sonst wo teilgenommen. Die einen Gastgeber betrachteten sie als Attraktion, andere freuten sich über ihre Reiseberichte, wieder andere erhofften sich vielleicht auch ein paar Fotografien umsonst. Mimi lieferte diese stets gern.

»Wahrscheinlich bleibe ich eh nicht lange«, sagte sie, als ihr Onkel sich ausschwieg. »Sobald ich ein paar schöne Fotografien vom Fest gemacht habe, komme ich zurück und bringe dir dein Essen!«

30. Kapitel

Die Trauung in der Kirche war wie die Konfirmation im Frühjahr eine fast düstere Angelegenheit. Während der Pfarrer sich in seiner Predigt vor allem an den schweren Zeiten festhielt, die ein Ehepaar miteinander durchzustehen hatte, musste Mimi wieder einmal an die optimistischen und modernen Predigten ihres Vaters denken. Vater, Mutter – ihr fehlt mir so!, ging es ihr durch den Sinn. Hätte Josef nicht den unseligen Beinbruch gehabt, wäre sie vielleicht mit ihm zu einer spontanen Reise nach Esslingen aufgebrochen. Aber so wacklig, wie er auf den Beinen war, war ans Reisen nicht zu denken.

Die Hochzeitsgesellschaft, die aus zwanzig Personen bestand, stellte sich am Ende des Gottesdienstes als Spalier vor dem Kirchentor auf. Mimi hob erstaunt die Brauen, als sie sah, dass Herrmann Gehringer mit seinem Automobil vorgefahren war und wie ein Chauffeur die Autotür aufhielt, damit Braut und Bräutigam einsteigen konnten. Berta Hausmanns Wangen waren vor Aufregung gerötet, sie verhaspelte sich mit dem rechten Schuh in ihrem langen Rock und wäre fast gestolpert, hätte Richard sie nicht aufgefangen. Welche Symbolik lag in dieser einfachen Geste, dachte Mimi gerührt, dann folgte sie wie alle andern dem Automobil quer über den Marktplatz zum Ochsen. Sich gegenseitig aufzufangen – dazu wäre sie mit Johann auch bereit.

*

Anton mochte keine Hochzeitsgesellschaften. Meist war das Geld bei den Brautleuten, die gleichzeitig einen Hausstand gründen mussten, knapp, so dass nur einfache Speisen und Getränke auf den Tisch kamen. Entsprechend mager fiel dann auch das Trinkgeld aus. Gleichzeitig erwarteten die Gäste die allerbeste Bedienung und eine Runde kostenlosen Schnaps obendrein – schließlich war eine Hochzeit doch ein freudiges Ereignis!

Seine Laune wurde noch schlechter, als er sah, dass Christel zwischen ihrem Vater und Herrmann Gehringer eingekeilt saß. Und als reiche das nicht, winkte Gehringer nun auch noch die Fotografin zu sich an den Tisch, gerade so, als sei er der Brautvater und nicht Georg Neumann! Sehr begeistert schien Mimi Reventlow über ihren Tischgesellen allerdings auch nicht zu sein, dachte Anton. Jedenfalls setzte sie sich ganz ans andere Ende des Tisches, so weit weg von Gehringer wie nur möglich.

»Es ist sehr nett, dass du mich eingeladen hast«, hörte er Mimi Reventlow zu Berta Hausmann sagen, als er die Terrinen mit der Hühnersuppe, die es als Hauptgericht geben sollte, auf den Tisch brachte.

»Die Freude liegt ganz bei uns«, erwiderte die Braut.

»Wir haben nur wenige Freunde. Bei der vielen Arbeit ist es schwierig, Kontakte zu pflegen. So ein Nachmittag wie der bei dir am letzten Samstag, wo man sich unterhält und ein bisschen Spaß hat – das kennen wir eigentlich gar nicht. Bei uns wird geschafft, immer nur geschafft…« Sie warf einen vorsichtigen Blick über den Tisch, als wollte sie sichergehen, dass niemand anderes sie hörte. Doch Gehringer schien tief in ein Gespräch mit Paul Merkle versunken zu sein.

»Aber wer fleißig arbeitet, darf es sich doch auch einmal gut gehen lassen, oder? So ein Kaffeekränzchen können wir bei uns im Garten gern wiederholen«, sagte Mimi lachend.

Während die Brautmutter Luise Neumann die Suppe verteilte, nutzte Anton die Chance, um Christels Augenmerk auf sich zu ziehen. Wie golden ihre Haare im einfallenden Sonnenlicht glänzten!, dachte er bewundernd.

Geziert legte Christel, die seinen Blick aufgefangen zu haben schien, ihre Serviette zur Seite, flüsterte ihrer Mutter auf der anderen Tischseite etwas zu, stand auf und ging, ohne Anton eines Blickes zu würdigen, in Richtung Toilette.

Anton folgte ihr nach ein paar Sekunden unauffällig.

»Hast du es mitbekommen? Ich bin jetzt Modell bei Herrn Gehringer in der Weberei! Diese Woche durfte ich schon zwei Mal Schürzen, Röcke und Blusen vorführen«, sagte sie, noch bevor er einen Ton herausbrachte. Herausfordernd, als erwarte sie regelrecht seinen Protest, schaute sie ihn an.

»Bestimmt haben die Herren gleich doppelt so viel gekauft«, sagte Anton mit gequältem Lächeln, während er innerlich mit den Zähnen knirschte. Der Gedanke, dass

Christel sich im Unterrock vor irgendwelchen alten Herren präsentierte, war fast mehr, als er ertragen konnte.

Christel stutzte kurz, dann ertönte ihr perlendes Lachen. »Du hast recht – Gehringer meinte, ich sei die beste Werbung für sein Weißzeug! Und es kommt noch besser…« Sie beugte sich ihm entgegen. »Der Herr Gehringer hat jemanden eingeladen, der einen Werbefilm über die Weberei drehen soll! Wegen seines Jubiläums! Vielleicht darf ich dabei mitspielen?« Sie klang so atemlos, als würde allein die Vorstellung sie überwältigen.

»Ein Film über das ach so spannende Weben von Leinen. Wo solltest du darin vorkommen?«, fragte Anton höhnisch. Dass Christel sich so sehr mit ihrer Arbeit für Gehringer identifizierte, passte ihm nicht. »Mir scheint, so langsam schnappt der Gehringer über.«

»Solange du nicht überschnappst, ist ja alles in bester Ordnung«, erwiderte Christel spitz. »Und – hat sich die Bekannte von Mimi Reventlow schon gemeldet?«

Er schüttelte den Kopf.

»Hast du wenigstens schon Geld aufgetrieben? Ohne Geld kommen wir hier nicht weg, das weißt du ganz genau.«

Anton runzelte die Stirn. Was war denn das für ein Befehlston? Vor Kurzem noch war ihm Christel fast ins Gesicht gesprungen, wenn er es auch nur wagte, vom Fortgehen zu sprechen. Nun konnte es ihr nicht schnell genug passieren?

»Ich kümmere mich um alles, das habe ich doch versprochen«, sagte er gereizt. »Davon abgesehen – du verdienst doch jetzt auch was beim Gehringer, das Geld könntest du gleich zur Seite legen.«

»Meinen Lohn nimmt mir Vater weg«, erwiderte

Christel mürrisch. »Schließlich würde ich umsonst bei ihm wohnen, sagt er.«

Anton wollte etwas erwidern, doch dann verzog er die Nase. Der Duft der frisch gebackenen Schmalzküchlein, die als Nächstes auf den Tisch kommen sollten, erfüllte die Luft.

»Anton? Anton!«, hörte er im selben Moment seine Mutter aus der Küche rufen. Er ergriff Christels Hand, zog sie näher zu sich heran und schaute ihr intensiv in die Augen. »Ich verspreche dir eins: Gehringer, dein Vater und all das hier kann uns bald gestohlen bleiben. Auf uns wartet ein Leben voller Reichtum, Ruhm und Glanz. Wenn wir mal heiraten, dann in einem anderen Stil als deine Tante hier. Bei uns wird es die feinsten Speisen geben, und eine Tanzkapelle wird spielen. Und wir werden Champagner aus kristallenen Gläsern trinken! Vertrau mir, Christel!«

Sie nickte halbherzig, dann ging sie zurück in den Gastraum. Anton lief in die Küche, das Schmalzgebäck wartete.

Mit zwei vollbeladenen Tellern kam Anton an die Hochzeitstafel zurück.

»Aber nun erzähl mal – welche Pläne habt ihr, jetzt nach der Hochzeit?«, sagte die Fotografin im selben Moment zu Berta Hausmann.

»Pläne?« Die Braut zuckte mit den Schultern. »Was für Pläne sollten das sein?«

Anton seufzte. Sah die Fotografin nicht ein, dass Gespräche dieser Art hier in Laichingen sinnlos waren? Den einzigen Plan, den man hier schmieden sollte, war der wegzukommen!

»Nun, was man sich halt so vornimmt im Leben«, erwiderte Mimi Reventlow etwas hilflos. »Manch einer plant eine Hochzeitsreise. Andere wollen einen kleinen Laden eröffnen. Die meisten freuen sich auf Kinder ...«

»Kinder, ja, das wäre schön. Am besten ein ganzes Haus voll!« Berta Hausmann schoss die Röte ins Gesicht. Sie warf ihrem um viele Jahre älteren Ehemann einen unsicheren Blick zu.

Anton grinste in sich hinein. Ob Christels Tante von Richard, dem alten Kauz, überhaupt noch einen Kindersegen zu erwarten hatte?

»Aber jetzt, wo du mich fragst ... Es gibt tatsächlich etwas, was ich gern in Angriff nehmen würde. Ich bin zwar schon Näherin, aber ich würde zu gern lernen, wie man eine Tracht näht. Eine richtig aufwendige Tracht mit Unterkleid, Rock, Schürze, Bluse und allem, was dazugehört!« Bertas Augen funkelten fast noch mehr als zuvor beim Jawort am Altar.

»Und was hält dich davon ab? Alles ist erlernbar!«, ermunterte Mimi Reventlow die Braut. »Am Bodensee, wo ich zuletzt war, habe ich auch einige wunderschöne Trachten gesehen.«

Anton stapelte gerade die leeren Suppenteller zusammen, als Gehringer sich über den Tisch zu den beiden Frauen beugte.

»Habe ich das richtig gehört? Sie wollen bei mir kündigen?«, sagte er mit gespieltem Entsetzen zu Berta.

Anton sortierte die Teller umständlich auf seinem Arm um, damit er nur ja alles mitbekam.

Berta wurde sogleich kreideweiß im Gesicht, schutzsuchend schaute sie sich zu ihrem Bräutigam um. »Um Himmels willen, nein, wie kommen Sie darauf?«

Statt Berta zu antworten, rief der Unternehmer quer über den Tisch: »Fräulein Christel – haben Sie schon einmal eine Tracht bei mir vorgeführt?«

Christel verneinte.

»Und was führen Sie derzeit vor, wenn die verehrte Kundschaft kommt, Fräulein Christel?«

»Ihre Jubiläumsschürze ›Brave Hausfrau‹«, antwortete Christel.

Wie stolz sie sich anhörte, dachte Anton. Als sei es eine Ehre, Gehringers verdammte Schürzen tragen zu dürfen.

»Und können Sie mir auch sagen, liebes Fräulein Christel, in welcher Stückzahl wir dieses Jubiläumsmodell fertigen?«

Mit Genugtuung sah Anton, dass Christel nun fast so verunsichert dreinschaute wie die Braut. Ja, dem Gehringer war es egal, wen er vorführte, dachte er bitter. Hauptsache, der Unternehmer hatte seinen großen Moment!

»Was die Zahlen angeht, helfe ich Ihnen gern aus«, sagte Gehringer zu Christel und Berta zugleich. Sein Lächeln war so gütig, als würde er Bonbons verteilen. »Das Jubiläumsmodell wird in einer Auflage von dreißigtausend Stück gefertigt. Dafür brauche ich fleißige Leute, am Webstuhl *und* an den Nähmaschinen.« Sein Lächeln gefror, er schaute einmal in die Runde, dann blieb sein Blick wieder auf Berta heften. »Ich wäre Ihnen also wirklich dankbar, wenn Sie sich auf Ihre Arbeit konzentrieren, so, wie wir alle es tun. Vielleicht kommt einmal der Tag, an dem in Laichingen auch Trachten in großem Stil gefertigt werden, aber bis dahin widmen wir uns alle dem, was wir können und wofür der liebe Gott uns hier auf Erden vorbereitet hat. Und das ist, soviel ich es weiß, immer noch die Herstellung und Verarbeitung von Leinen.« Der Unternehmer tupfte sich betont geziert mit seiner Serviette die Lippen ab, schob seinen Teller nach hinten und stand auf. »Meine Damen, meine Herren, verehrtes Brautpaar – ich darf mich nun empfehlen. Die Arbeit wartet auf mich. Mir obliegt die große Aufgabe, dafür zu sorgen, dass auch zukünftig auf jedem Laichinger Teller genügend Essen vorhanden ist.« Er zeigte mit dem ausgestreckten Zeigefinger seiner rechten Hand auf Mimi Reventlow.

»Sie, junge Frau, erwarte ich Montagfrüh endlich bei mir im Büro, damit wir über den Auftrag sprechen können. Und falls Sie kein Interesse haben, sagen Sie es gleich – ein Ersatz ist schnell gefunden.«

31. Kapitel

Mimi schaute dem Unternehmer perplex hinterher. Was für ein Auftritt war das denn gewesen? Rund um den Tisch breitete sich peinliche Stille aus.

»Seid ihr alle bereit für den Nachtisch?«, sagte Anton laut.

Luise Neumann nickte ihm dankbar zu. »Hat das sein müssen?«, sagte sie leise tadelnd zu Berta, die immer noch betroffen dasaß. »Du weißt doch, dass Gehringer solche vorlauten Reden nicht mag.«

Berta, schon gescholten genug für den Tag, sank gleich noch tiefer in sich zusammen.

»Das Firmenjubiläum nächstes Jahr erfordert unser aller vollen Einsatz, Zeit für Steckenpferde wird da keiner haben«, sagte nun auch noch Paul Merkle. »So manche Leinenweberei wird den Preiskampf mit den billigen Baumwollproduzenten nicht überleben, befürchtet man in der Branche. Da können wir von Glück reden, dass Gehringer bei allem stets die Nase vorn hat! Es ist ja wohl nicht zu viel verlangt, wenn er da von uns die beste Mitarbeit erwartet, oder?«

»Entschuldigung, lieber Schwager, wenn ich das so sage – aber das hier ist immer noch unsere Hochzeit!«, sagte Richard Hausmann so laut und plötzlich, dass Mimi regelrecht zusammenzuckte. »Meine Frau kann denken und sagen, was sie mag. Sie kann sich auch unterhalten, mit wem es ihr beliebt.« Seinen grauen Bart glatt streichend warf der Bräutigam Mimi einen wohlwollenden Blick zu. »Und wenn meine Frau lernen möchte, wie man eine Tracht näht, dann darf sie auch das. Wir arbeiten zwar für Gehringer, täglich zehn Stunden oder mehr, aber was wir in unserer freien Zeit machen, geht ihn nichts an. Ich persönlich hätte ihn gar nicht erst zu unserer Hochzeit eingeladen!« Er warf seiner Schwiegermutter einen vorwurfsvollen Blick zu.

Alle schauten den Bräutigam sprachlos an. Niemand schien eine solche Rede von ihm erwartet zu haben. Paul Merkle presste missmutig die Lippen zusammen, als fiele es ihm schwer, sich nicht weiter mit dem neuen Schwager anzulegen.

»Anton, wo bleibt der Nachtisch?«, rief Richard, als würde er täglich über eine Hochzeitsgesellschaft residieren. »Geheiratet wird nur einmal im Leben, lasst uns feiern!« Er legte beschützend einen Arm um Berta. Ein tiefer Seufzer entwich ihrer Brust, sie straffte die Schultern, dann sagte auch sie lächelnd und mit neuem Selbstbewusstsein: »Esst und trinkt, es ist von allem genügend da!«

Nach Gehringers Weggang und den bestimmten Worten des Bräutigams wurde die Stimmung immer besser. Richard erzählte lustige Anekdoten, es wurde gelacht und geschwätzt, Anton gab eine Runde Zwetschgenschnaps aus.

Nur Mimis Laune blieb verhalten. Sie konnte Gehringers Auftritt immer noch nicht einordnen. Wäre Johann hier gewesen, dann hätte er sicher gesagt, der Webereibaron habe damit die Leute an ihren »Platz« erinnern wollen. Mimi jedoch war es so vorgekommen, als ginge es um eine Art Kräftemessen mit ihr. Aber falls dies der Fall war, warum und wieso? Weil er sie als zu vorlaut empfand? Als zu modern? Eigentlich war es gleichgültig, dachte sie dumpf, ihr ganzes Inneres sträubte sich so oder so dagegen, mit dem Mann Geschäfte zu machen.

»Der Gehringer ist kein schlechter Kerl, glauben Sie mir«, flüsterte ihr Luise zu, als könne sie Gedanken lesen. »Dass so kurz nach dem Tod seiner Frau auch noch sein Sohn verschwand, hat er nie richtig verwunden.« Sie schüttelte betrübt den Kopf. »Fünfzehn Jahre ist das nun schon her…«

Mimi schaute die alte Nachbarin an. »Was ist denn damals eigentlich passiert?«, fragte sie mehr aus Höflichkeit denn aus echtem Interesse.

»Das ist ja das Problem! Keiner weiß, ob der Michael tot ist oder verschollen oder sonst was. Er war auf einer Italienreise und kam einfach nicht zurück.« Luises Blick war nachdenklich, als sie sagte: »In letzter Zeit geht mir der Michael Gehringer seltsamerweise öfter durch den Sinn. Er hatte auch so eine künstlerische Art, genau wie der junge Schubert. Irgendwie erinnert mich Alexander an ihn.« Sie zuckte mit den Schultern.

Mimi schwieg. Was hätte sie auch sagen sollen?

»Und? Wie gefällt Ihnen unsere Hochzeit?«, fragte Luise, betont fröhlich das Thema wechselnd.

»Es ist ein wunderbares Fest. Sie als Brautmutter sind bestimmt sehr glücklich.« Mimi schaute sich lächelnd in der fröhlichen Tischrunde um. »Und ich glaube, Ihre Tochter kann sich auch sehr glücklich schätzen mit ihrem Mann«, fügte sie hinzu. Bestimmt wäre Johann in solch einer Situation genauso für sie eingestanden wie Richard für Berta, dachte sie verträumt.

»In einem Dorf wie dem unseren ist die Auswahl an unverheirateten Männern und Frauen nicht sonderlich groß. Manchmal muss man nehmen, was man bekommen kann«, sagte Luise unromantisch, aber nicht lieblos. »Aber in einer Ehe rauft man sich schon irgendwie zusammen. In guten wie in schlechten Zeiten – so heißt es schließlich nicht umsonst.«

Mimi runzelte die Stirn. »Ich glaube, Ihre Tochter und Richard Hausmann sind sich aus ganzem Herzen zugetan«, erwiderte sie leise, aber bestimmt.

Luise nahm Mimis Hand, drückte sie aufmunternd. »Sie als Wanderfotografin haben es sicher auch nicht leicht, einen Mann zu finden. Aber das wird schon noch. Irgendwo treffen Sie bestimmt mal einen netten Herrn Fotografen, heiraten in sein Fotoatelier ein und leben glücklich, und dann haben auch Sie ein Auskommen.«

Mimi zog peinlich berührt ihre Hand zurück. Auch wenn die Nachbarin es gut meinte – Luises Worte taten weh. Ja, sie wusste, dass sie in den Augen der Gesellschaft eine alte Jungfer war. Aber sie hatte bisher einfach nicht heiraten wollen, ihr Beruf war ihr stets über alles andere gegangen. Inzwischen konnte sie sich zwar eine Ehe vorstellen. Aber wenn sie vor den Traualtar trat, dann weil sie den Mann neben sich mit Haut und Haaren liebte. Weil sie ihn bewunderte, weil sie gern mit ihm zusammen war. Weil sie es genoss, sich im Gespräch auch einmal mit ihm reiben zu können. Weil sie ähnlich dachten, weil ihre Herzen im selben Takt schlugen.

So wie bei Johann und ihr.

*

»Kannst du bitte dafür sorgen, dass deine Schwestern bald ins Bett gehen? Ich will nochmal weg«, sagte Eveline zu Alexander, während sie sich vor dem Spiegel die Haare kämmte.

»Kein Problem. Soll ich sonst noch was tun?«, sagte Alexander, der am Tisch saß und an einem Paradekissen stickte.

»Wenn du schon fragst – der Ofen muss ausgekehrt werden.« Alexander nickte eilfertig.

Eveline schmunzelte in sich hinein. Seit feststand, dass er am ersten September in der Kunstschule beginnen durfte, war Alexander wie ausgewechselt. Kein in sich gekehrtes Leiden, kein grüblerisches sich Zurückziehen mehr. Stattdessen half er im Haushalt, so gut es mit seinem Bein ging. Und – Alexander stickte!

Es war seine Idee gewesen, nicht ihre. »Ich kann dir derzeit nicht auf dem Acker helfen, aber wenn du mir zeigst, wie ich mit Nadel und Faden umzugehen habe, helfe ich dir gern beim Sticken. Es braucht ja niemand zu wissen«, hatte er neulich zu ihr gesagt.

Sie hatte kurz überlegt. Warum eigentlich nicht? Und so hatte sie ihm gezeigt, wie sie zuerst jedes Muster mit kleinen Stichen »vorzeichnete« und wie sie es danach mit Platt-, Schling- und Spannstich ausführte. Schon bei seinem ersten Übungsstück hatte sie festgestellt, dass ihr Sohn sich geschickter anstellte als so manche Stickerin.

Noch eine Haarnadel, und fertig war ihre Hochsteckfrisur. Sie war fast so kunstvoll wie die von Mimi, dachte Eveline zufrieden. Es tat gut, sich hübsch zu machen. Und täuschte sie sich oder sah sie schon nicht mehr ganz so vergrämt aus wie kurz nach Klaus' Tod? Das machte die Verliebtheit, dachte sie lächelnd, dann schnappte sie den Vesperkorb, den sie schon am frühen Abend vorbereitet hatte. Vorbei war die Zeit, in der sie nur schimmliges Brot zu essen hatten. Dank der nachbarschaftlichen Hilfe war ihr Tisch nun reicher gedeckt, und so hatte sie auch ihren Vesperkorb mit einigen Leckereien füllen können.

»Wo willst du denn eigentlich noch hin?«, kam es von Alexander.

»Ich gehe ans Grab eures Vaters«, sagte Eveline.

»Mit einer Brotzeit?« Alexanders Brauen hoben sich zweifelnd.

»Vielleicht bekomme ich ja vom vielen Beten Hunger«, antwortete Eveline schnippisch, dann ging sie davon. So weit kam es noch, dass sie ihrem Sohn gegenüber Rechenschaft ablegen musste!

Im Grunde fügte sich alles zusammen wie die einzelnen Steinchen in einem großen Mosaik, dachte Eveline, als sie an dem Acker vorbeiging, den Sonja Merkle ihr für die nächsten drei Jahre zur Verfügung stellen wollte. Er lag wirklich nur einen Steinwurf von ihrem Haus entfernt. Allerdings bezweifelte sie, dass sie ihn die vollen drei Jahre nutzen würde. Ihr Trauerjahr war im Sommer 1912 zu Ende, wenn alles gut ging, würden Johann und sie im Herbst desselben Jahres heiraten. Dann würde er für sie sorgen.

Johann… Allein bei dem Gedanken, ihn gleich zu sehen, klopfte ihr Herz bis hinauf zum Hals. Heute würde niemand sie stören. Edelgard war genau wie Johanns Bruder Paul zu Bertas Hochzeit eingeladen. Johann und sie würden ganz allein sein. Sie hatte vor, die Zeit gut zu nutzen.

Mitte der Woche hatte sie, Eveline, Edelgard gefragt, wo sich der Holzeinschlag der Familie Merkle befand. »Wenn Johann schon Holz für mich macht, dann ist es doch selbstverständlich, dass ich ihm eine ordentliche Mahlzeit und einen Krug Most bringe«, hatte sie zu Edelgard gesagt und dafür von der alten Näherin einen anerkennenden Blick zugeworfen bekommen.

Oder hatte nicht sogar noch mehr in Edelgards Blick gelegen?, rätselte Eveline, während der Wald, in dem Johann ein paar gefällte Bäume gekauft hatte, näher kam. Zuneigung, Wohlwollen. Die Art, wie Johanns Mutter sie manchmal einfach in den Arm nahm und wortlos Trost spendete, war so liebevoll, als würde sie in ihr, Eve, schon die zukünftige Schwiegertochter sehen. Edelgard mochte sie, das spürte Eve. Aber es ging ihr wahrscheinlich um noch mehr – wenn Johann hier im Ort heiratete, würde er nicht mehr auf und davon ziehen! Mach dir keine Sorgen, liebe Edelgard, dachte Eveline, ich sorge schon dafür, dass Johann bleibt.

Das Waldstück, in dem Johann arbeitete, war steil und unzugänglich. Hohe Farne, Gräser, teilweise auch Disteln säumten Evelines Weg, immer wieder musste sie anhalten, um ihren in einem Gestrüpp verhedderten

Rock zu lösen. Ihren Korb mühselig balancierend stolperte sie weiter den Berg hinauf. Doch als sie Johann sah, der mit nacktem Oberkörper und Schweiß auf der Stirn kraftvoll die Säge durch einen Holzstamm gleiten ließ, war jede Anstrengung sogleich vergessen.

Jeden Schweißtropfen, den er vergoss, vergoss er für sie.

»Johann…« Es war nicht mehr als ein Flüstern, dennoch schaute er sofort auf.

»Eveline!«

Wie er lächelte! Als würde bei ihrem Anblick die Sonne auf- statt untergehen, dachte sie selig. Sie zeigte auf ihren Korb. »Ich habe eine Brotzeit mitgebracht.« Suchend schaute sie sich gerade nach einem schönen Fleckchen um, als Johann ihr den Korb aus der Hand nahm.

»Eine kurze Pause könnte ich gut gebrauchen. Aber nicht hier. Komm, ich kenne einen besonders schönen Platz!«, sagte er und reichte ihr seine freie Hand.

Sich an ihm festhaltend, kraxelte Eveline weiter den Hang hinauf. Wie gut er roch, dachte sie und atmete tief den Geruch nach frischem Schweiß, Tannenharz und Holz ein, der seinen warmen Leib umgab. Ihr Herz klopfte noch heftiger als zuvor, und das hatte nichts mit der körperlichen Anstrengung zu tun.

Nach wenigen Minuten kamen sie auf eine kleine, ebene Anhöhe. Johann stellte den Korb ab und breitete sein Hemd, das er sich locker um die Hüfte gebunden hatte, auf dem Boden aus. »Gnädige Frau, wenn ich bitten darf?« Mit übertriebener Geste lud er sie zum Sitzen ein.

Der Boden war weich, so weich wie ein Liebesnest,

dachte Eveline. Sie musste dem Reflex widerstehen, sich gleich an Johann zu schmiegen.

»Dies ist einer meiner Lieblingsplätze«, sagte Johann, nachdem er sich neben ihr niedergelassen hatte. »Als ich in Amerika lebte, habe ich oft davon geträumt, ihn eines Tages mit dir aufzusuchen. Ich habe sowieso viel zu oft an dich gedacht!«, fügte er lächelnd hinzu.

Eveline errötete vor Glück. Mit zitternder Hand öffnete sie den Picknickkorb und holte heraus, was sie zubereitet hatte: Schmalzbrote und eine Portion der Süßspeise, die es heute Mittag gegeben hatte.

Statt nach dem Brot zu greifen, wie Eveline angenommen hatte, zog Johann den Teller mit dem Ofenschlupfer näher, einer typisch schwäbischen Süßspeise aus Brotresten und Apfelscheiben. »Woher wusstest du, dass dies mein Lieblingsgericht ist?« Hungrig stach er mit der Gabel in das Apfel-Brot-Gemisch, über das sie auch noch etwas Zucker gegeben hatte.

Eveline sah ihn liebevoll an. »Ich dachte mir halt, so was hast du in Amerika bestimmt nicht bekommen.«

Er nickte. »So unsicher ich mir anfangs war – inzwischen weiß ich, dass es richtig war zurückzukommen. Fast möchte ich sagen, ich bin zur richtigen Zeit am richtigen Ort!« Er lachte. »Und du?«

»Was – und ich?«, fragte sie verständnislos.

»Laichingen ist nicht deine Heimat. Warum bist du nach Klaus' Tod nicht zu deinen Eltern zurückgegangen? Bestimmt würden sie dich wieder aufnehmen. Du wärst reich und könntest ein sorgloses Leben führen.«

»Dann müsste ich ja dich verlassen«, sagte Eveline halb scherzhaft, doch gleich darauf wurde sie wieder ernst. »Es gab Momente, in denen habe ich tatsächlich daran gedacht. Klaus hat uns außer seinem Abschiedsbrief nichts hinterlassen. Wie wir ohne ihn zurechtkommen sollen, war ihm wohl völlig egal. Ich muss jeden Groschen drei Mal umdrehen, und doch gehen die Kinder und ich oft hungrig ins Bett. Wenn ich die Hilfe der Nachbarn nicht hätte, wenn du mir nicht das Holz schlagen würdest – ich wüsste nicht, wie dann alles gehen sollte. Es stimmt, all diese Sorgen wäre ich los, würde ich in mein Elternhaus nach Chemnitz zurückkehren. Das Einzige, was ich tun müsste, wäre, vor meinem Vater zu Kreuze zu kriechen. ›Alles war ein schrecklicher Fehler! Bitte verzeiht mir, und nehmt mich, die arme Sünderin, wieder in euer Haus auf!‹«, sagte sie übertrieben unterwürfig.

Johann, der gerade den Teller leer kratzte, lachte leise.

Den Blick aufs Tal gerichtet, fuhr Eveline fort: »Aber weißt du, was mich die harten Jahre an Klaus' Seite gelehrt haben? Es gibt etwas, was mindestens ebenso wichtig ist wie ein satter Bauch – die innere Freiheit nämlich! Wenn du mich fragst, dann ist es das, was Klaus umgebracht hat. Sein Mangel an innerer Freiheit. Er ist erstickt an all den Konventionen und ungeschriebenen Gesetzen, die das Leben hier mit sich bringt.« Die Stirn in Falten gezogen, zeigte sie in Richtung Dorf. »Unser ganzes Leben war darauf ausgerichtet, ein gottgefälliges Leben zu führen und dabei nach Gehringers Pfeife zu tanzen. Wie es uns dabei ging, danach fragte niemand. Dem wollte ich mich nie beugen, aber …« Warum erzähle ich ihm das alles?, fragte sie sich und erkannte im selben Moment, dass es Gedanken waren, die sie noch nie laut auszuformulieren gewagt hatte. Die innere Freiheit… War es das, was Klaus und sie voneinander getrennt hatte? Und war dies das Band, das sie mit Johann verknüpfte?

»Würde ich zu meinen Eltern zurückkehren, würde ich lediglich einen Despoten gegen den nächsten eintauschen«, sprudelte es weiter aus Eveline heraus. »Ganz bestimmt würde Vater Alexander in seiner Fabrik haben wollen, und Erika und Marianne würden von meiner Mutter zu kleinen Damen herausgeputzt und zu Tanztees, Empfängen und anderen Einladungen geschleppt werden, ob sie wollen oder nicht. Ich selbst hätte sowieso nichts mehr zu sagen! Denn wo es hinführt, wenn ich eigene Entscheidungen treffe – *das* hat man ja gesehen«, sagte sie mit beißender Ironie. Sie schüttelte den Kopf. »Nein, dafür habe ich nicht all die Jahre an Klaus' Seite durchgehalten. Für irgendetwas muss sein Tod gut gewesen sein. Ich möchte, dass meine Kinder als freie Menschen aufwachsen! Alexander soll die Kunstschule besuchen, auch wenn es mich fast umbringt, dafür vom ganzen Dorf Almosen annehmen zu müssen. Und auch meine Töchter sollen später einmal frei entscheiden können, wie sie leben wollen. Wenn sie tatsächlich wie die andern jungen Frauen Stickerin oder Näherin werden möchten, dann stehe ich ihnen nicht im Weg. Aber viel mehr würde ich mir wünschen, dass sie hinausgehen in die Welt und ihre ganzen wunderbaren Fähigkeiten nutzen, um ein schönes, gutes Leben zu führen! Die Zeit der großen Herren Gehringer und Karl-Otto Hoffmeister ist irgendwann vorbei – sie können den Menschen nicht ewig vorschreiben, wie sie zu leben haben. Auch wir kleinen Leute haben Rechte. Und wenn es mich alles kostet – für diese Freiheit kämpfe ich!« Bevor Eveline wusste, wie ihr geschah, schossen ihr Tränen in die Augen. O Gott… Wie führte sie sich auf? Sie hatte doch verführerisch und lieblich auf Johann wirken wollen, dachte sie entsetzt und konnte doch nichts gegen die Flut unternehmen, die aus ihr herausbrach. Tränen der Wut, Tränen der Verzweiflung, Tränen der Trauer auch über die vielen Jahre, die sie verloren hatte.

»Eveline, Eve…« Sie spürte Johanns Arme um sich. »Du ahnst nicht, wie sehr mich deine Worte berühren! Dass du anders bist als alle anderen Frauen habe ich schon damals vor meiner Abreise gespürt. In Amerika gelang es auch mir, mich innerlich frei zu fühlen! Doch seit ich wieder zurück bin in Laichingen, fühle ich mich den Konventionen ausgeliefert wie eh und je. Fast kommt es mir vor, als wäre ich nie weggewesen, meine ganze Weltgewandtheit ist dahin! Ich ärgere mich selbst darüber, dass ich es zulasse, dass jeder an mir herumzerrt. Wie, verdammt nochmal, kann es mir gelingen, mein eigener Herr zu bleiben? Es ist schließlich doch das, wozu ich die anderen auch auffordere!«

Eveline stutzte. Solche Zweifel waren das Letzte, was sie von Johann zu hören erwartet hatte. Und wer zerrte denn an ihm? Seine Mutter? Die Nachbarn? Meinte er Gehringer damit? Oder spielte er darauf an, dass sie sich in ihrem Trauerjahr eigentlich nicht treffen durften?

»Manchmal muss man die alten Konventionen verraten, um sich selbst treu zu bleiben«, sagte sie rau. »Das mag nicht jeder verstehen und gutheißen, aber um der eigenen Freiheit willen darf man sich nicht an jede Regel gebunden fühlen. Jeder von uns hat das Recht, sich immer wieder neu zu entscheiden, wenn alte Gesetzmäßigkeiten nicht mehr passen! Das Leben besteht aus Wandel, auch wenn es oft bequemer ist, am Althergebrachten festzuhalten.«

Johann schaute Eve nachdenklich, aber auch bewundernd an. »Konventionen verraten, um sich selbst treu zu bleiben... Ist das womöglich das große Geheimnis hinter allem?«

»Vielleicht?«, sagte sie leichthin. »Tu einfach immer nur das, was du für richtig hältst. So wie ich...« Genug der Theorie, dachte sie und küsste ihn.

»Das hier fühlt sich für mich verdammt richtig an«, flüsterte er zwischen zwei Küssen und zog Eve noch näher an sich heran.

Ein wohliger Schauer lief ihr den Rücken hinab, als sie seine Erregung spürte.

Danach ging alles so schnell, dass Eveline es später in Gedanken kaum noch rekapitulieren konnte. Seine harzverklebten Hände, die ihre Bluse aufknöpften. Ihren Rock riss sie sich selbst vom Leib. Es folgte seine Hose. Schnell! Sie hatten schon so viel Zeit verloren. Ihr wohliges Stöhnen, als er sie auf den weichen Waldboden drückte. Ihre gespreizten Beine, ihr Leib, der ihn gierig aufnahm.

»Eveline!« Ihr Name auf seinen Lippen. Ein Triumphschrei auf dem Höhepunkt seiner Lust.

»Johann...« Sein Name, ein Flüstern nur auf ihren Lippen, weggetragen vom Rausch ihrer Gefühle.

32. Kapitel

Während der Hochzeit hatte das heiße Hochsommerwetter noch angehalten, doch am Tag darauf kam das von allen lange ersehnte Gewitter. Danach schlug das Wetter um, es wurde abrupt regnerisch und kühl. Als Mimi am Montagmorgen kurz vor die Tür trat, kam es ihr so vor, als würde nun, Mitte August, schon der Herbst vorwitzig anklopfen. Unwillkürlich war ihr ein wenig bang zumute. Hieß es nicht, im Herbst starben die Leute?

Sie war gerade dabei, im Flur ihre Strickjacke anzuziehen, um sich für ihren Besuch bei Gehringer zu rüsten, als vor dem Haus lautes Wiehern zu hören war. Kundschaft? Ein Grund, doch nicht zu Gehringer zu müssen? Sie schaute aus dem Fenster und sah einen Wagen ähnlich dem, mit dem ihr Onkel einst durch die Lande gezogen war. Doch während Josefs Sonnenwagen schwarz lackiert und mit eleganter goldener Schrift versehen gewesen war, war die Farbe dieses Karrens grellrot. Im trüben Licht des Regentages wirkte er wie von einem anderen Stern. »Fotografisches Zubehör aller Art – Max Mutter« stand in großen Lettern auf der Seite.

»Was will denn der hier?«, murmelte Mimi. Sie wandte sich zum Zimmer um und sagte zu ihrem Onkel, der eine Zeitung lesend am Tisch saß: »Der Vertreter Max Mutter steht vor der Tür – hast du je Geschäfte mit ihm gemacht?«

Der alte Fotograf runzelte die Stirn. »Mit dem Ganoven? Niemals! Bei dem ist doch alles doppelt so teuer wie im Versandhandel. Dafür ist die Qualität nur halb so gut.« Seine Miene verzog sich zu einem Lächeln, doch dann überfiel ihn der nächste Hustenanfall.

Unwillkürlich trat Mimi einen Schritt zurück. Es sei wichtig, dass sie Josef nicht allzu nahe käme, wenn er huste, betonte der Arzt immer wieder. Eine gute Konstitution könne zwar eine Ansteckung verhindern, dennoch war Vorsicht besser als Nachsicht. Schon seit Tagen wurde Josef von fiebrigen Schweißausbrüchen geplagt, gegen die kein kalter Wickel half. Vom vielen Husten tat ihm die Brust weh, Appetit hatte er auch nicht, und nicht einmal die Hühnersuppe von Bertas Hochzeit hatte er gegessen.

»Dann schicke ich den Herrn Ganoven mal wieder weg«, sagte sie mit mühsam aufgebrachtem Frohmut. Sie dürfe sich ihre Sorge vor Josef nicht anmerken lassen, hatte Doktor Ludwig erst kürzlich zu ihr gesagt. Vielmehr sei es wichtig, vor dem Kranken immer Optimismus auszustrahlen.

Optimismus!, dachte Mimi bitter, während sie zur Haustür ging. Sie musste täglich dabei zusehen, wie ihr Onkel elendig an der Tuberkulose zugrunde ging, wo sollte sie da noch Zuversicht hernehmen? Ruckartig riss Mimi die Haustür auf.

»Sie?« Der Handlungsreisende schaute drein, als

würde er ein Gespenst sehen. »Sie sind doch Mimi Reventlow, die erfolgreiche Wanderfotografin!«

»So trifft man sich wieder«, sagte Mimi ironisch. Was für ein seltsamer Kerl, ging es ihr durch den Kopf, während sie den Mann von oben bis unten musterte. Max Mutters pechschwarze Haare waren mit Pomade geglättet, sein Anzug vom vielen Tragen und vermutlich wenigen Waschen fast genauso speckig wie sein Haar. Unter dem rechten Auge war die Haut leicht bläulich verfärbt wie bei einem fast abgeklungenen Veilchen. Selten hatte sie in ihrem Leben eine weniger vertrauenerweckende Person getroffen als den Vertreter für fotografisches Zubehör. Das letzte Mal hatte sie den Mann vor zwei oder drei Jahren in Pforzheim gesehen. Damals hatte Max Mutter dem Fotografen, bei dem sie zu Gast gewesen war, eine schlampig gemalte – und völlig überteuerte – Hintergrundleinwand mit der Ansicht von Schloss Neuschwanstein angedreht. Als sie von einem Friseurbesuch ins Atelier zurückgekehrt war, wechselte gerade ein stattlicher Betrag aus der Ladenkasse den Besitzer. Mimi, entsetzt über das kitschige Gemälde, hatte noch vorsichtig gewagt zu fragen, ob die Leinwand auch wirklich zum Stil des Ateliers passe, woraufhin Max Mutter, das Geld bereits in der Tasche, ihr einen wütenden Blick zugeworfen und sich dann eiligst empfohlen hatte. Es hatte nicht lange gedauert, bis der Fotograf sich kreuzunglücklich die Haare raufte angesichts seines Fehlkaufs. »Wie konnte ich nur?«, hatte er gesagt und auf das rosafarbene Märchenschloss gezeigt. Mimi hatte nicht gewusst, ob sie amüsiert oder mitleidig reagieren sollte. Am Ende waren der Fotograf und sie Max

Mutter nachgegangen. Doch alle Überredungsversuche nutzen nichts – der Hausierer wollte das Geschäft nicht rückgängig machen, was ihm noch einige deutliche Worte von Mimi eingebracht hatte.

»Ich habe gehört, dass Josef Stöckles Atelier in neuer Hand ist«, sagte Max Mutter. »Hätte ich gewusst, dass Sie es sind, die ...« Seine Augen funkelten wütend.

»Tja, da haben Sie wohl umsonst eine Fahrt auf die schöne Schwäbische Alb gemacht.« Mimi wollte die Tür wieder schließen, doch da hatte der Vertreter schon einen Fuß dazwischen geschoben.

»Wer weiß? Heißt es nicht, neue Besen kehren gut? Dazu würde meine neue Auswahl an Hintergründen vorzüglich passen. Wenn Sie einmal einen Blick darauf werfen wollen?« Er ergriff hastig Mimis Hand, zog sie zu seinem Wagen und riss beflissen dessen Tür auf. »Schauen Sie nur – ein Bühnenbild aus Franz Lehárs Operette ›Die lustige Witwe‹. Und hier: eine Ansicht von der Loreley. Und – das wird derzeit auch gern gekauft – ein gemalter Doppeldecker! Die männliche Kundschaft lässt sich gern einmal als Herr der Lüfte abbilden!«

Ob sie es wollte oder nicht, Mimi war beeindruckt. Eine Leinwand war grausiger als die andere.

»Vielen Dank, aber das Atelier meines Onkels ist für meine Zwecke allemal gut genug ausgestattet.«

Statt aufzugeben, zog Max Mutter einen Korb aus dem Wagen. Darin lagen Seidenblumen und bunte Fächer. »Sie wollen doch nicht etwa Ihre verehrte Kundschaft mit den alten Requisiten Ihres Onkels langweilen? Hier, für Ihre weibliche Kundschaft! Sie müssen mit der Mode gehen, junge Frau, mit der Mode!«

»Ich muss gar nichts.« Die Arme vor der Brust verschränkt schaute Mimi den Vertreter herausfordernd an.

»Sie glauben doch nicht allen Ernstes, dass Sie mich so einfach loswerden? Schließlich habe ich extra wegen Ihnen den weiten Weg hierher angetreten. Deshalb sollten Sie mir etwas abkaufen, sonst...« Bedrohlich machte der Vertreter einen Schritt auf Mimi zu.

*

»Könntest du heute für mich nach Amstetten zur Sparkasse fahren?« Die Stimme seiner Mutter war so matt, dass Anton Mühe hatte, sie zu verstehen.

»Mutter, was ist los?«, sagte er beunruhigt über den Frühstückstisch hinweg. In letzter Zeit war sie öfter müde, das kannte er gar nicht von ihr.

Doch Karolina Schaufler winkte nur ab. »Nichts, was dich etwas angehen würde«, sagte sie schroff. Sie zog die alte, vom vielen Tragen weich gewordene lederne Geldkatze aus ihrer Rocktasche und legte sie vor Anton auf den Tisch. »Das hier sind die Umsätze der letzten zwei Wochen und von der Hochzeit am Samstag. Ich möchte nicht so viel Geld im Haus haben. Dein Vater ist mal wieder auf der Jagd, deshalb wäre es gut, wenn du zur Sparkasse gehst.«

Anton nickte erfreut. Amstetten war zwar nicht Stuttgart, aber ein Ausflug war immer besser, als Kartoffeln zu schälen!

Keine Viertelstunde später verließ er pfeifend das Gasthaus. Ein ganzer Tag für sich – er konnte sein Glück noch gar nicht fassen. Sollte er Alexander fragen, ob er mitkommen wollte? Ach was, sagte er sich im selben Moment. Alexander würde in wenigen Tagen nach Stuttgart fahren, da hatte er bestimmt noch einiges vorzubereiten.

Aber Christel – die hatte bestimmt Lust! Vielleicht gab es in Amstetten ja auch ein Lichtspieltheater? Doch dann fiel ihm ein, dass heute einer der Tage war, an denen Christel in Gehringers Weberei Modell spielte. Verflixt! Mürrisch kickte er einen Stein über den Marktplatz, als sein Blick auf eine fremde Pferdekutsche vor Josef Stöckles Haus fiel. Besuch? Ein Arzt von auswärts? Dazu war der Wagen nicht seriös genug …

Anton schaute auf die Uhr. Ein wenig Zeit hatte er noch, bis der Zug ging, er würde einfach kurz nachsehen, was bei Stöckle los war. Und vielleicht hatte Frau Reventlow ja Lust, ihn zu begleiten?

Ein Vertreter, dachte Anton, als er die Aufschrift des Pferdewagens las. »Ich muss gar nichts«, hörte er die Fotografin im nächsten Moment sagen. Sie klang angriffslustig, fast unfreundlich. Noch unfreundlicher war allerdings die Art und Weise, wie der Mann sich vor Mimi Reventlow aufbaute.

Anton runzelte die Stirn. Wurde sie etwa von dem Kerl belästigt? Seine Vermutung wurde bestätigt, als er hörte, wie der Vertreter sagte: »Sie glauben doch nicht allen Ernstes, dass Sie mich so einfach loswerden? Schließlich habe ich extra wegen Ihnen den weiten Weg hierher angetreten! Deshalb sollten Sie mir etwas abkaufen, sonst …« Bedrohlich hob er die Hand, als wollte er im nächsten Moment zuschlagen.

Mit großen Schritten rannte Anton um den Wagen herum und trat zwischen den Mann und die Fotografin. »Scheren Sie sich zum Teufel!«, herrschte er den Fremden an. Einen Arm um Mimis Schultern gelegt, führte er sie zurück ins Haus.

»Danke«, sagte sie mit leicht zitternder Stimme. »Was für ein schrecklicher Mann. Ich bin froh, dass du gekommen bist.«

Anton nickte grimmig. »Der Kerl sah wirklich aus, als könne er ziemlich unangenehm werden«, sagte er. Im selben Moment kam ihm eine Idee. Eilig ging er im Geist die dafür nötigen Schritte durch. Ja, seine Posse konnte gelingen. Er musste nur schnell sein!

Überschwänglich schüttelte er Mimi Reventlows rechte Hand. »Ich muss jetzt gehen, damit ich den Zug nicht verpasse. Meine Mutter hat mir aufgetragen, nach Amstetten zur Sparkasse zu fahren. Bisher habe ich mir keine Gedanken gemacht, dass ich überfallen werden könnte. Aber nach dem Erlebnis gerade ist mir mit so viel Geld am Leib nicht mehr wohl…« Er verzog das Gesicht zu einer angstvollen Grimasse. Übertreib es bloß nicht, ermahnte er sich stumm.

»Pass auf dich auf!«, rief die Fotografin hinter ihm her, doch da rannte er schon davon.

»Du gehst jetzt da rein und suchst Christel Merkle, sie müsste im Glaspavillon im Garten sein, verstanden? Sag ihr, dass ich sie dringend sprechen muss und sie rauskommen soll«, sagte Anton zu einem ungefähr acht Jahre alten Jungen, den er auf der Straße Richtung Bahnhof angehalten und gefragt hatte, ob er sich zehn Pfennig verdienen wolle. Noch waren Sommerferien, viele Kinder verdienten mit Botengängen und anderen Diensten in den Webereien ein wenig Geld – ein Junge mehr oder weniger würde da nicht auffallen.

Anton hielt zehn Pfennig in die Höhe. »Die sind für dich, wenn du Erfolg hast. Und jetzt beeil dich, los!«

Keine zehn Minuten später erschien Christel, gekleidet in einen schwarzen Rock mit feiner weißer Spitzenbluse, als sei sie schon Gehringers Sekretärin. Der Junge hielt fordernd seine Hand auf, Anton gab ihm die zehn Pfennig. Strahlend rannte der Bub davon.

»Bist du verrückt? Was fällt dir ein, mich einfach bei der Arbeit zu stören?«, zischte Christel, während sie angstvoll in Richtung Fabrik starrte. »Wenn mich der Gehringer oder mein Vater erwischen, wie ich hier mit dir herumstehe ...«

Es brauchte sie in der Tat niemand zu sehen, dachte Anton. »Wenn es nicht so wichtig wäre, hätte ich dich nicht gestört, glaube mir. Fünf Minuten, in Ordnung?« Noch während er sprach, schnappte er Christels Hand und zog sie die Straße entlang. Zwischen Gehringers und Morlocks Webereien gab es einen kleinen Feldweg. Links und rechts des Weges wucherten der stachelige Weißdorn und wilde Rosenbüsche.

»Aua, das pikt, ich ruiniere mir meine Bluse!«, protestierte Christel, als Anton sie mit ins Gebüsch zog.

Hektisch schaute er sich um. Sein Plan war in Sekundenschnelle entstanden, genauso schnell musste er ihn nun umsetzen. Doch dazu brauchte er noch ein geeignetes Werkzeug ... Ein paar Meter weiter den Weg entlang wurde er fündig. Ohne Rücksicht auf die Stacheln des Weißdorns schob er sich durch die Hecke und hob einen armdicken Ast auf.

»So, den ziehst du mir jetzt über den Kopf!« Einladend hielt er Christel den Prügel hin.

»Ich soll dich schlagen? Bist du nicht ganz bei Trost?« Sie wandte sich zum Gehen ab, doch Anton hielt sie am Handgelenk fest.

»Ich weiß, das ist nicht einfach für dich, aber es muss sein. Es geht um nicht weniger als um unsere Zukunft …« Hektisch legte er Christel seinen Plan dar.

Nachdem sie aufmerksam zugehört hatte, schaute sie ihn mit einer Mischung aus Abscheu und Faszination an. »Das nimmst du auf dich? Für uns?«

Anton straffte die Schultern. »Das und mehr, wenn es sein muss.« Er zog die Geldkatze aus seiner Hosentasche. »Hier, das Geld. Bewahre du es sicher auf! Es wäre nicht gut, wenn meine Mutter es irgendwo bei mir finden würde.«

Ohne Zögern lüpfte Christel ihren Rock und steckte sich die Geldkatze zwischen Unterhose und Mieder. »Hier wird niemand nach dem Geld suchen«, sagte sie grinsend. »Und für zu Hause habe ich auch schon ein gutes Versteck im Kopf.«

Anton, dem beim Anblick von Christels nackten Schenkeln ganz anders wurde, hielt ihr erneut den Ast hin. »Und nun schlag zu, fest!«

Bevor er wusste, wie ihm geschah, spürte er einen unsäglichen Schmerz am rechten Ohr. Ihm wurde so schlecht, dass er sich fast übergeben musste. Blut lief ihm in die Augen, taumelnd versuchte er, Halt zu finden, doch außer der Dornenhecke war nichts um ihn herum.

»Ist alles in Ordnung? O Gott, war das doch zu fest?«, hörte er Christels Stimme wie durch dichten Nebel. »Kann ich dich allein lassen? Ich muss jetzt gehen. Anton, so sag doch was!«

»Alles gut«, stöhnte er, dann sackte er in sich zusammen, und es wurde schwarz um ihn herum.

Christel rannte los und wandte sich noch ein letztes Mal um. Wie tot lag er vor der Hecke.

33. Kapitel

Der aufdringliche Vertreter war gerade von dannen gezogen, als der Postbote kam. Er hatte einen Brief aus Esslingen dabei. Noch im Hausflur riss Mimi das Kuvert auf. Die Frage, wo Alexander während seines Studiums wohnen sollte, sei geklärt, schrieb ihre Mutter. Freunde von Freunden würden ihn aufnehmen. Sie wohnten in Bad Cannstatt, einem schönen Stuttgarter Vorort. Der Mann sei Franzose und arbeite bei der Stadt, die Frau, eine Krankenschwester aus dem Olgahospital, komme aus dem Remstal. Die Adresse lag dem Brief bei, man freue sich darauf, Alexander am ersten September als Hausgast begrüßen zu dürfen. Geld wollte die Familie Leucate nicht dafür, man erwarte von dem Studenten aber ein wenig Hilfe bei der Hausarbeit.

Gott sei Dank!, dachte Mimi, dieser Brief kam wirklich keinen Tag zu früh, schließlich sollte Alexander schon nächste Woche in Stuttgart beginnen. Die frohe Nachricht musste sie Alexander und Eveline sofort überbringen!

Am Ende war es schon spät am Nachmittag, als Mimi endlich zu Gehringers Fabrik aufbrach. Egal, dachte sie, der Umweg zur Familie Schubert hatte sich allemal gelohnt. Wie Eveline gestrahlt hatte! So glücklich hatte sie die Weberfrau noch nie gesehen…

Einem Impuls folgend nahm sie ihre Kamera und einen Stapel verpackter Glasplatten mit. Nach dem Regen am Morgen herrschte nun ein schmeichelhaft diffuses Licht, das den Marktplatz und die umstehenden Häuser fast golden färbte. Vielleicht gelang ihr schon eine nette Aufnahme vom Fabrikgelände?

Auf ihrem Weg zur Fabrik wurde das allgegenwärtige Klacken der Webstühle immer lauter. Mimi lächelte. Genau dieses Geräusch war ihr auch schon bei ihrer Ankunft in Laichingen aufgefallen, damals, als sie mit dem Koffer in der Hand die Einfallsstraße ins Dorf entlanggegangen war. Im April war dies gewesen – Mimi kam es vor wie in einem anderen Leben…

Am Pförtnerhäuschen angekommen, stellte Mimi sich vor, dann fragte sie nach Herrmann Gehringers Büro. Dieses befinde sich im linken Gebäudeflügel, erklärte der Pförtner ihr, doch Herrmann Gehringer sei um diese Zeit meist zu seinem letzten Kontrollgang durch die Weberei unterwegs. Er zeigte auf den großen, langgestreckten Holzbau rechts vom Eingang.

Mimi bedankte sich. Der Glaspavillon hatte bei ihrem ersten Besuch, mit Eveline kurz vor Klaus' Tod, noch nicht hier gestanden. Er gab bestimmt ein hübsches Motiv ab!

Als sie mit Eveline hier war, war es mucksmäuschenstill gewesen, Gehringer hatte eine Ansprache an die Weber gehalten. Heute wurde Mimi, als sie die Tür zur Weberei öffnete, von einem ohrenbetäubenden Lärm empfangen. Motorenlärm, ein Zischen, ein Klacken…

Du meine Güte, war es immer so laut hier?, dachte sie entsetzt, während ihre Augen versuchten, sich an das Halbdunkel in der Halle zu gewöhnen. Obwohl es genügend Fenster gab, waren diese so staubig, dass kaum Tageslicht in den Raum gelangte. Auch die Luft war schwer vor Staub. Wie heiß und stickig es hier war! Mimi wischte sich eine Schweißperle von der Stirn. Bestimmt war es im Winter dafür umso kälter, dachte sie. Ob sie hier in diesem Zwielicht überhaupt würde fotografieren können? Am besten machte sie gleich mal eine Probefotografie, beschloss sie, während sie auf die vielen Webstühle schaute, die links und rechts entlang der Längsseiten aufgereiht standen. Nie hätte sie gedacht, dass sie so groß waren!

Webstuhl – irgendwie klang das Wort nach einer Handarbeit, die man im Sitzen tätigen konnte. Doch die Maschinen, die hier dicht an dicht standen, hatten etwas Monströses an sich. Es saß auch niemand gemütlich davor, stattdessen sprangen die Männer ständig von rechts nach links, regelten hier etwas, prüften da eine Fadenspannung. Keiner schien sie bisher bemerkt zu haben, zumindest schaute keiner der Weber von seiner Arbeit auf. Ihre Blicke waren unablässig auf die Webstühle gerichtet, an denen alles in Bewegung schien – Ketten, Riemen, der Webschütze, Transmissionsscheiben – und immer das Zischen und Klacken im Ohr. Wie konnte man hier Tag für Tag arbeiten, ohne verrückt zu werden?, dachte Mimi, dann verschwand sie unter ihrem schwarzen Tuch, um den ersten Blick durch den Sucher zu wagen. Durch die Linse ihrer Kamera betrachtet, wirkten die Webstühle fast noch bedrohlicher, und die Weber schmächtiger, müder, erschöpfter …

Gehringer war nirgendwo zu sehen, ganz am hinteren Ende der Halle entdeckte sie dafür Johann. Er nickte ihr kurz zu, kam aber nicht zu ihr herüber. Beim Nähertreten erkannte sie, dass in diesem Teil der Fabrikhalle Johann und seine Kollegen nicht nur einen, sondern gleich zwei Webstühle auf einmal bedienten!

Akkordarbeit... Mit den damit verbundenen Qualen lag ihr Johann ständig in den Ohren, doch es war das erste Mal, dass sie mit eigenen Augen sah, welche unglaubliche Arbeitsbelastung damit verbunden war. Ach Johann, dachte sie mit vor Liebe wehem Herzen. Jetzt verstand sie, dass er abends oft zu müde für einen Spaziergang war oder dass er lieber seine trockene Kehle mit einem Glas Most im Ochsen anfeuchtete, anstatt sich mit ihr zu treffen.

Mimis Überlegungen wurden jäh unterbrochen, als ein kleiner Junge, der ein Ölkännchen in der Hand trug, sie fast über den Haufen rannte. Was machten die ganzen Kinder hier?, fragte sich Mimi. Halbwüchsige Jungen wuselten zwischen den Webstühlen hin und her und brachten den Webern Wasser. Ein Junge links von Mimi knotete an einem Webstuhl mühsam einen gerissenen Faden wieder zusammen, ein anderer fegte den Boden und wirbelte dabei noch mehr Staub auf. Wie die erwachsenen Männer sahen auch die Jungen blass und müde aus. Und die meisten waren noch magerer als Alexander! Entsetzt von dieser fremden Welt, die sich ihr hier auftat, schoss Mimi weitere Fotografien. Nie hätte sie gedacht, dass es hier so laut, hektisch und staubig zuging. Das waren gewiss nicht die Bilder, die Gehringer von ihr erwartete, dachte sie zynisch. Aber wo sie schon einmal hier war...

Wenn sie sich am Ende des Ganges platzierte, würde sie die Webstühle linker und rechter Hand aufs Bild bekommen. Was für eine interessante Blickachse ... Mimi bekam eine Gänsehaut. Eilig schlüpfte sie unter ihr schwarzes Tuch und tauschte die belichtete Glasplatte gegen eine neue aus.

Die gelblich schimmernden Staubwolken über jedem einzelnen Webstuhl. Die Kinder in ihren ärmlichen Lumpen, so klein und zerbrechlich im Kontrast zu den riesigen Webstühlen. Der glasige Blick der Weber, gefangen im Rhythmus des hölzernen Weberschiffchens, das den Leinenfaden in erbarmungslosem Tempo von links nach rechts schoss ... Bevor Mimi sich's versah, hatte sie fast ein Dutzend Glasplatten verbraucht. Nun noch eine Fotografie von Johann, wie er gleich zwei dieser Riesenmaschinen meisterte, dachte sie gerade, als neben ihr ein Schrei ertönte, wie sie noch keinen gehört hatte.

»Mein Auge!«, schrie einer der Weber und hielt sich dabei beide Hände vors Gesicht. Es war ein älterer Mann, der nun zu taumeln begann, dann sackte er neben seinem Webstuhl zusammen. Fast im selben Moment kam Johann angerannt.

»Sehr gut, fotografiere das hier ruhig alles! *Das* ist nämlich die Realität und nicht die Bilderbuchidylle, die sich unser Herr Unternehmer vorstellt!«, raunte er ihr im Vorbeigehen zu.

Hilflos beobachtete Mimi, wie Johann sich neben dem verletzten Weber kniete. »Gustav, was ist passiert?«

Der Mann wimmerte nur. Tränen – oder war es Augenflüssigkeit? – liefen ihm unter den vorgehaltenen Händen die Wangen hinab.

»Der Schütze seines Webstuhls ist aus dem Kasten geflogen und ihm ins Auge geschossen!«, rief der Mann am Webstuhl dahinter.

»Mist«, murmelte Johann und biss sich so fest auf die Unterlippe, dass sie weiß wurde. »Komm, Gustav, ich bringe dich zum Arzt.« Er versuchte dem Mann aufzuhelfen, doch der Verletzte kauerte weiter wie ein Häufchen Elend am Boden. »Ich kann nicht aufstehen. Meine Füße… Nach zwölf Stunden am Webstuhl… Ich bin so schwach!«

Johanns unterdrückte Wut und die Hilflosigkeit der anderen Weber, die nicht einmal jetzt ihre monströsen Maschinen allein lassen konnten, das Wimmern des Mannes – auf einmal war alles zu viel für Mimi. Wie hielten die Männer das nur aus?, fragte sie sich und hätte fast losgeheult. Sich fast hinter ihrer Kamera versteckend, nahm sie die ganze Szene durch den Sucher ins Visier.

»Was ist hier los?«, ertönte es in dem Moment laut.

Mimi drehte sich um und sah Gehringer den Gang entlangkommen. Hastig versteckte sie die Kamera hinter ihrem Rücken.

»Ein Unfall, Chef«, sagte einer der Weber.

»Gustav, hast du wieder nicht aufgepasst? Du und deine Stolperfüße! Wie oft habe ich euch allen schon gesagt, dass ihr vorsichtig sein sollt! Paul, fahr den Mann zum Arzt.« Er winkte seinen Assistenten herbei. »Und was haben Sie hier verloren?«, raunzte er dann Mimi an. »Sie fotografieren doch nicht etwa?«

»Der Pförtner sagte, ich würde Sie hier antreffen. Wo ich schon mal hier bin, habe ich nur kurz die Lichtverhältnisse getestet.«

»Können Sie nicht lesen? Auf der Tür draußen steht doch groß und deutlich, dass Fremden der Aufenthalt in der Weberei strengstens verboten ist. Was, wenn sie in einen laufenden Webstuhl geraten?«

»Und was, wenn eins der Kinder zwischen die Maschinen gerät?«, konterte Mimi. »Was machen die überhaupt hier? Kinderarbeit ist verboten, soviel ich weiß.«

»Bitte?«, sagte Gehringer – nicht, weil er sie beim Lärm der Webstühle nicht verstanden hätte, sondern weil er nicht glauben konnte, dass sie ihn derart angriff.

Kannst du nicht einmal deinen Mund halten?, ärgerte sich Mimi über sich selbst.

»Erstens sind das keine Kinder mehr, es sind Dreizehn- und Vierzehnjährige. In zwei Jahren stehen sie sowieso hier. Und zweitens arbeiten die Jungen hier nicht. Sie besuchen in den Ferien lediglich ihre Väter und Mütter hier in der Weberei und Näherei. Soll ich ihnen das etwa verbieten? Ich bin ja schließlich kein Unmensch!«

Mimi schaute zu Boden.

Gehringer klatschte laut in die Hände. »Schluss mit Maulaffen feilhalten! Alle zurück an die Arbeit! Johann, was fällt dir ein, deine Webstühle abzuschalten? Bring die sofort wieder in Gang, und die fehlenden Schusszahlen holst du heute Abend nach, ist das klar?« Er wandte sich an Mimi. »Und Sie, junge Frau, kommen mit in mein Büro!«

34. Kapitel

»Tut mir leid, ich habe das Schild an der Tür wirklich nicht gesehen«, sagte Mimi, als sie in Gehringers Büro waren.

»Setzen Sie sich«, knurrte Gehringer, dann ließ er sich hinter seinem großen Schreibtisch nieder.

»Wie ruhig es hier drinnen ist«, sagte Mimi, nachdem sie auf dem Besucherstuhl Platz genommen hatte. »Ich frage mich wirklich, wie die Männer den Lärm aushalten!«

»Die stopfen sich was ins Ohr«, antwortete Gehringer mit einer wegwerfenden Geste. »Außerdem sind Weber Lärm gewöhnt. Hier in Laichingen ist man aus hartem Holz geschnitzt.«

»Das habe ich inzwischen auch mitbekommen«, murmelte Mimi.

Gehringer schaute sie über den Schreibtisch hinweg an. »Ich glaube nicht, dass ein Auswärtiger je unsere kleine Welt wirklich verstehen kann. Hier bei uns wippt der Webstuhl, ganz gleich, was in der großen weiten Welt geschieht. Das war über Jahrhunderte so, und daran wird nichts und niemand etwas ändern. Und nun zu Ihrem Auftrag!«, sagte Gehringer geschäftig. »Den gläsernen Pavillon haben Sie sicher schon gesehen, in der Weberei waren Sie ebenfalls schon, morgen früh zeige ich Ihnen das Lager, die Näherei und unser Archiv. Dort, wo von jedem Modell, das wir je hergestellt haben, ein Stück gelagert ist, werden Sie arbeiten und fotografieren, wir haben schon Platz geschaffen für Ihre Sitzungen. Kamera und Glasplatten bringen Sie sicher mit, falls Sie noch spezielle Wünsche haben, raus mit der Sprache!«

Ihr einnehmendstes Lächeln aufsetzend, ratterte Mimi herunter, was sie für ihre Aufnahmen benötigte: Lampen, Ständer, Stecknadeln, feste und weiche Unterlagen, Hintergründe, Halterungen … Einiges davon wollte sie eh mitbringen, aber Gehringer sollte ruhig wissen, wie aufwendig die Kunst des Fotografierens war!

Der Unternehmer nickte nur. »Kein Problem, wenn Sie morgen kommen, liegt alles für Sie bereit. Dafür erwarte ich von Ihnen Bilder allerhöchster Güte, mein Jubiläumsband soll perfekt werden!« Er hielt ihr über den Schreibtisch hinweg die rechte Hand hin. »Am besten fangen Sie gleich morgen an, bis Ende Oktober muss alles fertig sein. Dann wird nämlich noch ein Werbefilm hier auf dem Gelände gedreht. Ich möchte nicht, dass die Filmemacher und Sie sich mit ihren Kameras in die Quere kommen.« Er hielt Mimi ein Blatt Papier hin. »Hier ist Ihr Vertrag, Sie müssen nur noch unterschreiben.«

Während Mimi das Schreiben überflog, konnte sie sich des Gefühls nicht erwehren, dass sie sich mit ihrer Unterschrift gegenüber Herrmann Gehringer zu mehr verpflichtete als zu einer reinen Fotografentätigkeit.

*

Die Fotografin war gerade erst gegangen, als Paul Merkle zurückkam. »Doktor Ludwig meint, das Auge sei dahin«, sagte er ohne Umschweife. »Durch den massiven Aufprall des hölzernen Schiffchens ist Gustavs Augapfel so sehr verletzt worden, dass man das Auge wahrscheinlich nicht retten kann.«

Gehringer, der im Geiste durchging, in welcher Art er als Arbeitgeber für den Unfall verantwortlich gemacht werden konnte – und von wem! –, schwieg. Im Grunde war niemand anderes als der Weber selbst schuld, befand er, es hingen ja genügend Schilder herum, welche die Arbeiter anwiesen, am Webstuhl höchste Aufmerksamkeit zu bewahren.

»Verzeihen Sie, wenn ich das so frage …«, sagte Paul Merkle, als von Gehringer nichts kam.

»Ja?«

Merkle wies in Richtung Ausgang. »Die Fotografin – darf ich erfahren, warum Sie Mimi Reventlow mit den Fotos beauftragt haben? Hat die Frau Ihnen nicht schon genug Ärger gemacht? Außerdem – wollten Sie die Weißwaren für den Bestellkatalog nicht nach Stuttgart zu einem Fotografen bringen?«

Gehringer schmunzelte. So schlau sein Assistent auch war, so zeigte sich doch immer wieder, dass er ihm, Gehringer, noch lange nicht das Wasser reichen konnte.

»Ich habe mir das Angebot des Stuttgarter Fotografen genau angesehen. Wenn ich die Bilder hier bei uns machen lasse, ist das deutlich preiswerter. Davon abgesehen gefällt mir der Gedanke, Mimi Reventlow in den nächsten Wochen und Monaten hier bei uns unter Kontrolle zu haben. In unserem wunderschönen ›Fotoatelier‹« – er hüstelte süffisant – »ist sie nicht nur bestens aufgehoben, sondern auch ungestört. Mehr noch – dort *stört* auch sie niemanden.«

Bei Paul Merkle schien endlich der Groschen gefallen zu sein. »Deshalb sollte ich ausgerechnet das alte Archiv als Atelier herrichten! Ich habe mich schon gewundert, warum sie gerade diese kalte abgelegene Kammer mit dem winzigen Fenster, das auf einen Hinterhof zeigt, als Arbeitsplatz für Frau Reventlow gewählt haben. Man hätte die Leinenwaren ja auch in einem der Lagerräume fotografieren können oder hinten im Kontor. Aber Sie haben natürlich völlig recht – in den düsteren Hinterhof verirrt sich niemand, Frau Reventlow kann ganz in aller Ruhe arbeiten.« Paul Merkle lächelte boshaft.

Gehringer, zufrieden mit sich und seinem Plan, nickte. »Wenn die Dame abends todmüde und ausgefroren aus diesem Raum herauskommt, hält sie gewiss keine großen Reden mehr.«

»Ein Geniestreich! Dafür muss man um einige Ecken denken können. Alle Achtung, Herr Gehringer!«, sagte Merkle staunend.

Gehringer, der nun genug in Merkles Bewunderung gebadet hatte, winkte ab. »Hat der junge Schubert jetzt endlich unterschrieben? Nächste Woche fangen die neuen Lehrlinge an, der einzige Ausbildungsvertrag, der noch fehlt, ist der von Alexander.«

Merkles Miene verdüsterte sich. »Was Alexander angeht, kommt ihr Coup leider zu spät. Er wird in diese Kunstschule gehen, daran führt kein Weg mehr vorbei. Und was noch schlimmer ist – das halbe Dorf ist daran beteiligt! Die Leute rennen Eveline Schubert mit ihren Hilfsangeboten das Haus ein, sogar meine Frau …«

»Was ist mit Ihrer Frau?«, unterbrach Gehringer ihn scharf.

»Nichts«, kam es beschwichtigend von Merkle. »Meine Frau, Christel und ich können das natürlich nicht gutheißen, wollte ich nur sagen.«

*

Als Anton aus seiner Ohnmacht aufwachte, wusste er einen Moment lang nicht, wo er war. Sein rechtes Ohr dröhnte, sein Kopf schmerzte, als hätte er zu viel von schlechtem Selbstgebrannten getrunken. Er blinzelte, um besser sehen zu können, doch seine Augen waren verklebt. Fahrig wischte er mit der rechten Hand über sein Gesicht und erschrak, als er an seinen Händen Blut sah. Überall war Blut!

Mit einem Schlag kam alles zurück. Er lag noch immer in dem schmalen, zugewucherten Feldweg zwischen Gehringers und Morlocks Webereien, wie lange wusste er nicht. Dem Stand der Sonne nach zu urteilen, war einige Zeit vergangen.

Er war stundenlang ohnmächtig gewesen? Was, wenn er nicht mehr aufgewacht wäre? Sein Herz klopfte, als ihm klar wurde, welches Risiko er mit seinem waghalsigen Plan eingegangen war. So brutal hätte Christel wirklich nicht zuschlagen müssen, dachte er, während er sich mühsam aufrappelte. Es dauerte noch einen Moment, bis er sicher auf seinen Füßen stand. Durch den Sturz ins Dornengebüsch war sein Kittel zerrissen, seine Hose war schmutzig, ein Schuhbändel hatte sich gelöst. Das alles zusammen mit seinem blutig geschlagenen Gesicht war mehr als ausreichend für das, was er vorhatte.

Als er in die Wirtsstube kam, saßen schon die ersten Abendgäste dort. Ohne einen Gruß stolperte er in die Küche, wo seine Mutter Geschirr spülte. Bei seinem Anblick erschrak Karolina so sehr, dass ihr eine Tasse aus der Hand glitt und scheppernd auf dem Fliesenboden zerbrach.

»Bub! Du lieber Himmel! Was ist geschehen?« Sie bekreuzigte sich mit weit aufgerissenen Augen.

Einen Moment lang tat ihm das ganze Schauspiel leid.

»Ich… Ich weiß es nicht.« Er räusperte sich. Seine Stimme war so rau wie ein ausgefranstes Sägeblatt, er musste sich nicht einmal verstellen. Eine Hand auf sein schmerzendes Ohr gedrückt, ließ er sich schwer auf den Stuhl fallen, auf dem er sonst saß, wenn er Kartoffeln schälte. Seine Mutter rannte zum Spülbecken, kam mit einem kalten feuchten Lappen zurück. Anton wischte sich flüchtig einmal übers Gesicht. Er schüttelte den Kopf, doch die Schmerzen blieben. »Ich bin kurz zur Fotografin gelaufen, wollte sie fragen, ob ich ihr was aus Amstetten mitbringen soll, und kam dazu, als gerade ein aufdringlicher Vertreter Mimi Reventlow belästigte. Ich ging dazwischen und sagte dem Mann, er solle dorthin gehen, wo der Pfeffer wächst. Kurze Zeit später machte ich mich auf den Weg zum Bahnhof. Ich musste austreten, also habe ich mich in einen Feldweg verzogen. Da kam eine Kutsche daher, sie hielt vorn an der Straße, gleich neben dem Feldweg. Ich hatte die Hose noch nicht zu, als jemand auf mich zustürmte.«

»Der Vertreter, der schon die Fotografin belästigt hatte?«, fragte Karolina scharf.

Anton zuckte mit den Schultern. »Ich weiß es nicht, es

ging alles so schnell. Bevor ich mich umdrehen konnte, bekam ich einen Schlag auf den Kopf, dann wurde alles schwarz um mich herum.«

»Grundgütiger Herr«, flüsterte seine Mutter. »Er hätte dich totschlagen können! So wie du aussiehst, ist es ein Wunder, dass du noch lebst.«

Antons Blick war glasig, als er sagte: »Mutter, es kommt noch schlimmer. Der Mann hat mich ausgeraubt. Das ganze Geld ist fort!«

35. Kapitel

»Gute Reise! Und gib Obacht auf dich!«

»Du wirst bestimmt mal reich und berühmt!«

»Pass gut auf dein Gepäck auf!«

»Sei immer schön höflich, sag bitte und danke, so wie ich es dir beigebracht habe«, sagte seine Mutter und hielt ihn so beharrlich am Ärmel, als wolle sie ihn gar nicht loslassen. Alexander strich ihr unbeholfen über die Wange. »Alles wird gut werden, Mutter.«

Eveline nickte tapfer. »Ich bin so stolz auf dich«, flüsterte sie. »Und ich wünsche dir alles Glück der Welt.«

Es war der vierte September. Etliche Laichinger hatten sich am Bahnhof versammelt, um Alexander Schubert nach Stuttgart zu verabschieden – Eveline und die Mädchen, Mimi, Johann und seine Mutter Edelgard. Anton, mit riesigem Kopfverband, war gekommen, Sonja Merkle und Christel ebenfalls. Immer wieder hörte Alexander neben guten Wünschen den Rat, auf sich achtzugeben. Nach dem Überfall auf Anton waren die Menschen ängstlich, vor allem, da dieser nie aufgeklärt werden konnte.

So sehr Alexander diesen Tag herbeigesehnt hatte – nun, kurz vor dem Abschied, war ihm doch mehr als mulmig zumute. Er schüttelte Hände, lächelte und hoffte, vor lauter Angst vor der eigenen Courage nicht ohnmächtig zu werden. Während sie alle auf den Zug warteten, ließ Alexander seinen Blick über die Versammelten schweifen. Nicht nur er, sondern ein Stück Laichingen würde wortwörtlich mit nach Stuttgart fahren, dachte er und wusste nicht, ob er diesen Gedanken tröstlich oder erschreckend fand. Der Koffer zu seinen Füßen hatte Josef Stöckle gehört, Mimi Reventlow hatte ihn zusammen mit einem Anzug und ein paar Hemden von Josef vorbeigebracht. Edelgard hatte beides – Hemden und Anzug – in mühevoller Arbeit auf seine Maße angepasst. Sein alter Lehrer hatte ihm feierlich einen Tuschekasten für seine Studien überreicht. Von Anton hatte er fünf Mark bekommen. Er, Alexander, hatte so viel Geld nicht annehmen wollen, doch Anton hatte darauf bestanden. »Eine Art Startkapital«, hatte er es grinsend genannt.

Diese und alle anderen Hilfsangebote rührten Alexander sehr, auch war er zutiefst dankbar dafür. Gleichzeitig spürte er jedoch eine zusätzliche Last auf seinen Schultern. Was, wenn er die Erwartungen der Menschen enttäuschte? Dann wären alle gespendeten Eier, Säcke Mehl, Josefs Hemden und der Anzug umsonst gewesen …

»In Amstetten musst du umsteigen. Vergiss bloß deinen Koffer nicht im Zug«, sagte Anton nun schon zum dritten Mal zu ihm. Sein Freund war genauso aufgeregt wie er, erkannte Alexander. Von Kindesbeinen an hatten sie sich fast täglich gesehen, hatten Freud und Leid miteinander geteilt. Mit niemand anderem war er, Alexander, je so vertraut gewesen wie mit Anton.

Nun würde sich alles ändern, und nicht nur eine Bahnfahrt würde zwischen ihnen liegen, sondern ein neues Leben.

»Wir schreiben uns, versprochen?«, sagte er mit belegter Stimme und kämpfte tapfer gegen die Tränen an.

Anton nickte, dann wandte er sich ab.

Die Fahrt verlief unspektakulär, in Bad Cannstatt stieg Alexander aus. Seine Gastfamilie wohnte nicht mitten in Stuttgart, sondern in dieser malerischen Vorstadt. Den Zettel mit der Adresse in der einen, Josef Stöckles Koffer in der anderen Hand, marschierte er los. Wenigstens brauchte er keine Krücken mehr, dachte er, während er über das unebene Kopfsteinpflaster lief. Ganz gleichmäßig war sein Gang noch nicht, vor allem, wenn er müde war, zog er sein verletztes Bein ein wenig nach. Aber immerhin konnte er es endlich wieder voll belasten!

Das Haus der Familie Leucate läge am Ortsrand, in Halbhöhenlage, hatte Mimi Reventlows Mutter geschrieben. Dort, wo schon die Weinberge begannen.

Dass fremde Leute ihn so einfach bei sich wohnen ließen!, wunderte sich Alexander nicht zum ersten Mal. Bestimmt war diese Familie Leucate sehr reich, ansonsten würde sie es sich doch nicht leisten können, ein zusätzliches Maul zu stopfen, oder?

Seine Gedanken wurden unterbrochen, als er auf einen großen Platz gelangte, der von mehreren Straßenbahnlinien gekreuzt wurde. Auch Automobile sah Alexander, sie waren noch größer als das von Herrmann Gehringer. Vorsichtig nach links und rechts schauend, hastete er über den Platz. Wie es sich wohl anfühlte, mit einer Straßenbahn zu fahren? Wahrscheinlich würde er es nie erfahren, dachte er, er hatte nicht vor, Antons fünf Mark für solche Extravaganzen auszugeben!

Sein Weg führte vorbei an einer Kirche, die ihn an die von Laichingen erinnerte, doch das war die einzige Ähnlichkeit, die er entdeckte. Die schmucken Cannstatter Fachwerkhäuser waren wesentlich größer als die der Weber, und es gab Geschäfte aller Art. Alexander sah ein Seifengeschäft, ein Tabakgeschäft, auch an einem Zeitungskiosk kam er vorbei. Ein Straßenschild verriet, dass es rechts entlang zur Textilmaschinenfabrik Stücklen & Terrot ging, und Werbung für eine Korsettfabrik gab es auch. Den Gedanken, dass hier wie in Laichingen Wäsche hergestellt wurde, fand Alexander irgendwie tröstlich. Dennoch war alles ganz anders! Zwischen den Gehsteigen und der Straße standen prächtige Bäume, alles war so viel großzügiger als in den engen Laichinger Gassen, wo zwischen den dicht gedrängten Häusern kaum die Sonne durchlugen konnte. Damen mit eleganten Handtaschen spazierten den Gehsteig entlang, schauten sich die Auslagen der Modegeschäfte an, Zigarren rauchende Herren führten aufgeregt schnüffelnde Hunde an der Leine. Eine Litfaßsäule verkündete, dass am Neckarufer ein Zirkus gastierte und dass das Wöchnerinnenheim Charlottenhaus eine große Spendenaktion durchführte. Aus einer Gaststätte wehte der Duft von Bratensoße auf die Straße, Alexander bekam sofort einen Anfall von Heimweh. Wie sehr würde Anton die frohe Stimmung hier in der Stadt an diesem milden Septembertag genießen! Er würde dem Freund ausführlich alles beschreiben.

Das Haus, in dem er die nächsten drei Jahre leben sollte, sah aus wie alle andern in der Straße – nicht besonders groß, aber auch nicht zu klein. Eine Familie konnte sicher gut darin leben, dachte Alexander. Vorsichtig klopfte er an.

Einen Moment später öffnete eine große, schlanke Frau mit dunkelbraunen Haaren und lebhaft funkelnden Augen.

»Guten Tag, mein Name ist Alexander Schubert, ich komme aus Laichingen«, krächzte er aufgeregt. Bevor er wusste, wie ihm geschah, umarmte die Frau ihn überschwänglich.

»Herzlich willkommen! Ich bin Anna Leucate, du darfst mich aber ruhig Anna nennen, wir halten das hier *très léger*«, sagte sie und führte ihn an der Hand in den Garten, wo einige Leute an einem Tisch unter einem riesigen Kirschenbaum zusammensaßen.

»Darf ich vorstellen – unser neuer Hausgast Alexander! Er kommt aus Laichingen und geht ab morgen in die Kunstschule Stuttgart!« Wie ein Zauberer, der ein Kaninchen aus dem Hut zieht, präsentierte sie den Neuankömmling. Dann zeigte sie in die Runde. »Und das hier sind Yvette, Karl, Gretchen, Frank und mein Mann Pierre. Deinen Zimmergenossen Otto wirst du später kennenlernen, er ist noch in der Schule.«

Alexander nickte den Leuten schüchtern zu. Wie seltsam sie angezogen waren, dachte er im selben Moment. Die Frauen trugen farbige Röcke und Blusen, das in Laichingen vorherrschende Schwarz trug nur Yvette. Die Männer hatten flatternde Hosen und Leinenhemden an und hatten sich bunte Tücher um den Hals gebunden. Wer waren die Leute? Hatten sie keine Arbeit?

Waren sie arm, wie er? Waren sie gar Reisende, so wie die Musiker, die immer am Heumondfest aufspielten? Falls ja, wie konnten sie sich dann ein solches Festtagsmahl leisten? Zahlreiche Flaschen entdeckte er auf dem Tisch, ein Brett mit Wurst, Käse und Brot stand ebenfalls parat, dazu ein Pflaumenkuchen, an dem sich die Wespen gütlich taten.

»Verzeihung ... Ich ... ich will Ihre Familienfeier nicht stören«, stotterte er verwirrt, von einem Bein aufs andere tretend. »Vielleicht können Sie mir nur kurz mein Zimmer zeigen ...« Er dachte an seinen Koffer, der unbewacht im Hausflur stand. Auch musste er zur Toilette, wagte jedoch nicht, danach zu fragen.

»Familienfeier?« Die Leute am Tisch lachten amüsiert, aber nicht unfreundlich.

»Wir treffen uns gern nach getaner Arbeit auf einen kleinen Schwatz beim einen oder andern, das ist hier so üblich«, erklärte Anna Leucate ihm. »Komm, setz dich, nach der langen Reise bist du bestimmt hungrig und durstig.«

Schon wurde ein Stuhl für ihn herangezogen, und er saß mit am Tisch. Jemand bot ihm eine Zigarette an, die er erschrocken ablehnte. Die Frau namens Gretchen schenkte ihm eine dunkelrote Flüssigkeit ein, ein anderer schnitt eine Scheibe Brot und etwas Käse für ihn ab.

»Du gehst also zur Kunstschule«, sagte einer der Männer. Hieß er Karl?

Alexander nickte. Gierig griff er nach dem Glas. Ein Schluck Kirschsaft würde ihm guttun, dachte er, wo doch die Kehle von der langen Reise ausgetrocknet war. Im nächsten Moment prustete er die Flüssigkeit fast wieder heraus. Das schmeckte ja wie der Wein in der Kirche, von dem sie alle während der Konfirmation einen Schluck trinken durften. War das etwa tatsächlich Wein? Am helllichten Tag? Das würde die ausgelassene Stimmung erklären, dachte er benommen.

»Wie ich höre, sollen die Kunstschule Stuttgart und die Akademie der Bildenden Künste derzeit zwei völlig unterschiedliche Strömungen vertreten, wobei die Kunstschule sich eher der Moderne und dem Neuen verschrieben hat. Fiel es dir da nicht schwer, dich für die Art des Studiums zu entscheiden?«

Alexander, der kein Wort verstand, zuckte mit den Schultern.

»Alexandre hat ein Stipendium für die Kunstschule bekommen«, sagte Anna und klang dabei fast so stolz wie seine Mutter, allerdings mit diesem Akzent, der wohl französisch sein musste. »Dein Zimmernachbar Otto ist übrigens auch Stipendiat, er besucht die Stuttgarter Musikschule.«

»Apropos Musik«, sagte der Mann namens Karl, nahm eine Gitarre, die seitlich am Tisch gelehnt hatte, und fing an zu spielen. Yvette, die Frau mit den langen schwarzen Haaren begann auf Französisch dazu zu singen, ein junger Mann – Alexander schätzte ihn auf sein Alter – schlug leise mit seinen flachen Händen auf der Tischoberfläche einen Takt dazu. Er hieß Frank, glaubte Alexander sich zu erinnern.

Wo war er hier nur hingeraten?, fragte er sich entgeistert, während er noch einen Schluck Wein trank und die andern am Tisch ein Lied anstimmten.

Eine Stunde später saß er in seinem Zimmer und überlegte, ob er seinen Koffer überhaupt auspacken sollte.

Ein Irrenhaus! Er war in einem Irrenhaus gelandet, dachte Alexander, während Gelächter, das Klirren von Glas und der Rauch vieler Zigaretten vom Garten nach oben in den ersten Stock drangen. Inzwischen war die Tischrunde noch weiter angewachsen. Die Leute kamen einfach durchs Gartentor, begrüßten die Runde und setzten sich dazu. Yvette und der Gitarrenspieler waren gegangen, beide seien Schauspieler im neu erbauten Schauspielhaus und müssten sich um diese Zeit allabendlich für die Bühne fertig machen, hatte Anna ihm erklärt. Und dass er dem Theater unbedingt einmal einen Besuch abstatten müsse, es läge mitten in der Stadt, in der Kleinen Königstraße, und böte ein sehr abwechslungsreiches Programm.

Alexander, schon etwas benebelt vom Wein, hatte genickt. Schauspieler, selbstverständlich.

War das der breite Weg, vor dem sein Vater sie immer gewarnt hatte? Wenn Klaus Schubert wüsste, wo sein Sohn hier hineingeraten war, würde er sich im Grab umdrehen!

Der Gedanke ließ ihn schmunzeln. Zum ersten Mal seit Stunden entspannte er ein wenig. Noch immer lächelnd, ließ er seinen Blick durch den Raum schweifen. Er würde sich das Zimmer mit Otto teilen, hatte Anna ihm erklärt und hinzugefügt, dass sie hoffe, es mache ihm nichts aus. Alexander hatte nur den Kopf geschüttelt. Probeweise hüpfte er auf dem Bett ein wenig auf und ab. Die dick gepolsterte Matratze gab auf angenehme Art nach. Vorsichtig lüpfte er die Decke und hob das Leintuch an. Kein Stroh, dafür federleicht. Auch das Kissen und die Bettdecke waren nicht mit Stroh gefüllt, dafür aber vielleicht mit Daunen? Wie vornehm manche

Menschen schliefen, stellte Alexander ehrfürchtig fest. Die Vorstellung, dass er selbst zukünftig auf Daunen gebettet sein sollte, wollte ihm noch nicht gelingen.

Im nächsten Moment ging die Tür seines Zimmers auf, und herein kam ein so dicker junger Mann, wie Alexander noch keinen gesehen hatte.

»Ach, du bist der Neue. Willkommen in Klein-Paris! Ich bin Otto Angerbauer«, sagte er und reichte Alexander die Hand. Dann ging er zu dem kleinen Tisch, der am Fenster stand, und setzte sich auf einen der beiden Stühle.

»Alexander Schubert«, murmelte Alexander, in dessen Kopf es sich nun noch mächtiger drehte. Hätte er bloß nicht von dem Wein getrunken!

Otto nickte in Richtung des Fensters. »Du hast vermutlich schon unsere Hauseltern und deren Freunde kennengelernt?«

»Hm«, murmelte Alexander unverbindlich.

»Und?«, fragte Otto amüsiert nach.

»Mir scheinen sie sehr nett zu sein, wenn auch ein wenig... anders. Oder?«, wagte Alexander vorsichtig anzumerken.

Otto Angerbauer lachte so heftig auf, dass sein Bauch wackelte. »Anders ist gut! In Klein-Paris ist so manches anders!«

»Klein-Paris?«

Vertraulich beugte sich Otto Alexander entgegen. »So sagen die Leute zu dem Viertel hier, weil nicht nur Pierre Franzose ist, sondern sich auch etliche andere Franzosen hier niedergelassen haben.«

War das nun gut oder schlecht?, rätselte Alexander. Klein-Paris... eigentlich klang das schön!

»Ich weiß, im Augenblick ist alles neu und fremd für dich. Aber mach dir keine Sorgen, wenn du fleißig studierst, kommst du gut klar im Hause Leucate! Doch wehe, du lässt den Schlendrian einziehen, dann wird dir unsere Hausmutter schnell die Flötentöne beibringen!«

Anna Leucate konnte streng sein? Der Gedanke war irgendwie beruhigend. Alexander zeigte auf den dicken Stapel Notenblätter, den Otto gerade aus seiner Aktentasche hervorgezogen und auf den Tisch gelegt hatte.

»Du bist Musiker?«

»Ich studiere Gesang, genauer gesagt möchte ich einmal ein berühmter Tenor werden«, sagte Otto, und seine eh schon roten Wangen röteten sich noch mehr. »Ich hoffe es stört dich nicht allzu sehr, wenn ich meine Stimmübungen mache?«

Alexander grinste. »Solange ich nicht mitsingen muss? Im Konfirmandenunterricht hat der Pfarrer immer behauptet, mit meinem Gesang würde ich die Kirchenmäuse vergraulen!«

Die beiden jungen Männer lachten kameradschaftlich.

Mit Otto kam er sicher gut aus, befand Alexander erleichtert, dann legte er sich hin, um seinen Schwips auszuschlafen. Morgen war der erste Schultag, da musste er gut in Form sein!

36. Kapitel

Der nächste Morgen verlief zu Alexanders Erleichterung nicht sehr viel anders als zu Hause. Jeder wollte auf die Toilette, jeder ans Waschbecken, jeder hatte es eilig. Sein Zimmerkamerad schien ein Morgenmuffel zu sein, jedenfalls sprach Otto kein einziges Wort. Alexander war es nur recht – in seinem Kopf herrschte ein solches Durcheinander, dass er in einer Unterhaltung wahrscheinlich keinen vernünftigen Satz herausgebracht hätte.

In der Küche stand auf dem Herd ein Topf mit Haferbrei. Er solle sich ruhig bedienen, forderte Pierre ihn auf. Der Hausvater selbst war mit dem Frühstück schon fertig und spülte am Becken seine Breischüssel aus.

Unsicher ging Alexander zum Herd. Zu Hause hatte seine Mutter stets das Essen eingeteilt, er war es nicht gewohnt, sich selbst etwas zu nehmen. So viel Brei für vier Leute? Und Honig gab es auch … Staunend und hungrig zugleich füllte Alexander eine Schüssel bis zum Rand, dann gab er einen Löffel Honig darüber. Der Brei selbst schmeckte fast so bitter wie Mutters Schwarzer Brei, dachte er und musste grinsen.

Anna Leucate, hektisch und auf dem Sprung zur Arbeit, überreichte ihm ein Billet für den Zug nach Stuttgart – die Zugfahrkosten waren Teil des Stipendiums –, einen Apfel und ein Wurstbrot. Im Türrahmen blieb sie noch einmal stehen. »Falls du als Erster zurückkommst – ein Hausschlüssel ist im ersten Blumenkasten links von der Haustür in einer alten Konservendose deponiert. Wenn du die Tür aufgeschlossen hast, leg ihn bitte wieder dorthin zurück!« Mit wehenden Röcken wünschte sie ihm einen guten Tag, dann war sie fort.

Nun wurde es ernst, dachte Alexander, während er Josef Stöckles umgenähte Anzugsjacke überstreifte. Nun musste er nicht nur in den richtigen Zug steigen, sondern danach auch noch den Weg vom Bahnhof zur Schule finden. Was ihn dort erwartete – daran wollte er noch gar nicht denken. Dass er die ganze Aufregung überhaupt aushielt und nicht tot dabei umfiel, war wie ein Wunder, dachte er und musste schon wieder grinsen.

»Willkommen in der Kunstschule Stuttgart! Mein Name ist Gottlob Steinbeiß, ich bin der künstlerische Hauptlehrer und habe die Ehre, Sie heute in die Gepflogenheiten unserer Einrichtung einweisen zu dürfen, Ihnen den Stundenplan zu geben und weitere hoffentlich hilfreiche Informationen obendrein.« Seinen Kaiser-Wilhelm-Bart glatt streichend schaute der Lehrer von einem zum andern.

Alexander, der mutterseelenallein in der ersten Reihe saß, schaute angestrengt nach vorn.

Erst als all seine Mitschüler schon ins Klassenzimmer gegangen waren, hatte auch er sich getraut, den Raum zu betreten. Mit Schrecken hatte er festgestellt, dass nur noch die Tische in der ersten Reihe frei waren, alle andern Plätze waren belegt. Unbeholfen hatte er vorn Platz genommen und einmal in die Runde gegrüßt. Doch niemand hatte von ihm Notiz genommen, alle waren viel zu sehr damit beschäftigt gewesen, ihren Nachbarn zu beschnuppern und erste Kontakte zu schließen.

»Der neue Jahrgang 1911 besteht aus achtzehn Schülern«, fuhr der künstlerische Hauptlehrer fort. »Bevor ich zum Organisatorischen komme, würde ich vorschlagen, dass Sie sich zuerst einmal vorstellen.« Er nickte, als wolle er seine Aussage noch bekräftigen. »Fangen wir doch gleich in der ersten Reihe an! Name, Herkunft, und was Ihnen sonst noch einfällt.«

Alexander spürte, wie ihm die Röte ins Gesicht schoss. O Gott. Ausgerechnet er.

»Mein Name ist Alexander Schubert«, sagte er und hörte, wie zwei Reihen hinter ihm ein leises, höhnisches Lachen ertönte. »Ich komme …«

»Aus dem Neandertal«, hörte er jemanden hinter sich flüstern. Kichern ertönte.

Gottlob Steinbeiß, dem das Getuschel ebenfalls nicht entgangen war, schaute streng nach hinten. »Ja?«, wandte er sich dann wieder an Alexander.

»Aus Laichingen komme ich. Das liegt auf der Schwäbischen Alb.«

»Von *dr Alb raaa*, sozusagen«, sagte ein Mitschüler in übertrieben schwäbischem Dialekt, woraufhin die andern zu lachen begannen.

Alexander schaute auf seine Hände und wäre am liebsten im nächsten Mauseloch verschwunden.

»Danke, Herr Schubert«, sagte Steinbeiß. »Der Nächste bitte!«

»Mein Name ist Erich Liebermann, ich wohne auf dem Stuttgarter Killesberg und habe das Karls-Gymnasium besucht. Meinen Eltern gehört das Kaufhaus Liebermann am Ende der Königsstraße.«

Niemand lachte. Stattdessen ging ein anerkennendes Raunen durch den Raum.

»Mein Name ist Franz Macke, ich komme aus Dinkelsbühl, wo meine Eltern eine große Brauerei besitzen. Meine Hochschulreife legte ich auf einem Internat in München ab.«

»Ich heiße Maximilian von Auerwald, mein Vater ist Graf Karl-Albrecht.«

Alexander schaute sich unauffällig um. Das war der Junge, der mit ihm zusammen nachträglich die Prüfung abgelegt hatte.

»Ja?«, sagte Gottlob Steinbeiß, der wie alle andern darauf wartete, dass Maximilian von Auerwald seiner Vorstellung noch den einen oder anderen Satz hinzufügte. Doch der junge Graf zuckte nur mit den Schultern, als wollte er sagen: Man kennt uns.

»Der Nächste bitte!«

»Ich komme aus Ulm«, ertönte eine melodische, fast mädchenhaft klingende Stimme.

Alexander merkte auf.

»Mein Name ist Bernhard, der vierte Herzog von Hoffheim, und meiner Familie gehört in Ulm die Privatbank Hoffheim.«

Alexanders Schultern sackten nach unten. Was hatte er hier, inmitten all dieser feinen Pinkel, eigentlich verloren?

Nachdem sich auch die übrigen Schüler vorgestellt hatten, sagte Gottlob Steinbeiß: »Vielen Dank. Ich bin mir sicher, dass Sie trotz mancher einsilbigen Vorstellung sehr schnell miteinander bekannt werden. Wir alle pflegen hier einen freundschaftlichen, kollegialen Umgang, und das erwarten wir auch von Ihnen. Wer sich nicht daran hält, wird die Konsequenzen tragen müssen.«

»Und die wären?«, ertönte es forsch von hinten. Alexander glaubte die Stimme des Bierbrauersohns wiederzuerkennen. So eine freche Frage hätte bei ihnen in der Dorfschule gleich eine Kopfnuss zur Folge gehabt, dachte er.

Auch Gottlob Steinbeiß hob erstaunt, vielleicht auch ein wenig verärgert, die Brauen. »Wer sich nicht an unseren Verhaltenskodex hält, bekommt je nach Grad der Fehltritte einen Verweis, vorübergehenden Schulausschluss oder wird gleich ganz der Schule verwiesen«, sagte er kühl. »Aber ich bin mir sicher, dass ich mit Ihnen lauter ausgesprochen freundliche, wissbegierige und künstlerisch hochbegabte junge Männer vor mir habe, und somit wird unser Strafenkatalog von wenig Interesse für Sie sein, nicht wahr?«

Täuschte er sich, oder klang der Lehrer ein wenig ironisch?, rätselte Alexander, doch da sprach Steinbeiß schon weiter.

»Ihre Lehrer werden Sie im Laufe der Woche kennenlernen; da die Herrschaften derzeit alle im Unterricht sind, ist es uns leider nicht möglich, die Vorstellung hier und jetzt durchzuführen. Ihren Stundenplan bekommen Sie jedoch schon heute von mir.« Steinbeiß winkte Alexander zu sich. »Herr Schubert!«

Himmel, was wollte der Lehrer ausgerechnet von ihm? Zögerlich stand Alexander auf und ging die wenigen Schritte nach vorn.

»Wenn Sie die bitte verteilen…« Schon reichte Steinbeiß ihm den Stapel Stundenpläne.

Mit den Zetteln ging Alexander durch die Reihen. Hie und da bekam er ein Nicken als Dank, andere rissen ihm den Zettel aus der Hand, ohne ihn auch nur zu beachten, gerade so, als sei er der Hausdiener und nicht ein Schulkamerad. Was für feine Anzüge sie alle trugen, dachte Alexander. Und dazu die streng gescheitelten Frisuren und Schuhe aus feinstem Leder. Ihre Wangen waren rosig, ihre Körper wohlgenährt. Keiner trug zu kurze Hosen, bei keinem stachen die Schultern empor, so wie bei ihm und seinen früheren Klassenkameraden. Neugierig begutachteten sie ihren Stundenplan und hatten dabei keine Sorge der Welt. Hier gab es keine vor Müdigkeit trüben Augen, kein nervöses Zucken am Lidrand. Niemand hustete, keiner hielt sich den Bauch vor Hunger.

Nicht zum ersten Mal seit seiner Ankunft in Stuttgart hatte Alexander das Gefühl, nicht nur in einer anderen Stadt, sondern in einer völlig anderen Welt gelandet zu sein. Urplötzlich kam ihm Anton mit seinem spöttischen Blick in den Sinn, in dem gleichzeitig so viel unterdrückte Wut und Lebenslust lagen. Was der Freund wohl von den feinen Kerlen hier halten würde? Wie würde er mit ihnen umgehen? Würde er versuchen, auf gut Freund zu machen? Würde er sich über sie lustig machen, weil sie alle so gleich aussahen mit ihren gebügelten Hemden, den identischen Krawatten und Einstecktüchern?

Was würde er dafür geben, Anton neben sich auf der Schulbank sitzen zu haben!, dachte Alexander, als er sich wieder setzte. Dann warf er wie alle andern ebenfalls einen Blick auf den Stundenplan.

»Skizzieren und Zeichnen mit Bleistift, Kohle, Tusche und Kreide«, »Von der Entwurfsskizze zur Zeichnung«, »Ölbilder – Aufbau, klassische Techniken und deren Umsetzung«.

Vergessen waren die Unterschiede zwischen ihm und den andern. Vergessen auch all seine Zweifel. Mit jeder Schulstunde, die er sah, kribbelte es mehr in seinem Bauch. Es hätte nicht viel gefehlt, und er hätte sich in den Arm gekniffen. So viele Nächte hatte er von all dem hier geträumt! Und nun… Konnte es wirklich wahr sein? Wie ein Verdurstender sich an Wasser labte, las er weiter: »Das Portrait in all seinen Facetten«, »Die Aktzeichnung«. Aktzeichnung? Alexander riss die Augen auf. Hieß das, sie würden nackte Menschen malen müssen? Zeit, sich seinem Schreck zu widmen, hatte er keine, denn schon wandte sich Gottlob Steinbeiß erneut an die Klasse.

»Meine Herren, Sie sehen, Sie werden fortan ein straffes Wochenprogramm haben. Zu den Schulstunden kommen weitere Hausarbeiten hinzu, wer wirklich ernsthaft etwas erreichen möchte, dem wird dies nur mit Disziplin und Hingabe gelingen.«

Alexander nickte inbrünstig. Er war zu allem bereit!

»Ich darf Sie nun bitten, sich etwas zum Schreiben zu nehmen, denn ich werde Ihnen nun sagen, was Sie sich bis spätestens Ende der Woche an Arbeitsmaterial zulegen sollten – falls Sie nicht schon längst alles haben.«

Nachmittags um fünf war Alexander wieder in Bad Cannstatt. Als sei er hier schon ewig zu Hause, fischte er den Haustürschlüssel aus dem Blumenkasten und schloss auf. Dann legte er den Schlüssel wieder zurück.

Weder Pierre noch Anna Leucate schienen da zu sein, auch der Garten war verwaist, lediglich aus dem oberen Stock waren Ottos Gesangsübungen zu hören.

Mit unsicheren Bewegungen stieg Alexander die Treppe nach oben. Sein Bein pochte und tat weh wie in den Tagen kurz nach dem Unfall. Er war hier in Stuttgart größere Wegstücke gelaufen als in Laichingen, was dem Bein nicht bekam, dachte er besorgt. Doch es war nicht nur sein ermüdetes Bein, das ihm Sorgen bereitete.

Nach einem kurzen Anklopfen trat er ins Zimmer.

Otto stand am geöffneten Fenster. Eine Hand auf seinen Bauch, die andere auf die Brust gelegt, ließ er seine Stimme die Tonleiter hinauf- und wieder hinuntergleiten.

»Mimimimi ... Mimimi ... Mimimimi ... Und – wie war dein erster Tag?«

Erschöpft ließ sich Alexander auf sein Bett plumpsen. »Frag lieber nicht. Ich überlege, ob ich sofort packen und nach Hause fahren soll oder lieber erst morgen früh.«

»Warum denn das?«, fragte Otto und ließ seine Zunge im Mund kreisen.

Alexander kramte in seinem Tornister. »Hier – meine Einkaufsliste. Alles Arbeitsmaterial, das wir bis Ende der Woche einkauften sollen. Tusche, Pinsel, ein Mäppchen mit Zirkeln und Linealen, dazu diverse andere Dinge ...« Wütend schaute Alexander auf. »Ich dachte, ich hätte ein Stipendium! Und jetzt heißt es, ich muss mir das alles hier selbst kaufen!«

Otto ließ seine Zunge ein letztes Mal im Mund kreisen, dann sagte er: »So erging es mir im vorigen Jahr auch. Ich brauchte zwar keine Farben und Pinsel, dafür aber Unmengen von Notenblättern, Gesangbüchern, Partituren…« Der Gesangsstudent schüttelte den Kopf. »Ich hätte nie gedacht, wie teuer eine einzelne Partitur sein kann!«

Alexander runzelte die Stirn. »Wie hast du das alles bezahlt? Deine Eltern sind doch auch nicht reich, oder?«

»Bettelarm sind die!« Otto lachte so sehr, dass sein Bauch wackelte. »Ärmer noch als die Kirchenmäuse, die du mit deinem Gesang einst vertrieben hast.«

War das der berühmte Galgenhumor?, fragte sich Alexander lächelnd. Die Offenheit des Zimmernachbarn tat jedenfalls gut. »Ja und?«

Otto zuckte mit den Schultern. »Ich habe mir gleich in der ersten Woche Arbeit gesucht. Seitdem arbeite ich zwei Mal die Woche abends in einem kleinen Restaurant am Neckarufer. Und ich erledige Botengänge. Das Geld reicht für alle nötigen Ausgaben.«

Alex schaute auf sein pochendes, schmerzendes Bein. In einem Wirtshaus arbeiten? Botengänge machen? Er war schon froh, wenn sein Bein den Alltag aushielt.

»Es muss ja nicht im Restaurant sein«, sagte Otto, als könne er Gedanken lesen. »Was kannst du denn sonst so?« Er zog einen Apfel aus seiner Hosentasche und schnitt ihn in zwei Hälften, dann reichte er Alexander eine davon.

»Danke«, sagte Alexander und biss herzhaft vom Apfel ab. »Ich glaube, ich kann nichts«, sagte er, während der erfrischende Saft sich in seinem Mund verteilte. So süße Äpfel gab es auf der Alb nicht.

»Jeder kann irgendwas«, widersprach Otto bestimmt. »Sonst wärst du ja nicht hier.«

»Da hast du recht…« Alexander steckte sich das letzte

Stück Apfel in den Mund. »Ich kann einigermaßen gut zeichnen. Aber wie soll ich damit Geld verdienen? Wenn ich Glück habe, kann ich später einmal von meiner Kunst leben, aber dafür braucht es ja die Ausbildung!«

Otto nickte. »Und wenn du mit deinem Lehrer sprichst und ihm offen sagst, wie es finanziell um dich steht?«

Alexander schüttelte den Kopf. »Ich bin eh schon der ärmste Schlucker unter all den Brauereisöhnen, Grafen und Kaufhausbesitzern! Für meine Schulkameraden ist diese Einkaufsliste ein Klacks, wahrscheinlich lassen die das ihren Hausdiener erledigen. Nein, noch mehr entblöße ich mich nicht.«

Während Otto seine Stimmübungen am Fenster wieder aufnahm, dachte Alexander krampfhaft nach. Er konnte Gemüse putzen. Und abwaschen. Vielleicht ließ man ihn in einer Gaststätte in der Küche helfen? Aber dabei würde er stehen müssen, ob das sein Bein mitmachte? Er konnte auf Kinder aufpassen, zumindest hatte er oft genug seine beiden Schwestern gehütet. Aber wie sollte er damit Geld verdienen? Als sein Bein noch heil gewesen war, hatte er seinen Eltern viel auf dem Acker geholfen. Aber landwirtschaftliche Fähigkeiten waren hier in der Stadt sicher nicht sehr gefragt. Was also konnte er tun? Verflixt, es musste doch irgendetwas geben, womit sich Geld verdienen ließe, dachte er, während unten die Haustür geöffnet wurde.

»Ich bin wieder da!«, hörte er Anna Leucate rufen.

Ob es in dem Krankenhaus, in dem sie arbeitete, irgendwelche Hilfsdienste zu verrichten gab?, rätselte Alexander. Aber selbst wenn – eine zeitaufwändige Arbeitsstelle konnte er angesichts des straffen Stundenplans und der angekündigten Hausarbeiten nicht annehmen, er musste schließlich auch noch kleine Verrichtungen hier im Haus erledigen, als Gegenleistung für Kost und Logis.

Im nächsten Moment kam ihm ein Gedanke.

»Ich glaube, es gibt doch etwas, was ich kann«, murmelte er vor sich hin.

Vergessen war sein müdes Bein. Alexander sprang auf und humpelte die Treppe hinab.

Anna Leucate war in der Küche und schnitt von einem riesigen Laib Brot Scheiben ab, die sie in einen Korb legte.

»Kann ich irgendwie helfen?« Alexander schaute sich fragend um.

Anna Leucate nickte auf den Esstisch, wo frisches Gemüse lag. »Du kannst die Radieschen und Möhren waschen und putzen, es gibt Salat und Brot zum Abendessen.«

Dankbar, etwas zu tun zu haben, hielt Alexander die Radieschen ins Waschbecken. Fast fühlte es sich an wie bei seiner Mutter, dachte er, während Anna und er einträchtig nebeneinanderher arbeiteten.

»Und – wie war dein erster Tag?«

Alexander begann zu erzählen. Von den reichen Klassenkameraden, davon, wie er sich freute, dass in den nächsten Tagen der Unterricht richtig losging, und von der Einkaufsliste erzählte er auch.

Anna Leucate schüttelte verärgert den Kopf. »Wann kommen die hohen Damen und Herren endlich auf den Gedanken, dass ein Stipendium alles abdecken sollte und nicht nur die Hälfte der Kosten!« Sie schaute ihn an. »Hast du denn schon eine Idee, womit du Geld verdienen kannst?«

Alexander biss sich auf die Unterlippe. Ein wenig peinlich war es ihm, dennoch sagte er: »Ich kann sticken. Feine Rosenblüten, Blätterranken und Lochmuster. Falls Sie also jemanden wissen, der gern eine Bluse oder einen Kissenbezug bestickt haben möchte?«

Anna Leucate, die gerade dabei war, ein Stück Käse auszupacken, schaute ihn fasziniert an. »Ein junger Mann, der sticken kann! Wie unkonventionell! Das muss ich meinen Freundinnen erzählen, sie werden bestimmt ganz begeistert sein. Natürlich darfst du auch eine meiner Blusen besticken, aber...« Sie schaute Alexander kritisch an. »Kannst du zufällig auch stopfen?«

»Natürlich!«, sagte er forsch. Zumindest hatte er seiner Mutter oft genug dabei zugeschaut. Zuerst musste man mit kleinen Stichen die Ränder sichern, damit das Loch nicht größer wurde, dann zog die Mutter waagrecht Fäden ein und endete mit senkrechten Fäden, alles fein und dicht.

»Das ist gut, Junge!« Anna Leucate wischte sich die Hände an einem Geschirrtuch ab und lief davon. Als sie zurückkam, hatte sie einen ganzen Korb Stopfwäsche in der Hand.

»Ich hasse stopfen!«, sagte sie leidenschaftlich. »Wenn du mir diese Arbeit abnehmen würdest, wäre ich dir sehr dankbar. Und natürlich würde ich das entlohnen. Wären zwei Mark angemessen?«

Alexander, sprachlos darüber, schon den ersten Auftrag bekommen zu haben, schluckte. »Ich glaube, dafür könnte ich mir alle benötigten Pinsel kaufen! Aber... ist das nicht zu viel?« Er hielt den Atem an.

Seine Hausmutter seufzte. »Für das Geld wollte ich eigentlich am Wochenende zwei Kilo Schweinefleisch beim Metzger kaufen. Aber es ist wichtiger, dass du dein Schulzeug zusammenbekommst. Wer braucht schon Fleisch – wir essen stattdessen einfach Zwiebelkuchen, einverstanden?«

»Ich weiß gar nicht, was ich sagen soll«, stotterte Alexander. »Das ist wirklich eine große Hilfe. Ich danke Ihnen von Herzen.«

Anna Leucate winkte ab. »Ich bin froh, wenn ich mich von der Stopfarbeit freikaufen kann. Später, wenn unsere Freunde kommen, erzähle ich ihnen von deiner Stickerei, dann bekommst du bestimmt noch einige Aufträge mehr.«

Alexander fühlte, wie ein ganzer Berg Steine von seinem Herzen fiel. »Wunderbar!«, sagte er begeistert.

Zwei Stunden später – Otto war gerade zu dem Restaurant aufgebrochen – saß er mit Nadel und Faden in der Hand am offenen Fenster und stopfte Socken. Wie Mutter zu Hause, dachte er und wusste nicht, ob er lachen oder weinen sollte.

37. Kapitel

Ende September war in Laichingen die Feldarbeit noch immer voll im Gang. Wenn Mimi nun gegen sechs Uhr am Abend von der Arbeit in ihrem improvisierten Atelier bei Gehringer nach Hause ging, waren die Straßen verwaist – alle Menschen waren entweder noch in den Webereien oder auf dem Acker zugange.

Anfang September hatte Herrmann Gehringer angeordnet, dass die zwei Stunden Mehrarbeit pro Tag weiterhin zu leisten waren – das Jubiläums-Schürzenmodell kam über alle Maßen gut bei der Kundschaft an und wurde in hohen Stückzahlen produziert. Die Webstühle liefen auf Hochtouren, die Tagschicht endete erst um acht Uhr abends.

Und so waren es vor allem die Frauen, die nun, nachdem das Getreide eingebracht worden war, die Äcker umpflügten. Ein Pferd im Stall hatten die wenigsten von ihnen, wer es sich leisten konnte, ließ einen befreundeten Bauern mit Pflug und Gespann über seinen Acker gehen. Wer dafür kein Geld hatte, grub die Erde mit Harke und Schaufel um.

Abends fielen die Menschen todmüde und mit schmerzenden Gliedern in ihre Betten, manch einer schaffte es gerade noch, sich den Schweiß und den Staub von der Haut zu waschen, andere wollten vor Erschöpfung nicht einmal mehr essen.

Auch Mimi war fleißig. Fast vier Wochen arbeitete sie nun schon für Gehringer – und sie hasste jeden einzelnen Tag davon!

Es war Paul Merkle gewesen, der sie an ihrem ersten Tag mit den Worten »Wir haben Ihr Atelier in unserem ehrwürdigen alten Archiv aufgebaut« empfangen hatte. *Ehrwürdiges altes Archiv* – das hörte sich nicht schlecht an, hatte Mimi anerkennend gedacht, während sie Merkle auf einem staubigen Fußweg um die Weberei herum gefolgt war. In der hinteren Ecke des Fabrikgeländes war Merkle vor einer Art Bretterverschlag stehen geblieben. Mit großer Geste, als würde er sie in ein Märchenschloss begleiten, hatte Merkle die Tür des Bretterverschlags geöffnet. »Ihr Atelier, bitte schön!«

Mimi hatte ihren Augen nicht getraut. »Hier soll ich arbeiten?«, hatte sie entsetzt gefragt.

»Hier haben Sie die Ruhe und Muße, die Sie für Ihre künstlerische Arbeit benötigen«, hatte Merkle ungerührt geantwortet. »Und wie Sie sehen, haben wir alles für Sie vorbereitet – Lampen, Ständer, Hintergründe …«

Mit verkniffenem Mund war Mimis Blick durch den baufälligen Raum gewandert.

»Vielleicht ist es besser, wenn ich die zu fotografierenden Textilien mitnehme und im Atelier meines Onkels fotografiere?« Das war die beste Idee, hatte sie erleichtert gedacht.

Doch Paul Merkle schüttelte den Kopf und merkte an, dass Herrmann Gehringer darauf bestand, dass die Aufnahmen für seinen Versandkatalog sowie für den Jubiläumsband hier auf dem Fabrikgelände entstanden. »Wegen der Authentizität, Sie verstehen?«

Mimi hatte nur eins verstanden – nämlich, dass sie sich zu fügen hatte.

Und so fotografierte sie Tag für Tag Weißwaren aller Art. Nachthemden mit Spitze und welche ohne. Paradekissen mit zig Varianten gestickter Blüten. Schürzen mit Lochrand. Schürzen mit Oberteil und ohne Lochrand. Unterkleider. Unterhosen. Tischdecken mit Spitzenrand und ohne.

Wie kompliziert es war, die helle Leinenware im gleißenden Licht der Scheinwerfer so zu platzieren, dass nicht die ganze Fotografie überbelichtet erschien, hatte Mimi sehr schnell festgestellt. Auch war es wichtig, einzelne Details wie Spitze und Stickereien so zu fotografieren, dass sie später im Katalog gut erkennbar waren. Tagelang hatte sie mit verschiedenen dunklen und hellen Kartonagen belichtet, beschattet und die perfekte Ausleuchtung gesucht. Nach drei Tagen Ausschussware – wer würde eigentlich diese Glasplatten bezahlen?, fragte sie sich – hatte sie schließlich einen in ihren Augen perfekten Aufbau gefunden.

Spitzenhemd drapieren, die Kamera scharf stellen, fotografieren. Die Glasplatte zurück in die Papierhülle stecken. Die Papierhülle entsprechend der Aufschrift des Schildchens am jeweiligen Weißzeug beschriften – all diese Arbeitsschritte kosteten Zeit. Durchschnittlich benötigte sie dreißig Minuten für eine perfekte Fotografie. Bei siebenhundert Fotografien würde sie also 350 Stunden beschäftigt sein, hatte sie ausgerechnet, von den Gruppenfotografien der Weber und Näherinnen ganz zu schweigen.

Ein Tag nach dem andern – nur mit dieser Devise gelang es Mimi, nicht vor Langeweile umzukommen.

Abends taten ihr die Schultern weh und der Kopf auch. Oft war sie so müde, dass ihr schon am Esstisch die Augen zufielen. Zu gern hätte sie einmal wieder Sonja getroffen oder Eveline oder Berta. Aber ihr blieb ja kaum Zeit für ein Schwätzchen mit Luise!

Zum Glück hatte die es übernommen, tagsüber nach Onkel Josef zu sehen, sonst hätte Mimi keine ruhige Minute gehabt. Die Fieberschübe, die ihn noch vor wenigen Wochen so geplagt hatten, waren verschwunden. Mimi wusste nicht, ob sie froh darüber sein sollte, denn wenn sie ihn nun wusch oder streichelte, fühlte er sich kühl, fast kalt an. Wie ein Toter, dachte sie manchmal und erschrak.

Erträglich wurden die Eintönigkeit der Tage und die Sorge um den Onkel allein durch die Stunden mit Johann. Viel Zeit verbrachten sie nicht zusammen. Da war zum einen Johanns lange Schicht, zum andern hatte er stets einiges für seine Mutter zu erledigen. Auch die solidarische Hilfe für Evelines Familie kostete so viele Stunden, dass Mimi manchmal bereute, ihn überhaupt um Hilfe für Eveline gefragt zu haben. Doch sie beschwerte sich nicht, denn sie selbst hatte mit Josefs Pflege auch gut zu tun.

Umso wertvoller war ihre knapp bemessene Zweisamkeit. An warmen Spätsommerabenden trafen sie sich zu einem Spaziergang vor dem Dorf. War es kühler, kam Johann zu Mimi ins Atelier – natürlich erst, wenn es dunkel wurde und niemand ihn sah. Sehr innig ging es bei ihren Treffen zu Mimis Leidwesen allerdings nicht zu, dazu hatten sie beide einfach zu viel im Kopf.

»Warum nur habe ich mich auf diesen Auftrag eingelassen? Manchmal habe ich das Gefühl, wenn ich noch ein Stück Weißzeug sehe, muss ich mich übergeben!« Mimi, die am Tisch in ihrem Atelier saß, schüttelte angesichts der Fülle von Fotografien vor sich auf dem Tisch übertrieben angewidert den Kopf. »Die ganze Woche über habe ich nichts anderes getan als Paradekissen zu fotografieren. Wie viel lieber hätte ich die Zeit mit meinem Onkel verbracht. Oder mit dir …«

Johann, der mit einer Flasche Bier auf dem Rand der Bühne saß, lachte. »Jetzt jammere nicht! Zwölf Stunden am Webstuhl sind auch kein Zuckerschlecken. Was die Eintönigkeit bei der Arbeit angeht, können wir Weber leicht mit dir mithalten. Und anstrengender und gefährlicher ist unsere Arbeit gewiss auch!«

Mimi biss sich beschämt auf die Unterlippe.

Wie immer, wenn Johann sie besuchte, hatte sie die Vorhänge zugezogen und ein paar Kerzen angezündet. Ihm zuliebe hatte sie sogar bei Helene ein paar Flaschen Bier besorgt.

Wie romantisch das Kerzenlicht wirkte, dachte Mimi und fragte sich, warum sie sich dennoch alles andere als romantisch fühlte. Hinter vorgehaltener Hand versteckte sie ein Gähnen.

»Sag mal, hast du eigentlich je die Fotografien entwickelt, die du an deinem ersten Tag in der Weberei gemacht hast? Die, auf denen dokumentiert ist, wie Gustavs Auge bei dem Unfall verletzt wurde?«

Mimi runzelte die Stirn. »Jetzt, wo du es sagst – die habe ich total vergessen. Wahrscheinlich sind sie eh nichts geworden, so düster, wie es bei euch in der Weberei ist.«

»Diese realistischen Fotografien sind aber sehr wichtig, die könntest du Gehringer ruhig mal unter die Nase halten!«, sagte Johann. »Schöne Fotos, mit denen du gutes Geld verdienst, hast du ja nun zuhauf gemacht.«

»Gutes Geld – ich habe weder die Zeit noch die Möglichkeit, überhaupt Geld auszugeben!«, fuhr sie auf. »Wenn ich nicht bald mal für einen Tag aus meinem Bretterverschlag herauskomme, werde ich noch verrückt!« Sie ging zu ihm, setzte sich neben ihn, schlang beide Arme um seinen Leib. »Johann, bitte – lass uns nächstes Wochenende nach Ulm fahren! Oder nach Stuttgart! Mir kommt es vor, als wäre ich seit einer Ewigkeit nicht mehr aus dem Dorf rausgekommen. Meinem Onkel geht es derzeit den Umständen entsprechend gut, wenn ich Luise frage, passt sie sicher auch einmal eine Nacht auf Josef auf. Wir könnten abends ausgehen, vielleicht in die kleine Weinstube, wo wir uns damals getroffen haben.« Ein Glas Rotwein, Kerzenlicht, danach in eine hübsche kleine Pension … Mimi seufzte schwärmerisch. Endlich einmal weg von den vielen beobachtenden Augen. Bestimmt wäre Johann dann auch viel entspannter.

»Du und deine Ideen! Als ob ich gerade jetzt, wo es so viel vorzubereiten und nachzudenken gibt, Zeit für einen Stadtausflug hätte.« Johann gab ihr einen kleinen Stups auf die Nase. »Auf der anderen Seite – wenn mir nicht bald eine gute Idee kommt, wie ich Gehringer packen kann, muss ich tatsächlich demnächst verreisen. Dann wäre allerdings Augsburg mein Ziel, dort kenne ich den Vorsitzenden des Textilarbeiterverbandes Südschwaben. Er ist ein kluger, erfahrener Mann, vielleicht finde ich zusammen mit ihm eine Lösung für die hiesige Misere.«

Augsburg? Mimi sah Johann interessiert an. Das war ja noch viel besser! »Und *ich* kenne in Augsburg ein nettes kleines Restaurant. Ob du es glaubst oder nicht – es liegt mitten im Textilviertel.« Aufgeregt rückte sie näher an ihn heran, schlang erneut ihre Arme um ihn. »Wann fahren wir?«

»Mimi, mit dir gehen wieder einmal die Gäule durch, es steht doch noch nicht mal fest, dass ich fahre! Und selbst wenn, muss ich meine persönlichen Wünsche zurückstellen. Seit Wochen trete ich geistig auf der Stelle! Gehringer kennt das Arbeiterschutzgesetz in- und auswendig, bisher habe ich nichts gefunden, womit er sich angreifbar machen würde.« Er hielt ihr die zerfledderte Ausgabe des Arbeiterschutzgesetzes vom 1. Juni 1891, die er stets in der Tasche mit sich trug, vor die Nase. »So hilfreich das Gesetz bei etlichen anderen Streiks, die ich mit organisiert habe, gewesen ist, so ist es mir hier in Laichingen keine Hilfe. Laut diesem Gesetz dürfen Kinder unter dreizehn Jahren nicht mehr in Fabriken beschäftigt werden. Jugendliche unter sechzehn Jahren dürfen nicht länger als zehn Stunden am Tag arbeiten, Frauen nicht länger als elf Stunden. Die Nachtarbeit für Frauen und Kinder unter sechzehn Jahren ist ebenfalls verboten. Aber all das trifft auf Gehringers Weberei nicht zu! Dass es nicht angehen kann, dass wir Männer bis zum Umfallen am Webstuhl schufteten – darüber steht leider im Arbeiterschutzgesetz nichts. Solange ein Arbeitgeber angeordnete Überstunden bezahlt, ist es schwierig, etwas gegen ihn zu unternehmen.«

»Warum sprichst du nicht einfach mal mit ihm?«, sagte Mimi. Manchmal konnte sie das ganze Gerede über diesen Arbeitskampf schon nicht mehr hören.

»Vielleicht weiß er gar nicht, welcher Unmut in seiner Weberei herrscht!« Ein einfaches Gespräch, anstatt immer nur auf die »große Revolution« zu setzen – wäre das nicht ein Anfang?

»So funktionieren Arbeitskämpfe aber nicht«, sagte Johann streng. »Ich muss eine Möglichkeit finden, um Gehringer dranzukriegen, sei es wegen mangelndem Arbeiterschutz, nicht eingehaltenen Pausenzeiten...«

Vom ständigen Schwätzen wurde aber auch nichts besser, dachte Mimi. Manchmal hatte sie wirklich das Gefühl, Johann drehte sich im Kreis. Aber das hätte sie natürlich nie so gesagt.

»Und wenn es dann zum Arbeitskampf kommt...«

Mimis Augenlider wurden immer schwerer. Aus einem Korb auf der Bühne nahm sie einen der Fächer, die sie als Accessoire für Fotografien verwendete, und wedelte sich Luft zu. Jetzt nur nicht müde werden, die wenigen Stunden mit Johann waren viel zu kostbar!

»Ich verstehe, dass es wichtig ist, dass du dich für die Laichinger Weber einsetzt«, sagte sie gequält. »Aber ist es nicht auch wichtig, das Leben ein wenig zu genießen? Dabei kann man wieder neue Kraft schöpfen und sich inspirieren lassen! Du wirst doch in Augsburg nicht Tag und Nacht mit deinem Gewerkschaftskollegen diskutieren, oder?«

Johann schüttelte unmutig den Kopf, als hätte eine Fliege ihn gestört. Ohne auf ihre Frage einzugehen, fuhr er fort: »Und dann ist da noch die Überlegung, welche Art von Streik wir überhaupt anstreben sollten. Auch darüber muss ich mir langsam Gedanken machen. Wäre ein Blitzstreik angeraten? Oder wäre ein Bummelstreik besser? Oder sollten wir gar kollektive Krankmeldungen anstreben? Die Frage ist doch...« Und schon war Johann wieder in Fahrt gekommen.

Bevor Mimi wusste, wie ihr geschah, sackte ihr Kopf auf die Brust.

»Mimi? Mimi!«

Jemand rüttelte heftig an ihrer Schulter. Mimi schrak auf. »Was... was ist?«

»Du bist eingeschlafen!«, sagte Johann vorwurfsvoll. »Wenn das deine Art von Interessensbekundung ist, dann weiß ich ja, woran ich bei dir bin. Ich dachte, du stehst mir in meinem Kampf hilfreich zur Seite! Es ist ja weiß Gott nicht so, als könnte ich mich vor lauter Unterstützern nicht retten.« Geräuschvoll stellte er seine leere Bierflasche ab und stand auf.

»Es tut mir leid! Ich muss kurz eingenickt sein, der Tag war lang...« Sie blinzelte verdattert.

»Bei jedem von uns sind die Tage lang. Eigentlich wollte ich dir noch den Entwurf meiner ersten Rede, die ich demnächst halten möchte, vortragen. Aber wie es aussieht, kann ich jetzt, da du mit Gehringer gemeinsame Sache machst, auf deine Unterstützung nicht mehr rechnen«, sagte Johann scharf, dann stand er auf.

»Das ist doch Blödsinn! Johann... so bleib doch, bitte!«

Aufgelöst schaute Mimi ihm hinterher.

38. Kapitel

Mit einem Lächeln auf den Lippen verließ Eveline das Haus von Johanns Mutter, um Mimi zu besuchen. Edelgard wollte Karamellen kochen, Erika und Marianne durften ihr dabei helfen. Die Mädchen hingen inzwischen an der alten Frau, als sei sie ihre eigene Großmutter.

Eigentlich müsste sie jetzt gleich nach Hause gehen und die freie Zeit nutzen, dachte Eveline seufzend. Am Vorabend hatte Paul Merkle einen randvollen Korb Weißzeug vorbeigebracht und gefordert, dass sie bis Dienstag mit dem Besticken fertig war. Sie würde sich also ranhalten müssen. Doch die Arbeit konnte noch eine halbe Stunde warten – schließlich hatte sie nicht jeden Tag so gute Nachrichten zu berichten.

Wie herrlich die Kastanien sich verfärbt hatten, fiel ihr auf, als sie auf den Marktplatz kam. »Was würde ich dafür geben, diese Farbenfülle einmal malen zu können«, hatte Alexander noch im letzten Herbst gesagt. Und nun war er in der Kunstschule und konnte nach Herzenslust alles malen, wonach ihm der Sinn stand. Ach, was war sie froh, dass sie Alexander diesen Wunsch erfüllt hatte.

Ob es in Stuttgart auch so schön verfärbte Bäume als Motiv gab? Ganz bestimmt, dachte Eveline und zog ihren Schal enger um sich.

Nun, Anfang Oktober, lag in der Luft schon eine gewisse Schärfe. Als Eveline die Mädchen bei Edelgard abgeliefert hatte, hatte die alte Frau betrübt gemeint, dass nun der erste Nachtfrost nicht mehr weit wäre. Eveline hatte nur gelächelt. Von ihr aus konnte sich der Frost zentimeterdick übers Land legen! Dank der Wärme, die sie in ihrem Inneren verspürte, war sie für die kalte Jahreszeit bestens gewappnet. Und auch noch aus anderen Gründen: In ihrer Scheune lagerte ein großer Stapel Brennholz. Dank Johanns Hilfe hatte sie zudem schon die komplette Kartoffelernte eingelagert – nicht eine Knolle würde ihnen erfrieren!

Bis in die Nacht hinein hatten sie die letzten Abende mit eiskalten Füßen und Händen auf dem Acker gestanden. Immer wieder hatte Johann ihre Hände zwischen die seinen genommen und aufgewärmt. Und als sie heimgekommen waren, den Leiterwagen hoch beladen mit Kartoffeln, hatte er ein Feuer im Herd angezündet und Wasser für sie warm gemacht, für ein Fußbad.

Eveline waren vor Rührung und Dankbarkeit Tränen in die Augen geschossen. So eine liebevolle Geste wäre Klaus in all den Jahren nicht eingefallen!

Aber Johann war feinfühlig, er spürte immer, wie es ihr ging. Und wenn sie nachts in seinen Armen lag, war sowieso jede Mühsal vergessen, und sie war die glücklichste Frau der Welt.

Noch immer lächelnd klopfte Eve bei Mimi an. Einen Wimpernschlag später ging die Tür auf, und Mimi stand mit offenen Haaren vor ihr. Sie stutzte kurz, als sei sie sich nicht sicher, ob ihr, Evelines, Besuch etwas Gutes bedeutete.

Kein Wunder, dachte Eveline, so, wie sie sich nach dem Heumondfest aufgeführt hatte! Sie waren inzwischen wieder Freundinnen, doch eine gewisse Zurückhaltung war nach dem Vorfall auf beiden Seiten zurückgeblieben.

»Eveline! Was für eine schöne Überraschung. Komm doch herein, ich bin gerade dabei, mich zu frisieren«, sagte Mimi nach einem kurzen Moment des Zögerns und zeigte auf die Haarnadeln in ihrer Hand.

Was für eine schöne Frau die Fotografin war!, ging es Eveline durch den Kopf. Ihre dunkelbraunen glänzenden Haare reichten ihr bis über die Hüfte. Schade eigentlich, dass Mimi diese Pracht stets in so strengen Hochsteckfrisuren versteckte. Unwillkürlich fasste Eveline an ihre eigenen Haare, die sie lediglich zu zwei lockeren Zöpfen geflochten hatte. Damit sehe sie aus wie ein junges Mädchen, hatte Johann erst kürzlich zu ihr gesagt. Ob er denn die silbernen Strähnen nicht sehe, die sich seit einiger Zeit zeigten, hatte sie ihm lachend entgegnet und sich dennoch über das Kompliment sehr gefreut.

»Ich will nicht stören, falls du Erledigungen zu machen hast...?«

»Ich muss zu dem Mann gehen, bei dem Josef bisher immer sein Brennholz kaufte. Unser Holzschuppen ist leer. Aber egal, Zeit für eine Tasse Tee habe ich immer.« Schon winkte sie Eve in die Küche. »Komm, setz dich, ich bin gleich bei dir. Onkel Josef schläft noch, im Moment wird er kaum vor zehn am Morgen wach.«

Während Mimi sich vor dem Spiegel im Hausflur die Haare aufsteckte, schaute Eve sich in der geräumigen

Küche um. So viel Platz für nur zwei Leute! Der große Tisch, die schönen weißen Schränke. Und dann die bunten Reiseandenken und kleinen Gemälde, die an der Wand hingen! So wohnlich würde es bei ihr nie aussehen. Dafür war *ihr* Holz für den Winter längst im Schuppen. Und es gab noch einige Veränderungen mehr: Vor der Kartoffelernte hatte Johann ihr in der alten Dunk ein Regal mit verschieden großen Schütten gebaut. Dort hatte sie nun die ganze Kartoffel- und Rübenernte gelagert, seit Jahren hatte sie sich das gewünscht! Aber Klaus war die Dunk ja so heilig gewesen.

Johann und sie … Eve lächelte verträumt. Irgendwie konnte sie immer noch nicht glauben, dass ihre Träume Wahrheit geworden waren.

»Du hattest völlig recht, als du meintest, ich soll nur noch das tun, was mein Herz mir sagt«, hatte er erst kürzlich zu ihr gesagt. Sie lagen Arm in Arm in Eves Ehebett, verschwitzt und erschöpft nach dem Liebesspiel. »Was würden wir beide versäumen, wenn wir dem ungeschriebenen Gesetz des Trauerjahrs folgten! Dabei hat doch jeder Mensch seine eigene Art zu trauern, oder nicht?«

Genau so war es, hatte sie ihn eilig bestärkt. Ihre Liebe machte sie zu keiner schlechteren Witwe – immerhin besuchte sie regelmäßig Klaus' Grab und betete für seine Seele. Dann hatte sie all ihren Mut zusammengenommen und ihm die Frage gestellt, die ihr schon lange auf den Lippen brannte.

»Sagt dir dein Herz auch, dass du weiterhin Mimi Reventlow treffen musst?« Sie hatte vor Aufregung so lange die Luft angehalten, dass ihr ganz schwindlig wurde.

Zu ihrem Entsetzen nickte Johann. »Ich habe sie erst vor ein paar Tagen getroffen, ich hoffte, sie würde sich den Entwurf einer Rede ansehen, aber sie war zu müde. Sie ist eine besondere Frau. Und eine Zeitlang habe ich wirklich gedacht, sie und ich…« Er winkte ab.

Sogleich hatte sich ein dunkles Knäuel aus Enttäuschung, Eifersucht und Wut in Evelines Magengegend gebildet.

Johann war ihre Reaktion nicht entgangen. »Schau nicht so, als würdest du Mimi am liebsten erwürgen wollen, dafür gibt es keinen Grund! Sie ist klug, und ich mag kluge Frauen, das stimmt. Aber mein Herz schlägt allein für dich.«

Ernst und wahrhaftig hatte er gesprochen. Und sie damit wieder versöhnt. »Was weiß Mimi Reventlow schon vom harten Los der Weber? Warum sprichst du nicht zukünftig mit mir über deine Pläne?«, hatte sie ihm angeboten und ergänzt: »Außerdem – wenn es zum Arbeitskampf kommt, werde ich fest an deiner Seite sein, das verspreche ich dir!«

Er nickte abermals heftig. »Davon bin ich überzeugt. Aber du gibst mir noch so viel mehr, Eveline! Du hast mir einen Weg gezeigt, allen verkrusteten Konventionen zum Trotz hier in Laichingen meine innere Freiheit wiederzuerlangen. Seit wir zusammen sind, kann ich mir tatsächlich wieder vorstellen hierzubleiben…«

Hieß das, er hatte mit dem Gedanken gespielt, wieder zu gehen?, hatte sie sich gefragt, aber nicht länger darüber nachgedacht. Er wollte bleiben. Ihretwegen. Das allein zählte.

Ging es bei Johanns Treffen mit Mimi wirklich nur um die schlechten Arbeitsbedingungen der Weber?, rätselte Eveline nun, während sich die Fotografin mit zwei Tassen Tee zu ihr an den Tisch setzte.

»Wie geht es dir? Was schreibt Alexander? Erzähl! Übrigens – gut schaust du aus, so glücklich und froh«, sprudelte es aus Mimi hervor. »Ich bewundere wirklich sehr, wie du alles meisterst. Die Versorgung der Kinder, die Arbeit in Haus und auf dem Acker …«

Eveline spürte, wie ihr die Röte in die Wangen stieg. »So schlimm ist das alles gar nicht«, wiegelte sie ab. »Ich habe schließlich Unterstützung.«

Die Fotografin nickte. »Ja, es ist wirklich wunderbar, wie das ganze Dorf mithilft, damit Alexander die Kunstschule besuchen kann. Du vermisst ihn bestimmt schrecklich, nicht wahr?«

Eigentlich nicht, dachte Eveline. Wenn sie ehrlich war, war sie sogar froh, dass ihr Sohn nicht mehr bei ihnen wohnte. Vor den Mädchen konnte sie verbergen, dass Johann hin und wieder bei ihr übernachtete – Alexander wäre das jedoch nicht entgangen. Im Geiste sah sie seinen vorwurfsvollen Blick vor sich.

»Alles ist gut, wie es ist«, sagte sie resolut. »Erinnerst du dich an unser Gespräch, als du mich auf den Acker begleitet hast? Damals hast du gesagt, wie wichtig es sei, sich an den kleinen Dingen zu erfreuen. Das klingt noch immer in mir nach. Es hilft mir, die Aufgaben, die ich eh erledigen muss, mit Freude zu erledigen.«

»Du bist so tapfer! Und es ist wunderbar, wie du dich dem Leben stellst«, sagte Mimi voller Hochachtung. »Wenn ich mir nur eine Scheibe davon abschneiden könnte … Aber bei dem Gedanken, dass ich am Montag wieder in Gehringers Holzschuppen muss, um leinene Unterhosen zu fotografieren, wird mir schon jetzt ganz schlecht!«

»Das glaube ich dir sofort«, sagte Eveline lachend. »Aber vielleicht kann ich dich ein wenig aufmuntern?« Sie reichte Mimi einen Briefumschlag.

»Von Alexander?« Sogleich hellte sich Mimis Miene auf. Eilig flog ihr Blick über die wenigen Zeilen. »Er hat schon viele Freunde gefunden, wie schön! Und der Unterricht ist noch spannender und schöner, als er es sich je hätte vorstellen können. Ach Eveline...« Mimi schaute sie mit glänzenden Augen an. »Ist es nicht wunderbar, wie sich alles gefügt hat?«

Eveline nickte. Ja, das war es.

*

»Die Oktobersonne scheint heute besonders golden – was würden Sie davon halten, meine Herrschaften, wenn Sie Ihre Aquarellkästen einpacken und wir unsere Malstunde in den Botanischen Garten der Wilhelma verlegen? Hat jeder dreißig Pfennig für den Eintritt dabei?« Der Lehrer Mylo schaute fragend in die Reihen.

Zustimmendes Gemurmel wurde laut.

»Dann können wir danach gleich in den Biergarten gehen«, ertönte aus der hintersten Reihe Franz Mackes sonore Stimme.

Alexander ließ die Schultern sinken. Während alle andern eilig ihre Siebensachen zusammenpackten, blieb er sitzen.

»Alexander?« Stirnrunzelnd schaute Mylo ihn an. »Worauf wartest du noch?«

»Tut mir leid, ich… habe mein Portemonnaie vergessen«, flüsterte Alexander so leise, dass nur Mylo ihn hören konnte. Doch anscheinend war es nicht leise genug gewesen, denn hinter ihm war ein enerviertes Stöhnen zu hören.

»Wer's glaubt, wird selig«, hörte er Maximilian von Auerwald seinem Nachbarn zuraunen. »Der Hungerleider kann sich den Eintritt bestimmt nicht leisten.«

»Wenn das so weitergeht, muss unsere Bank ihm noch ein Darlehen gewähren«, erwiderte Bernhard von Hoffheim.

Die beiden jungen Männer lachten hämisch.

Alexander sank noch tiefer in sich zusammen.

Mylo warf den jungen Adligen einen wütenden Blick zu. »Sie sind heute wieder ausgesprochen humorvoll, meine Herren. Doch Humor auf Kosten anderer schätze ich nicht, das sollten Sie inzwischen wissen. Angesichts Ihrer ach so solidarischen Anmerkungen können Sie meinen Vorschlag als nichtig betrachten. Die Schulstunde findet hier statt!« Schon begann Mylo seine Tasche wieder auszupacken.

»Och nein…«

»Verflixt, ich hatte mich so aufs Freie gefreut!«

»Also wirklich…«

Wenn Blicke töten könnten, wäre er nicht mehr am Leben, dachte Alexander. Er konnte sich lebhaft denken, wie böse ihn die Jungen hinter ihm anschauten.

»Einen Moment! Wenn es recht ist, würde ich Schuberts Eintrittsgeld übernehmen«, erscholl von hinten erneut Franz Mackes lautes Organ.

Mylo sah auf. »Herr Schubert, wäre Ihnen das recht?«, fragte er gedehnt.

Alexander zuckte unsicher mit den Schultern. In all den Wochen hatte noch keiner seiner Schulkameraden ihm je einen Gefallen getan. Sie sprachen ja kaum etwas mit ihm!

»Gleich morgen werde ich das Geld zurückzahlen«, murmelte er. Hoffentlich hatte Anna noch ein paar Socken zum Stopfen, dachte er im selben Moment.

»Danke, dass du das Eintrittsgeld für mich auslegst. Das ist wirklich sehr nett«, sagte Alexander zu Franz Macke, als sie die Treppe hinuntergingen.

Der Brauereibesitzersohn schnaubte abfällig. »Mit nett hat das nichts zu tun. Ich hatte einfach keine Lust, deinetwegen den schönen Nachmittag in der Bude zu verbringen. Und was das Zurückzahlen angeht – vergiss die Zinsen nicht!« Er grinste höhnisch. »Wahrscheinlich lässt Mylo uns nachher wieder irgendwelche Libellen oder Schmetterlinge malen. Darin bist du doch ganz gut – ein kleines Aquarell sollte für mich also schon herausspringen. Signieren werde ich es dann selbst, damit es auch wirklich ein ›echter‹ Macke ist.« Er lachte so laut, als habe er den Witz des Jahrhunderts gemacht.

Alexander biss die Zähne zusammen.

39. Kapitel

Eigentlich hatte Mimi geglaubt, der Anblick ihrer gefüllten Speisekammer, in der die Kohlköpfe, Möhren und Kartoffeln aus ihrem kleinen Gemüsegarten lagen, würde ihr Herz erfreuen. Doch das Gegenteil war der Fall. Wie viel davon würde Onkel Johann noch essen? Schon seit Tagen nahm er keine festen Speisen mehr zu sich, lediglich wenn Mimi ihm eine kräftige Gemüsebrühe kochte, löffelte er ein paar Schlucke davon. Nun, mit Anbruch der kühleren Jahreszeit, hatten die letzten ihm noch verbliebenen Kräfte ihn offenbar verlassen.

»In der Zeitung machen Sie jetzt schon Werbung für Weihnachtspyramiden aus dem Erzgebirge.« Mimi tippte auf die Ulmer Tageszeitung, aus der sie Josef schon seit einer halben Stunde vorlas. »Dabei ist es bis Weihnachten doch noch so lange hin!«

»Weißt du noch, wie du dich als Kind immer auf die Festtage gefreut hast?«, sagte Josef so leise, dass sie ihn kaum verstand. »Deine Mutter hat immer zu Beginn der Adventszeit vierundzwanzig Kreidestriche an die Tür deines Zimmers gemalt. Und jeden Tag hast du einen davon wegwischen dürfen. Sie nannte das ›Mimis ganz persönlichen Adventskalender‹.« Seine Stimme, das lange Sprechen nicht mehr gewohnt, brach.

Mimi nickte wehmütig. »Die Adventszeit ist eine ganz besondere Zeit, das spürte ich schon als kleines Mädchen. Ich konnte die Ankunft vom Jesuskind immer kaum erwarten. Und die Ankunft der Geschenke, die es dann gab, auch nicht!« Sie lachte, während sie Josef unauffällig musterte. Es kam nur noch selten vor, dass er etwas, was sie ihm vorlas, kommentierte. Die meiste Zeit hörte er nur zu oder nicht mal das. Dennoch behielt Mimi das Vorlesen bei. Es gab so wenig, was sie sonst für ihn tun konnte!

»Ich werde die Ankunft Jesu Christi in diesem Jahr nicht mehr erleben. Dafür wird mich der liebe Gott in seine Arme schließen. Zumindest hoffe ich das.«

Mimi, den Tränen nah, schwieg.

»Sei nicht traurig, mein Kind. Mein Leben war reicher als das der meisten Menschen, zumindest empfinde ich es so. Ich habe keine Angst vor dem Tod, vielmehr bin ich bereit zu gehen. Und du solltest es auch sein!«

Mimi zuckte zusammen. »Wie meinst du das?«

Josef lächelte, und einen Moment lang war in seinen Augen der verschmitzte Charme zu sehen, mit dem er sein Leben lang die Menschen für sich eingenommen hatte. »Na, zum Gehringer musst du gehen, du bist eh schon viel zu spät dran. Ich will nicht, dass du meinetwegen noch deinen Auftrag verlierst!«

*

»In der Schatulle links sind die Fotografien für Ihren Jubiläumsband, zuoberst liegen diejenigen, die Sie noch nicht gesehen haben. Und in der rechten Schatulle sind schon die ersten Produktfotografien für Ihren zukünftigen Versandkatalog«, sagte die Fotografin geschäftig.

Stück für Stück nahm Herrmann Gehringer die Fotografien in die Hand und betrachtete sie eingehend. Es war Freitag, und er hatte sich angewöhnt, an diesem Tag die Fortschritte der Fotografin zu kontrollieren. So heiß und stickig es Anfang September im alten Archiv gewesen war, so kalt war es nun. Er musste der Versuchung widerstehen, sich die Hände warm zu reiben. Lang brauchte er es hier ja nicht auszuhalten, dachte er, dann konzentrierte er sich wieder auf die Fotografien.

Die Frau verstand ihr Handwerk, so viel stand fest, gab er innerlich zu, während er die perfekt ausgeleuchteten Produktfotografien inspizierte. Obwohl er jedes Stück Weißzeug, das seine Weberei je produziert hatte, in- und auswendig kannte, war er dennoch beeindruckt davon, die Waren in dieser Fülle vor sich zu sehen. Die Empfänger seines Jubiläumsbandes würden sicher ebenfalls staunen!

Er tippte auf zwei Fotografien. »Also, der Spitzenbesatz von Bluse F22 und F28 ist auf diesen beiden Fotografien kaum zu unterscheiden.«

Mimi Reventlow beugte sich über den Tisch und kam ihm dabei so nahe, dass er ihr Parfüm riechen konnte. Parfüm! Bei ihnen im Dorf!

»Das liegt daran, dass diese beiden Blusenmodelle fast identisch sind«, sagte sie schmunzelnd.

»Umso mehr sollten Sie darauf bedacht sein, die Unterschiede auf den Fotografien hervorzuheben. Wie sonst sollen die späteren Versandkatalogkunden ihre

Auswahl treffen?« Mit Genugtuung sah er, dass die Fotografin ihre Lippen zusammenpresste, als würde sie eine Erwiderung hinunterschlucken. Ja, für sie war das bestimmt eine neue Erfahrung, wenn sie einmal nicht das Sagen hatte, dachte er spöttisch.

»Ich möchte, dass Sie die Fotografien noch einmal machen, haben wir uns verstanden?«, hakte er nach.

»In Ordnung«, erwiderte sie schmallippig.

Zufrieden zog Herrmann Gehringer sein Portemonnaie aus der Tasche, zählte Geldscheine ab und legte sie zu den Fotografien auf den Schreibtisch. »Ihr Abschlag für diese Woche.«

»Danke.«

War das alles, was ihr dazu einfiel? Einen Kniefall sollte sie machen! So viel Geld verdiente man als Wanderfotografin bestimmt nicht alle Tage, dachte Gehringer verärgert.

Mimi Reventlow räusperte sich. »Der Herbst zeigt sich derzeit von seiner schönsten Seite, und die Sonne bringt im Augenblick ein besonderes Licht. Wenn es Ihnen recht ist, würde ich gern zwischendurch die Gruppenaufnahmen mit Ihrer Belegschaft machen. Ich schätze, ich brauche einen halben Tag dafür.«

Gehringer dachte nach. Als er vorhin außen um die Weberei gegangen war, hatte die Fassade aus Gönninger Tuffsandstein wie in Gold getaucht gewirkt. Dennoch winkte er ab. »Die Männer sind bis Ende Oktober mit einem Großauftrag beschäftigt, da kann ich keinen halben Arbeitstag opfern. Und in der ersten Novemberwoche kommt eine Filmproduktionsfirma, die einen Werbefilm über unsere Weberei drehen will.«

»Filmleute kommen?« Mimi Reventlow stutzte.

»Warum sollen nur Champagnerhersteller auf diese Art für ihre Produkte werben?«, sagte er lässig. Da machte sie große Augen, die Madame! Tja, dass ihm so schnell keiner das Wasser reichen konnte, musste sie langsam mitbekommen haben. »Sie sehen also – die Gruppenfotografien müssen bis November warten.«

»Aber dann hängt kein Blatt mehr an den Bäumen!«, sagte Mimi Reventlow entsetzt. »Und wenn dann noch Nebel ist ...«

Er schaute sie streng an. »Als gute Fotografin sollten Sie das Beste aus jeder Situation herauszuholen verstehen. Und schließlich gibt es ja auch noch die Retusche. Wenn die Sonne nicht scheint, müssen Sie sie eben ins Bild hineinmogeln. Das bekommen Sie doch hin, oder etwa nicht?«

»Ja, schon. Aber ...«, hob die Fotografin an.

»Kein Aber!«, unterbrach er sie. »Ich habe sowieso den Eindruck, dass Sie mit Ihren Gedanken nicht bei der Sache sind. Schauen Sie hier ...« Er tippte auf eine Fotografie, auf der ein Paradekissen zu sehen war. »Hätten Sie das Kissen nicht gerade rücken können, bevor Sie es fotografieren?«

»Wie bitte? Das Kissen steht so gerade, wie man ein Kissen eben hinstellen kann«, erwiderte Mimi Reventlow mit mühsam aufgebrachter Beherrschung.

»Ich sehe das anders, und ich bestehe darauf, dass Sie das Foto neu machen. Oder ist es zu viel verlangt, wenn ich Perfektion erwarte?«, sagte er eisern.

»Aber die Fotografie *ist* perfekt! Verzeihen Sie, wenn ich es so offen sage, aber das ist nichts als Schikane.«

»Schikane?« Er runzelte übertrieben die Stirn, als habe er sie nicht verstanden. »Verzeihen Sie, wenn ich das so offen sage – aber wer ist denn heute erst gegen Mittag hier eingetrudelt?«

»Meinem Onkel ging es nicht gut, ich wollte ihm noch ein wenig Gesellschaft leisten«, verteidigte Mimi Reventlow sich.

»Und was war am Mittwoch? Paul Merkle sagt, sie seien schon nachmittags um drei gegangen.«

»Bestimmt hat er Ihnen auch gesagt, dass eine der Lampen ausgefallen war. Und ohne Licht geht in der Fotografie nun mal nichts«, fuhr sie auf.

Wie er Frauen hasste, die immer das letzte Wort haben mussten! »Und Anfang der Woche, was war da? Am Montagmittag sind Sie ohne ein Wort auf und davon.«

»Da hatte sich Doktor Ludwig bei meinem Onkel zu einem Hausbesuch angemeldet, und ich wollte dabei sein«, sagte die Fotografin mit gesenktem Kopf.

Gehringer, zufrieden darüber, wenigstens einen Hauch von Reue zu erkennen, sagte: »Es ist ja schön und gut, dass Sie sich so um Ihren Onkel kümmern. Aber dies hier ist ein Großauftrag, wie ihn ein Fotograf wahrscheinlich nur ein Mal im Leben bekommt. Ich hatte eigentlich geglaubt, Sie seien sich der großen Ehre bewusst, die Ihnen damit zuteilwird. Aber anscheinend habe ich mich in Ihnen getäuscht. Die braven Laichinger Bürger in Ihrem Fotoatelier in albernen Posen abzulichten, liegt Ihnen allem Anschein nach mehr als konzentriertes Arbeiten auf höchstem Niveau.« Er klopfte mit seinem Spazierstock herrisch auf den Boden. »Bis nächsten Freitag erwarte ich eine bessere Leistung als diese Woche. Sonst bekommen wir zwei ein ernsthaftes Problem miteinander!« Er warf ihr einen letzten einschüchternden Blick zu, dann ging er davon. So viel dazu, wer hier das letzte Wort hatte, dachte er.

*

»Und es ist wirklich in Ordnung, wenn die Mädchen schon wieder bei dir übernachten?«, fragte Eveline mit gespielter Sorge, während Erika und Marianne an ihr vorbei in Edelgards Haus stürmten, ohne sie noch eines weiteren Blickes zu würdigen.

Edelgard tätschelte ihr den rechten Arm. »Ich hab die zwei gern bei mir, das weißt du doch, Mädle. Geh nur und mach dir mit meinem Johann einen schönen Samstagabend. Aber gebt ein bisschen Obacht – die Leute brauchen nicht mitzubekommen, dass der Bub dich so oft besucht, gell?«

»Danke«, sagte Eveline berührt. »Nur die wenigsten würden so...« – sie wedelte mit der rechten Hand durch die Luft, als könnte sie das Wort, nach dem sie suchte, so einfangen – »so gut mit dieser Situation umgehen.«

»Jeder muss schauen, wo er bleibt.« Edelgard winkte ab. »Und nun geh!«

Zufrieden lächelnd tat Eveline, wie ihr geheißen. Die ganzen letzten Wochen hatten Johann und sie immer nur gearbeitet, gearbeitet, gearbeitet! Heute wollte sie ihm endlich einmal zeigen, dass es ein Mann bei ihr auch schön haben konnte.

Der Ofen leistete gute Arbeit, dachte sie, als sie die Haustür aufschloss und ihr eine wohlige Wärme entgegenkam. Nun, Ende Oktober, war es in dem Haus mit seinen alten Steinmauern schon empfindlich kalt, aber hätte sie in früheren Zeiten gewagt, kräftig einzuheizen, hätte Klaus sie der Verschwendungssucht beschuldigt. Aber da ihr Holzschuppen dank Johann bis unters Dach voll war, durfte sie sich diesen kleinen Luxus wenigstens hin und wieder leisten. Und für das, was sie vorhatte, musste es schön warm sein.

Eveline nahm einen der großen Wassertöpfe vom Herd, die sie schon vor zwei Stunden aufgesetzt hatte, dann schüttete sie den Inhalt in die bereitstehende Badewanne. Sogleich stellte sie einen weiteren Topf Wasser auf den Herd.

Wie schön wäre es, wenn sie ein Badesalz besäße, so, wie ihre Mutter und sie es in Chemnitz verwendet hatten! Mit Lavendel- oder Rosenduft… Sie überlegte kurz, dann stieg sie hinab in ihre neue Speisekammer, an deren Decke sie verschiedene Kräuterbüschel zum Trocknen aufgehängt hatte. Die Blätter der Verbene dufteten so frisch – sie würde einfach davon eine Handvoll ins Badewasser werfen!

Zufrieden mit sich und ihrer Idee, stapfte Eveline wieder nach oben. Nun noch ein paar Kerzen angezündet, die Vorhänge vorgezogen… Zehn Minuten später saß sie nackt, nur in ein Leinentuch gewickelt, auf dem Rand der Badewanne. Ihre Haare hatte sie geöffnet, nach hundert Bürstenstrichen glänzten sie wie die eines jungen Mädchens. Sie schaute an sich hinab. Ihre Brüste waren nicht mehr so prall wie einst, die Geburten und die Hungerjahre hatten Spuren an ihrem Körper hinterlassen. Dennoch fühlte sie sich so schön und weiblich wie seit Langem nicht mehr.

Es war kurz vor sieben, sagte ihr ein Blick auf die alte Uhr. Gleich würde ihr Geliebter kommen… Eveline stöhnte wohlig auf, während sie eine Hand über ihre

Brust gleiten ließ. »Du hast mich verzaubert«, klangen auf einmal Johanns Worte in ihrem Ohr. Ihre Augen wurden dunkel vor Leidenschaft. Ein gemeinsames Bad, danach ein ausgiebiges Liebesspiel... Heute würde Johann feststellen, dass sie gerade erst begonnen hatte, die Waffen einer Frau einzusetzen.

*

Es war früher Samstagabend, als Anton Christel bei der Hand nahm und die Treppe zum Bierkeller hinabstieg. Viel Zeit hatten sie nicht, in einer halben Stunde würde der Ochsen öffnen, und dann hatte er für den Rest des Abends keine ruhige Minute mehr.

»Nicht so schnell!«, zischte Christel. »Die Treppe ist glatt, am Ende falle ich noch hin!«

Wie er diese gestohlenen Minuten hasste! Wenn sie nur einen heimlichen Ort hätten, wo sie sich ungestört treffen konnten, dachte Anton nicht zum ersten Mal. Aber so viel er darüber auch nachgrübelte, es wollte ihm doch kein passender einfallen. Vor ein paar Tagen erst hatte er die Jägerstände seines Vaters inspiziert und enttäuscht feststellen müssen, dass sie sich für ein Treffen mit Christel nicht eigneten. Wie auf dem Präsentierteller würden sie auf den luftigen Gestellen liegen!

Am untersten Treppenabsatz angekommen nahm er Christel in den Arm, küsste sie. »Ich habe dich so vermisst«, murmelte er. Sie fühlte sich so gut an, so weiblich! Er drängte sich näher an sie, doch sie stieß ihn fort.

Ihre Augen funkelten erregt, als sie sagte: »Nächste Woche ist es endlich so weit – die Filmleute kommen! Und eine Opernsängerin reist ebenfalls an. Sehr berühmt soll sie sein, und sie übernimmt die Hauptfigur in Gehringers Werbefilm! Eine Diva zu Besuch in der Weberei, sozusagen! Ich darf eine Näherin spielen, ist das nicht toll?« Erwartungsvoll schaute Christel Anton an.

Er nickte knapp. Gehringer und sein Werbefilm – bei jedem ihrer Treffen ging es nur noch darum. Er konnte die Leier langsam nicht mehr hören.

»Ich habe auch gute Nachrichten«, sagte er. »Mimis Bekannte Clara Berg hat sich endlich gemeldet, den Sommer über hatte sie in ihrem Betrieb keine freien Stellen. Aber nun sucht sie für ihren Schönheitssalon in Baden-Baden eine neue Kosmetikerin. Mimi Reventlow meint, du solltest dich unbedingt darauf bewerben. Bei deinem Aussehen und freundlichen Wesen hättest du gute Chancen, genommen zu werden!« Er hatte sich schlaugemacht – Baden-Baden war eine Stadt, in der die Schönen und Reichen aus aller Welt ein und aus gingen. Ein Spielkasino gab es auch und …

»Ich soll fremde Frauen waschen? Ihnen die Füße eincremen und übers Gesicht streichen?«, rief Christel angeekelt. »Wenn dir nicht mehr einfällt für unsere Zukunft, dann gute Nacht!« Sie warf ihm einen verächtlichen Blick zu.

»Schon gut, es war ja nur eine Idee«, beschwichtigte Anton eilig, dabei fand er den Gedanken nach wie vor gut. »Dann lass uns einfach unser Glück auf eigene Faust versuchen! Geld genug haben wir ja.« Wenn Anton daran dachte, wie er an das Geld gekommen war, hatte er seiner Mutter gegenüber immer noch ein schlechtes Gewissen.

»Mal sehen«, sagte Christel ungnädig. Sie gab etwas Spucke auf ihre Zeigefinger und klebte die Haarsträhnen, die sich bei ihrer Umarmung gelöst hatten, wieder an ihrem Kopf fest. Immer auf ihr gutes Aussehen bedacht, schoss es Anton bewundernd durch den Kopf.

»Von mir aus können wir gleich morgen los«, sagte er forsch. »Unsere Siebensachen sind schnell gepackt, alles, was wir sonst noch benötigen, kaufen wir uns neu! Die schönsten Kleider aus Seide, Haarschmuck, elegante Hüte, Handtaschen – ich werde dich einkleiden wie eine Königin«, sagte er und wagte es, seine Hände über ihre Brüste gleiten zu lassen, was sie zu seinem Erstaunen nicht abwehrte. Mehr noch, sie drückte seine Hand so fest an sich, dass ihm vor Lust ganz schwindlig wurde.

»Wenn, dann gehen wir aber erst nach dem Film, den lasse ich mir keinesfalls entgehen. So, und jetzt muss ich fort. Gehringer hat gesagt, ich dürfe mir aus seinem kompletten Kleiderbestand etwas heraussuchen, was ich im Film tragen möchte. Bis bald!« Sie drehte sich um und ging hoch erhobenen Hauptes die Treppe hinauf.

Anton schaute ihr perplex hinterher. »So bleib doch noch! Lass uns Pläne schmieden und…« ein wenig kuscheln, wollte er hinzufügen, doch da war sie schon weg.

»Verstehe einer die Frauen«, murmelte er vor sich hin. Da legte er ihr die Welt zu Füßen, und alles, woran Christel denken konnte, war die alte Kleiderkammer von Gehringer.

Wenn jetzt Alexander da wäre, dachte er nicht zum ersten Mal, während er mit schwerem Schritt ebenfalls die Treppe hinaufging. Bei seinem besten Freund hätte er Dampf ablassen können über Christel und ihre Allüren! Alexander hatte immer ein offenes Ohr für ihn gehabt. Verdammt, der Freund fehlte ihm. Ihre Gespräche, die Vertrautheit.

Einen Rat, wie er mit Christel umgehen sollte, hätte der Freund ihm allerdings auch nicht geben können. Im Gegensatz zu ihm hatte Alexander noch nie eine Freundin gehabt. Überhaupt hatte er bisher wenig Interesse am weiblichen Geschlecht gezeigt. Wahrscheinlich holte er das in Stuttgart nun alles nach, dachte Anton grinsend.

Oben angekommen, hielt er kurz inne und lauschte in Richtung Küchenfenster. Seine Mutter schien bei den Vorbereitungen fürs Abendessen zu sein, im Gastraum des Ochsen war es noch dunkel, entweder kamen heute keine Gäste, oder sie ließen auf sich warten.

Anton beschloss, die Gunst der Stunde zu nutzen und auf einen Sprung bei Eveline Schubert vorbeizuschauen. Alexanders Briefe waren kurz, knapp und selten. Aber vielleicht hatte der Freund sich in der Zwischenzeit einmal ausführlicher bei seiner Mutter gemeldet? Und vielleicht wusste sie auch schon zu berichten, dass Alexander an Weihnachten nach Hause kam?

Im Haus der Schuberts brannte Licht, also war Eveline zu Hause. Anton wollte schon anklopfen, als ein unruhiger Schattenwurf am Fenster ihn ablenkte. Dumpfes Lachen ertönte und eine Männerstimme. Mitten in der Bewegung hielt Anton inne. Hatte Frau Schubert Besuch? Störte er?

Vielleicht sollte er sich dessen erst einmal vergewissern, dachte er. Die Vorhänge waren zwar vorgezogen, aber bei einem Fenster war zum rechten Rahmen hin ein schmaler Spalt unbedeckt. Nur ein kurzer Blick, dachte Anton und stellte sich auf die Zehenspitzen.

Er blinzelte einmal. Er blinzelte zweimal. Doch das Bild, das er durch den schmalen Spalt sah, änderte sich nicht. Johann Merkle saß nackt, wie Gott ihn geschaffen hatte, in einer Badewanne, und Alexanders Mutter saß ebenso splitterfasernackt rittlings auf ihm.

40. Kapitel

Zum ersten Mal seit Mimi denken konnte, würde sie am Reformationstag nicht zum Gottesdienst in die Kirche gehen. Luthers Thesen waren ihr heute reichlich egal, sie wollte jede freie Minute mit Josef verbringen.

Der Onkel hatte am Morgen den Wunsch nach einer Hühnersuppe geäußert. »Du hast Glück, Helene erwähnte gestern, sie wolle ein paar Hühner schlachten. Ich gehe gleich zu ihr und dann koche ich dir die beste Hühnersuppe der Welt«, hatte Mimi gesagt und ihm zärtlich die Wange gestreichelt. Er hatte dankbar gelächelt.

Nachdem sie ihn gewaschen und gekämmt hatte, machte sich Mimi auf den Weg in den Laden.

Obwohl es schon nach zehn Uhr war, war der Himmel düster und verhangen. Mimis Blick wanderte wehmütig über den Laichinger Marktplatz, über den der Wind ein paar Blätter fegte. Vorbei war die Zeit der Reife und Fülle, Vergänglichkeit lag in der Luft.

Die prächtigen Kastanienbäume vor der Kirche waren nackt, ihr Saft hatte sich in die Erde zurückgezogen und würde erst in vielen Monaten wieder emporsteigen. Mimi kam es so vor, als machten es die Menschen der Natur nach und neigten sich um diese Jahreszeit ebenfalls der Erde zu. Luise und ihr Mann, der Pfarrer, Helene – sogar Herrmann Gehringer –, sie alle kamen gebückter daher als noch vor ein paar Wochen. Den einen zwackte es im Kreuz, der Nächste klagte über schmerzende Knie, dem Übernächsten taten die Schultern weh. Im Herbst wurden die Traurigen noch trauriger. Und selbst die Frohgemuten lachten nicht mehr so viel wie im Sommer. Der Winter würde lang werden, still und in sich gekehrt bereitete sich jeder darauf vor.

Und so hatte Mimi es sich in ihren Jahren als Wanderfotografin angewöhnt, spätestens im November in wärmere Gefilde zu reisen. Nach Baden-Baden in der Rheinebene, wo es weniger Frost als anderswo gab. Oder an den Bodensee. Auch in der Pfalz hatte sie schon überwintert, Landau hatte sie als besonders hübsches Städtchen in Erinnerung.

Wo würde sie diesen Winter verbringen?, fragte sie sich, während sie die Tür zu Helenes Laden aufstieß. Josef würde bald sterben. Und dann?

Mit schwerem Schritt trat Mimi in den Laden.

Wie an jedem Vormittag hatten sich dort einige Frauen versammelt. Und ebenfalls wie jeden Vormittag hielten sie ein Schwätzchen, während sie darauf warteten, an die Reihe zu kommen. Mimi grüßte in die Runde, die Frauen nickten ihr freundlich zu, dann nahmen sie ihr Gespräch wieder auf.

»Gestern Nacht hat mein Beppo so gut wie gar nicht geschlafen. Sein Auge würde so sehr zucken, dass er es nicht schließen könne, hat er gesagt«, berichtete eine Frau mit verhärmtem Gesicht. Mimi kannte sie vom Sehen, wusste aber ihren Namen nicht.

»Dafür schläft der meinige schon beim Abendessen ein, so müde ist er«, sagte die Mutter von Fritz Braun, dem Jungen, der nun beim Wagner Meindl arbeitete.

»Ist es denn ein Wunder? Seit vier Monaten arbeiten die Männer jetzt schon zwölf Stunden am Tag. Von wegen ›vorübergehende Produktionserhöhung‹!«, höhnte eine andere.

»Und das alles wegen der blöden Jubiläumsschürze ›Brave Hausfrau‹!«, spie Franka Klein aus. »Ich sag euch – lange dauert es nicht mehr, dann folgt der Nächste dem Klaus ins Grab!«

Die Frauen schauten sie erschrocken an und bekreuzigten sich.

»Vielleicht ist es wirklich an der Zeit, dass jemand etwas gegen die Zustände unternimmt«, sagte Mimi leise. »Wenn sich alle hinstellen würden und sagen: ›Wir haben genug von all den Stunden Mehrarbeit! Da machen wir nicht mehr mit‹, dann bliebe Gehringer doch gar nichts anderes übrig, als die Stundenzahl wieder auf ein vernünftiges Maß zu reduzieren, oder?«

Die Frauen schauten sie an, sagten aber nichts.

So viel zu ihrer Eignung als Gewerkschafterin, dachte Mimi. Langsam verstand sie auch, wie schwer es für Johann war, die Weber für einen Streik zu gewinnen.

»Früher, da haben unsere Männer um diese Zeit die Arbeit als Herbstweber aufgenommen«, sagte Helene verträumt.

»Herbstweber? Den Begriff habe ich schon gehört, aber was genau bedeutet er?«, wagte Mimi zu fragen.

»Bevor es die Fabriken gab, gingen die Bauern im Sommer auf den Acker und im Winter in die Dunk. Da hatte noch alles seine Ordnung. Jeder hat hart gearbeitet, aber zu Tode geschuftet hat sich keiner«, erklärte Franka Klein.

»Apropos zu Tode geschuftet«, sagte die Frau mit dem verhärmten Gesicht und schaute Beifall heischend in die Runde. »Der Johann war gestern Abend schon wieder bei der Witwe Schubert! Einen Hasen hat er ihr gebracht und vielleicht auch etwas anderes ...«

»Tja, der Heimkehrer stellt sich als ein echter Witwentröster heraus«, sagte Franka Klein.

Die Frauen lachten.

Mimis Miene verdüsterte sich. »Also, ich finde es sehr lobenswert, dass Johann Merkle sich an der Hilfsaktion für die Familie Schubert beteiligt«, sagte sie gepresst.

»Ob es nur Hilfe ist, die der Johann im Sinn hat?« Franka Klein hob übertrieben die Brauen. »Eveline Schubert ist immer noch eine schöne Frau.«

»Die Eveline ist außerdem im Trauerjahr und weiß, was sich gehört, also hört auf, Unfug zu reden«, sagte Helene über die Theke hinweg. »Und jetzt die Nächste bitte!«

»Auch ein Trauerjahr geht vorüber«, raunte Franka Klein Mimi, die hinter ihr stand, zu. »Ich finde, die zwei passen gut zusammen.«

Mimi öffnete den Mund zu einer scharfen Erwiderung, dann schwieg sie doch. Da meinte Johann es gut und half der Familie, und schon wurde ihm alles Mögliche unterstellt! Langsam musste sie ihm, der immer so sehr auf ihren Ruf bedacht war, recht geben.

Oder war womöglich doch etwas dran an dem Gerede? Wie hieß es so schön? Kein Rauch ohne Feuer ...

»Frau Reventlow? Was darf es sein?«

Mimi war so in ihre düsteren Gedanken verstrickt,

dass sie es gar nicht mitbekommen hatte, als sie an der Reihe war.

Während das Suppenhuhn zusammen mit Gemüse aus ihrer Speisekammer auf dem Herd kochte, ging Mimi nach oben zu Josef ins Schlafzimmer. Er schaute mit seltsam starrem Blick an die Zimmerdecke. Mimi griff sich erschrocken an den Hals. War er tot?

»Mimi, Kind…«, ertönte jedoch seine brüchige Stimme, und Mimi atmete erleichtert aus.

»Riechst du, wie gut es schon im ganzen Haus duftet? Die Hühnersuppe ist bald fertig«, sagte sie betont fröhlich.

Er nickte vage. »Das letzte Mahl. Bald ist es so weit.«

Mimi fröstelte es.

»Es war ein reiches Leben, und ich habe es in seiner ganzen Fülle ausgeschöpft. Doch nun leuchtet der Mond nicht mehr für mich, nun erwartet mich die dunkle Nacht.«

Während Mimi noch krampfhaft nach einer Erwiderung suchte, nahm Josef ihre Hand. »Kind, ich muss mit dir reden. Ich habe ein Testament aufsetzen lassen, schon vor langer Zeit. Das Haus, das Atelier – nach meinem Tod wird alles dir gehören.«

»Ich will nichts erben!«, rief Mimi verzweifelt. »Ich will, dass du noch lange lebst!«

»Meine Zeit ist gekommen, damit müssen wir uns beide abfinden…« Seine Augen wurden wässrig, doch es kamen keine Tränen. »Als ich dich als meine Alleinerbin eintrug, dachte ich, du würdest bestimmt einmal alles verkaufen. Und diese Möglichkeit hast du auch heute noch. Bei Gehringers Auftrag fehlen dir nur noch die Gruppenfotos, danach bist du wieder frei wie ein Vogel! Aber ich will ehrlich sein, mein Kind. Jetzt, wo mein Ende naht, merke ich doch, dass mich der Gedanke, das Fotoatelier würde verwaisen, sehr traurig stimmt. Und deshalb frage ich dich, liebe Mimi geradeheraus: Möchtest du nicht hierbleiben und mein Erbe antreten?«

Verwirrt, aufgewühlt und zutiefst traurig stand Mimi wenig später in der Küche am Herd und pulte das Hühnerfleisch vom Knochen. In kleine Stücke geschnitten gab sie es zurück in die Brühe. Das lange Reden hatte Josef ermüdet, er war eingeschlafen, noch bevor Mimi ihm eine Antwort geben konnte. Sie war froh darum. Was hätte sie sagen sollen?

Ob sie für immer hierblieb? Seit Johann in Laichingen war, dachte sie fast unentwegt darüber nach. Aber jetzt, wo Josef eine bindende Antwort von ihr wünschte, fiel es ihr plötzlich schwer, »Ja, ich bleibe« zu sagen.

Es war schon Nachmittag, als Josef wieder aufwachte. Mimi, die den ganzen Tag über die Hühnersuppe warm gehalten hatte, brachte ihm eine kleine Schale, dann begann sie ihn zu füttern. Doch nach ein paar Löffeln hatte er genug.

»Meine letzte Mahlzeit in dieser Welt, sie war wunderbar«, flüsterte er. »Danke für deine Gesellschaft. Und danke für alles andere.«

Mit zitternden Händen stellte Mimi die Suppenschüssel beiseite. Auf einmal konnte sie den Geruch von Fett und Hühnerfleisch nicht mehr ertragen. Nie mehr in ihrem Leben würde sie eine Hühnersuppe essen, ohne an diesen Abschied denken zu müssen, dachte sie, und die Tränen, die sie den ganzen Tag über mühsam zurückgehalten hatte, schossen ihr in die Augen.

»Sei nicht traurig, mein Kind, ich bin es doch auch nicht. Endlich werde ich meine Traudel wiedersehen …« Tröstend tätschelte Josef ihre Hand, dann schlief er wieder ein.

Stunde für Stunde saß Mimi an seinem Bett. Sie las ein wenig, die meiste Zeit jedoch starrte sie nur vor sich hin, den Kopf voller Gedanken, das Herz schwer. Eigentlich hatte sie heute damit beginnen wollen, Gehringers Produktfotografien zu sortieren. Aber wenn es mit Onkel Josef zu Ende ging, sollte er nicht allein sein.

Wachphasen wechselten sich mit unruhigem Schlaf ab. Nach der langen Rede am Mittag sprach er nun nicht mehr, doch immer wieder spürte sie seinen Blick auf sich, fragend, abwartend. Wie gern hätte sie »Ich werde dein Atelier in deinem Sinn weiterführen« zu ihm gesagt! Aber noch hielt etwas sie davon ab, dieses Versprechen zu geben, auch wenn es ihn glücklich gemacht und ihm vielleicht auch das Gehen erleichtert hätte. Was zögerte sie überhaupt? Laichingen war schön, das Atelier mit seiner Glasfront wunderbar. Johann war hier, sie hatte hilfsbereite Nachbarn und schon ein paar Freundschaften geschlossen … Dass es draußen in der weiten Welt immer schwieriger wurde, sein Geld als Fotografin zu verdienen, hatte ihr erst kürzlich die Begegnung mit dem Knipser gezeigt. Und Josef hatte noch nie – niemals in ihrem ganzen Leben – etwas von ihr verlangt. Wie konnte sie da auch nur darüber nachdenken, seine Bitte auszuschlagen?

Es war abends kurz nach sechs, die Sonne war längst untergegangen, als Mimi kurz zur Toilette verschwand. Als sie zurück an Josefs Bett kam, wusste sie sofort, dass er tot war. Sein Mund stand leicht offen, seine Augen ebenfalls. Dennoch prüfte sie seinen Puls und legte ein Ohr auf seine Brust, um seinem Herzschlag zu lauschen. Nichts war mehr zu vernehmen.

Josef hatte genau jene fünf Minuten, die sie nicht im Raum gewesen war, gewählt, um zu gehen.

*

Ruthilde Rudy, berühmte Sopranistin mit Engagements auf sämtlichen wichtigen Bühnen Europas, war es gewohnt, mit großem Gefolge zu reisen. Ob Münchner Nationaltheater, das Bolschoi-Theater in Moskau, die Wiener Staatsoper oder Laichingen machte für sie keinen Unterschied. Und so erschienen mit Ruthilde Rudy ihre Friseurin, ihre Zofe, ihre Leibköchin, ihr persönlicher Assistent – ein kleiner schmächtiger Mann, der hinter Ruthildes breitem Rücken verschwand – sowie Oleg, ein muskulöser Russe und seines Zeichens Ruthildes persönlicher Masseur. Dazu kamen die Münchner Filmleute, mit sechs Mann und doppelt so vielen Überseekoffern an Material.

Als Herrmann Gehringer, der vor lauter Aufregung die ganze Nacht nicht geschlafen hatte, die dutzend Leute zum ersten Mal sah, erschrak er doch für einen Moment vor seiner eigenen Courage. Allein die Unterbringung der gesamten Entourage in einem Hotel in Blaubeuren für die nächsten drei Tage würde ihn ein Vermögen kosten! Ein paar Werbeanzeigen in der Stuttgarter Zeitung wären weniger aufwendig gewesen... Doch dann fasste er sich wieder. Große Männer hatten nun mal große Visionen! Im Geiste sah er schon vor sich, wie er bei der großen Jubiläumsfeier im nächsten Jahr den heute gedrehten Film abspielte – seinen Kunden und Konkurrenten würden die Münder offen stehen ob seiner Kühnheit! Vielleicht konnte er Ruthilde Rudy als Ergänzung zu seinem Film zu einem persönlichen Auftritt bei der Feier überreden? Falls sie zwischen Verona und Wien Zeit hatte! Aber immerhin hoffte er, viele Pressevertreter und den württembergischen König als Gäste begrüßen zu dürfen – da durfte ihm kein Aufwand zu groß sein. Es war höchste Zeit, dass die Welt erfuhr, von welch monumentaler Bedeutung das Leinenwebergewerbe für das gesamte Kaiserreich war! Und sein Kollege Morlock mit seinem Ausstellungsraum in Ulm, auf den er sich so viel einbildete, der konnte dann sowieso einpacken.

Herrmann Gehringer atmete einmal tief durch, dann war er bereit für das, was getan werden musste.

Während bis auf Ruthilde, die in Gehringers geheiztem Büro saß, alle Beteiligten fröstelnd im Vorraum der Weberei herumstanden und auf Anweisungen warteten, nahm Herrmann Gehringer Max Mühlzahn, den Regisseur, zur Seite und erklärte ihm genau, wie er sich den Film vorstellte: Die Operndiva sollte hoheitsvoll mit bewunderndem Blick durch seine Weberei schreiten, ein paar huldvolle Worte mit einem der Weber wechseln – mit wem, war Gehringer bis zur letzten Minute noch nicht klar –, dann sollte Ruthilde Rudy in der Näherei die Feinstickereien einer Näherin – Christel Merkle – bewundern. Die letzte Filmsequenz sollte zeigen, wie

Ruthilde Rudy glücklich lächelnd vollbepackt mit Leinenwaren von Gehringer durchs Firmentor von dannen schritt.

Der Regisseur hörte Gehringers engagiert vorgetragener Vision aufmerksam zu, dann sagte er: »Sehr gut, sehr gut. Aber jeder Werbefilm benötigt eine gewisse Dramatik, Sie verstehen? Was würden Sie davon halten, wenn wir Ruthilde Rudy auf einen der Webstühle setzen, wo sie mit elegant übereinandergeschlagenen Beinen ein Lied singt. Wir könnten dann später bei der Aufführung beispielsweise eine Schallplatte von Frau Rudy mit einer Arie aus ›La Traviata‹ abspielen. Natürlich braucht es hier eine dramatische Beleuchtung, vielleicht können wir irgendwo flackernde Feuerfackeln einbauen? Dann lassen wir Ruthilde von ein paar Webern auf einer Sänfte durch die Weberei tragen – eine Operndiva geht nur dann selbstständig, wenn es unbedingt sein muss –, so könnten wir gleich die starken Weber gut in Szene setzen!«

Gehringer runzelte die Stirn. Feuerfackeln? War der Mann übergeschnappt? Sollte hier alles abbrennen, während Ruthilde eine Arie trällerte? Und welche starken Weber? Seine Männer waren allesamt schmächtige Kerle.

»Dann folgt ein Schnitt – das Geheimnis eines jeden dramaturgisch interessanten Films liegt im perfekten Zusammenschnitt der einzelnen Szenen –, und wir sehen Ruthilde im Kreise wunderschöner Näherinnen sitzen. Sie selbst näht auch etwas, während sie eine weitere Arie singt. Als Nächstes …«

Gehringer spürte, wie sich ein unangenehmes Rumoren in seiner Magengegend breitmachte. War es Angst? Panik gar?

Er hüstelte und verschluckte sich dabei fast an seiner Spucke. »Ich merke schon, hier spricht der wahre Fachmann«, sagte er und tätschelte dem Regisseur anerkennend die Schulter. Ein wenig Lob an der richtigen Stelle hat noch nie geschadet. »Darf ich trotzdem zu bedenken geben, dass ein Film, gedreht in einer Weberei, gewissen… Umständen Rechnung zu tragen hat? Der Gang durch die Weberei ist so schmal, eine Sänfte samt Trägern hätte da gewiss keinen Platz. Wenn es also irgendwie möglich wäre und nicht zu viel verlangt, sollte die gnädige Frau Rudy doch am besten selbst laufen.«

Der Regisseur dachte kurz nach, dann warf er seinen Kopf so schwungvoll in den Nacken, dass die pomadige Haarsträhne, die normalerweise keck in seine Stirn fiel, nach hinten flog. Laut sagte er: »Geschenkt! Soll sie laufen.«

Gehringer atmete auf. Dass man im Höllenlärm der Webstühle Rudys Geträllere nicht hören konnte, würde der Regisseur noch früh genug merken. Und dass Feuerfackeln aus Gründen des Brandschutzes verboten waren, würde Mühlzahn auch einsehen müssen. Mit ein bisschen Glück gelang es ihm am Ende, auch noch den Rest von Mühlzahns größenwahnsinnigen Ideen abzuwehren.

Lampen wurden ausgepackt, Filmkameras auf große Ständer gestellt. Die Filmleute taten recht arrogant und scheuchten Paul Merkle und die Weber herum, als sei es ihr Laden. Sämtliche Webstühle mussten zu Gehringers Unmut abgestellt werden – der Lärm war einfach zu groß. Aber was war schon ein Produktionsausfall von drei Tagen angesichts eines filmischen Kunstwerks unter der Regie von Max Mühlzahn?

Ruthilde Rudy weigerte sich, zu einer Probe in die Weberei zu kommen, ihre Stimmbänder würden die staubige Luft nicht goutieren. Ob man nicht vor ihrem Auftritt feucht durchwischen konnte? Man konnte. Eilig wurden von Paul Merkle zwei Näherinnen zu Putzfrauen bestimmt.

Während die Näherinnen mit Eimer und Putzlumpen zugange waren, beobachtete Christel von der hintersten Ecke der Weberei aus mit großen Augen den ganzen Umtrieb. Nach vielem Bitten und Betteln hatten sowohl Gehringer als auch ihr Vater ihr erlaubt, während der Dreharbeiten anwesend zu sein, wie ein Schwamm saugte sie nun das ganze Theater auf.

»Was macht so ein hübsches Mädchen wie du inmitten all dieser Männer?«, ertönte plötzlich eine Männerstimme mit ausländischem Akzent neben ihr.

Sie schaute sich um und erblickte einen attraktiven Mann mittleren Alters mit tiefschwarzen Haaren und einem kecken Oberlippenbart. Er war gemeinsam mit dem Regisseur hereingekommen, welche Rolle er bei allem spielte, wusste sie nicht. Kümmern tat er sich jedenfalls um nichts, stattdessen stand er wie sie nur herum.

»Ich arbeite nicht in der Fabrik, ich bin Herrn Gehringers Vorführdame, wenn die verehrte Kundschaft kommt. Und ich soll nachher eine der Näherinnen spielen«, sagte sie stolz. »Mein Name ist Christel.«

»Chrystal – was für ein schöner Name!« Der Mann hob anerkennend seine gepflegten dunklen Brauen. »Ich bin Freddy Forsythe, Amerikaner und ein Freund des Regisseurs. So bildhübsch, wie Sie sind, ist es sicher nicht das erste Mal, dass man Sie bittet, in einem Film mitzuspielen, habe ich recht?«

Christel errötete. »O nein, da täuschen Sie sich, es ist mein erstes Mal. Aber nächste Woche soll die hiesige Fotografin mich ablichten, Herr Gehringer sagt, er hätte mich gern auf dem Titelbild seines neuen Versandkatalogs.«

Der Mann prustete. »Verzeihen Sie, junge Frau, wenn ich das so sage – aber das ist eine große Verschwendung!« Er schaute sich um, als wolle er sichergehen, dass niemand ihr Gespräch mit anhörte. Doch noch immer waren die Kameramänner und Belichter damit beschäftigt, die Technik in Position zu bringen. Vertraulich Christel zugewandt sagte Forsythe: »Jemand mit Ihrer Schönheit und Ihrer Anmut gehört nicht auf einen Versandkatalog, sondern auf die große Leinwand!«

»Meinen Sie …?«, sagte Christel und ließ aufgeregt eine goldene Haarsträhne, die sich aus ihrer Frisur gelöst hatte, durch die Finger ihrer rechten Hand gleiten.

Der Amerikaner nickte heftig. »Ich kenne mich aus. Ich bin vor vielen Jahren nach Amerika ausgewandert und jetzt lediglich zu einem kurzen Besuch in der Heimat. Als mein alter Freund Max mir von seinem Auftrag hier auf der Schwäbischen Alb erzählt hat, entschied ich mich spontan, ihn zu begleiten. Solche kleinen Produktionen können manchmal ganz amüsant sein. Aber normalerweise arbeite ich in Amerika.«

»Sie gehören gar nicht zu den Filmleuten?« *Warum unterhielt sie sich dann überhaupt mit dem Mann?*, klang in ihrem leicht schrillem Tonfall mit. Wo es so viel Spannendes zu sehen gab! Doch schon bei Forsythes nächster Bemerkung hellte sich ihre Miene wieder auf.

»Nicht zu *diesen* Filmleuten! Ich arbeite als Kameramann und Regisseur in Hollywood. Kennen Sie Hollywood? Nein? Das liegt in Kalifornien, an der Westküste Amerikas. Dort werden die ganz großen Filme gedreht. ›Alice in Wonderland‹, ›Frankenstein‹... Mein Freund Carl Laemmle, auch ein deutscher Auswanderer, zeigt mit seiner Firma Nickelodeon all diese Filme in seinen Lichtspielhäusern, wo zehntausende Amerikaner sie sehen! Wir lieben es groß, *you know*?«

Christel, deren Augen immer runder wurden, nickte beeindruckt. »Groß könnte mir auch gefallen«, sagte sie langsam.

Freddy Forsythe grinste. »*Young Lady*, Sie haben die besten Voraussetzungen, ganz groß herauszukommen, glauben Sie mir. Nicht nur Ihre Schönheit, sondern auch Ihre Ausstrahlung und Ihre Art, sich zu bewegen, werden die Zuschauer in den Bann ziehen. Selbst hier in diesem dunklen staubigen Loch haben Sie eine Leuchtkraft, wie ich sie selten gesehen habe. Wie wird das erst in einem Filmstudio sein...« Den letzten Satz murmelte er, als spräche er zu sich selbst.

Christel schluckte aufgeregt. Dass der Tag ein ganz besonderer werden würde, hatte sie gewusst. Aber das, was hier geschah, hätte sie niemals zu träumen gewagt.

»Und dieses... Hollywood ist wirklich sehr weit weg von hier?«, fragte sie gedehnt.

Freddy Forsythe nickte. »Sehr, sehr weit!«

Christel biss sich auf die Unterlippe. »Und Sie glauben wirklich, ich hätte dort eine Chance?«

»Wenn Sie die richtigen Leute zur richtigen Zeit treffen – unbedingt!« Freddy Forsythe warf einen weiteren Blick in die Halle – noch immer kümmerte sich niemand um sie beide –, dann nahm er ihre Hand und sagte feierlich: »Chrystal, ich glaube, heute ist dein *lucky day*. Ich kann dich ganz groß rausbringen! Wenn es dir wirklich ernst ist, dann hörst du mir jetzt am besten ganz genau zu…«

41. Kapitel

Langsam fuhr der Einspänner, der Josef Stöckles Sarg geladen hatte, von der Kirche in Richtung Friedhof. Eine lange Reihe schwarz gekleideter Menschen folgte zu Fuß, ihre Mienen unbeweglich. Dichter Nebel hüllte die Trauergesellschaft ein. Es war ein guter Tag für ein Begräbnis, raunten sich die Leute auf dem Weg zum Gottesacker zu. Eine viel bessere Zeit als der Frühsommer, in dem Klaus Schubert zu Grabe getragen worden war. Damals hatte alles noch im Saft gestanden, war im Wachsen begriffen gewesen – umso sinnloser war Klaus' Tod erschienen.

Dieser Tage jedoch lag die Vergänglichkeit geradezu in der Luft. Alles hatte seine Zeit. Das Helle und das Dunkle. Die Freude und das Leid. Das Leben und das Sterben.

Auf Mimis Bitte hin hatte Anton die Tische im Ochsen für Josefs Leichenschmaus zu einer U-förmigen Tafel zusammengeschoben. Wie eine Braut ohne Bräutigam saß sie nun im Zentrum des kürzeren Tischteils. Links von ihr saßen ihre Nachbarn Luise und Georg Neumann, rechts von ihr ihre aus Esslingen angereiste Mutter Amelie – ihr Vater hatte nicht kommen können, eine schwere Erkältung hatte ihn vom Reisen abgehalten.

Die Tage, an denen Amelie Reventlow ihrer Tochter in deren Leben beigestanden hatte, konnte man wahrscheinlich an einer Hand abzählen. Die Pfarrersfrau hatte einfach stets zu viel zu tun. Mimi hatte deshalb fast befürchtet, auch dieses Mal im Stich gelassen zu werden. Umso froher war sie gewesen, als ihre Mutter erschien. Doch trotz Amelies tröstlicher Nähe fühlte Mimi sich einsam wie noch nie. Es war das erste Mal, dass sie einen so nahestehenden Menschen verlor. Und sie hatte das Gefühl, die Trauer würde sie wie ein wildes Tier in Stücke reißen.

Natürlich hatte sie gewusst, dass der Onkel sterben würde. Aber kann man sich auf den Tod eines Menschen vorbereiten? Mimi jedenfalls hatte es nicht gekonnt. Ihre Augen taten weh von all den Tränen, die sie in den letzten Tagen vergossen hatte.

In all den Jahren auf der Wanderschaft hatte sie nie Zeit oder Muße gehabt, darüber nachzudenken, welch große Bedeutung der Bruder ihrer Mutter in ihrem Leben gehabt hatte. Das war ihr erst in den letzten Monaten, als sie bei ihm wohnte, bewusst geworden. Ohne Josef wäre sie nie Fotografin geworden. Ohne Josef hätte sie es nie gewagt, auf Wanderschaft zu gehen. Josef hatte immer an sie geglaubt. Er hatte nie ein barsches Wort zu ihr gesagt, sie nie kritisiert, auch damals nicht, als sie sein Angebot, seinen Sonnenwagen zu übernehmen, so forsch ausschlug. Und niemals hatte Josef sie kritisiert nach dem Motto »Als Frau bekommst du das sowieso nicht hin!« Im Gegenteil, Josef hatte sie immer wieder ermutigt, neue Dinge zu wagen. »Das

Leben ist Veränderung, mein Kind!«, wie oft hatte er dies lachend angemerkt.

Ach Josef, du fehlst mir so, dachte Mimi, während Berta Neumann zu ihr an den Tisch kam. »Mein Beileid. Bestimmt fehlt dein Onkel dir sehr.«

Tapfer lächelnd schüttelte Mimi Bertas rechte Hand.

»Auch Ihnen mein Beileid«, sagte Berta dann zu Mimis Mutter. »Ihr Bruder war sehr beliebt bei uns im Ort.«

Amelie Reventlows Augen wurden sogleich feucht, sie zückte ein Taschentuch und tupfte sich ein paar Tränen weg.

Berta Neumann biss sich auf die Unterlippe. »Ich weiß nicht, ob dies ein passender Moment ist, aber als du bei unserer Hochzeit warst, da hast du mich doch nach meinen Plänen für die Zukunft gefragt ...«

»Ja?«, sagte Mimi und hoffte, dass dies aufmunternd klang.

»Ich nähe tatsächlich an einer Tracht. Und Richard schnitzt mir aus Horn die passenden Knöpfe dazu. Darf ich dir meine Näharbeit einmal zeigen?«

»Sehr gern«, sagte Mimi warmherzig.

Amelie Reventlow, die noch immer ihr Taschentuch knetete, war dem Wortwechsel stumm gefolgt.

Als Nächste kam Eveline an den Tisch. »Mein Beileid, Mimi, dein Onkel war ein guter Mann. Jetzt muss er nicht mehr leiden. Ich soll dir von Alexander ausrichten, dass er gern zur Beerdigung gekommen wäre, aber du weißt ja ...« Mit einem entschuldigenden Lächeln ging sie wieder davon.

»Ist das die Mutter von dem Jungen, dem du wegen der Kunstschule geholfen hast?«, raunte Amelie Mimi ins Ohr.

Mimi nickte, während sie über die Tafel hinweg Johanns Blick auffing. In der Kirche hatte er neben ihr Platz genommen. Und auf dem Weg zum Friedhof hatte er ihr sogar seinen Arm als Stütze angeboten. Seine Nähe tat gut, dachte Mimi, während sie ihr Stück Hefezopf auseinanderpflückte, ohne einen Bissen davon zu essen.

»Was für ein stattlicher Mann!«, flüsterte ihre Mutter, der allem Anschein nach nichts entging. »Könnte es sein, dass *er* ein Grund dafür ist, dass du in Laichingen geblieben bist?«

»Ich bin wegen Onkel Josef geblieben«, entgegnete Mimi rau. Einen Moment lang bedauerte sie jetzt, dass ihre Mutter gekommen war. Bestimmt hätte Johann sonst neben ihr und nicht neben Eveline gesessen! Und bestimmt hätte er sie auch heute Nacht, nach der Beerdigung, nicht allein gelassen, sondern sie getröstet und in den Arm genommen …

»Soll ich noch mehr Kaffee bringen?«, fuhr Anton sie im nächsten Moment so laut an, dass Mimi aus ihren Überlegungen gerissen wurde.

»Ja, bring bitte noch ein, zwei Kannen«, sagte sie, während sie ihn kritisch anschaute. »Darf ich fragen, was mit dir los ist? Du ziehst eine Miene wie sieben Tage Regenwetter. Daran ist doch nicht nur Josefs Tod schuld, oder?«, ergänzte Mimi leise.

Die Schultern des Gastwirtsohns sackten so abrupt nach unten, als hätte jemand bei einer Marionette die Fäden losgelassen. »Es ist wegen Christel«, flüsterte er. »Sie ist so komisch! Seit die Filmleute da waren, tut sie so, als sei sie nun etwas Besseres und ich nur ihr dummer Hansel, den man nach Belieben herumkommandieren kann. Sie hätten mal erleben müssen, wie sie mich vorhin herumgescheucht hat! Erst war ihr der Kaffee zu kalt, dann war die Haut auf der Milch zu dick, dann hat sie ein Fleck auf ihrer Tasse gestört. Ja, ist sie denn eine Diva, der man lauter Extrawürste braten muss?«

Mimi seufzte. Dass Christel diese Filmaufnahmen zu Kopf gestiegen waren, konnte sie sich gut vorstellen. »Das wird schon wieder«, sagte sie dennoch tröstend.

»Da bin ich mir nicht so sicher.« Anton warf einen hasserfüllten Blick zum Ende des Tisches, wo Christel zusammen mit ihrer Familie und Herrmann Gehringer saß. »Jetzt hat Gehringer es auch noch geschafft, einen Keil zwischen Christel und mich zu treiben!« Mit vor Wut gerunzelter Stirn ging er davon.

»Die Absolutheit, mit der die Jugend ihre Ansichten vorträgt …« Amelie Reventlow schüttelte lächelnd den Kopf. »Aber eins muss ich dir sagen, liebe Mimi, ich bin beeindruckt, wie die Leute dir hier vertrauen. Allem Anschein nach bist du eine wichtige Person für die Bürger Laichingens geworden. Wer hätte gedacht, dass du einmal in meine Fußstapfen treten würdest«, fügte sie ergriffen hinzu.

Mimi schmunzelte trotz ihres Kummers. Davon, in Amelies Fußstapfen zu treten, war sie hoffentlich noch weit entfernt!, dachte sie, dann stand sie auf. »Ich bin gleich wieder da«, sagte sie und trat zu Herrmann Gehringer.

»Vielen Dank, dass Sie heute gekommen sind«, sagte sie.

Der Unternehmer nickte. »Das ist doch selbstverständlich. Ich habe Ihren Onkel sehr geschätzt.«

Und trotzdem hast du deine Fotos früher immer in

Ulm machen lassen, dachte Mimi. »Wenn es Ihnen recht ist, würde ich die noch ausstehenden Gruppenfotografien in den nächsten Tagen machen. Es tut mir leid, dass sich durch den Trauerfall diese Verzögerung ergeben hat.«

Der Unternehmer tupfte sich den Mund mit seiner Serviette ab. »Auf ein paar Tage hin oder her kommt es nun auch nicht mehr an. Ich bin froh, dass jetzt, da die Filmleute weg sind, bei uns in der Weberei erst mal wieder Ruhe eingekehrt ist. Ach übrigens, ich möchte noch eine weitere Fotografie in Auftrag geben.«

»Ja?«

»Paul Merkles Tochter Christel«, sagte Gehringer. »Sie soll in unserer schönsten Leinenbluse abgelichtet werden. Die Fotografie wird dann das Deckblatt unseres neuen Versandkatalogs. Und danach haben Sie es ja geschafft! Sie können es sicher kaum erwarten, wieder auf die Reise zu gehen, nicht wahr?«, bemerkte er jovial. »Wenn es so weit ist, müssen Sie nur Bescheid sagen, Paul kann Sie dann nach Ulm zum Bahnhof fahren.«

Mimi verzog den Mund. Gehringer ging es anscheinend nicht schnell genug, dass er sie wieder los war!

»Erst einmal fahre ich nirgends hin, es gibt noch vieles zu regeln«, sagte sie kühl. »Da wäre zum Beispiel der Notartermin nächste Woche, in dem es um Onkel Josefs Erbe geht. Dafür muss ich nach Blaubeuren. Und danach gilt es, diverse Entscheidungen zu treffen. Aber danke für das Angebot!«, quälte sie sich heraus.

»Vielleicht kann ich Ihnen bei Ihrer Entscheidungsfindung behilflich sein?«, sagte Gehringer. »Wenn es Ihnen recht ist, setzen wir uns in den nächsten Tagen einmal zusammen, und ich mache Ihnen ein Angebot.

Ich bin noch immer daran interessiert, das Haus Ihres Onkels zu übernehmen.«

Noch schneller konnte man nicht zur Sache kommen, dachte Mimi verletzt und verärgert zugleich, schaute Gehringer nur noch einmal abschätzig an und ging dann zurück an ihren Platz.

»Ach, ich werde Ihren Onkel vermissen«, sagte Luise seufzend, kaum dass Mimi wieder saß. »Gott sei Dank habe ich nun Sie als Nachbarin! Jetzt, wo Sie eine von uns sind, werden die Leute sicher bereitwilliger zu Ihnen ins Atelier kommen.«

Eine von uns? Wenn es nur so einfach wäre. Sie wusste doch noch gar nicht, ob sie überhaupt in Laichingen blieb, dachte Mimi bedrückt.

»Hast du dir schon überlegt, was du mit Josefs Kleidung machen willst?« Geschäftig blätterte Amelie einen dicken Ordner durch, der die persönlichen Papiere ihres Bruders beinhaltete. »Wenn du willst, können wir nachher zusammen seinen Schrank ausräumen.«

»Ich weiß nicht…«, sagte Mimi geistesabwesend. Josefs Schrank ausräumen? Allein bei dem Gedanken graute ihr.

»Alles da – Besitzurkunde, Grundbuchbescheid. Mein Bruder war ein ordentlicher Mann«, murmelte ihre Mutter vor sich hin, und ein wehmütiges Lächeln huschte über ihr Gesicht. Doch gleich darauf sagte sie: »Und was ist mit dem Weißzeug aus den Schränken seiner Frau? Wem willst du das geben? Auch wenn es wehtut – wenn ich dir vor meiner Abreise übermorgen noch ein wenig helfen soll, müssen wir bald mit der Arbeit anfangen.«

Mimi nickte unglücklich. »Zwei, drei Blusen von Traudel werde ich wohl behalten, den Rest verschenke ich. Luise freut sich bestimmt, wenn sie ein paar Andenken an ihre beste Freundin bekommt. Und Alexanders Mutter Eveline wird das eine oder andere Stück auch gebrauchen können.«

»Das ist doch schon ein Anfang«, sagte Amelie anerkennend. Ihr Blick fiel aus dem Fenster, und Mimi sah, wie ein leiser Schauer ihre Mutter überfiel.

»Was für ein düsteres Dorf«, sagte sie. »Wie hat Josef es hier nur ausgehalten? Und vor allem, wie hast *du* es hier so lange ausgehalten? Josefs letzter Wunsch in allen Ehren, aber du erwägst doch hoffentlich nicht hierzubleiben?« Über den Rand ihrer Lesebrille hinweg schaute Amelie ihre Tochter forschend an.

Mimi holte tief Luft. »Obwohl ich seit Tagen über nichts anderes nachdenke – ich weiß es einfach nicht! Josefs letzter Wille wiegt tatsächlich schwer für mich. Es erfüllt mich mit Stolz und Freude, dass er mir sein Atelier anvertraut. Andererseits ... liebe ich auch das Leben unterwegs!« Sie hangelte über den Tisch nach einem Briefumschlag. »Nach längerer Zeit habe ich endlich mal wieder eine Anfrage bekommen. Eine Schwarzwaldgemeinde möchte wissen, ob ich Fotografien von ihrem neuen Skilift samt Skifahrern machen kann. Sie wollen eine Werbebroschüre erstellen. Wenn ich also wollte, könnte ich tatsächlich innerhalb weniger Tage abreisen. Der Gedanke ist verführerisch ...«

Der Brief war einen Tag nach Josefs Tod gekommen, sie hatte ihn nur kurz überflogen. Anscheinend war sie trotz ihrer langen Pause als Wanderfotografin doch gefragt, hatte sie erleichtert gedacht. Wieder unterwegs zu sein, interessante Leute zu treffen, neue Orte kennenzulernen und all diese Eindrücke mit der Kamera festzuhalten – nach den Aberhunderten von Unterröcken, die sie fotografiert hatte, erschien ihr das Leben einer Wanderfotografin so abwechslungsreich und bunt wie noch nie! Aber würde sie so einfach gehen können? Die Vorstellung, Johann, aber auch Laichingen zu verlassen, fiel ihr sehr schwer.

Ratlos legte sie beide Hände in den Schoß. »Irgendwie habe ich das Gefühl, hier noch nicht fertig zu sein, und das liegt nicht nur daran, dass ich die Gruppenbilder für Gehringer noch machen muss.« Sie schaute ihre Mutter an, die bisher nur schweigend zugehört hatte. »In Gehringers kleiner Kammer war es leicht, alle Gedanken über die Zukunft beiseitezuschieben. Bei der Arbeit habe ich immer nur bis zum nächsten Unterrock denken müssen. Nun aber muss ich Entscheidungen treffen.«

»Und nicht nur du – sondern auch ein gewisser Herr, nicht wahr?«, sagte die Mutter sanft. »Der attraktive Mann, der dir auf der Beerdigung so zur Seite gestanden hat, ist sicher einer der Gründe für deine innere Zerrissenheit.«

Mimi nickte gequält. »Ich weiß einfach nicht, woran ich bei ihm bin!« In kurzen Worten schilderte sie, wie sie »Hannes« in Ulm kennengelernt und dann hier in Laichingen wiedergesehen hatte. »Die Laichinger Weber in den Arbeitskampf zu führen ist ihm offenbar wichtiger als alles andere«, endete sie traurig. Doch noch während sie sprach, spürte sie einen Hoffnungsschimmer in sich aufflackern. Würde sich Johann jetzt, nach Josefs Tod, leichter zu ihr bekennen? Vielleicht machte er ihr nun, da sie Josefs Haus für sich hatten, sogar einen Antrag?

Würde er diesen ganzen Arbeitskampf womöglich vergessen, um in Frieden hier mit ihr leben zu können?

Amelie Reventlow legte eine Hand auf Mimis Arm. »Hab ein bisschen Gottvertrauen, liebes Kind. Der Herr wird dir deinen weiteren Weg aufzeigen, so, wie er es bisher immer getan hat. Wenn du allerdings meine ehrliche Meinung hören willst, dann kann ich mir kaum vorstellen, dass deine Zukunft hier in diesem abgeschiedenen Ort liegt. Die Welt ist groß und aufregend und wunderschön!«

Mimi lachte verzweifelt auf. »Laichingen ist auch wunderschön, auch wenn das an einem trüben Novembertag nicht so erscheinen mag. Außerdem habe ich die Menschen hier ins Herz geschlossen. Und sie mich! Die Armut ist groß, die Webereibesitzer beuten die Menschen aus. Wie Johann möchte ich ihnen helfen, verstehst du?« Natürlich verstand die Mutter das! Wer, wenn nicht Amelie Reventlow?, dachte Mimi ironisch, noch während sie sprach.

Zu ihrer Überraschung sagte Amelie jedoch: »Dein Gewerkschafter Johann kann machen, was er will. Aber wenn du meinen Rat hören willst, Kind, dann tappe nicht in dieselbe Falle, in die ich geraten bin! Auch ich habe mein Leben lang allen möglichen Menschen helfen wollen. Ganz gleich, ob es der Trunksüchtige war, den ich vom Schnaps wegbringen wollte, die arme Fischerfamilie am Neckar, die kein Geld hatte, um ihr Boot zu reparieren, oder sonst ein Notfall – ich war immer zur Stelle. Manchmal hat meine Hilfe tatsächlich genützt, häufig auch nicht. Wie oft habe ich unsere Familie – dich, Papa, Josef – hintangestellt, nur um für fremde Leute da zu sein…« Die Mutter schüttelte den Kopf.

Mimi, die sprachlos zugehört hatte, traute ihren Ohren kaum.

»Es ist nicht so, als würde ich das alles bereuen, um Gottes willen!«, sagte Amelie rasch, als sie Mimis Blick sah. Aber ihr eigener war hart, als sie fortfuhr: »Heute denke ich erst einmal in Ruhe nach, wenn ich von diesem oder jenem Notfall höre, ob und welche Art von Hilfe überhaupt nötig ist. Jeder ist seines Glückes eigner Schmied – vielleicht liegt in diesem Sprichwort mehr Wahrheit, als ich immer dachte? Und jeder hat die Freiheit zu entscheiden, was er wirklich will im Leben.«

»Aber … Was ist, wenn die Menschen sich nicht selbst helfen können? Wenn sie auf fremde Hilfe angewiesen sind?« Langsam verstand Mimi gar nichts mehr. Hätte Fritz Braun die Lehrstelle beim Wagner auch ohne ihre Fürsprache bekommen? Wäre Eveline auch ohne ihre Hilfe in der Lage gewesen, Alexander zur Kunstschule zu schicken?, fragte sich Mimi stumm. Sie bezweifelte es. Und was war mit den Webern, für die Johann sich so aufopferungsvoll einsetzen wollte? Würden sie je ohne die Hilfe eines Anführers einen Aufstand gegen Gehringer und andere Herren wagen?

»Manchmal braucht es jemanden, der den Menschen den Weg zeigt und der mutig voranschreitet«, murmelte sie leise.

»Das stimmt. Und dafür sind Leute wie dieser Gewerkschafter Johann auch da. Du aber bist Fotografin! Deine Bestimmung ist es, den Menschen Schönheit zu schenken. Unterschätze nicht, wie wichtig das ist«, sagte Amelie Reventlow. »Davon abgesehen: Man kann die Leute nicht zu ihrem Glück zwingen, das habe ich irgendwann erkannt. Veränderungen müssen wachsen, sie müssen im Kopf und im Herzen der Menschen stattfinden. Und der Mut zur Veränderung wächst auch nicht schneller, nur weil du jemandem ständig seine Versäumnisse vor Augen hältst oder ihm aufzählst, was er alles besser machen kann. Davon abgesehen – wieso maßen wir uns eigentlich überhaupt an zu wissen, was gut für einen anderen ist?«

Mimi war fassungslos.

Amelie nahm ihre Hand. »Ich würde gern noch ein paar Tage bleiben und dir Gesellschaft leisten, aber dein Vater braucht mich. Wenn er erkältet ist, leidet er immer, als sei er dem Tode nah.« Sie lächelte, und Mimi sah in ihren Augen die Liebe, die nach all den Jahren noch immer zwischen ihren Eltern herrschte. »Komm doch an Weihnachten zu uns! Papa würde sich so freuen, dich zu sehen. Wir machen uns eine schöne Zeit, und du kannst in Ruhe darüber nachdenken, was du mit deinem Leben anstellen willst. Und wer weiß?« Die Mutter lächelte verschmitzt. »Vielleicht übt Esslingen einen solchen Zauber auf dich aus, dass du beschließt, dich bei uns niederzulassen?«

Mimi lachte auf. »Am besten mit einem Fotoatelier, ja? Daran hätte der alte Herr Semmering sicher seine wahre Freude!«

Amelie stimmte in ihr Lachen ein. »Ich weiß gar nicht, ob es das Geschäft deines alten Chefs überhaupt noch gibt. Felix Semmering wird sich in Kürze zur Ruhe setzen.« Sie schaute ihre Tochter unternehmungslustig an. »Soll ich dich als Nachfolgerin ins Gespräch bringen?«

»Danke nein«, wehrte Mimi ab.

Bevor Mimi wusste, wie ihr geschah, schlang Amelie ihre Arme um sie und wiegte sie wie ein Kind sanft hin und her. »Die Dinge werden sich finden, seien es Liebesdinge oder berufliche Fragen. Und du wirst das Richtige tun, Mimi, so wie du es ein Leben lang getan hast, daran habe ich nicht den geringsten Zweifel!«

42. Kapitel

»Guten Tag, mein Name ist Anton Schaufler. Und das hier ist meine Frau Christel. Sie möchte gern im Filmgeschäft tätig werden und deshalb …« Abrupt hielt Anton, der im Ochsen beim Fensterputzen war, mit seinem Gemurmel inne. Klang sein Name nicht etwas altbacken? Wie wäre es, wenn er ihm einen ausländischen Klang verlieh? Anthony oder Antoine? Und, wo er schon dabei war, sollte er nicht auch gleich Christel umbenennen? Geistesabwesend tauchte er den Putzlumpen in den Eimer mit eiskaltem Wasser, dann wrang er ihn aus.

Normalerweise hasste er es, im Winterhalbjahr die Fenster zu putzen. An Tagen wie diesem fror das Wasser schneller am Fenster fest, als er schauen konnte. Seine Hände waren rau und schrundig, und er wusste jetzt schon, dass Christel sich später beschweren würde, wenn er ihr über die Wange streicheln wollte. Wäre es nach ihm gegangen, würden sie den Winter über das Fensterputzen einfach sein lassen! Aber heute war ihm sogar die verhasste Arbeit egal – nichts und niemand konnte seine gute Laune stören.

»Guten Tag, mein Name ist Anthony Schaufler. Meine Frau Christel …«

Meine Frau – wie sich das anhörte! Ein wohliger Schauer lief Antons Rücken hinab, während er hingebungsvoll auch die Fensterrahmen abrieb. Er konnte es kaum mehr erwarten, Christel zur Frau zu nehmen. Sie würden ehrlich zueinanderstehen und nichts voreinander verbergen.

Dass Johann Merkle es mit Alexanders Mutter trieb, war ein echter Schock für ihn gewesen. Hatte der Mann nicht vor Kurzem noch mit Mimi Reventlow geturtelt? Wie konnte man nur so scheinheilig sein! Nachdem er wusste, was bei den ach so tugendhaften Laichingern vor sich ging, konnte er es noch weniger erwarten, endlich von hier fortzukommen.

»Lass bitte den Jahreswechsel vorübergehen«, hatte Christel vor ein paar Tagen geantwortet, als er sie ungeduldig fragte, worauf sie eigentlich noch warteten. »Das neue Jahr ist eine gute Zeit für Aufbrüche!«

Dem hatte er nichts entgegenzusetzen gehabt. Vielleicht war es wirklich gut, Weihnachten noch im Kreise ihrer Familien zu verbringen – nicht, dass Christel womöglich fern der Heimat plötzlich das heulende Elend bekam!

In der Zwischenzeit war er nicht untätig gewesen, im Gegenteil! Als die Werbefilmleute vorletzte Woche im Ochsen zu Mittag gegessen hatten, hatte er sie so unauffällig wie möglich ausgefragt. Und dabei herausgefunden, dass es sowohl in Berlin als auch in Dänemark einige Filmstudios gab und dass sich die Filmindustrie gerade sehr stark entwickelte. Also würde Berlin ihr erstes Ziel sein! Und wenn sie ihr Glück nicht gleich dort fanden, würden sie eben nach Kopenhagen weiterreisen, dachte Anton. Vor seinem inneren Auge sah er sich schon auf verschiedenen Bahnhöfen stehen, Zigarre rauchend, nach einem Träger winkend, der sein und Christels Gepäck in einem der Abteile verstaute. Zu der stattlichen Summe, die er Christel nach seinem vermeintlichen Überfall gegeben hatte, hatte sich in den letzten Wochen noch einiges dazugesellt – Trinkgeld und das Geld, das er von seinem Vater bekommen hatte, als er ihm beim Bau eines weiteren Hochsitzes half. So viel stand fest: Sie würden einen komfortablen Start ins neue Leben haben!

Mit viel Energie schrubbte Anton einen Taubenschiss auf einer der Fensterscheiben weg.

Er war gerade dabei, das schmutzige Wasser in den Rinnstein vor dem Gasthaus zu kippen, als er Paul Merkle über den Marktplatz rennen sah. War der gnädige Herr etwa zu spät dran für die Arbeit?, dachte Anton grinsend. Doch sein Grinsen fror ein, als er erkannte, dass Christels Vater mit wutverzerrter Miene direkt auf ihn zukam. Bevor er wusste, wie ihm geschah, packte Merkle ihn an der Gurgel. Der Putzeimer fiel scheppernd auf das Kopfsteinpflaster, Anton rang um Luft.

»Wo ist sie? Was hast du mit ihr gemacht?«

»Wer? Was? Ich verstehe nicht!«, röchelte Anton, und jedes Wort blieb wie ein weißes Wölkchen in der kalten Luft stehen.

»Du verstehst mich ganz genau!«, schrie Merkle, dann ließ er ihn, Anton, mit einem aus tiefster Kehle kommenden Knurren endlich los. »Wo ist meine Tochter? Sprich, bevor ich mich doch noch vergesse!«

»Was ist mit Christel?« Bei dem Gedanken daran, dass ihr etwas zugestoßen sein könnte, klopfte Antons Herz schneller. Angst weitete seine Pupillen, nun war er es, der sein Gegenüber am liebsten am Schlafittchen gepackt hätte. »Nun reden Sie schon, Mann, was ist los?«

Paul Merkles Augen ruhten auf Anton, sein Blick lauernd, prüfend, als erwarte er, dass Anton sich durch irgendetwas verraten würde. Doch stattdessen sah er bei dem jungen Mann dieselben Gefühle, die auch ihn erfüllten – Angst, Ratlosigkeit, Verzweiflung.

»Christel ist weg«, sagte Merkle, und wirkte mit einem Mal kraftlos. »Als sie heute früh nicht wie gewohnt den Ofen geschürt und Wasser aufgesetzt hatte, dachten wir noch, sie hätte verschlafen. Meine Frau war ganz schön wütend. Aber als Sonja Christel wecken wollte, fand sie nur ein leeres Bett vor. Unbenutzt – niemand hat darin geschlafen.«

Anton griff sich an den Hals. »Das glaube ich nicht«, sagte er dumpf. Ihm wurde auf einmal ganz schwindlig. Hilfesuchend schaute er sich nach etwas um, woran er sich festhalten konnte.

Paul Merkles Blick war verstört, als er sagte: »Wir haben alles nach ihr abgesucht! Den Stall, den Abort, bei den Nachbarn haben wir herumgefragt – sie ist wie vom Erdboden verschluckt.«

»Das kann nicht sein! Christel ist nicht weg!«, erwiderte Anton verzweifelt. Nicht ohne ihn! »Bestimmt ist sie nur bei einer Freundin, und alles klärt sich auf.«

»Du weißt wirklich nicht, wo sie sein könnte?«, hakte Paul Merkle nach.

Anton schüttelte den Kopf. Das konnte nicht sein, dachte er wieder und wieder. Sie wollten doch gemeinsam fort, im neuen Jahr!

Paul Merkle biss sich auf die Unterlippe. Einen Moment lang sah es so aus, als würde er zu weinen beginnen, doch genauso schnell fasste er sich wieder.

»Wir müssen sie suchen. Alle! Hilfst du, einen Suchtrupp zusammenzustellen?«

*

Herrmann Gehringer hatte sich gewünscht, dass Mimi die Fotografien nach Jahrgängen sortierte – schließlich wollte er dokumentieren, welche Leinenstücke in welchem Jahr produziert worden waren.

Als Mimi nun die vielen Fotografien gestapelt auf Onkel Josefs Küchentisch ansah, war sie unwillkürlich beeindruckt. Die Arbeit war zwar eintönig gewesen, doch umso stolzer war sie, dass sie es geschafft hatte, die Qualität ihrer Fotografien vom ersten bis zum letzten Bild zu bewahren.

Wie von Gehringer ebenfalls gewünscht, begann sie, jeden Jahrgang an Fotografien in einen eigenen Kasten zu sortieren. Jene für den Versandhandelskatalog landeten in einem weiteren Kasten. Genauso verfuhr sie mit den Gruppenfotografien der Weber und Näherinnen.

Die Arbeit tat Mimi gut, sie war eine willkommene Ablenkung von der Einsamkeit, die sie nach der Abreise ihrer Mutter immer wieder verspürte. Morgens, wenn sie allein bei einer Tasse Tee und einer Scheibe Brot saß. Mittags, wenn sie im Atelier auf Kunden wartete, die nicht oder nur spärlich kamen. Abends, wenn sie wieder einmal vergeblich auf Johann wartete oder er nach einer kurzen Visite gleich wieder fortmusste. Die Arbeit lenkte sie auch von den Entscheidungen ab, die sie zu treffen hatte.

Irgendwann waren die meisten Fotografien sortiert, doch auf einer Ecke des Küchentischs lag noch ein Stapel. Wie konnte das sein?, fragte sich Mimi stirnrunzelnd. Sie hatte doch hoffentlich nirgendwo einen Fehler gemacht? Darauf, jetzt nochmal alles durchzusehen, hatte sie nun wirklich keine Lust! Ein wenig ungehalten griff Mimi nach dem Stapel. Im nächsten Moment erkannte sie, dass dies die Fotografien waren, die sie bei ihrem ersten Besuch in der Weberei in der Produktionshalle gemacht hatte. Gemeinsam mit den ersten Fotografien von Leinenstücken hatte sie auch diese Bilder entwickelt, sie dann aber vergessen. Nun schaute sich Mimi die Bilder an, abgestoßen und fasziniert zugleich.

Da waren die langen Reihen von riesigen Webstühlen, die Kinder, die zwischen den Ungeheuern herumliefen. Die dünnen Arme! Die mageren, schlaksigen Beine. Wie schnell konnte so eine Kinderhand in die Maschinen geraten! Laut Gehringer waren die Kinder nur kurz »zu Besuch« gewesen, um ihre Eltern zu sehen.

Weber mit blassen Mienen, der Blick auf das Schiffchen gerichtet. Woran dachten sie, wenn sie zehn oder mehr Stunden am Tag am Webstuhl standen? An die zigtausend Schuss, die auf ihrem Tagesplan standen? An grüne Wiesen und den blauen Himmel? An die ungetane Arbeit, die auf dem Acker auf sie wartete?

Mimis Blick blieb an der Fotografie des auf dem Boden zusammengesunkenen Webers hängen, der vor ihren Augen den Unfall gehabt hatte. Sein Gesicht tränenüberströmt, sein Auge verletzt. Arbeitete er überhaupt noch in der Weberei? Sie hatte versäumt, jemals nachzufragen, dachte sie schuldbewusst.

Noch nie hatte sie die Realität in dieser Form fotografiert.

Es klopfte an der Haustür. Johann? Eilig legte Mimi die Bilder zur Seite und lief in den Flur.

»Herr Gehringer!«, sagte sie erstaunt, als sie die Tür geöffnet hatte. »Gerade bin ich mit dem Sortieren Ihrer Fotografien fertig geworden. Ich wäre morgen zu Ihnen gekommen. Aber wenn Sie mögen, kann ich sie Ihnen auch jetzt überreichen.« Zögerlich schaute sie Richtung Küche.

»Ich komme nicht wegen der Fotografien, ich wollte nur mal schauen, wie es Ihnen nach dem Tod Ihres Onkels geht«, sagte Gehringer, während er ihr ins Haus folgte. »Bestimmt fühlen Sie sich sehr einsam.«

Hastig ergriff Mimi die düsteren Fotografien, die sie gerade betrachtet hatte, und legte sie in die Schublade des Küchentischs. Es tat nicht not, den Mann mit diesen Aufnahmen zu verärgern.

»Setzen Sie sich doch bitte. Möchten Sie eine Tasse Kaffee? Meine Mutter hat mir ein Päckchen Bohnenkaffee mitgebracht.«

»Ein Most wäre mir auch recht, falls Sie einen haben«, erwiderte Gehringer, dann ließ er sich auf einem der Küchenstühle nieder. »Hier ist übrigens Ihr restliches Honorar.« Noch während er sprach, legte er einen dicken Umschlag auf den Tisch.

Es war eine stattliche Summe, und Mimi bedankte sich. Wie lange würde das Geld reichen?, fragte sie sich im selben Moment. Dann holte sie den Mostkrug und schenkte ihrem Besuch großzügig einen Becher voll ein.

»Ihr Onkel hat in seinem Leben viel gesammelt, nicht wahr?«, sagte der Webereifabrikant, während sein Blick über die exotischen Reiseandenken schweifte, die die Küchenwände zierten.

Mimi lächelte traurig. »Josef hing sehr an diesen Stücken. Ehrlich gesagt, weiß ich noch immer nicht, was ich mit all dem machen soll ... Die Kleidung meines Onkels kann ich Bedürftigen geben, aber wem schenke ich den mittelalterlichen Degen? Und wem die Bierkrüge aus dem Münchner Hofbräuhaus? Hätten Sie vielleicht Interesse?«, fügte sie scherzhaft hinzu. Sie wusste auch nicht, warum sie auf einmal so entspannt mit ihm sprach.

Gehringer stimmte jovial in ihr Lachen ein. »Wollen Sie sich nicht auch setzen?«, sagte er mit einer einladenden Geste, als befänden sie sich in seiner Küche. »Ich möchte Ihnen eine Idee unterbreiten. Wenn sie Ihnen gefällt, müssten sie sich weder von Josefs Degen noch von seinen Bierkrügen trennen.«

Mimi stutzte. »Wie meinen Sie das?«

Gehringer machte eine lässige Handbewegung. »Ich würde Ihnen gern das Haus *und* das Atelier abkaufen. Einen Ausstellungsraum für meine Leinenwaren benötige ich zwar nicht mehr, denn der Glaspavillon auf unserem Firmengelände kommt bei den Kunden sehr gut an, und wenn Fräulein Christel die Schürzen vorführt, schaut sowieso niemand mehr auf die Umgebung!« Er lachte, als habe er einen besonders guten Scherz gemacht. »Aber ich habe Großes vor! Laichingen war immer gut zu mir, der Ort und die Weberei haben mich zu einem wohlhabenden Mann gemacht. Nun ist es an der Zeit, dass ich mir einmal etwas Besonderes für den Ort einfallen lasse.« Er beugte sich Mimi vertraulich entgegen, dann endlich ließ er die Katze aus dem Sack: »Ich möchte dieses Haus hier sowie Josefs Atelier in ein Museum verwandeln! Ein Museum zur Geschichte der Weberei, zu der meine Fabrik ja nicht unerheblich etwas beigetragen hat. Die hellen Räume bieten sich für Exponate aller Art an – historische Webstühle, uralte Stickereien, Spinnräder, grafische Darstellungen des Webens. Und wer weiß? Vielleicht könnte man dabei auch ein paar Leinwände Ihres Onkels als Dekoration verwenden. Na, was sagen Sie nun?«

»Ein Museum in Josefs Haus?« Mimi lachte ein wenig schrill auf. »Das kommt sehr überraschend, ich weiß ja noch gar nicht, ob ich gehen werde oder ob ich hierbleibe.« So mit der Tür ins Haus zu fallen – noch nicht einmal die morgige Testamentseröffnung hatte Gehringer abwarten können, dachte sie verärgert.

Als könne er ihre Gedanken lesen, sagte Gehringer: »Sie und hierbleiben! Junge Frau, mit Ihrem Talent gehört Ihnen doch die Welt! Es ehrt Sie, dass Sie sich mit dem Gedanken tragen, das Atelier Ihres Onkels fortzuführen, aber glauben Sie mir: In kürzester Zeit würden Sie vor Langeweile nicht mehr ein noch aus wissen. Wollen Sie sich wirklich mit Täuflings-, Konfirmations- und ein paar Hochzeitsfotografien zufriedengeben?«

Mimi schwieg. Der Mensch lebte ja nicht vom Geschäft allein, dachte sie. Es gab ja auch noch die Liebe …

»Ich werde über Ihr Angebot nachdenken, vielen Dank«, sagte sie gezwungen.

»Denken Sie nicht zu lange darüber nach. Wenn, dann will ich das Museum im Jubiläumsmonat März eröffnen!«

43. Kapitel

Mimi war gerade dabei, den Mostbecher zu spülen, als es erneut an der Tür klopfte.

»Anton!«, rief sie erfreut. Doch ihre Freude schwand, als sie seine verzweifelte Miene sah.

»Frau Reventlow, Sie müssen suchen helfen – Christel ist verschwunden!«

Das ganze Dorf beteiligte sich an der Suche. Jedes Haus wurde durchkämmt, jeder Keller. Christels alte Schulkameradinnen wurden befragt, die Nachbarn, alle Mitarbeiter in Gehringers Fabrik und auch Gehringer selbst. Spekulationen wurden angestellt, im Laufe der Tage wurden die Vermutungen, wo Christel abgeblieben sein könnte, immer wilder. War sie entführt worden? Unwahrscheinlich. Hatten womöglich die Filmleute mit Christels Verschwinden zu tun? Auch das wurde für eher unwahrscheinlich gehalten, schließlich waren die schon seit zehn Tagen fort. Hatte der Hausierer, der schon Anton überfallen hatte, auch mit Christels Verschwinden zu tun? Das hielt so mancher für möglich. Anton, der es besser wusste, fragte: »Was, wenn sie bei einem Spaziergang verunglückt war?«

Daraufhin wurden jeder Busch, jede Aue, jeder Acker durchkämmt. Kleine Gruppen gingen jeden bekannten und unbekannten Spazierweg ab. Paul Merkle und Anton schliefen so gut wie gar nicht mehr, auch Johann beteiligte sich Tag und Nacht an der Suche – Gehringer hatte beiden Brüdern frei gegeben.

Die Polizeiposten in den umliegenden Dörfern wurden informiert, Bahnhofswärter und Postkutschenfahrer ebenfalls.

Der Ochsen wurde zum Treffpunkt für die Suchgruppen, Karolina Schaufler hielt jederzeit Getränke und einen kleinen Imbiss bereit. War die Stimmung anfangs noch hoffnungsvoll gewesen, schien sie nach einigen Tagen vergeblicher Suche mit jeder Tasse Tee, mit jedem Schöpflöffel Suppe geringer zu werden. Paul Merkle war binnen kürzester Zeit um Jahre gealtert, seine sonst an den Tag gelegte Überheblichkeit wie weggeblasen. Zusammengesunken und mit nach innen gerichtetem Blick, wärmte er sich in kurzen Pausen auf, löffelte seine Suppe, trank den Tee, ohne etwas zu schmecken. Kaum war sein Teller leer, rannte er wieder los. Vielleicht hatten sie doch irgendwo einen Hinweis übersehen …

Es war der dritte Tag der Suche. »Ich bin auch einmal verlorengegangen«, sagte Mimi müde, als sie, die Brüder Merkle, Anton und ein paar andere Helfer sich eine kurze Pause im Ochsen gönnten. Außer während der Testamentseröffnung, zu der sie nach Ulm hatte fahren müssen, hatte sie sich ebenfalls unaufhörlich an der Suche beteiligt.

Sofort richteten sich alle Augen auf die Fotografin.

»Ich war noch ein kleines Kind«, hob Mimi an, ihre Tasse heißen Tee mit beiden Händen fest umklammert. »Ich hatte eine fette Larve gefangen und hoffte, dass daraus einmal ein hübscher Schmetterling werden würde. Ich wollte der Larve einen schönen Käfig bauen, in einer alten Hutschachtel. ›Lass das Tier frei!‹, schalt mich meine Mutter. ›Es gibt keine schönen Käfige! Nur in einem freien Umfeld können Raupen sich zu einem hübschen Schmetterling entpuppen‹, sagte sie.« Mimi, plötzlich tief in ihrer Erinnerung gefangen, lächelte. Ihre Mutter war eine kluge Frau.

»Und was hat das alles mit Christels Verschwinden zu tun?«, fuhr Anton sie ruppig an.

Mimi zuckte zusammen. Sie hatte gar nicht gemerkt, dass sie verstummt war. »Ich bin in den Wald gegangen, wollte für die Raupe Grünzeug sammeln. Dabei fiel ich in eine Wilderergrube. Sie war so geschickt getarnt, dass man sie auf den ersten Blick nicht sah. Mein Vater meinte später, sie seien mehrmals in die Nähe der besagten Stelle gekommen. Erst als die Suchtrupps einen Spürhund einsetzten, wurde ich gefunden.«

Paul Merkle schaute erst Mimi skeptisch an, dann Otto Schaufler, Antons Vater. »Solche Wilderergruben gibt es bei uns doch gar nicht, oder?«

Antons Vater zuckte mit den Schultern. »Die sind strengstens verboten! Aber das heißt nicht, dass es so etwas nicht gibt…«

»Womöglich ist Christel also in eine solche Grube gefallen!« Paul Merkle schaute Anton, der inzwischen zu einer Art Verbündetem geworden war, erschrocken und hoffnungsvoll zugleich an.

Doch Anton war längst aufgesprungen. »Wir brauchen einen Spürhund! Vater, wer von deinen Jägerkollegen hat den besten?«

Spürhunde wurden eingesetzt, und die Suche ging weiter. Das aufgeregte Japsen und Kläffen der Tiere drang durch die Fensterscheiben in jede Stube. Doch es verging ein weiterer Tag, und von Christel Merkle gab es noch immer keine Spur.

Fünf Tage dauerte die Suche nun schon an, und mit jedem Tag wurde die Gruppe der freiwilligen Sucher überschaubarer. So gern die Leute auch geholfen hätten, sie hatten Kinder, mussten zur Arbeit, und sie brauchten ihren Nachtschlaf. Der harte Kern aber gab nicht auf.

Am Stammtisch, an dem sich sonst die Webereibesitzer trafen, saß Christels Familie – Sonja mit leer geweinten Augen und ihrer Jüngsten auf dem Schoß, die Jungen, ihre Mutter Luise und ihr Vater Georg. Nur Christels Bruder Justus fehlte. Johann war auch anwesend, ebenso seine Mutter, Eveline und Mimi Reventlow. Es wurde nicht mehr viel gesprochen, jeder war mit sich und seinen Gedanken allein.

Anton starrte an sich hinab. Den braunen Kittel – wie lange trug er ihn nun schon? Er konnte sich nicht daran erinnern, wann er sich das letzte Mal gewaschen oder die Kleidung gewechselt hatte.

Christel war fort. Mit seinem Geld. Ohne ihn. Ihre Kleider hatte sie zurückgelassen, damit alles recht harmlos aussah – den Umschlag mit seinem Geld aber hatte sie mitgenommen! Denn wäre er noch da gewesen, hätten Christels Eltern, die ihr Zimmer auf der Suche nach irgendeinem Hinweis zig Mal auf den Kopf gestellt hatten, ihn bestimmt gefunden.

Durchgebrannt war sie.

Mit seinem Geld.

Ohne ihn.

Christel war frei, während er noch immer hierhockte.

Immer wieder hämmerten dieselben Gedanken auf ihn ein, wie der Schmiedehammer auf einen Amboss, unaufhörlich und unerbittlich. Es gab Momente, in denen er vor Schmerz und Wut und Enttäuschung laut aufheulen wollte. In anderen Momenten war ihm danach, alles kurz und klein zu schlagen. Zwischendurch hoffte er immer noch, dass alles nur ein böser Traum war. Doch nein – Christel hatte ihn aufs Übelste hintergangen! Hasserfüllt griff er nach der Flasche Schnaps, die seit Tagen für jedermann auf der Theke des Ochsen stand, und schenkte sich nach.

»Vom vielen Trinken wird's auch nicht besser«, murmelte seine Mutter im Vorübergehen, doch es kümmerte ihn nicht.

Im nächsten Moment wurde die Gasthoftür aufgerissen, und Justus, Christels jüngerer Bruder, kam hereingerannt. Mit verwirrtem Blick schaute der Junge, der wie alle in den letzten Tagen viel zu wenig geschlafen hatte, in die Runde. »Ich habe nochmal Christels Kammer auf den Kopf gestellt und das hier gefunden! Der Umschlag hatte sich irgendwie in dem Falz ihres Kopfkissenbezugs verheddert…«

Anton wurde schlagartig wach. War das womöglich doch der Umschlag mit seinem Geld? Hatte er Christel fälschlicherweise verdächtigt?

Atemlose Stille breitete sich aus, als Justus den Umschlag öffnete und einen Bogen Papier herauszog. Ungelenk faltete Christels Bruder das Papier auf, dann begann er mühsam zu lesen: »Sucht mich nicht, denn ihr werdet mich nicht finden. Liebe Eltern, ich habe mir Mühe gegeben, mich anzupassen. Aber ich weiß nun, dass mein Glück woanders liegt.«

Anton klappte zusammen, als habe ihm jemand einen tödlichen Messerstich verpasst.

Er hatte es gewusst.

Tief drinnen, in seinem Innern. Vom ersten Moment an, als Paul Merkle mit der Nachricht von Christels Verschwinden im Ochsen erschienen war. Aber etwas zu wissen und es glauben zu können, waren zwei Paar Schuhe.

Den andern schien es genauso zu ergehen. Totenstille breitete sich aus, während sie versuchten zu verstehen, was sie gerade erfahren hatten. Christel war tatsächlich *freiwillig* weggegangen?

»Mimi, deine Mutter hatte recht«, ertönte auf einmal hell und deutlich Sonjas Stimme. »Es gibt keine schönen Käfige.«

Anton fuhr herum. Hatte Christels Mutter vor lauter Sorge den Verstand verloren?

Doch ihre Miene war gefasst, ihr Blick wirkte klar und besonnen, als sie weitersprach: »Ich bin davon überzeugt, dass es Christel gut geht. Sie wollte schon immer mehr. Und nun wird sie mehr bekommen. Wenn es Gottes Wille ist.«

Betrunken vom Schnaps und Schmerz zugleich fuhr Anton auf. »Es soll Gottes Wille sein, dass Christel gegangen ist? Was bekommt sie denn nun ›mehr‹?« Mit brennenden Augen schaute er in die Stammtischrunde.

»Mehr Freiheit? Mehr Geld? Mehr Liebe? Niemand wird sie so lieben wie ich…« Er hatte Mühe, nicht aufzuschluchzen. »Aber ihr hier, ihr alle, wie ihr da sitzt, ihr seid Christel etwas schuldig geblieben! Keiner hat erkannt, dass Christel etwas ganz Besonderes ist. Für euch war sie immer nur die Kindsmagd, die Putzfrau, die kostenlose Hilfe im Haushalt. Keine Fahrt in die Stadt, kein Treffen mit mir, keinen Kinobesuch habt ihr ihr erlaubt. Hättet ihr die Käfigtür nur ein bisschen mehr offen gelassen, wäre sie noch hier.«

»Was redest du für einen Unsinn?«, fuhr Paul Merkle auf. »Christel hatte es immer gut bei uns! Es warst lediglich du, der ihr die verrückten Ideen in den Kopf gepflanzt hat.«

Anton lachte hart auf. »Eurer Tochter musste man keine verrückten Ideen in den Kopf setzen, die hatte sie von ganz allein.« Wie sie sich manchmal aufgeführt hatte! Wie eine Primadonna. Und dann hatte sie Pläne geschmiedet für ihren Aufbruch. Allein, ohne ihn, dafür aber mit seinem Geld! Der Gedanke, dass sie nun irgendwo saß und sich ins Fäustchen lachte, während er nächtelang wie ein Idiot nach ihr gesucht hatte… Ein Laut zwischen Schreien und Wehklagen entfloh seiner Kehle.

»Anton«, sagte auch Mimi Reventlow mahnend. »Jetzt sind wir doch erst mal froh zu wissen, dass Christel nichts Schlimmes passiert ist.«

Auf einmal konnte Anton den Anblick der anderen nicht mehr ertragen, aber es war Mimi Reventlow, die seinen Zorn abbekam. »Nichts Schlimmes passiert? Woher wollen Sie das so genau wissen? Sie bilden sich immer ein, ach so schlau zu sein! Dabei sehen Sie noch nicht einmal, was direkt vor Ihren Augen geschieht!«, schrie er die Fotografin an. »Sie hätten besser auf Ihre Bekannte im Zug hören sollen, als sie sagte, die Liebe sei ein verschlagenes Tier. Die Frau hatte recht, das weiß ich nun. Und Sie sollten auch endlich aufhören, von der großen Liebe zu träumen! Denn sie ist nichts als eine Illusion.«

»Anton, jetzt reicht's!«, hörte er seine Mutter scharf sagen, doch er war nicht mehr aufzuhalten.

»Ausnahmsweise einmal bestimme ich, wann es reicht«, sagte er böse, dann zeigte er auf Johann und Eveline. »Die zwei treiben es miteinander, ich habe es mit eigenen Augen gesehen. Wenn der Heimkehrer Ihnen die große Liebe vorgemacht hat, dann war das nichts als eine Lüge!« Seine Hand zitterte, als er sein Schnapsglas zum Mund führte. »Und überhaupt – ihr seid doch alle ein verlogenes Pack!«, rief er, dann kippte er die brennende Flüssigkeit in sich hinein. Fast zeitgleich versetzte seine Mutter ihm eine schallende Ohrfeige. Sie brannte genau wie der Schnaps.

Die Fotografin erstarrte. »Sag, dass das nicht wahr ist«, flüsterte sie nach einem langen Moment der Stille in Johanns Richtung.

»Das ist nichts als dummes Jungengerede. Eveline Schubert ist schließlich im Trauerjahr«, erwiderte Johann heftig, doch sein schuldbewusster, zu Boden gerichteter Blick sagte etwas anderes.

Langsam wandte sich Mimi Reventlow auf ihrem Stuhl nach rechts. »Eveline?«

Alexanders Mutter knetete ihre Hände im Schoß. »Der Anton weiß doch gar nicht, was er daherredet, so betrunken, wie er ist. Außerdem – du weißt doch, wie schnell die Leute reden. Johann ist lediglich sehr hilfsbereit«, sagte sie mit schamvoll geröteten Wangen.

Und jeder konnte das Glühen der Liebe in ihren Augen erkennen.

44. Kapitel

Wie von Sinnen lief Mimi über den Marktplatz. Sie spürte nicht die Kälte der Novembernacht, sie spürte nicht, wie das Regenwasser der Pfützen ihre Schuhe durchweichte, sie spürte auch nicht, wie ihr die Tränen über die Wangen hinabrannen. Johann und Eveline? Eve war doch ihre Freundin. Zumindest hatte sie das bis gerade eben geglaubt. Wie konnte Eve sie dann so hintergehen? Den Gedanken, dass Eveline gar nichts von ihrer Beziehung zu Johann wusste, schob sie weit weg. Johann …

»Mimi!«, hörte sie ihn hinter sich rufen. »So warte doch! Lass mich wenigstens alles erklären.«

Was wollte er ihr erklären? Ihre Tränen versiegten abrupt, sie hielt an, drehte sich um. Ihr Brustkorb hob und senkte sich, als hätte sie ein Wettrennen hinter sich. »Wie lange geht das schon?«, spie sie ihm entgegen.

Er wich zurück, erschrocken, unsicher, was er sagen sollte.

»Hat es dir die Sprache verschlagen? Du hältst doch sonst so gern die großen Reden«, sagte sie verächtlich, während sie sich über das Gesicht wischte. Wie schuldbewusst er guckte! Am liebsten hätte sie mit ihren durchfrorenen Händen auf seine Brust eingeschlagen! Sie wollte ihm wehtun, so wie er ihr wehgetan hatte. Stattdessen ballte sie die Hände fest zu Fäusten.

»Mimi, bitte… Können wir das nicht drinnen in Ruhe besprechen?«

»Damit nur ja niemand etwas mitbekommt? Anscheinend bist du gut darin, Dinge zu verbergen, das muss man dir lassen«, sagte sie, während sie Josefs Gartentor aufriss. »Dann komm schon!«, fügte sie ruppig hinzu.

»Ich wollte das nicht, das musst du mir glauben«, hob Johann an, kaum, dass sie im Hausflur standen.

»Ach ja? Hat Eveline dich also genötigt? Ist sie die Schuldige? Halt, nein! Wie konnte ich vergessen?« Demonstrativ schlug sie sich mit der flachen Hand gegen die Stirn. »Natürlich ist Herr Gehringer schuld! So, wie er das immer bei dir ist.«

»Niemand ist schuld, und das weißt du ganz genau«, antwortete Johann leise.

Mimi, die weiteres Lamentieren erwartet hatte, zuckte zusammen. So jäh, wie ihre Wut aufgebraust war, so jäh verlosch sie. Ihre Schultern sackten nach unten, sie schlug beide Hände vors Gesicht und schluchzte: »Aber… ich dachte, du liebst mich! Du bist mir doch extra hierher nachgereist…«

Johann seufzte tief auf, nahm sie bei den Schultern, führte sie in die Küche. Mimi ließ es geschehen.

»Ich bin immer noch froh, dass ich dir nachgereist bin«, sagte Johann, als sie sich am Küchentisch gegenübersaßen. »Ohne dich wäre ich wahrscheinlich nie mehr nach Laichingen zurückgekehrt, dafür werde ich dir ewig dankbar sein.«

Na großartig, dachte Mimi verstimmt. Als sie trotzig schwieg, fuhr er fort: »Du weißt, wie sehr ich dich bewundere und mag! Und ja, vielleicht hätte wirklich etwas aus uns werden können. Aber dann …«

Sie runzelte die Stirn. Was dann? Wenn es ihr nur gelungen wäre zu verstehen, was hier vor sich ging!

Er schaute sie flehentlich an. »Ich weiß nicht, wie ich es erklären soll. Eveline … Sie hat mir schon früher gut gefallen, allzu gut! Ich hatte damals das Gefühl, dass ich mit dieser Frau gemeinsam die Enge Laichingens würde ertragen können.« Er schaute versonnen in die Ferne.

»Die Enge ertragen – wie passiv sich das anhört«, sagte Mimi grob. »Niemand hindert dich daran, erneut aus der Enge auszubrechen! Wie oft habe ich vorgeschlagen, dass wir mal für ein Wochenende in die Stadt fahren, aber du wolltest ja nicht!«

Er nickte, dann sprach er weiter, als habe es ihren Einwand gar nicht gegeben: »Wenn ich ganz ehrlich bin, war Eveline sogar der Hauptgrund dafür, dass ich einst aus Laichingen fortging. Sie gehörte einem andern, ich wusste, dass ich sie nie für mich haben würde. Als dann Klaus starb … Und als du mich dann ermuntert hast, ihr zu helfen …« Er zuckte hilflos mit den Schultern. »Plötzlich sah alles ganz anders aus.«

Mimi schnaubte. Jetzt war sie auch noch selbst schuld?

Er ergriff ihre Hände. »Mimi, es tut mir leid, dass dich das so trifft. Aber bei Licht betrachtet, musst du zugeben, dass ich dir nie Hoffnungen gemacht habe. Wahrscheinlich war es so, dass ich schon sehr früh im Innern gespürt habe, dass wir nicht zusammenpassen.«

»Und was war an den ganzen Abenden, an denen du

zu mir kamst, um über deinen geplanten Arbeiteraufstand zu sprechen? Küsse hast du mir gegeben, und in den Arm genommen hast du mich auch! Als geduldige Zuhörerin war ich dir gut genug.« Sie schüttelte den Kopf, konnte es noch immer nicht verstehen.

»Was bitte ist am Zuhören verkehrt?«, begehrte er auf. »Dir liegen die Laichinger doch auch am Herzen, sonst hättest du dich nicht so für Alexander, Eveline und die andern eingesetzt.«

Und im Gegensatz zu dir habe ich nicht nur geredet, lag es Mimi auf der Zunge zu sagen. »Das alles ist aber doch kein Grund dafür, mich anzulügen. Du musst doch zumindest geahnt haben, dass ich heimlich von einer gemeinsamen Zukunft träumte. Warum hast du mir nicht einfach gesagt, dass Eveline und du ein Paar seid? Anton weiß es ja anscheinend auch!«

Johann machte eine unwirsche Handbewegung. »Keine Ahnung, woher Anton es weiß«, sagte er. »Eveline ist im Trauerjahr, wir waren entsprechend vorsichtig, uns nicht in der Öffentlichkeit gemeinsam zu zeigen.«

»Stimmt, wie konnte ich es vergessen! Du bist ja immer so bemüht um den guten Ruf der Frauen«, sagte sie mit vor Ironie triefender Stimme. Jedes Wort war wie ein Messerschnitt in ihrem Herzen. Wem tat sie mehr weh mit solch harschen Worten – ihm oder ihr selbst?, fragte sie sich unwillkürlich.

Dann atmete sie einmal tief durch, holte Luft, wollte sich gegen das wappnen, was kam. Ihr Abschied.

Aus der Schublade des Küchentischs kramte sie den Stapel Fotografien heraus, hielt sie ihm mit zittriger Hand entgegen.

»Hier! Die Fotografien aus Gehringers Fabrik – sie sind eine gute Gedankenstütze, falls du vor lauter Verliebtheit vergessen solltest, woran es hier bei euch krankt. Mach was draus, damit sich unsere Beziehung doch noch irgendwie gelohnt hat!«

So kühl Mimi Johann gegenüber getan hatte – kaum war er fort, holte das Elend sie wieder ein. Wie konnte er nur? Was hatte sie verbrochen, um so betrogen zu werden? Ihre Begegnung war ihr so schicksalshaft erschienen – wie konnte er es da wagen, sie derart zu besudeln?

Tränenblind und mit gebrochenem Herzen suchte sie im Küchenschrank nach der Flasche Schnaps, die ihr Onkel nicht mehr leer getrunken hatte. Tränen liefen über ihre Wangen, als sie sich den kärglichen Rest einschenkte. Würde er ausreichen, um all ihre Träume auszulöschen?

Sie nahm den ersten Schluck.

Es würde keine Heirat geben.

Sie trank einen zweiten Schluck.

Sie hatte keine Zukunft mit Johann. Und auch keine Zukunft hier in Laichingen.

Ein dritter Schluck, er brannte besonders bitter in ihrer Kehle. Ihre Freundschaft mit Eveline – eine Illusion.

Sie trank den letzten Schluck. Die Flasche war leer.

Sie war allein, so, wie sie es immer gewesen war.

Ein paar Tage später hatte Mimi sich einigermaßen gefasst. Sie wusste nun, dass sie nicht hierbleiben wollte. Ob sie ihr Haus an Gehringer verkaufen wollte, wusste sie hingegen noch nicht. Er war noch zwei Mal bei ihr gewesen, hatte sie gedrängt. Entweder er ließ ihr Zeit zum Nachdenken, oder er könne alles sofort vergessen, hatte sie ihm beim zweiten Mal heftig erwidert.

Wehmütig mit der Hand über das eine oder andere Möbelstück streichend, ging sie nun ein letztes Mal durchs Haus. Alles war aufgeräumt und blitzsauber. Die Küche, die gute Stube – nirgendwo gab es eine Ritze in der Wand, durch die eine Maus hätte kommen können. In der Lade hatte sie kein Brot vergessen. Die Speisekammer hatte sie leer geräumt, alle Lebensmittel verschenkt. Alle Fenster waren geschlossen.

Josefs Kleider und die seiner Frau hatte sie bis auf wenige Erinnerungsstücke ebenfalls verschenkt. Er hätte es so gewollt. An der Einrichtung des Hauses jedoch änderte sie nichts, da blieb zunächst alles, wie es war.

Ihr Blick fiel auf den Wandkalender. Heute war der fünfundzwanzigste November. Solange es Onkel Josef noch gut gegangen war, war es immer seine erste Aufgabe eines Tages gewesen, das Blatt vom Kalender abzureißen und den Spruch auf der Rückseite zu lesen. Nachdem er bettlägerig geworden war, hatte Mimi das für ihn übernommen.

Sie atmete einmal tief durch, dann riss sie zum letzten Mal ein Kalenderblatt ab und drehte es um. Wehe, dort stand ein dummer Spruch wie: Liebe und Singen lässt sich nicht zwingen, dachte sie grimmig.

Doch der Tagesspruch stammte von einem englischen Dichter namens Alexander Pope, genauer gesagt aus seinem Werk *A journey in the year* aus dem Jahr 1793.

Quod petis in te est – Was du begehrst, ist in dir.

War es so? Nun, mit Gottes Hilfe würde sie es herausfinden, dachte Mimi. Mit leichterem Herzen und dankbarer Seele faltete sie das Blatt zusammen und steckte es in ihre Handtasche. Im Flur hob sie den Koffer auf, schulterte ihre Kameratasche.

Es schneite leicht, als sie aus der Haustür trat. Kleine, duftig feine Schneeflocken – bald würden sie das Land wie mit einem Brautschleier bedeckt haben. So schloss sich der Kreis, dachte Mimi. Im April, als sie hier angekommen war, hatte es ebenfalls geschneit. Der Gedanke war irgendwie tröstlich. Lächelnd schloss sie das Haus ab, in dem ihr Onkel auf seine alten Jahre sein großes Glück hatte erleben dürfen. Seit April war es auch ihr Zuhause gewesen. Und ja, auch sie war hier glücklich gewesen. Sie hatte sich vorgenommen, alles, was sie hier erlebt hatte, in ihrem Herzen zu bewahren: die Erinnerungen an den Onkel. Die Freundschaften, die sie hier geschlossen hatte. Das Vertrauen der Menschen in sie. Nur eins wollte sie zurücklassen: die Illusion, dass dies für sie ein Zuhause für immer hätte sein können.

»Und Sie wollen wirklich nicht bleiben?« Den Kopf schräg gelegt schaute Luise Neumann Mimi fragend an.

Mimi, die im Türrahmen des Nachbarhauses stand, schüttelte den Kopf. Den Besuch bei Luise hatte sie sich bis zuletzt aufgehoben. Schon gestern hatte sie sich von Sonja und Berta und einigen anderen verabschiedet. Auf einen Besuch bei Eveline und ihrer zukünftigen Schwiegermutter Edelgard hatte sie wohlweislich verzichtet. Überall war sie auf Sympathie gestoßen, auf nachdenkliche Blicke, doch nach den Gründen für den Weggang hatte sie niemand offen gefragt. Lediglich Sonja hatte sie am Arm gepackt und ihr ins Ohr geflüstert: »Er ist deine Tränen nicht wert, glaube mir.« Dann hatte sie Mimi noch das Versprechen abgenommen, die Augen nach Christel aufzuhalten.

»Ach Mädle, ich hätte dich gern als Nachbarin gehabt«, sagte Luise traurig. »Du hast dich so tapfer geschlagen!«

Mimi lachte, gerührt über Luises plötzliches Du. »Das stimmt allerdings! Wenn ich mir überlege, dass ich nicht einmal Wäsche waschen konnte, als ich hier ankam! Aber dank Ihnen bin ich zur fast perfekten Hausfrau geworden …«

»Und zur fleißigen Gärtnerin. Die Kohlköpfe und Rüben, die du uns geschenkt hast … Ein Jammer, dass du die nicht selbst isst …« Die alte Nachbarin lächelte wehmütig.

Mimis Blick wanderte über den Gartenzaun hinweg zu Josefs Garten. Ja, wer hätte gedacht, dass sie, die Fotografin, einmal mit ihren Händen in der Erde buddeln würde?

»Die Gartenarbeit hat mir besonders Spaß gemacht«, sagte sie seufzend. »Wahrscheinlich werde ich sie sehr vermissen.«

»Dann kommst du halt wieder! Hier hast du immer ein Zuhause«, erwiderte Luise resolut. »Überhaupt, was soll denn nun aus dem Haus deines Onkels werden?«

»Ich weiß es noch nicht«, sagte Mimi, und dann war sie es, die die Nachbarin fragend anschaute. »Darf ich Ihnen vorerst den Schlüssel geben, damit Sie hin und wieder nach dem Rechten schauen? Ich melde mich, sobald ich mir über einige Dinge im Klaren bin.« Sie hielt der Nachbarin den Hausschlüssel und einen Umschlag mit etwas Geld entgegen.

Luise nickte warmherzig. »Täglich schaue ich vorbei, kein Mäuschen wird sich in deinem Haus einnisten, versprochen!«

»Danke«, sagte Mimi erleichtert. »Wenn es Ihnen recht ist, werde ich einmal im Monat schreiben und meine jeweilige Adresse nennen. Und falls Sie etwas von Christel hören – würden Sie mir Bescheid geben?«

Sofort wurden Luises Augen wässrig. Sie nickte. »Umgekehrt gilt das aber auch, nicht wahr?«, flüsterte sie tränenerstickt.

Dann nahmen sich die beiden Frauen zum ersten und zum letzten Mal in den Arm.

Sie hatte den Bahnhof gerade erreicht, als Anton angerannt kam.

»Frau Reventlow! Bitte warten Sie!«

Mimi hielt inne und drehte sich um. »Ja bitte?«, fragte sie hölzern.

Angespannt trat Anton von einem Bein aufs andere, während in der Weite ein leises Rauschen die baldige Einfahrt des Zuges ankündigte. »Mein Benehmen vor ein paar Tagen … Ich war ein solcher Idiot! Die Sorge um Christel, die ganze verfahrene Lage – auf einmal hatte ich meine Wut einfach nicht mehr im Griff. Und dann haben Sie alles abbekommen. Gerade Sie, wo Sie es mit allen immer nur gut gemeint haben. Das tut mir so schrecklich leid!«

Mimi schaute ihn an und sah, dass er es ehrlich meinte. »Vielleicht war es gut, dass du mir die Augen geöffnet hast«, sagte sie.

»Wirklich? Sie verzeihen mir?«

Mimi nickte. »Und wohin geht *deine* Reise?«, fragte sie und zeigte stirnrunzelnd auf das Bündel in seiner Hand.

Er zuckte mit den Schultern. »Keine Ahnung. Weg! Erst einmal weg. Alles andere wird sich zeigen. Und Sie? Was haben Sie vor?«

»Ein Hotelier im Schwarzwald hat mich eingeladen, Aufnahmen von seinem Hotel, einem neu eröffneten Skilift und dem ganzen Ort zu machen.« Und noch während sie sprach, verspürte sie das alte, aufregende Kribbeln in ihrem Bauch, das sie immer beim Aufbruch zu einem unbekannten Ziel überkam.

»Der Schwarzwald… Da ist es sicher so gut wie an jedem anderen Ort…« Anton schaute Mimi an, fragend, abwägend. »Dürfte ich Sie vielleicht begleiten? Vorerst?«

Anmerkungen

Sämtliche Personen und Gegebenheiten in meinem Roman sind frei erfunden. Wahr ist, dass Laichingen über Jahrhunderte hinweg ein wichtiges Zentrum des Weberhandwerks war. Laichinger Leinenwaren waren Qualitätsprodukte wie Solinger Stahl oder Schwarzwälder Uhren. Sie gehörten noch vor wenigen Jahrzehnten in die Aussteuer eines jeden schwäbischen Fräuleins.

Die Anordnung der Laichinger Häuser, des Bahnhofs, des Elektrizitätswerks etc. entspricht nicht den historischen Gegebenheiten, sondern ist der künstlerischen Freiheit geschuldet.

Laut den Aussagen eines Kenners der Laichinger Stadtgeschichte ist dort nichts über Unfälle am Webstuhl bekannt. Meine Recherchen zu anderen Zentren der Leinenweberei ergaben jedoch, dass es sehr häufig kleine bis mittlere Unfälle gab. Ich erlaube mir in meiner Geschichte daher die Annahme, dass es auch in Laichingen Arbeitsunfälle gab.

Das Heumondfest und die Tradition, am Vortag Vergissmeinnicht zu verschenken, entspringen meiner Fantasie.

Ob es Alexander, Anton, Mimi und Christel gelang, mit dem Zug an einem Tag von Laichingen nach Stuttgart und wieder zurück zu fahren, darf bezweifelt werden. Eine Übernachtung wollte ich den vieren aus Kosten- und anderen Gründen jedoch nicht zumuten.

Zur Zeit meiner Geschichte gab es in Stuttgart die Staatliche Kunstakademie. Alexander jedoch bekommt eine Einladung zur Stuttgarter Kunstschule, die meiner Fantasie entstammt.

Bad Cannstatt wurde um 1900 herum »Kannstatt« geschrieben, ich verwende den neueren Stadtnamen.

Der »Schauplatz« Laichingen auf der Schwäbischen Alb

Unter anderem mit solchen Fotopostkarten verdienten die Fotografen der damaligen Zeit ihr Geld.

Laichingen war eine Hochburg der Leinenweberei. Bereits 1825 gab es über 400 Webstühle im Ort, in fast jedem Haus stand unten in der so genannten Dunk, einem kalten Kellerraum, ein Webstuhl. Die Heimweberei wurde später von kleinen Fabriken abgelöst. Noch in den 1950er Jahren durfte Laichinger Leinen in keiner Brautaussteuer fehlen.

Der Lauf des Lebens, festgehalten im Fotoatelier

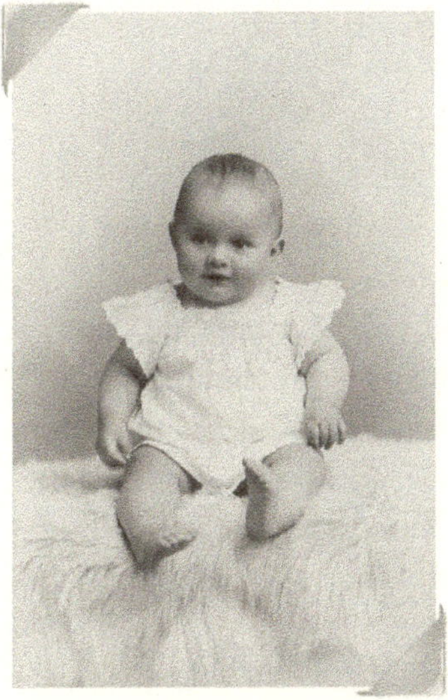

Säuglings- und Taufbilder wurden im Fotoatelier gern gemacht, um den ersten Lebensabschnitt festzuhalten.

Der erste Schultag bedeutete den Übergang vom Klein- zum Schulkind. Im Hintergrund eine Leinwand mit der Burg Teck – dieses Foto entstand im berühmten Kirchheimer Atelier von Otto Hoffmann. Die Leinwand hatte der Fotograf selbst gemalt. Das Mädchen mit der Schultafel, auf der zweiten Fotografie, ist Anna Hoffmann, die Tochter des Fotografen.

Die heilige Kommunion oder Konfirmation war ein weiterer bedeutender Einschnitt im Leben, der fotografisch festgehalten wurde.

Fotos von der Eheschließung – hiermit wurde der Beginn einer weiteren Lebensphase festgehalten.

Viele Jahre lang wurden Kinder in der Fotografie wie kleine Erwachsene dargestellt. Streng, ohne jegliche Regung im Gesicht.

Doch die Zeiten änderten sich, Fotografinnen wie Mimi Reventlow kämpften dafür, dass Kinder auch vor der Kamera lächeln und Menschen Gefühle zeigen durften.

Und so geht es weiter:

ISBN 978-3-7645-7664-3

Auf den folgenden Seiten finden Sie Ihre Leseprobe aus
Die Welt von morgen

1. Kapitel

Im Hochschwarzwald, 3. Januar 1912

»Bitte ein Stück nach links, wir wollen doch den Skilift auch aufs Bild bekommen. Sehr gut, bitte nicht mehr bewegen!« Die Stirn in konzentrierte Falten gelegt, verschwand Mimi Reventlow unter dem Schwarztuch ihrer Kamera. »Und jetzt bitte lächeln, die Herren!«

Es war ein herrlicher Wintertag. Die Luft war glasklar, die verschneiten Berghöhen des Hochschwarzwalds glitzerten im Sonnenlicht, die Holzschindeln des malerisch auf einer Hochebene gelegenen Hotels Tonihof glänzten wie der Tannenhonig, den es jeden Morgen zum Frühstück gab. Und die Gruppe Skifahrer – Frankfurter Geschäftsleute mittleren Alters –, die Mimi vor der Linse hatte, war nach zwei Runden Obstler und etlichen rasanten Talabfahrten bestens aufgelegt. Statt Mimis Aufforderung zu einem Lächeln zu folgen, machten sie Faxen wie Lausbuben!

Wenn es nur immer so leicht wäre, die Leute aus der Reserve zu locken, dachte die Fotografin und genoss den

Moment. Schon war das Klicken ihrer Kamera zu hören. Sie verstaute die Glasplatte in der dazugehörigen Hülle, dann tauchte sie unter dem Schwarztuch auf. Freundlich sagte sie: »Vielen Dank, meine Herren! Wenn alles gut geht, können Sie Ihre Fotografien in drei Tagen an der Hotelrezeption abholen und dort auch zahlen. Verraten Sie mir bitte noch, wie viele Abzüge ich für Sie machen soll?«

Jeder der Herren wünschte sich gleich zwei.

»Dürfen wir Sie auf einen Kaffee einladen, gnädige Frau?«, fragte einer der Skifahrer dann forsch.

»Oder gar auf ein Glas Sekt?«, fügte ein zweiter noch forscher hinzu. »Es kommt selten vor, dass unsereiner eine Wanderfotografin trifft. Vielleicht würden Sie uns die Ehre erweisen, ein wenig aus Ihrem Leben zu erzählen?«

»Heute ist mein letzter Tag hier, ich muss schauen, dass ich mit meiner Arbeit fertig werde«, sagte Mimi mit gespieltem Bedauern. Wenn sie jeder Einladung folgen würde, die sie im Laufe eines Tages bekam, verbrächte sie die Zeit nur noch mit Essen und Trinken!

*

Wie Mimi Reventlow in ihrem Element war!, dachte Anton Schaufler lächelnd, der die Szene durch eins der vielen Restaurantfenster beobachtet hatte. Und wie sich die Leute um sie scharten, und das vom ersten Tag an! Kein Wunder, mit ihren kastanienbraunen Haaren, ihren vor Lebensfreude funkelnden Augen und dem klaren Teint war die stets elegant gekleidete Wanderfotografin äußerst attraktiv. Zudem verfügte Mimi über eine Ausstrahlung, die die Menschen unwillkürlich in ihren Bann zog, dachte Anton bewundernd.

Seit Anfang Dezember waren sie nun schon auf Einladung des Hotelwirts in diesem Haus. Die Fotografin wohnte in einem großen Gästezimmer mit Blick ins Tal, er teilte sich ein Hinterzimmer mit einem der Köche, einem netten Kerl, mit dem er gut auskam.

Zufrieden mit sich und seiner neuen Welt deckte Anton weiter die Tische fürs Abendessen ein – die Gabeln auf die linke Seite, die Messer und Löffel nach rechts. Wenn seine Mutter hätte sehen können, wie versiert er für jeden Gang das jeweilige Besteck platzierte, hätte sie Augen gemacht, dachte er. Doch so schnell der Gedanke gekommen war, so schnell war er auch wieder weg. Er weinte seinem Heimatort Laichingen und der Arbeit im elterlichen Gasthof keine Träne nach!

Als Mimi Reventlow Laichingen Ende November plötzlich verließ, hatte er sich ihr angeschlossen. Da er selbst kein Ziel vor Augen gehabt hatte, war es ihm sehr recht gewesen, dass sie ihm erlaubte, ihn hierher zu ihrem Auftraggeber in den Schwarzwald zu begleiten.

Es war ein großer Auftrag: In der ersten Woche hatte Mimi Reventlow nur Aufnahmen vom Hotel gemacht, danach hatte sie den Weihnachtsbaum und die Gäste in Szene gesetzt und die große Weihnachtsfeier fotografisch dokumentiert. Zwischen den Jahren hatte sie dann mit den Skifahrerfotografien begonnen. Zum Jahreswechsel baute sie eine kleine Kulisse auf und machte Neujahrsfotografien mit lauter fröhlich dreinschauenden Menschen. Jeder Gast wollte von Mimi Reventlow abgelichtet werden, mehr als einmal war es dabei fast zu kleinen Streitereien darüber unter den Gästen gekommen, wer wann an der Reihe war.

Dass die Fotografin eine ganz besondere Frau war, hatte Anton schon bei ihrer ersten Begegnung gewusst, damals, als sie im vergangenen Jahr in seinem Heimatort auf der Schwäbischen Alb eintraf, um nach ihrem kranken Onkel zu sehen. Auch in Laichingen war die Fotografin beliebt gewesen, aber die Wertschätzung, die man ihr hier entgegenbrachte, war doch etwas ganz anderes. Ob vom Hotelier Antonius Wimmer oder von den Gästen – Mimi wurde hofiert wie eine Berühmtheit. Und sie schien es sichtlich zu genießen.

Antons Blick schweifte durch das Hotelrestaurant, in dem er seit ihrer Ankunft kellnerte. Die weiß gedeckten Tische, die schweren Kerzenständer aus echtem Silber, das Kristall, in dem Wein und Wasser ausgeschenkt wurden, die riesigen Servierplatten aus blütenweißem Porzellan – hier roch es nicht nach altem Fett und Fleischbrühe, hier wehte der Duft der großen weiten Welt.

»Na, junger Mann, Sie verlieren sich wohl in Tagträumen!«

Anton zuckte zusammen. Er hatte nicht mitbekommen, dass Antonius Wimmer in den Gastraum getreten war.

»Ich habe nur kurz die schöne Atmosphäre genossen«,

sagte Anton verlegen. Seine Mutter hätte ihm ordentlich zugesetzt, wenn sie ihn beim Nichtstun erwischt hätte, ging es ihm durch den Sinn. In ihren Augen war er sowieso nichts weiter als ein Faulpelz.

Antonius Wimmer hingegen schaute Anton wohlwollend an. »Also sind Sie nicht nur äußerst fleißig und zuverlässig, sondern es gefällt Ihnen hier oben auf dem Berg?«

»Sehr gut sogar«, sagte Anton. »Die Arbeit ist das reinste Vergnügen.« Nicht vergleichbar mit der Schinderei zu Hause im Gasthof Ochsen, dachte er grimmig. Hier musste er keine schweren Bierfässer in den Keller hieven, der Boden wurde von einer Magd geputzt, das Geschirr von einer anderen gespült. Die Gäste mochten ihn und seine schlagfertige Art, und so bekam er von fast jedem ein gutes Trinkgeld zugesteckt.

»Es macht Spaß, immer neue Gäste kennenzulernen«, fügte er hinzu. Von weit her kamen die Leute in den Schwarzwald, manche blieben für eine Woche im Hotel, andere nur für eine Brotzeit. Und kaum betrat eine Gruppe Skifahrer oder Schneeschuhwanderer das Haus, hielt Anton seine Augen offen. Er sah täglich neue Gesichter, nur das *eine* war nicht dabei …

Der Hotelier klopfte ihm anerkennend auf die Schulter. »Dass Sie uns im Weihnachtsgeschäft ausgeholfen haben, war ein wahrer Segen! Ich weiß ehrlich gesagt gar nicht, was wir ohne Sie gemacht hätten – wer rechnet schon damit, dass sich der Chefkellner beim Adventskegeln den Arm bricht?« Der Hotelier zuckte in gespielter Verzweiflung mit den Schultern.

Des einen Leid, des andern Freud, dachte Anton. Da war er wohl ausnahmsweise mal zur rechten Zeit am rechten Ort gewesen. »Ich freue mich, wenn ich ein wenig helfen konnte«, sagte er bescheiden.

»Ein wenig helfen – das ist wirklich untertrieben. Und die Gäste mögen Sie, ich habe viele lobende Worte gehört, Herr Schaufler.«

Herr Schaufler – noch immer war Anton irritiert, wenn ihn jemand so ansprach. Mit seiner großen Statur, seinen breiten Schultern und seiner selbstbewussten Miene wirkte er zwar älter als achtzehn Jahre, dennoch hatte ihn bis zu seiner Abreise aus Laichingen noch niemals jemand gesiezt. Daheim war er immer nur der vorlaute Gastwirtsohn gewesen – dass auch er gewisse Qualitäten hatte, hatte keiner erkannt. Keiner, außer Mimi Reventlow …

Einen Moment lang war Anton erneut so in seine Gedanken vertieft, dass er die Worte, die der Hotelier an ihn richtete, erst gar nicht mitbekam.

»… frage ich Sie jetzt frei heraus: Wollen Sie nicht bleiben und den Posten des Serveur-Chefs übernehmen?«

Wieder einmal war der Tag der Abreise gekommen, dachte Mimi und schaute nachdenklich aus dem Fenster des Speisesaals. Von den neu angereisten Gästen wusste sie, dass unten im Tal ebenfalls viel Schnee lag. Würde womöglich ihr Zug nach Würzburg gar nicht fahren? Und wenn schon, dann blieb sie eben ein paar Tage in Freiburg! So angenehm es hier im Tonihof war, so konnte sie es doch kaum erwarten, wieder weiterzukommen – auch mit dem Wissen, dass in Würzburg ein besonders schöner Auftrag auf sie wartete.

Zufrieden trank Mimi einen Schluck Kaffee. Sie war und blieb nun einmal eine Wanderfotografin. Von wegen Wurzeln schlagen! Ihr Zuhause fand sie in sich, ihre Wurzeln hatten bislang nirgendwo anwachsen wollen, auch in Laichingen nicht, obwohl sie das eine Zeitlang geglaubt hatte.

Wie jeden Morgen hatte sie sich eine der Tageszeitungen, die am Eingang des Speisesaals für die Gäste auslagen, mit an den Tisch genommen. Sie wollte gerade zu lesen beginnen, als sie sah, wie Anton sich ihrem Tisch näherte. Im selben Moment erinnerte sie sich daran, dass der Wirt sie gestern Abend gefragt hatte, ob sie und Anton nicht an ihrem letzten Tag gemeinsam frühstücken wollten. Ein Frühstück lang könne er den jungen Mann schon entbehren, hatte Herr Wimmer noch lächelnd hinzugefügt.

Mit einem Plumps ließ sich Anton ihr gegenüber nieder. »Guten Morgen, na, gut geschlafen in der letzten Nacht?«

»Bestens«, gab Mimi fröhlich zurück. »Und du? Ich habe schon die wunderbaren Nachrichten gehört.« Sie wies mit dem Kopf über ihre Schulter in Richtung der Küche, aus der Antonius Wimmers Stimme zu hören war. Er sprach gerade mit einem Lieferanten.

»Gratuliere zu deiner neuen Stelle! Aber wenn ich ehrlich bin, wundert es mich nicht – so versiert, wie du hier den Laden am Laufen hältst.« Sie hielt ihm auffordernd den Brotkorb hin.

Doch statt sich eins der frischen Brötchen zu nehmen, schaute der Gastwirtsohn sie an.

»Wer sagt denn, dass ich bleibe? Ich habe für den Rest meines Lebens genug gekellnert, jetzt möchte ich die Welt kennenlernen! Und …« – er biss sich auf die Unterlippe – »ich möchte Christel suchen.«

Mimi blinzelte. »Das kann ich gut verstehen«, sagte sie zögernd. »Auch ich muss oft an Christel denken. Was wohl aus ihr geworden ist?«

Christel Merkle war in Laichingen Antons Freundin gewesen, doch von einem Tag auf den andern war sie spurlos verschwunden. Tagelang hatten Suchtrupps das ganze Dorf und die Umgebung nach ihr durchgekämmt, bis schließlich Christels jüngerer Bruder einen Abschiedsbrief von ihr gefunden hatte. Der Inhalt deutete darauf hin, dass Christel Laichingen freiwillig verlassen hatte. Ging es ihr gut? Hatte sie ihr Glück gefunden, oder war sie in die Fänge schlechter Menschen geraten? Lebte sie überhaupt noch? Auf diese quälenden Fragen gab es keine Antworten. Seitdem war in Laichingen nichts mehr wie zuvor …

Antons Miene verdüsterte sich einen Moment lang. Doch gleich darauf war sein Ton wieder frohgemut. »Und deshalb, liebe Frau Reventlow, wollte ich Sie fragen, ob ich nicht weiter mit Ihnen reisen kann. Wir zwei sind ein gutes Gespann, finden Sie nicht?«

Mimi schaute ihn an, wie vom Donner getroffen. »Wie stellst du dir das vor? Nicht überall wird sich so eine gute Chance zum Arbeiten für dich ergeben wie hier. Soll ich etwa für zwei das Geld erwirtschaften?«

»Wo denken Sie hin, nie und nimmer!«, erwiderte Anton entsetzt. »Das Gegenteil wäre der Fall, ich würde Ihnen Arbeit abnehmen.«

»Bisher habe ich alles ganz gut allein geschafft. Und einen männlichen Beschützer brauche ich auch nicht«, sagte Mimi ein wenig kratzbürstig. Eigentlich schade, dachte sie im selben Moment. Es hatte Spaß gemacht, mit Anton unterwegs zu sein. Obwohl sie bei ihrem Aufbruch alles andere als frohen Mutes gewesen waren, hatten sie dennoch viel zu lachen gehabt. Auch hatte er stets ihre schwere Kamera getragen, und als in Rottenburg kein Fremdenzimmer zu bekommen war, weil die Diözese gerade einen größeren Kongress abhielt, hatte Anton in einem der Nachbarorte zwei Kammern aufgetrieben. Schon in Laichingen, als sie ihren Onkel gepflegt hatte, war er mehr als einmal ihr Retter in der Not gewesen, dachte sie jetzt.

»So, wie Sie sich in den letzten Wochen jeden Ihrer Verehrer vom Leib gehalten haben, besteht für mich kein Zweifel, dass Sie sehr gut allein zurechtkommen. Nein, *dafür* brauchen Sie mich wirklich nicht«, sagte Anton mit einem verschmitzten Grinsen. »Ich habe eine ganz andere Idee …«

*

»Kannst du uns bitte erklären, was du dir dabei gedacht hast?« Mit unbeweglicher Miene und nur mit Mühe unterdrückter Wut zeigte Wilhelm Hahnenkamm, Direktor der Stuttgarter Kunstschule, auf die Staffelei neben sich.

Alexander stand mit gesenktem Blick da. Er brauchte nicht aufzuschauen, um zu wissen, um welches Bild es ging. Mehr noch, er *fühlte* das Aquarellgemälde – jeden Pinselstrich, jedes bisschen Farbe, das er auf die Leinwand aufgebracht hatte!

»Hat's dir jetzt auch noch die Sprache verschlagen angesichts deiner unsäglichen Blasphemie?«, fuhr Gottlob Steinbeiß, der künstlerische Hauptlehrer der Kunstschule, ihn an, und sein Kaiser-Wilhelm-Bart bebte.

»Meine Herren, ich bitte Sie«, sagte Mylo, ebenfalls Lehrer der Kunstschule. »Alexander Schubert weiß doch noch nicht einmal, was unter dem Begriff Blasphemie zu verstehen ist. Er hat seine künstlerische Freiheit ausgelebt, mehr nicht!«

Alexander warf dem Kunstlehrer, der hauptberuflich Architekt war, unter gesenkten Lidern einen dankbaren Blick zu. Er wusste zwar nicht, warum, aber vom ersten Tag an hatte der Mann ihn unterstützt. Normalerweise wog Mylos Wort viel im Kollegium der Kunstschule, doch heute schien sein Einsatz für seinen Zögling vergeblich zu sein.

»Die künstlerische Freiheit kann mir in dem Moment gestohlen bleiben, wenn unsere Kunstschule im Mittelpunkt eines kirchlichen Skandals steht. Und nichts weniger hat diese … Schmiererei hier ausgelöst!«, fuhr der Schuldirektor auf. »Das Kreuz ist das wichtigste Symbol des Christentums, der vertikale Balken symbolisiert die Beziehung Gottes zu den Menschen – wie kann man nur darauf verfallen, dieses Symbol der Liebe in eisigem Blau zu malen? Und als wäre das noch nicht genug, schmilzt das Eis und sammelt sich in einer riesigen Lache unterhalb des Kreuzes! Selbst wenn diese Lache das Blut Christi darstellen …«

Alexander schaute zum ersten Mal, seit er ins Büro des Direktors gerufen worden war, auf und rief, bevor er sich besinnen konnte: »Das ist nicht das Blut Christi!«

O Gott, warum hielt er nicht einfach den Mund?, dachte er im selben Moment. Er machte die Sache nur noch schlimmer – falls das überhaupt möglich war.

»Hättest du dann die Freundlichkeit, mich darüber aufzuklären, was sich der Herr Künstler sonst dabei gedacht hat? Du musst verzeihen, wenn unsereiner nicht gleich darauf kommt, was verstehen wir schon von der Kunst?«, sagte der Schuldirektor mit unverhohlenem Spott.

»Das Kreuz steht für die Kälte der Kirche den Menschen gegenüber«, flüsterte Alexander.

Gottlob Steinbeiß gab einen schrillen Laut von sich.

»Der Webersohn aus Laichingen ist ein verkappter Kirchenkritiker! Wer hätte das gedacht?« Kopfschüttelnd schaute er von Alexander zu dem Gemälde und wieder zurück. »Undank ist der Welten Lohn, sage ich da nur. Ich kann mich nicht daran erinnern, dass sich jemals ein Stipendiat einen derartigen Affront geleistet hat.«

»Die Kälte der Kirche, aha«, wiederholte Wilhelm Hahnenkamm, ohne auf den Einwurf des künstlerischen Hauptlehrers einzugehen. Der Blick, den er Alexander zuwarf, war vernichtend. »Darf ich dich daran erinnern, dass diese ach so kalte Kirche unserer Schule sehr nahesteht? So nahe, dass sie uns jährlich mit einer großzügigen Summe unterstützt, damit wir... Leuten wie dir die bestmögliche Ausbildung bieten können?« Noch nie hatte sich das Wort »Leute« in Alexanders Ohren mehr wie ein Schimpfwort angehört.

Er biss sich auf die Unterlippe und rang um etwas Entlastendes – vergeblich.

Sie hatten sich eines bekannten Symbols annehmen und es auf ungewöhnliche Art auf die Leinwand bannen sollen – diese Aufgabe hatte Gottlob Steinbeiß ihnen zwei Wochen vor Weihnachten gestellt. Die Schule wollte die Aquarellgemälde an einen Wohltätigkeitsverein weitergeben, der wiederum eine weihnachtliche Tombola veranstaltete, deren Erlös einem Kinderheim zugutekam.

Während seine Schulkameraden ein Herz, einen Stern oder die Sonne als Symbol gewählt hatten, war ihm spontan das Kreuz eingefallen. Und genauso spontan hatte er daran denken müssen, wie der Laichinger Pfarrer seiner Familie nach dem Tod seines Vaters selbst die kleinste Hilfe verwehrt hatte. Am Ende hatten alle im Dorf – die Nachbarn, Mimi Reventlow, sein Freund Anton – zusammen geholfen, die Familie über die Runden zu bringen, und dadurch ihm, Alexander, zu ermöglichen, das Stipendium der Stuttgarter Kunstschule anzunehmen. Alle, außer dem Gottesmann... Mit diesem Gedanken hatte er sich an die Staffelei gestellt, danach war jeder Pinselstrich nur so aus ihm herausgeflossen! Zugegeben, ein bisschen verwegen war ihm das eisige Blau als Farbe für ein Kreuz auch vorgekommen, aber nie hätte er gedacht, dass er deswegen einen solchen Ärger bekommen würde. Gottlob Steinbeiß, in Gedanken wahrscheinlich schon in den wohlverdienten Weihnachtsferien, hatte die kleinen Aquarelle eingesammelt und, ohne sie vorher einer näheren Betrachtung zu unterziehen, an die Vorsitzende des Wohltätigkeitsvereins weitergegeben. Und die Dame hatte, glücklich über die vielen Gaben für ihre Tombola, sämtliche Bilder aufgestellt, wo sie am nächsten Tag die spendenfreudigen Gönner des Kinderheims zu Gesicht bekamen.

Wer sich am Ende über sein eisiges Kreuz derart mokiert hatte, wusste Alexander nicht, aber eins wusste er: Das hier war das Ende seines Kunststudiums, und das nach nur drei Monaten. Wie er die Sache seiner Mutter, die wie eine Löwin gekämpft hatte, um ihm diese Chance zu ermöglichen, beibringen sollte, war ihm schleierhaft. Und was sollte er nur seinem Freund Anton in seinem nächsten Brief schreiben? Anton hielt so große Stücke auf ihn… In Antons Augen war er der nächste van Gogh!

Er wollte Mylo gerade einen verzweifelten Blick zuwerfen, als der Kunstlehrer sich an seine Kollegen wandte.

»Meine Herren, wir sollten das neue Jahr nicht mit vorschnellen Beschlüssen beginnen, immerhin geht es hier um die Zukunft eines jungen Menschen. Lassen Sie uns nochmal in Ruhe konferieren, bevor wir Alexander unsere Entscheidung bekanntgeben.«

Bevor Alexander wusste, wie ihm geschah, schob Mylo

ihn sanft, aber bestimmt in Richtung Tür. »Ich tue für dich, was ich kann«, flüsterte er, und sein Atem verfing sich warm in Alexanders Haar.

2. Kapitel

Münsingen auf der Schwäbischen Alb, März 1912

»Es gab eine Beschwerde, dass eure Schafe mal wieder über fremden Ackerboden gelaufen sind, Bernadette!«

Bernadette Furtwängler erwiderte den strengen Blick des Münsinger Bürgermeisters Oskar Baumann mit einem spöttischen Schnauben. »Unsere Schafe, aha. Welche von unseren zweitausend Tieren meinst du genau, Oskar?«, fragte sie zuckersüß.

»Komm mir nicht so!« Der Bürgermeister winkte unwirsch ab. »Die Herde war in der Obhut eures Hirten Franz. Der junge Bursche schert sich anscheinend einen feuchten Kehricht um Grenzsteine!«

Der Franz – wieder einmal, dachte Bernadette grimmig. Laut sagte sie: »Und warum kommt derjenige, der sich beschwert hat, nicht gleich zu mir?«

Diese undankbaren Bauern! Früher, als die Leute kein eigenes Viehzeug hatten, waren sie noch froh und dankbar gewesen, wenn eine Schafherde über ihre Äcker lief und diese düngte. Heute beschwerten sie sich, wenn die Schafe auch nur einen Meter vom Weg abkamen!

»Weil ich der Ortsvorsteher bin und dafür zu sorgen habe, dass eure Konflikte nicht ausufern. Die Weidezeit fängt gerade erst an, wo kämen wir hin, wenn jeder täte, was ihm beliebt?«, gab der Bürgermeister streng zurück. Er schaute Bernadette mit zusammengekniffenen Augen an. »Außerdem…«, fuhr er händefuchtelnd fort, »bei euren liederlichen Verhältnissen wissen die Leute doch gar nicht, zu wem sie gehen sollen! Wäret ihr verheiratet – der Wolfram und du…« Er schüttelte missbilligend den Kopf.

Bernadette presste die Lippen zusammen. »Unsere ›liederlichen Verhältnisse‹, wie du sie nennst, sind nichts anderes als eine bestens funktionierende und höchst profitable Arbeitsteilung. Wolfram kümmert sich ums Vieh, ich mich um die geschäftlichen Belange, und dazu gehört auch das Personal. Das weißt du, und das wissen die Leute. So, und jetzt ist genug Zeit verplempert!« Sie stand auf, und ihr Blick unter hochgezogenen Brauen wanderte betont langsam über den Schreibtisch des Ortsvorstehers, auf dem lediglich ein Butterbrot und ein verschrumpelter Apfel auf die nahe Brotzeit warteten. »Im Gegensatz zu dir habe ich einen großen Betrieb zu führen. Ich wäre dir daher dankbar, wenn du mich zukünftig nicht mehr wegen solcher Lappalien hierherbestellen würdest.«

Mit hocherhobenem Kopf und gestrafften Schultern verließ sie das Büro.

Draußen band Bernadette ihr Pferd los, das dösend gewartet hatte, und schwang sich in den Sattel. Wenn man nichts zu tun hatte, musste man doch nicht auch noch anderen Leuten die Zeit stehlen!, dachte sie, noch immer erzürnt. Aber anscheinend war Oskar Baumann jedes Mal hocherfreut, wenn er ihr vermeintlich eins auswischen konnte.

Mit einem leisen Schnalzen versetzte Bernadette ihren Rappen in einen leichten Trab. Während sie im Rathaus gewesen war, hatte sich der Morgennebel gelichtet, die Sonne tauchte das Dorf in ein warmes Licht. Doch das war trügerisch – in den Nächten gab es weiterhin Frost, und auch die Luft am Tag hatte noch nichts von ihrer winterlichen Schärfe verloren. Noch lagen die Gärten und Äcker brach, doch bald würden die Bauern mit ihren Gespannen hinausfahren, um den steinigen Boden umzupflügen und auf die neue Saat vorzubereiten.

Wer die Schäfereibesitzerin auf ihrem großen Rappen durchs Dorf reiten sah, dem fiel es schwer zu glauben, dass sie am kommenden Samstag erst den einunddreißigsten Geburtstag feierte. Mit ihren hohen Wangenknochen, den dunkelblauen, stets prüfend dreinschauenden Augen und ihrem aschblonden Haar, das schon von einigen grauen Strähnen durchzogen war, wirkte sie viel älter und zudem fast aristokratisch. Ihre aufrechte Haltung wurde von ihrer Frisur noch unterstrichen, denn Bernadette trug ihre dichten Haare stets zu einem prachtvollen Zopf geflochten, den sie wie eine Krone rund um den Kopf legte.

Sie grüßte hier und da und wurde zurückgegrüßt. Fast jede Familie war irgendwie mit der Schäferei Furtwängler-Weiß verbunden, sie und Wolfram waren der größte

Arbeitgeber weit und breit. Viele der Münsinger Männer waren Hirten, andere hielten die Pferche instand, wieder andere – darunter auch viele Frauen – wurden nur während der Zeit der Schur beschäftigt. Doch Bernadette hielt weder an, um mit dem Viehdoktor ein Schwätzchen zu halten, noch um mit dem Schlachter zu plaudern, oder dem Gerber, zu dem sie die Schaffelle brachten, bevor sie sie ans nahe gelegene Militärlager verkauften. Dort fanden sie als Satteldecken oder anderweitig Verwendung. Wenn sie etwas von jemandem wollte, dann zitierte sie die Leute in ihr Büro. Viele hielten sie deswegen für arrogant und warfen ihr vor, sich als »etwas Besseres« zu fühlen.

Es war ja auch so leicht, sich ein Urteil über jemanden zu bilden, ohne ihn genau zu kennen, dachte Bernadette bitter, während sie die letzten Häuser hinter sich ließ. Eine Frau, die auf dem Gang zum Traualtar von ihrem Liebsten versetzt wurde, mit der *musste* ja etwas nicht stimmen! Warum sonst hätte der Bräutigam sich zu einem solch drastischen Schritt entschlossen? Und das im allerletzten Moment – die Tische waren schon dekoriert gewesen, das Essen gekocht für hundert Gäste, alle hatten sich auf die Hochzeit gefreut.

Wortwörtlich in letzter Minute war sie, Bernadette, versetzt worden. Ihre Verliebtheit, ihr Traum davon, der Schäferei entfliehen zu können, beides war im selben Moment zerplatzt. Wie es damals in ihr ausgesehen hatte, dass sie fast wahnsinnig geworden war vor lauter Kummer, das hatte niemanden interessiert. Keiner hatte ihr ein Ohr geliehen, damit sie sich hätte ausweinen können. Nicht, dass sie so ein Angebot je angenommen hätte, dazu war sie viel zu stolz.

Anstatt zu ihr zu stehen, wie es sich für eine Dorfgemeinschaft gehört hätte, war hinter ihrem Rücken über sie gelästert, gehetzt und gestichelt worden. Seltsamerweise hatte keiner den abtrünnigen Bräutigam einen Lumpen genannt. Keiner hatte sich darüber echauffiert, dass Karl damals, vor sechs Jahren, mitten im Schuljahr nicht nur sie, sondern auch die Dorfschule, an der er Lehrer gewesen war, verlassen und das Weite gesucht hatte. Wahrscheinlich hatten die Leute ihr selbst daran die Schuld gegeben, es war schließlich so angenehm, sich hämisch am Leid der schönen, hochmütigen Tochter des reichsten Schafbauern weit und breit zu ergötzen.

Den Gefallen, ihr gebrochenes Herz öffentlich zur Schau zu stellen, hatte sie den Leuten jedoch nicht getan. Geweint hatte sie nur heimlich. Sobald sie den Hof verließ, trug sie eine Maske aus unantastbarer, kühler Sachlichkeit. Oder tat sie den Leuten unrecht?, fragte sich Bernadette wie schon öfter, während sie sich duckte, um unter einem tiefhängenden Ast herzureiten. Vielleicht bildete sie sich nur ein, dass die Leute etwas gegen sie hatten? Wie gern hätte sie dies geglaubt! Wie gern hätte sie gesagt: So sind die Albbewohner nun mal, sie zeigen ihre Gefühle nicht, aber tief drinnen sind sie herzensgute Leute.

Doch als sie nach dem plötzlichen Tod ihrer Eltern vor zwei Jahren von einem Tag auf den andern die Schäferei übernommen und kurz darauf mit der von Wolfram Weiß aus dem Nachbarort zusammengeführt hatte, war sie den Leuten nur noch suspekter geworden. Eine Frau mit derart scharfem Geschäftssinn? Hatte man so etwas schon gesehen?

Auch damals hatte kein einziger ihrer Angestellten, keiner ihrer Nachbarn, kein Bürgermeister oder sonst wer gefragt, wie es in ihr aussah. Vielmehr hatte man sie misstrauisch beäugt, als hätte sie beim Tod der Eltern, die beide an einer schweren Lungenentzündung gestorben waren, noch nachgeholfen. Dass sie selbst dem Tod in jenem Winter auch nur knapp von der Schippe gesprungen war, schien vergessen. Der Bürgermeister war bei ihr gewesen, hatte ihr halbherzig seine Unterstützung zugesichert, ansonsten waren alle davon ausgegangen, dass sie es schon schaffen würde. Dass sie Schafe hasste – schon immer gehasst hatte – und den Bettel lieber heute als morgen hatte hinschmeißen wollen, wen interessierte das?

Alles verkaufen und auf und davon, so wie Karl es einst getan hatte… Vielleicht hätte sie das vor zwei Jahren wirklich tun sollen!, dachte Bernadette, und nicht einmal das fröhliche Gezwitscher einiger Amseln, die vielleicht schon mehr vom Frühling ahnten als die Menschen, hellte ihre Miene auf.

Heute gehörten zu ihrem Betrieb sogar doppelt so viele Schafe wie vor dem Tod ihrer Eltern. Ihr einziges Glück war, dass sie dank Wolfram mit den Tieren nichts zu tun hatte. Wegen seiner Liebe zu ihnen, seiner guten Pflege und seiner sorgfältigen Zuchtplanung und steten Einkreuzung frischen Blutes gediehen die Herden immer besser. Und dank ihres Geschäftssinns und ihrer soliden Beziehung zum Soldatenlager warf die Schäferei auch gutes Geld ab.

Dennoch, dachte Bernadette, während ihr Hof in Sichtweite kam, das Leben bestand nicht nur aus Arbeit. Vielleicht war es an der Zeit, das Pflichtgefühl einmal zu missachten und an sich selbst zu denken? Viele ihrer Träume waren zwischen Schafsdung und Schur unwiderruflich verloren gegangen, aber war es nicht an der Zeit, wenigstens den einen, großen Traum wahr zu machen?

Statt das restliche Wegstück in Angriff zu nehmen, hielt sie ihr Pferd an und ließ den Blick über die weiten Hochflächen der Schwäbischen Alb schweifen. Was für ein herrlicher Morgen, dachte sie, während von weit her ein leises Mähen zu ihr herüberdrang. Ein Lächeln huschte über Bernadettes Miene. Sie wusste genau, woher das Mähen kam.

Vor ein paar Tagen war Wolfram mit einer ihrer größten Herden von der Winterweide zurückgekehrt, die Schafe standen geschützt vor Frost und anderer Unbill in einer Senke am Waldrand. Nach den langen Monaten in der Fremde wäre jeder andere Schäfer flugs nach Hause geeilt, um ein heißes Bad zu nehmen und andere Annehmlichkeiten zu genießen. Nicht so Wolfram – bis die Tiere sich an ihr neues Gebiet gewöhnt hatten, wollte er bei ihnen bleiben und weiterhin im Schäferkarren übernachten. Und so hatten sie sich bisher lediglich für zwei kurze geschäftliche Besprechungen gesehen.

»Sollen wir oder sollen wir nicht?«, flüsterte Bernadette ihrem Rappen zu, der durch seine weit geöffneten Nüstern gierig die klare Märzenluft inhalierte. So wenig Lust sie hatte, in ihr stickiges Büro zu gehen, so wenig schien das Pferd sich nach seinem noch stickigeren Stall zu sehnen.

Resolut wendete Bernadette das Tier. Ein Galopp über die offene Weite, sich wenigstens für kurze Zeit frei fühlen, warum nicht? Außerdem gab es etwas, was sie schon lange mit Wolfram bereden wollte.

Die Frage war nur – hatte sie heute endlich den Mut dazu?